SEBASTIAN FAULKS

Die Traumtänzer

Buch

Ihre Geschichte könnte wie ein Märchen klingen: Charlie van der Linden, gut aussehend, gebildet, ein wenig exzentrisch, wie geschaffen für den diplomatischen Dienst Ihrer Majestät, und Mary, behütete Tochter aus guter Familie, auf der Sonnenseite des Lebens zu Hause. Ihre Ehe, die beiden Kinder, selbst das unruhige Leben zwischen London, Moskau, Tokio und – jetzt, Ende 1959 – Washington scheint zu glücken. Die Realität ist seltsam entrückt: der Kalte Krieg, die Indochinakrise, die Lähmung Amerikas durch das Erbe McCarthys.

Marys Welt ist der diplomatische Alltag in der US-Hauptstadt, trockene Martinis am Mittag, Scotch am Abend, Segeltörns am Wochenende. Doch plötzlich konfrontiert das Leben sie mit seinen wahren Regeln. Und als dann der Journalist Frank Renzo in ihr einen unkontrollierbaren Sturm der Gefühle entfesselt, wird Marys gesamte Lebensordnung von der rasenden Leidenschaft bedroht, in der sich beide bis ins Innerste erkennen. Schließlich muss Mary sich entscheiden …

Autor

Sebastian Faulks wurde 1953 in Newbury geboren. Er studierte Literatur und Geschichte in Cambridge und arbeitete danach als Journalist. Seit 1991 ist er freier Schriftsteller. Sebastian Faulks gehört seit seinem Bestseller »Gesang vom großen Feuer« zu den angesehensten britischen Autoren. Er lebt mit seiner Familie in London.

Von Sebastian Faulks außerdem bei Goldmann lieferbar:

Die Liebe der Charlotte Gray. Roman (44992)
Gesang vom großen Feuer. Roman (44378)

Sebastian Faulks

Die Traumtänzer

Roman

Aus dem Englischen
von Wolfram Ströle

GOLDMANN

Die Originalausgabe erschien
unter dem Titel »On Green Dolphin Street«
bei Hutchinson, London

Umwelthinweis:
Alle bedruckten Materialien dieses Taschenbuches
sind chlorfrei und umweltschonend.

Der Wilhelm Goldmann Verlag, München, ist ein Unternehmen
der Verlagsgruppe Random House GmbH.

1. Auflage
Taschenbuchausgabe April 2005

Umschlaggestaltung: Design Team München
Umschlagfoto: Robert Harding Picture Library Ltd.
Druck: GGP Media GmbH, Pößneck
Titelnummer: 45855
An · Herstellung: Sebastian Strohmaier
Made in Germany
ISBN 3-442-45855-2
www.goldmann-verlag.de

Für Richard und Elizabeth Dalkeith

I

Das Haus der van der Lindens, die Nummer 1064, unterschied sich von den anderen Häusern der Straße durch die Kletterpflanze, die die halbe Fassade bedeckte und bis zu den Kinderzimmern unter der Dachtraufe hinaufreichte. Nachts, im Schein der Straßenlaterne, umfing das Haus eine entrückte, ländliche Stille. Auf der Anliegerstraße davor parkten in einer langen Reihe neue Cadillacs, deren schimmernde Heckflossen entfernt an Haifische erinnerten. Charlie van der Lindens kastanienbrauner, zwei Tonnen schwerer Kaiser Manhattan, Baujahr 1953, wirkte unter ihnen sonderbar fremd und unstädtisch.

Das Haus beherrschte das Grundstück. Die Hälfte des Gartens dahinter hatte der Architekt für zwei zusätzliche Zimmer geopfert. Das verbliebene Gelände war zum Teil gepflastert. Ein früherer Mieter hatte einen aus Ziegeln gemauerten Grill und einen Basketballkorbring hinterlassen. Am Ende des Rasens stand eine eiserne Kinderschaukel, die Charlie eines Sommers nach einem Picknick im Garten zur Freude seiner Kinder dort montiert hatte und die seither unbenutzt vor sich hin rostete. Im Unterschied zu den behäbigen, bodenständigen Nachbarhäusern haftete dem Haus der van der Lindens etwas Vergängliches an. Wenn nachts in den Schlafzimmern entlang der Straße die Lichter erloschen wie die Kerzen auf dem Geburtstagskuchen eines alten Mannes, erstrahlte das Haus der van der Lindens oft erst in vollem Glanz, und die Party strebte ihrem Höhepunkt zu. Die Autos der Gäste parkten am Bordstein bis hinauf zur Nummer 1082, dem Haus des Washingtoner Korrespondenten einer französischen Zeitschrift, die niemand kannte.

Louisa und Richard schliefen droben in ihren Zimmern. Sie zuckten gelegentlich zusammen, etwa wenn ein ausgelassener Schrei die Treppe heraufdrang oder ein Gast im Überschwang des Erzählens ein Glas umstieß und es auf den Fliesen des Flurs zerbrach. Dauerte eine Party sehr lange, ging Mary zwischendurch nach oben, um nach den Kindern zu sehen und sie wieder ordentlich zuzudecken. Die Kinder erinnerten sich manchmal am nächsten Morgen noch an ihren Geruch, an den Lippenstift und Gin und an ins Ohr geflüsterte Koseworte und die sanfte Berührung ihrer Finger.

Auch an jenem Dezemberabend hatten die van der Lindens Gäste eingeladen, zum letzten Mal in diesem Jahrzehnt. Sie feierten ihren elften Hochzeitstag. Ein solcher privater Anlass bedeutete eine willkommene Abwechslung. Wenigstens diesmal brauchten sie kein Interesse für einen prominenten Gast der Stadt, einen nationalen Feiertag oder einen hektisch Artigkeiten von sich gebenden Politiker zu heucheln. Geladen war eine Auswahl der üblichen Diplomaten und Journalisten, dazu einige Nachbarn, besonders nette und solche, die gekränkt gewesen wären, wenn man sie nicht eingeladen hätte, außerdem Weissman, Charlies Arzt, mit seiner haitianischen Verlobten.

»Auf den schottischen Nationalfeiertag!«, rief Charlie mit gerötetem Gesicht. Er entkorkte die Scotchflasche, goss drei Fingerbreit davon über einige Eiswürfel und reichte das Glas Edward Renshaw, seinem liebsten Kollegen an der britischen Botschaft. »Was machen deine Finanzen dieser Tage?«

»Katastrophe. Prost!«

Mary van der Linden stand im Wohnzimmer. Der elektrische Schein der Tischlampe hinter ihr spielte in ihren dunklen Haaren. Ihre braunen Augen kehrten immer wieder zu Charlie zurück. Du bist mein ganzes Glück, schien ihr Blick sagen zu wollen: exzentrisch und keineswegs vollkommen, aber doch auf deine Art zuverlässig. Niemand wusste im Voraus, wann Mary lächeln würde, denn sie war mit ihrer Schüchternheit nicht immer die perfekte Diplomatengattin und empfand gesellschaftliche Empfänge als Last. Andererseits schien sie aus einer von den Fährnissen des Tages unabhängigen inneren Ruhe zu schöpfen, und wenn sie einmal lächelte, erhellte eine solche Heiterkeit ihr Gesicht, dass, wer sie sah, überrascht innehielt.

In der Küche schnitt Dolores, das im Haus wohnende puertoricanische Dienstmädchen, das die Botschaft zur Verfügung gestellt hatte, Wisconsin-Cheddar in Würfel und spießte diese zusammen mit einer Olive auf Plastikstäbchen. Dann stellte sie die Spießchen und Teller mit Salzbrezeln, Nüssen, Muscheldip und gesalzenen Crackern auf ein Tablett und schlängelte sich durch den von Gästen bevölkerten Flur.

Charlie legte eine Bossa-Nova-Platte auf das Grammofon, zog eine Zigarette aus dem Päckchen in seiner Brusttasche, zündete sie an, inhalierte tief und ließ den Blick über die Gäste wandern. Sein Gesicht hatte trotz der geplatzten Äderchen und der schlampigen Rasur unter dem Kinn noch etwas von seiner jugendlichen Attraktivität bewahrt. Die strubbeligen Haare und die gelockerte Krawatte gaben ihm etwas Schuljungenhaftes, das auch die schlaffer werdende Haut am Kinn noch nicht ganz überdeckt hatte. Er bemerkte Mary, die in die Tür zum Flur getreten war, und lächelte ihr verschwörerisch zu. Sie hatten es wieder einmal geschafft. Zusammen hatten sie die schwierige Auswahl der Gäste getroffen – konnte man die Frau dieses Mannes einladen? Trank jener nicht zu viel? –, die lästige Alltagsroutine bewältigt, die Kinder im Zaum gehalten und sie gerade noch rechtzeitig ins Bett gebracht. Charlie van der Linden hatte Probleme – nicht nur mit seiner Gesundheit, sondern mit dem Leben überhaupt. Doch als er jetzt den Blick seiner Frau auf sich gerichtet sah, hatte er das Gefühl, dass diese Probleme ihn gar nichts angingen, dass mit drei weiteren

Gläsern Scotch, einem ruhigen Wochenende in einer ländlichen Pension im Shenandoah-Tal und ein wenig Nachdenken alles ins Lot zu bringen war.

»Wer ist der Mann, der sich gerade mit Mary unterhält?«, Edward Renshaw hatte Charlie am Ellbogen gefasst.

»Ein Journalist, soviel ich weiß. Ich traf ihn heute Morgen zufällig beim Empfang in der spanischen Botschaft. Er behauptete, wir würden uns von früher kennen.«

»Gehen wir doch hin und sagen guten Tag.«

»Eddie«, sagte Mary, »das ist Frank Renzo. Er ist für ein paar Tage in der Stadt.«

»Freut mich, Sie kennen zu lernen.« Frank Renzo war groß und hager, und seine kurz geschnittenen Haare zeigten einen ersten grauen Schimmer. Seinem Akzent nach stammte er aus einer Stadt des Mittleren Westens, womöglich Chicago.

»Kann ich Ihnen etwas zu trinken bringen?«, fragte Charlie.

»Danke, ich bin schon versorgt.«

»Was führt Sie nach Washington?«, erkundigte sich Edward Renshaw höflich.

»Nur ein Artikel für meine Zeitung. Ich komme aus New York.«

»Tja dann, viel Vergnügen!«, sagte Charlie. »Rufen Sie uns an, wenn wir etwas für Sie tun können.«

Er drehte sich um und ging zu der Bar, die er in einer Ecke des Raums eingerichtet hatte. Mary sah ihm nach. Sonst stand hinter der Reihe von Flaschen ein von der Botschaft ausgeliehener Barmann, aber an diesem Abend hatte Charlie die Aufgabe als kleine Geste der Sparsamkeit selbst übernommen. Er schaufelte aus einem unter dem Tischtuch versteckten Eimer Eiswürfel in einen Kühler.

»Die Kennedys kaufen angeblich ein neues Haus in der N Street«, sagte ein Journalist von der *Washington Post.* »Martha kennt den Makler, der sie herumgeführt hat. Jackie soll ganz begeistert gewesen sein.«

»Ach ja?« Charlie gab Eiswürfel in ein Glas und goss Bourbon darüber. Die Würfel knackten. »Ich dachte, sie wollten das Haus von Joe Alsop kaufen.« Er spürte, wie der Scotch in ihm zu wirken begann, wie die Anspannung von ihm abfiel und er sich jenem Zustand unkritischer Bonhomie näherte, den er so mochte. Er lächelte in sich hinein. Die Ironie war natürlich, dass er nur in angeheitertem Zustand, nur in solchen Momenten eines vollkommenen inneren Gleichgewichts gedanklich im Stande war, seine Probleme in der richtigen Perspektive zu sehen und zu wissen, dass er sie eines Tages lösen würde. Angeregt von der Gesellschaft seiner Gäste, lebte er auf. Bei anderen Gelegenheiten, wenn es ihm schlecht ging, argwöhnte er zuweilen, dass das Feuerwerk an Geistesblitzen und guter Laune, das er zur Unterhaltung der Gäste abbrannte, sich eines Tages erschöpfen würde und nur wenige seiner Gäste seinen Feldzug gegen Langeweile, Vergänglichkeit und Beschränktheit überhaupt würdigen konnten. Doch er hatte noch nicht jenen Punkt erreicht, an dem er sich gefragt hätte, ob er nicht krank war, ob seiner einsamen Flucht vor einem namenlosen Schrecken nicht etwas Krankhaftes anhaftete.

Menschenliebe durchströmte ihn, Tabak weitete seine Lungen, und er lächelte erneut.

»Wir treffen uns immer mittwochs, wenn wir die Kinder zur Schule gebracht haben«, sagte Lauren Williams gerade zu Frank Renzo. »Zum Mittagessen macht Kelly die Vorspeise, Mary-Beth oder ich das Hauptgericht und Katy das Dessert. Katy bereitet die besten Desserts zu, die Sie sich vorstellen können.«

»Und Sie nehmen sich immer etwas Bestimmtes vor?«

»Immer. Manchmal nur ein Buch, das wir alle gelesen haben, manchmal besuchen wir auch eine Veranstaltung.«

»Und Sie sind nur zu viert?«

»O nein, es kommen noch mehr. Das ist nur der enge Kreis. Wir sind meist sieben oder acht. Auch Mary kommt oft.«

»Was macht sie?«

»Sie meinen, was ihre Spezialität ist? Hm, manchmal bringt sie Wein mit. Sie kommt doch aus Europa. Ach, ich weiß auch nicht.«

Lauren Williams begann zu lachen. »Katy, was bringt Mary zu unseren Treffen mit?«

»Mary?« Katy Renshaw sah Franks ernstes Gesicht und begann ebenfalls zu lachen. »Kultur, stimmt's, Mary?«

»Stimmt was?« Mary, die an einem anderen Gespräch teilgenommen hatte, drehte sich zu ihnen um.

»Sie schreibt sogar ein Buch«, fügte Lauren Williams hinzu.

»Tu ich das?«

»Charlie sagt es.«

»Er muss ja irgendwie erklären, was ich den ganzen Tag so treibe.«

Mary ging mit einem Tablett in die Küche. Dort rührte Dolores in einer Pfanne.

»Glücklich und zufrieden, Dolores?«

»Ja, danke, Mrs. van der Linden. Sie auch?«

Gedankenverloren lehnte Mary mit dem Rücken am Herd und nippte an einem Glas mit Gin Tonic und klackenden Eiswürfeln. Glücklich …

Louisa hatte mit zwanzig Monaten geredet wie eine Drei- oder Vierjährige, ohne richtig zu verstehen, was sie sagte. In London hatte sie im Home Service den Seewetterbericht gehört und den Sprechern mit schräg gelegtem Kopf ernst und konzentriert geantwortet. Doggerbank, Fischerbank, Deutsche Bucht.

Übewältigt von Liebe, hatte Mary sich manchmal vorgestellt, Louisas Bewusstsein sei angefüllt mit den vagen Eindrücken einer früheren, reineren Welt. Sie hatte Wochen mit Louisa im Krankenhaus verbracht, wo Ärzte nach der Ursache einer heftigen Allergie suchten. Auch danach, zu Hause, waren

Mutter und Tochter nur selten getrennt gewesen. Wenn sie badeten und Mary sich im Wasser zurücklegte, hämmerte die kleine Louisa mit den Fäusten auf die aus dem Wasser ragenden, geschlossenen Knie der Mutter ein, bis die Beine sich öffneten und das Kind in die Burg einließen. Zum Beispiel Amerika: Wie groß war es, wie weit weg, wie anders und dann, nach einer langen, nachdenklichen Pause: »Gibt es in Amerika auch Kinder?« Noch jetzt, mit zehn Jahren, hatte Louisa etwas Schwebendes, Ätherisches.

Andererseits konnten ganz alltägliche Begegnungen, die bei anderen Kindern keine Spuren hinterließen, sie verletzen. Ihr Bruder Richard war robuster. Mary hatte am Anfang gefürchtet, sie könnte ein zweites Kind nicht so lieben wie das erste. Richard war so anders als seine Schwester. Zu ihrer eigenen Verwunderung hatte sie dann feststellen müssen, dass er sich durch Beharrlichkeit einen ähnlichen Platz in ihrer Zuneigung eroberte wie Louisa und für sie genauso einzigartig und unersetzlich geworden war. Vielleicht war es sein Geruch, dem Mary zuerst verfiel, der Geruch seines Nackens am Haaransatz, wenn sie ihn bei der Rückkehr von einem auswärts verbrachten Abend aus der Wiege hob: jener schwache Duft nach Honig, Baumwolle, halb gebackenem Brot, Walderdbeeren und Wärme, so köstlich, dass sie immer wieder einen Vorwand fand, ihn anders hinzulegen, auch wenn er bereits so fest schlief, wie ein Kind nur schlafen konnte. Sein heftiges Temperament stand in deutlichem Kontrast zu Louisas zielloser, verträumter Neugier. Er wollte jeden Tag das gleiche Mittagessen, die gleiche Radiosendung und um genau die gleiche Zeit aufs Klo, wo er dann, die Katze fest unter den Arm geklemmt, auf dem hölzernen Sitz Platz nahm und »The Camptown Races« schmetterte, während ihm die Tränen über die Wangen liefen.

Glücklich, dachte Mary, während sie die Schürze zusammenfaltete und über die Stuhllehne hängte und sich vor dem Spiegel über dem Küchentisch die Haare glatt strich, vielleicht nicht unbedingt glücklich, nicht auf die unbeschwerte Art, die das Wort nahe legte, aber wer hätte an ihrer Stelle nicht wenigstens von Zeit zu Zeit am liebsten laut gelacht vor Freude?

Sie kehrte ins Wohnzimmer zurück, wo im dichten Zigarettennebel Duncan Trench mit dem Finger auf Katy Renshaw deutete, Edwards amerikanische Frau. Trenchs wie aus gewaltigen Platten geformte Wangen und seine kleinen Augen erinnerten an ein Karpfengesicht, obwohl seine Hautfarbe Mary nicht an Fisch, sondern an halbgares Rindfleisch denken ließ.

»Wenn in North Carolina Neger den ganzen Tag in den Restaurants von Woolworth herumsitzen, obwohl sie dort nichts zu essen bekommen«, sagte er gerade, »dann ist der Inhaber des Restaurants doch berechtigt, sie mit angemessenen Mitteln zu vertreiben. Sie hindern ihn daran, Geld zu verdienen.«

Kaum jemand wusste, was genau Trenchs Funktion in der Kanzlei der Botschaft war. Was er sagte, war jedenfalls selten diplomatisch.

»Richtig«, antwortete Frank Renzo. »Und er hindert sie am Essen.«

»Sie können genauso gut in ein anderes Restaurant gehen.«

»Aber sie wollen bei Woolworth essen. Der Truthahn für fünfundsechzig Cents schmeckt ihnen. Schon versucht?«

»Nein, aber darum geht es doch nicht. Was ich meine, ist ...«

»Sollten Sie aber. Die Sauce fehlt, ansonsten schmeckt er prima.«

»Solange die Neger sich weigern zu gehen, können die Kunden nicht bedient werden.«

»Aber sie sind doch die Kunden.«

»Sie wissen, was ich meine.«

Mary sah, wie Duncan Trenchs Gesicht sich von Rindfleisch zu Borschtsch verfärbte. Schnell trat sie auf die Gruppe zu.

»Wer möchte noch einen Drink?«, fragte sie. »Duncan, kennen Sie Kelly Eberstadt? Sie und ihr Mann sind nach Bethesda gezogen und –«

»Haben Sie schon mal von einem Jungen namens Emmett Till gehört?«, wollte Frank wissen.

»Ich glaube nicht«, erwiderte Trench, während Mary ihn am Ellbogen fasste und wegführte.

»Der hätte Ihnen gefallen. Ihr Typ.« Frank Renzo sah Trench nach. Katy Renshaw starrte auf ihre glänzenden Schuhe.

Dann hob sie wieder den Kopf. »Tja«, sagte sie munter. »Que sera, sera.«

»Schönes Lied.«

»Schöner Film. Mögen Sie Doris Day?«

»Klar«, erwiderte Frank, »aber Jazz mag ich noch lieber.«

»Charlie auch! Legen wir doch eine Platte auf, und tanzen wir.«

Um kurz nach eins begannen die Gäste sich zu verabschieden, doch bis sie gegangen waren, hatte Charlie noch eine halbe Flasche Burgunder getrunken, die er im Küchenschrank fand, und als Schlummertrunk ein Glas Four Roses mit Eis. Dazwischen wankte er zur Haustür, gab Lauren Williams ein keusches Küsschen auf die gepuderte Wange, klopfte ihrem Gatten, dessen Namen er immer vergaß, auf die Schulter, drückte Katy Renshaw an sich und benutzte die Gelegenheit, das Gesicht in ihren duftenden Haaren zu vergraben.

»Zum Abschied vorgebeugt und voll der Küsse«, murmelte er.

»Von wem ist das?«

»Was?«

»Wallace Stevens.«

»In meinen *Gesammelten Gedichten* steht der Vers nicht, Charlie«, sagte Edward Renshaw und legte einen Schal um die Schultern seiner Frau.

»Du hast Recht, Eddie. Ich habe ihn mir selbst ausgedacht.«

Ein eisiger Nordwind pfiff durch die Nacht; es war klirrend

kalt geworden. An den Türrahmen gelehnt, zündete sich Charlie noch eine Gute-Nacht-Zigarette an. Mary trat neben ihn. Die letzten Gäste starteten ihre Autos. Gegenüber wurde im Obergeschoss das Licht angemacht: das chinesische Paar, das zum Abendessen aus Schalen klare Suppe löffelte und um sieben zu Bett ging. Mary zuckte zusammen. Die Gäste waren leise gegangen, aber die Cadillacmotoren dröhnten so laut, dass die Sturmfenster in ihren Rahmen vibrierten.

Mary sah die Straße entlang. Eine hagere Gestalt kam mit hochgezogenen Schultern schwankend näher. Es war Frank Renzo. Er hielt mit der linken Hand die rechte umklammert und hinterließ auf dem schneebedeckten Gehweg eine blutige Spur.

»Mein Gott«, schimpfte er leise. »Blöde Autotür.«

Mary eilte ihm besorgt entgegen. »Was ist passiert? Kommen Sie rein.« Sie führte ihn durch die Küche. »Das Blut macht nichts, das sind nur Fliesen.«

»Was ist passiert?«, fragte Charlie. »Haben wir Verbandszeug?«

»Droben im Bad.«

Franks Gesicht war bleich. Mary hielt seine Hand unter den Hahn der Spüle. Kaltes Wasser spritzte in das Metallbecken, vermischte sich mit dem Blut zu einem rosigen Wirbel und spülte den Rest des Muscheldips darin hinunter. Mary schob die Hemdmanschette zurück und krempelte den Ärmel von Franks Anzug hoch. Der Schnitt ging tief, war aber sauber. Er lief vom Daumenansatz nach unten in das blaue Geäder des Handgelenks.

»Blödes Autowerkzeug …«

»Vielleicht sollten wir einen Arzt rufen. Womöglich muss die Wunde genäht werden.«

»Genäht? Nein, es geht schon. Sie muss nur aufhören zu bluten.«

»Hilft uns das hier weiter?« Charlie hielt einen Verbandskasten in die Höhe.

»Lass sehen«, erwiderte Mary. »Halten Sie die Hand bitte weiter unter den Hahn.«

»Was ist passiert?«, fragte Charlie.

»Ein kleiner Unfall. Darf ich Ihr Telefon benutzen?«

»Wir hatten doch irgendwo eine Binde.«

»Es steht im Flur.«

»Hat Louisa sie vielleicht für ihre Barbiepuppe genommen?«

Frank kehrte in die Küche zurück, und Mary verband den Schnitt mit dem, was sie in dem Kasten gefunden hatte.

»Geht es so?«, fragte Charlie. »Darf ich Ihnen einen Drink anbieten?«

»Ein Scotch wäre schön. Sagen Sie, wer war eigentlich der Mann mit dem roten Gesicht?«

»Duncan Trench«, antwortete Mary. »Er arbeitet an der Botschaft.«

»Verträgt er was?«

»Wie bitte?«

»Verträgt er Alkohol?«

»Ich glaube, er war betrunken.«

Frank lehnte sich zurück, den Drink in der Hand. »Danke.« Zum ersten Mal seit seiner Rückkehr ins Haus lächelte er. »Um die Wahrheit zu sagen, ich kann kein Blut sehen.«

»Setzen wir uns doch ins Wohnzimmer«, schlug Charlie vor, als hoffe er, die Pary könnte noch einmal in Schwung kommen. Er goss sich einen Four Roses ein, um Frank Gesellschaft zu leisten, zündete sich eine Zigarette an und legte »Songs für Swingin' Lovers« auf. Die Höflichkeit gebot es, Frank nicht zu fragen, was genau mit seiner Hand passiert war.

»Ihre Frau meinte, Sie mögen Jazz«, sagte Frank.

»Sogar sehr«, erwiderte Charlie. »Leider bekommen wir ihn in Washington nur selten zu hören. Sie leben in New York, nicht wahr?«

Frank nickte. »Ein Freund, der im Ausland arbeitet, hat mir für eine Weile seine Wohnung überlassen. Im Village.«

»Ach wie schön«, sagte Mary.

»Ich mag das Village nicht, nein.« Frank drückte seine Zigarette aus.

»Nein? Warum nicht?«

»Zu viele Perlenläden und aufgemotzte Bäckereien.«

Mary, die mit dem Rücken zum Kamin stand, betrachtete Frank zum ersten Mal genauer. Unmöglich zu sagen, ob er es ernst meinte. Dabei hätte jeder normale Mensch, der unter fünfzig war und auch noch Jazz liebte, doch lieber in Greenwich Village gewohnt als sonstwo in den Vereinigten Staaten. Doch Frank schien zu meinen, was er gesagt hatte. Das Gesicht mit dem langen, schmalen Kinn, auf dem bereits der erste dunkle Schatten morgendlicher Bartstoppeln lag, blieb ernst. Er wirkte abgespannt, unruhig und mit dem schmalen Revers seines Anzugs, der über das Baumwollhemd hängenden schmalen Krawatte und den langen, übereinander geschlagenen Beinen verletzlich. Seine Hose war ein wenig hochgerutscht, darunter kamen graue Wollsocken zum Vorschein, die in konzentrischen Wülsten um die Schienbeine hingen. Um seine Augen lagen dunkle Ringe, doch machte er keine Anstalten aufzubrechen. Ein Tropfen Blut fiel von dem durchtränkten Verband auf das Ahornparkett neben seinem Sessel.

»Haben Sie diesen Ornette Coleman gehört, von dem man überall liest?«, fragte Charlie.

»Ich hab ihn einmal gesehen, im Five Spot. Der freie Stil hat mir nicht gefallen. Vielleicht ist er auch gar nicht so schwer, wie er sich anhört.«

»Angeblich spielt Coleman Klavier, Geige und Trompete.«

»Schon, aber wie gut? Das ist doch der springende Punkt. Mögen Sie Miles Davis?«

»Doch«, erwiderte Charlie. »Aber die Sachen nach Duke Ellington sagen mir im Grunde wenig. Dieses Hardbop-Zeug, Sie verstehen, Charlie Parker und Dizzy –«

»Schon, aber Miles Davis hat auch eingängige Melodien geschrieben. Kennen Sie die Platte ›King of Blue‹?«

Charlie füllte ihre Gläser auf und legte die Füße auf den Tisch.

»Wollt ihr zwei etwas essen?«, fragte Mary. »Die Snacks sind schon eine Weile her.«

»Danke, Schatz, ich habe eigentlich keinen Hunger«, entgegnete Charlie.

»Frank? Ich mache Ihnen gern ein Omelette und Toast. Wir haben auch noch Kartoffeln, die ich braten könnte.«

»Ich sollte eigentlich aufbrechen.«

»So essen Sie doch das Omelette«, sagte Charlie aufmunternd.

»Hier, hören Sie sich das an.« Er nahm eine Frank-Sinatra-Scheibe vom Plattenteller und ging eine Reihe von Langspielplatten in einem roten Drahtgestell durch.

Um vier hatten sie den größten Teil der Sammlung gehört und die Flasche Four Roses geleert. Mary ging mit Frank nach droben in das provisorische Gästezimmer im rückwärtigen Teil des Hauses. Frank wäre auf der Treppe fast gestolpert. Charlie lag schon im Bett, als Mary ins Schlafzimmer kam. Sie begann sich auszuziehen.

»Müssen wir früh raus?«, fragte er.

»Wie immer. Schule.«

Sie schlüpfte neben ihm zwischen die Laken.

»Wie findest du ihn?«, fragte er.

»Wen? Frank?«

»Ja.«

»Etwas sonderbar«, meinte Mary. »Aber eigentlich dein Typ.«

»Hm. Schrecklicher Musikgeschmack.«

In dieser Nacht träumte Mary ohne ersichtlichen Grund von David Oliver. Sie wusste natürlich nie im Voraus, wann er in ihren Träumen auftauchen würde, doch stand er dann immer im Mittelpunkt, als sei nichts passiert.

Im zweiten Kriegssommer, nach Abschluss ihres Studiums, war Mary nach London zurückgekehrt. Sie wohnte bei ihren Eltern in deren Haus am Regent's Park und half ihnen, mit Klebestreifen Kreuze auf die Scheiben des Flurfensters im ersten Stock zu kleben, damit sie bei Erschütterungen nicht zerbrachen. Das von den Deutschen bombardierte London war zwar ein gefährlicher Aufenthaltsort, doch beruhigte es die Eltern, ihr einziges Kind sicher im Haus zu wissen. Mary bewarb sich um Aufnahme in die WAAF, die Frauenorganisation der Luftwaffe, und freute sich im Übrigen, wieder daheim zu sein und das vertraute Familienleben fortführen zu können. Alle drei taten so, als geschehe dies nur den anderen zuliebe. Vor dem Abendessen versammelten sie sich zu einem Aperitif im Salon und lösten das Kreuzworträtsel der *Times*. Marys Vater James Kirwan las die Aufgaben vor, dann durften die Frauen sie beantworten. Wenn keine Antwort kam, trug er die Lösung selbst mit einem Drehbleistift ein. »Mary, das ist eine Frage für dich: ›Wird von Hämmern geschlagen und schläft unruhig und gefährlich.‹ Zwölf Buchstaben. G, dann zwei Buchstaben, dann C und am Schluss P und noch einmal drei Buchstaben. Wenn ›Pieta‹ stimmt, wovon ich aber ausgehe.«

»Glockenspiel«, sagte Mary. »Ich weiß auch nicht, wie ich draufkomme.«

Nach dem Essen hörten sie Radio, lasen oder spielten Karten. James trug nach dem Tag im Finanzministerium oft Sachen, die ihm nicht standen, wie karierte Hemden oder Tennispullover. Marys Mutter Elizabeth war kurzsichtig, herzlich und chaotisch. Ihre grauen Haare lösten sich ständig aus irgendwelchen Hauben und Netzen; ihr glatter Teint und die großen, dunklen Augen erinnerten immer noch an ihre frühere Schönheit. Sie hatte ein heftiges Temperament und konnte ohne Vorwarnung explodieren. Nach der anschließenden Versöhnung war die Atmosphäre zwar gereinigt, doch fürchteten Vater und Tochter ihre Ausbrüche trotzdem.

Mary hatte geglaubt, alle Kinder würden so umsorgt und behütet aufwachsen wie sie, denn ein Kind hält für normal, was es erlebt, und vergleicht sich noch nicht mit anderen. Erst mit über zwanzig wurde ihr klar, dass sogar in nach landläufiger Meinung glücklichen Familien nur wenigen Kindern zuteil wurde, was sie erfahren hatte: ein Dreieck der Liebe, in dem jeder zu seinem Glück die beiden anderen brauchte. Manchmal, wenn es dämmerte, blickte sie von ihrem Zimmer zum Geländer am Fuß von Primrose Hill hinunter, bis ihr Vater mit Hut und hochgeschlagenem Mantelkragen im trüben Schein der Straßenlaterne auftauchte. Sie glaubte ganz deutlich zu erkennen, dass er den Schritt beschleunigte, wenn er sich dem Haus näherte, und dann fast rannte.

Eines Tages brachte ihr Vater einen Mann namens David Oliver zum Tee mit, einen Wirtschaftswissenschaftler, den die Londoner Universität an das Finanzministerium ausgeliehen hatte. Oliver saß mit auf dem Schoß klappernder Teetasse am Kamin. Immer wenn Mrs. Kirwan ins Zimmer kam, stand er aus Höflichkeit hastig auf und verschüttete dabei Tee in die Untertasse. Auch Marys Vater erwies er größten Respekt; gelegentlich redete er ihn sogar mit »Sir« an. Er hatte Pausbacken und trug eine Nickelbrille. Seine Miene schien etwas Komisches ausdrücken zu wollen, und sein Benehmen sprach von verhaltener Heiterkeit, doch konnte er erfolgreich eine ernste Fassade wahren. Er lächelte nur, wenn sein Blick auf Mary fiel, die mit untergeschlagenen, bestrumpften Beinen auf dem Sofa saß und die rotbraune Katze streichelte.

Die einundzwanzigjährige Mary Kirwan hatte selbst etwas Katzenhaftes. Sie war kleiner als ihre Eltern, weniger stämmig als der Vater und nicht so groß wie die Mutter, zartgliedrig, und hatte gewelltes, nicht ganz schulterlanges, fast schwarzes Haar, das von Kämmen aus dem Gesicht gehalten wurde. Sie bewegte sich flink und mädchenhaft. Ihr Gesicht ähnelte mit seinen großen, dunklen Augen, die schnell ängstlich blickten, und einer blassen, makellosen Haut dem der Mutter im gleichen Alter. »Du siehst wie eine verkleinerte Ausgabe von mir aus«, sagte Elizabeth. »Als ob ich in einen Spiegel blickte, der alles etwas verkleinert.« Mary war und blieb für sie die kleine Tochter, und sie liebte sie dafür umso mehr.

Marys Vater brachte oft Arbeitskollegen mit nach Hause, überzeugt, dass Frau und Tochter an den Gesprächen Freude finden und einsame Kollegen das unerwartete familiäre Glück genießen würden. David Oliver, ein Junggeselle, der in einem Zimmer in Southwark zur Miete wohnte und von seiner Wirtin allabendlich um sechs mit einer Art Grießeintopf bewirtet wurde, ließ sich nicht lange bitten. Er trank Gin mit Orangensaft und hatte nichts dagegen, wenn man seinen Teller dreimal füllte.

»David ist ein wandelndes Lexikon«, sagte Marys Vater beim Essen. »Im Ministerium haben alle größten Respekt vor ihm.«

»Ich muss gut sein, weil mich sonst niemand ernst nimmt.«

»Und warum nicht?«, fragte Elizabeth.

»Es hat sich so ergeben. In der Schule, bei der Arbeit, es war überall dasselbe. Man hielt mich immer für eine Witzfigur.«

»Aber warum?«

»Keine Ahnung.« David sah in sein Weinglas. Seine Nervosität hatte sich etwas gelegt. »Vielleicht habe ich einfach ein lächerliches Gesicht.«

Eine Woche später bekam Mary eine Postkarte von David. Er fragte an, ob sie mit ihm ins Kino gehen wollte; in einem Kino in Bloomsbury laufe *Rebecca* von Hitchcock. Mary verschwieg, dass sie *Rebecca* schon kannte, fuhr mit dem Bus zum Russell Square und sah sich den Film ein zweites Mal an. Danach gingen sie in ein Café, tranken Tee und aßen ein trockenes Brötchen. David erzählte von seiner Arbeit und wie wenig er sie mochte. Er war vom aktiven Dienst zurückgestellt und sollte die Kriegsanstrengungen mit Hilfe seines ökonomischen Sachverstands unterstützen. Er war ausgemustert worden, weil er angeblich immer noch an den Folgen einer Kinderlähmung litt.

»Aber das ist absurd«, sagte er und zeichnete mit dem Finger ein Gesicht auf die beschlagene Fensterscheibe des Cafés. »Ich bin stark wie ein Ochse und spiele zweimal die Woche Squash. Sobald ich mit der Arbeit im Ministerium fertig bin, bewerbe ich mich wieder.«

Mary nickte. »Du kannst übrigens gut zeichnen.«

»Was?« David rieb schnell mit der Hand über die Scheibe.

»Zeichnest du auch richtig? Ich meine auf Papier statt Glas?«

»Ich nehme Unterricht in Aktzeichnen, ja, in Battersea in einem Raum, in dem es schrecklich zieht. Wir zeichnen einen Mann, der früher Preisboxer war. Behauptet er zumindest. Er hat am ganzen Körper Haare.«

Mary betrachtete Davids Gesicht genauer. Seine zwinkernden Augen und dicken Wangen hätten eine Rebecca kaum begeistert, aber sie fühlte sich in seiner Gesellschaft wohl, und seine Aufmerksamkeit schmeichelte ihr.

David schickte ihr weiterhin Postkarten. Offenbar wollte er keine Heimlichtuerei, und Marys Eltern sollten wissen, dass er mit ihr Kontakt hielt. Er lud sie ein, ihm beim Squash zuzusehen, und zeigte sich bei dieser Gelegenheit von einer unerwartet sportlichen und ehrgeizigen Seite. Er schlug kräftig auf den kleinen schwarzen Ball ein, der von überall herangeflogen kam, und seine Turnschuhe quietschten auf dem Holzboden. Er besuchte mit Mary ein Pub, fuhr mit ihr auf dem Serpentine Ruderboot, lud sie in sein Zimmer mit Blick auf den Trinity Church Square ein und toastete über der Gasflamme Brot. Auf Marys Bitten zeigte er ihr seine Skizzenbücher mit Kohlezeichnungen des haarigen Preisboxers und einige leuchtend blaue und rote Aquarelle.

Eines Sonntags kam Mary in ihrer WAAF-Uniform zu David. Sie hatte bis zehn Uhr abends Ausgang. Der Film, den sie ansehen wollten, begann erst um fünf. David mischte aus Gin und verschiedenen Fruchtsaftdosen, die er im Küchenschrank seiner Wirtin gefunden hatte, Cocktails. Nach dem Essen setzte Mary sich mit untergeschlagenen Beinen und einem Buch auf das Sofa, David begann zu zeichnen. Er stand am Fenster, wo das Licht am besten war.

»Soll ich für dich Modell sitzen?«, fragte Mary, von ihrem Buch gelangweilt.

David hob die Augenbrauen. »Es ist ziemlich kalt.«

»David! Ich meinte nicht ...«

»Natürlich nicht. Das war ein Scherz.«

Sie blickte in sein plötzlich ernstes Gesicht. Das Licht schien von hinten durch seine Haare. Ich habe ihn wirklich gern, dachte sie.

Vom Cocktail beschwingt, sagte sie: »Wenn du willst, tu ich's.«

David schwieg, dann fragte er: »Wirklich?«

Mary lachte und sprang vom Sofa. »Schau nicht so ernst!«

Er schnitt eine Grimasse und atmete hörbar aus, als wisse er nicht, was er tun solle.

»Stell doch schon mal das Gas an«, schlug Mary vor.

»Also gut. Du kannst dich hinter der Stellwand ausziehen. Auf dem Stuhl liegt ein Bademantel.«

Mary zog ihren Rock aus. Sie spürte, dass hier noch etwas anderes geschah als Kunst. Dabei verfolgte sie keine bestimmte Absicht. Im Vertrauen darauf, geliebt und nicht hinters Licht geführt zu werden, löste sie geschwind die Haken und Spangen ihrer Unterwäsche, einem instinktiven Gefühl folgend, das keine Fragen und Zweifel zuließ. Vielleicht wollte sie sich von der reinen Liebe ihrer Eltern befreien und eine härtere Wirklichkeit kennen lernen. Aber sie war sich dessen nicht bewusst, sondern empfand nur eine seltsame Leichtigkeit. Rasch schlüpfte sie in Davids kratzigen Bademantel.

Dann, auf dem Weg zum Sofa, dachte sie, dass es doch nur um eine Zeichnung ging, nicht mehr. Sie beobachtete David bei den prosaischen Vorbereitungen der künstlerischen Arbeit, sah, wie er das Blatt des Zeichenblocks umschlug und es mit einer Klammer feststeckte. Dass sie für David Modell saß, bedeutete zwar eine neue Ebene des Vertrauens und der Freundschaft – David hatte beides mehr als verdient –, doch sie hatte dem Moment zu Unrecht eine besondere Bedeutung beigemessen.

»Wie soll ich sitzen?«

»Ist dir auch warm? Wenn ja, kannst du den Bademantel ausziehen.«

Mary hatte sich noch nie in ihrem Leben vor jemandem nackt gezeigt, ihre Eltern und einige Ärzte ausgenommen. Sie war so sehr daran gewöhnt, von sich selbst in der Verkleinerungsform zu denken und ihren Körper mit den liebenden Augen derer zu sehen, die sie noch für ein Kind hielten, dass sie sich in keiner Weise ihrer Weiblichkeit bewusst war. Sie bedachte nicht, was für eine Wirkung der Anblick ihrer nackten Haut auf den bekleideten Mann vor ihr haben mochte.

Sie setzte sich, die Brust mit der Hand bedeckend, holte Luft und ließ sie schließlich sinken.

»So?«

»Dreh dich noch ein bisschen nach links. So ist es gut.«

Die nächsten zwanzig Minuten fuhr David mit kurzen, gereizten Strichen kratzend über den Block. Die Augen hinter den blitzenden Brillengläsern flogen ständig hin und her. Mary wusste, dass man als Modell keinesfalls darum bitten durfte, das Bild zu sehen, deshalb konzentrierte sie sich ganz darauf, stillzusitzen. Der Rücken tat ihr weh, weil sie sich nicht an dem durchgesessenen Sofa anlehnen konnte, und ein Nerv im Ballen des Fußes, den sie anmutig hatte abspreizen wollen, begann zu zucken.

Endlich legte David den Stift beiseite und trat zu ihr.

»Kann ich dich ein wenig anders hinsetzen?«, fragte er. Er hob ihren Ellbogen an.

»Nein«, sagte er dann, »es geht nicht.«

»Warum schaust du so?«

»Ich kann mich nicht konzentrieren. Du weißt, warum.«

»Ich?« Mary sah sich zum ersten Mal mit den Augen eines Mannes. Mit einer Macht, über die nur sie verfügte, hatte sie diesen intelligenten, weltläufigen Mann in ein hilfloses Wesen verwandelt. Eine wunderbare Erregung überkam sie.

David bewegte wieder ihren Ellbogen und berührte dabei mit der Hand ihre Brust. Seine Stimme klang belegt. »Du bist wirklich sehr schön.«

»Bin ich nicht.«

»Doch.« Er fuhr ihr mit der Hand über den Bauch und hinunter zwischen die Beine, während er ihr mit der anderen Hand über die Stirn strich. »Mit deinen schwarzen Zigeunerhaaren.«

»Sie sind nicht schwarz.«

»Aber fast.«

Er schob seine Hand noch tiefer, bis ein Schauder über ihren Rücken lief und sie unwillkürlich die Augen schloss. Ihr letzter zusammenhängender Gedanke war, dass sie David noch immer nicht geküsst hatte.

Sie schliefen an jenem Abend nicht miteinander, doch Mary schämte sich danach, wie sehr sie das neue Gefühl genossen hatte. Verlegen fummelte sie hinter der Stellwand an den Verschlüssen ihrer Kleidung herum. Bei der nächsten Begegnung mit David hatte sie allerdings ihre innere Ruhe wiedergewonnen. Gemeinsam besuchten sie die National Gallery und anschließend ein Café. Mary fühlte sich in Davids Gesellschaft wohl und war am Ende enttäuscht, dass er eine Wiederholung seines couragierten Benehmens offenbar für nicht statthaft hielt. Zweifel überkamen sie, ob sie ihm wirklich etwas bedeutete. Vielleicht hatte sie sich ihm zu bereitwillig hingegeben. Sie nahm sich vor, ihn richtig zu verführen und dadurch zu zwingen, Stellung zu beziehen.

David musste nicht überredet werden, er brauchte nur eine Gelegenheit. Sie kam am folgenden Wochenende nach einem Abendessen, zu dem ein Kollege von ihm eingeladen hatte. Sie kehrten mit dem Taxi zu Davids Zimmer zurück, schlüpften an der Haustür aus den Schuhen und schlichen auf Zehenspitzen die Treppe hinauf. David steckte einen Penny in den Gaszähler, machte Feuer und zündete, nachdem sie das Fenster verdunkelt hatten, noch eine Kerze an. In ihrem orangefarbenen Schein erlaubte Mary ihm, auf dem zerschlissenen Kaminvorleger niederzuknien und sie Stück für Stück zu entkleiden. Während er ihr Jacke und Rock auszog, sprach er noch von seiner leicht reizbaren Wirtin Mrs. Carman mit ihren Einkaufstaschen voller seltsam riechender Dinge. Beim Satinslip angelangt, wurde er ernster. Wie feierlich sein Gesicht zuletzt war, konnte Mary nicht sagen, denn sie hatte einem kindlichen Impuls folgend die Augen geschlossen, in der Hoffnung, unsichtbar zu werden.

Es bedeutete nicht die Erfüllung all ihrer Wünsche, als er schließlich auf ihr lag, aber sie fühlte sich rückblickend am folgenden Tag verändert, in gewisser Weise emanzipiert, mutiger und reifer. David erklärte, auch für ihn sei es ein Abenteuer gewesen, etwas, das er noch nie zuvor gemacht habe. Sie glaubte allerdings, dass er sie damit nur besänftigen wollte. Wie hätte er sie sonst so berühren können, als sie ihm nackt Modell gesessen hatte?

Nach ihrem Eintritt in die WAAF wurde Mary zunächst in London ausgebildet, und sie traf sich, wann immer sie konnte, mit David. Sie hatte noch nie einen Freund gehabt, und es war ihr zunächst peinlich, als ihr Vater das Wort gebrauchte, doch allmählich legte sich ihre Verlegenheit. Verwirrend fand sie nur, dass sie nie empfand, was Frauen eigentlich empfinden sollten, wenn Mary ihren Freundinnen und den Büchern, die sie las, glauben durfte.

Vielleicht, so überlegte sie, nahmen ihre Eltern ihre Liebe so sehr in Anspruch, dass sie keine mehr übrig hatte oder ein Mann erst zu einem Teil der Familie werden musste, zu einem Bruder, bevor sie seine Liebe erwidern konnte. Dies schien freilich keine wünschenswerte Vorstellung, und zum ersten Mal in ihrem Leben widerstrebte ihr die enge Umarmung der Eltern.

Davids zweite Bewerbung bei der Armee war erfolgreich. Er absolvierte eine Ausbildung und kam dann zu einem Regiment in Shropshire. Mary wurde von der WAAF nach Norfolk versetzt. Ihre Beziehung beschränkte sich hinfort auf Treffen an freien Tagen und wöchentliche Briefe. Eines Winterabends traf Mary nach sechswöchiger Trennung nur wenige Minuten nach David am Trinity Church Square ein. David sah in seiner Uniform nicht wie ein Soldat aus, er wirkte schwerfällig und gleichzeitig verletzlich. Er schenkte ihr etwas zu trinken ein, setzte sich auf das Bett in der Ecke, lockerte die khakifarbene Krawatte und suchte in den Taschen seines Uniformrocks nach Zigaretten.

Mary saß mit übereinander geschlagenen Beinen auf der Sofalehne. Sie verschwand fast im luftwaffenblauen Serge ihrer Uniform. Die ängstlichen dunklen Augen auf David gerichtet, überkam sie plötzlich ein merkwürdiges Gefühl. Das Licht, in dem sie David sah, das Licht einer nackten, an einem Kabel von der Decke herunterhängenden Glühbirne, umgab seinen Kopf und seine Schultern wie eine Aura. Seine Bewegungen wirkten verlangsamt, als befinde er sich in einer anderen Welt. Als er Mary über das brennende Streichholz hinweg anblickte, leuchtete sein Gesicht. Zum ersten Mal war der Widerspruch seines komischen Gesichts und seines ernsten Wesens versöhnt. Er erwiderte ihren Blick, und aus seinen Augen sprach eine grenzenlose Zärtlichkeit.

Wie in Trance ging sie zu ihm, setzte sich auf sein Knie, legte ihm die Arme um den Hals und drückte das Gesicht an seine Brust. Aus der Ferne hörte sie seine Stimme Koseworte flüstern, und sie wünschte sich, er würde immer noch mehr finden und nie damit aufhören. Etwas Unerklärliches geschah mit ihr, fast unmerklich, sodass sie es nicht benennen konnte. Als sie schließlich den Kopf hob und David in die Augen schaute, wusste sie nur, dass etwas anders geworden war. Sie hatte ein Gefühl erlebt, an dem sich all ihre zukünftigen Gefühle würden messen lassen müssen.

Sieben Monate lang sahen sie einander, sooft sie konnten. Dann wurde Davids Bataillon nach Nordafrika verlegt. Von dort schrieb er ihr Luftpostbriefe, deren dünnes Papier unter seinen verzweifelten Liebesschwüren zerknittert war. Mary wohnte in einer umfunktionierten Schule und fuhr mit dem Fahrrad zum Flugplatz. Dort lernte sie den Kurs feindlicher Flugzeuge am Radarschirm zu verfolgen. Doch die Nächte vor dem Schirm und die Morgen im Schlafsaal waren von einer schwebenden Leichtigkeit erfüllt, von dem Bewusstsein ihrer Vorläufigkeit, denn was für Mary wirklich zählte, war ganz woanders zu finden: nicht in Norfolk, nicht auf den deutschen Bomberstützpunkten in Norwegen und nicht einmal in der Wüste Tunesiens, sondern in einem davon getrennten, realeren Leben.

Am Rand des Bildschirms tauchte ein Lichtpunkt auf, und Mary beobachtete, wie der gerade Strahl herumfuhr und den Punkt erfasste: eine Darstellung aus Licht, aus leuchtenden Punkten, deren Bedeutung auf einer ganz anderen Ebene lag.

Ihre Mutter rief aus London an. David war gefallen. Seine Kompanie hatte einen britischen Angriff zur Flanke hin abgesichert und war dort in das Feuer des deutschen Gegenangriffs geraten. David war auf dem Schlachtfeld begraben worden, doch sollte er im Anschluss an die erfolgreiche Operation der Briten auf einen Soldatenfriedhof des Commonwealth überführt werden. Mary stellte sich immer wieder vor, David hätte während des Kampfes die Brille verloren. Sie sah ihn, wie er sich auf einer Sanddüne in blinder Verzweiflung in verschiedene Richtungen drehte, wie der Schweiß ihm über das Gesicht lief, wie damals beim Squash, und wie er dann vor ein deutsches Gewehr stolperte.

Sie würde in ihrem Leben andere Männer kennen lernen, dachte sie ganz ruhig, nicht zuletzt dank ihres geselligen, offenen Wesens. Aber David war mit ihr eins gewesen, war sie selbst, und deshalb hielt sie diesen Teil ihres Lebens für abgeschlossen. Als Mädchen erschienen ihr die Zukunft unendlich und ihre Erwartungen grenzenlos. Jetzt, so spürte sie, hatte sich eine Tür geschlossen.

II

Als Charlie van der Linden am Morgen aus der Nummer 1064 trat, war sein Haar noch vom Duschen feucht und sein Hemdkragen von einer heftigen Rasur blutig. Auf das Frühstück hatte er keinen Appetit gehabt. Vor der Tür wartete ein Taxi. Mary hatte es bestellt, während er sich anzog. Sein Büro war immer noch in dem Hotel in der Connecticut Avenue untergebracht, in dem die ganze Abteilung bis zur Fertigstellung des neuen Botschaftsgebäudes residierte. Nur die Morgenbesprechung fand in dem fast vollendeten Gebäude in der Massachusetts Avenue statt, weil es dort einen abhörsicheren Raum gab. Der Botschafter war verreist, doch der Gesandte, der die Besprechung stellvertretend leitete, hörte sich bei dieser Gelegenheit an, was die Botschaftsräte gelesen hatten, um nicht selbst alle Zeitungen studieren zu müssen. Charlie sank auf den ledernen Sitz des Taxis und begann hektisch in den Zeitungen zu blättern, um auf mögliche ihn betreffende Fragen vorbereitet zu sein.

Er zog die Überreste einer zerknitterten Zigarettenpackung aus der Jacke und suchte nach einem Streichholz. Der Nachteil von Washington war, dass es hier kaum Drugstores oder Bars gab, in denen er seinen morgendlichen Bedarf decken konnte. Die Straßen der zentrumsnahen Vororte folgten aufeinander, ohne dass ein Lebensmittelgeschäft oder auch nur ein Waschsalon zu sehen gewesen wäre. Charlie wies den Fahrer an, vor einem der großen Hotels zu halten, und eilte, während das Taxi wartete, in das überheizte Café. Er konnte amerikanischen

Kaffee nicht ausstehen, denn der schmeckte immer staubig, war siedend heiß und hatte zu wenig Koffein. Trotzdem trank er, so viel er konnte, würgte ein halbes Stückchen Plundergebäck hinunter, nahm zwei Streichholzbriefchen an sich und legte einige Münzen auf den Tresen.

Bei seiner Ankunft in der Botschaft hatte er die *Washington Post* und die *New York Times* durchgeblättert. Die Morgenbesprechung war bereits im Gang. Auf Stühlen entlang der Wände saßen zahlreiche gewichtig dreinblickende Männer, die Ersten Sekretäre der Abteilungen Wirtschaft und Kanzlei und die üblichen Analysten von Marine und Heer. Charlie murmelte eine Entschuldigung und setzte sich auf seinen Platz am Tisch.

»Guten Morgen, Charlie. Wir sprechen gerade von Richard Nixon. Wie wäre es mit einer Reise nach Kalifornien?«

»Oh, danke nein, nein.«

Charlie war von der Hochstimmung eines eben erst beginnenden Katers erfüllt. Er sah mit ungewöhnlicher Schärfe, und alles in seiner Umgebung schien sich mit anderthalbfacher Geschwindigkeit zu bewegen. Kopfschmerzen lagen allerdings noch in weiter Ferne. Er kam sich mutig und verwegen vor, wie losgelöst von seinen Gliedern und ohne wirkliche Kontrolle über sie. Im Grunde, musste er sich eingestehen, war er noch betrunken.

Edward Renshaw streifte ihn mit einem Blick, und seine Augen weiteten sich für einen kurzen Moment, als er den blutbefleckten Kragen bemerkte. Sein Durchhaltevermögen war legendär. Er wirkte so unverdorben und diensteifrig wie an seinem ersten Tag in Whitehall. Jetzt schob er seinen Stuhl zurück. »Es ist in diesem Stadium natürlich schwer, ein Urteil abzugeben«, sagte er, offenbar in Anknüpfung an das Gespräch vor Charlies Eintreffen. »Aber unsere Analyse deutet immer noch auf ein Rennen zwischen Nixon und Kennedy im November hin und auf einen knappen Sieg Nixons. Von dieser Annahme gehen wir aus.«

»Wir werden ja sehen«, sagte der Gesandte und begann die Implikationen einer republikanischen Regierung unter Nixon zu erörtern.

Charlie blickte aus dem Fenster. Jetzt musste er sich eine Entschuldigung einfallen lassen, warum er nicht nach Kalifornien wollte. Er konnte sich nichts Schlimmeres vorstellen, als sich bei Nixons Mitarbeitern einschmeicheln und irgendwelche zweitklassigen Anwälte, die zufällig Joe McCarthy gekannt hatten, zum Essen einladen und nach ihren außenpolitischen Vorstellungen fragen zu müssen, so als hätte Nixon noch eine andere Politik außer der, die Wahlen zu gewinnen. Noch schwerer als diese Abneigung wog freilich seine Unfähigkeit zu fliegen, ohne vorher drei Beruhigungsmittel und eine halbe Flasche Scotch geschluckt zu haben.

Er wollte auch deshalb in Washington bleiben, damit er die Börse im Auge behalten und sich mit Börsenmaklern in London und New York beraten konnte. In Santa Barbara, acht Stunden nach Handelsbeginn an der Wall Street, war das schwierig. Seine Aktien waren inzwischen nicht einmal mehr halb so viel wert wie noch drei Jahre zuvor. Er hatte Geld geliehen, um investieren zu können, und zweimal den Broker gewechselt, doch trotzdem hielt seine Pechsträhne, seine persönliche Baisse, weiter an.

Er stützte das Gesicht in die Hände und rieb sich die Augen. Hin und wieder wünschte er sich, er hätte keine Kinder. Nicht dass er sie nicht geliebt hätte. Manchmal, wenn er abends in ihr Zimmer ging und sie im Schlaf betrachtete, krampfte sich ihm der Magen zusammen, und alles in ihm sehnte sich danach, ihnen nahe zu sein und sie zu beschützen. Bei nüchterner Betrachtung musste er jedoch feststellen, dass sie ihn Geld und Nerven kosteten und alles kompliziert machten. Früher hatte er nach seinem Unabhängigkeitsideal gelebt, sich niemandem verpflichtet gefühlt als sich selbst, und jetzt sollte er die Berater Nixons davon überzeugen, dass Briten und Amerikaner hinsichtlich ihrer Einschätzung der kommunistischen Bedrohung gemeinsame Interessen verfolgten. Dabei hatte er solche Aufgaben einmal mit Bravour gemeistert. Seine Geselligkeit und sein Humor in Verbindung mit seinen an alten englischen und amerikanischen Universitäten mit geringst möglichem Aufwand erworbenen akademischen Graden hatten ihn in den Augen seiner Vorgesetzten für eine rasche Beförderung prädestiniert. Von seinen Schwierigkeiten wussten sie nichts, über gelegentliche Unregelmäßigkeiten sah man in der hedonistischen Atmosphäre jener Tage hinweg oder akzeptierte sie als Preis seiner vielen Talente.

Nach der Besprechung fuhr er mit dem Taxi in das Hotel, in dessen erstem Stock sein Büro in einer umgewandelten Suite untergebracht war. Er selbst residierte im Schlafzimmer; im Vorzimmer, dem früheren Wohnzimmer, saß seine Sekretärin, eine ordnungsliebende Amerikanerin in einem grauen Flanellrock und mit schwarzen Slippern.

»Kaffee, Mr. van der Linden?«

»Danke, Benton.« Er redete sie wie alle mit dem Nachnamen an. Patty, ihr Vorname, passte irgendwie nicht zu ihrer Zielstrebigkeit und Effizienz.

»Ich habe gelesen, dass die Russen einen Hund in den Weltraum schicken«, sagte Benton und stellte eine Tasse auf seinen Schreibtisch.

»Ach ja? Machen Sie mir Termine, Benton, beschäftigen Sie mich. Bis Mittag möchte ich keine Zeit mehr zum Reisen haben.«

»Wird erledigt, Mr. van der Linden. Steht schon fest, wann wir in die neue Botschaft umziehen?«

»Kann ich Ihnen nicht sagen, Benton. Dienstgeheimnis.«

Benton hatte im letzten Kriegsjahr bei Vertretern der britischen Militärs in Washington gearbeitet, man hatte ihr deshalb eine Unbedenklichkeit bescheinigt, die für eine an der britischen Botschaft arbeitende Nichtbritin außergewöhnlich war. Charlie tat gern so, als sei dies ein schwerer Fehler gewesen.

Benton griff nach dem Telefon und hielt inne. »Ach, übrigens«, sagte sie, »wissen Sie schon, dass die Amerikaner einen neuen Cocktail erfunden haben? Er heißt Sputnik.«

»Und was ist drin?«

»Ein Viertel Wodka und drei Viertel saure Trauben.«

»Der gefällt mir. Aber ich bin überrascht, dass eine gute Amerikanerin wie Sie solche unpatriotischen Witze erzählt. Passen Sie auf, sonst werden Sie noch selbst Gegenstand einer Anhörung.«

»Hm.«

»Ich weiß auch einen«, sagte Charlie. »Wie Sie wissen, liest Eisenhower gern Sciencefiction. Was liest Chruschtschow?«

»Den kenne ich schon.« Benton setzte sich an ihren Schreibtisch und begann zu wählen. »Sciencefact.«

Charlie sah zu den mit Reif bedeckten Platanen auf der Straße hinaus. Die Bevölkerung der Vereinigten Staaten befindet sich in einem »allgemeinen Angstzustand«, wie sein Psychoanalytiker in Bethesda es ausgedrückt hatte. Die Menschen schienen trotz ihres materiellen Wohlstands zu fürchten, die Russen könnten sie mit ihren technisch überlegenen Waffen jeden Augenblick überwältigen oder mit ihren Spionen von innen unterwandern. Die drohende Niederlage im Kalten Krieg stand ihnen wie ein Menetekel vor Augen. Charlie kannte eine amerikanische Familie, die eigens in das außerhalb der Reichweite sowjetischer Raketen gelegene Montana umgezogen war. Die meisten Amerikaner jedoch schienen einen Kompromiss mit ihrer Angst geschlossen zu haben. Sie gingen zu ihrer Beruhigung in den Blue Ridge Mountains wandern, tranken europäische Weine und planten Urlaub mit Freunden und Affären mit deren Frauen. Sie hörten Schlager und Jazz und kauften noch größere Autos mit noch größeren Heckflossen, nahmen Kredite auf, deckten sich zu Beginn der Saison mit neuen Kleidern ein und verwöhnten ihre Kinder mit Hula-Hoop-Reifen und aufwändigen Baukästen.

Seufzend griff Charlie nach der ungeöffneten Post auf seinem Schreibtisch. Seine Magenwand fühlte sich an, als hätte man sie mit Stahlwolle gescheuert.

Frank Renzo kam erst um elf nach unten. Mary telefonierte gerade in der Küche und erklärte Kelly Eberstadt, dass sie auf Grund des schlafenden Gastes womöglich später als verabredet zum Lunch kommen würde.

Rasch legte sie auf. »Haben Sie gut geschlafen? Wie geht es Ihrer Hand?«

Verlegen trat Frank in die Küche. »Ich wusste nicht, dass es schon so spät ist. Hab ich Sie von der Arbeit abgehalten?«

»Aber nein. Ich musste gerade noch ein paar Sachen erledigen und wollte dann ... ich muss erst in einer halben Stunde los. Was darf ich Ihnen zum Frühstück anbieten?«

Mary machte Kaffee, Frank setzte sich an den Tisch und blätterte die Zeitung durch. Dabei öffnete er sie nur einen Spalt und hielt sie auf Armlänge von sich weg, als fürchte er, der Inhalt könne ihn blenden.

»Was ist das?«, fragte er und nahm einen Stapel gewebter Wäschezeichen in die Hand.

»Die sind für die Kleider der Kinder. Sie kommen auf ein Internat in England.«

Mary wandte sich wieder der elektrischen Kaffeemaschine zu. Sie trug ein einfaches Hemdblusenkleid, das frisch von der Reinigung gekommen war. Zu den Sparmaßnahmen, auf die Mary sich mit Charlie geeinigt hatte, gehörte, dass Mary in diesem Jahr weniger Geld für neue Kleider ausgeben sollte. Jetzt freilich, als sie Franks Blick im Rücken spürte, war sie ein wenig verlegen.

»Sie scheinen über das Internat nicht glücklich zu sein«, sagte Frank.

»Bin ich auch nicht.« Mary stellte zwei Tassen auf den Tisch und setzte sich ebenfalls. »Aber wir müssen sparen. Zu den Privilegien von Charlies Beruf gehört, dass die Kinder in England Schulgeld bekommen, wenn die Eltern ins Ausland müssen. Bisher waren sie zu klein dafür, und ich wollte sie sowieso bei mir haben. Aber Charlie sagt, wir können uns die Privatschulen hier nicht leisten.«

»Sie werden sie vermissen.«

»Ja.«

»Die Kinder könnten eine staatliche Schule besuchen.«

»Sicher …« Mary schwieg verlegen. Sie wollte nicht so klingen, als kritisiere sie das amerikanische Schulsystem. Doch Charlie war gegen staatliche Schulen gewesen. Außerhalb der diplomatischen Enklave, hatte er gemeint, sei Washington eine schwierige Stadt.

»Empfehlen kann ich es allerdings nicht.«

»Was?«

»Bei meiner Highschool in Chicago war man schon froh, wenn man abends lebend rauskam. Mein Vater machte den Fehler, sich mit seiner Familie in einem farbigen Viertel niederzulassen. Mein Gott!« Frank zündete sich eine Zigarette an und faltete die Zeitung zusammen. »Als ob nicht so schon genug italienische Familien in der Stadt gelebt hätten. In einigen Straßen fühlte man sich regelrecht nach Neapel versetzt. Waren sie schon in Chicago?«

»Noch nicht. Aber Charlie reist viel, und wenn die Kinder in der Schule sind, kann ich ihn hoffentlich begleiten.«

»Einen netten Mann haben sie.«

Mary lächelte. »Finde ich auch.«

»Doch, wirklich.« Frank stand auf. »Aber jetzt mache ich mich auf den Weg ins Hotel und ziehe mir was anderes an. Nur musikalisch hat er keinen Geschmack. Das behalten Sie aber bitte für sich.«

Nachdem Frank gegangen war, nähte Mary weiter Wäschezeichen auf Richards Socken (»sechs Paar, grau, aus Wolle, knielang«, hieß es auf der gedruckten Kleiderliste detailliert). Sie sah den Namen ihres Sohns gern gedruckt: Richard van der Linden – das wirkte so solide, so echt, was im Grunde lächerlich war, denn Richard war doch nur ihrer und Charlies Phantasie entsprungen, eine Idee, der sie einen erfundenen Charakter gegeben hatten, keine wirkliche Person mit einem gedruckten Erwachsenennamen. Früher oder später musste ihnen jemand auf die Schliche kommen.

Charlie war zum Lunch mit zwei Kongressberatern verabredet und hatte im oberen Stock eines vor kurzem in Mode gekommenen Italieners in der 17th Street unweit der Kreuzung mit der L Street einen Tisch bestellt. Das Restaurant lag in günstiger Nähe einer seiner Lieblingsbars im vornehmen Salon des Hay-Adams. Der Preis der Getränke wurde dort durch die Diskretion des aufmerksamen Personals wettgemacht. Um halb eins ließ er sich in einen Armsessel vor dem riesigen Kamin sinken und zündete sich eine Zigarette an. Der Kellner brachte ihm einen trockenen Martini ohne Eis, das den Alkohol verdünnt hätte, und ohne Olive oder sonstigen Schnickschnack. Mit beiden Händen führte er die Flüssigkeit an die Lippen und nippte daran. Er schloss die Augen und lehnte den Kopf zurück.

Der Raum mit seiner hohen Decke erinnerte ihn an die Gotik seiner Kindheit, an Bilder in Märchenbüchern und eine Burg, in der ein böser Onkel gewohnt hatte. Im Kamin knackten Holzscheite. Charlie hob die Hand, und der Kellner ersetzte sein leeres Glas durch ein volles. Es fehlte nur noch der dösende Irische Wolfshund zu seinen Füßen. Charlie fand es amüsant, in dieser Spielwelt zu verweilen, während nur ein paar Schritte entfernt junge Männer mit Button-Down-Kragen ununterbrochen redend, Notizen machend und telefonierend durch die Gänge des Weißen Hauses eilten und auf der anderen Seite, mit dem Taxi nur fünf Minuten entfernt, ungeachtet der Nähe zu weltbewegenden Entscheidungen und den flinken Fingern tausender von Stenotypistinnen das wirkliche Leben der verarmten Stadt, der aus dem Sumpf gestampften Siedlung weiterging.

Beim zweiten Martini überkam Charlie ein innerer Friede, obwohl die Haut auf seiner Stirn spannte und er hinter den Schläfen ein fernes Pochen spürte. Er fischte zwei Tylenol aus der Jackentasche und spülte sie hinunter. Dann trank er aus und erwog kurz, sich noch einen Drink zu bestellen. Der Moment des Gleichgewichts, der vollkommenen Balance, nach der er suchte, war täglich schwerer zu finden. Früher einmal hatte er sich nach zwei Martinis am Mittag gefühlt wie ein König, und dieses Gefühl hatte, unterstützt durch ein gelegentliches Glas Wein, zwei bis drei Stunden angehalten, manchmal sogar bis zum abendlichen Scotch. In dieser Stimmung konnte er seine Schwierigkeiten realistisch einschätzen – namlich als Zumutung, die ihn nicht weiter zu kümmern brauchte –, und er fühlte sich innerlich gestärkt und neu belebt. Inzwischen war es jedoch fast unmöglich, die richtige Mischung oder Dosierung zu finden, die eine solche Stimmung herbeiführte, und wenn es ihm tatsächlich einmal gelang, hielt sie nur wenige Minuten an.

Er kam zu seiner Verabredung zu spät. Die Berater saßen in der Bar des Restaurants im Erdgeschoss. Sie gaben Charlie die Hand, dann luden sie ihn zu einem Drink ein.

»Was trinken Sie denn?«, fragte er mit einem Blick auf ihre Gläser.

»Martini.«

»Dann nehme ich auch einen.«

Einen zweiten Martini nahm er mit zum Essen hoch. Der Anblick des Milchkaffees, den die anderen zum Essen tranken, verursachte ihm ein komisches Gefühl im Magen. Er schob seine gebutterten Makkaroni und die *fegato alla veneziana* mehr oder weniger unberührt zur Seite und nahm einen Schluck Eiswasser. Ihm wurde heiß, und für einen kurzen Moment verspürte er eine innere Ausgeglichenheit. Dann begann einer der Berater von einer Umorientierung der Außenpolitik zu sprechen. Charlie hätte weinen mögen vor Langeweile, hysterisch schluchzen. Jedes Wort, das sie sagten, genauso wie die pompöse, in Klischees erstarrte Welt, die sie repräsentierten, war ihm zuwider. Vielleicht ging es ihnen ja nur um eine Einladung in die Residenz des Botschafters, von der sie ihren Frauen erzählen oder, noch besser, zu der sie sie gleich mitnehmen konnten.

Charlies Nachbar tunkte das letzte Stückchen Hühnerfleisch in die rote Sauce auf seinem Teller und steckte es in den Mund, dann spülte er es mit dem Rest des Kaffees, von dem sich die Milch abgesetzt hatte, hinunter.

»Entschuldigen Sie bitte.« Charlie stand auf und ging zum Treppenabsatz. Kalter Schweiß stand ihm auf Stirn und Oberlippe. Die Treppe wirkte schwindelerregend steil, der Boden an ihrem Fuß hob und senkte sich. Charlie umklammerte den Handlauf und stieg langsam Stufe für Stufe hinunter. Unter Aufbietung seiner gesamten Willenskraft, die er einst zur Lösung akademischer Aufgaben eingesetzt hatte, zwang er sich, das große Foyer mit dem glatten Boden bis zur Tür mit der Aufschrift »Signori« zu durchqueren. Der Schweiß auf seiner Oberlippe fühlte sich wie ein dicker, kalter Schnurrbart an. Er drückte die Klinke und ging hinein. Kaum war er drinnen, spuckte er in weitem Bogen eine farblose Flüssigkeit über die Fliesen. Er riss die Tür zu einer Kabine auf und sackte drinnen zusammen, aber sein Kopf war so schwer, dass er ihn nicht bewegen konnte.

Nach dem Lunch mit Kelly Eberstadt blieb Mary noch Zeit, einige Einkäufe zu tätigen, dann fuhr sie schnell zur Schule, um die Kinder abzuholen. Weihnachten stand vor der Tür. In den Wohnvierteln brannten hinter den Fenstern schon die Lichter der ersten Weihnachtsbäume. Vor der Tankstelle in der Woodley Road stand eine riesige Fichte mit leuchtend roten Glühbirnen, der Supermarkt hatte weiß bereifte Wünsche zum frohen Fest über die Schaufenster gesprayt. Vielleicht, dachte Mary, legte in diesem Moment einige Gehminuten die Straße entlang auch Mrs. Eisenhower letzte Hand an ihren makellos geschmückten Baum.

Mary war um diese Jahreszeit gern in Amerika. Hier hatten die Menschen das Fest noch nicht satt, seine Rituale erschienen ihnen noch bedeutungsvoll und neu und nicht durch Wiederholung abgenutzt. Sie wartete vor dem Schultor. Als Richard und Louisa auf dem von Stacheldraht eingezäunten Gelände auftauchten, hupte sie. Louisa hob den Kopf und winkte, ohne übermäßige Eile an den Tag zu legen. Richard war zu beschäftigt damit, einem Freund einige Bilder zu zeigen. Die Kinder stiegen hinten ein, und Mary versuchte herauszufinden, wie es ihnen in der Schule ergangen war. »Was für Fächer habt ihr heute gehabt?« »Geschichte.« »Und wie war's?« »Ganz gut.« »Und was noch?« »Wir haben einen Rechtschreibwettbewerb gemacht.« »Und wie ging's?« »Ganz gut.« Louisa hatte sich einen leichten Marylander Akzent zugelegt, den sie nach Belieben verstärken konnte, Richards Sprechweise hatte sich nicht verändert.

»Und wir hatten Atombombenalarm.«

»Ja, und wir mussten in Zweierreihen in den Keller hinuntergehen. War das vielleicht gruselig und muffig! Wir mussten neben der Heizung stehen.«

»Da habt ihr noch Glück gehabt. Wir hatten die Alarmübung im Klassenzimmer. Kennst du die? Man muss sich was über den Kopf halten, damit er nicht abgerissen wird, und sich auf den Boden werfen.«

»Aua, hör auf, Richard, du tust mir am Bein weh!«

Sie hatten immer Hunger, denn ihre Lunchpakete hatten sie schon zur Mittagszeit gegessen. Da Freitag war, gab Mary ihrer lautstarken Forderung nach und hielt vor einem Drugstore, um ihnen einen Milchshake zu kaufen. Die Straßen sind sowieso verstopft, dachte sie, deshalb sind wir auch nicht später zu Hause.

Die Kinder kletterten aus dem Auto und rannten kreischend und einander schubsend vor Mary her über den Parkplatz. Louisa hatte Marys zarte Glieder und dunkle Haare geerbt, ihr kleiner Bruder war schon jetzt einige Zentimeter größer als sie, kräftiger und temperamentvoll. Zu Hause stritten sie oft miteinander, oder sie spielten jeder für sich. Wenn sie sich vertrugen, versanken sie in zufriedener Selbstgenügsamkeit, mit der eine ganz besondere Ruhe einherging, zu erkennen an Louisas kehligem Lachen und Richards untypischer Stille. Diese Momente waren so selten und kostbar, dass Mary sie einzeln benennen und aufzählen hätte können. Im Rückblick würde daraus die Geschichte ihrer Kindheit entstehen.

Mary sah zu, wie Richard und Louisa die Arme mit den Münzen zur Theke hinaufstreckten. Sahen Fremde in den beiden nur lebhafte Kinder, oder erkannten sie, wie unfertig sie noch waren, wie behutsam man mit ihnen umgehen musste?

Sie kamen später nach Hause als sonst. Im Flur klingelte das Telefon. Die Kinder ließen Taschen und Mäntel auf den Boden fallen und rannten nach oben, Mary nahm den Hörer ab.

»Mary? Ich bin's, Edward Renshaw. Charlie ist heute Mittag krank geworden, nichts Ernstes, aber das Restaurant hat blödsinnigerweise einen Krankenwagen gerufen, und jetzt ist er in der Klinik. Er will, dass du ihn abholst.«

»Und es ist sicher nichts Ernstes?«

»Nein, es geht ihm gut. Die Ärzte wollten ihn über Nacht dabehalten, aber du kennst ja Charlie.«

»Ja.«

Mary rief Dolores und den Kindern einige Anweisungen zu, dann eilte sie wieder hinaus. Der Kaiser Manhattan sprang ausnahmsweise gleich beim ersten Mal an. Als sie in der Klinik in Bethesda eintraf, saß Charlie bleich und ungeduldig auf einem Rollbett im Behandlungszimmer. Er war gereizt, weil er nicht rauchen durfte.

Mary gab ihm einen Kuss und führte ihn am Arm zum Parkplatz hinaus. Sie spürte das Zittern seiner Hand durch den Ärmel ihres Mantels.

»Was sagt denn der Arzt?«

»Er meint, ich soll nächste Woche noch mal den Blutdruck messen lassen. Außerdem soll Weissman ein paar Untersuchungen machen – auf Diabetes und so weiter.« Der Arzt hatte noch mehr gesagt.

»Aber er war nicht besorgt?«

»Überhaupt nicht. Wie war dein Tag?«

»Mein Tag? Schön. Ganz normal.«

»Wann ist dieser Journalist gegangen?«

»Frank? Ziemlich spät. Ich fürchtete schon, ich würde es nicht mehr zum Lunch schaffen, aber dann reichte es doch noch. Jetzt bringe ich dich nach Hause und dann ins Bett.«

Nach der Rückkehr in die Nummer 1064 telefonierte Mary im Erdgeschoss mit Weissman, während Charlie droben einen Pyjama anzog und aus dem Badezimmerschränkchen ein Beruhigungsmittel nahm. Er musste erst einmal eine Nacht lang richtig ausschlafen, um wieder in den Alltag zurückzufinden. Viel brauchte er nicht, höchstens eine kurze Pause oder einen Tapetenwechsel. Er knipste die Nachttischlampe an und streckte die Hand nach einem Buch auf Marys Nachttisch aus. Er fand einen Band mit Kurzgeschichten von Irwin Shaw und begann zu lesen. Von drunten hörte er Marys besorgte Stimme.

»... ob Sie einige Untersuchungen durchführen könnten. Der Arzt in der Klinik vermutet Diabetes.«

Charlie hörte Weissman im Geist verächtlich schnauben. »Das wird es sein. W. C. Fields ist ja vielleicht auch an zu viel Limonade gestorben.«

Eine der anrührendsten Eigenschaften Marys war für Charlie

ihr bedingungsloser Glaube an ihn. Natürlich wusste sie, dass er trank, aber das taten schließlich alle ihre Bekannten in Washington, und keiner von ihnen profitierte in Marys Augen so sehr wie Charlie, keiner wurde am späten Abend noch so großzügig und todesmutig. Mary wunderte sich auch nicht darüber, dass Charlies bisher reibungslose Karriere im diplomatischen Labyrinth auf einmal ins Stocken geraten zu sein schien. Schließlich spielten an einer großen Botschaft wie Washington die verschiedensten politischen Erwägungen eine Rolle. Bedürfnisse und Wünsche anderer Diplomaten mussten beachtet werden, und außerdem sollte Charlie ja nur für eine begrenzte Zeit eine bestimmte politische Arbeit verrichten. So wiederholte sie Charlie gegenüber nur, was die Botschafter zweier früherer Stellen ihr gesagt hatten: Er sei unersetzlich, einer der Allerbesten. Louisa kam mit einer Tasse Tee herein und gab ihrem Vater einen Kuss auf die Wange. Er drückte sie an sich und tauchte mit dem Gesicht in ihre dunklen Haare ein, die nach Seife und Plätzchen rochen. Sie kam ihm fremd vor, und er fühlte sich alt und verbraucht. Zu verschieden war gewesen, was sie am selben Tag erlebt hatte.

Außerdem, dachte Charlie, als er wieder allein war, war Mary nicht im Stande, sich eine wirkliche Katastrophe vorzustellen. Er wusste, dass sie im Krieg ihren Verlobten verloren hatte, doch schien sie den Schock irgendwie bewältigt zu haben. Nicht dass sie David vergessen hätte, nein, aber sie ließ nicht zu, dass die Tragödie ihren Glauben an das Gute auf der Welt erschütterte, ihre Überzeugung, dass denen, die sie liebte, nichts zustoßen konnte, solange sie nur an sie glaubte.

Später kam Mary mit einer Omelette herauf und setzte sich auf die Bettkante, um mit ihm zu essen. Charlie zwang einige Bissen hinunter und trank etwas schwarzen Kaffee, konnte aber sein Unwohlsein als Entschuldigung dafür anführen, dass er so wenig aß. Mary ging wieder nach unten. Charlie schluckte noch eine Tablette und löschte das Licht. Er fiel in einen tiefen, schweißtreibenden Schlaf, zu betäubt, um zu träumen oder das Telefon am Bett klingeln zu hören.

Mary nahm in der Küche ab. Sie hörte die Stimme ihres Vaters am anderen Ende und war sofort alarmiert. Ihre Eltern riefen selten an. Sie taten sich mit dem Zeitunterschied zwischen London und Washington schwer und glaubten nicht so recht, dass das Telefon sie tatsächlich über eine solche Entfernung verbinden könnte. Und außerdem war ein solcher Anruf natürlich extrem teuer.

Mary ging mit der langen Schnur durch die Küche zur Spüle, wo sie gerade den Rest des Geschirrs abtrocknete. Sie starrte durch das Fenster auf die dunklen Umrisse eines Baums. In London musste es jetzt gegen ein Uhr morgens sein.

»Kannst du mich hören?«, fragte ihr Vater misstrauisch.

»Ja, sehr gut.« Die Übertragung der Stimme erfolgte mit einer gewissen Verzögerung. Wenn man zu Ende gesprochen hatte, musste man eine Weile warten. Die Funkstationen der Royal Air Force an der Küste fielen ihr ein, und sie war versucht, »Kommen!« zu sagen.

James Kirwan kam schnell zur Sache, als fürchte er, die Verbindung könne unterbrochen werden. »Deine Mutter hat sich in letzter Zeit öfter unwohl gefühlt und sich untersuchen lassen... dabei hat man offenbar eine Art Geschwulst festgestellt.«

Er sprach laut, um dem transatlantischen Kabel die Arbeit zu erleichtern, trotzdem kamen seine Worte bei Mary nur in Bruchstücken an, geradeso, als zerstückle ihr Ohr sie aus Selbstschutz in Bissen, die sie schlucken konnte. Mary starrte angestrengt auf die Äste des schwarzen Baums. Seit fast vierzig Jahren versuchte sie, sich diesen Augenblick vorzustellen und sich dagegen zu wappnen. Als sie noch keine eigenen Kinder gehabt hatte, war ihr der Tod eines Elternteils undenkbar erschienen. Auf dieses Thema hatte sie stets mit Ratlosigkeit reagiert.

Jetzt, wo es so weit oder vielleicht so weit war, einigten sie und ihr Vater sich sofort darauf, dass nichts Schlimmes passiert sei. Sie machten einander Mut. Warten wir ab ... wir können sowieso nichts tun ... nächste Woche wissen wir mehr ... genau.

Sie fanden beide, es bestehe kein Anlass für Mary, nach London zurückzukehren. Dann kam Elizabeth selbst ans Telefon und verlieh James' Zuversicht Nachdruck. Sie war Ärztin, deshalb hatte ihre optimistische Prognose einiges Gewicht. Außerdem schien sie sich sowieso mehr für Louisa und Richard zu interessieren und dafür, ob die Weihnachtsgeschenke, die sie geschickt hatte, schon angekommen waren.

Sie legten auf, und Mary blieb noch lange am Fenster stehen und starrte auf den kahlen Baum draußen. Nichts war passiert. Ihre Mutter lebte, das war die Hauptsache. Nichts hatte sich geändert.

Sie ging nach oben und gab den Kindern einen Gutenachtkuss. Ein Foto fiel ihr ein, auf dem ihre Mutter an einem Sommernachmittag im Garten des Hauses am Regent's Park die kleine Louisa auf dem Arm hielt. Mary hatte schon bei der Aufnahme des Bildes geahnt, wie selten solche Momente waren. Man konstruierte daraus ein ganzes Leben, eine ganze Biografie, aber in Wirklichkeit konnte man solche Tage an den Fingern von ein paar Händen abzählen.

III

Weissman unterzog Charlie van der Linden einem Leberfunktions- und weiteren Tests, doch die Ergebnisse lagen zu Weissmans Ärger alle innerhalb der Norm. Er sagte trotzdem, wenn Charlie seinen Alkoholkonsum nicht einschränke, könne er die Verantwortung für die Folgen wie Blackouts, Unfälle und Organschäden nicht mehr übernehmen. Er empfahl Charlie, öfter den Psychoanalytiker aufzusuchen, bei dem er im vergangenen Herbst eine Therapie begonnen hatte. Außerdem verschrieb er ihm Barbiturate, damit er besser schlafen konnte.

Aufgrund seiner Abwesenheit von der Arbeit blieb Charlie die Reise nach Kalifornien erspart, doch als er im Januar in sein Büro zurückkehrte, musste er feststellen, dass sein Kalender mit Terminen gefüllt war, die Benton für ihn vereinbart hatte. Sein Überlebenswille war immer noch so stark, dass er erkannte, dass jetzt eine Zeit ruhigen, effizienten Arbeitens angesagt war. Er absolvierte Besprechungen und Arbeitsessen, besuchte Kongressbüros, sprach mit Kongressberatern und setzte nachmittags überzeugend klingende Telegramme auf. Er versicherte London, dass von Richard Nixon trotz seiner zwiespältigen innenpolitischen Vergangenheit keine Neuauflage eines außenpolitischen Isolationismus zu erwarten sei. Er begründete seine Einschätzung und verfasste ein Memo zu den Wahlversammlungen in Iowa und der Vorwahl in New Hampshire. Er beschränkte sich auf zwei Martinis vor dem Mittagessen, und als die Wodkaflasche in seiner Schreibtischschublade leer war, ersetzte er sie nicht gleich wieder durch eine volle.

In der Nummer 1064 kehrte zu Beginn der neuen Dekade für einige Wochen Ruhe ein. Die Kinder flogen zusammen mit anderen diplomatischen Exilanten nach England, wo Marys Mutter sie am Londoner Flughafen abholte. Mary blieb allein im Haus zurück. Im Eingangsflur lagen keine Schulranzen und Mäntel mehr auf dem Boden. Auf dem Weg durch die Küche zum Kühlschrank stolperte Mary nicht über die Schienen von Richards Holzeisenbahn, und der Aperitif vor dem Abendessen wurde nicht mehr von Louisas gequälten Übungen auf dem Klavier begleitet. Mary ging zu den Kinderzimmern hinauf, doch auch sie waren ordentlich aufgeräumt, und es gab keinen Grund, dort zu verweilen. Zum ersten Mal seit zehn Jahren waren die Spielsachen alle in den richtigen Kartons verstaut, lagen die teuren Taufbecher nicht unter dem Bett und war die silberne Uhr, die Charlies Vater Richard vermacht hatte, nicht mehr als Schatz in dem feuchten Piratenschiff unter dem Ahorn versteckt.

Mary zog einige Kinderbücher aus dem Regal, Bücher, mit denen die Kinder lesen gelernt hatten, und, noch davor, Bücher, durch die ihr Bewusstsein erwacht war. Ihr Blick fiel auf die Geschichte eines Feuerwehrautos. Das Buch war voller Flecken und aus dem Leim gegangen. Mary hatte es der achtzehn Monate alten Louisa vorgelesen, die mit großen Augen gelauscht hatte. Hinter ihrem Blick dämmerte ein Bewusstsein herauf, angeregt und bewegt durch alles, was die Welt an Neuem zu bieten hatte. Täglich hatte Mary einem intimen Schöpfungsakt beigewohnt. Louisa begann früh zu sprechen, tastend, vorsichtig, die Worte versuchsweise formulierend, als müsste sie sie erst erfinden. Jede Silbe brachte Mary dem Menschen näher, den sie so sehnlichst kennen zu lernen wünschte, den sie so sehr liebte und in dessen Herz sie dringen wollte.

Sie stellte das Buch ins Regal zurück. Die Kinder, die auf ihrem Knie gesessen hatten, waren verschwunden. An ihre Stelle traten neue Versionen, Nachfolger ihres ursprünglichen reinen Wesens. Die Liebe, die in Mary brannte, musste sich ständig diesen Veränderungen anpassen, versuchen, mit ihnen Schritt zu halten. Louisa hatte Mary einmal beim Baden unvermittelt gefragt: »Mama, warum liebst du mich eigentlich so sehr?«

So sehr ... ja, warum? Mary setzte sich auf Richards Bett. Die Antwort war einfach: Weil ich dich für das wunderbarste, süßeste Geschöpf hielt, das je das Licht der Welt erblickte, und weil ich nicht fassen konnte, dass ausgerechnet ich deine Mutter sein durfte, dass ausgerechnet mir diese Gnade widerfuhr. Doch hatte sie das vor Louisa nicht zugeben können und deshalb nur gesagt: »Du stellst vielleicht Fragen!« und ihr einen Kuss auf die Stirn gegeben. Staunen erfüllte sie: Welcher göttliche Plan oder welcher biologische Vorgang bewirkte, dass eine vernünftige, erwachsene Frau in ihrer natürlichsten Funktion als Mutter eine solche, alle Grenzen sprengende Leidenschaft erfuhr? Zögernd kehrte Mary zum oberen Treppenabsatz zurück. Zur ständigen Veränderung der Kinder kam jetzt noch ihre körperliche Abwesenheit. Mary sehnte sich nach ihrer Haut, ihren Haaren, ihren Nacken, der Berührung der Muskeln unter ihren Kleidern. Niemand hatte ihr gesagt, wie taktil diese Liebe war, wie vertraut die Wölbung einer Stirn und die Biegung eines Knies sein konnten oder der Knorpel und die weiche Haut eines Ohrs, an dem sie geschnüffelt und geknabbert hatte wie ein Kaninchen. Sie ging nach unten und setzte sich ins Wohnzimmer. Sie brauchte jetzt etwas, um sich abzulenken, damit sie die nächsten Monate überstand. Vielleicht war jetzt die Zeit gekommen, das Buch zu schreiben, mit dem sie, wie Charlie ihren gemeinsamen Freunden so oft stolz verkündet hatte, sie alle eines Tages überraschen würde.

An diesem Abend klingelte nach dem Essen das Telefon. Charlie nahm ab.

»Guten Tag. Hier spricht Frank Renzo.«

»Hallo.« Charlie brauchte einen Augenblick, bis er sich erinnerte, wer Frank war. »Wie geht's der Hand?«

»Was? Ach so, gut. Ich bin wieder in Washington.«

»Schon?«

»Im Auftrag der Zeitung. Ich muss einen Bericht schreiben.«

»Über was denn?«

»Über die diplomatischen Kreise, was man dort von der Wahl erwartet und so weiter.«

»Aha. Wo wohnen Sie?«

»In einem Hotel in Georgetown. Ich werde ein paar Tage hier sein.«

»Können wir etwas für Sie tun?«

»Kann ich mich morgen Vormittag bei Ihnen melden?«

»Ich muss zur Arbeit, aber ich denke doch, Mary ...«

»Das wäre wunderbar.«

Charlie legte auf. »Hast du für morgen schon etwas vor?«

»War das Frank?«

»Er braucht wahrscheinlich jemanden, der ihm die Stadt zeigt und ihn mit einigen Leuten bekannt macht. Ich hab es ihm versprochen, damals, auf der Party.« Charlie überlegte. »Er könnte uns sogar nützlich sein. Kontakte zu den New Yorker Zeitungen sind immer gut.«

Am nächsten Morgen zog Mary ein Kleid an, das sie im Sommer zuvor bei Lord and Taylor in New York gekauft hatte, ein Kleid aus grasgrünem Tweed, mit rundem Halsausschnitt und Faltenrock. Laut Firmenprospekt handelte es sich um ein Kleid von »schlichter Eleganz«, das »die Frau von heute zu jedem Anlass tragen kann«. Es gefiel Mary, weil es vermutlich auch an Audrey Hepburn gut aussah.

Sie verabredete sich mit Frank in dem neuen Botschaftsgebäude in der Massachusetts Avenue. Mary stand bereits eine Woche nach Ankunft der van der Lindens in Washington im Ruf einer Frau, die so viel wie möglich vorgezeigt werden sollte. Trotz einer gewissen Schüchternheit galten ihr lebhaftes Temperament und ihre guten Manieren als wichtige Vorzüge.

Einem Brauch der Botschaft zufolge konnten Diplomaten, die nicht verheiratet oder deren Frauen indisponiert waren, die für gesellige Anlässe aber eine Begleiterin brauchten, die Frau eines Untergebenen bitten, sie zu begleiten, und Mary hatte, sehr zu ihrem Leidwesen, schon in dieser Funktion einspringen müssen. Die meisten britischen Diplomaten glaubten an das Joe-Alsop-Gesetz, benannt nach seinem Erfinder, dem Washingtoner Kolumnisten Joe Alsop, nach dem ein Dinner mit acht Personen keinen Langweiler verkraftete, eins mit zehn einen halben, eins mit zwölf einen ganzen, eins mit vierzehn anderthalb und so weiter. Halbe Langweiler waren laut Alsops Definition dumme, aber sehr mächtige Männer oder geistlose, aber sehr schöne Frauen.

Bei dem neuen Gebäude handelte es sich um einen Zweckbau aus Beton, Stahl und Glas, in dem Beamtenhierarchie, interne Konkurrenz und davon abhängige Bürogrößen über ästhetische Gesichtspunkte gesiegt hatten. Nach und nach bevölkerten sich die rechtwinklig voneinander abzweigenden Korridore, und die provisorisch überall in der Stadt in Mietshäusern, Hotels und Büroblocks untergebrachten Diplomaten zogen mit ihren Akten und Adresskarteien ein. Mary wartete drunten im verglasten Foyer und plauderte mit der Empfangsdame. Sie war nicht begeistert darüber, Frank die Stadt zeigen zu müssen, und sah auch nicht so recht ein, warum Charlie sich nicht selbst die Zeit dafür nahm, wenn er Frank aus irgendeinem Grund schon unbedingt helfen wollte. Deshalb war sie auch ganz undiplomatisch reserviert, als Frank das Foyer betrat, den breitkrempigen Filzhut abnahm und ihr die Hand entgegenstreckte.

»Ich kann Ihnen ja zuerst die Botschaft zeigen«, sagte sie. »Und dann sagen Sie mir, was Sie weiter sehen wollen.«

»Einverstanden«, erwiderte er. »Natürlich bleibt das alles unter uns.«

»Ja. Der Leiter der PR-Abteilung möchte Sie ebenfalls kennen lernen. Er wird droben zu uns stoßen.«

Sie gingen zum Aufzug. »Wie geht es übrigens Ihrer Hand?«

»Danke, bestens. Sie ist gut verheilt.« Frank zeigte ihr eine Narbe unter der Hemdmanschette. Er zog ein Notizbuch aus der Tasche seines Regenmantels und schlug es auf. »Kann ich mir ein paar Notizen machen?«

»Solange Sie nicht –«

»Nein, auf keinen Fall. Nur zum Hintergrund.«

Sie begannen im Oberstock des Gebäudes. Die Kantine hatte noch nicht geöffnet. Der Leiter der PR-Abteilung erwartete sie schon, begeistert von der Aussicht, einen neuen Journalisten kennen zu lernen.

»Sie gehen voraus, Mary«, sagte er lächelnd. »Ich öffne nur ein paar Türen, wörtlich und bildlich gesprochen.«

Einige Angestellte saßen bereits in ihren neuen Büros, und Mary machte Frank auf ihrem Rundgang durch die Botschaft mit ihnen bekannt. Die meisten schienen nur zu gern bereit, ihre Arbeit zu unterbrechen und Franks Fragen zu beantworten, sobald er ihnen versichert hatte, dass sie nicht zitiert würden. Frank erkundigte sich nach ihrer Einschätzung von Eisenhowers Präsidentschaft und wer ihrer Meinung nach der nächste Präsident werden würde. Er wollte wissen, wie ihnen Washington gefiel, wie die Stadt im Vergleich mit anderen Städten abschnitt, in denen sie gearbeitet hatten, und was sie nach Feierabend machten.

Zuletzt standen sie wieder im Erdgeschoss. »Bekomme ich auch die Residenz des Botschafters zu sehen?«, fragte Frank.

Der Leiter der PR-Abteilung nickte. »Ich übergebe Sie seiner Sekretärin.«

Der Botschafter war in New York, sie durften sich aber trotzdem in seiner neben der Botschaft gelegenen Residenz umsehen, einem Gebäude im Queen-Anne-Stil mit hohen Ziegelkaminen, Mansardenfenstern und einer mit Efeu bewachsenen Rückwand.

»Charlie findet, das Haus erinnere ihn an ein Jungeninternat«, sagte Mary. Es war Anfang Frühling und überraschend warm.

»Für eine Person ist es jedenfalls groß genug.«

»Früher war dort die ganze Botschaft mit allen Büros untergebracht. Dann wurde der Platz zu knapp.«

Sie klingelten und warteten. Die Sekretärin des Botschafters öffnete ihnen. Sie traten ein und standen vor einer weißen Steintreppe. »Mein Gott«, staunte Frank. »Das sieht ja aus wie ein Luxusrestaurant.«

Mary lachte. »Dann müsste es ein indisches Restaurant sein. Der Mann, der das Haus entworfen hat, Lutyens, hat in Neu-Delhi viele öffentliche Gebäude errichtet.«

Frank nickte. Wahrscheinlich weiß er nichts von den Briten in Indien, dachte Mary. Sie betrachtete ihn zum ersten Mal an diesem Morgen genauer. Er war sauber rasiert und ordentlich gekleidet, sein Blick jedoch genauso fahrig und erschöpft wie damals auf der Party. Er hatte erwähnt, dass er aus einem armen Viertel in Chicago stammte. Sicher hatte er auf dem Weg nach Osten einige Schwierigkeiten überwinden müssen.

Der Schreibtisch des Botschafters stand mit dem Rücken zur Massachusetts Avenue. Die gewaltige polierte Holzplatte war eindrucksvoll aufgeräumt. Ganz am Rand standen drei leere Ablagekörbe mit den Aufschriften Eingang, Ausgang und Papierkorb. Die einzigen anderen Gegenstände auf dem Tisch waren zwei Fahnen aus Papier, die amerikanische und die britische, und ein abgegriffener New Yorker Restaurantführer. Vor dem Kamin standen ein Kamingitter und ein Ohrensessel, an den Wänden verglaste Bücherschränke mit langen Reihen einheitlich in Leder gebundener Bücher. Über allem lag eine Art geliehener Pracht, eine nach Metern zugeteilte Würde. Die Atmosphäre erinnerte an einen Herrenclub in Manhattan für Absolventen eher zweitklassiger Universitäten.

»Was für ein Mensch ist der Botschafter?«

Mary vergewisserte sich, dass die Sekretärin außer Hörweite

war. »Man könnte ihn wohl als Anhänger des Empire beschreiben. Die nachlassende Bedeutung Großbritanniens in der Welt macht ihm schwer zu schaffen.«

»Klingt normal für einen Botschafter. Gefällt es ihm in Washington?«

»Ich glaube nicht. Er hatte einen schlechten Einstand, gleich nach der Suezkrise. Dulles bestellte ihn zu sich und wollte wissen, warum die Briten sich nicht hätten durchsetzen können. Daraufhin wurde der Botschafter so wütend, dass er aus dem Zimmer gehen musste.«

Sie begaben sich wieder nach unten, wo man ihnen den Garten hinter dem Haus zeigte, den weichen, tiefgrünen Rasen, die Rosenbeete und Rabatten. Ein New Yorker Reporter wirkte in dieser Umgebung seltsam fehl am Platz, dachte Mary.

Sie kehrten zur Botschaft zurück und bogen in eine von der Massachusetts Avenue abzweigende Seitenstraße ein. Am Nebeneingang der Residenz wurden aus einem Lieferwagen Kisten mit Champagner ausgeladen.

»Wären Sie morgen zum Lunch frei?«, fragte Frank.

»Ich weiß noch nicht, ich ...«

»Ich habe gleich jetzt einen Termin, aber ich würde mich freuen, wenn wir uns noch etwas unterhalten könnten. Darf ich Sie am Vormittag anrufen, um zu erfahren, ob Sie Zeit haben?«

»Gut. Kann ich Sie irgendwohin mitnehmen? Ich bin mit dem Wagen da.«

»Nein, das geht schon. Ich nehme ein Taxi.«

Frank stand immer noch am Straßenrand und suchte das Verkehrsgewühl nach einem Taxi ab, als Mary an ihm vorbeifuhr, doch da er ihr Angebot sehr entschieden, fast schon schroff abgelehnt hatte, hielt sie nicht an, um es zu wiederholen. Es war fast Mittag. Mary wollte zum Essen nicht nach Hause in die stille Küche zurückkehren, bog deshalb nach links ab und fuhr in Richtung Observatorium. Von dort war es nur noch ein Sprung zu Fiorello, einem italienischen Café mit Blick auf den Potomac, das sie vor kurzem entdeckt hatte.

Sie setzte sich an einen Ecktisch und sah zum Fenster hinaus, auf den Fluss und das Theodore Roosevelt Memorial.

Wahrscheinlich besaßen nur wenige vergleichsweise junge Städte so viele Denkmäler, dachte sie. Sie konnte sie aufzählen, ohne sich anstrengen zu müssen: die steinernen Gedenkstätten von Lincoln, Jefferson und Roosevelt, der George Washington Memorial Parkway, die George Mason Memorial Bridge, die Arlington Memorial Bridge, die zum Iwo Jima Marine Corps Memorial führte ... Was genau wollten die Bewohner der Stadt denn so unbedingt im Gedächtnis behalten?

Für den Lunch am folgenden Tag wollte Frank von Mary ein Restaurant ihrer Wahl wissen, seine Zeitung würde die Rechnung übernehmen. Fiorello war Marys ganz private Zuflucht. Nicht einmal Charlie wusste davon, und Mary wollte auch nicht, dass andere davon erfuhren. Also wählte sie das Old Firehouse, ein großes, traditionell wirkendes Restaurant in Georgetown, das die verlässliche Lauren Williams empfohlen hatte. Mary bestellte einen Tisch für ein Uhr.

Es war einer der ersten sonnigen Tage im Frühjahr. Hoch am Himmel zogen einige zerklüftete Wolken dahin, eine leichte Brise wehte, und eine fast schon vergessene Wärme lag in der Luft. Mary ging die 33rd Street entlang, in der sie geparkt hatte, vorbei an historischen Häusern in leuchtenden Farben und an kleinen Läden, in denen die vulgäre Welt der amerikanischen Supermärkte noch keinen Einzug gehalten hatte. In den Vorgärten sprossen die ersten Krokusse, und die Knospen an den Ästen der Magnolien und Kirschbäume waren dick geschwollen. Die im neogeorgianischen und im Kolonialstil erbauten Häuser wirkten nicht authentisch und der historische Stil wie per Dekret verordnet. Aber man musste schon ein unverbesserlicher Griesgram sein, dachte Mary, wenn man die positive Ausstrahlung dieser gutbürgerlichen Idylle nicht spürte, zumal wenn man auf die belebten Gehwege der M Street einbog.

Ein wenig zu früh traf sie im Restaurant ein und gab den Mantel an der Garderobe ab. Darunter trug sie einen beigen Kaschmirpullover und einen blauen Rock. Die dunklen Haare hatte sie mit zwei Schildpattkämmen zurückgesteckt. Ein Kellner führte sie in den hinteren Teil des Raums. Der Tisch mit einer umlaufenden Sitzbank stand zusammen mit einem halben Dutzend weiterer Tische auf einer erhöhten Plattform. Auf der Tischplatte aus Mahagoni lagen weiße, gestärkte Servietten. Mary zündete sich eine Zigarette an, nippte an einem Glas Wasser und wartete. Sie begann in der *Washington Post* zu blättern und versuchte sich auf einen Artikel über die wirtschaftliche Zukunft des Landes zu konzentrieren. Angesichts des sinkenden Bruttosozialprodukts und der höchsten Arbeitslosigkeit seit der Weltwirtschaftskrise, so stand dort zu lesen, sei eine Verjüngungskur dringend erforderlich.

»Ich habe Sie hoffentlich nicht warten lassen.«

Mary sah erschrocken von der Zeitung auf. Sie hatte Frank weder gesehen noch gehört.

»Überhaupt nicht«, log sie. Frank schob sich ihr gegenüber auf die Bank.

Sein Drink wurde gebracht. Er rührte ihn mit einem Stäbchen aus Plastik ein paar Mal schnell um, dann schlug er es zweimal an den Rand des Glases und schnippte es mit einer geübten Bewegung in den Aschenbecher.

Er nahm einen großen Schluck und lächelte. »Haben Sie schon einen Blick in die Karte geworfen?«

»Ja, ich denke, ich nehme das Sandwich mit Huhn.«

Der Kellner trat an ihren Tisch. Frank hob den Kopf. »Wir nehmen einmal das Sandwich mit Huhn. Und kann ich die französische Zwiebelsuppe bekommen und dann das Steak mit Salat? Dazu bitte ein Bier. Haben Sie Schaeffer vom Fass?«

»Selbstverständlich. Und für die Dame?«

»Ich nehme nur ein Glas Wasser.«

»Ein Glas Wasser«, wiederholte Frank.

Mary lachte plötzlich. »Gott, ich klinge wie Franny.«

»Wie bitte?«

»Franny. Die Heldin einer Geschichte, die ich in einer Zeitschrift gelesen habe, im *New Yorker*, glaube ich.«

»Die von Salinger?«

»Ja.« Mary konnte die Überraschung in ihrer Stimme nicht verbergen. »Sie haben sie gelesen?«

»Natürlich. Die war doch vor ein paar Jahren Tagesgespräch. Hat sie Ihnen gefallen?«

»Ja, sehr. Sie hat mich tief berührt.«

»Glauben Sie, das Mädchen ist schwanger?«

»Franny?« Mary hielt Franny für vielleicht nicht das hellste, aber doch ein ganz nettes Collegemädchen am Rande eines von ihrem gefühllosen Freund verursachten Nervenzusammenbruchs. »Daran habe ich gar nicht gedacht.«

»Vielleicht ja nicht. Jedenfalls bestellt sie auch ein Sandwich mit Huhn, richtig?«

»Ja, und er Schnecken und Froschschenkel.«

»So ein Idiot.«

Frank fragte Mary nach Washington und nach ihrem Leben. Sein Notizbuch legte er aufgeschlagen neben seinen Teller. Er kritzelte linkshändig einige Zeilen hinein, dann legte er den Stift beiseite.

»Bevor wir hierher kamen, waren wir in London und davor in Tokio.«

»Tokio?«

»Ja, in Japan. Es –«

»Ich weiß, wo Tokio liegt. Hat es Ihnen dort gefallen?«

»Eigentlich schon. Davor waren wir in London und davor in Moskau.«

»Und Moskau liegt in Russland, stimmt's?«

Mary spürte, wie sie rot wurde. »Ja. Allerdings wurde kurz

nach unserer Ankunft Louisa krank und musste in ein Krankenhaus in London.«

»Aber jetzt ist sie wieder gesund?«

»Natürlich, aber damals hatte ich große Angst. Sie war ein Jahr lang sehr krank, bis man herausfand, dass sie auf Weizen allergisch reagierte. Sie muss jetzt nur aufpassen, was sie isst, dann kann nichts passieren. Später war ich mit Richard schwanger, und es sah so aus, als würde ich ihn verlieren. Charlie war deshalb mehr oder weniger allein in Moskau, was ihm gar nicht gefiel.«

Frank schob den Suppenteller zur Seite. In der Untertasse lag eine ungeöffnete Zellophanpackung mit einigen Crackern.

»Und Sie selbst? Sie machen auf mich einen sehr glücklichen Eindruck.«

»Ich bin wohl auch glücklich. Ich habe allen Grund dazu.«

»Charlie?«

»Natürlich, ja. Und unsere Kinder.«

»Erzählen Sie mir von Charlie.«

Mary warf einen Blick auf das geöffnete Notizbuch.

»Entschuldigung«, sagte Frank und steckte es rasch in die Jackentasche.

Mary dachte an Charlie und musste lächeln. »Charlie ist ein bemerkenswerter Mensch. Er ist ... ich weiß nicht. Ich weiß nicht, wo ich anfangen soll. Warum wollen Sie das wissen?«

Frank spreizte die Hände. »Sie müssen nichts sagen.« Mit dem Messer in der linken Hand schnitt er ein Stück Fleisch ab, spießte es mit der Gabel in der rechten Hand auf, tauchte es in die Sauce, legte das Messer hin, nahm die Gabel rasch in die linke Hand und führte sie zum Mund.

Mary beobachtete das Hin und Her.

»Aber vielleicht wollen Sie mir ja von ihm erzählen«, ermutigte Frank sie. »Vielleicht etwas, das Sie besonders beschäftigt.«

»Hm ...« Mary zögerte. Der Gedanke an ihre Familie machte sie glücklich und zugleich ängstlich. »Bei Charlie fällt einem wahrscheinlich als Erstes auf, dass er keine Mitte kennt, keinerlei Mäßigung. Er ist ein herzensguter, intelligenter, witziger Mensch, aber er hat Launen. Bei ihm folgt auf Begeisterung sofort abgrundtiefe Verzweiflung und auf Fröhlichkeit Melancholie. Eigenschaften wie Nachdenklichkeit, Optimismus oder Geduld kämen frühestens an zwanzigster Stelle, Zufriedenheit würde wohl überhaupt nicht auftauchen.«

»Warum ist er verzweifelt?«

»Keine Ahnung. Ich glaube nicht, dass es überhaupt jemand weiß, am wenigsten er selbst. Zum Teil ist es wohl die Angst vor der Langeweile.«

Mary hatte schon lange nicht mehr mit einem anderen über Charlie gesprochen, und Frank war auf seine unvermittelte Art ein sehr geschickter Frager. Er schien immer leicht misszuverstehen, was sie meinte, sodass sie das Bedürfnis hatte, ihn zu verbessern, etwas klarzustellen und zu erklären. Sie dachte gar nicht daran, dass es sich dabei um eine journalistische Technik handeln könnte. Frank schien so losgelöst vom Rest der Welt, dass sie sich nicht vorstellen konnte, was er dachte oder ob er überhaupt etwas fühlte. Trotzdem erleichterte es sie, mit ihm zu reden. Sie hatte mit Charlie nicht über ihre Sehnsucht nach den Kindern sprechen können. Sie war nicht in der Lage, den physischen Verlust in Worte zu fassen, ohne dass es nach Selbstmitleid klang. Die Ängste ihrer Mutter wegen konnte Charlie, der beide Eltern verloren hatte, verstehen und nachempfinden, doch gab es über die Platitüden hinaus, auf die Mary und ihr Vater sich festgelegt hatten, nichts zu sagen.

»Fertig?« Der Kellner hielt den Teller mit dem halb gegessenen Sandwich in der Hand. Mary nickte, und er nahm ihn weg.

»Sie haben von Ihrer Mutter gesprochen«, sagte Frank. »Haben Sie eine Ahnung, wie ernst es um sie steht?«

»Wir warten immer noch auf die endgültige Diagnose, aber Sie wissen ja, wie das mit Krebs ist. Man muss auf das Schlimmste gefasst sein. Man rechnet damit.«

»Wie alt ist sie?«

»Recht alt. Zweiundsiebzig. Insofern ist es nicht ungerecht. Viele meiner Freundinnen haben Vater oder Mutter verloren, einige sogar Geschwister oder Kinder, was wirklich unerträglich sein muss. Aber ich habe wahrscheinlich immer gedacht, meinen Eltern passiert so etwas nie.«

Mary nahm eine Zigarette aus dem Päckchen, das Frank ihr hinhielt. »Sie bleiben immer das, was sie für einen als Kind waren. Sie scheinen unbesiegbar, unsterblich, und ihr Tod ist die schlimmste denkbare Katastrophe – das Ende der Welt. Selbst wenn man erwachsen ist, gehört der Tod der Eltern in eine ferne, irreale Zukunft. Ich kann nicht glauben, dass dieses Ereignis der fernen Zukunft jetzt Gestalt angenommen haben soll. Das kommt mir alles viel zu ... viel zu konkret vor.«

Frank schwieg. Mary spürte, wie er sie mit schräg gelegtem Kopf ansah.

Sie riss sich aus ihren Gedanken. »Aber jetzt müssen Sie mir von dem Artikel erzählen, den Sie schreiben. Sind Sie auf solche Berichte spezialisiert?«

»In letzter Zeit, ja.«

»Was meinen Sie damit?«

»Ich bin eigentlich Reporter und am liebsten an Ort und Stelle. Ich komme nicht gern ein paar Tage später, um die Krümel zusammenzukehren.«

»Aber hier sind Sie doch rechtzeitig?«

»Es ist dasselbe. Nichts Aktuelles. In der Zeitung steht dann vielleicht ›Stadt im Aufruhr: Washingtons Ausländer bereiten sich auf die Zeit nach Eisenhower vor. Ein Bericht von Frank Renzo‹ oder ›Ein Blick hinter die Kulissen‹. So was machen die gern. In Wirklichkeit ist es ein ziemlicher Bockmist. Niemand ist in Aufruhr, und die Hälfte der Ausländer wird in ein paar Jahren sowieso woandershin versetzt. Die interessieren sich doch gar nicht für die Stadt.«

»Warum schreiben Sie dann solche Artikel?«

»Damit ich danach wieder als Reporter arbeiten kann. Es ist meine Strafe. Ich arbeite eine Strafe ab.«

»Eine Strafe?«, fragte Mary. »Was haben Sie denn angestellt?«

»Es war nicht lustig.« Frank strich sich mit der Hand über das Kinn und schüttelte den Kopf. »Dieses Land hat schwere Zeiten hinter sich.«

»Was meinen Sie damit?«

Er sah sie an, dann schüttelte er wieder den Kopf. Einen peinlichen Moment lang glaubte Mary in seinen Augen Tränen zu bemerken. »Haben Sie schon einmal von einem gewissen Joe McCarthy gehört?«

»Natürlich.«

»Vielleicht erzähle ich Ihnen eines Tages, was passiert ist.«

Mary schlug die Augen nieder.

»Mein Ziel ist jedenfalls, rechtzeitig in mein altes Ressort zuruckzukehren, um über die Wahlen berichten zu können.«

»Ach so. Wie lange büßen Sie Ihre Strafe schon ab?«

»Viereinhalb Jahre. Na denn.« Frank zog ein Bündel zusammengerollter Scheine aus der Jackentasche und steckte einige davon in die zusammengefaltete Rechnung. »Und was haben die ausländischen Diplomaten am Wochenende vor? Wie bereiten Sie sich auf die Zeit nach Eisenhower vor?«

»Meines Wissens an Bord eines Segelboots.«

»Klingt gut.«

Erleichtert darüber, dass Franks Stimmung sich wieder aufgehellt hatte, sagte Mary: »Kommen Sie doch mit, wenn Sie Lust haben.«

»Ich denke, ich habe Ihre Zeit schon lange genug in Anspruch genommen. Außerdem liegt mir das Wasser nicht besonders.«

»Ich dachte, Sie sind in Chicago aufgewachsen.«

»Die Kinder der armen Leute gehen nicht im See schwimmen.«

An der Garderobe blieben sie stehen. Mary kramte in ihrer Tasche nach ein paar Münzen.

»Ich mach das schon«, meinte Frank.

Sie traten auf die Straße, und Mary sagte: »Rufen Sie uns an, wenn Sie es sich anders überlegen.«

»Mach ich.«

Frank setzte den Hut auf und knöpfte den Regenmantel zu.

»Kann ich Sie irgendwohin mitnehmen?«, fragte Mary.

»Nein, ich wohne in dem Hotel die Straße hinunter.«

Sie begleitete ihn noch bis zur Ecke. Durch ein offenes Autofenster hörten sie ein Radio. Es spielte ein Lied. »Was hatte Della an, Mann, was hatte Della an …«

»Macht einen wahnsinnig, die Musik, oder?«, bemerkte Frank und schickte sich an, die Straße zu überqueren.

Von Richard und Louisa kamen Briefe auf Luftpostpapier. Mary las sie am Küchentisch stehend, auf dem Gesicht ein selbstvergessenes Lächeln. Beide beklagten sich über die vielen Verbote, den blöden Unterricht, unbequeme Betten und schreckliches Essen. Doch entnahm Mary der Heftigkeit der Klagen immerhin, dass die Kinder insgesamt guter Dinge waren. Nach Charlies Rückkehr von der Arbeit saßen sie in der Küche, die Köpfe über das zerknitterte Papier mit den schiefen Zeilen gebeugt. Charlie lachte über die Rechtschreibung, las Absätze vor und ahmte dabei abwechselnd Louisas resignierten Tonfall und Richards empörtes Lispeln nach.

Es war einer der wenigen Abende ohne gesellschaftliche Verpflichtungen. Mary zuliebe legte Charlie im Wohnzimmer »South Pacific« auf und ließ die Türen offen, sodass man die Musik im Haus hören konnte. Dann kehrte er in die Küche zurück, setzte sich, legte die Beine auf den Tisch und trank Scotch, während Mary am Herd das Abendessen zubereitete.

Mary trug eine weiße Hose und eine lose rosa Strickjacke. Sie sah mädchenhaft aus für eine vierzigjährige Frau, und diese

Jugendlichkeit wurde durch ihre schlanke Figur, die sich nach der Geburt der Kinder nicht verändert hatte, noch betont. Charlie trat hinter sie, legte die Arme um sie und drückte sie fest an sich. Er küsste sie unter den gewellten dunklen Haaren auf den Nacken und glitt mit den Händen zu ihren Brüsten hinauf. Mary wand sich in gespielter Ungeduld in seinen Armen.

»Ich sehe ein graues Haar«, sagte er. »Dein erstes?«

»Sei nicht albern. Schenk mir lieber was zu trinken ein.«

Als Charlie wieder saß, sagte er: »Ich hab heute mit Duncan Trench gesprochen.«

»Schön für dich. Was sagt er?«

Charlie hob den Kopf und starrte den Rücken seiner Frau an. Seine persönliche Situation hatte sich inzwischen so zugespitzt, dass er sich Mary nicht mehr ganz anvertrauen konnte. Andererseits war auch der Drang, sich zu offenbaren, groß, und er wollte sich wenigstens durch ein kleines Teilgeständnis Erleichterung verschaffen.

»Ich hatte in letzter Zeit einige Schwierigkeiten, und er meinte, er könnte mir vielleicht helfen.«

»Aber er arbeitet doch nicht in deiner Abteilung.«

»Hm, ja und nein. Er arbeitet in der Kanzlei. So ganz genau weiß ich das auch nicht.«

Charlie hatte über die Jahre großes Geschick darin entwickelt, Mary nicht die ganze Wahrheit zu sagen. Der Grund dafür waren anfangs vor allem andere Frauen gewesen. Die Strategie, seine Gefühle für eine Frau, zu der er sich hingezogen fühlte, energisch zu bestreiten, war nicht aufgegangen; Mary hatte die Lüge sofort durchschaut. So entstand ein Verfahren der Täuschung und Doppeltäuschung, das es Charlie erlaubte, sich zu einem gewissen persönlichen Interesse zu bekennen, zu einer oberflächlichen körperlichen Anziehung und gelegentlich auch einer großen Leidenschaft, wobei allerdings die Frauen, über die er seine Beichte ablegte, nie die waren, denen seine wirklichen Gefühle galten.

Das Verfahren hatte funktioniert, und aus Aberglauben hatte Charlie Mary zu ähnlichen Geständnissen gedrängt. Ihre Schwäche für einen Fernsehmechaniker, ihre angebliche Leidenschaft für einen Lieferanten klangen zwar nie überzeugend, doch für Charlie reichten sie als Rechtfertigung der Idee und als Blitzableiter für den Fall, dass Mary tatsächlich einmal jemanden kennen lernen sollte. Dann nämlich konnten sie darüber reden, Marys Zuneigung übertreiben und sich darüber lustig machen. In Wahrheit war Mary nach Charlies Überzeugung von Natur aus treu. Ihre Gefühle schienen ausschließlich auf sein Wohl und das der Kinder ausgerichtet zu sein, als dass da noch etwas anderes Platz gehabt hätte. Schon einen anderen Mann zu küssen wäre ein Akt der Grausamkeit gegenüber Richard und Louisa gewesen.

Mary stellte einen Topf mit Hühnerfrikassee auf den Tisch. »Es ist nichts wirklich Schlimmes passiert, oder?«, fragte sie. »Du tust doch nichts ... Verbotenes.«

»Aber nein. Das dürfen Leute wie ich doch gar nicht.« Charlie schenkte sich noch einen Scotch ein. »Aber jetzt zu dir. Hattest du einen schönen Tag?«

»Ich habe mit Frank in dem Restaurant gegessen, das Lauren empfohlen hat.«

»Aha. Wie war's?«

»Typisch Lauren. Grundsolide, keine Überraschungen. Ganz nett.«

Sie sagte »ganz nett« in einem Tonfall, den Louisa mit zwei Jahren verwendet hatte, mit einer unterschwelligen Resignation, die Charlie damals sehr belustigt hatte. Charlie konnte sich noch genau an die sprachlichen Eigenheiten und Fehler seiner Kinder erinnern. Einige davon hatte er ironisch in den eigenen Sprachgebrauch übernommen.

»Über was habt ihr gesprochen?«

»Hauptsächlich über dich«, sagte Mary.

»Ihr Armen! Hast du Wein getrunken?«

»Nein, nur Wasser.«

»Und er hat wahrscheinlich Chili con carne mit Milchkaffee bestellt, stimmt's?« Charlie erschauerte.

»Nein, er trank Alkohol. Ich weiß nicht mehr was. Bier, glaube ich.«

Charlie begann über die Trinkgewohnheiten der Amerikaner zu sprechen, die ihn nach wie vor faszinierten. Im Verlauf des Abendessens klingelte zweimal das Telefon. Einmal teilte Frank Renzo mit, dass er doch zum Segeln mitkommen würde, wenn die Einladung noch gelte. Dann rief Katy Renshaw an. Man wolle am Samstag nach dem Segeln im Ferienhaus der Renshaws übernachten, die van der Lindens sollten also bitte warme Kleider, Sachen zum Übernachten und Schallplatten mitbringen.

»Und einen Journalisten aus New York, wenn ihr nichts dagegen habt«, sagte Charlie.

»Überhaupt nicht«, erwiderte Katy. »Den, den ich auf der Party bei euch kennen gelernt habe? Meine Schwester aus Boston kommt auch.«

Sie brachen am Samstagmorgen in aller Frühe im Kombi der Renshaws auf. Edward fuhr, Katy und ihre Schwester Sal saßen vorne neben ihm, die anderen auf dem Rücksitz. Dahinter stapelten sich Körbe mit Proviant, Kerzen, Gaslampen für den Fall, dass der Strom ausfiel, und zusätzliche Decken. Auf den Straßen war kaum Verkehr. Sie fuhren nach Osten und gelangten auf die Route 301. Washington schien auf Grund des Wochenendes entvölkert. Behörden und Anwaltskanzleien hatten geschlossen und die Stadt ihrer Daseinsberechtigung beraubt. Die leeren Straßen wirkten unwirklich und überflüssig.

Wegen des frühen Aufbruchs trafen sie noch vor neun an der Mautstation der Bay Bridge ein. Vor ihnen ragte die Brücke auf ihren Stelzen aus dem seichten Wasser, wie eine Rampe sanft ansteigend bis zu dem gewaltigen Bogen über die Bucht nach

Kent Island. Hoch über ihnen flogen kleine Flugzeuge am blauen Himmel, die weiße Kondensstreifen erzeugten und zu den Landeplätzen auf der Insel oder dem größeren Flughafen in Easton an der Küste von Maryland unterwegs waren.

»Hat jemand vierzig Cents?«, fragte Edward.

Ausnahmsweise hatte Mary einmal das passende Kleingeld parat. Sie tat sich mit den amerikanischen Münzen, den Zehn-, Fünf- und Eincentstücken, immer noch schwer. Charlies Lösung bestand darin, alles unter einem Vierteldollar in die Sparbüchsen der Kinder zu stecken.

Edward legte den ersten Gang ein und fuhr auf die Brücke. Ihre Konstruktion erinnerte Mary an Richards kurze und heftige Begegnung mit Meccano-Metallbaukästen. Sie versuchte nicht auf die Straße zu sehen, auf die vibrierenden Nieten der Brücke oder das tief unter ihnen liegende Wasser. Die Geschwindigkeit, mit der sie fuhren, wurde durch den Verkehr um sie herum bestimmt. Edward schaltete das Radio ein, Charlie kurbelte das Fenster herunter, und Mary lehnte sich zurück und starrte durch die Windschutzscheibe in den weiten blauen Himmel über der Bucht mit seinen weißen Streifen und kleinen Wölkchen.

Eine halbe Stunde später hatten sie abgelegt. Das Segelboot nahm sofort Fahrt auf. Das Großsegel wölbte sich in der Frühlingsbrise, und der Bug schnitt rauschend durch das dunkle Wasser der Bucht. Die Frauen saßen mit Kopftüchern und Sonnenbrillen auf der einen Seite, Edward hielt die Ruderpinne, die anderen Männer wechselten auf sein Kommando unter dem Baum hindurch die Seite, um das Boot im Gleichgewicht zu halten. Charlie, der nicht zum ersten Mal segelte, zog an den über quietschenden Rollen laufenden Leinen oder Schoten, wie er sie fachmännisch nannte, und der Spinnaker füllte sich entsprechend mit Luft oder fiel in sich zusammen. Niemand im Boot hätte sagen können, wie ernst Charlie sich bei seiner Aufgabe nahm, mit Ausnahme von Mary, die Charlies Überzeugung von der Lächerlichkeit allen menschlichen Strebens kannte. Der Wind blies ihm die Haare in die Stirn und dann wieder nach hinten, und die kahlen Stellen oberhalb der Schläfen wurden sichtbar. Mary betrachtete ihn zärtlich und lachte mit Katy und Sal über seine unpassende Flanellhose und seemännischen Flüche. Frank duckte sich unter dem Baum hindurch und ließ Zigaretten herumgehen. Dann setzte er sich wieder und hielt sich schicksalsergeben an der Reling fest.

»Besser als Lake Michigan?«, rief Mary.

»Klar«, erwiderte er mit einem Nicken auf die Aussicht. »Der Blick auf Evanston kommt da nicht ran.«

Die Ufer der Bucht waren dicht bewaldet. Über der wild wuchernden Vegetation kreisten Vögel. Es war schwer, sich vorzustellen, dass auf einer Lichtung gleich hinter diesem undurchdringlichen Dschungel über die Zukunft der Welt entschieden wurde.

»Kennst du das, Eddie?«, rief Charlie vom Bug. »›Die Welt geschrumpft zu einer heftigen Bö / Zerfetzte Wolken brechen auf in meinem Herzen / Des Atmens freudige Stöße.‹«

»Natürlich«, erwiderte Edward. »Es geht weiter mit ... Augenblick. Ja. ›Lauschend auf des Schiffes Rückkehr / Liegt unter dem getriebenen Blau das Land / Und etwas, etwas ... steigt tanzend auf zum hohen Himmel.‹«

»So ähnlich. Von wem ist das?«

»Frag mich was Leichteres.«

Um Mittag machten sie an einem Landeplatz fest, den Edward kannte. Ein gewisser Kenny betrieb dort eine schwimmende Bar. Sie stiegen aus dem unter ihren Schritten heftig wankenden Boot auf den Landesteg und gingen zwischen Reihen sanft schaukelnder Boote, Schaluppen, Schoner, Skiffs und Motorjachten mit Kabinen und chromglänzenden Steuerrädern unter ausladenden Sonnenzelten entlang. Irgendetwas an diesen Booten und ihren Besitzern reizte Mary immer zum Lachen, doch hütete sie sich, diesem Impuls vor ihren Gastgebern nachzugeben. Nicht dass Edward Renshaw keinen Spaß verstanden hätte, aber Katy, seine schöne Frau aus Boston, wäre womöglich gekränkt gewesen.

An der Tür von Kennys schwimmender Bar hing ein Schild mit der Aufschrift »Hier ankern«, doch als Charlie, der als Erster über den zur Bar führenden Steg balancierte, auf die Türklinke drückte, war abgeschlossen. Auf der anderen Seite einer kleinen Bootswerft sah er einen Mann im Overall. Er folgte ihm in einen kleinen Laden mit Bootszubehör.

»Hat die Bar über Mittag geöffnet?«, fragte er.

»Sicher. Nur jetzt ist Kenny nicht da.«

»Wissen Sie, wann er wieder kommt?«

»Schätze gegen vier.«

»Aha.«

Charlie kehrte zu den anderen zurück, vorbei an einer Zapfsäule und einer mit verrosteten Bootsteilen bedeckten geschotterten Fläche.

»Kenny macht erst um vier auf.«

»Egal«, sagte Katy. »Ich habe Mineralwasser dabei.«

»Aber was trinken wir sonst noch?«, fragte Edward.

»Dafür habe ich schon gesorgt«, sagte Charlie. Aus Marys Weidenkorb zog er eine einen Liter fassende Thermoskanne, die er mit trockenem Martini gefüllt hatte.

»Ich auch«, sagte Frank und zog einen Flachmann aus der Tasche. Sie setzten sich an das Ende des Landestegs und ließen die Füße über dem Wasser baumeln. Charlie steckte sich ein Schinkensandwich zwischen die Zähne und wickelte dann mit beiden Händen die Gläser aus. Er schenkte vier Martinis ein, dann zerrupfte er das Sandwich in kleine Stücke und warf sie den Möwen zu.

»Sal hat Schokoladenkuchen mitgebracht«, sagte Katy. Sie und Sal tranken lieber Coca-Cola. »Darin ist sie unschlagbar.«

»Ich dachte, du seist die Dessertspezialistin«, meinte Charlie.

»Überhaupt nicht«, erwiderte Katy. »Du wirst schon sehen.«

»Aufhören«, rief Sal. Sie war größer und schlanker als ihre

ältere Schwester. Katys etwas konventionelle Schönheit beruhte vor allem auf ihren kastanienbraunen, glänzenden Haaren und der Stupsnase. Sal hingegen war mager, zog die Schultern hoch und hatte ganz helle Augen. Mary fand Sal schön, doch Charlie konnte über Marys Vorstellung von Attraktivität nur lachen. Sie verstand darunter meist das genaue Gegenteil von sich selbst. Am Abend würden sie sich tuschelnd in ihrem Zimmer darüber streiten, und Charlie würde immer wieder in dröhnendes Gelächter ausbrechen.

Katy ließ einen Teller mit kaltem Huhn herumgehen, dann einige Äpfel. Als sie fertig gegessen und Sal zu ihrem Kuchen beglückwünscht hatten, war es so warm geworden, dass sie sich auf die Planken legen konnten. Mary lehnte sich an Charlie, der sich noch einen Martini genehmigte, und schob sich um ihn herum, bis sie in der Sonne lag. Dann schloss sie die Augen hinter der Sonnenbrille und zog sich in sich zurück. Sie hörte, wie Frank sich leise mit Sal unterhielt. Gelegentlich verstand sie einige Wörter.

Boston … Kennedy … Vorwahl in Michigan. Offenbar interviewte Frank Sal, so wie er das mit ihr im Restaurant getan hatte, und Sal schien ihm gern zu antworten. Hin und wieder hörte Mary ihr spitzes Lachen, oder sie roch eine von Franks Zigaretten.

»Der Wind frischt auf«, bemerkte Edward.

»Ach du meine Güte!«, rief Sal. »Heißt das, wir können nicht mehr segeln?«

»Im Gegenteil«, erwiderte Edward. »Das Wetter ist ideal.«

»O Gott«, sagte Charlie. Sie verstauten die Decken und Körbe wieder im Heck.

Auf dem Weg aus der Bucht kam ihnen ein rotes Boot entgegen. Am Bug stand eine Frau, die ein Fernglas an die Augen hielt und mit dem Arm winkte. Das Boot kam näher, und Charlie sagte: »Ist das nicht der Langweiler von der französischen Botschaft?«

Ein Mann mit einer blauen Schiffermütze und in neu glänzendem Ölzeug grüßte sie auf Englisch mit französischem Akzent. Edward erwiderte einige freundliche Worte und wollte ihm ausweichen, doch dann forderte der Franzose sie zu einem Wettrennen heraus.

»Einmal um die Insel und wieder zurück!«, brüllte er und zeigte auf ein kleines, von Bäumen bedecktes Eiland in der Bucht, eine halbe Meile nördlich von ihnen.

»Müssen wir da mitmachen, Edward?«, fragte Katy ängstlich.

»Ist doch egal«, erwiderte Edward. »Ich kann sowieso nicht schneller segeln, als der Wind erlaubt. Ein Schiff ist schließlich kein Auto.«

»Aber fahren wir nicht in die falsche Richtung?«, wollte Mary wissen.

»Das macht nichts. Mehr als eine Stunde brauchen wir von hier nicht zum Auto.«

»Denken Sie an die Ehre Englands«, sagte Frank.

»Genau«, meinte Charlie, der am Heck eingedöst war.

»Los, Charlie, steh auf, ich brauche dich!«, rief Edward. Er sah zu Frank. »Und Sie auch. Ziehen Sie an dieser Leine. Oder umgekehrt? Ihr seid die Mannschaft.«

Die Boote schnitten durch die Wellen. Sie fuhren so gerade, wie der Gegenwind es zuließ, doch ihre Kurse überkreuzten sich immer wieder wie flache Parallelogramme. Von Zeit zu Zeit mussten sie und die anderen Frauen sich über den Bootsrand lehnen und dann unter dem über das Deck schwingenden Baum hindurchschlüpfen. Manchmal standen ihnen dabei Frank und Charlie im Weg, die unverdrossen ihre Matrosendienste verrichteten.

Edward hielt mit starker Hand die Pinne fest. Seine Augen waren ständig in Bewegung, und er achtete darauf, dass die beiden Boote einander nicht zu nahe kamen. Sie näherten sich der Insel. Das französische Boot lag eindeutig vorn.

»Hör zu, Captain«, erklärte Charlie. »Ich will ja keine Meuterei anfangen, aber solltest du nicht die Großbrasse spleißen oder so was Ähnliches?«

»Setzen wir den Captain doch auf der Insel aus«, sagte Frank.

»Hört, hört!«, rief Katy.

»Der arme Eddie«, sagte Sal, »er tut doch, was er kann.«

Der Wind frischte weiter auf. Sie umrundeten die Insel und machten sich auf den Rückweg. Es begann zu regnen.

»Ich wusste, es war ein Fehler«, flüsterte Katy Mary ins Ohr.

Mary schlug den Kragen ihrer Jacke hoch und band das Kopftuch unter dem Kinn zu. Eine Welle hob den hölzernen Bootsrumpf in die Höhe und warf ihn klatschend auf das Wasser zurück. Die Deckplanken bogen sich unter dem Aufprall. Sal schrie erschrocken auf.

»Hat was, das Leben auf See«, brummte Charlie und nahm einen Schluck aus Franks Flasche.

»Habt ihr gesehen, wie der Boden sich biegt?«, rief Sal. »Ich habe Angst.«

»Meines Wissens heißt das Deck«, sagte Charlie.

»Es wäre schlimm, wenn es sich nicht biegen würde«, bemerkte Edward. »Wie geht es Ihnen, Frank?«

»Nicht schlecht«, erwiderte Frank. Sein Gesicht war auch an Land blass. Er hielt sich an der Reling fest und schien die Bedienung der Segel Charlie überlassen zu haben.

Kurz vor der Ziellinie änderte Edward plötzlich noch einmal den Kurs, und der Wind fiel mit voller Wucht von hinten ein. Nach einer weiteren Halse lagen die beiden Boote gleichauf. Sie fuhren hundert Meter nebeneinander her, doch da sie verschiedenen Kursen folgten, war es schwer zu sagen, wer als Erster die Ziellinie erreichte. Sie winkten den Franzosen zum Abschied zu und machten sich auf den Heimweg.

»Wir haben gewonnen«, stellte Katy fest.

»Sah eher wie unentschieden aus«, meinte Charlie.

»Aber eins steht fest«, sagte Edward. »In die Geschichtsbücher der Franzosen wird es als überwältigender Sieg eingehen.«

»Bring mich nach Hause, Schatz«, stöhnte Katy. »Ich bin vollkommen durchnässt.«

Sie brauchten mehr als die von Edward geschätzte Stunde, bis sie wieder an der Anlegestelle eintrafen, an der das Auto stand. Doch von dort aus war es nur noch eine kurze Fahrt zum Ferienhaus der Renshaws am Ende einer kleinen Straße mitten im Wald.

»Gott, eine Einsiedlerklause!«, rief Charlie, als Edward neben dem Haus anhielt.

»Aber mit warmem Wasser«, sagte Edward. »Wenn der Hausmeister daran gedacht hat, es anzustellen.«

Das Haus bestand aus einem Wohnbereich, der von einem höhlenartigen Kamin beherrscht wurde, über dem der Kopf eines Elches hing. Der Raum wurde durch eine hölzerne Theke geteilt, auf deren anderer Seite sich eine primitive Küche befand. Ein kurzer Gang, geschmückt mit Netzen und Angeln, verband den Hauptraum mit zwei Schlafzimmern im hinteren Teil des Hauses. Eine enge Treppe in einer Nische hinter dem Kamin führte zum Bad und zu einem weiteren Schlafzimmer unter dem Dach. Ein hölzerner Balkon mit Blick auf den Wald lief um das ganze Haus, an den Fenstern hingen feinmaschige Drahtgitter gegen die gefräßigen Insekten.

Es dämmerte bereits, als sie den Kombi ausluden. Katy zeigte Mary und Sal das Bad. Die Frauen sollten es zuerst benutzen. Mary und Charlie wurden in dem oberen Zimmer einquartiert. Mary zog sich aus, um Sal ins Bad zu folgen. Charlie durchsuchte den Koffer nach einem Paar Ersatzsocken.

»Verdammt kalt, was?«, merkte er leise an.

»Es wird warm werden, sobald Eddie Feuer gemacht hat.«

Charlie streifte ein zweites Paar Socken über und legte sich unter die Daunendecke. Dann schlug er die Decke auf Marys Seite zurück und klopfte einladend auf das Bett. Mary zog einen Bademantel über ihre Unterwäsche und schlüpfte neben Charlie. Sie spürte, wie Charlies Hand an ihrem Schenkel nach oben wanderte, und kuschelte sich an ihn. Von unten hörten sie Edwards Stimme.

»Können Sie mir helfen, Brennholz reinzutragen, Frank? Es liegt im Stauraum unter dem Haus.«

Charlie drückte das Gesicht in Marys Haare. »Glaubst du, Frank weiß, wie Brennholz aussieht?«, flüsterte er.

Mary lachte. »Wie findest du Sal?«

»Ganz nett. Niedliches Ding.«

»Aber nicht ganz dein Geschmack, oder? Nicht wie Kate.« Mary gab ihm einen Rippenstoß.

»Davon weiß ich nichts.«

»Ich muss mich beeilen, damit ich beim Abendessen helfen kann.«

Charlie drückte ihren Schenkel unter dem Bademantel. »Wenn's sein muss. Ob es hier Wein gibt?«

»Ja, im Flur steht eine ganze Kiste. Aber bitte, Schatz, trink nicht zu viel. Versprich's mir. Denk dran, was Weissman gesagt hat.«

Im Bad roch Mary den Rauch des Feuers von unten. Sie glitt in das dampfende Wasser. Dampf in kalten Badezimmern versetzte sie immer zurück in ihre Kindheit. Die vertraute Wärme hielt die Welt draußen fern. Als sie schließlich nach unten ging, um Katy zu helfen, loderte im Kamin ein kräftiges Feuer, und Edward schenkte an der hölzernen Theke Drinks ein. Katy hatte eine Suppe mit Meeresfrüchten mitgebracht, die nur noch aufgewärmt werden musste. Als Beilage zu dem glasierten Honigschinken hatte sie Kartoffeln in den Ofen geschoben, und auf dem Gasherd kochte ein Gericht mit Mais, das wie eine Spezialität aus Neuengland aussah.

»Du siehst, es gibt nichts für dich zu tun, Mary«, sagte Katy. »Setz dich einfach hin.«

Mary gehorchte und ließ sich auf dem Sofa am Feuer nieder.

Sal setzte sich neben sie, Frank nahm den beiden Frauen gegenüber Platz und legte einen Fuß neben die Kartoffelchips und den Tomatendip auf dem niedrigen Couchtisch. Mary bemerkte, dass Sal mit ihm flirtete und Frank nichts dagegen zu haben schien.

»Wie gefällt Ihnen das Landleben?«, fragte Sal.

»Es ist anders«, erwiderte Frank. »Wenn dort, wo ich wohne, jemand ein Feuer sieht, ruft er die Feuerwehr.«

»Gefällt Ihnen New York?«

»Klar gefällt es mir. Aber wenn es eine noch größere Stadt gäbe, in der noch mehr los wäre, würde ich dorthin gehen. Wer will schon das Zweitbeste?«

»Wo wohnen Sie?«

»Im Village. Mein Büro liegt im Zentrum, also ganz in der Nähe.«

»Ich würde mir Ihre Wohnung ja zu gern ansehen. Ich hatte mal einen Freund im Village. Es war eine wunderbare Zeit. Die vielen Galerien und all das.«

»Besuchen Sie mich doch. Rufen Sie einfach an.«

Mary merkte, wie Sals Schäkerei sie ärgerte. »Sind Sie mit Ihrem Artikel fertig, Frank?«, fragte sie.

»Ja, so gut wie.« Frank lächelte und stand auf. »Ich denke, ich sollte mich vor dem Essen noch ein wenig frisch machen.«

Charlie kam herunter, legte eine Platte auf, zündete sich eine Zigarette an und schenkte sich ein Glas Rotwein ein. Er sah Marys warnenden Blick.

»Das ist nur Wein«, sagte er, »kein richtiger Drink.«

Edward Renshaw tauchte aus dem Bad auf. Er trug ein rot kariertes Hemd und wollte unbedingt mit Mary tanzen, solange die Suppe warm gemacht wurde. Er schob den Couchtisch beiseite, dann schob er Mary zu den beschwingten Klängen von Duke Ellingtons Musik durch das Zimmer.

»Jimmy Blanton am Bass«, erklärte er ihr. »Darauf kann jeder tanzen.«

Edward führte gut, obwohl Charlie immer behauptete, er interessiere sich nicht in erster Linie als Tänzer für Mary. Die rechte Hand fest auf ihrer Hüfte, zog er sie an sich. Charlie begann daraufhin mit Katy Renshaw zu flirten. Er tat so, als wolle er sich revanchieren, doch half ihm dabei, dass Katys Sprödigkeit ihn seltsam erregte. Katy war allerdings zu sehr damit beschäftigt, die Anwesenden zu ihren Plätzen am Esstisch zu dirigieren, und nahm deshalb kaum Notiz davon.

Der Wind, die Muschelsuppe und das Kaminfeuer hatten Marys Wangen gerötet. Ihre frisch gewaschenen dunklen Haare schimmerten im Licht der einzigen Glühbirne, deren schwacher Schein durch zwei Sturmlaternen auf dem Kaminsims und einige flackernde Kerzen auf dem Esstisch verstärkt wurde. Charlie schenkte sich ein zweites Glas Wein ein und sah Mary dabei liebevoll an, dann wandte er sich mit der Flasche an Katy, auf deren von einem Baumwollrock bedeckten Schenkeln seine Hand freundschaftlich ruhte. Alle redeten durcheinander, das Wettsegeln wurde noch einmal mehr oder weniger genau rekapituliert, und in das allgemeine Stimmengewirr mischten sich die klagenden Töne eines Tenorsaxofons. Das Sprechen strengte Mary an. Sie aß den Honigschinken auf ihrem Teller und lehnte sich zurück. Hoffentlich hatte sie noch Platz für eins von Sals gepriesenen Desserts. Sie nahm das Weinglas, das Edward für sie gefüllt hatte, und zündete sich eine Zigarette an. Sie fühlte sich von Wärme und Zuneigung getragen, irgendwie erfrischt und bewundert, obwohl gerade niemand mit ihr sprach. Frank hörte zu, wie seine Tischnachbarin Sal ihr Innenleben vor ihm ausbreitete. Sein müdes Gesicht wirkte angespannt vor Konzentration und zugleich abwesend. Nur einmal, als er den Kopf drehte und nach dem Aschenbecher auf dem Tisch suchte, trafen sich ihre Blicke für einen kurzen Augenblick. Mary stellte fest, dass er in seinem Koffer einige Kleider gefunden hatte, mit denen er in dieser ländlichen Umgebung zumindest nicht ganz aus dem Rahmen fiel: eine beige Drillichhose und einen dunkelgrünen Pullover mit rundem Ausschnitt, der verdächtig neu aussah, als sei er eigens für diesen Ausflug in einem Geschäft in Georgetown gekauft worden. Mary hatte mehr Wein getrunken als sonst, allerdings nicht mehr als die anderen, dachte sie, während sie zuerst in den Armen Edwards und dann in denen Franks über den Boden schwebte. Charlie brüllte am Rand der Tanzfläche etwas, stellte die Musik immer lauter, ersetzte die Platten, die Edward oder Frank aufgelegt hatte, durch eigene und schimpfte über ihren absurden Geschmack, ihre Vorliebe für zweitklassige Musik.

Katy, die mit ihm tanzte, protestierte, war aber selbst zu beschwipst, um Charlie unter Kontrolle halten zu können. Sie hielt sich an seinem Arm fest, während er sich wieder einschenkte, und erst als sie weinerlich zu werden drohte, wechselte Charlie die Tanzpartnerin und ersparte sich so eine peinliche Szene. Er schob Edward zu seiner Frau, nahm Sals Hand und drückte sie melodramatisch ans Herz. Mary lachte, von Frank mit leichtem Druck ins Kreuz zwischen ihren harmlos betrunkenen Freunden hindurchgesteuert. Sie liebte sie alle, sogar Sal, redete sie sich ein, wie sie da johlend paarweise durchs Zimmer glitten, voller Übermut und Lebensfreude.

Mary zog Charlie von der Flasche Scotch weg, aus der Frank und Edward, die inzwischen wieder am Tisch saßen, in Biergläser einschenkten. Sie bugsierte ihn nach oben ins Bad und half ihm beim Ausziehen, wie sie es bei den Kindern so oft getan hatte. Seine Augen starrten geradeaus, hielten aber immer noch Kontakt mit der Außenwelt und blickten nicht, wie Mary es auch schon erlebt hatte, nach innen, in eine öde Leere.

Im Bett fragte Mary: »Was, glaubst du, tun sie jetzt gerade?«

»Wer? Frank und Sal?«

»Nein, die Kinder!«

»Ich hoffe doch, sie schlafen.«

Das Gespräch endete damit, dass sie sich Sätze ins Gedächtnis riefen, die Richard und Louisa gesagt hatten, willkürliche Sätze, die die Kinder vor ihren Augen erstehen ließen und sie in diesem fernen Ferienhaus in der ganzen Arglosigkeit beschworen, mit der sie dem großen Rätsel, das die Welt für sie darstellte, begegneten. Mary kuschelte sich noch enger an Charlie, die Augen tränenfeucht vor Liebe zu ihren Kindern. Sie roch die Mischung aus Wein und Zahncreme im Atem Charlies, während er die Nase in ihre Haare steckte, und sie spürte, wie seine liebkosende Hand an ihrem Lieblingsplatz zwischen ihren Beinen zur Ruhe kam und er einschlief. Alles war gut, dachte sie, und würde gut bleiben, denn keine Krankheit, nicht der Tod und kein noch so grausamer Schicksalsschlag konnte diese Liebe, konnte ein so reiches und erfülltes Leben zerstören.

IV

Mary hatte von ihrer sterbenden Mutter geträumt. Beim Aufwachen fand sie sich im lärmenden New York wieder. Sie waren in einem Hotel in der Lexington Avenue abgestiegen, einem vierundzwanzigstöckigen, mit roten Ziegeln verkleideten Gebäude, an dessen senkrechten Wänden der Lärm der Straße ungehindert emporstieg. Das Hotel war auf Grund seiner Nähe zum Konsulat ausgewählt worden, das nur wenige Gehminuten entfernt in der Park Avenue lag, zwischen der 39th und der 40th Street, untergebracht zu Charlies Entzücken im Gebäude einer ehemaligen Schnapsbrennerei.

Als Mary aus dem Bad kam, war der Hotelpage mit dem Frühstück und den Zeitungen da gewesen. Charlie blätterte sie rasch durch, begleitet von einem gelegentlichen Brummen oder einem erstaunten Ausruf, dann gab er sie an Mary weiter. Das Telefon am Bett klingelte. Charlie sagte: »Ich bin nicht da« und reichte Mary den schweren, plärrenden Apparat über das Bett. Die Schnur hing in die Überreste des Omeletts und der knusprig gebratenen Speckstreifen.

»Kann ich bitte mit Mary van der Linden sprechen?« Die Stimme kam ihr vage bekannt vor. »Hier spricht Frank Renzo.«

»Guten Morgen, Frank. Wie geht es Ihnen?«

»Tut mir Leid, dass ich so früh anrufe. Ein Kollege war gestern auf Ihrem Konsulat und hörte, dass Sie in der Stadt sind. Ich dachte, vielleicht könnte ich mich für Ihre Gastfreundschaft revanchieren und Ihnen die Stadt zeigen.«

»Eine Stadtführung?« Mary suchte nach einer Ausrede. Sie

hatte den Tag eigentlich allein verbringen wollen, mit Einkäufen am Vormittag, dann Mittagessen in der Stadt und einem Museumsbesuch am Nachmittag. »Das ist sehr nett von Ihnen, aber ich muss Charlie fragen, was für Pläne …«

Charlie winkte mit einer Entscheide-du-selbst-Handbewegung ab, die alles andere als hilfreich war.

»Ja dann … denke ich … das wäre sehr nett.« Sie reichte das Telefon wieder Charlie. »Vielen Dank.«

Charlie lachte. »Du kriegst eine Führung? Vielleicht macht es ja Spaß. Ich habe sowieso den ganzen Tag Besprechungen in der Brennerei.«

Nachdem Charlie gegangen war, zog Mary sich mit einiger Sorgfalt an. Sie wählte ein Kostüm mit einer maßgeschneiderten Jacke und einem Rock, der am Knie zwar eng war, sie aber nicht beim Gehen behindern würde, wenn sie zu Fuß unterwegs waren. Am Tag zuvor hatte sie festgestellt, dass die meisten Frauen auf der Fifth Avenue Hüte trugen, doch konnte sie sich nie mit einer Kopfbedeckung anfreunden und trug auch bei Hochzeiten oder Gartenfeiern der Botschaft nur höchst ungern Hüte. Sie steckte ein Kopftuch in ihre Handtasche, neben das kleine lederne Fotoetui mit den Bildern der Kinder, überprüfte ihr Make-up im Badezimmerspiegel und machte sich auf den Weg. Frank wartete im Foyer auf sie, in der Hand einen Filzhut und über dem Arm einen Regenmantel. Er wirkte zerstreut, als sei die Stadtführung nicht seine Idee gewesen. Mary fiel auf, dass er denselben dezent gemusterten Anzug trug wie an jenem ersten Abend auf der Party der van der Lindens und dass seine Krawatte sich bereits gelockert hatte und der oberste Knopf des hellblauen Hemdes zu sehen war.

»Tag.«

Er streckte die Hand aus.

»Das ist sehr freundlich von Ihnen«, sagte Mary.

»Wissen Sie denn schon, was Sie sehen wollen?«

»Nein, ich hoffte, Sie hätten einen Vorschlag. Wir könnten

uns Bilder ansehen – vielleicht eine Ausstellung im Metropolitan Museum?«

Frank musterte Mary einen Augenblick besorgt, doch wenn er Einwände hatte, schluckte er sie hinunter. Am Ellbogen führte er sie durch die Drehtür auf die Lexington Avenue hinaus und winkte nach einem Taxi.

»Müssen Sie denn nicht arbeiten?«, fragte Mary. Sie nahm auf dem glatten Ledersitz Platz und zog den Rock über die Knie.

»Nein, ich habe ein paar Tage Urlaub.«

»Und da fahren Sie nicht weg?«

»Nein. Man weiß nie, was man hier versäumt.«

Frank gab dem Fahrer eine Anweisung, dann lehnte er sich zurück. »Der Mann ist gerade erst aus Puerto Rico gekommen. Er hat keine Ahnung, wo er hinfährt.«

Der Vormittag folgte keinem bestimmten Plan. Frank ließ sich bei seiner Stadtführung weniger von architektonischen oder sonstigen Sehenswürdigkeiten leiten als von Artikeln, die er geschrieben, und Menschen, die er kennen gelernt hatte. Es begann mit einer Stunde in den Bücherantiquariaten in der Fourth Avenue auf der Höhe der Tenth Street, gefolgt vom Tompkins Square – laut Frank einer interessanten Gegend, weil dort die New Yorker Wohnungsbaubehörde an Avenue A und Third Street ihre ersten Wohnungen gebaut hatte. Mary konnte an den düster und bedrohlich wirkenden Häuserblocks nichts Bemerkenswertes finden. Hinter einem Maschendrahtzaun spielten Jugendliche mit feindseligen Gesichtern Softball.

Sie betraten den Tompkins-Square-Park. Frank zeigte auf ein Denkmal. Auf einem steinernen Relief waren zwei Kinder dargestellt, die einen blühenden Baum betrachteten. Das Mädchen saß, der Junge trug einen Reifen. Die eingemeißelte Inschrift lautete: »Sie waren Kinder, jung und unschuldig.«

»Zum Gedenken an den Untergang eines Dampfers«, erklärte Frank. »Tausende Menschen aus diesem Viertel starben dabei, vor allem Deutsche. Die Familien wollten danach nicht mehr hier wohnen. Sie zogen weg und statt ihrer kamen Russen. Ihre Trauer ist immer noch zu spüren, finden Sie nicht?«

Die Kinder erinnerten Mary an ihre eigenen, und eine Weile hörte sie nicht mehr zu, was Frank sagte, sondern dachte an ihre Familie und die Trennung von Louisa und Richard.

»In den Läden und Cafés sprechen sie Russisch.«

»Tatsächlich?« Mary riss sich zusammen. »Und sind sie stolz auf ihr Land?«

»Eher gespalten, vermute ich. Die meisten kamen vor der Revolution her und haben mit dem Kommunismus nichts am Hut.« Frank führte sie zur Bowery zurück und zur Einmündung der Bleecker Street. Dort zeigte er auf ein schönes Gebäude. »Kennen Sie den Architekten dieses Hauses? Louis H. Sullivan, sein einziges Werk in New York. Wenn Sie einmal nach Chicago kommen, dort stehen seine besten Sachen. In Chicago sind wir ziemlich stolz auf ihn.« Frank lächelte. »Interessiert Sie überhaupt, was ich sage?«

Die unerwartete Frage brachte Mary für einen Augenblick in Verlegenheit. »Ja, natürlich. Doch, es ist sehr interessant.«

»Ich erzähle also einfach weiter?«

»Ja, tun Sie das.«

»Dann gehen wir jetzt zum Chatham Square, wo sich früher zwei Hochbahngleise kreuzten. Das muss man sich mal vorstellen, die Menschen im Dunkeln unter einem Wald von Eisenstreben.«

Frank ging schnell, und es kostete Mary einige Mühe, mit ihm Schritt zu halten. Sie wünschte, sie hätte eine frühere Einladung zu einer Pause in einem russischen oder griechischen Café angenommen. Das untere Ende der Bowery war gesäumt von Spirituosengeschäften, billigen Pensionen, Pfandhäusern und Hotels, deren imposante Namen wie Grand Windsor, Palace oder Crystal durch das bescheidene Angebot »sauberer« Zimmer relativiert wurde. Frank ging daran vorbei, scheinbar ohne die an den Eingängen liegenden Betrunkenen zu bemerken. Er sprach von den Einwohnern der Stadt und dass sie, wie er glaubte, bei aller Verschiedenheit doch irgendwie eine Einheit bildeten.

»Die worin besteht?«, wollte Mary wissen.

»Fragen Sie mich was Leichteres. Wahrscheinlich in einem jüdischen Element. Es gibt hier so viele jüdische Läden und Theater.«

Er nahm sie plötzlich am Ellbogen und führte sie nach rechts, in die Grand Street. »Das müssen Sie sehen.«

Nach einigen Blocks blieb er vor einer italienischen Gemischtwarenhandlung stehen, die so unamerikanisch wirkte, als sei sie in einem Stück aus Verona importiert worden.

»Louis Sullivan und Little Italy, wie bei Ihnen zu Hause in Chicago«, bemerkte Mary.

Sie betraten den Laden. Drinnen gab es aus Stroh geflochtene Ponys aus Positano zu kaufen, Küchengeräte zur Herstellung von Lasagne, Gondeln aus Plastik, Heilige und Harlekins aus Gips, farbige Trinkgläser und Schellackplatten von Caruso in braunen Papierhüllen. An der Kasse lag eine *Grammatica Accelerata: Italiana – Inglese.* Hinter der hölzernen Ladentheke stand eine Frau in schwarzer Trauerkleidung und lächelte sie an. Ihr Heimweh war mit Händen zu greifen.

»Bricht einem das Herz, was?«, sagte Frank.

»Ihres, ja«, erwiderte Mary.

Sie kehrten zur Bowery zurück und folgten ihr weiter nach Süden bis zur Abzweigung des Zubringers zur Manhattan Bridge, markiert durch einen triumphalen Torbogen, der eines Trajan oder Tiberius würdig gewesen wäre. Ein Verkehrspolizist stand mit bis unters Kinn doppelt zugeknöpfter blauer Uniformjacke auf der Straße und dirigierte die Ströme des ankommenden und abfahrenden Verkehrs mit weiß behandschuhten Händen. Er brüllte Autos und Lastwagen an und vollführte in einem fort hektische Bewegungen, als wollte er gleich lostanzen. Mary glaubte zuerst, er sei wütend, bis er auf einen Lastwagenfahrer zeigte und ihm mit den Händen bedeutete, er solle doch zum Spaß einmal seine Hupe betätigen. Der Fahrer erfüllte seinen Wunsch lautstark, und Mary sah, wie sich auf dem Gesicht des Polizisten ein zufriedenes Lächeln ausbreitete.

Sie kamen zum Chatham Square, einer Kreuzung von neun Straßen. Die den Platz säumenden Häuser wirkten, als müssten sie sich erst noch an das Sonnenlicht gewöhnen, das nach dem Abriss des benachbarten Slums und der Hochbahngleise auf sie herabschien. Eine Straße führte nach Westen in das Bankenviertel, eine andere nach Norden ins Zentrum von Chinatown.

»Stellen Sie sich die Aussicht vor, die man aus der Hochbahn hatte«, sagte Frank. »In Harlem und Brooklyn konnte man direkt in die Wohnzimmer schauen. Man sah die Menschen schuften, Frauen und Männer in Fabriken und hin und wieder spätabends in einem Büro einen einsamen Angestellten über den Büchern. Man blickte auf den East River, genoss den Sonnenuntergang auf dem Chrysler Building, und hier unten, fast im Dunkeln, waren die Kinos, Zeitungs- sowie Blumenverkäufer und Stadtstreicher. Droben an den Bahnsteigen standen kleine Fachwerkhäuser, hundert Jahre alt und mit Giebeln, wahrscheinlich wie in England.«

Mary hatte angefangen zu lachen. »Tut mir Leid«, sagte sie. »Man muss es vielleicht selbst erlebt haben.«

»Wahrscheinlich.« Sie berührte seinen Arm, denn sie wollte ihn nicht kränken. »Aber es klingt wirklich romantisch.«

Frank sah auf die Uhr. »Ich lade Sie zum Mittagessen ein, ja? Mögen Sie Fisch? Haben Sie schon einmal Alsenrogen gegessen? Oder geräucherten Hering?«

»Geräucherten Hering? Den gab es in meiner Kindheit immer freitags zum Frühstück.«

»Dann kommen Sie.«

»Aber ich mochte ihn nicht.«

»Ich auch nicht. Zu viele Gräten.«

»Nehmen wir heute eigentlich auch mal ein Taxi?«

»Nein, das Restaurant liegt ganz in der Nähe, in der South Street am Markt. Vielleicht nach dem Essen.«

Frank führte Mary unter der Brooklyn Bridge hindurch zu einem Haus nahe dem Ufer. Während er einen Tisch organisierte und dann telefonieren ging, suchte Mary die Damentoilette am Ende des Gebäudes auf. Der Türgriff fehlte, doch die gefliesten Wände drinnen wirkten einigermaßen sauber. Mary kämmte sich ausgiebig die Haare und erneuerte ihr Make-up.

Bei ihrer Rückkehr stellte sie fest, dass Frank ihr bereits ein Glas Wasser und einen trockenen Martini bestellt hatte. Auf der anderen Seite der Straße sahen sie die großen offenen Hallen des Fulton Market über das Ufer ins Wasser hinausragen, gestützt von tief im East River versenkten Pfählen. Es war fast eins, und das geschäftige Treiben auf dem Markt nahm ab. Angestellte schoben leere Sackkarren vor sich her, Männer in Gummischürzen begannen den Boden abzuspritzen.

»Mögen Sie Muscheln?«, fragte Frank mit einem Blick auf die Wandtafel, auf die mit Kreide die Speisekarte geschrieben war.

»Was kann man hier empfehlen?«, wollte Mary wissen, ohne die Frage zu beantworten.

»Alles, solange es Fisch ist. Warum bestellen wir nicht Krabben?«

»Gute Idee.«

Mary war froh, endlich sitzen zu können. Unter dem Tisch streifte sie heimlich die Schuhe ab. Ihre Waden und Fersen waren von den Gehsteigen Manhattans ganz taub. Sie zündete sich eine Zigarette an und streckte das Päckchen Frank hin, der seinen Drink mit dem Ende einer Gabel umrührte, da es keine Rührstäbchen gab. Er erzeugte damit das gleiche schnelle Geräusch, das Mary schon in Georgetown aufgefallen war. Der Tisch zwang sie, sich zum ersten Mal an diesem Tag in die Augen zu sehen, und auf einmal fürchtete Mary, ohne die Ablenkung durch das Leben auf den Straßen könnte ihre Gesellschaft Frank langweilig werden.

»Erzählen Sie mir doch von Ihrer Arbeit«, bat sie. »Warum verreisen Sie im Urlaub nicht?«

»Mir liegt nichts daran. Ich bin beruflich so viel unterwegs, dass ich gern in New York bleibe, wenn sich die Möglichkeit bietet.« Frank leerte sein Glas und stellte es auf den Tisch. »Außerdem will ich nichts verpassen. Ich habe, glaube ich, schon gesagt, dass ich über die Wahlen berichten will. Die Zeit wird langsam knapp, und wenn ich eine Chance bekomme, will ich zur Stelle sein.«

»Aha. Und bevor Sie diesen Fehler machten, von dem Sie sprachen, haben Sie da über Politik berichtet?«

»Ja, ziemlich viel sogar. Zum Beispiel über Eisenhower und Stevenson bei den Wahlen 1952. Damit fingen meine Probleme wahrscheinlich an. Eisenhower hat sich am Ende seines Wahlkampfs in Milwaukee ziemlich scheußlich verhalten. Er schrieb seine Rede um, nur um McCarthy zu gefallen. Der dortige Gouverneur, ein Mann namens Kohler, befürchtete Schwierigkeiten von McCarthy, wenn Eisenhower sich in seiner Rede lobend über General Marshall äußerte, den McCarthy damals als eine Art Roten auszumachen versuchte. Kohler veranlasste Eisenhower also, die Passagen über Marshall zu streichen, und dann umarmte Eisenhower McCarthy auch noch auf offener Bühne. Dabei war Marshall nicht nur ein feiner Mensch, er hat Eisenhower als Politiker buchstäblich erst geschaffen. Trotzdem ging Eisenhower vor diesem Ekel McCarthy in die Knie. Es war schrecklich.«

»Aber warum hatte Eisenhower solche Angst vor McCarthy?«

»Er wollte es seinem Parteifreund Kohler recht machen. Außerdem hatten alle vor McCarthy Angst, alle Politiker. McCarthy zeigte ihnen, dass er sie an der Wahlurne schlagen konnte, wenn er den anderen Kandidaten unterstützte. Darauf lief letzten Endes alles hinaus. Sie fürchteten, aus dem Amt gewählt zu werden. Niemand glaubte doch all diese Anschuldigungen gegen die Kommunisten, nicht einmal Nixon.«

»Kannten Sie McCarthy persönlich?«

»Natürlich, er war immer freundlich und nett. Er liebte die Journalisten. Sie hatten ihn durch ihre Berichte über seine Phantasien doch erst so mächtig gemacht. Er zahlte ihnen immer Drinks, also wirklich viele Drinks, meine ich. Wissen Sie, dass er an Leberzirrhose starb? Aber er wollte sich damit nicht nur unsere Freundschaft erkaufen, er wollte einfach dazugehören. Er betrank sich gern in geselliger Runde. Ich weiß noch, was er im Hotel Pfister in Milwaukee bezahlte. Unglaublich.«

»Er war also Alkoholiker?«

»Das nehme ich doch an. Es war immer amüsant, eine Weile mit ihm zu plaudern. Frauen mochte er, glaube ich, nicht. Er bevorzugte Männer, wenn Sie verstehen, was ich meine.«

»Ich denke schon.«

»Und dann trennten sich unsere Wege. Da und in der Frage der Kommunisten.«

»Und was passierte dann? Sie sagten, damit hätten Ihre Probleme angefangen.«

Der Kellner brachte die Krabben zusammen mit einer Schale Mayonnaise und kleinen Papiernäpfen mit Ketchup. Frank sagte, das FBI hätte dazu beigetragen, jene Atmosphäre des Misstrauens zu schaffen, in der McCarthy gearbeitet hätte. Man hatte die Bereitschaft der Menschen ausgenutzt, gegen ihre Nachbarn zu spionieren, und Akten über Personen angelegt, die nur ganz entfernt oder überhaupt nicht mit linken Aktivitäten zu tun hatten – Menschen, die einen ausländischen Namen besaßen, eine bestimmte Zeitschrift lasen oder den falschen Freund hatten. Kaum einer war überzeugter Kommunist, aber alle hatten Angst, angezeigt zu werden und nicht mehr arbeiten zu dürfen, zumal sie wussten, dass sie keine Möglichkeit zur Verteidigung bekommen würden.

»Das FBI griff auch die Presse scharf an«, fuhr Frank fort. »FBI-Beamte tauchten in der Redaktion auf und sagten dem Chefredakteur, wen er feuern sollte. Ich berichtete über Eisenhowers Rede. Das mit den gestrichenen Passagen wusste ich von einem seiner Berater. Sogar Eisenhowers eigene Mitarbeiter waren entsetzt. Eine Woche später bekam mein Chef Besuch vom FBI: Er solle ein halbes Dutzend Reporter im Auge behalten; einer davon war ich. Mein Chef verwahrte sich empört dagegen, und das rettete mich zunächst.«

»Das FBI intervenierte bei Ihrer Zeitung, nur weil Sie etwas Negatives über McCarthy geschrieben hatten?«

»So in etwa. Wenn das FBI eine Zeitschrift besuchte und dem Chefredakteur sagte, er solle jemanden entlassen, dann war der Betreffende erledigt. McCarthy und das FBI arbeiteten Hand in Hand. Hoover versorgte McCarthy über dessen Kumpan Roy Cohn mit einer Menge Material. Dieser Cohn war ein Ekel, und Hoover kroch ihm in den Arsch, entschuldigen Sie bitte den Ausdruck.«

Mary musste über Franks plötzliche Verlegenheit lächeln.

»Ich erinnere mich noch an Cohn«, sagte sie. »Aber wenn Ihr Chef Sie deckte, warum bekamen Sie dann trotzdem Probleme?«

»Das erzähle ich Ihnen ein anderes Mal.«

»Aber Sie waren kein Sympathisant?«

»Um Himmels willen, nein, Mary. Ich bin Journalist, nicht Politiker. Gut, manchmal wähle ich nicht, oder ich lerne einen Kandidaten persönlich kennen und wähle dann den. Als ich zum ersten Mal an die Urnen gehen durfte, wählte ich die Republikaner. Ich war sechzehn, und die Republikaner kamen in das Viertel von Chicago, in dem ich wohnte, und verteilten Stimmzettel. Alle Jugendlichen aus meinem Block wählten Landon, nicht Roosevelt. Die Republikaner hatten uns das Wahlrecht gebracht, warum also nicht?«

Frank gestikulierte beim Reden mit einem Krabbenbein, anschließend brach er es am Gelenk auseinander. Mary betrachtete abwesend sein Gesicht. Noch nie war sie jemandem mit seiner Augenfarbe begegnet. Er hatte ganz hellblaue Augen, mit braunen Sprenkeln um die Iris, wie Splitter einer geknackten Haselnuss. Unter den Augen, wo die Haut vor Müdigkeit ganz farblos war, entdeckte Mary einige verblasste Sommersprossen im selben Braun. Sie hätte gern gewusst, wie Frank als Junge ausgesehen hatte, ob die Sommersprossen auf seiner Haut so deutlich zu sehen gewesen waren wie bei Richard.

Und noch etwas fiel ihr auf. So sehr Frank sich auch von jeder politischen Parteinahme distanzierte, bewies er doch mit seinen Worten hartnäckig eine moralische Überzeugung; bestimmte Dinge lehnte er ab, andere waren ihm wichtig. Ob er von seinen Eltern eine Art katholisches Moralgefühl mitbekommen hatte? Allerdings schien dieses Gefühl nicht religiös begründet. Es gab einfach eine Reihe von Dingen, die seiner Meinung nach getan werden mussten – entweder von ihm selbst oder von anderen –, auch wenn er diese Überzeugung durch Ironie oder Geringschätzung zu verbergen suchte.

Nach dem Mittagessen nahmen sie ein Taxi zum Metropolitan Museum. Um vier wollte Mary nur noch schlafen. Frank begleitete sie in ihr Hotel zurück. Er ging um das Taxi und hielt ihr die Tür auf.

»Ich danke Ihnen«, sagte Mary. »Die Stadtführung hat mir gefallen.«

Eine gespannte Pause entstand.

»Gut«, sagte Frank.

»Danke.«

»Wenn Sie wollen, machen wir morgen den zweiten Teil.«

»Sie hat zwei Teile?«

»Mehrere.«

»Ich muss Charlie fragen, was er vorhat.«

»Natürlich.«

»Es wäre Ihnen bestimmt nicht lästig?«

Sie hörte Franks Antwort nicht, denn in diesem Moment rief der Taxifahrer ungeduldig: »Können wir weiterfahren?«

»Ich rufe Sie an«, sagte Frank und ging um das Taxi herum auf seine Seite zurück.

Mary trat durch die Drehtür. Es war angenehm, die Stadt in Gesellschaft zu besichtigen, dachte sie. Man konnte in Bars und Cafés gehen, ohne als Frau allein angestarrt zu werden. Wenn Charlie sie nicht brauchte, konnte sie immer darauf zurückkommen.

Droben in ihrem Zimmer zog sie Schuhe und Rock aus und rollte sich auf dem Bett zusammen. Sie begann ein Buch zu lesen, doch konnte sie sich nicht konzentrieren. Der Verkehrslärm der Straße machte sie schläfrig, verschmolz zur Hintergrundmusik einiger Bilder ohne tiefere Bedeutung, wie sie sich immer kurz vor dem Einschlafen einstellten: eines Baums, eines Tors, der Ecke eines Hauses. Ein kalter Zug wehte durch das Zimmer, und sie fror in ihrem Unterrock. Sie schlüpfte unter die Decke, dann schlief sie ein.

Sie wachte auf, als Charlie das Zimmer betrat. Er beugte sich über sie, um sie zu küssen, verlor das Gleichgewicht und fiel, Alkoholschwaden ausdünstend, neben sie auf das Bett. Mary setzte sich auf und strich ihm die Haare aus der Stirn.

»Was ist passiert, Schatz?«

»Schrecklich langweiliger Tag, mein Gott, so schrecklich langweilig.«

Herauszufinden, ob sie in einem solchen Fall Nachsicht üben, Strenge walten lassen oder Charlie gleich ins Bett bringen sollte, war eine Kunst, eine Kunst allerdings, in der Mary Übung hatte. Sie empfand es als persönliche Niederlage, wenn sie ihn nicht dazu bringen konnte, etwas zu essen, wenn er sich gleich mit einer Flasche ins Bett zurückzog und all ihre Überredungsversuche schroff zurückwies. Für diesmal beschloss sie, ihn liegen zu lassen, wo er war, und ein Bad zu nehmen.

Manchmal stellte ein kurzer Schlaf ihn für den Rest des Tages wieder einigermaßen her, vor allem wenn auf den Schlaf eine Dusche und ein großer Scotch mit Eis folgten.

Mary setzte sich in die tiefe Wanne und ließ das heiße Wasser zwischen ihren Beinen und um ihren Körper emporsteigen. Gestärkt durch den Nachmittagsschlaf, wollte sie ausgehen, nach Chinatown, Little Italy oder ins Village, egal, wohin, sie wollte nur noch einmal in die Stadt eintauchen. Zwanzig Minuten später stieg sie aus der Wanne und wickelte sich in ein Handtuch. Charlie lag unverändert da, wo er eingeschlafen war, und schnarchte leise. Mary zog den Frotteemantel an, den sie im Badezimmer hatte hängen sehen, und fasste Charlie an der Schulter.

»Geh weg, lass mich in Ruhe.«

»Nein, Schatz, du stehst jetzt auf. Los!«

Sie durfte sich von seinem Unwillen nicht abschrecken lassen. Charlie war nicht hoffnungslos betrunken, mit etwas Überredungskunst konnte sie ihn dazu bringen aufzustehen.

»Du duschst jetzt, und ich lasse Eis aufs Zimmer bringen. Bis du fertig bist, habe ich dir frische Kleider hingerichtet und einen Drink gemacht.«

Eine halbe Stunde später waren sie ausgehfertig. Charlies Haare waren noch feucht, aber seine Laune hatte sich nach zwei großen Drinks und einer Zigarette spürbar gebessert. Draußen auf der Lexington Avenue winkte er ein Taxi heran.

Der Fahrer drehte sich zu ihnen um. »Wohin soll's denn gehen?«

»Fragen Sie die Dame.«

»Ich weiß nicht. Greenwich Village, dort irgendwo.«

Sie schwenkten auf die mittlere Fahrbahn ein und knatterten bei grüner Welle lärmend Richtung Downtown Manhattan. Schlaglöcher erschütterten das Taxi, und der Fahrer wechselte immer wieder hupend die Spur, um verschiedenen von ihm so genannten Schnecken, Idioten und Arschlöchern auszuweichen.

»Hier?«, fragte er und bremste auf dem Washington Square.

»Lassen Sie mich einfach raus«, entgegnete Charlie.

»Danke«, sagte Mary. »Das hier ist gut.«

Sie überquerten den Platz. Eine Gruppe junger Männer hingen mit den Armen an den Stangen eines eisernen Geländers, rauchten und beobachteten die Passanten. Obwohl die Nacht kühl war, trugen sie nur T-Shirts, einige davon bis über den Bizeps hochgekrempelt.

»Was tun diese Männer?«, wollte Mary wissen.

»Nichts, was für Frauen interessant wäre. Wohin gehen wir?«

Mary führte ihn einige Blocks auf der Sullivan Street entlang und dann nach links. Die Gehwege leuchteten im Licht der Neonreklamen. Bäckereien und Gemüsehandlungen hatten noch geöffnet, ebenso Buchhandlungen und ein niedriges Ziegelgebäude mit einem runden Schild mit der Aufschrift »Circle-in-the-Square Theatre«. Über den Eingängen zu verschiedenen Restaurants und Bars wölbten sich bunte Markisen. Sie entschieden sich für ein Eckrestaurant mit abgetretenem Dielenboden und Tischen in von Kerzen erleuchteten Nischen.

Mary aß die Vorspeise. Über den Tisch hinweg blickte sie in Charlies immer noch glasige, aber nicht mehr feindselige Augen. Ihr kamen die Tränen. Sie erlaubte sich selten, daran zurückzudenken, wie Charlie gewesen war, als sie ihn kennen gelernt hatte: temperamentvoll und zielstrebig, überzeugt, dass er die Welt neu erfinden oder wenigstens nach seinen erfrischend anderen Vorstellungen verändern konnte. Sie liebte ihn zwar jetzt nicht weniger und fühlte sich nach wie vor in der »Nummer 1064 und Zubehör«, wie Charlie zu sagen pflegte, fest verwurzelt. Doch sie verspürte tiefes Mitleid mit ihm, wie er zu leiden schien, und in dieses Gefühl mischte sich die periodisch wiederkehrende Angst, es könnte mit ihm eines Tages noch böse enden. Einmal hatte sie sich Katy Renshaw anvertraut, doch die hatte nur beschwichtigt. Charlie trinke nicht mehr als die meisten anderen Männer. Warum machte er keine Psychoanalyse? Alle taten das, besonders in New York. Katy klang, als sei der Himmel über der Stadt ein einziges Knäuel ungedeuteter Träume und die Kanalisation unter den dampfenden Kanaldeckeln ein Labyrinth unterdrückter Wünsche. Männer wie Charlie und Edward seien kreativ und ungewöhnlich intelligent, sagte Katy, man müsse ihnen deshalb ihre kleinen Schwächen und Spielchen zugestehen, etwa wenn sie einander Verfasser von Gedichten raten ließen, die sie sich in Wirklichkeit selbst ausgedacht hatten. Ob Mary nicht bemerkt hätte, mit welchem Vergnügen Charlie einen eigenen Vers als Dichtung von Wallace Stevens ausgegeben habe? Es war nur ein Spiel, wie alles.

Mary hatte, naiv wie sie war, Katy nur zu gern geglaubt. Alles würde gut werden, wie in der Vergangenheit ja auch. Und Charlie und sie gehörten doch zusammen. Auf Charlie aufzupassen war Teil ihres Lebens, und sie hätte es nicht anders gewollt.

»Ich muss nach Chicago«, sagte Charlie und schob einen Bissen Fleisch auf seinem Teller hin und her. »Gleich morgen. Um zehn ab La Guardia.«

»Warum?«

»Frag nicht. Es sind wieder diese blöden Wahlen. Ich fürchte nur, dass ich den Flug nicht überstehe.«

»Du überstehst ihn, Schatz, glaub mir. Hast du deine Tabletten mitgenommen?«

»Ja. Aber ich muss so viele nehmen, dass ich nicht mehr zurechnungsfähig bin, wenn ich dort ankomme.«

Mary legte ihre Hand auf seine. »Soll ich mitkommen?«

»Nein, auf keinen Fall. Du bleibst hier.«

»Also gut. Wie lange bist du weg?«

»Zwei Nächte. Bis Donnerstag. Kommst du hier zurecht? Wenn du willst, kannst du nach Washington zurückfahren.«

»Ich komme schon zurecht. *Du* machst mir Sorgen.«

Charlie zündete sich eine Zigarette an und schob seinen Teller zurück. Er stützte den Kopf in die Hände. Mary glaubte schon, er würde weinen. Doch dann hob er den Kopf mit einem Ruck, schob laut den Stuhl zurück und stand unsicher schwankend auf.

Am nächsten Morgen, im Taxi zum Flughafen, sah Charlie blass aus, und seine Hand zitterte, doch er wirkte ruhig und schicksalsergeben. Mary argwöhnte, dass dafür die Tabletten verantwortlich waren, die Weissman ihm verschrieben hatte, doch sie fragte nicht nach, um ihn nicht zu verärgern. Vor dem Flughafenterminal vergewisserte sie sich noch einmal, dass er alles dabeihatte, was er brauchte. Sie gab ihm einen Kuss, knöpfte gleichzeitig den mittleren Knopf seiner Jacke auf und strich ihm über die Brust wie einem Kind. Jeder Abschied war ein kleiner Tod.

Er fuhr sich mit der Zunge über die trockenen Lippen, dann drehte er sich mit dem Koffer in der Hand um und ging durch die Drehtür.

Mary stieg in das wartende Taxi und wies den Fahrer an, zum Hotel zurückzukehren. Sie hoffte, Charlie möge den Flug gut überstehen und bei der Landung nicht so benommen sein, dass er nicht mehr aussteigen konnte.

Im Hotel ging sie zur Rezeption, um den Zimmerschlüssel zu holen.

»Mrs. van der Linden?«

»Ja.«

»Eine Nachricht für Sie. Ein Mr. Renzo hat angerufen.«

»Ach ja. Hat er eine Nummer hinterlassen?«

»Das hat er.« Der Portier gab ihr zusammen mit dem Schlüssel einen Zettel.

Droben im Zimmer wollte Mary zum Hörer greifen, doch dann hielt sie inne. Sie konnte den Tag genauso gut allein verbringen und tun, was sie wollte. Ihr Programm hätte einige der üblichen Attraktionen New Yorks beinhaltet: einen Besuch der

Frick Collection und einiger Läden in der Madison Avenue, dann ein leichtes Mittagessen mit Blick über den Central Park und anschließend eins ihrer besonderen Vergnügen, einen Nachmittagsfilm, danach, wenn es noch hell war, einen Cocktail im obersten Stock eines Wolkenkratzers in Midtown und abends im Hotel den Luxus eines Essens auf dem Zimmer, ganz allein mit einem Buch.

Wollte sie wirklich noch einmal einen anstrengenden Marsch kreuz und quer durch die Stadt mitmachen, durch heruntergekommene Straßen, Problemviertel, Antiquariate, Straßen mit »interessanter« ethnischer Geschichte, vorbei an Fisch- und Kleidermärkten und mit nur wenigen Pausen, in denen es eisgekühlte Drinks gab, die sie benommen machten, sowie Vorträge über die neuere amerikanische Politik?

Wenigstens hatte sie dabei Gesellschaft. Sie hob den Hörer ab und wählte. Es wurde vereinbart, dass Frank erst gegen Mittag ins Hotel kommen sollte. Marys Überlegung zufolge hatten sie dann nur noch eine Stunde Zeit bis zum Mittagessen, und diesmal wollte sie mitbestimmen, wohin sie gingen. Vorsorglich erfand sie noch einen Anruf Charlies, den sie um fünf erwartete. Charlie rief zwar selten an, wenn er weg war, aber sie wollte sich einen Fluchtweg offen halten.

Frank meldete sich um zehn vor zwölf von der Rezeption aus. »Ich bin ein wenig zu früh dran. Ich hab die Subway genommen, wenn Sie wollen, warte ich.«

»Nein, nein, ich bin fertig.«

Der Aufzug bewegte sich achtzehn Stockwerke nach unten; ein uniformierter Page zog die auf Rollen gleitende Falttür auf. Frank stand an der Rezeption und drehte seinen Hut in den Händen. Mary eilte durch das Foyer auf ihn zu.

»Hallo.« Frank nahm ihren Arm und führte sie zur Tür. Am Bordstein wollte Mary anhalten, in der Annahme, Frank würde ein Taxi rufen, doch Frank ging zu Fuß die 45th Street entlang und bog nach rechts in die Third Avenue ein.

»Wie geht es Charlie?« Er sprach laut, um den Verkehrslärm zu übertönen. Sie waren stehen geblieben und warteten, bis sie die Straße überqueren konnten.

»Gut, danke. Er musste nach Chicago. Was ist unser Programm für heute?«

»Ich weiß noch nicht genau. Aber es gefällt mir hier, in Richtung Murray Hill. Es ist so – neutral.«

»Das gefällt Ihnen?«

»Mir gefällt, dass hier alles so unpersönlich ist. Niemand stört einen. Dazu sind Städte doch da. Frankfurter Würstchen, Taxis, Sie wissen schon. Und viel Lärm. Kommen Sie.«

Frank ging langsamer als am vorhergehenden Tag, sie konnten deshalb ihr Gespräch fortsetzen. Er führte sie zur Madison Avenue, vorbei am ehemaligen J. P. Morgans, wieder zurück zur lauten Lexington Avenue mit ihren ganze Blocks einnehmenden Möbelgeschäften, weiter zur Third Avenue und vorbei an den alten Kneipen Richtung Downtown. Trotz der Nähe vieler Wolkenkratzer war die Stadt hier weniger erdrückend als in den geschäftigen Vierteln weiter westlich. Ein Rest der Insel war zu spüren, die sich zum East River hin senkte, und eine Lockerung der strengen Geometrie des Straßennetzes.

»Als ich nach New York kam, hatte ich ein Zimmer an den Gleisen droben in der 95th Street. Ich fuhr jeden Morgen mit dem Zug die Third Avenue entlang.«

»Haben Sie sich dabei angewöhnt, den Leuten in die Wohnungen zu gucken?«

»Wahrscheinlich. Die Hochbahn wurde vor einigen Jahren abgerissen. Ich hätte nie gedacht, was für eine hübsche Straße darunter zum Vorschein kommen würde.«

»Hübsch?« Ein seltsames Wort für die lärmende Hektik der Third Avenue mit ihren gesichtslosen Mietshäusern, dachte Mary. Vor einem Kleidergeschäft begann eine Polizeisirene zu heulen.

Zum Essen kehrten sie mit dem Taxi nach Uptown zurück, in ein Steakhaus in der Lexington Avenue, von dem Frank schwärmte. Die meisten Gäste schienen Geschäftsleute zu sein. Sie saßen an der langen Mahagonibar oder an Tischen mit blau karierten Tischtüchern vor hochprozentigen Drinks und unterhielten sich mit gedämpften Stimmen.

»Was macht Charlie in Chicago?«

»Keine Ahnung. Ich habe im Lauf der Jahre gelernt, keine solchen Fragen zu stellen.«

»Warum nicht? Ist es geheim?«

»Eigentlich nicht. Charlie soll die Wahlen beobachten. Wir lebten eine Zeit lang in London, und als nächste Station war Paris vorgesehen. Charlie war schon mit jungen Jahren stellvertretender persönlicher Referent des Außenministers und wurde mit nur sechsunddreißig zum Botschaftsrat befördert.«

»Er ist also eine Art Überflieger?«

»Ein schreckliches Wort, aber das ist er wohl. Für die bevorstehenden Wahlen brauchte die Botschaft in Washington noch eine zusätzliche Kraft. Charlie hat über amerikanische Politik promoviert, deshalb bat man ihn, für zwei Jahre herzukommen. Er hat Senator Kennedy kennen gelernt, als dessen Vater Botschafter in London war, und man glaubt, er habe einen speziellen Draht zu ihm.«

»Und, hat er das?«, fragte Frank.

»Ich denke schon. Er behauptet zwar, er könne sich an die Begegnung mit Kennedy gar nicht erinnern, er sei damals betrunken gewesen. Doch er hat eine Art Draht zu ihm. Ich weiß nichts Genaueres, aber was dabei herauskommt, liegt auf der Hand. Bis jetzt ist natürlich noch alles offen, es sieht ja nicht einmal so aus, als würde Kennedy überhaupt nominiert. Aber Charlie übernimmt auch noch andere Aufgaben. Wenn jemand in Urlaub geht oder krank wird, springt er für ihn ein und vertritt ihn in seinem Aufgabengebiet, und das kann die Sowjetunion sein, Indochina oder sonst was. Außerdem soll er Kontakt zur amerikanischen Presse halten. Aber das machen bis zu einem gewissen Grad alle.«

»Warum fragen Sie ihn also nicht, was er in Chicago zu tun hat?«

»Weil er dann wütend auf mich wird.« Mary zog ein Päckchen Zigaretten aus der Handtasche und hielt es Frank hin. »Charlie ist kein glücklicher Mensch. Er mag seine Arbeit nicht. Vielleicht ist es auch weniger die Arbeit als das Leben überhaupt. Es ist wie eine Krankheit.« Sie machte eine Pause. »Ich sollte Ihnen das nicht erzählen.«

»Wir sind immer noch beim inoffiziellen Teil unseres Gesprächs. War er bei einem Arzt?«

»Bei zweien, ja, aber es hat nichts genutzt. Der eine verschreibt ihm Tabletten und der andere, ein Psychoanalytiker, lässt ihn nur die ganze Zeit reden. Charlie tobt, wenn er nach Haus kommt. Der Psychoanalytiker scheint selbst nie etwas zu sagen, er sitzt nur mit verschränkten Armen da, und am Schluss präsentiert er die Rechnung.«

»Und was ist Ihrer Meinung nach die Ursache des Problems?« Mary seufzte. »Ich weiß es nicht. Aber ich bezweifle, dass es eine einzige Ursache gibt, die man benennen kann und dann beseitigen könnte. Ich glaube, Charlie ist zum einen einfach von der Welt enttäuscht. Er kann es nicht ertragen, wenn er sich langweilt. Er ist ungeduldig. Er trinkt so viel, um sein Bedürfnis nach ständig neuen Reizen zu befriedigen, um den Tumult in seinem Kopf zu ersticken. Glaube ich. Vielleicht empfindet er auch die Sinnlosigkeit allen Tuns stärker als die meisten Menschen. Ich selbst könnte natürlich auch nicht sagen, was für einen Sinn es hat, dass ich jetzt lebe und später dann sterbe – aber trotzdem lebe ich gern. Ich bin glücklich. Dieser Drink, diese Bar, unser Gespräch, die Gedanken an meine Kinder, das alles macht mich froh, ob ich will oder nicht. Aber ich weiß, dass das in gewisser Weise unehrlich ist, dass ich die Tragik der Existenz oder wie immer man es nennen will nicht ausklammern dürfte. Manchmal habe ich Angst, dass man mir irgendwie auf die Schliche kommen könnte. Dass etwas passiert, auf das ich nicht vorbereitet bin. Oder dass ich sterbe und Gott sagt: ›Du hast dich glänzend amüsiert, aber hattest du nie Zeit zum Nachdenken?‹ Charlie hat wahrscheinlich Recht, aber es macht ihn furchtbar unglücklich.«

Sie sah Frank an, und er erwiderte ihren Blick. »Ein netter Mann, Ihr Charlie.«

»Ja, sicher. Ein wunderbarer Mensch.« Mary lächelte. Sie zögerte kurz, dann sagte sie: »Möchten Sie ein Foto meiner Kinder sehen?«

»Gern.«

Der Kellner kam und nannte die Tagesgerichte, und Frank wollte wissen, woher die Zutaten kämen und was er persönlich empfehlen könne. Es war Mary schon aufgefallen, dass er es offenbar für ein Gebot der Höflichkeit hielt, den Kellner auf diese Weise in die Entscheidung einzubeziehen. Sie wühlte in ihrer Handtasche, zog das lederne Fotoetui heraus und reichte es Frank über den Tisch. Er brummte anerkennend. »Erzählen Sie mir von ihnen.«

Mary bestellte gekochten Schnapper und grünen Salat, Frank das Kotelett mit Sauce und Kartoffelbrei. Auf Marys Bitte bestellte er für sie zum Fisch noch ein Glas Weißwein. Als Nachspeise aß sie eine in einer Teigmuschel servierte Limonencremeschnitte, dazu trank sie eine Tasse schwarzen Kaffee. Während des ganzen Essens sprach sie von ihren Gefühlen für die Kinder. Schon bei der Erwähnung ihrer Namen wurde ihr warm ums Herz.

Sie setzte die Kaffeetasse ab. »Tut mir Leid, dass ich die ganze Zeit geredet habe. Sie sind selbst schuld. Sie hätten nicht nach den Kindern fragen dürfen.«

Frank gab ihr die Fotos zurück. »Ich bin selbst schuld. Aber Sie haben offenbar wirklich nette Kinder.«

»Das habe ich. Aber passen Sie auf, dass ich nicht wieder von vorn anfange. Erzählen Sie einfach von sich.«

Frank nahm eine Zigarette. »Waren Sie schon in Indochina?«

»Nein, nur Charlie. Als wir in Japan lebten.«

»Ich weiß. Dort habe ich ihn ja kennen gelernt. Er scheint sich nicht daran zu erinnern.«

Mary lachte. »Wahrscheinlich war er betrunken. Auf der Party war er es ganz bestimmt.«

Frank lächelte. »Ich auch. Ich hätte früher zu Highballs wechseln sollen.«

»Egal. Erzählen Sie von sich. Es ist mir peinlich, dass ich so viel über Richard und Louisa geredet habe. Das sollte man wirklich nicht tun – andere damit langweilen, wie süß die eigenen Kinder sind. Charlie wird wahnsinnig, wenn andere von ihren Kindern sprechen.«

»Also gut, dann erzähle ich von mir.« Frank streckte die Hand nach einem auf dem Tisch liegenden Streichholzbriefchen aus, lehnte sich zurück und zündete die Zigarette an. Sein Gesicht, das im Schatten der dunklen, holzgetäfelten Wand hinter ihm lag, leuchtete auf. »Ich habe ein Projekt. Eines Tages werde ich ein Haus bauen. Vielleicht in den Adirondacks oder in den Catskills, jedenfalls irgendwo in den Bergen, mit Wald und einem Fluss, aber auch in der Nähe einer Stadt mit Bars, Buchgeschäften und so weiter. Ich suche mir einen Architekten, und wir entwerfen das Haus zusammen. Es muss groß sein, aber nicht protzig, nicht wie die Paläste in Hollywood, sondern ganz schlicht – hohes Dach, mit Schindeln verkleidete Wände, insgesamt eher traditionell. Aber drinnen müsste es drei Treppen geben und ganz viele Gänge, damit Gäste sich leicht verirren.«

»Ist das wichtig?«

»Entscheidend wichtig. Das Haus müsste viele Vorratsräume haben, in denen man Heizmaterial, Alkohol und Haushaltssachen verstauen kann. Und in der Mitte wäre ein Saal mit einer umlaufenden Galerie.«

»Und Schlafzimmer?«

»Gäbe es natürlich auch, mit Fenstern und einem weiten Blick über das Tal des Hudson. Und Badezimmer mit Steinböden und nackten Wänden, ohne Fliesen wie hier in New York und ohne die Kakerlaken in den Ritzen.«

»Und wer soll in diesem Haus wohnen?«

»Ich und vielleicht einige Freunde.«

»Und was würden Sie den ganzen Tag tun?«

»Im Fluss angeln, Rehe schießen, im Billardzimmer Billard spielen.«

»Aber Sie würden sich langweilen. Sie brauchen doch die Stadt und die Zeitungen. Sie hätten nicht einmal was Passendes zum Anziehen.«

»Glauben Sie denn, man könnte ohne Geländewagen und Pelzmütze dort nicht leben?«

»Doch, eigentlich schon. Es scheint nur irgendwie abwegig.«

Frank lachte.

»Wissen Sie was? Das ist das erste Mal, dass ich Sie lachen sehe.«

»Wirklich?« Frank drückte die Zigarette aus. »Das ist merkwürdig, denn Sie lachen seit zwölf andauernd.«

»Andauernd?« Mary spürte, wie ihre Wangen brannten. »Dabei haben Sie doch gar nichts Witziges gesagt.«

»Jedenfalls nicht absichtlich.«

Mary gewann ihre Fassung wieder. »Vielleicht haben Sie einfach ein komisches Gesicht.«

Sie gingen nach draußen. Am Bordstein vor ihnen hupte ein Taxi. Mary sah die Straße hinauf und hinunter. Es dämmerte bereits, aber der Verkehr ließ nicht nach. Sie spürte auf einmal, wie unwichtig sie für das Leben dieser Stadt, wie leer ihr eigenes Leben ohne Kinder und Mann und mit einer sterbenden Mutter war.

Im Hotel lag eine Nachricht von Charlie. Er musste eine weitere Nacht in Chicago bleiben und würde erst Freitagmittag zurückkehren. Er hatte eine Telefonnummer hinterlassen. Mary ging aufs Zimmer und rief ihn an. Die Ausrede für ihre zeitige Rückkehr ins Hotel war auf einmal Realität geworden.

Charlie war nicht betrunken, aber unglücklich. Mary hatte sich über die Jahre an den Klang der Stimme gewöhnt, die unsicher, zitternd und zuweilen brüchig durch die Fernleitung kam. Sie staunte immer wieder darüber, wie eine so selbstbewusste Person so vollkommen verzagt klingen konnte.

Sie hätte gern gewusst, was Charlie unterwegs in seiner freien Zeit tat. Er liebte es zu verschwinden, ohne eine Spur zu hinterlassen. Andererseits wusste sie, sein Bedürfnis nach menschlicher Gesellschaft war so groß, dass er nie lange allein blieb, egal, in welcher Stadt er sich aufhielt. Er würde eine Bar aufsuchen und mit jemandem zu reden beginnen; selbst ein langweiliges Gespräch war besser als die schreckliche Leere der Einsamkeit. Offenbar half ihm die Gesellschaft anderer Menschen, den Gedanken zu verdrängen, wie sinnlos das Leben war.

Mary sprach ihm am Telefon Mut zu, so gut sie konnte, erzählte von den Kindern und davon, wie sie selbst den Tag verbracht hatte. Als er schließlich auflegte, war er ruhiger. Mary liebte ihn mehr für seine unerklärliche Schwäche als für seine allgemein bekannten Stärken, und sie genoss es, wenn sie ihm helfen konnte.

Frank hatte gesagt, er werde am nächsten Tag anrufen. Den Abend hatte sie frei. In der Bar des Hotels bestellte sie einen Cocktail. Während sie daran nippte, las sie in einer Zeitschrift einen Artikel über die Vorwahlen der Demokraten in Wisconsin. Dort hatte Muriel Humphrey die Wähler nicht auf ihren Mann einschwören können. Ein Foto zeigte Hubert Humphrey, neben einem chromglänzenden Greyhound-Bus stehend. Auf einem anderen war eine unwahrscheinlich junge, erschrocken dreinblickende, ansonsten in ihrem ärmellosen Kleid und mit einer schweren Perlenkette aber ganz reizend aussehende Mrs. Kennedy zu sehen. Senator Kennedy hatte sein Hauptquartier im dritten Stock des Pfister in Milwaukee aufgeschlagen, hieß es in dem Artikel. Mary fiel ein, was Frank ihr von McCarthys Rechnung in der Bar desselben Hotels erzählt hatte. Die nächsten Vorwahlen in West Virginia würden über die Nominierung entscheiden. Wenn ein überwiegend protestantischer Staat Kennedy als Präsidentschaftskandidaten wählte, war das Problem, dass er katholisch war, vom Tisch, und er konnte gewinnen.

Mary wurde auf einmal ganz aufgeregt, allerdings nicht so sehr beim Gedanken an einen katholischen oder demokratischen Präsidenten als angesichts der Wahlen selbst. Sie verstand auf einmal, warum Frank sie so unbedingt aus nächster Nähe erleben wollte.

Nur ungern verließ sie die Bar und kehrte in ihr Zimmer zurück. Gegen neun bestellte sie einen Caesar-Salat und eine Flasche Bier aufs Zimmer. Sie sah die *Arthur Murray Show* und *What's My Line* im Fernsehen, dann las sie in ihrem Buch, bis sie müde wurde. Sie öffnete das Fenster. Einen Moment lang drang der Lärm von der Straße ungehindert herein, bis sie beschloss, auf frische Luft zu verzichten und stattdessen die Klimaanlage kälter zu stellen. Sie schlüpfte zwischen die sauberen Laken und fiel fast sofort in einen tiefen, aber dennoch von Träumen erfüllten Schlaf.

Um dieselbe Zeit lag Frank in seiner Wohnung im obersten Stock eines Wohnblocks im Village auf dem Bett und zündete sich eine Zigarette an. Die Tür zum Wohnzimmer stand offen, wo er eine Lester-Young-Platte aufgelegt hatte.

Er konnte, wie so oft, nicht einschlafen.

V

Was Frank nachts wach hielt, war unter anderem der Gedanke an die Menschen, die er getötet hatte. In den Ansprachen und Radiosendungen, in denen Anfang 1942 für Freiwillige geworben wurde, war von Freiheit und Tyrannei, Heimat und dem Recht auf ein Leben in Frieden die Rede gewesen, von Tapferkeit und Opferbereitschaft. Wer sich freiwillig meldete, wusste, dass er vielleicht nicht zurückkehren würde. Nicht erwähnt wurde dagegen, dass es die Aufgabe von Soldaten war, andere Soldaten zu töten, und dass die meisten sich daran nie gewöhnten.

Man wurde aufgefordert zu vergessen. Davon zu sprechen, ja nur daran zu denken, galt als geschmacklos. Doch die Erinnerungen blieben. Sie prägten die amerikanischen Männer in Franks Generation und die Welt, in der sie sich zurechtfinden mussten. Die andere Konstante der vergangenen zehn Jahre in Franks Leben waren die Machenschaften der Herren in den braunen Regenmänteln, der Agenten der »Sicherheit«, die es Journalisten fast unmöglich machten, ihrem Beruf vorurteilsfrei oder zumindest mit gutem Gewissen nachzugehen. Frank wollte mit ihnen so wenig wie möglich zu tun haben, sich so wenig wie möglich mit ihnen arrangieren. Einige ihrer Operationen mochten notwendig sein, viele waren schlichtweg überflüssig. Doch Franks Meinung zählte nicht, die Behörde war wie die Weltwirtschaftskrise oder der Krieg mächtiger als der Einzelne. Frank konnte nur ehrlich gegenüber sich selbst bleiben. Er hatte nie einer Partei angehört und schuldete dem Staat nichts. Aus politischen Auseinandersetzungen hatte er sich herausgehalten. Am nächsten war er politischem Handeln gekommen, als er mit sechzehn zusammen mit seinem Bruder Louis ein Treffen der Young People's Socialist League in einem Keller in der Chicagoer California Avenue besucht hatte; Louis hatte ihm versprochen, sie würden dort tolle Mädchen in Lederjacken und mit flachen Schuhen treffen.

Frank erhob sich und ging ins Wohnzimmer, um die Platte umzudrehen. Es erklang das einschläfernde »Peg o' My Heart«, und er drehte die Lautstärke etwas auf. Dann trat er ans Fenster, nahm den Deckel der lärmenden Klimaanlage ab, stellte die Anlage aus und schob das Fenster nach oben. Nachts war es ruhig im Village, besonders im obersten Stock. In der Ferne hörte er zwei Männer auf Spanisch streiten. Zwei Mülleimer, wahrscheinlich die des Restaurants Ecke Grove Street, stießen scheppernd aneinander.

Frank mochte solche Geräusche der nächtlichen Stadt, bevorzugte allerdings das gleichmäßige Dröhnen des Verkehrs. Nichts half besser gegen Schlaflosigkeit als das Schmatzen der Autoreifen auf einer regennassen Straße. Im Bett liegend, konnte er den Blick über die Wände gleiten lassen, die sein Leben begrenzten, und die Nacht nach Belieben hereinlassen oder aussperren, je nachdem, ob er dem Lärm der Straße lauschte oder der Musik in der Wohnung.

Wenn er gegen Mittag sein Büro bei der Zeitung verließ, um Kaffee zu trinken und ein Sandwich zu essen, begegnete er Männern seines Alters. Er hätte gern gewusst, ob auch sie Menschen getötet hatten. Der Mann an der Theke bei Schrafft, der bei der Zubereitung des Eiersalatsandwichs so geschickt mit dem Messer hantierte, interessierte ihn in diesem Zusammenhang nicht. Er hatte wahrscheinlich bei einer Versorgungseinheit gedient oder während des Krieges noch in Polen oder Lettland gelebt und dann vielleicht sogar für die Nazis gekämpft. Viel mehr beschäftigten Frank die Männer in Anzügen und gestreiften Krawatten, die in Expressaufzügen hinauf und hinunter fuhren, den Blick unverwandt auf die Titelseiten der *Times* und des *Wall Street Journal* gerichtet. Wenn er mit ihnen in der Kabine stand, glaubte er förmlich zu spüren, wo sie gedient hatten: auf Guadalcanal, auf Iwo Jima, in Neapel, in der Normandie. Ihre exklusiven After Shaves und Anzüge konnten ihn nicht täuschen. Er betrachtete ihre Hände, ihren arroganten Blick, ihre Fingernägel. Man brauchte wahrscheinlich nur die bügelfreien Hemden aufzuknöpfen, um die haarlose Stelle zu sehen, an der die Hundemarke gescheuert hatte. Die meisten hatten niemals wissentlich einen Menschen getötet, sondern als Offiziere bei Kommandostellen gedient, die meilenweit von der Front entfernt lagen; und auch die GIs feuerten oft nur einige Schüsse ab und warfen ein oder zwei Handgranaten, ohne sich um die Folgen zu kümmern. Gelegentlich meinte Frank jedoch, einem Mann gegenüberzustehen, der bewusst getötet hatte wie er und jetzt in aller Ruhe seinen Geschäften nachging, in der Subway fuhr, über die Rockefeller Plaza schlenderte, auf einen Drink die Stufen zu den Bars des Grand Central Terminal hinunterstieg und dann mit dem Abendzug nach Westchester oder Yonkers fuhr, zurück zu Frau und Kind – einem Mann, der liebevoll durch die Haare seiner Kinder fuhr, mit Händen, die getötet hatten, ohne dass jemand davon wusste. Nicht Schuld trieb Frank um. Für die sechs Menschenleben war nicht er verantwortlich, sondern ein Infanterist, der sich mit seinem Handeln den Dank der Gesellschaft erworben hatte, in deren Mitte er anschließend zurückkehrte. Er selbst war entlastet, außerdem neigte er nicht zur Introspektion und noch weniger zu Schuldgefühlen. Er fragte sich nur manchmal, wie viele Vizepräsidenten, Anwälte und Bauarbeiter, ja vielleicht auch Jazzmusiker im Birdland oder Half Note, beflügelt von Heroin, voller Begeisterung die gleiche finstere Tat begangen hatten wie er. Und die Frauen? Machte es ihnen etwas aus? Mussten sie des »guten Geschmacks« wegen schweigen? Roxanne, seine Exfrau, hatte Bescheid gewusst und ihn einmal gefragt, was er dabei empfunden habe. Nach langem Nachdenken hatte er geantwortet: »Nichts Ungewöhnliches. Eigentlich gar nichts.«

Was der Wahrheit entsprach oder zumindest dem Teil der Wahrheit, der ihn interessierte: Wie schnell man nämlich etwas von sich wegschieben und verdrängen konnte, weil das Bedürfnis nach Ruhe und Seelenfrieden übermächtig war.

Je größer der zeitliche Abstand wurde, desto öfter dachte Frank allerdings an jene Vergangenheit zurück. Er quälte sich nicht mit Erinnerungen und weigerte sich auch, Gewissensbisse zuzulassen. Doch die Tat blieb unverändert im Gedächtnis haften; sie wollte nicht weichen und blieb Teil seines Lebens.

Seine Kriegserlebnisse hingen für ihn mit einem bestimmten Gefühl zusammen, das er Frauen gegenüber empfand. Warum, hätte er nicht sagen können, vielleicht deshalb, weil Frauen nicht getötet hatten und insofern unschuldig waren. Er empfand eine Art Bewunderung für sie als Bewahrer einer früheren, besseren Welt. Zugleich fühlte er sich durch weibliche Ignoranz und Mittäterschaft merkwürdig erregt, denn auch die Frauen verdrängten die Vergangenheit, weshalb ihnen Unaufrichtigkeit und Betrug nicht ganz fremd sein konnten. Auf seinem Bett liegend, dachte er an Lester Young. Ein sensibler Mensch, erschöpft und enttäuscht. Zuletzt hatte Young sich ein Zimmer in einem Hotel Ecke 52nd Street und Broadway genommen, von dessen Balkon er auf das Birdland sehen konnte. Aus der Mode gekommen, hatte er sich beharrlich mit Gin und Sherry zu Tode getrunken. Als die Nachricht von Youngs Tod in der Redaktion eintraf, hatte Frank sich freiwillig gemeldet, um mit Young befreundete Jazzmusiker zu interviewen. Er hatte Charles Mingus in einer kleinen Bar inmitten einer Gruppe von Männern mit vor Weinen roten Augen aufgespürt. Mingus hatte bereits eine Elegie auf Youngs Tod komponiert.

Lester Young war ein Ausnahmetalent gewesen, dachte Frank. Charlie van der Linden hingegen war völlig unmusikalisch. Seine ganze Bildung war letzten Endes nichts wert, weil er die Wut, die in ihm tobte, nicht ausdrücken konnte. Wenigstens in dieser Beziehung schienen die beiden sonst grundverschiedenen Männer einander ähnlich. Frank war davon überzeugt, dass Charlie sich auf ähnliche Weise töten würde. Es reichte nicht zu sterben, man musste sich selbst vernichten. Die Gleichgültigkeit der eigenen Auslöschung gegenüber und der Flirt mit ihr waren eine Kritik an der Unzulänglichkeit des vorausgegangenen Lebens und zugleich auch ein Zeichen unerwiderter Liebe, denn nur wer das Leben mit all seinen Möglichkeiten geliebt hatte, konnte so kompromisslos kritisch sein.

Frank zündete sich noch eine Zigarette an und beobachtete den aufsteigenden Rauch. Dann musste er plötzlich an Mary denken, und wieder einmal, wie so oft seit jener Party bei den van der Lindens in Washington, versuchte er das Gefühl zu verstehen, das sie in ihm ausgelöst hatte.

Er schloss die Augen und ließ den Kopf auf das Kissen sinken. Etwas an der Blässe ihrer Haut erschien ihm als Essenz aller Weiblichkeit. Mary ließ ihm keine Ruhe, und das machte ihn rasend. Er musste sich in sie hineinfühlen, um genau zu wissen, wer sie war. Und obwohl dieses Verlangen in seiner Dringlichkeit etwas durchaus Angenehmes hatte, erschien es ihm zugleich seltsam gefährlich, so als könnte er, wenn er scheiterte, in einen Abgrund fallen, der sich hinter ihr auftat.

Zwei oder drei Tage lang, in der Zeit von Charlies Abwesenheit, hatte Mary das merkwürdige und zugleich belebende Gefühl, die Zeit sei vollkommen durcheinander geraten: Sie raste dahin und schien zugleich angehalten. Charlies Rückkehr, inzwischen auf Freitagmittag verschoben, war ihr lächerlich fern erschienen, mehr eine ungenaue Angabe als ein feststehender Termin.

Am Donnerstagmorgen willigte Mary ein, sich mit Frank zum letzten Teil der Stadtführung zu treffen. Frank erschien bereits um zwanzig nach acht im Hotel, aber Mary war schon fertig. Er wirkte abwesend, hatte sich aber fein gemacht. Er trug einen Flanellanzug, den sie noch nicht kannte, und eine gestrickte Seidenkrawatte. Ihr Blick fiel auf seine Hände, breit und mit überraschend langen Fingern, die ein paar zusammengerollte und bereits zerlesene Zeitungen hielten. Mary fühlte sich seltsam beruhigt, als hätte seine Ankunft ein Problem gelöst.

Gespannt erwartete sie den vor ihr liegenden Tag. Sie wusste nicht, wohin sie gingen, und redete pausenlos, wie ihr schien, obwohl sie damit nur erreichen wollte, dass er sprach, dass sie seine Stimme hören konnte. Sie besuchten sein Büro bei der Zeitung. Frank stellte sie den Leuten am Empfang vor und ließ sie dann im Foyer allein. Dort beobachtete sie, wie ein Gerät unter einer Glashaube einen Papierstreifen mit den Kursen des Dow Jones ausspuckte. Sie trat von einem Bein auf das andere, ein wenig verlegen unter den taxierenden Blicken der beiden Frauen und des jungen Mannes hinter dem Tresen der Rezeption, und blickte erwartungsvoll auf die Tür aus mattiertem Glas, hinter der Frank verschwunden war. Sie hatte das Gefühl, als lebe sie das Leben von jemand anders, und kam sich sehr jung vor.

Später gingen sie im Central Park spazieren und setzten sich auf eine Bank. Die ersten Frühlingsschösslinge brachen durch den Boden. Frank erzählte von seiner Kindheit in Chicago. Seine Familie hatte in einem Reihenhaus aus Holz hinter den Viehhöfen gewohnt, sein Vater auf einem von billigen Arbeitskräften überschwemmten Markt um Arbeit kämpfen müssen. Tausende von Familien waren aus den Südstaaten hergezogen und hatten die South Side in ein schwarzes Viertel verwandelt. Frank sprach liebevoll von seiner Vergangenheit, mit dem nachsichtigen Humor eines Mannes, der weiß, dass er nicht mehr an den Ort seiner Kindheit zurückkehren muss.

Mit der Subway donnerten sie vom Columbus Circle in

Richtung Downtown. Als sie aus der Unterwelt wieder nach oben kamen, schob sich auch hier eine Menschenmenge durch die Straßen, vorbei an Blumenläden, Delis, Markisen und Hydranten. Mary konnte sich des Gefühls nicht erwehren, die Menschen seien telefonisch von ihrer Ankunft verständigt worden, damit sie noch rasch ihre Zigaretten ausdrücken, ihre Kaffeetassen leeren und mit gesenkten Köpfen wie Roboter durch die Straßen marschieren konnten.

Dann, am südlichen Ende der Seventh Avenue, in der Nähe der Carmine Street, war der Spuk zu Ende. Ein Industrieviertel begann, obwohl die Namen der Kaufleute und Importeure an den Häuserwänden langsam verblassten und verwitterten, Namen europäischer Provenienz, noch nicht ganz vergessen, aber kaum noch lesbar. Frank führte Mary zu einer kleinen Bar vor einigen an den Hudson grenzenden Speichern. Er mochte die Bar, weil sich in der Mitte des Raums eine Telefonzelle befand, von der aus er die Redaktion anrufen konnte.

An die Bar schloss sich nach hinten ein düsterer Speisesaal an. Über den Flaschenreihen standen irdene Krüge mit Bündeln getrockneter Zweige. Mary setzte sich wie befohlen an den Tresen und nippte an einem Martini, der ihr das Wasser in die Augen trieb. Die Zeit verging schneller als jemals zuvor in ihrem Leben, und doch enthielt jeder Augenblick die Summe ihres bisherigen Lebens. Das kleine Mädchen im blauen Taftkleid, das seinen Geburtstagsgästen die Tür öffnet, die junge Frau in der Sergeuniform der WAAF und die Mutter, die stolz mit ihrem erstgeborenen Kind nach Hause kommt – sie alle waren harmonisch in ihr vereint. Frank nahm auf dem Hocker neben ihr Platz. »Die Bar heißt ›Ear‹«, sagte er. »Auf dem Neonschild draußen stand zwar ursprünglich ›Bar‹, aber die gebogenen Teile des ›B‹ sind abgebrochen.«

Mary wusste nicht, ob er sie auf den Arm nahm oder es ernst meinte. Allein hätte sie sich nicht hergewagt, mit Frank hingegen fühlte sie sich hier wie zu Hause. Die zerfallenden Speicher schienen unter seinem Blick zu neuem Leben zu erwachen, sogar eine düstere Bar wirkte auf einmal ganz hell. Wohin er kam, wandte sich alles zum Guten.

Sie teilte ihm ihre Gedanken mit, und er lachte. »Das klingt in dieser Umgebung seltsam.«

»Ich habe mich ein wenig blumig ausgedrückt.«

Sie studierte die Maserung des Mahagonitresens und die kleine Papierserviette unter ihrem kalten Glas, die allmählich feucht wurde.

Am Nachmittag saßen sie an einem Betontisch im Park des Washington Square, neben sich zwei Italiener, die auf dem in die Tischplatte eingelegten Brett Schach spielten.

»Jetzt haben Sie seit zehn Minuten nicht mehr mit der Redaktion telefoniert«, stellte Mary fest.

»Tut mir wirklich Leid, dass ich so oft anrufe, aber angeblich wird Webster Cordell abgezogen. Ich habe das von Bob Levine, meinem Gewährsmann in der Redaktion. Aber es ist noch nicht offiziell.«

»Wer ist Cordell?«

»Unser Korrespondent in Washington. Er berichtet über den Wahlkampf Kennedys, nur scheint er sich wie auch einige andere in seinen Kandidaten verliebt zu haben. Er hat jede kritische Distanz verloren. Ich habe den Eindruck, er macht jetzt Politik, statt darüber zu berichten. Das Problem ist nur, er ist ein alter Fuchs und länger dabei als die meisten Redakteure. Nur der Chef vom Dienst, Bill Stevens, kann ihn abziehen.«

»Und wenn er das tut?«

»Dann wäre ich dran. Ich würde sozusagen auf meinen alten Platz zurückkehren, aber das hängt natürlich davon ab, ob der Zeitungsinhaber findet, dass ich meine Strafe schon verbüßt habe.«

»Und haben Sie das?«

Frank zuckte die Schultern. »Levine sagt, es hätte Nachfragen gegeben, ob ich zu Hause sei.«

Mary empfand auf einmal eine unerklärliche Unruhe. Sie fuhr mit dem Finger über eine raue Stelle der Tischplatte.

»Darf ich Sie etwas fragen?«

»Nur zu.«

»Warum sind Sie eigentlich nicht verheiratet? Sie sind schließlich kein …« Sie machte eine unbestimmte Handbewegung.

»Scheusal?«

»Jedenfalls nicht in meinen Augen. Sie verdienen, Sie trinken nicht …«

»Ich war einmal kurz verheiratet. Die Frau hieß Roxanne, ich habe sie im College kennen gelernt. Sie wussten nicht, dass ich ein College besucht habe, stimmt's?«

»Woher auch? Sie haben es mir nicht gesagt.«

»Es war nach dem Krieg. Die Bundesregierung bezahlte für ehemalige Soldaten die Collegegebühren. Gleich in der ersten Woche sah ich eine schöne Frau über den Campus schlendern und folgte ihr. Ich wollte mich mit ihr verabreden, doch sie lehnte ab und sagte, sie hätte schon einen Freund.«

»Aber sie willigte schließlich doch ein?«

»Wahrscheinlich habe ich ihr so lange zugesetzt, bis sie nicht mehr anders konnte. Zwei Jahre später waren wir verheiratet.«

»Was ging schief?«

»Nichts. Die Leidenschaft verflüchtigte sich.«

Mary spürte Franks Blick, als erwarte er von ihr ein entsprechendes Geständnis oder wenigstens einen Kommentar zu der Feststellung, Gefühle wie die Liebe könnten ein Ende haben. Doch Mary schwieg. Sie hatte auf einmal das Gefühl, ihr Privatleben und ihre Kinder schützen zu müssen.

»Wie lange waren Sie verheiratet?«

»Fünf Jahre. Roxanne wollte nicht nach New York ziehen. Daran sind viele Ehen gescheitert. Wir kamen aus dem Mittleren Westen. Die Stadt wurde damals von Einwanderern überrannt, und für viele dieser Leute war New York ein fremdes Land. Als ob man nach Europa oder Afrika ginge.«

»Waren Sie traurig?«

»Das war ich, weil ich Roxanne geliebt habe.«

Mary senkte den Blick und fuhr sich mit der Zunge über die Lippen. Sie schluckte.

»Und Sie wollten nicht bleiben?«

»In Michigan? Nein.«

Am frühen Abend gingen sie eine andere Straße entlang, und plötzlich sah Mary das Circle-in-the-Square Theatre. Überrascht deutete sie darauf. »Erst vor ein paar Tagen war ich mit Charlie hier. Dort drüben haben wir gegessen.« Es kam ihr vor, als sei seitdem ein Jahr vergangen.

»Wirklich?«, fragte Frank. »Meine Wohnung liegt ganz in der Nähe, nur einige Blocks weiter.«

Mary lachte. »Und Sie wollten mir das verschweigen? Wir spazieren eben mal an Ihrer Haustür vorbei, und Sie sagen kein Wort?«

»Das Gebäude ist historisch nicht interessant.«

»Mein lieber Frank, auch die Buchgeschäfte in der Fourth Avenue sind keine Denkmäler und auch nicht das Nudelgeschäft oder die Sozialwohnungen.«

»Hat die Stadtführung Ihnen nicht gefallen?«

»Doch, sehr sogar. Obwohl mir nicht ganz klar war, welchem Plan Sie folgten.«

»Mir auch nicht. Es ist fast acht. Sollen wir irgendwo essen? Sie wollen wahrscheinlich nicht zu spät ins Hotel zurück.«

»Nein, nein. Lassen Sie uns zuerst noch etwas trinken. Es besteht kein Grund zur Eile.«

Sie tranken Cocktails, und das Ende des Abends lag für Mary in weiter Ferne. Zuerst kam noch das Abendessen, kamen die Stunden danach und weitere Drinks. Sie wechselten das Restaurant. Mary redete unaufhörlich, vielleicht angeregt durch den Wein, den Frank auf ihre Bitte hin bestellt hatte. Die Worte sprudelten nur so aus ihr heraus. Sie erzählte von ihrer Mutter, den Kindern und ihrem Leben und beobachtete dabei sein Gesicht, das nicht länger starr war, sondern ein Spiegel lebhafter Reaktionen, die von Anteilnahme bis Ungläubigkeit reichten.

Der Fisch wurde serviert, das Dessert, der Kaffee, noch einmal Wein und Kaffee, dazu rauchten sie zahllose Zigaretten. Mary wagte nicht, auf die Uhr zu sehen. Sie bemerkte jedoch die beiden Kellner, die freundlich, aber ungeduldig in der Nähe ihres Tisches standen, und wie Frank langsam aufstand und sie am Arm durch das leere Restaurant führte, wie sich große Erleichterung auf Franks Gesicht ausbreitete, als sie eine weitere Bar vorschlug, ein Café, irgendein ruhiges Nachtlokal im Village, und wie sie zum ersten Mal nebeneinander hergingen, vereint durch ein gemeinsames Ziel. In der Cornelia Street fanden sie eine Bar mit Tischen auf dem Bürgersteig. Die Nacht war so warm, dass man draußen sitzen konnte. Sie bestellten Cognac. Mary versuchte, ganz langsam zu trinken, doch schließlich erschien auch hier die Kellnerin mit der Rechnung.

»Wir könnten ja …« Mary machte eine fragende Handbewegung.

»Sie wollen noch einen Drink?«

»Ich sollte ja nicht, aber wenn …«

»Klar. Noch mal zwei, bitte.«

Euphorisch über den Aufschub, begann Mary wieder zu reden, dann hielt sie plötzlich inne und zog scharf die Luft ein. Sie hatte sich so in die Sackgasse manövriert, dass ihr nicht klar war, was sie als Nächstes sagen würde.

»Frank, ich muss Ihnen etwas gestehen, etwas, das Sie wissen müssen. Wir haben jetzt einige Tage miteinander verbracht, und ich empfinde eine Art … Bewunderung für Sie. Nein, hören Sie mir bitte zu. Ich glaube …« Sie stellte fest, dass sich ihre Arme wie von selbst von der Tischplatte gehoben hatten, und fühlte sich wie eine Marionette in den Händen eines Puppenspielers. Auch die Worte kamen nicht von ihr. Sie sprach mit unpersönlichem Pathos. »Ich halte Sie für einen höchst bemerkenswerten Menschen. Ihre Gesellschaft bedeutet mir mehr, als ich sagen kann, mehr als … ich weiß auch nicht.«

Als er sie erneut unterbrechen wollte, hob sie wieder die Hand. Ihr wurde klar, warum sie redete wie bei einer Preisverleihung. Das Pathos sollte verhindern, dass sie die Fassung verlor. Sie bekam kaum noch Luft.

»Sie sollen heute, morgen und für den Rest Ihres Lebens wissen, wie viel Sie mir bedeuten, wie tief mich Ihre …«, sie lächelte und spürte, wie ihr die Tränen in die Augen stiegen, »… Ihre Stadtführung berührt hat. Sie dürfen nie vergessen, was für ein wunderbarer Mensch Sie sind. Ich bewundere Ihr Engagement und das, was Sie, allen Widerständen zum Trotz, aus Ihrem Leben gemacht haben. Und Ihre Freundlichkeit, Ihr gutes Benehmen, Ihr … ja, alles an Ihnen. Ich finde, Sie sind wirklich ein wunderbarer Mensch.«

Frank starrte sie unverwandt an. Er sah jetzt genauso aus wie an jenem ersten Abend, an dem sie ihn kennen gelernt hatte, nach der Party, mit schwarzen Ringen unter den Augen, die Krawatte auf Halbmast, die kurzen Haare zerzaust.

»Sind Sie fertig?«, fragte er.

Sie biss sich auf die Lippe und nickte.

»Auch ich habe mich in Sie verliebt.«

Die Worte trafen sie wie ein Schlag. »Haben Sie … deshalb …«

»Von dem Tag an, an dem ich Ihnen zum ersten Mal begegnet bin. Inzwischen glaube ich, dass Sie der außergewöhnlichste und vollkommenste Mensch auf dieser Welt sind.«

»Nein, das sind Sie.«

»Ich will nicht mit Ihnen konkurrieren, Mary. Glauben Sie mir einfach, dass ich Recht habe.«

Mary senkte den Blick. Die Leidenschaft seiner Antwort beunruhigte sie, doch zugleich empfand sie Erleichterung. Vor allem aber hatte sie das absurde Gefühl, den Anstand gewahrt zu haben. Etwas, das gesagt werden musste, war vollständig und angemessen zur Sprache gebracht worden.

»Und jetzt?«, fragte sie. »Was tun wir jetzt?«

»Sie begleiten mich zu meiner Wohnung, dann sagen wir einander gute Nacht, und ich setze Sie in ein Taxi.«

»Einverstanden.«

»Es ist nur einige Blocks in diese Richtung.«

Alles war Mary recht, solange sie nur das Ende des Abends hinauszögern konnte. Sie brachen auf, Frank legte den Arm um sie, und sie schlang den Arm um seine Taille. Sie hatte Schuldgefühle, aber viel stärker noch war das Gefühl, dass es so richtig war, dass es sich so gehörte.

Vor einem hohen Wohngebäude aus den Dreißigerjahren in der Bleecker Street blieben sie stehen. Frank sah sie an.

»Könnte ich noch ... mit raufkommen? Nur für ein paar Minuten? Eine Tasse Tee oder so was?«

»Hmm ... warum nicht?«

Sie durchquerten die Eingangshalle, und Frank nickte dem Portier grüßend zu. Im Aufzug blieben sie nebeneinander stehen und starrten zum Eingang, doch sobald die Tür sich geschlossen hatte, fielen sie übereinander her.

Im obersten Stock lösten sie sich voneinander und gingen, auf Abstand bedacht, den Gang entlang. Mary blieb in einiger Entfernung vor der Wohnungstür stehen, während Frank nach dem Schlüssel suchte. Drinnen begann sie ihn wieder zu küssen, noch bevor er die Tür mit dem Absatz zugeschoben hatte. Sie spürte, wie seine Hände unter ihrem Kleid nach oben wanderten, und zog ihm das Hemd aus der Hose, um die Haut seines Rückens zu spüren. Ineinander verschlungen standen sie minutenlang in dem kleinen Flur. Mary hatte das Gesicht zu Frank erhoben und suchte mit geschlossenen Augen immer wieder seinen Mund. Frank vergrub die Hände in ihren Haaren, als wollte er sie ausreißen, und schien mit der Zunge nach etwas zu forschen, das Mary ihm noch verweigerte. Dann streichelte die eine Hand Marys Gesicht, ihre Ohren, ihr Kinn, während die andere sich unter ihre Bluse schob und geschickt den Haken ihres Büstenhalters löste. Noch bevor Mary wusste, wie ihr geschah, hatte er die Bluse geöffnet und das Gesicht zwischen ihren nackten Brüsten vergraben. Er drückte sie mit dem Rücken an die Wand des Flurs. Ein Bilderrahmen schnitt Mary in die Schulter. Frank sagte etwas, doch sie verstand ihn nicht, weil er sich mit dem Gesicht an sie presste und die Lippen nicht von ihren Brüsten nehmen wollte. Endlich konnte sie sein Gesicht nach oben schieben, um ihn zu küssen.

Sie gingen ins Wohnzimmer. Mary versuchte, ihr Kleid glatt zu streichen, Frank ließ sie los.

»Frank, ich muss …«

»Natürlich«, sagte er. Unter dem Vorwand, ihr beim Ordnen der Kleidung helfen zu wollen, begann er sie erneut zu liebkosen. Sie spürte, wie seine Hände über ihre Hüften glitten, die Schenkel entlang fuhren, seine Finger den Saum ihres Kleides anhoben, und eine raue Stelle seiner Haut an dem Nylonstrumpf hängen blieb, als er sie berührte.

Wieder machte sie sich von ihm los und gab ihm einen Kuss. »Ich muss aufhören.«

»Ich auch.«

Sie küsste ihn wieder.

»Es darf nicht sein«, sagte er. Seine Hand lag zuerst auf ihrem Rock, doch dann glitt sie zwischen ihre Beine. Der Stoff raschelte unter seinen Fingern.

»Nein«, sagte sie. »Du musst aufhören. Ich bin eine verheiratete Frau.«

»Ich weiß. Und ich bin ein anständiger Mensch.«

»Natürlich bist du das.« Mary beugte sich vor und küsste ihn erneut. So ging es eine Weile hin und her, dann wandte Frank sich abrupt ab und ging zu der Kochnische im hinteren Teil des Wohnzimmers. Mary holte tief Luft, strich den Rock glatt, knöpfte die Bluse zu und schob die Haare aus dem Gesicht. Durch eine halb offene Tür sah sie eine geflieste Wand. Sie ging ins Bad.

Sie knipste das Licht an und betrachtete überrascht ihr hell erleuchtetes Gesicht im Spiegel. Ihre braunen Augen blickten unschuldig. Das bin ich nicht, dachte sie. Doch sie hatte keine Gewissensbisse, empfand keine Scham, nicht einmal der Lippenstift war verwischt. Sie hob den Rock und zog den elfenbeinfarbenen Unterrock mit dem gestickten Saum gerade. Warum mache ich das?, dachte sie. Vielleicht schiebe ich ihn doch gleich bis zur Hüfte hoch. Sie hakte den BH wieder zu und dachte mit einem kurzen Schaudern daran, wie mühelos Frank ihn geöffnet hatte. Wie oft, wie viele ... Doch dann sah sie die am Waschbecken liegende in der Mitte ausgedrückte Tube mit Rasiercreme, das Döschen mit Heftpflaster, den noch feuchten Rasierpinsel und die billige Seife aus dem Kaufhaus, und Zärtlichkeit erfüllte sie. Sie hielt sich nicht länger bei ihrem Spiegelbild auf. Das Gesicht, das sie sehen wollte, war seins.

Frank beugte sich über den Plattenspieler. Als Mary in das Zimmer zurückkehrte, sah er auf.

»Du hast das Bad gefunden.«

»Ja, danke.«

»Ich dachte, vielleicht hörst du gern Miles Davis.« Er schwieg. »In solchen Augenblicken tut er verdammt gut. Hier, ein Bier für dich.« Er reichte ihr ein kaltes Glas. Der gedämpfte Ton einer Trompete war leise zu hören.

»Das Stück heißt ›Stella by Starlight‹«, erklärte er.

Mary nickte wie ein gelehriges Kind.

»Jetzt setzt du dich dort hin.« Frank zeigte auf ein altes Sofa an der Wand. »Und ich setze mich auf diesen Barhocker.«

Mary tat wie geheißen und nippte an dem Bier. Es war eiskalt. Frank betrachtete sie mit schräg gelegtem Kopf. »Du bleibst dort sitzen, und ich sehe dich an«, sagte er. »Keine Bewegung. Willst du eine Zigarette?«

»Zehn.«

Die Musik erfüllte den Raum. Die Trompete klang traurig und zärtlich und doch auch unterschwellig bedrohlich. Mary sah auf ihren Schoß.

»War das alles?«, fragte sie.

»Ja, das war's. Mehr gibt es nicht. Der Rest ist … Nacht. Vergessen.«

»Aber ich bin verrückt nach dir. Ich bin wahnsinnig. Weißt du, was es bedeutet, wenn ich das sage?«

Frank lachte. »Ja.« Er hielt die rechte Hand hoch. »Erinnerst du dich?«

»An was?«

»Die Narbe. Nein, steh nicht auf, sonst ist es um uns beide geschehen. Ich halte sie ins Licht. Siehst du?«

»Natürlich. Damals, als du zu unserer Party kamst. Die Wagentür oder so was. Überall war Blut. Wie ist es passiert?«

Frank streckte die Hand aus und nahm den Schlüsselbund, der auf dem Küchentresen lag. An ihm hing ein kleines Taschenmesser. Er hielt es hoch. »Damit.«

»Was?«

»Ich habe mir mit diesem Messer in die Hand geschnitten.«

»Während du das Auto repariert hast?«

Frank lachte. »Was für ein Auto denn? Woher hätte ich ein Auto haben sollen? Ich kam mit dem Taxi. Ich bin doch am selben Tag erst mit dem Flugzeug von New York angereist.«

»Womit hast du dich dann geschnitten?«

»Sag ich doch. Mit diesem Messer. Ich habe mich absichtlich verletzt, damit ich eine Entschuldigung hatte zurückzukommen.«

Marys Augen weiteten sich. »Warum?«

Er nickte. »Deinetwegen.«

Mary schwieg, dann begann sie zu lachen. »Es war ja auch ein ziemlich sauberer Schnitt für ein schmutziges Werkzeug aus dem Auto.«

»Ich dachte, ich könnte auf Charlie zählen. Dass er sich über Gesellschaft freuen und noch etwas trinken würde.«

»Sprich nicht von Charlie.«

»Doch, ich glaube, wir müssen immer wieder von ihm sprechen.«

Mary nahm einen kleinen Schluck Bier. Es fiel ihr schwer, die räumliche Distanz zu Frank aufrechtzuerhalten.

»Was heute passiert ist, wird mein Leben verändern«, sagte sie. »Du verstehst das, ja? Ich bin seit Jahren verheiratet, und ich liebe meinen Mann. Ich habe nicht die geringste Absicht ... ihn zu verlassen oder etwas Ähnliches. Und meine Kinder liebe ich mehr, als du dir vorstellen kannst.« Frank lächelte. »Und jetzt das.«

»Ja. Ich will damit nur sagen, dass mir so was nicht ständig passiert. Oder dass ich es mir wünsche. Ganz im Gegenteil. Für dich als Mann, als unverheirateten Mann, ist das wahrscheinlich anders.«

»Klar.«

»Nein, im Ernst, Frank, bitte. Ist es so?«

Frank hustete. »Also gut, ich sage dir meine ehrliche Meinung: Was ich fühle, ist völlig neu für mich. Von jetzt an ist auch für mich alles anders. Reicht das?«

»Ich ... ich glaube, ja«, erwiderte Mary. »Doch. Weißt du, wie spät es ist?«

»Zwanzig vor drei. Du gehst jetzt ins Hotel. Ich komme mit dir runter und rufe ein Taxi. Und vielleicht kannst du das gebrauchen.« Er gab ihr ein Streichholzbriefchen. Auf der Innenseite der Umschlagklappe stand eine Telefonnummer. Eine Viertelstunde später standen sie immer noch im Flur der Wohnung.

»Ich schaffe das nur, wenn du zehn Meter vor mir gehst«, sagte Frank und gab Mary einen Kuss aufs Ohr. »Und behalte diesen Abstand bei.«

Allein auf dem Rücksitz des Taxis schloss Mary die Augen,

überwältigt von ihren widerstreitenden Gefühlen. Vage verspürte sie die Angst, dass sie für dieses unerwartete Glück einen sehr hohen Preis würde bezahlen müssen. Einen solchen Rausch gab es nicht umsonst. Sie öffnete die Augen und betrachtete ernüchtert die draußen vorbeiziehenden Ladenfronten der unteren Sixth Avenue, die Mülleimer und aufeinander gestapelten Kisten mit leeren Flaschen und die Kreuzungen, die sie passierten, wenn die Ampeln auf Grün schalteten. Alles hatte seine Ordnung, dachte sie, alles bis auf diese aussichtslose Leidenschaft.

VI

Durch die Glasscheibe in La Guardia sah Mary, wie Charlie an der Gepäckausgabe auf seinen Koffer wartete. Charlie schien in einem bedauernswerten Zustand zu sein. Er hatte rote Augen, wirkte unrasiert und wusste offenbar nicht, welches sein Koffer war. Er hob zwei ganz verschieden aussehende Koffer vom Förderband, bevor er sich für seinen eigenen entschied. Als er dann durch die Tür trat, wirkte sein Lächeln eher niedergeschlagen, aber Mary sah, wie die Anspannung von ihm abfiel, als er erleichtert feststellte, dass sie da war. Bewegt schlang sie die Arme um ihn. Sie liebte ihn, wie sie ihn immer geliebt hatte.

Sie kehrten ins Hotel zurück. Nach einem langen Bad und einem Gin Tonic des Zimmerservice hatte Charlie sich ein wenig erholt. Mary räumte auf und packte die Koffer um, während er sich im Bad ankleidete. Das Streichholzbriefchen mit Franks Telefonnummer fiel ihr in die Hände, und sie versuchte die Nummer auswendig zu lernen, damit sie das Beweisstück wegwerfen konnte.

»Wessen Nummer ist das?«, würde Charlie fragen.

»Die von ... Katy Renshaws Bruder. Sie meinte, ich soll ihn anrufen, wenn ich Zeit hätte, aber ich habe es dann doch nicht getan.«

»Was ist er von Beruf?«

»Äh ... Journalist. Nein, er arbeitet in der Wall Street.«

»Ich würde ihn gern kennen lernen. Ich werde Katy nach ihm fragen.«

»Nein, tu das nicht. Er ist umgezogen. Katy spricht nicht von ihm. Sie schweigt ihn tot.«

»Das ist gar nicht die Nummer von Katys Bruder, nicht? Sondern die von Frank. Du hast eine Affäre mit ihm, ja? Ich lasse mich auf der Stelle von dir scheiden und beantrage das Sorgerecht für die Kinder. Du siehst sie nie mehr, dafür werden meine Anwälte sorgen. Nimm deinen Koffer und verschwinde.«

Sie musste sich eine einfachere Antwort einfallen lassen. »Das ist Franks Nummer. Er hat mir die Stadt gezeigt, während du weg warst. Hat Spaß gemacht.«

Noch bevor Charlie aus dem Bad kam, hatte Mary weiter an ihrer harmlosen Erklärung gearbeitet und geübt, das Wort »Frank« mit ruhiger Stimme zu sagen. Dann fand sie plötzlich, sie klinge jetzt schon wieder verdächtig normal. Vielleicht sollte sie sich zu einer theatralisch übersteigerten *tendresse* für Frank bekennen, gleichsam als wolle sie Charlies Aufmerksamkeit vom wahren Gegenstand ihrer Zuneigung ablenken, wie er es ihrer Vermutung nach schon wiederholt getan hatte (mit dieser Japanerin Hiroko zum Beispiel). Das wäre dann wie in einem Krimi gewesen, wo im zweiten Kapitel ein Verdächtiger mit einem blutigen Messer auftritt und sich der Detektiv anschließend durch ein Labyrinth von falschen Fährten arbeitet, nur um am Ende zu entdecken, dass der Verdächtige mit dem Messer aus Kapitel zwei völlig überraschend doch der Mörder ist.

Andererseits hatte Charlie vielleicht solche Bücher gelesen, und dann … Mary klappte den Koffer zu. Schluss mit diesem Unsinn! Sie liebte Charlie doch. Nichts hatte sich zwischen ihnen geändert, und sie hatte nichts getan, das sie sich hätte vorwerfen müssen. Im Gegenteil, sie und Frank hatten geradezu übermenschliche Beherrschung bewiesen. Jetzt würde sie wieder zu ihrem bisherigen Leben zurückkehren und sich ihrer Familie und Charlie widmen.

Sie steckte die Streichhölzer in ein Innenfach ihrer Handtasche und zog den Reißverschluss zu.

»Um sechs geht ein Zug«, sagte sie.

Sie saßen nebeneinander in dem Pullmanwagen, und Mary versuchte herauszufinden, was in Chicago passiert war.

»Ich habe mit Leuten von den Demokraten gesprochen«, sagte Charlie. »Mit Anhängern von Bürgermeister Daley. Viele glauben tatsächlich, Kennedy könnte die Wahlen gewinnen, wenn er nominiert wird. Mir kommt das zwar unwahrscheinlich vor, aber man weiß nie. Und dann sollte ich noch ein paar andere Sachen herausfinden.«

Ein Kellner brachte ihre Drinks und einen Teller mit Brezeln.

»Was für Sachen?«

Charlie fuhr sich mit der Hand durch die Haare. »In diesem Land haben zurzeit alle Angst, sie könnten von einer Wasserstoffbombe ausgelöscht werden.«

»Von einer kommunistischen?«

Mary klickte mit ihrem Plastikstäbchen in rascher Folge an das Eis, das Glas und den Aschenbecher.

»Ja.« Charlie lehnte sich zurück. »Früher glaubte man, der Schuhputzer oder die Frau vom Waschsalon würden vom Kreml bezahlt. Diese Zeit ist, denke ich, vorbei. Aber Besucher aus dem Ausland mag ich nicht. Die muss man sich ganz genau ansehen. Und man ist hier wirklich davon überzeugt, die Russen hätten die stärkeren Raketen, und dass man diesen Krieg, den alles entscheidenden Kalten Krieg, verlieren wird.«

»Aber was hast du damit zu tun, Charlie? Warum macht dir das so viel Kopfzerbrechen?«

Charlie sah sie an. Er hatte Tränen in den Augen. »Man stellt mir Fragen. Aber mir kann nichts passieren, Schatz.« Er hob sein Glas und trank ihr zu, dann legte er die Hand auf ihren Arm. »Uns kann nichts passieren«, sagte er. »Ganz bestimmt nicht.«

Durch das Taxifenster kam die Nummer 1064 in Sicht. Sie luden ihr Gepäck aus dem Kofferraum und gingen zwischen blühenden Bäumen auf das Haus zu. Die Geborgenheit ihres Zuhauses, des Zuhauses ihrer Kinder, umfing Mary, doch zugleich empfand sie den Schmerz der Trennung von dem Menschen, nach dem sie sich am meisten sehnte. Schaltelemente schienen durcheinander geraten, Pole vertauscht.

Im Haus verspürte sie eine tröstliche Geborgenheit. Anerkennend stellte sie fest, dass Dolores den Fliesenboden im Flur gewischt und die Post geordnet hatte. An einigen Zwiebeln, die sie in einen Topf gepflanzt und auf das Fensterbrett in der Küche gestellt hatte, befanden sich Triebe. Sie machte sich an die Vorbereitung des Abendessens, Rührei mit Speck, während Charlie die Post durchsah und gelegentlich fluchte.

Mary starrte auf den Aluminiumboden der Pfanne, auf dem die schleimig-gelbe Masse langsam zu gerinnen begann. Durch das Metall blickte sie in ein Zimmer, erfüllt vom schmeichelnden Klang einer Trompete, und eine solche freudige Erregung überkam sie, dass die bloße Erinnerung sie zu überwältigen drohte. Ihre Unterlippe begann zu zittern.

Dann verlor sie vollends die Beherrschung. Sie schüttelte den Kopf und wagte es nicht, den Blick vom Herd zu nehmen. Salzige Tropfen fielen in das stockende Ei. Blind griff sie nach dem Päckchen, das an seinem gewohnten Platz auf der Arbeitsplatte lag, und schüttelte eine Zigarette heraus.

»Mein Gott!«, rief Charlie und warf einen Brief auf den Tisch. Mary nahm die Streichhölzer und zündete eines an. Sie schob die Eier, die zu früh fertig geworden waren, auf eine kalte Platte.

»Was sind das für Leute? Fondsmanager. Nicht mal ein Sparschwein können die managen.«

Mary zog an der Zigarette und behielt den Rauch in den Lungen, bis ihr schwindlig wurde. Immer noch mit gesenktem Kopf griff sie nach ihrem Glas und hob es an die Lippen. Ihre

Nase lief, aber sie wollte sich nicht schnäuzen, aus Angst, sie könnte damit Charlie auf sich aufmerksam machen. Ihre Augen brannten. Sie versuchte sich vorzustellen, was für eine Figur sie am Herd abgab, und sich mit den Augen ihrer Mutter zu sehen, als fünf- oder sechsjähriges Mädchen. Doch die sentimentale Erinnerung half nicht, sie verstärkte nur das Gefühl, von etwas Übermächtigem überrannt zu werden, gegen das sie nicht ankam. Sie drückte die Fingernägel in die Handballen.

Um Himmels willen, dachte sie. Ich habe Menschen sterben sehen und Kinder geboren. Ich bin vierzig Jahre alt und werde mich doch jetzt nicht unterkriegen lassen.

Plötzlich spürte sie Charlies Arm auf der Schulter. Sie drehte sich um und vergrub das Gesicht an seiner Brust. Sie spürte, wie sie sein sauberes Hemd nass machte. Heftiges Schluchzen schüttelte sie.

»Ist ja gut«, sagte er, »ist ja gut. Du bist so tapfer und ich so unnütz.«

Er glaubte offenbar, sie sei wegen ihrer Mutter so traurig, doch Mary wollte sie auf keinen Fall für ein solches Alibi missbrauchen.

»Das ist nicht der Grund«, sagte sie. »Der Grund ist ... ach, ich weiß auch nicht.«

In dem moralischen Niemandsland, in dem sie sich jetzt offenbar befand, kam ihr die zweite Ausflucht schon viel weniger verwerflich vor als die erste.

Am nächsten Tag rief sie ihre Mutter an, und sie sprachen fast eine Stunde miteinander. Mary bot an, nach London zu kommen, um ihr beizustehen, doch Elizabeth wollte nichts davon wissen.

»Mir fehlt nichts. Noch führe ich den Haushalt, und ich will auf keinen Fall noch jemanden versorgen müssen.«

Im Gespräch mit ihrem Vater versuchte Mary anschließend herauszufinden, inwieweit diese Tapferkeit nur gespielt war.

Ihr Vater sagte, Elizabeth habe vor einigen Tagen einen Wutanfall nie da gewesenen Ausmaßes gehabt, und sie fanden beide, dies sei ein gutes Zeichen. Er versprach anzurufen, wenn sich etwas änderte. Was die anderen Veränderungen in ihrem Leben anging, so entschied Mary, dass sie schweigen musste, vielleicht missverstanden bleiben würde, aber wenigstens sicher wäre, dass sie keinen Schaden anrichtete. Sie plante den Tag so, dass sie abends, wenn Charlie von der Arbeit nach Hause kam, in aufgeräumter Stimmung war. Charlie wiederum war so mit seinen eigenen Problemen beschäftigt, dass ihm an Marys Fröhlichkeit offenbar nichts künstlich vorkam. Schade, dachte Mary, dass sie als so sonniges Gemüt galt. Andernfalls hätte sie ihrer Verzweiflung Ausdruck verleihen können, ohne aufzufallen. In ihrem Fall jedoch musste jedes Anzeichen von Niedergeschlagenheit, ja schon ein müder Seufzer besorgte Fragen ihr nahe stehender Menschen provozieren.

Nachmittags lag sie auf dem Bett und versuchte den Schlaf nachzuholen, den sie nachts nicht fand. Sie stellte fest, dass sie am besten auf dem Bauch lag, so, als ob ihr körperliches Gewicht ihr dabei helfen könnte, ihre Seelenqual zu unterdrücken.

Abgesehen davon hatte sie keine Rezepte. Zwei Dinge waren für sie von absoluter Priorität: das Wohl ihrer Kinder, ihres Mannes und ihrer Eltern und ihre Liebe zu ihnen, und zweitens die nicht minder wichtige Liebe zu Frank und seine Liebe zu ihr, eine Liebe, deren machtvollen Sog Mary als geradezu moralische Kraft empfand. Sie hätte nicht sagen können, was von beidem wichtiger war. Beides war so wenig vergleichbar wie Baum und Wolke, eine erzwungene Rangfolge wurde weder dem einen noch dem anderen gerecht.

Mary gelangte zwar nach und nach zu der Überzeugung, dass sie sich richtig oder zumindest nicht falsch verhielt, doch eine Schwierigkeit blieb: Sie wusste nicht, wie sie sich weiter verhalten sollte. Stöhnend lag sie auf dem Bett und drückte den

Bauch noch fester auf die Matratze. Wenn sie Frank unter seiner Nummer in New York anrief, empfand sie keine Schuldgefühle Charlie gegenüber, sondern eher sogar eine gewisse Selbstgerechtigkeit. Wie viele Frauen in ihrer Situation hätten eine solche Zurückhaltung bewiesen? Wenn der Preis dafür einige verzweifelte Telefonanrufe waren, dann hatte Charlie mehr Glück als alle anderen Männer, die sie kannte. Was ihre heimlichen Anrufe betraf, wenn Charlie bei der Arbeit und Dolores außer Hörweite war, so empfand sie das damit verbundene Versteckspiel als einzigen Lichtblick des Tages.

Andererseits erreichte sie Frank nie. Wenn Charlie morgens zur Arbeit ging, war Frank offenbar auch auf dem Weg in die Redaktion. Wenn Frank abends in seine Wohnung zurückkehrte, war Charlie ebenfalls wieder zu Hause. Als Charlie eines Abends ohne Mary zu einem Empfang ging, hatte Frank anscheinend ebenfalls eine Verabredung. Charlie kehrte erst um ein Uhr morgens zurück, und um Viertel vor eins war Frank auch noch unterwegs, wahrscheinlich hing er im Vanguard oder einer anderen verrauchten Kneipe herum. Mary wollte nicht darüber nachdenken, ob er allein dort war. Für diese Art von Selbstquälerei hatte sie keine Energie, außerdem glaubte sie, was er gesagt hatte. Auch für ihn war durch seine Gefühle für sie alles anders geworden.

So überraschte sie ihre Eltern durch häufige Anrufe, versuchte einfühlsam und unter Aufbietung ihrer ganzen Willenskraft, ihrer kranken Mutter und ihrem bekümmerten Vater Kraft zu geben. Zugleich schöpfte sie daraus selbst etwas Trost.

In ihren nachmittäglichen Ruhepausen sah Mary sich manchmal als Reisende in einem dunklen Wald. Sie stand vor sich kreuzenden Wegen und musste eine Entscheidung treffen. Dies war das Schicksal einer Frau ihres Alters: die zu begleiten, die älter oder jünger waren als sie, und ihnen die Last abzunehmen, die sie nicht selbst tragen konnten, gleichzeitig aber eine

Vorahnung des eigenen unerbittlichen Kummers im Alter zu haben, wenn alle Leidenschaft zwangsläufig ein Ende fand.

»Frank?«

Endlich hörte sie seine Stimme. Sie ließ sich schwer auf den Küchenstuhl fallen.

»Bist du's, Mary?«

»Ja. Wie geht es dir?«

»Gut, danke. Ich habe nichts von dir gehört, wollte aber selbst nicht anrufen. Bist du zu Hause?«

»Ja. Charlie ist auf einem Empfang, Dolores im Kino.« Charlies Namen zu hören, während sie ihn hinterging, verdarb ihr fast die Freude, Franks Stimme zu hören.

»Was hast du an?«, fragte er.

»Wie bitte?«

»Ich möchte mir vorstellen können, wie du aussiehst.«

»Na ja ... ganz normale Kleider.«

»Sei nicht so verklemmt, Mary. Erinnerst du dich nicht an unseren letzten Abend?«

»Ja, Frank, natürlich.«

»Na also.«

»Eine cremefarbene Bluse mit einem gestickten Kragen, einen schwarzen Wollrock, Hausschuhe und eine rosa Strickjacke. Die Sachen passen eigentlich nicht zusammen. Ich hab in der Eile nichts anderes gefunden. Mir war kalt.«

»Noch keine Sommerkleider?«

»Nein, hier ist es recht kühl. Und du?«

»Nur Unterhemd, Hose und barfuß. Ich schreibe an einem Artikel, und hier im Haus ist es immer warm.«

»Ich vermisse dich, Frank.«

»Ich habe nicht geatmet, seit du weg bist.«

Mary spürte, wie ihre Gesichtsmuskeln schmerzten. Sie waren zu einem reflexartigen Lächeln erstarrt. Leise beschrieb sie ihm, wie sie sich ihn in seiner Wohnung vorstellte. Auch auf seinen Mund kam sie zu sprechen und wie weich er sich anfühlte. Sie hörte ihn lachen.

»Und hörst du gerade Musik?«, fragte sie.

»Ja, immer noch Miles Davis. Im Augenblick ›On Green Dolphin Street‹.«

»Das haben wir auch gehört, als wir uns küssten.«

»Oder war das nicht …«

»Nein, genau das.« Das Wort »küssten« hatte einen so heftigen Schauder in Mary ausgelöst, dass Titel von Musikstücken sie nicht kümmerten.

»Es hat sich also nichts geändert«, sagte Frank.

»Ganz sicher nicht?«

»Ganz sicher nicht. Leider. Weißt du noch nach dem Essen?« Er begann aufzuzählen, was in jener Nacht zwischen ihnen passiert war, wie um sich zu vergewissern, dass er es nicht geträumt hatte. An der Stelle angelangt, an der er ihre Brüste geküsst hatte, verharrte er kurz, und Mary lachte. Durch genaues Nacherzählen schien er noch einmal dieselben Gefühle erleben zu können. Mary unterbrach ihn nicht, obwohl es schockierend war, jemanden so über sie sprechen zu hören.

»Vielleicht sollten wir nicht so reden«, meinte Frank schließlich selbst. »Wann sehe ich dich wieder?«

»Ich weiß nicht.«

»Ich glaube nicht, dass ich einen Vorwand finde, um nach Washington zu kommen. Ich muss hier bleiben.«

»Mein Gott!« Mary spürte, wie das erstarrte Lächeln verschwand.

»Ich würde es wahrscheinlich schaffen, nicht mit dir zu schlafen, wenn ich dich wenigstens sehen könnte. Ist das zu viel verlangt? Nur dich zu sehen?«

Mary hatte das Gefühl zu fallen. »Ich krieg das schon hin«, sagte sie.

»Wie meinst du das?«

Sie spürte, wie ihr das Blut ins Gesicht schoss. »Ich komme.«

Am nächsten Morgen las Mary gerade im Wohnzimmer Zeitung, als das Telefon klingelte. Es war Duncan Trench, der fragte, ob er vorbeikommen könne. Da das, was er besprechen wolle, äußerste Diskretion erfordere, bitte er sie außerdem, zu veranlassen, dass das Dienstmädchen nicht im Haus sei.

Verwirrt legte Mary auf. Wenn Charlies Kollege Duncan Trench überhaupt einen Eindruck bei ihr hinterlassen hatte, dann den eines jähzornigen, lauten Mannes, dessen ungehobeltes Benehmen man teilweise damit entschuldigen konnte, dass er ganz offensichtlich ein kindliches Gemüt hatte und oft betrunken war. Hatte der karpfengesichtige Duncan etwa die ganze Zeit eine geheime Leidenschaft für sie empfunden? Mary schüttelte den Kopf. Nicht alles, was vertraulich war, hatte notwendigerweise mit schwärmerischen Gefühlen zu tun. Wahrscheinlich wollte Duncan über Charlies Arbeit oder noch wahrscheinlicher über seinen Gesundheitszustand sprechen.

Sie hatte nicht gehört, dass draußen ein Wagen vorgefahren war, deshalb war sie überrascht, als Duncan an der Haustür klingelte. Sie wies mit dem Arm in das sonnige Wohnzimmer, doch Duncan war schon an ihr vorbeigestürmt.

»Kann ich Ihnen eine Tasse Kaffee anbieten, Duncan? Oder einen Drink?«

»Nein, danke.«

Er trat vor den Plattenspieler. »Wie funktioniert dieses Ding?«

»Wie bitte?«

»Dieses Ding. Ich will eine Platte auflegen.« Er zog am Tonarm und drehte an den Knöpfen.

»Ich zeige es Ihnen. Etwas Bestimmtes?«

»Es muss nur laut sein. Eine Blaskapelle zum Beispiel.«

»Blaskapellen haben wir leider keine. Wie wäre es mit Duke Ellington? Oder Count Basie?«

Die Nadel fiel mit einem elektrisch verstärkten dumpfen Ton auf die Platte, kratzte einen Moment lang über die Oberfläche und blieb in einer Rille hängen.

Duncan drehte die Lautstärke voll auf, dann trat er dicht vor Mary. Mary war trotz des beschwingten Rhythmus nicht nach Tanzen zu Mute.

»Sie wissen wahrscheinlich, was ich an der Botschaft tue«, sagte Duncan laut.

Mary wich vor seinem nach amerikanischen Zigaretten und Hotelkaffee riechenden Atem zurück. Sie wusste, was er an der Botschaft machte, hielt es aber für unklug, ihm das zu sagen. Sie legte ihm die Hand auf die Schulter und schrie ihm ins Ohr. »Nicht genau.«

»Ich bin kein Berufsdiplomat wie Charlie oder Eddie Renshaw. Ich arbeite seit meinem Weggang von Oxford für eine andere Organisation.«

»Wie bitte?«

Duncan schnitt eine Grimasse, dann beugte er sich zu Mary hinunter und hielt den Mund an ihr Ohr.

Er musste ebenfalls schreien, um sich gegen Duke Ellingtons Rhythmusgruppe zu behaupten (Jimmy Blanton am Bass, hatte ihr erst vor kurzem jemand gesagt – Frank? Nein, wohl eher Eddie, damals im Ferienhaus). »Geheimdienst«, brüllte Duncan.

Mary wich einen Schritt zurück und betrachtete seine geröteten Wangen und die niedrige, von einem dichten Haarschopf gekrönte Stirn. Er sah nicht unbedingt wie ein Spion aus.

»Aha«, sagte sie. Wie lange das Wochenende in der Bucht schon zurücklag. Ihre Mutter war noch nicht krank gewesen und Frank nur ein entfernter Bekannter, den jemand – wer? – eingeladen hatte.

»… selbst bei unseren engsten Verbündeten«, brüllte Duncan gerade. »Natürlich gehen wir hier ganz anders vor als etwa in der Sowjetunion oder auch in einem arabischen Land. Wir teilen uns viele Aufgaben. Wir arbeiten eng mit den amerikanischen Sicherheitsbehörden zusammen.«

Mary schwieg.

Duncan sah sie verzweifelt an. »Mit dem FBI.«

»Ich verstehe schon.«

»Ich wollte Sie nur um einen kleinen Gefallen bitten.«

Mary begriff nicht alles, was Duncan sagte, aber genug, um zu verstehen, worauf er hinauswollte. »Sie genießen allseits Respekt«, sagte er gerade. »Soeben ist ein neues Paar aus Jugoslawien eingetroffen. Wir interessieren uns besonders für die Frau. Wir hatten überlegt, ob nicht Sie sich mit ihr bekannt machen könnten und dann die Augen offen halten und sich gelegentlich mit mir treffen.«

»Arbeitet Charlie eigentlich für Sie?«, fragte Mary.

»Nein, das darf er gar nicht. Wir tauschen nur gelegentlich Informationen aus. Schließlich stehen wir doch auf derselben Seite.« Er hustete. »Ich kann Ihnen leider nichts zahlen. Es wäre ein Dienst für Ihr Land.«

Er sah sie fragend an, und Mary erwiderte seinen Blick. Auf seiner Oberlippe standen Schweißperlen.

»Ich würde gerne helfen, Duncan«, sagte sie.

»Aber?«

»Wie bitte?«

»Ich sagte ›aber‹. Ich höre ein Aber kommen.«

»Aber ich werde in nächster Zeit in New York sein.«

Duncan starrte sie entgeistert an. »Davon hat Charlie gar nichts erwähnt.«

Mary konnte selbst nicht richtig fassen, was sie soeben gesagt hatte. »Er weiß es noch nicht.«

Duncan musterte sie ungläubig. Mary ging zum Schallplattenspieler und stellte ihn ab.

»Es gibt doch sicher auch noch andere Frauen, die Sie fragen können«, schlug sie vor. »Wie wär's mit Katy? Sie ist sehr gesellig.«

»Sie ist Amerikanerin. Wir wollen Sie. Und für Charlie wäre es auch nicht schlecht.«

Im Zimmer wurde es ganz still. Mary schlug die Augen nieder, dann hob sie wieder den Blick. »Was Sie gerade von Charlie gesagt haben, ist wirklich nicht fair.«

Duncan zuckte die Schultern.

»Trotzdem, ich kann Ihnen nicht helfen, Duncan. Ich bin nicht da.«

»Wie lange werden Sie fort sein?«

»Etwa zwei Wochen.«

Mary trat zum Kamin. Dort lag ein Päckchen Zigaretten von Charlie. »Ich mache gerade eine schwere Zeit durch«, erklärte sie. »Meine Mutter liegt im Sterben, meine Kinder sind weg. Ich brauche Luftveränderung.«

Duncan nickte, Verständnis heuchelnd. »Ich weiß, wie das ist. Frauen. Im Grunde bräuchten Sie … Aber gut, zwei Wochen sind nicht so lange. Ich melde mich wieder.«

VII

Die Gepäckträger in Baltimore hatten die roten Schirmmützen zurückgeschoben und gingen mit schleppenden Schritten über den Bahnsteig, als interessierten sie sich genauso wenig für ihre Arbeit wie ihre Väter auf den Tabakfeldern. Drei Flüsse musste der Zug auf dem Weg nach New York überqueren. Mary zählte ungeduldig mit. Der Zug rollte aus dem Bahnhof, beschleunigte endlich und trug sie über den Susquehanna und vorbei am tristen Rangierbahnhof von Philadelphia zum Delaware.

Mary fiel ein Gemälde ein, auf dem George Washington den Delaware überquerte. Der gleichnamige Staat hatte als Erster die neue Verfassung ratifiziert, und der Fluss galt als eine Art Rubikon des neuen Staates ... Vom Zug aus sah Mary mit Schindeln verkleidete Häuser mit kurzen hölzernen Anlegestegen und daran vertäut ein Gewimmel kleiner Boote. Das Lied »Was hatte Della an, Mann ...« kam ihr auf einmal wieder in den Sinn. Frank und sie hatten es vor ihrem ersten gemeinsamen Mittagessen in Georgetown durch ein Autofenster gehört, damals, in jenem fernen Zeitalter der Unschuld.

Sie sah die Skyline von New York näher kommen, obwohl der Zug noch durch Felder fuhr. Links huschte auf halber Höhe eine Autobahn vorbei, rechts wurde gebaut, doch waren keine Vororte zu sehen, die sich allmählich verdichteten und den Übergang zur Stadt anzeigten. Der Zug tauchte in einen steilen Einschnitt ein, dann wurde es plötzlich finster. Sie wurden langsamer und fuhren ratternd durch eine Unterwelt verrosteter Rangiergleise und ausgemusterter Waggons. Hierher kehrten Züge zurück, um im Schein der von den Ziegelgewölben hängenden Laternen zu sterben. Der letzte Fluss, der Hudson, unter dem sie hindurchfuhren, wirkte deshalb auch weniger wie ein Rubikon als ein Styx.

Vor dem Bahnhof winkte Mary ein Taxi herbei und tauchte wieder in das geometrische Straßennetz ein, in dem es weder Kurven noch Wiesen, noch an Stegen vertäute Boote gab, sondern nur Gleichungen, die mit Hilfe von Zahlen und rechten Winkeln gelöst werden mussten. Das Hotel lag in der Nähe des Bahnhofs. Marys Stadtführer hatte es auf Grund seiner günstigen Lage, der sauberen Zimmer und des annehmbaren Preises empfohlen. Mary ging zur Rezeption, nicht ohne sich zuvor vergewissert zu haben, dass sie genügend Dollars und Vierteldollars als Trinkgeld bei sich hatte.

Das Foyer des Hotels war düster und roch nach Reinigungsmitteln. Der karmesinrote Teppich sah feucht aus, als sei er eben erst gesäubert worden. Der Portier fand ihren Namen, überreichte ihr einen Schlüssel und fragte, ob sie noch etwas wünsche. Mary hörte aus seiner Stimme ein gewisses Misstrauen heraus.

»Nein, danke, ich habe alles, was ich brauche«, sagte sie und folgte dem Pagen zum Lift.

Ihr Zimmer bestand eigentlich aus zwei Räumen. Auf ein kleines Wohnzimmer folgte ein großes Schlafzimmer mit Einbauschränken und einem Bad mit veralteten sanitären Einrichtungen, darunter eine Badewanne mit einem gewaltigen verchromten Wasserhahn.

»Entspricht das Zimmer Ihren Vorstellungen?«, wollte der Page wissen.

»Ja, natürlich«, erwiderte Mary und suchte in ihrer Handtasche.

Auf dem Nachtkästchen neben dem Bett stand ein Telefon. Mary ging zuerst ins Bad, hielt das Gesicht unter das Wasser und kämmte sich die Haare. Es war halb sieben, vielleicht war Frank schon zu Hause. Sie nahm den Hörer ab, dann legte sie ihn wieder auf. Warum diese Ungeduld? Wenigstens ihren Koffer konnte sie doch auspacken. Dann saß sie endlich auf der Bettkante, lauschte auf das Freizeichen und stellte sich vor, wie das Telefon auf Franks Schreibtisch klingelte. Um auf das Schlimmste gefasst zu sein, sagte sie sich, dass er nicht da war. Sie schluckte krampfhaft, um die Ohren freizubekommen, aus Angst, sie könnte sonst seine Stimme nicht hören, so laut pochte ihr das Blut in den Schläfen.

Das hat doch keinen Sinn, dachte sie, während es weiter klingelte. Ein so großes Verlangen ist entwürdigend. Dann meldete sich plötzlich Frank, und der wilde Übermut, der sie erfüllte, fegte alle Zweifel hinweg. Frank war sprachlos, als er hörte, sie sei in New York. Einen Augenblick lang überwog die Überraschung seine Freude, und Mary musste nachfragen, ob er sich auch wirklich freute. Erst als er dies heftig bejahte, war sie beruhigt, lauschte dem tiefen Bariton seiner Stimme und ihrem ironischen Klang, der im Widerspruch zum herzlichen Inhalt seiner Worte stand.

Mary zog eine Bademütze über ihre Haare, streckte sich in der Wanne aus und versuchte sich zu beruhigen. Sie dachte an Richard und Louisa, die ihr zeitlich fünf Stunden voraus waren und bereits in ihren zugigen Schlafsälen lagen; an ihre Mutter, die bald sterben würde, und an Charlie, der voll gepumpt mit Beruhigungsmitteln und Scotch die Treppe zum Flugzeug hinaufwankte. Ihre Mutter, dachte sie, wäre immer noch in der Lage, ihr Egoismus und Sittenlosigkeit vorzuwerfen.

Sie zog ein kurzärmliges, blaues Wollkostüm an, das sie bei einem früheren Besuch in New York bei Bonwit Teller erstanden hatte. Eigentlich für die Abendgarderobe gedacht, war es in Marys Augen auch für die Kneipe im Village geeignet, in der Frank und sie später landen würden. Sie schminkte sich in dem von Dampf erfüllten Badezimmer sorgfältig und trug Wimperntusche auf. Die aufgerissenen Augen zogen ihr Gesicht in die Länge.

Dann war sie fertig. Sie warf einen letzten prüfenden Blick in den Spiegel. »Was tust du da?«, fragte sie sich stumm.

Dann wandte sie sich ab. Sie hatte nicht das Gefühl, eine Entscheidung getroffen zu haben.

Draußen dämmerte es bereits. Es war ein warmer Abend. Mary ging rasch über die 35th Street zum Broadway und stieg in ein gelbes Taxi. Noch nie hatte sie sich so zum Bersten voll mit Energie gefühlt. Wenige Minuten später war sie am Ziel. Sie stieg aus und sah dem Taxi nach, das sich langsam auf der Christopher Street entfernte. Sie zog ein Streichholzbriefchen aus der Tasche, auf das sie die Adresse geschrieben hatte, und ging über die Straße zu dem Haus, in dem Frank wohnte, dem weit und breit höchsten Gebäude des Village. Sie holte tief Luft, dann drückte sie die Jugendstiltür auf und betrat die gebohnerte Eingangshalle, passierte den Pförtner.

»Mr. Renzo? Selbstverständlich. Vierzehnter Stock.«

Langsam fuhr der Aufzug nach oben. Beim letzten Mal hatte Mary keine Zeit gehabt, ihn sich näher anzuschauen. Jetzt bemerkte sie einen Sitz, ein verstecktes Telefon und die Plakette der letzten Sicherheitsinspektion. Die mit Ziffern versehenen Lampen leuchteten nacheinander auf, bis sie in ihrem Stockwerk angelangt war. Ruckelnd ging die Tür auf, Frank stand davor.

»Da bin ich wieder«, sagte Mary.

Mary wand sich in Franks Armen und fürchtete plötzlich, dass sich dieselbe Abfolge von Berührungen mit demselben unbefriedigenden Ausgang wiederholte.

Frank schien es ähnlich zu gehen. Er führte sie zum Sofa und verschwand in die Küche, um Cocktails zuzubereiten. Mary beobachtete ihn, wie er mit dem Mixbecher hantierte und das

Getränk in zwei Gläser füllte. Auf dem Bücherregal neben ihm stand das Foto eines etwas jüngeren Frank in Hemdsärmeln an einem Schreibtisch; ihm gegenüber saß ein junger Mann mit blonden Haaren und einem vor jugendlichem Elan strotzenden Lächeln.

»Wer ist das neben dir auf dem Bild?«

»Billy Foy. Er war mein bester Freund. Wir haben uns in der Armee kennen gelernt.«

Frank reichte Mary ihren Drink und trat lächelnd einen Schritt zurück. »Du bleibst dort sitzen, dann kann uns nichts passieren.«

Sie tauschten verlegen einige Nettigkeiten aus, dann folgte Schweigen.

Mary nippte an ihrem Drink und sah zu ihm auf.

Frank lächelte und hob sein Glas.

»Ich weiß, an was du denkst«, sagte sie.

»Ja, und ich weiß, an was du denkst, und es wird nicht passieren.«

»Nein, ganz sicher nicht. Dann lass uns jetzt an etwas anderes denken.«

»Wo ist Charlie?«

»Er musste für ein paar Tage nach Boston.«

»Aha. Hast du schon Zeitung gelesen? Die Sowjets haben über Russland ein amerikanisches Aufklärungsflugzeug abgeschossen, eine U2. Der Pariser Gipfel wird deshalb nicht stattfinden.«

»Das ist schlimm.«

»Allerdings. Alles gerät aus den Fugen. Der Pilot muss sich auf das Schlimmste gefasst machen. Auch für den Präsidenten ist es eine schlechte Nachricht. Die ganze Welt hat Grund zur Sorge.«

Mary schluckte. »Es ist wirklich sonderbar. Wir machen weiter, als sei nichts passiert, obwohl ...«

»Wir gehen segeln, wir trinken Cocktails, und wir tanzen die Nacht durch. Dabei ...« Frank zuckte die Schultern.

»Ich weiß«, sagte Mary. »Dabei könnte alles hochgehen.«

»Jederzeit. Dein Glas ist leer.«

Er schenkte ihr nach und raubte ihr dabei einen Kuss. Dann zog er sich wieder in seine Sicherheitszone zurück. »Heute habe ich eine gute Nachricht. Der Chef vom Dienst hat mich zu sich bestellt und mich nach meinen Plänen gefragt.«

»Du meinst ...«

»Cordell wurde vom Kennedy-Wahlkampf abgezogen. Die Funken fliegen. Kennedys Leute toben, und Cordell droht mit Kündigung.«

»Halt, nichts sagen!«, rief Mary. »Du wirst sein Nachfolger.«

»Es sieht tatsächlich so aus, als hätte ich meine Strafe verbüßt.«

Mary fuhr sich mit der Zunge über die Lippen. »Wann fängst du an?«

»Nächste Woche.«

»Dann bist du nächste Woche nicht in New York?«

»Teilweise nicht. Seit West Virginia hat sich die Hektik ein wenig gelegt. Humphrey hat sich aus dem Rennen um die Kandidatur zurückgezogen, und Kennedy wird zwischen seinen Auftritten nach Washington oder Boston zurückkehren.«

»Warum ... warum ist dir das so wichtig?«

»Das hat mit einem Jungen namens Emmett Till aus Chicago zu tun. Ich erzähl dir die Geschichte beim Essen. Lass uns nach Uptown fahren, weg von den vermaledeiten Beatniks. Wo liegt dein Hotel?«

Mary sagte es ihm. »Wie bist du denn um Himmels willen da gelandet?«, fragte Frank. »Obwohl es wahrscheinlich günstig gelegen ist, wenn du bei Macy's einkaufen möchtest.«

Marys Gesichtsmuskeln schmerzten genauso wie bei ihren Telefongesprächen mit Frank. Hatte also nicht einmal die Nachricht, dass er nicht in New York sein würde, das Lächeln zum Verschwinden gebracht?

Nach dem Essen setzte Frank Mary in ihrem Hotel ab und fuhr mit dem Taxi weiter nach Hause. Er überlegte, ob er an einem Jazzclub Halt machen sollte, beschloss dann aber, das für einen Abend aufzusparen, an dem Mary ihn begleiten konnte.

Er litt in ihrer Gegenwart Höllenqualen. Jahrelang hatte er das Gefühl gehabt, sein Leben sei in eine Sackgasse geraten und die Verbindung zur Zukunft abgerissen, und jetzt schien alles auf einmal zu passieren. Mary verwirrte ihn so sehr, dass er sich zunächst lieber der Lösung leichterer Probleme zuwandte. Zuerst würde er sein berufliches Leben in Ordnung bringen und dafür sorgen, dass er besser über den Wahlkampf Kennedys berichtete als jeder andere Journalist. So lange wartete er schon darauf, von seiner Zeitung rehabilitiert zu werden, dass er jetzt, wo es so weit war, weder Triumph noch Genugtuung empfand, sondern nur Entschlossenheit.

Vor fast fünf Jahren war er nach Sumner in Mississippi gefahren, um über den Prozess gegen zwei einheimische Weiße zu berichten, die angeklagt waren, den vierzehnjährigen Schwarzen Emmett Till ermordet zu haben. Emmett Till aus Chicago hatte Ferien bei Verwandten im Süden gemacht und offenbar beim Kauf von Kaugummi in einem Laden zu der dort arbeitenden Frau eines der Angeklagten eine beleidigende Bemerkung gemacht.

Die Presse aus dem Norden schickte aus diesem Anlass erstmals scharenweise Reporter in den Süden. Nachdem das Oberste Bundesgericht im Sommer zuvor im Prozess Brown versus die Erziehungsbehörde gegen die Rassendiskriminierung entschieden hatte, erwarteten die Zeitungen nun einen Schauprozess, in dem es um die Werte des Südens ging, einen Musterprozess um das Prinzip der »getrennten Gleichheit«, der zeigen würde, was das Leben der Schwarzen im Delta wirklich wert war. Der Reporter, der sonst über den Süden berichtete, war vorübergehend beurlaubt. Frank meldete sich freiwillig. Er versicherte dem Chef vom Dienst, dass er sich nicht von der hasserfüllten Atmosphäre des Südens anstecken lassen würde, und machte, als seine Eignung immer noch in Zweifel gezogen wurde, geltend, er habe viele Kinder gekannt, die dieselbe Schule besucht hatten wie der ermordete Junge, nämlich die McCosh Elementary in der South Side.

Der Greyhound-Bus setzte Frank zwei Meilen vor Sumner auf dem Highway 49 ab. Den Rest musste er zu Fuß gehen. Die Septemberhitze umgab ihn wie eine Mauer. Endlose Baumwoll- und Sojabohnenfelder erstreckten sich auf beiden Seiten bis zum Horizont. Man konnte in der zweidimensionalen Landschaft nur schwer beurteilen, wie weit es zu den verstreuten Farmgebäuden und einfachen kastenförmigen Häusern von Sumner war, die sich flach und kulissenhaft in einiger Entfernung unter der drückenden Hitze duckten.

Frank zog sein Notizbuch aus der Tasche, um die Aufschrift eines Schildes an der Straße zu notieren. »Ein guter Ort, um einen Jungen großzuziehen«, damit hieß Sumner seine Besucher willkommen. Er verglich die Worte noch einmal sorgfältig (nur Großbuchstaben, angebracht über einer Coca-Cola-Reklame), wie er es sich angewöhnt hatte, um verärgerten Rückfragen der Redaktion zuvorzukommen. Die Journalisten waren in einer Pension untergebracht, deren Inhaberin vor der Tür saß, sich Luft zufächelte und feindselig beobachtete, wie die arroganten Städter aus dem Norden sich um das Haustelefon drängelten.

Frank stellte fest, dass fast alle Einheimischen bewaffnet waren. Die Alten saßen mit Strohhüten und Schrotflinten auf den Knien auf der Veranda. Aus einem mit Gerümpel voll geladenen Lieferwagen ragte hinten ein doppelläufiges Gewehr heraus. Sogar im Gericht, einem aus grauen Ziegeln erbauten Gebäude, sah Frank in nicht nur einem straff gespannten Hosenbund einen perlmuttfarbenen Griff stecken. Wenn die Filmteams am späten Nachmittag zu einem nahe gelegenen Flugplatz fuhren, um das belichtete Material zum Flugzeug nach New York zu bringen, wurde es in Sumner ganz still. Die schwüle Luft erstickte jedes Geräusch. Man erschrak, wenn eine Tür zuknallte, und Neuankömmlinge wurden mit feindseligen Blicken gemustert. Wenn Frank nachts in der Schwüle seiner engen Kammer auf dem Bett lag und in der Ferne Hunde bellen hörte, fragte er sich, wie viele Schwarze wohl schon wie Emmett Till zusammengeschlagen und in den Tallahatchie geworfen worden waren.

Einige Reporter waren davor gewarnt worden, nach Einbruch der Dunkelheit noch auszugehen, und standen Todesängste aus. Andere täuschten einen südländischen Akzent vor, um nicht aufzufallen. Dabei waren sie doch, wie Frank einem nervösen jungen Mann aus Boston erklärte, alle weiß und standen deshalb unter dem Schutz des Gesetzes. Darum ging es schließlich auch bei diesem Prozess und darum, ob ein junger Schwarzer denselben Schutz genoss. Doch trotz seiner Worte war Frank mulmig zu Mute. Er spürte, wie der Hass sich der stickigen Hitze gleich auf ihn legte.

Für die schwarzen Reporter war es anders. »Tag, Nigger«, begrüßte der Sheriff sie und führte sie zu einem abgetrennten Tisch im Gerichtssaal. Zwei Drittel der Bevölkerung von Tallahatchie County waren Schwarze, die Jury hingegen bestand aus zwölf Weißen, zehn davon Bauern aus dem ärmsten und rückständigsten Teil des Bezirks. Frank prägten sich ihre Gesichter ein, ausdruckslose Gesichter, denen weder das Wetter noch Worte etwas anhaben konnten. Nur einer von ihnen trug eine Brille, ein älterer Mann mit einem abgehärmten, müden Gesicht.

Frank hätte gern gewusst, ob die anderen keine Brille brauchten. Vielleicht hatten sie deshalb so gute Augen, weil sie keine Bücher lasen, sondern nur über die endlose Ebene starrten und nach Regen oder der Nacht Ausschau hielten. Ein jüngerer Mann in der Jury hatte ein kariertes Hemd und Socken mit Rautenmuster an, die anderen trugen meist kurzärmlige weiße Hemden und weite Baumwollhosen. Ihre Strohhüte mit schwarzen Bändern hingen in Reih und Glied an Haken in der grün verputzten Wand daneben. Das ihnen vorgelegte Material war eindeutig. Emmett Till hatte eine junge, attraktive Weiße namens Carolyn Bryant im Lebensmittel- und Fleischereigeschäft ihres Mannes in der Kleinstadt Money durch bewunderndes Pfeifen, ein obszönes Wort oder eine Berührung an der Hüfte belästigt. Die Anklage bestritt das zwar und sagte, der Junge habe als Stotterer beim Sprechen immer unfreiwillig pfeifende Geräusche von sich gegeben, doch änderte das nichts. Till war ein vorlauter Junge und als Städter aus Chicago nicht mit den Regeln des Südens vertraut, nach denen männliche Schwarze den Blick abwendeten, wenn sie einer weißen Frau oder auch nur der Abbildung einer weißen Frau auf einem Plakat oder Foto begegneten. Deshalb wurde Till von Carolyn Bryants jungem Mann und dessen älterem Stiefbruder, einem stämmigen Kerl namens J. W. Milam, ermordet.

Bryant und Milam waren spätabends im Haus von Emmett Tills Großonkel aufgetaucht und hatten gefragt, ob sich hier der Junge verstecke, der die weiße Frau belästigt habe. Der Großonkel, ein älterer Farmpächter namens Mose Wright, hatte sich für ein etwaiges Missverständnis entschuldigt, doch die beiden Männer hatten Till gepackt, waren mit ihm zum Fluss gefahren und hatten so lange auf sein Gesicht eingedroschen, bis ein Auge heraushing, ihn dann in den Kopf geschossen, ihm anschließend den fünfunddreißig Kilo schweren Ventilator einer Baumwollentkörnungsmaschine mit Stacheldraht um den Hals gebunden und ihn ins Wasser geworfen.

Mose Wright betrat den Zeugenstand und wurde vom Vertreter der Anklage aufgefordert, die beiden Männer zu identifizieren, die seinen Großneffen in der Nacht abgeholt hatten. Milam beugte sich auf seinem Stuhl vor, nahm eine Zigarette in die Hand und starrte Wright mit einer solchen Wut ins Gesicht, als wolle er ihm zu verstehen geben, dass er jetzt sein Leben riskiere.

Die Blicke einiger hundert Weißer auf sich gerichtet, hob Wright langsam die Hand und streckte sie aus. »Der war's«, sagte er. Dann bewegte er zitternd den Arm und zeigte auf den anderen Angeklagten. »Und Mr. Bryant.« Es folgte ein halbstündiges Kreuzverhör durch die Verteidigung, die Wright nur mit dem Vornamen anredete, dann durfte dieser den Zeugenstand verlassen. Er kehrte an seinen Platz zurück und sackte völlig entkräftet auf seinem Stuhl zusammen.

Der Verteidiger, ein Mann namens Breland, wartete nicht mit besonderen Tricks auf, berief sich weder auf das Fehlen eines rauchenden Gewehrs noch auf ein in letzter Minute zusammengezimmertes Alibi. Er behauptete zunächst lediglich, Emmett Tills Mutter habe die Leiche ihres Sohnes falsch identifiziert. Tills Mutter, eine Städterin in einem Kattunkleid, einem schwarzen Bolerojäckchen und einem kleinen schwarzen Hut mit Schleier, erwiderte, wenn es sich nicht um Emmett gehandelt hätte, säße sie jetzt nicht im Gerichtssaal, sondern würde draußen nach ihm suchen. Der Verteidiger blieb sitzen, während er Tills Mutter verhörte, und machte nur gelegentlich eine steife Handbewegung. Er redete Tills Mutter verächtlich mit »Mamie« an und behauptete hartnäckig, eine Bürgerrechtsgruppe habe in böser Absicht und um Unruhe zu stiften eine Leiche in den Fluss geworfen. Der Sheriff des Bezirks äußerte im Zeugenstand die Vermutung, der »wirkliche« Emmett Till lebe irgendwo in Detroit.

In der Mittagspause ging Frank nach draußen und beobachtete die Menge, die sich um eine Theke drängte, an der Sandwiches und alkoholfreie Getränke ausgegeben wurden. Milam und Bryant saßen auf der Treppe des Gerichtsgebäudes und verteilten lachend Eiswaffeln an ihre Kinder. Auf einer Bank hatten sich einige alte weiße Männer niedergelassen, die Schwarzen versammelten sich am Fuß eines Denkmals der Konföderierten mit der Inschrift IHR KAMPF WAR NICHT UMSONST (nur Großbuchstaben). Mose Wright ging über den Rasen auf sie zu. Er trug ein sauberes weißes Hemd und eine blaue Hose, die von braunen Hosenträgern gehalten wurde. Er schien erfreut, seine Freunde zu sehen, und zugleich niedergedrückt vom Gewicht seiner Aussage. Auf der Flucht vor der Hitze betrat Frank einen Laden, in dem ein großer Ventilator rotierte. Auf dem Ladentisch stand eine Dose für Spenden zu Gunsten der Verteidigung von Milam und Bryant.

Frank kehrte in den Gerichtssaal zurück. Die Mutter von Bryant und Milam massierte ihren Söhnen die Schultern und kühlte ihnen mit einem feuchten weißen Lappen die Schläfen. Es ging in diesem Prozess in Wirklichkeit um Mütter und Söhne, dachte Frank. Die Geschworenen rauchten mit übereinander geschlagenen Beinen, einer mit Krawatte lockerte mit dem Finger seinen verschwitzten Hemdkragen. Gerichtsdiener versorgten die Anwesenden mit Kannen eisgekühlten Wassers.

Frank überlegte, was in den Köpfen der Männer vorgehen mochte. Lokalen Traditionen maßen sie höheren Wert bei als dem Bundesgesetz, respektloses Benehmen war für sie ein schlimmeres Vergehen als Mord, auch wenn sie es anders ausgedrückt hätten. Deshalb hörten sie der Anklage auch nicht zu und ließen nicht mit sich diskutieren. Ein achtzehnjähriger Jugendlicher namens Willie Reed, der kaum einen verständlichen Satz herausbrachte, sagte aus, er habe Emmett Till im Laderaum von Milams Lieferwagen gesehen und gehört, wie jemand zusammengeschlagen wurde. Die Geschworenen beeindruckte das nicht.

An jenem Abend mietete Frank für zehn Dollar ein Auto und fuhr nach Money, wo Emmett Till seinen verhängnisvollen Fehler gemacht hatte. Nur eine einzige Straße des Städtchens war gepflastert. An ihr lagen eine Schule, eine Post, eine Scheune zum Entkörnen von Baumwolle und drei Läden. Die Scheinwerfer des Autos fielen auf einen Laden mit einer großen Coca-Cola-Reklame: Bryants Lebensmittel- und Fleischereigeschäft, spezialisiert auf, wie man bei der Vernehmung erfahren hatte,

Schnupftabak und Rückenspeck für die schwarzen Feldarbeiter, die in Baracken aus Teerpappe entlang der ungepflasterten Nebenstraßen hausten.

Frank wusste nicht, was er hier zu finden hoffte außer einer genaueren Vorstellung vom Ort des Geschehens. Im Gerichtssaal schienen alle Bryants Laden zu kennen. Die Strategie der Verteidigung stellte in den Vordergrund, dass es sich um zwei ganz normale Männer handelte, die ein geregeltes Leben führten, leicht zu verstehen und typisch für den Ort, aus dem sie stammten.

Die meisten Journalisten hatten nach Franks Erfahrung Angst davor, als naiv oder ahnungslos zu gelten. Sie fürchteten, dass ihr Chefredakteur am folgenden Tag anrufen und fragen könnte, warum ihr Bericht nicht mit den Artikeln der Konkurrenz übereinstimmte. Deshalb schluckten sie ernsthaft nickend und ohne zu hinterfragen, was ihnen gesagt wurde. Sie wollten die verworrene Geschichte mit ihren bizarren Details so simpel wie möglich formulieren, damit die Redaktion sie zu Hause verstand. Entsprechende Schlagworte gab es genug: kein Ende der Rassendiskriminierung, Musterprozess des Südens, Justizirrtum, die Welt schaut zu.

Bryant und Milam waren »Weltkriegsveteranen«, Bryant war »hoch dekoriert«, seine Frau eine »ehemalige Schönheitskönigin«. Man musste nur herausfinden, welche Perspektive die bequemste war.

Die meisten Journalisten verglichen ihre Aufzeichnungen und Berichte, besonders wenn sich ihre Zeitungen in derselben Stadt befanden. Die größten Rivalen arbeiteten aus vollkommen eigennützigen Gründen am engsten zusammen. Und alle wollten sie so über das Geschehen berichten, dass man es begriff, und ihm durch altbekannte Phrasen das Befremdliche nehmen. Frank hatte in New York oft mit Billy Foy darüber gesprochen, der einmal im Verlauf eines langen Abends in Herlihy's Saloon das Ziel solcher Reporter definierte: über eine außergewöhnliche Neuigkeit so zu schreiben, dass sie einem *bereits bekannt* vorkam. Frank hatte noch die Handbewegung vor Augen, mit der Foy diese beiden Worte unterstrich.

In Tills Fall allerdings waren schon die nebensächlichsten Details exotisch. Als gebürtiger Chicagoer wusste Frank nicht, wie eine Baracke aus Teerpappe aussah, bis die Scheinwerfer seines Autos auf eine fielen; dafür wusste er, der in den Viehhöfen gearbeitet hatte, was Rückenspeck war. Er kam sich vor wie in einem unbekannten Land und versuchte in seiner Berichterstattung, den Fall Emmett Till so fremd klingen zu lassen, dass man ihn kaum noch verstand.

Wie viele Menschen der ungeschlachte, uneinsichtige Milam im Krieg in Europa getötet haben mochte? Ob der Dienst in der Armee es ihm leichter gemacht hatte, Till zu ermorden? In der Einheit, in der Milam einst kämpfte, hatte es mit Sicherheit keine Schwarzen gegeben, und wenn Milam schon Deutsche, die aussahen wie er, ohne Skrupel erschossen hatte, war es ihm vielleicht auch nicht schwer gefallen, den schwarzen Till zu töten.

Im Dunkeln fuhr Frank nach Sumner zurück. Durch die offenen Wagenfenster wehte die feuchte Nachtluft herein. Er dachte an den deutschen Posten, den er während des Vormarsches nach Deutschland 1945 auf einer Brücke im Rheinland erschossen hatte.

Als Leutnant und Zugführer hatte Frank diese Aufgabe keinem anderen zumuten wollen. Die Nacht war mondhell gewesen, und er hatte den Rücken des jungen Deutschen deutlich vor sich gesehen. Trotz des Sicherheitsrisikos für seine Leute konnte er erst schießen, als der Posten ihm das Gesicht zuwandte. Die Kugel durchdrang den Hals. Als Frank und sein Sergeant vor der Leiche standen, sahen sie, dass die Zunge losgerissen war und dem Mann aus dem Mund hing wie die Zunge eines Ochsen. Die Leiche wog schwer. Sie schleiften sie zum Rand der Brücke, und Frank zerrte sich dabei einen Beckenmuskel. Die Schmerzen erinnerten ihn an eine Fußballverletzung, eine Assoziation, die in diesem Zusammenhang seltsam anmutete. Sie warfen den Deutschen in den Fluss. Anders als Bryant und Milam war ihnen egal, wohin die Leiche trieb.

Am nächsten Tag beriet die Jury eine Stunde und sieben Minuten, dann sprach sie Milam und Bryant frei. Ein Geschworener sagte später, sie hätten das Urteil auch schon nach zehn Minuten fällen können, doch ein Gerichtsbeamter, der sie mit kalten Getränken versorgte, habe gesagt, es mache einen besseren Eindruck, wenn sie ihre Beratungen in die Länge zögen. Als der Obmann der Geschworenen das Urteil verkündete, hielten die Anwesenden die Luft an. Einen Moment lang herrschte beschämtes Schweigen. Dann stand Milam auf, zündete sich eine Zigarre an und griff sich seine Frau. Die beiden Angeklagten hatten je zwei kleine Söhne, die sich in die Arme ihrer Väter stürzten, um ihrer Freude über den Freispruch Ausdruck zu verleihen. Fotografen kletterten auf Tische. Wenige Minuten später war der Gerichtssaal leer. Nur Papierbecher, Haufen von Zigarettenkippen und einige vom Frontkämpferbund der Weltkriegsveteranen zu zwei Dollar pro Stück vermietete Zuschauerstühle blieben übrig.

Auch nach seiner Rückkehr nach New York schrieb Frank weiter über den Prozess. In Mississippi wurde das Urteil mit Zustimmung aufgenommen, doch fast alle Zeitungen im Norden waren schockiert. Die Reaktionen reichten von Enttäuschung bis Empörung. Einige Journalisten lobten die Unparteilichkeit des Richters und vermerkten positiv, dass die Jury bei der ersten Abstimmung angeblich nicht einheitlich gestimmt hatte. Dann wandten sie sich anderen Themen zu, denn man konnte nicht ewig über einen Staat herziehen, der immerhin zur Union gehörte.

Frank begann in seiner Erschütterung über das in Sumner Erlebte ausländische Berichte zu lesen. Mit Hilfe eines Lexikons übersetzte er den *Figaro* (»skandalös ... weltweite Empörung«) und den *France Observateur*, der den Prozess noch heftiger kritisierte als den der Rosenbergs, die im Vorjahr trotz fehlender Beweise wegen Landesverrats auf dem elektrischen Stuhl hingerichtet worden waren. Der Deutschlandkorrespondent von Franks Zeitung übersetzte für Frank einen Artikel, demzufolge der Prozess zeigte, dass das Leben eines Schwarzen im amerikanischen Süden keinen Pfifferling wert war. Frank verband die europäischen Reaktionen auf den Prozess mit seiner eigenen und schrieb einen Artikel für seine Zeitung. »Wenn verschiedene Beobachter sich über ein Ereignis gleichermaßen entrüsten«, begann er, »argwöhnt der Journalist zunächst, dass sie alle Unrecht haben, dass einige Tage Recherche zeigen werden, was vernachlässigt oder übersehen wurde – Zwischentöne und Details, die zu einer viel interessanteren Wahrheit führen. Der Fall Emmett Till scheint in dieser Hinsicht eine Ausnahme ...«

Er belegte mit Zitaten aus der ausländischen Presse, wie das Ansehen Amerikas durch den Prozess bei den Ländern der freien und, noch beschämender, der unfreien Welt gelitten habe. Im Weltraum und in der Entwicklung neuer Waffen schien der Krieg gegen Russland schon verloren; jetzt liefen die USA auch noch Gefahr, ihren einzigen unangreifbaren Vorteil einzubüßen: ihre durch die Verfassung begründete moralische Überlegenheit.

Zehn Tage später bekam sein Chefredakteur Besuch von zwei FBI-Agenten. Sie stellten Berichte zusammen, die inoffiziell dem mit der Untersuchung der Presse beauftragten Senatsunterausschuss zur inneren Sicherheit übergeben werden sollten. Es war bekannt, dass die Agenten gegen sechs Mitarbeiter der *New York Times* ermittelten, die angeblich Kommunisten waren. Sogar die für Musik und Tanz zuständigen Kritiker der *Times* standen auf dem Sicherheitsindex des FBI und konnten damit im Fall eines »Notstands der inneren Sicherheit« in einem Lager inhaftiert werden.

Franks Chefredakteur wusste das und hatte den Besuch erwartet. Das FBI interessierte sich für drei Journalisten seiner Zeitung, einer davon Frank Renzo, über den drei Jahre zuvor anlässlich seines Berichts über die Eisenhower-Rede in Milwaukee schon einmal eine Beschwerde eingegangen war. Der Chefredakteur stellte sich vor seinen Mitarbeiter. Die Agenten schlugen ihm vor, »zu seiner eigenen Beruhigung« Frank in ein anderes, nicht mit aktueller Berichterstattung befasstes Ressort der Zeitung zu versetzen. Der Chefredakteur weigerte sich, wollte aber dafür sorgen, dass Frank keine Berichte mit direktem politischen Bezug mehr schrieb. »Damit kommen Sie gut weg, Frank«, hatte er gesagt. »Nur so konnte ich die Burschen dazu bewegen, die Redaktion zu verlassen, und Sie brauchen wenigstens nicht vor diesem blöden Senatsausschuss auszusagen.« Frank werde bald wieder an seinen angestammten Platz zurückkehren können, hatte er versichert.

Bryant und Milam, die laut Verfassung nicht ein zweites Mal desselben Verbrechens angeklagt werden konnten, erzählten unterdessen in Sumner in Mississippi einem Journalisten gegen ein ansehnliches Honorar, wie sie Emmett Till ermordet hatten.

»Deshalb ist es für mich so wichtig, wieder über politische Themen berichten zu können«, schloss Frank. »Nicht nur der Arbeit wegen, sondern auch aus ideologischen Gründen.«

Mary nickte. »Und man hat dir jetzt verziehen? Es ist alles wieder in Ordnung?«

»Die Lage hat sich deutlich gebessert, aber ganz sicher weiß man das natürlich nie. Ein Journalist von der *Times* darf seitdem nur noch Nachrufe schreiben.«

»Aber die politische Atmosphäre hat sich doch entspannt?«

»Ja. Wir haben keinen McCarthy mehr und keinen Eastland. Eastland war Vorsitzender des Senatsausschusses für die

Presse. Er kam aus Mississippi und glaubte fest an die Vorherrschaft der weißen Rasse. Das Oberste Gericht war für ihn von Kommunisten unterwandert, und er sorgte dafür, dass viele Journalisten, die sich auf die von der Verfassung garantierte Meinungsfreiheit beriefen, ins Gefängnis wanderten. Deshalb wollte mein Chef ja mich und Billy Foy aus der Schusslinie nehmen. Er wusste, was uns blühte.«

»Du wirkst heute noch aufgebracht darüber.« Mary streckte die Hand aus.

»Billy war mein bester Freund. Er stammte aus einer bettelarmen Familie aus Columbus in Ohio. Wir lernten uns in der Armee kennen, dienten im selben Zug. Dass wir Journalisten werden wollten, war seine Idee. Nach dem Krieg besuchten wir beide das College. Als ehemalige Soldaten wurden wir vom Staat unterstützt. Billy kam ein halbes Jahr später als ich nach New York. Er war blitzgescheit und zugleich unglaublich nett, und er liebte seinen Beruf. Er hatte nie etwas anderes werden wollen. Außerdem war er ein Naturtalent. Aber er schrieb eine Menge Berichte über den Süden, die Eastland in den falschen Hals bekam, und der suchte deshalb nach einer Möglichkeit, Billy dranzukriegen. Der Zufall wollte es, dass das FBI bereits eine Sicherheitsprüfung bei ihm durchgeführt hatte.«

»Macht man das nicht nur bei Verbrechern und missliebigen Ausländern?«

»Damals nicht. Bei über fünfzig Mitarbeitern der *Times* wurde eine solche Überprüfung durchgeführt. Das FBI versorgte den Ausschuss mit einer Menge Material, genauso wie es zuvor McCarthy mit Material versorgt hat.«

»Und dein Freund?«

»Billy wurde unter Strafandrohung vorgeladen. Er machte von seinem Recht der Aussageverweigerung Gebrauch und musste deshalb nicht ins Gefängnis, wurde aber gefeuert wie alle, die die Aussage verweigerten. Wer dies tat, machte sich als

Kommunist verdächtig. Das FBI ließ ihn auch danach nicht in Ruhe. Es schikanierte und jagte ihn. Er wurde erpresst, um Informationen über andere zu bekommen. Eines Tages stürzte er sich aus dem achtzehnten Stock des Hauses, in dem er wohnte. Verdammt noch mal, Mary, er war erst fünfunddreißig!«

VIII

Frank fuhr zusammen mit Mary im Zug nach Baltimore. Sie gab ihm verstohlen einen Kuss, dann trat er auf den in frühsommerlichen Sonnenschein getauchten Bahnsteig. Am Ausgang blieb er stehen, neben sich den braunen Koffer mit der Reiseschreibmaschine und eine Tragetasche, die er als Handgepäck ins Flugzeug mitnehmen konnte. Er sollte in Hagerstown in Maryland zum ersten Mal über Senator Kennedy berichten. Mary spürte seine Anspannung, als er sich zu ihr umwandte.

Sie selbst fuhr nach Washington weiter und kam rechtzeitig zu Hause an, um den aus Boston zurückkehrenden Charlie abholen zu können. Für den Abend hatte sie die Renshaws zum Essen eingeladen. Die beiden waren, wie Mary wusste, das einzige Paar in Washington, mit dem Charlie einigermaßen zurechtkam, und Mary wollte so schnell wie möglich zum alten Rhythmus ihres Lebens zurückkehren. Sie telefonierte eine halbe Stunde mit ihrer Mutter in London. Sie hätte auch noch länger mit ihr gesprochen, doch ihr Vater meinte, Elizabeth wirke bei aller Munterkeit ziemlich erschöpft. Er versprach, Mary anzurufen, wenn er sie brauche. Ansonsten erwarteten ihre Eltern sie erst am Schuljahresende, wenn sie zusammen mit Charlie die Kinder abholen wollte.

Es war ein warmer Frühlingsabend, sonnig, aber nicht schwül wie im Hochsommer. Sie legten Steaks und Hühnerfleisch auf den Grill hinter dem Haus. Charlie hatte eine weiße Schürze umgebunden und stand am Feuer, damit beschäftigt, einen aus Orangenlikör, Zitronensaft und Weinbrand gemischten Cocktail in Gläser zu gießen, die er aus Boston mitgebracht hatte.

»Auf dein Wohl, Eddie!«, sagte er und reichte Edward Renshaw ein Glas. »Wenn man mich einmal für etwas in Erinnerung behält, dann hoffentlich für diese Gläser. Meinen Beitrag zu den internationalen Beziehungen, meine gelehrten Abhandlungen über die kommunistische Bedrohung und die europäische Wirtschaft kannst du getrost vergessen.«

»Das habe ich, glaube ich, schon«, erwiderte Edward Renshaw. Er drehte das dickwandige Glas bewundernd in der Hand. »Aber das ... das ist wirklich eine Entdeckung.«

»Richtig«, sagte Charlie. »›Bedeutungsvoll, dass beider Leben/ In der Begegnung mit dem andern sich erfüllt / Entdeckung, die nicht Gott höchstselbst /Zurückzunehmen noch vermöchte.‹«

»Emily Dickinson.«

Charlie ging ins Haus, um den Versband zu suchen und die Strophen des Gedichts zu ergänzen, die sie vergessen hatten, doch er kehrte mit leeren Händen zurück und schimpfte auf die fehlende Ordnung in seinen Bücherregalen. Warm senkte sich die Washingtoner Nacht über den gepflasterten Hof. Mary holte Windlichter heraus, in die knatternd Motten flogen.

»Diese Insekten nerven mich«, bemerkte Katy.

»Rauch doch einfach mehr«, erwiderte Charlie und reichte ihr ein Zigarettenpäckchen.

»Danke«, sagte Katy. »Bist du froh darüber, wieder in Washington zu sein, Charlie?«

»Ja, aber ich muss gleich wieder weg.«

»Noch mal nach Boston?«

»Nein, Gott sei Dank nicht. Nach Oregon. Ich soll einige Zeit mit dem katholischen Senator verbringen. Er ist doch angeblich mein Spezialthema. Ich hatte es schon fast vergessen.«

»Der, von dem du sagtest, er hätte keine Chance, die Vorwahlen zu gewinnen?«, fragte Edward.

»Genau der. Bisher hat er sie ja auch noch nicht gewonnen. Er muss sich noch gegen Stevenson, Symington und Johnson durchsetzen.«

»Es sieht aber doch so aus, als würde er sie gewinnen«, entgegnete Katy und hängte sich eine Strickjacke um die Schultern.

Charlie nickte. »Richtig, aber Nixon schlägt er nicht.«

Breit lächelnd griff er nach einer Weinflasche zwischen den zusammengeschobenen Tellern mit ihren verkohlten Resten, dem geschmolzenen Eis und den Zigarettenkippen, ausgedrückt in verschmähten, weil an den Gelenken nur halbgaren Hühnerschlegeln. Mary beobachtete, wie er einschenkte und sich, durch den Wein in ein inneres Gleichgewicht gebracht, erneut für die Welt und die Menschen zu interessieren begann.

»Und du, Mary?«, fragte Edward. »Hat es dir in New York gefallen?«

»Was hast du dort gemacht?«, wollte Katy wissen. »Urlaub?«

»Mehr oder weniger, ja. Ich mag die Stadt, ich hab sie schon immer gemocht. Wer weiß, vielleicht fahr ich wieder hin, wenn Charlie verreist.«

»Das klingt, als hättest du etwas ganz Bestimmtes vor«, sagte Katy.

Mary suchte im Dunkel nach Katys Augen, um herauszufinden, wie ernst die Bemerkung gemeint war. Doch wegen des Rauchs und im schwachen Schein der Lichter sah sie nur Katys rundes Kinn und die Umrisse ihrer Strickjacke.

»Komisch, dass du das sagst«, meinte sie. »Du weißt ja, dass Lauren immer findet, ich bin so gebildet, weil ich aus Europa komme, und dass Charlie überall herumerzählt, ich schreibe an einem Buch.«

»Tu ich das?«, fragte Charlie.

»Lauren hast du es jedenfalls erzählt«, bestätigte Katy. »Du sagtest, Mary hätte im College Preise für ihre Texte eingeheimst.«

»Ich hab mir jedenfalls überlegt, genau das zu machen«, erklärte Mary. »Jetzt, wo die Kinder aus dem Haus sind und ich mehr Zeit habe. Warum eigentlich nicht?«

»Was machen?«, fragte Charlie.

»Ein Buch schreiben. Ich weiß, es klingt albern, irgendwie eingebildet, aber gut –«

»Worüber?«, hakte Charlie nach.

»Das weiß ich noch nicht so genau. Wahrscheinlich über New York. Und Kinder.«

»Eine Art Stadtführer?«, fragte Katy.

»Eher nicht.«

»Ich kann es kaum erwarten, dein Buch zu lesen.«

Charlie lachte. »Da wirst du wohl noch eine Weile warten müssen. Die arme Mary muss das Buch ja erst noch schreiben.«

»Würde es dir gefallen, eine Schriftstellerin zur Frau zu haben?«, wollte Edward wissen.

»Natürlich«, erwiderte Charlie. »Eine neue Emily Dickinson. Oder vielleicht eher Edith Wharton.« Er schenkte sich ein. »Oder Grace Metalious. Genau solche Bücher bräuchten wir, ein Buch wie *Peyton Place*, einen Bestseller. Dann könnte ich in Pension gehen.«

»Kennt Mary sich denn mit Ehebruch in der Kleinstadt aus?«, fragte Edward.

»Das könnte ich sicher recherchieren, Eddie.«

Von Maryland flog Senator Kennedy nach Oregon, um auf einer Kundgebung junger Leute in Portland zu sprechen. Frank Renzo begleitete ihn im Presseflugzeug. Kamerateams und Tontechniker benutzten eine eigene Maschine. Am nächsten Tag folgte ihnen in einer Linienmaschine auf einem von Benton gebuchten Platz am Gang (»so weit vom Fenster weg wie möglich«) Charlie van der Linden.

Ein rot-weißes Taxi hielt vor der Nummer 1064, um Mary zum Bahnhof zu bringen. Am Abend war sie wieder in New

York. Das Zimmer in dem tristen Hotel im Garment District hatte sie der Einfachheit halber gleich behalten. Mit dem Hoteldirektor hatte sie einen Sonderpreis ausgehandelt, nicht ohne vorher zu überschlagen, wie weit sie das Familienkonto dadurch überzog.

In einem Drugstore in der Seventh Avenue kaufte sie einige Kugelschreiber und ein großes blaues Schulheft mit einem Stundenplanvordruck auf der Umschlaginnenseite. Sie stellte sich vor, wie Charlie über einem Glas Wild Turkey strahlend verkündete: »Meine Frau kann heute leider nicht bei uns sein, Exzellenz, sie musste nach New York. Sie ›recherchiert‹ dort für ein Buch, das sie schreibt.« Das Wort »recherchiert« würde er mit unzähligen Anführungszeichen versehen. Wie lächerlich, wie absurd das klang: sie, Mary, eine Schriftstellerin. *Der Götterbaum – eine Autobiografie* von Mary Kirwan. Und auf dem hinteren Klappentext stand über die Autorin: »Mary Kirwan wurde 1920 in London, England, geboren. Sie ist mit einem englischen Diplomaten verheiratet, hat zwei Kinder und lebt gegenwärtig in Washington D. C. Ihre Hobbys sind Lesen und Musikhören ... die ihres Mannes Alkohol, Beruhigungsmittel, Zigaretten und falsch zitierte Gedichte. Miss Kirwan hat dieses Buch geschrieben, um in New York City ungestört einer platonischen, aber leidenschaftlichen Liebesaffäre mit einem Journalisten, den sie kaum kennt und der die meiste Zeit verreist ist, frönen zu können. Sie ist Absolventin einer britischen Universität, begeisterte Hörerin der Musicals von Rodgers und Hammerstein und arbeitet bereits an einem Folgeband: *Innenansichten: Szenen aus dem Leben einer Diplomatenfamilie ...*« Hm ... Lieber einen richtigen Roman, dachte sie, mit einem schönen melancholischen Titel: *Straße der Dämmerung* oder *Tänzer wider Willen*.

So lächerlich es war, sie fing tatsächlich an zu schreiben. Die Seiten des eigentlich für die Hausaufgaben eines Schulkindes gedachten Hefts füllten sich Zeile um Zeile mit Erinnerungen.

Der bevorstehende Tod ihrer Mutter war der Rahmen für alles andere. Dinge, die ihr endlos fortsetzbar erschienen waren, nahmen auf einmal die Bedrohlichkeit von Fakten an. Überall auf der Welt starben Menschen, auch sie selbst würde eines Tages sterben, begraben werden, nicht mehr da sein, ohne dass damit Fragen beantwortet oder etwas zu einem Abschluss gebracht worden wäre. Und zu den Herausforderungen und Pflichten ihres mittleren Lebensalters, das sie bisher ignoriert hatte, war nun die Leidenschaft gekommen. Sie verspürte zum ersten Mal in ihrem Leben dieselbe heftige Zärtlichkeit wie zu ihren Kindern und dasselbe körperliche Verlangen, das sie vor vielen Jahren zu David Oliver hingezogen hatte, ein Verlangen, das, wie sie bisher geglaubt hatte, unwiederbringlich verloren war. Beides jetzt gleichzeitig zu empfinden bedeutete nicht nur eine simple Addition zweier unterschiedlicher Gefühle. Für Mary war es, als potenzierten sie sich zu einer unkontrollierbaren Macht. Sie wusste nicht, wie sie damit umgehen sollte. Sie erschien ihr wie der Tod – zwingend, unausweichlich, alles andere überschattend.

Sie machte eine kleine Bar ausfindig, Nathans Bar, wo sie jeden Morgen frühstückte. Die nicht mehr ganz jungen Kellnerinnen mit ihren bläulich schwarz gefärbten Haaren legten ihre anfängliche Mürrischkeit bald ab und schenkten ihr nach Belieben Kaffee nach (zu heiß und zu dünn – Charlie hatte Recht), brachten frisch gepressten Orangensaft und versorgten sie reichlich mit Spiegeleiern, Bratkartoffeln, Weizentoast, Omelettes, knusprigen Speckstreifen, Papiernäpfen mit blassgelber Butter und kleinen Marmeladen, die sie aus der Schürzentasche zogen.

Mary las Zeitung, rauchte eine Zigarette, suchte nach Artikeln, unter denen Franks Name stand, und zog den Aufenthalt in die Länge. Es gefiel ihr hier, sie wäre zufrieden gewesen, nur noch hier zu frühstücken, in einer der hölzernen Sitznischen, abgetrennt durch niedrige Trennwände, in Kopfhöhe versehen mit braun-rot gemusterten Glasscheiben, bei Sadie mit der Kaffeekanne in Rufweite und Mike, dem bärtigen Koch mit der zerknitterten Mütze unter dem Schild mit der Aufschrift »Spezialgericht. Heute Abend bleibt die Küche kalt. Ganzes Brathähnchen mit reichlich Kasha-Varnishkes und Kartoffel- oder Kohlsalat.« Mary empfand grenzenlose Begeisterung, als hänge ihr Leben davon ab.

Nach dem Frühstück kehrte sie in ihr Hotelzimmer zurück und schrieb bis Mittag in das Schulheft, dann fuhr sie mit der Subway zum Sheridan Square. Frank hatte ihr geraten, die Rückseite ihres Rocks so weit wie möglich herunterzuziehen, bevor sie sich setzte, weil die Sitze einiger Waggons aus grobem Rattan bestanden, das einem die Nylonstrümpfe zerriss. »Und du weißt ja, wie es ist, wenn einer von zwei neuen Strümpfen eine Laufmasche hat.«

Bäume, dachte sie jedes Mal erleichtert, wenn sie ins Village kam. Bäume und Straßen mit Kurven und Namen. Mary folgte einem festen Wegschema von der Seventh Avenue South in die West 11th Street, eine friedliche, von Bäumen gesäumte Straße, in der sich italienisch aussehende Reihenhäuser mit Kellergeschossen und rosa Geranien in Blumenkästen reihten. Hin und wieder erinnerte eine Gedenktafel an eine bedeutungsvolle Vergangenheit; die von Frank so verachteten Bäckereien und Läden mit mexikanischem Kunstgewerbe und Bluejeans schienen sich hier erst in letzter Zeit niedergelassen zu haben. Dann bog Mary in die Bleecker Street ein und blieb vor dem Haus, in dem Frank wohnte, stehen. Sie starrte zu den oberen Stockwerken hinauf, konnte aber nicht erkennen, welches sein Fenster mit Blick auf den Hudson und das Ufer von Jersey war. Sie ging einen Block bis zur West 10th zurück und sah wieder hinauf. Dort oben, hinter dieser unpersönlichen, viereckigen Scheibe, hatte sich ihr Leben verändert.

An dieser Stelle nahm sie jeden Tag einen anderen Weg und hielt nach einer einladenden Bar oder einem Café Ausschau.

Diesen Morgen ging sie auf der Bleecker Street einige Blocks weiter und bog nach Süden ab. Die Houston Street war keine Wohnstraße, sondern eine Hauptverkehrsader, die quer durch die Stadt führte, und zugleich eine Trennlinie, ein Delaware.

Südlich von ihr breiteten sich die so genannten fünfzig Hektar Hölle aus, ein düsteres, aus Gusseisen errichtetes Industrieviertel, Schauplatz von Streiks und Brandstiftungen. Einen Block weiter auf der anderen Straßenseite entdeckte Mary das Neonschild eines Cafés. Sie beschloss hinüberzugehen.

In der Bar nahm sie am Tresen Platz und begann in einer Zeitschrift zu blättern. Der Barmann servierte mit einer schwungvollen Bewegung den bestellten Drink. Außer Mary gab es nur noch einen Gast. In der Bar, in der es morgendlich sauber roch, herrschte eine erwartungsvolle Atmosphäre. Auf einem hölzernen Bord hinter dem Tresen war eine gewaltige Batterie von Flaschen aufgereiht, darunter befanden sich Schubladen mit Messinggriffen. An der Decke drehte sich träge ein Ventilator. Hinter Mary, auf der anderen Seite des lang gestreckten Raums, standen mit roten Gingantüchern bedeckte Tische. An der Wand darüber hingen Fotos von Preisboxern mit Autogrammen und Widmungen, aufmerksame Gesichter unbestimmt afrikanischen oder, wie im Fall von Fritzie Zivic, slawischen Ursprungs.

Mary fühlte sich hier so wohl, dass sie die Zeitschrift gar nicht richtig las, sondern nur die Werbung durchblätterte. Dabei hatte sie Franks Stimme im Ohr. Die Herrenmode versprach viel mehr als nur neue Hosen und Mäntel. Die Marke Glen Guard verhieß Selbstbewusstsein, der neue Bowler-Homburg von Saks Einfluss, ein Anzug aus Folkweave Tweed Gelassenheit und Zuversicht. Dem Herrn auf dem zugehörigen Foto schien es auch keineswegs an diesen Eigenschaften zu mangeln. Er trug nicht nur einen Anzug aus Folkweave Tweed, sondern hielt auch noch das zwanzig Zentimeter lange Modell einer Polarisrakete der amerikanischen Navy in der Hand.

Jede Seite schien einen Bezug zu ihrer ungewöhnlichen Situation zu haben. Sie konnte bei der Western Union ein Candygram nach Eugene in Oregon senden, eine zwei Pfund schwere Pralinenschachtel mit einem Telegramm – nur für fünf Dollar zuzüglich der Kosten des Texts. Nur an welche Adresse hätte sie die Schachtel schicken sollen?

Wieder sah sie Charlie über das Rollfeld zu seiner wartenden Maschine schwanken, und dann hatte sie eine egoistische Idee: Sie konnte anbieten, ihn zu begleiten. Und während er sich in der Nähe von Senator Kennedy aufhielt, konnte sie sich mit anderen treffen …

Die Bar füllte sich langsam mit Fabrikarbeitern, Stammkunden, die dem Barmann namentlich bekannt waren, und einigen Büroangestellten in Anzug und Krawatte, die sich aus dem Village in das Nachbarviertel gewagt hatten. Mary hatte das Gefühl, ihren Platz für Gäste räumen zu müssen, die mehr Anspruch darauf hatten, doch es gefiel ihr hier. Sie bestellte ein Sandwich, um ihr Bleiben zu rechtfertigen.

Der Barmann brachte ihr noch einen Drink. Mary nippte daran. Der Alkohol machte sie nicht benommen, sondern schärfte ihre Wahrnehmung. Sie blätterte um und las eine Überschrift: »Haltet diesen Tiger mit einem Easybaby-Sicherheitsgurt fest.« Auf dem Bild stand ein kleiner Junge wütend auf dem Rücksitz eines Autos. Sein Gesicht erinnerte sie an Richard im Alter von zwei oder drei Jahren. Verstohlen zog sie das lederne Etui aus der Handtasche und betrachtete im Schutz des Mahagonitresens wehmütig die beiden Fotos ihrer Kinder.

»Club-Sandwich für Sie.«

Die Tränen zurückhaltend, sagte Mary: »Danke.«

Nach dem Essen kehrte sie ins Hotel zurück und schrieb jedem ihrer Kinder einen langen Brief, in dem sie davon schwärmte, wie wunderbar es in New York sei. Dann schrieb sie Duncan Trench. Da sie zukünftig viel verreist sein werde, sei sie leider nicht in der Lage, seiner Bitte zu entsprechen.

Der Flug mit der Pressemaschine hatte keine Nummer, und es gab auch keine Abfertigung. Man ging einfach über das Rollfeld, stellte den Koffer, der mitgenommen werden sollte, unter den offenen Frachtraum, stieg ein und suchte sich einen Platz. Dann schloss der Flugbegleiter die Kabinentür, und man hob ab. Es gab zwar Sicherheitsgurte, aber niemand legte sie an, weil man sich dann nicht mehr umdrehen und mit den Kollegen in der Reihe dahinter Drinks und Notizen austauschen konnte.

Das kleine Flugzeug stieg in steilem Winkel nach oben. Erwartungsvolle Stille senkte sich über die Kabine. Der Vorhang im vorderen Teil der Maschine teilte sich, und Senator Kennedy erschien. Er setzte sich auf ein hölzernes Tablett, schlang die Arme um die Beine und rutschte den Gang hinunter in die ausgebreiteten Arme seines Pressesprechers am anderen Ende.

Der Senator sauste in weniger als einem halben Meter Entfernung an Frank Renzo vorbei. Frank sah den geraden Haaransatz, die glatt rasierte Haut des jungenhaften Gesichts und die eng beieinander liegenden, weit aufgerissenen Augen, die vor Übermut und Freude darüber sprühten, dass er entgegen dem Rat des für seinen Rücken zuständigen Arztes getan hatte, was die Jungs im Flugzeug von ihm verlangt hatten. Vergebt mir meine Sünden, schien sein Blick zu sagen, vergesst, dass ich ein Schürzenjäger bin, vergesst meinen Reichtum und meine Häuser an der Ostküste, denn im Grunde meines Herzens bin ich wie ihr.

Frank sah die Nähte seines Anzugs, seine manikürten Hände und sein ungezwungenes Benehmen, erworben in jahrelanger Übung auf Partys in Hyannisport und Martha's Vineyard, bei Verabredungen mit Debütantinnen und heimlichen Affären mit ihren Müttern, in Jachtclubs und auf Dinnerpartys, bei Zigarren und Tennis, in juristischen Fakultäten und in eichengetäfelten Zimmern, und instinktiv verspürte er Misstrauen, eine

Reaktion, die er genauso wenig kontrollieren konnte wie den Reflex seines Knies.

»Du wirst Jack mögen, Frank«, sagte der Reporter der *Sun*, ein Mann namens Potter, den Frank von früheren Gelegenheiten her kannte und wegen seiner Hartnäckigkeit bewunderte. »Der Mann hat Klasse.«

»*Jack?* Seit wann duzt du dich mit Politikern?«

Potter lachte. »Du wirst schon sehen.«

Frank musterte Potter skeptisch. War das derselbe Mann, der mit seiner absoluten Integrität sogar McCarthy eingeschüchtert und einen Mitarbeiter Chiang Kai-sheks in aller Öffentlichkeit einen Lügner genannt hatte?

Die Menschen in der Umgebung des Kandidaten schienen vor Bewunderung geradezu überzufließen. »Wenn Sie im Wahlkampfteam des Senators neu sind«, sagte der Pressesprecher zu Frank, »sollten Sie mal auf die ›Hupfer‹ achten.« Wenn Kennedys Wagen langsam eine abgesperrte Straße entlangfuhr, begannen in der Zuschauermenge Frauen auf und ab zu hüpfen: Schulmädchen, Mütter mit Babys auf dem Arm und vornehm gekleidete Damen mit Stöckelschuhen – das Alter schien keine Rolle zu spielen. Frauen, die sich beim Hüpfen an den Händen hielten, waren so genannte »Doppelhupfer«, andere, die sich in die Arme fielen, sobald sie Kennedy sahen, »Klammeraffen«. Die dramatischste Erscheinung waren die »Sprinter«, Frauen, die versuchten, die Polizeiabsperrung zu durchbrechen und auf die Wagenkolonne zuzurennen, um dem Kandidaten einen Kuss zu stehlen.

Der Senator schien von solchen Reaktionen unbeeindruckt, wie Frank feststellte, oft wirkte er aber auch verunsichert. Er hielt jeden Tag in etwa dieselbe Rede, eine nüchterne Aufzählung von Fehlern der gegenwärtigen Regierung und eine plausibel klingende Auflistung der unter seiner Präsidentschaft zu erwartenden innen- und außenpolitischen Reformen. Sein Stil hatte nichts Demagogisches, und doch schien etwas an seiner

Gegenwart so erregend, dass die ruhigen Sätze eine aufwühlende Wirkung zeitigten, so als würden sie mit größter Leidenschaft vorgetragen. Das Resümee seiner Argumente ging zum Leidwesen des Redners häufig in hysterischem Applaus unter.

Die ersten Tage strengten Frank ganz besonders an. Pierre Salinger und die anderen Pressesprecher waren über die Ablösung Webster Cordells durch ihn natürlich nicht gerade erfreut. Sie glaubten, Frank werde nach der kritiklosen Kennedy-Verehrung seines Vorgängers jetzt ins andere Extrem verfallen. Er wurde nicht zu inoffiziellen Pressekonferenzen in Hotelzimmern eingeladen und erfuhr von Änderungen einer fertigen Rede als Letzter. Er hoffte deshalb auf die Hilfsbereitschaft seiner Kollegen, auf schnelle stenografische Mitschrift und auf seine, wie er hoffte, außergewöhnliche Beobachtungsgabe. Die ablehnende Haltung der Pressesprecher brachte ihm den Kandidaten nicht näher; er ließ sich aber dadurch und durch seine instinktive Ablehnung von Kennedys weltmännischem Auftreten nicht in dem beeinflussen, was er schrieb. Er beobachtete aufmerksam und hörte zu, schrieb dann auf, was er gesehen und gehört hatte, überprüfte das Geschriebene dreimal und ging damit zur Post.

Immer wenn Mary ausging oder ins Hotel zurückkehrte, zögerte sie einen Moment an der Rezeption, suchte den Blick des Portiers und grüßte ihn freundlich, damit er sich an für sie entgegengenommene Telefonanrufe erinnerte und aus dem Fach hinter ihm vielleicht einen Zettel zog, auf dem er eine wunderbare Liebeserklärung notiert hatte.

Eines Nachmittags hielt er sie auf dem Weg in ihr Zimmer auch tatsächlich auf und übergab ihr den gefalteten Zettel, den sie sich in der Phantasie schon so oft vorgestellt hatte. Sie las ihn auf dem Weg zum Aufzug. »Komme am Abend des Zwanzigsten zurück. Zwei Tage, dann Augusta.« Vor dem Aufzug blieb sie stehen und kehrte zur Rezeption zurück.

»Können Sie mir sagen, von wem diese Nachricht ist?«

Der Portier nahm den Zettel und betrachtete ihn. »Ich frage nach.« Er ging in das verglaste Büro hinter der Rezeption. Mary sah, wie er zu der dicken Telefonistin etwas sagte.

Er kam zurück und gab ihr den Zettel wieder. »Das muss von Ihrem Mann sein.«

»Ja ... natürlich. Danke.«

Droben in ihrem Zimmer setzte Mary sich aufs Bett und schlug die Hände vors Gesicht. Sie litt unsäglich und wusste kein Mittel dagegen.

Ich bin eine erwachsene Frau, sagte sie sich, eine Mutter, eine Frau, von der man erwarten kann, dass sie sich vernünftig benimmt und mit gutem Beispiel vorangeht. Ich darf nicht zulassen, dass mir so etwas passiert.

Sie ging ins Bad, beugte sich über das Waschbecken und klatschte sich Wasser ins Gesicht. Als sie sich wieder beruhigt hatte, bestellte sie beim Zimmerservice Tee. In ihrer Handtasche suchte sie nach einigen Münzen für den Pagen. Der Page kam, rollte den Wagen mit dem Teegeschirr ins Zimmer und ging wieder. Mary schaltete den Fernseher ein, streifte die Schuhe ab und legte sich aufs Bett. In einem New Yorker Vorabendprogramm wurden prominente Gäste interviewt, die an diesem Abend in der Stadt weilten. Auf dem unscharfen Schwarzweißbildschirm, der von der Dachantenne des Hotels wahrscheinlich nur ein ungenügendes Signal empfing, begann ein Mann mit einer Fliege die Gäste der Sendung anzukündigen.

Das Telefon klingelte.

Eine Stunde später saß Mary in der Subway und fuhr in Richtung Village – den Flanellrock hatte sie, bevor sie sich auf das Rattangeflecht mit seinen spitzen Enden setzte, sorgfältig glatt gestrichen. Die Straßennummern in den kahlen, gefliesten Stationen nahmen in rascher Folge ab. Mary stieg aus und ging bewusst langsam und um Würde bemüht durch das Drehkreuz. Nur weil Frank angerufen hatte, um zu sagen, er sei wieder in New York, brauchte sie sich noch nicht in ein willenloses Geschöpf zu verwandeln.

Der Aufzug in Franks Haus fuhr nach oben. Mary versuchte ihre Gedanken zu ordnen. Frank erwartete sie in der offenen Tür am Ende des Korridors, und Mary musste an sich halten, um nicht loszurennen.

Mit einem Gefühl der Enttäuschung befreite sie sich aus seinen Armen. Seine Abwesenheit oder Rückkehr hatte nichts geklärt. Sie nahmen ihre Plätze an entgegengesetzten Seiten des Zimmers ein.

»Du siehst müde aus«, bemerkte Mary.

»Ich habe seit drei Tagen nicht geschlafen. Ich musste eine Menge nacharbeiten. Nicht einmal Zeit zum Duschen hatte ich, seit ich hier bin. Du warst zu schnell da.«

»Dann dusche doch jetzt. Ich könnte Tee machen.«

»Klar. Tee ist im Küchenschrank.«

»Zu schnell« da gewesen zu sein war Mary peinlich, deshalb war sie froh, sich in Franks Küche nützlich machen zu können. Sie sah Frank mit nassen Haaren und in einem dunkelgrünen Frotteemantel aus dem Bad kommen und in das Schlafzimmer gehen. Zehn Minuten später war er noch nicht wieder aufgetaucht, und der Tee wurde kalt.

Die Teetasse in der Hand, ging Mary leise zur Schlafzimmertür und klopfte. Da sie keine Antwort erhielt, öffnete sie die Tür einen Spalt und sah hinein. Frank lag im Bademantel auf dem Bett und schlief. Mary musste lächeln. Sie stellte die Tasse auf ein Tischchen am Bett neben ein zerdrücktes Zigarettenpäckchen, nahm Franks Arm und schüttelte ihn vorsichtig, doch Frank rührte sich nicht.

Mary setzte sich auf die Bettkante und betrachtete ihn. Frank lag auf dem Rücken, die Arme lose auf der Brust verschränkt. Sein Atem war tief und gleichmäßig. Auf der Brust klaffte ein Spalt im Bademantel, und sie sah Haarflaum. An einer Stelle sprießten keine Haare, als hätte ein schwerer Gegenstand daran gescheuert.

Sie streckte die Hand aus und berührte die hellen Sommersprossen unter seinen Augen, dann strich sie mit dem Handrücken über seine Wange, die eingefallen war vor Erschöpfung. Mit der Fingerspitze berührte sie die weiche Haut der Lippen.

Solange er schlief, war er ihr ausgeliefert. Sie betrachtete jede Linie und Falte seines Gesichts und stellte sich vor, sie könnte es auf eine bestimmte Anzahl von Poren und Falten reduzieren und so die Macht bannen, die es, wenn er wach war, auf sie ausübte. Doch vergeblich. Je länger sie ihn ansah, desto mehr liebte sie ihn.

Sie kehrte ins Wohnzimmer zurück, holte ihre Handtasche und entnahm ihr eine Puderdose. Sie kletterte zu Frank ins Bett, zog ihren Rock über die Schenkel, stieg über ihn und setzte sich ganz leicht auf seine Hüften. Er bewegte sich, wachte aber nicht auf. Zärtlich bedeckte sie die dunklen Ringe unter seinen Augen und den Schatten auf seinem Kinn mit Puder. Der Gedanke an all die Jahre, die sie ihn nicht gekannt hatte, Jahre, in denen ihr vorenthalten worden war, was ihr gehörte, war ihr unerträglich. Wenn sie die Spuren dieser Jahre zudeckte, konnte sie sie vielleicht ungeschehen machen und bewirken, dass sie einen anderen Verlauf nahmen.

Die heimliche Macht, die sie über ihn ausübte, erfüllte sie mit einer schmerzlichen Sehnsucht. Er brauchte nicht zu wissen, was sie mit ihm anstellte, während er schlief, doch andererseits zählte es dann auch nicht richtig. Wie konnten sie ein Liebespaar sein, wenn einer von ihnen es nicht wusste? Sie schob ihren engen Rock noch höher, bis er über ihre Hüften gerutscht war, richtete sich auf, löste vorsichtig die Kordel von Franks Bademantel und öffnete ihn. Sie schloss die Augen, ließ ihre Hand über den Rock nach unten gleiten, bis sie sich selbst spürte.

Ihr Atem wurde heftiger. Plötzlich hörte sie Franks Stimme: »Lass die Augen zu.« Sie wurde rot, ihr Gesicht brannte. Frank schob mit der Hand ihre Kleider zur Seite. Mit einer Hand an sich selbst, mit der anderen auf ihrer Hüfte, lenkte er sie vorsichtig nach unten. Mit einem Seufzer sank sie auf ihn.

IX

Charlie wachte auf und wusste nicht, wo er war. Er durchforstete sein Gedächtnis, versuchte Erinnerungen in sich wachzurufen, aber nichts passierte. Er ließ den Blick durch den Raum schweifen und sah ihn wie zum ersten Mal. Offenbar befand er sich in einem Hotelzimmer. Sein Koffer stand ungeöffnet auf einem Klappständer. Auf der gläsernen Platte einer Kommode sah er einen Schlüssel und einige Münzen. Sein Jackett lag mit umgestülpten Ärmeln auf dem Teppich, daneben eine Krawatte. Charlie hob die Decke und blickte an sich hinunter: Er war mit Hemd und Unterwäsche bekleidet.

Vorsichtig und misstrauisch ging er zum Fenster und zog die Vorhänge auf. Vor ihm dehnte sich ein Stadtpark aus, eine große, offene Grünfläche mit einigen Bäumen, durchzogen von Wegen, auf denen einige Spaziergänger dahinschlenderten. Er trat vor den Schreibtisch. In einer ledernen Mappe entdeckte er Briefpapier. Das Hotel befand sich in Boston. Wieder blickte er aus dem Fenster. Der Park, Boston ... Beacon Hill ... Boston Tea Party ... das wohlhabende Stadtviertel Back Bay ... die irischen Katholiken. Kennedy. Erste Fetzen der Erinnerung an den Vortag nahmen in seinem Kopf Gestalt an wie einzelne Stellen eines fotografischen Abzugs in der Entwicklerlösung. Er erinnerte sich, dass der Senator in Eugene in Oregon eine Rede vor der Belegschaft eines Sägewerks gehalten hatte. Doch von wo war er anschließend nach Boston geflogen? Portland? Seattle? Und wer hatte ihm gesagt, wo er hinmusste? Wahrscheinlich hatte er sich selbst ausgezogen, denn ein hilfsbereiter Zeitgenosse hätte sein Jackett aufgehängt. Aus der Rückentasche des Koffers zog er eine zu einem Fünftel gefüllte Flasche Wild Turkey, seine Notration. Er ging damit ins Bad und trank den Whisky, zur Hälfte vermischt mit lauwarmem Wasser aus dem Hahn. Dann zog er sich aus und duschte. Anschließend bestellte er telefonisch Frühstück aufs Zimmer.

»Wir bringen Ihnen gerne Kaffee und vielleicht ein Sandwich, Sir«, sagte eine vornehme männliche Stimme. »Aber ein Frühstück können wir nicht mehr servieren. Es ist Viertel vor drei am Nachmittag.«

Charlie sank auf die Bettkante. Wenn doch Mary bei ihm gewesen wäre, mit ihrer zupackenden Art. Sie traf alle Entscheidungen in Bezug auf die Kinder und das Haus, sie entschied, was es zum Essen gab und wen sie zu ihren Partys einluden. Sogar der Kaiser Manhattan war ihre Idee gewesen, und das mochte er am meisten an ihr: Man konnte ihr nicht nur alles überlassen, sie traf auch noch interessante Entscheidungen. Von Charlie wurde lediglich erwartet, dass er seine Karriere nicht vernachlässigte, dass er auswählte, wo er als Nächstes arbeiten wollte, dass er seine Arbeit pünktlich versah und dass er sich nicht mit seinen Vorgesetzten überwarf.

Er stützte den Kopf in die Hände. Eine jahrhundertealte Erschöpfung lastete auf ihm. Dabei hatte er keinen Kater, das kam nur noch selten vor, nur noch Tage, an denen sein Magen rebellierte, und Tage geistiger Abwesenheit. Er verglich die Vorgänge in seinem Kopf manchmal mit der Mechanik einer teuren Schweizer Uhr, in die er mutwillig Sand geschüttet hatte. Was war der Welt dadurch verloren gegangen? Auch die sorgfältigste Pflege der Mechanik hätte seiner oder einer anderen Existenz weder einen bestimmten Wert noch eine Bedeutung verleihen können. Was er konnte, konnten auch andere Beamte des Außenministeriums, der Weltbank oder des diplomatischen Korps. Und wem es nur um die Macht ging, der musste sich selbst erniedrigen und anderen schmeicheln können, skrupellos sein und fest an Lügen und Illusionen glauben. Und wozu das alles? Nur um die eigene Hand am Hebel zu haben und den eigenen Namen auf einem Schild zu sehen.

Charlie war der Überzeugung, dass man durch Kunst oder Politik nicht über die Grenzen der alltäglichen Welt hinausgelangen konnte. Er sah gleichsam von außen, als Beobachter, dass die Menschen sich innerhalb dieser Grenzen trotzdem wohl fühlten, sich amüsierten, planten, handelten und lachten, als sei alles in bester Ordnung, als sei die Existenz nicht mit einem unbehebbaren Makel behaftet. Und je älter er wurde, desto fester glaubte er, dass die Fähigkeit, so leben zu können, nicht auf einer geistigen Anstrengung, auf der intellektuellen Durchdringung des Problems beruhte und auch nicht einmal auf Erfahrung oder einem glücklichen Zufall, sondern auf einer bestimmten genetischen Veranlagung. Ein wenig von dieser Veranlagung bemerkte er bei Katy Renshaw und manchmal auch bei seiner gestrengen Sekretärin Benton. Frauen schienen sie öfter zu besitzen als Männer, obwohl er persönlich einen entsprechenden Zustand auf chemischem Weg herbeiführen konnte. Am meisten aber fiel ihm diese Veranlagung bei seiner Frau auf.

Er hatte einige Jahre Ehe gebraucht, um zu erkennen, dass ihn genau das zu Mary hingezogen hatte. Mary war seine Chance zu überleben. Blinder Instinkt hatte ihn bei der Partnerwahl geleitet und ihm zugleich vorgegaukelt, er habe Mary wegen ihrer dunklen Augen oder ihres lebhaften Temperaments attraktiv gefunden.

Er ging ins Bad und suchte in seinem Waschbeutel nach einem Aspirin. Dann kehrte er zum Telefon zurück und wählte seine eigene Nummer in Washington.

Ich brauche etwas gegen die Vernunft, dachte er verzweifelt, ich brauche Hoffnung, jemanden, der gerne lebt, auch wenn es keinen Grund dafür gibt.

Mary lag neben Frank im Bett, wach gehalten durch das Dröhnen der Klimaanlage. Es war früher Morgen, und sie konnte immer nur das eine denken: Ich gehöre nicht zu denen, die so etwas tun. Manche Leute hatten so genannte »Affären«, andere waren »untreu«, und ihr Betrug war Mary immer abgeschmackt erschienen. Die Phantasie dieser Menschen hatte versagt. Die ständige Neuerfindung der ehelichen Liebe war für Mary romantischer, als es heimliche Seitensprünge sein konnten. Sie gehörte nicht zu denen, die so etwas taten. Ihr waren Werte wichtig; sie liebte ihren Mann aufrichtig und ohne Vorbehalte, mit all seinen Unzulänglichkeiten. Für sie bedeutete die Einschränkung durch eine Ehe nicht Freiheitseinbuße, sondern notwendige Disziplin, die den Lohn der Liebe noch erhöhte. Die Ehe hatte einen moralischen Wert und konnte gar nicht langweilig sein.

Mary trug ein Baumwollhemd von Frank, das scheuerte, sobald sie sich auf der Matratze umdrehte. Es war ein altes Hemd, dessen Nähte steif waren, sodass sie es immer wieder unter der Hüfte herausziehen musste.

Wider Willen musste sie daran denken, was sie und Frank getan hatten. Nachdem das Tabu erst gebrochen war, schien es keinen Grund mehr zur Zurückhaltung zu geben. Wenn sie beide davon überzeugt waren, dass die Aufrichtigkeit ihrer Gefühle das rechtfertigte, was sie taten, dann konnte auch die Rückhaltlosigkeit ihres Handelns die Leidenschaft ihrer Gefühle bezeugen. So genau hatte Mary das freilich auf dem Boden des Wohnzimmers, an den Küchentisch gelehnt, in der Dusche und auf dem Badezimmerboden kniend nicht analysieren können. Sie spürte, wie sie im Dunkeln rot wurde.

Wie gern hätte sie sich an einen sicheren Ort geflüchtet, doch Washington kam dafür nicht mehr in Frage. Sie hatte die Nummer 1064 beschmutzt und bereute es zutiefst. Ihre Unschuld von einst war für immer verloren. Einen Moment lang empfand sie Panik. Am besten sie kehrte ins Hotel zurück, in ihr

Zimmer, das zugleich neutraler Boden war. Dort konnte sie schlafen, ihre Gedanken ordnen und überlegen, was zu tun war. Im Verlauf der langen Nacht schreckte sie vor keinem noch so radikalen Gedanken zurück. Sie konnte Charlie verlassen, nach New York ziehen und Besuche der Kinder arrangieren. Sie konnte aber auch beide Männer verlassen, um allein zu sein. Am Morgen wusste sie zwei Dinge ganz sicher: dass das Leben mit ihrer Familie ihr nach wie vor viel bedeutete und sie daran nichts ändern wollte und dass sie jetzt mehr als alles andere von Frank die Bestätigung brauchte, dass ihm das, was zwischen ihnen passiert war, genauso wichtig war wie ihr.

Sie betrachtete lange sein schlafendes Gesicht, dann stand sie auf, ging zum Fenster, blickte nach Osten, über Little Italy hinweg, und hoffte, die Sonne würde aufgehen.

Frank kehrte im Traum auf die Salomoninseln zurück, wo er drei Tage lang mit einem gewissen Aaron Godley aus Jamestown in North Dakota im Schützenloch gelegen hatte. Ihr Zug war durch eine japanische Gegenoffensive abgeschnitten worden. Die heftig angreifenden Japaner hatten sie in die Zange genommen, und jetzt warteten sie zusammen mit einigen Versprengten aus anderen Einheiten auf die über das einzige noch funktionierende Feldtelefon angekündigte Verstärkung.

Godley war immer das Schlusslicht und der Prügelknabe des Zugs gewesen. Sogar seine eigenen Kameraden hatten ihn schikaniert und gehänselt. Dass er den Kompass nicht lesen konnte und seine Ausrüstung nie vollständig war, wurde ihm noch verziehen; die Kameraden waren dankbar, dass er durch seine Unzulänglichkeit die Aufmerksamkeit des Ausbildungsoffiziers von ihnen ablenkte. Godleys eigentliches Problem war: Er wirkte nicht authentisch. Seine Witze waren nicht witzig, seine Versuche kameradschaftlichen Verhaltens zu offensichtlich egoistisch. Er übernahm zu schnell interne Späße und Neckereien anderer und wechselte wahllos von einer Gruppe zur anderen, überall auf der Suche nach Anerkennung.

Sein Wunsch, akzeptiert zu werden, war zu aufdringlich, und nichts von dem, was er tat, wirkte natürlich. Nicht einmal marschieren konnte er richtig. Manchmal schwang er den rechten Arm zusammen mit dem rechten Bein und den linken Arm mit dem linken Bein und wackelte dabei hin und her wie eine Aufziehpuppe.

Frank hatte Mitleid mit Godley, denn er wusste, wie es war, allein zu sein, arm und vom Leben ausgeschlossen. Er fand so wie andere Männer des Zugs, etwa Billy Foy, heraus, dass der Weg zu Freundschaft und Anerkennung nicht darin bestand zu erfahren, was die anderen dachten, sondern darin, zu sich selbst zu finden. Einerseits hatte er mit Godley Mitleid, andererseits fühlte er sich wie die anderen von ihm abgestoßen. Godley war ihm peinlich, denn er stellte auf vulgäre Weise Sehnsüchte und Schwächen zur Schau, die die anderen zu verbergen suchten.

Im Schützenloch erlebte Frank, wie Godley unter zunehmendem japanischen Feuer zusammenklappte. Bei Geschützfeuer begann er wild draufloszuplappern und klammerte sich an Franks Arm. Frank lernte den Geruch seines Körpers, seiner Haut und seiner Ausscheidungen kennen. Er sah, dass bei Godley dort, wo eigentlich Gefühle wie Liebe und Selbstachtung sein sollten, nichts war. Nicht erst der Spott der Kameraden hatte Godley ausrasten lassen. Frank gewann den Eindruck, dass Godley noch nie bei jemandem Anerkennung gefunden, ihm wohl noch nie jemand den Arm um die Schulter gelegt hatte.

Sie erhielten den Befehl, in neue Stellungen vorzurücken. Es war furchtbar heiß, und Frank freute sich, bei dieser Gelegenheit die Wasserflaschen auffüllen und den nur unzulänglich vergrabenen Müll zurücklassen zu können. Sie erklommen eine sandige Anhöhe und gingen droben in einem tropischen

Wäldchen in Deckung. Von links kam Gewehr- und Maschinengewehrfeuer. Die zur Unterstützung der Bodentruppen eingesetzten amerikanischen Flugzeuge hatten die Japaner auf die bevorstehende Verlegung aufmerksam gemacht.

Frank zog Godley neben sich herunter. Von der Kuppe der Anhöhe hatten sie einen unverstellten Blick auf einen japanischen MG-Schützen, der sich fünfzig Meter unterhalb von ihnen in die Hügelflanke eingegraben hatte. Frank zielte auf den Mann und schoss ihm durch die Wange, Godley erwischte den Kerl, der das Gewehr lud, ebenfalls im Gesicht, sodass ihm Hirnmasse und Blut über die Schultern liefen. Godley sah Frank mit einem um Anerkennung flehenden Blick an, mit dem er ihn zu fragen schien, ob er jetzt dazugehörte.

Der Zug grub sich an Ort und Stelle ein und wartete auf den Befehl, weiter vorzurücken, da der Feind sich zurückgezogen hatte. In der Nacht regnete es heftig. Frank übernachtete bei Billy Foy, der mit einem ramponierten Zelt zu ihnen gestoßen war. Als sie aufwachten, schien die Morgensonne, und sie hörten ein seltsam glucksendes Geräusch. Godleys toter Japaner saß immer noch an das Maschinengewehr gelehnt aufrecht da. Die obere Hälfte seines Schädels fehlte, und Godley warf aus zehn Schritt Entfernung Korallenstückchen in die mit Wasser gefüllte Höhlung.

Als sie drei Wochen später in einer schwülen nordaustralischen Stadt auf Urlaub waren, besuchten Frank und Godley zusammen mit vier anderen ein Bordell. Die Puffmutter geleitete Godley einen dämmrigen Gang entlang, die anderen fünf sahen ihm erleichtert nach. Wenigstens hier brauchte Godley niemanden zum Händchenhalten. Die Mädchen, überwiegend Flüchtlinge von den Philippinen, waren an alle möglichen Männer und Gemütsverfassungen gewöhnt, Godley würde keine Angst haben. Vielleicht ging er sogar mit gestärktem Selbstbewusstsein aus dieser Begegnung hervor. Frank wurde von seinem Mädchen in ein kleines Schlafzimmer geführt. An der Decke surrte ein großer, dreiflügeliger Ventilator, durch das Fenster sah man auf den Markt, wo es hölzerne Käfige mit gackernden Hühnern gab. Frank war noch nie bei einer Hure gewesen und wusste nicht, inwieweit hier die üblichen Regeln galten. Sollte er sie zum Beispiel küssen und Zuneigung heucheln? Sollte er ihr Vergnügen über seines stellen? Oder betrachtete sie das nur als unwillkommene Ablenkung von der Arbeit? War sie überhaupt im Stande, bei der Ausübung ihres Geschäfts Vergnügen zu empfinden? Sie konnte nicht älter als achtzehn sein, doch sie lächelte und zog sich mit schnellen, zielstrebigen Bewegungen aus, die nicht erregend wirkten.

In jede Begegnung mit einer Frau brachte Frank die Summe seiner früheren Begegnungen ein. Die anderen Soldaten des Zugs redeten von ihren Freundinnen zu Hause und von auf der Straße aufgegabelten Mädchen und was sie mit ihnen angestellt hatten und wie. Die anatomischen Details waren bizarr und nicht immer glaubhaft. Frank stellte fest, dass er seine Filipina in einer Art streichelte, die eine frühere Freundin besonders gemocht hatte. Jede Bewegung war eine Zusammenfassung, ein Palimpsest des Vorhergegangenen, vergangener Geliebter und ihrer Körper, die nach Jahren wieder für einen kurzen Moment lebendig wurden: der Kuss auf Mimi Levers empfindliches Ohr, die zarte Streichelbewegung, die Anne-Marie Warshanky und ihre Schwester Donna so gemocht hatten, und die kreisende Bewegung, die Sassie LaSalle am besten gefallen hatte und bei der Frank immer peinlich berührt an eine Schiffsturbine denken musste. Weil er nicht wusste, was Mary von ihm erwartete, war er sehr vorsichtig gewesen, als er mit ihr geschlafen hatte. Andererseits wollte er sie auch nicht enttäuschen. Anfangs musste er bei jeder seiner Bewegungen an Charlie denken, später empfand er das Bedürfnis, jede Rücksicht fallen zu lassen, damit das Vergehen der Strafe entspreche.

Godley war damals mit einem selbstgefälligen Lächeln aus

dem Zimmer am Ende des Gangs getreten. In Franks Traum stellte sich heraus, dass Godleys Mädchen Mary war.

Frank wachte auf. Seine Oberlippe war schweißbedeckt, sein Herz raste. Ihm fiel ein, was am Abend zuvor geschehen war, und er drehte den Kopf. Doch wo Mary hätte liegen sollen, sah er nur ein zerknittertes Laken. Er zog seinen Bademantel an und ging ins Wohnzimmer. Mary stand am Küchentresen und brühte Tee auf.

»Guten Morgen«, sagte er.

Mary hatte vor Frank nur mit zwei Männern geschlafen. Für sie war der Liebesakt der physische Ausdruck eines abstrakten Gefühls, ein Sinnbild, geradezu eine Metapher, wenn auch eine verwirrend vage, die selbst wiederum Gefühle weckte. Außerdem war er eine Art Kapitulation oder zumindest ein Vertrauensbeweis. Mehr von sich konnte sie schließlich nicht geben.

Frank gegenuber befürchtete sie zu Anfang, sie könnte etwas falsch machen, ihn in ein Ritual hineinziehen, das sich vor langer Zeit zwischen ihr und Charlie entwickelt hatte, und er könnte daraus Rückschlüsse auf ihre Ehe, ja auf sie selbst ziehen. Doch später verflüchtigten sich die Gedanken an David Oliver und Charlie, und Marys ganze Aufmerksamkeit wurde von Frank beansprucht und vom Reiz eines neuen, verbotenen Gefühls zu einer Zeit in ihrem Leben, da ihr so vieles schon allzu vertraut war.

»Guten Morgen«, erwiderte sie.

Aber wie, dachte sie, geht es jetzt weiter?

X

»Mrs. van der Linden hat angerufen. Sie ist noch in New York. Sie meinte, Sie wüssten Bescheid. Heute Abend kommt sie zurück.«

»Danke, Benton. Wahrscheinlich hat sie es mir gesagt, und ich hab's vergessen.«

Benton legte einige Telegramme aus London auf Charlies Schreibtisch. »Der Termin für die Einweihung des neuen Gebäudes steht jetzt fest«, sagte sie. »Der vierundzwanzigste September.«

»Wer schneidet das Band durch? Die Queen?«

Benton überflog ein Blatt auf ihrem Schreibtisch. »Nein, Mr. Selwyn Lloyd.«

»Der Finanzminister! Mein Gott, dass sie niemand anders finden konnten!«

»Was macht Mrs. van der Linden in New York?«

»Soviel ich weiß, schreibt sie ein Buch.«

»Ein Buch? Einen Krimi?«

»Da bin ich überfragt, Benton. Ich glaube, meine Frau vermisst die Kinder. Das ist das eigentliche Problem.«

»Und wie kommen Sie allein zu Hause zurecht?«

»Ich bin ja nur ab und zu einen Tag allein. Meine Frau fährt, wenn ich fahre, und wenn ich zurückkomme, taucht sie auch wieder auf. Und ich habe ja immer noch Dolores. Vorausgesetzt, man mag Chili con carne.«

»Waren Sie in Oregon erfolgreich?«

»Ja, danke.«

»Und in Boston?«

»Weniger. Ich habe womöglich eine Verabredung zum Lunch versäumt.«

»Mit Senator Kennedy?«

»Unter anderem. Sie klingen entsetzt, Benton. Kann es sein, dass Sie eine Schwäche für ihn haben?«

Benton schlug die Beine übereinander. Ihre Nylonstrümpfe knisterten. »Ich finde ihn irgendwie süß.«

»Er ist Politiker, Benton. Das heißt, er muss die ganze Zeit überlegen, wie er wen anlügen kann und wie er verhindert, dass die verschiedenen Interessengruppen herausfinden, dass er ihnen widersprüchliche Versprechungen gemacht hat. Stellen Sie sich vor, was das für Nerven kostet.«

»Aber Mrs. Kennedy ist eine attraktive Frau.«

»Unbestreitbar.«

Charlie sah auf seinen Schreibtisch. Vor ihm lag ein Telegramm des britischen Außenministeriums an den Botschafter mit der Bitte um einen Kommentar zu einem Bericht der Londoner *Times* über Senator Nixons künftige Verteidigungspolitik und ihre Auswirkungen auf die NATO. Der Artikel der *Times* basierte auf einem Bericht der *Post* vom Vortag, dem niemand, am allerwenigsten Charlie, große Beachtung geschenkt hatte. An dem Telegramm hing ein Zettel vom Chef der Kanzlei. »In Anbetracht Ihres glänzenden Feuerwehreinsatzes letzte Woche (völliges Schweigen aus London) hier die Bitte, ob Sie für mich eine Antwort entwerfen könnten. Bis halb vier heute Nachmittag?«

Charlie stöhnte leise und griff nach dem Telefon.

Mary wartete in einer Bar, einem für Frank typischen Treffpunkt zwischen Park Avenue und Broadway, nur wenige Blocks vom Union Square entfernt. Der Raum war lang gestreckt, die Decke rötlich braun wie der New Yorker Sandstein und verziert mit rissigen Lilienmotiven aus Stuck und einem Deckenleuchter mit vier gläsernen Lampenschirmen. Drei Männer mit Hüten starrten auf den leeren Bildschirm des auf ein Wandbrett am Ende der Bar montierten Fernsehers, vorbei an ihren Spiegelbildern in dem langen Spiegel hinter der Flaschenbatterie und einer Fotografie Theodore Roosevelts. Eine Tür am anderen Ende des Raums trug die Aufschrift HERREN.

Mary bestellte eine Seven-Up und schlug die Zeitung auf. Es war halb eins, und ihr Zug fuhr in zwei Stunden. Bei ihrer Rückkehr ins Hotel hatte sie eine Nachricht von Dolores vorgefunden. Charlie habe versucht, sie in Washington zu erreichen. Mary dachte mit gemischten Gefühlen an »die Nummer 1064 samt Zubehör«. Sie hatte Angst, etwas Heiliges entweiht zu haben, und hoffte zugleich, das Haus würde ihr weiterhin Zuflucht vor dem Aufruhr ihrer Gefühle bieten.

»Wie geht's?« Sie spürte eine Hand auf der Schulter.

Frank stand neben ihr. »Ein Bier für mich, Ray.«

»Danke, gut«, erwiderte Mary.

»Einen Drink für dich?«, fragte Frank.

»Nein, danke, das hier reicht.« Mary sah die Ringe an ihrer linken Hand und schob die Hand unter den Tresen. Sie hatte auf einmal das Gefühl, dass alle Gäste dieser nur von Männern besuchten Bar sie anstarrten. Im Hotel hatte sie sich umgezogen und mit größter Sorgfalt gewaschen, doch als sie sich vorbeugte, um eine Zigarette aus ihrer Handtasche zu holen, spürte sie ihren Unterleib, eine Erinnerung an die vergangene Nacht.

»Immer noch auf der Seite der Verlierer?«, fragte der Barmann und schob das Bier vor Frank.

»Moment mal, wir haben den besten Spieler der ganzen Liga.«

»Ernie Banks? Außer schlagen kann der doch nichts.«

»Ach ja? Und die Yankees? Ohne Yogi seid ihr doch verloren.«

»Keineswegs, Mister, und das ist die Wahrheit. Mickey Mantle ist in Hochform.«

»Nur dass Laufen und Schlagen nicht seine Stärken sind. Hat der Boss höchstpersönlich gesagt.«

»Ersparen Sie mir die Scheiße, die Stengel verzapft. Entschuldigung, gnädige Frau. Stengel redet eine Menge Schwachsinn, aber ein guter Trainer ist er.«

»Gönnen Sie sich was. Fahren Sie nach Chicago, und sehen Sie sich ein richtiges Spiel an.«

»Chicago«, kicherte der Barmann und wandte sich ab. »Guter Witz.«

Mary wartete darauf, dass sie wieder etwas verstand.

»Also«, sagte Frank und drehte sich zu ihr um. »Du musst wirklich fahren?«

»Ja. Charlie ist zu Hause, und ich muss mich um ihn kümmern.«

Frank nickte und schwieg.

»Aber wenn du willst, komme ich wieder«, wollte Mary hinzufügen, aber sie hielt es für klüger zu schweigen.

Frank legte eine Hand auf ihren Arm. »Geht's dir gut?«

»Mir ja. Und dir?«

Er nickte. »Mir auch. Ich bin froh, dass du kommen konntest. Tut mir Leid, dass ich heute Morgen so schnell gehen musste. Ich hatte verschlafen. Ich war müde von dem vielen –«

»Ich weiß schon.«

»Dem vielen Herumreisen, wollte ich sagen. Jetzt hab ich ein paar Tage Pause.«

Mary verspürte einen Stich. »Ausgerechnet jetzt, wenn ich nicht kann«, sagte sie. »Und dann?«

»Kalifornien, New Mexico, Minneapolis. Ich habe einen Tag Pause in New York – am Siebzehnten, so viel ich weiß. Dann noch zwei, drei Tage am Ende des Monats. Dann kommt der Parteitag in Los Angeles, und danach werde ich eine Zeit lang zu Nixon wechseln.«

»Ich glaube, ich kann nicht leben, ohne dich zu sehen« – auch das sagte Mary nicht. Sie wandte den Blick ab, blieb aber ruhig. Sie hatte David Oliver geliebt, eine große Leidenschaft, die langsam gewachsen war, und sie hatte Charlie van der Linden geliebt und liebte ihn immer noch, auch wenn es nach außen hin manchmal anders schien.

Aber Frank. Mein Gott, dachte sie, und sah auf ihre Hände, die sie in ihrem Schoß unter dem Tresen unablässig knetete. Alles war zur gleichen Zeit gekommen, Zärtlichkeit, Verlangen, ein Glück, das von Franks Anwesenheit und seinem Gesicht abhing, und die Gewissheit, dass er ihr alles bedeutete. Und ausgerechnet zu einer Zeit in ihrem Leben, als sie solche Gefühle bereits als unwiederbringlich abgeschrieben hatte. »Lass mich von uns beiden stärker lieben«... hatte nicht Charlie diesen Vers immer zitiert? Um Gottes willen, nein, dachte Mary, lass den stärker Liebenden jemand anders sein, ich halte das nicht aus.

»Und was passiert jetzt?«, wollte Frank wissen.

Mary zog noch einmal an ihrer Zigarette und drückte den Stummel im Aschenbecher aus. Man mochte, wenn man vierzig war, die Gefühle einer Fünfundzwanzigjährigen haben, aber dafür war man charakterlich gefestigt.

»Ich weiß es nicht, Frank.«

Gefestigt? Von wegen. Mary dachte daran, was sie getan hatte, und konnte keine charakterliche Festigkeit darin entdecken. Vielleicht besaß sie dafür ja ... Selbstbeherrschung. Auch das nicht. Als sie am Telefon Franks Stimme gehört hatte, hatte sie den Zug nach New York genommen, als Frank eingeschlafen war, war sie mehr oder weniger über ihn hergefallen. Dann eben Selbstbeherrschung in der Öffentlichkeit. Sie würde nicht weinen oder in Ohnmacht fallen wie die arme Franny bei Salinger.

Sie spürte Franks Blick von oben, weil er stand und sie saß, und jener erste Abend, an dem sie ihn kennen gelernt hatte, fiel ihr wieder ein, wie er im Sessel gesessen, von einem Jazztrompeter geschwärmt hatte und sein Blut dabei auf das Ahornparkett getropft war.

In Gedanken ging sie in rascher Folge ihre Möglichkeiten durch. Beende das Verhältnis sofort, und triff dich nie wieder mit Frank. Erkläre Charlie, was passiert ist, und einige dich mit ihm auf einen Kompromiss. Sie sah Antworten und Folgen bildlich vor sich, erhobene Arme und gesenkte Köpfe, fertig ausgeleuchtete Bilder, die nur noch fotografiert zu werden brauchten. Sie sah sie, doch konnte sie sich für keins entscheiden, weil keines ehrlich war. Das einzig Richtige schien, nichts zu tun, auszuharren, abzuwarten, was passieren würde. Das Gefühl war stärker als sie und Frank, ihm hatten sie sich zu beugen. Doch etwas wollte sie noch wissen.

»Ich muss bald gehen«, sagte sie, »um das Hotel zu bezahlen.«

»Ich dachte, du wolltest das Zimmer behalten.«

»Das scheint nicht mehr sinnvoll zu sein. Du bist nicht da, und das Buch kann ich genauso gut zu Hause schreiben, während ich mich um Charlie kümmere.«

»Ich dachte, er begleitet Kennedy auch.«

»Nicht die ganze Zeit. Er wird wahrscheinlich zum Parteitag gehen und –«

Frank packte sie heftig am Handgelenk. »Behalte das Zimmer, Mary! Ich komme nach New York, sooft sich eine Gelegenheit ergibt.«

»Du tust mir weh, Frank.«

»Das da hat auch wehgetan.« Er schob den Ärmel zurück und zeigte auf die Narbe des langen Schnitts, den er sich mit dem Messer beigebracht hatte und aus dem das Blut in den Schnee am Straßenrand getropft war.

Mary erwiderte seinen Blick. In seinen Augen brannte die Leidenschaft eines Jungen, der nichts zu verlieren hat. Sie spürte, wie ihr ganz heiß wurde vor Erleichterung.

Frank ließ ihre Hand los. »Willst du wirklich nichts trinken?«

Mary sah auf die Uhr und überschlug rasch, wie viel Zeit ihr noch blieb. Sie konnte die Minuten ausquetschen, sie konnte Augenblicke solcher Intensität zu Tagen machen.

»Also gut«, gab sie nach.

Mary holte ihre Reisetasche aus dem Hotel und ging zu Fuß zur Pennsylvania Station. Sie wurde das Gefühl nicht los, dass an ihrer Stelle jemand anders durch die Straßen ging, eine fremde Person, die vorübergehend ihren Körper bewohnte. Vielleicht, dachte sie, versuchte sie sich so vor dem Chaos ihrer Gefühle zu schützen, ähnlich wie Menschen unter Schock oder in tiefer Trauer eine für sie unerträgliche Realität verdrängten.

Sie betrat den Bahnhof durch den Haupteingang in der Seventh Avenue. Durch die dorische Säulenkolonnade hindurch trat sie aus der Sonne in eine lange, mit honigfarbenem Marmor unterteilte Einkaufspassage. Der Überfluss an hochwertigen Waren in den Läden darin erinnerte Mary an die Passagen in Neapel oder Mailand, mit ihren bauchigen, elektrischen Lampen, die in regelmäßigen Abständen an den Wänden hingen wie reife Glasfrüchte. In Italien hätte sie einen Strohesel oder ein Gipskolosseum für die Kinder gekauft, doch den Aufenthalt in diesem Bahnhof wollte sie nicht in Erinnerung behalten.

Am Ende der Arkaden stieg Mary die steinerne Treppe zu einem gewaltigen, nach dem Vorbild der römischen Caracalla-Thermen erbauten Saal hinunter, der sie in seiner üppigen Ballsaalpracht an die Peterskirche in Rom erinnerte. Aus halbmondförmigen Fenstern im Dach strömte Licht in den monumentalen Raum und beleuchtete die mächtigen korinthischen Säulen entlang der marmorverkleideten Wände und die eisernen Laternenpfosten auf ihren Sockeln. Einen Augenblick lang dachte Mary an die vielen tausend Menschen, die während des Krieges unter der Kassettendecke dieses Wartesaals hindurchgegangen, Menschen aus dem Westen, die durch dieses steinerne Portal in das Europa ihrer Vorfahren zurückgekehrt waren. Die sechs Stockwerke hohen Säulen und marmornen Wände wirkten majestätisch und wie für die Ewigkeit errichtet und ließen das Gewimmel der zu ihren Zügen hastenden Menschen darunter bedeutungslos erscheinen.

Mary sah sich nach dem Fahrkartenschalter um. Die Bahn hatte einen modernen Schalter nach dem Vorbild derer im neuen internationalen Flughafen in Idlewild installiert. Vielleicht war ihr peinlich gewesen, dass die Eisenbahnverbindung Manhattans zum Westen im Zeitalter des Sputnik ausgerechnet im Nachbau eines zweitausend Jahre alten europäischen Badehauses begann. Jedenfalls hing von der Decke an dünnen Stahldrähten ein gläsernes Oval herab, das ähnlich deplatziert wirkte wie eine Muschel in einer Kirche.

Mary kaufte eine Fahrkarte. Bis zur Abfahrt des Zuges blieben ihr noch zehn Minuten. Mit ihrer Reisetasche in der Hand schlenderte sie an chromglänzenden Geschäften vorbei, einer Bar, einem Blumengeschäft mit Art-deco-Namenszug, dem Restaurant Savarin und einem Tabakladen. Dort erstand sie ein Päckchen Zigaretten. Da ihr Mund sich von dem Martini, den sie mit Frank getrunken hatte, trocken anfühlte, besorgte sie sich trotz ihrer Abneigung gegen amerikanische Münzen anschließend noch an einem Automaten für einen Penny einen gewachsten Papierbecher und füllte ihn an einem Trinkbrunnen. Dann stieg sie die Treppe vom klassischen Wartesaal hinunter zur gotischen Stahlkonstruktion der Bahnhofshalle. Hier wich die Eleganz der Kraft. In immer neuen, einander überschneidenden Schleifen schwang und krümmte sich über Mary das metallene Gitterwerk unter dem Glasdach, entworfen nach dem Vorbild des Gare Saint-Lazare in Paris für eine im Aufbruch befindliche Welt.

Gewaltige, in sich verschraubte Stahlpfeiler erhoben sich senkrecht vom Boden und stemmten mit kolossaler, genau berechneter Kraft weit gespannte Bogen in die Höhe.

Mary stieg in den Zug und setzte sich auf einen Platz am Fenster. Die Lokomotive fuhr an, und ein Ruck ging durch die Wagen. Mary spürte, wie sich ein Druck auf ihre Brust legte. Langsam fuhr der Zug unter dem Hudson hindurch. Mary starrte auf die unterirdischen Gleise, die sich in dem nur von Laternen erleuchteten Dunkel wie Venen und Arterien vereinten und überkreuzten. Sie sah die abgestellten Waggons und rostenden Lokomotiven, die ihr schon bei der Einfahrt in die geometrische Stadt im Nebel des Styx aufgefallen waren. Sie dachte an die nummerierten Straßen und Boulevards, an die Mathematik der rechtwinkligen Welt, die sie verließ, einer Welt, in der jedermann nach einer neuen Primzahl suchte.

Plötzlich flutete Tageslicht durch die Fenster, und der Zug nahm Fahrt auf. Sie fuhren durch Felder, eine ländliche Gegend. Über ihnen wölbte sich frei und weit der blaue Himmel. Sie waren der Tyrannei des rechten Winkels entronnen. Mit einem Seufzer entwich die angehaltene Luft aus Marys Brust.

XI

Frank saß im Presseflugzeug, das am Nachmittag von New Mexico nach Minneapolis flog. Dort sollte Senator Kennedy auf einem Dinner zum Andenken an die Präsidenten Jefferson und Jackson sprechen. Der Tag war straff organisiert, doch die Reporter hatten gerade erst vier Tage Pause in Kalifornien gehabt und viele wussten dort nicht, was sie mit der Zeit anfangen sollten.

Frank war in San Francisco an die Küste gefahren. Er wollte das heisere, abgehackte Bellen der Seehunde hören, von dem sein Bruder Louis ihm einst erzählt hatte. Louis hatte im August 1945 auf einem Truppentransporter in der Bucht von San Francisco darauf gewartet, nach Japan verschifft zu werden. Viele der Männer an Bord hatten bereits im Pazifik gegen die Japaner gekämpft, und die Vorstellung, zwei Jahre oder mehr in Japan selbst gegen eine dort verschanzte Armee kämpfen zu müssen, machte ihnen Angst. Eines Morgens, als sie gerade zum Waffenappell antraten, traf die Nachricht ein, die amerikanische Luftwaffe hätte Atombomben abgeworfen. Das Schiff lag noch eine Woche in der Sonne vor Anker, dann durften die Männer von Bord gehen. Von den Sandbänken hörten sie die Seehunde applaudieren.

Gedrängt von Wahlkampfhelfern, die ihren Kandidaten unbedingt rechtzeitig in Minneapolis sehen wollten, waren die Journalisten in New Mexico unter leisem Protest ins Flugzeug gestiegen, doch konnten sie ihre Freude nicht verbergen, dass es wieder losging.

Frank hatte seinen Kollegen am Morgen zugenickt und kurze Begrüßungen ausgetauscht, doch er flog lieber allein. Im Rudel zu reisen gehörte seiner Meinung nach nicht zur Aufgabe des Journalismus. Als er 1951 als Journalist von Michigan nach New York gekommen war, hatte er zunächst über Themen wie den Bürgermeister, die Yankees und die Mafia berichtet. Er war für Feuer, Mord, Totschlag und Unfälle zuständig gewesen. Sein Vorgesetzter hatte es für besonders clever gehalten, einen Stadtfremden auf die lokalen Nachrichten anzusetzen. Frank sollte unabhängig von den anderen Journalisten eigene Themen finden. Er mochte die Tage, an denen er allein durch die weniger beachteten Viertel der Stadt streifte. Doch reisen wollten in der Redaktion alle. Die meisten strebten einen Posten als Auslandskorrespondent an, weil das bedeutete, dass man entweder ein Mann von Bildung und Geschmack war, der eine andere Sprache beherrschte und der Zeitung hohe Spesen in Rechnung stellen konnte, oder einem Sondereinsatzkommando angehörte, das in einem fremden Krisengebiet über die wirklichen Geschehnisse und exotisches Kolorit berichten sollte.

Bereits im Folgejahr war Frank von den Lokalnachrichten abgezogen worden, um über den ersten Präsidentschaftswahlkampf Eisenhowers zu berichten. An einem Vormittag im Herbst 1953 hatte ihn Maxwell Johnson, der Chefredakteur Ausland, zu sich ins Büro bestellt.

»Sie sprechen Französisch?«, hatte er gefragt.

»Ich habe gegen Ende des Krieges ein paar Brocken aufgeschnappt.«

»Nur Frauen und Speisekarte oder mehr?«

Frank überlegte. »Schon ein wenig mehr.«

»Wissen Sie, wo Saigon liegt? Dort braut sich was zusammen. Wir schicken eine Menge Geld rüber, um den Franzosen zu helfen. Die wollen die Vietminh mit einem verrückten Plan aus dem Dschungel in eine Falle locken und ihnen ein für alle

Mal den Garaus machen. Fragt sich nur, wer hineingeht. Unser Mann dafür wäre eigentlich Wes Cornish, aber der ist nach drei Jahren Korea fix und fertig.«

Im Nachrichtenraum sah Frank auf einer Karte nach, wo Französisch-Indochina lag. Er folgte dem Lauf des Mekong in die Berge und las die Namen von Städten wie Phnom Penh, Da Nang, Hanoi ... Als Soldat war er schon fast einmal in dieser Gegend gewesen, als er mit einem Kameraden aus seinem Zug, mit Billy Foy, Wexler, Douglas, Kilkline und dem armen Godley dort hätte Urlaub machen können. Von der Nähe zu China abgesehen, erschien ihm das Land eher unbedeutend.

Er mietete sich ein Zimmer in einem großen, nach Opium riechenden Holzhaus in einer Nebenstraße der Rue Leclerc. Im Erdgeschoss wohnte eine Familie, die oberen Zimmer waren alle vermietet. Das Haus pulsierte von Leben, Frauen saßen plaudernd auf den Treppen und Treppenabsätzen. Frank musste das Bad mit zwei anderen Mietern teilen. Wenn er die Rasierklinge auf dem Waschbecken liegen ließ, war sie hinterher verschwunden. Er hatte ein geräumiges und kühles Zimmer mit hölzernen Fensterläden und einem unermüdlich an der Decke kreisenden Ventilator.

Menschen kennen zu lernen war in Saigon leicht. Die Offiziere der Verbindungsstelle zur Presse unterrichteten Frank täglich über die Erfolge der französischen Streitkräfte und luden ihn ein, nach Norden zu kommen, um sich selbst ein Bild zu machen.

Zwei amerikanische Sonderberater namens Barrett und Walther gingen mit ihm ins Croix du Sud, ein Restaurant, an dessen Tür ein Posten der Militärpolizei stand und dessen Fenster durch Maschendraht vor Granaten gesichert waren. Die Amerikaner erklärten ihm über *escargots* mit Brouilly und *navarin* und *pommes dauphinoises* mit Côtes-du-Rhône die Strategie der »massiven Vergeltung« des amerikanischen Außenministers John Foster Dulles.

»Es gibt hier viele schräge Vögel«, schrieb Frank an Billy Foy in New York. »Bei ›Beratern‹ weiß man wenigstens, was dahinter steckt. Aber neulich lernte ich einen gewissen Moone kennen, ein spindeldürres fünfundzwanzigjähriges Bürschchen von der Ostküste, das aussieht wie ein Gespenst mit Pickeln. Er ging mit mir in ein Restaurant namens Charrette Rouge und stellte mir bei Froschschenkeln eine Menge Fragen. Ich weiß nicht, was er eigentlich von mir wollte. Sein Blick verhieß jedenfalls nichts Gutes.«

Vom Krieg bekam man nicht viel mit. Gelegentlich hörte man vom Stadtrand Mörser- und Gewehrfeuer, allerdings nur nach Einbruch der Dunkelheit, und Franzosen wie Amerikaner wussten, auf welcher Seite des Flusses man sich dann aufzuhalten hatte und wohin man nicht gehen durfte. »Die Vietminh sieht man nie«, schrieb Frank weiter. »Man hört nur ihre Waffen, und wenn man mit einem Presseflugzeug nach Norden fliegt, sieht man, wie die Franzosen den Dschungel bombardieren, in dem die Guerillakämpfer sich angeblich verstecken. Doch sie bleiben unsichtbar. Barfuß geistern sie durch den Wald. Den Nachschub schaffen sie auf Fahrrädern an die Front. Dieser Krieg könnte noch hundert Jahre so weitergehen, ohne dass die Einwohner von Saigon ihn zur Kenntnis nehmen würden. Hier in Saigon spielt man Dame und Mah-Jongg und einige merkwürdige Würfelspiele. Die Frauen mit ihren weiten Hosen aus Seide und den üppigen Hüten sind ein malerischer Anblick. Amerikaner und Europäer trinken Pastis und Wermut, auf Nachfrage bekommt man auch Scotch. Die Einheimischen rauchen Opium. Eine Freundin von mir fordert mich dazu auf, auch einmal Opium zu rauchen. Man müsse allerdings aufpassen, weil die Franzosen das Monopol auf minderwertigen Stoff hätten.«

Die Freundin war zugleich Franks Geliebte, ein zwanzigjähriges Mädchen mit großen Augen und einem für westliche Zungen unaussprechlichen vietnamesischen Namen. Von ihrem vorherigen Freund, ebenfalls einem Amerikaner, hatte sie den Spitznamen Tilly. Sie war still und bescheiden, zugleich aber von einer großen Hartnäckigkeit, die Frank erst im Lauf der Monate kennen lernte. Er musste sie mit Kinozeitschriften und Kaugummis versorgen und durfte außer ihr keine andere Freundin haben. Dafür schlief sie in seinem Zimmer, wenn er es wollte, oder kehrte zum Haus ihrer Großmutter zurück, wenn er es nicht wollte. Tagsüber pflegte sie im Schneidersitz unter dem Moskitonetz auf seinem Bett zu sitzen und ihn anzusehen, während er auf seine Reiseschreibmaschine einhämmerte. Etwas an ihm schien sie zu amüsieren und zugleich zu faszinieren. Sie redete davon, wie es sein würde, wenn sie erst verheiratet wären.

Um zehn ging Frank zum Kaffeetrinken in die amerikanische Gesandtschaft und blätterte die Zeitungen der Konkurrenz durch. Berichtet wurde hauptsächlich aus Washington, wo ein heftiger Streit tobte. Die Franzosen bezahlten ihre Armee schon lange nicht mehr, an ihre Stelle waren die Vereinigten Staaten getreten. Den Dollars folgten amerikanische Flugzeuge und Materialien, und für die Maschinen brauchte man natürlich Wartungspersonal. Gestritten wurde nun darum, wann aus Ingenieuren Soldaten wurden, denn dann wäre der Krieg zu einem Krieg der Amerikaner geworden, und das wollte nicht einmal Dulles. Er war deshalb bemüht, die Hilfe anderer Staaten zu mobilisieren. Die Anhänger der nationalistischen Vietminh seien Marxisten, argumentierte das State Department, und daher irgendwie mit der Sowjetunion verbündet. Man dürfe deshalb nicht zulassen, dass die Franzosen besiegt würden. Dulles versuchte vor allem, den kriegserfahrenen Winston Churchill zu gewinnen, doch bekam er von diesem als Antwort auf seine Anfrage nur einen Vortrag über den Kolonialismus und das verlorene Indien zu hören.

Aus den Zeitungen informierte Frank sich über die große Politik. Was vor Ort geschah, erfuhr er vor dem Mittagessen bei einem Drink mit einem Beamten der französischen Sûreté, etwa Chevannes. Der unablässig schwitzende, ungefähr fünfzig Jahre alte Mann überreichte ihm zunächst eine Liste der Festnahmen und Anklagen der vergangenen Nacht und kam dann auf die Frage zu sprechen, ob Asiatinnen bessere Liebhaberinnen seien als Europäerinnen, ein Thema, für das er ein unerschöpfliches Interesse bekundete. Frank schlug ihm vor, es mit einer bestimmten Mischlingsfrau zu versuchen, die, wie er erfahren habe, für dreihundert Piaster zu haben sei. Sie stamme aus beiden Kulturen und sei deshalb beweiskräftiger als jeder Kinsey-Report. An anderen Tagen unterhielt er sich mit Bretenoux, einem hageren Mann mit hochrotem Kopf, der Heimweh nach seinem Dorf in Lot hatte und Frank einlud, im Hof mit ihm Boule zu spielen.

Kaum vorstellbar, dass in einem Krisengebiet so wenig passierte, dachte Frank, während er durch die staubigen Straßen mit ihren Fassaden aus dem Zweiten Kaiserreich und den Hühnergehegen dahinter schlenderte. Amerika war in dieser schwülen Provinzschönheit zugleich gegenwärtig und abwesend. Die Wünsche der Brüder Dulles, die knappen Verlautbarungen aus Langley und Foggy Bottom und Sätze wie die von der Dominotheorie wurden von der Luft, in der sie geäußert wurden, zusammen mit dem Rauch des Opiums und dem Dampf der Nudelsuppen aus den nach hinten offenen Küchen aufgesogen und verschluckt. Die Stadt war träge, von der Außenwelt abgewandt. Sie erinnerte Frank ein wenig an New Orleans und schien ihm ein idealer Zufluchtsort für Menschen, die sich vor Verantwortung drücken wollten.

Zwar zählte er sich nicht zu diesen Menschen, aber auch er empfand das Leben hier als Befreiung. Chicago mit seinen eisigen Wintern und den Büros und Straßen der City schien zu einer anderen Welt zu gehören, keinen Bezug mehr zu ihm zu haben. Andererseits prägten ihn die Erfahrungen seiner Kindheit und Jugend vielleicht immer noch, sie beeinflussten möglicherweise auch seine Affäre mit Tilly. Symbolisierte die Affäre mit Tilly die Ablehnung seiner katholischen Erziehung, die in die Ehe mit einer Italienerin hätte münden sollen? Oder zeigte sie, dass er das Bedürfnis hatte, überall, wo er war, Wurzeln zu schlagen, um der inneren Heimatlosigkeit zu entkommen?

Die Stadt vermittelte ihm das Gefühl, dass er viele Menschen sein konnte, dass er mit Mitte dreißig noch keineswegs eine fertige Persönlichkeit war, eine solche vielleicht für immer eine Fiktion blieb.

Frank zerkrümelte sein Brötchen und nippte an dem eisgekühlten Wasser auf dem Tisch. Kennedys Rede in Minneapolis enthielt diesmal dem Publikum des Gedenktages zuliebe etwas mehr als die übliche demokratische Selbstbeweihräucherung, ansonsten unterschied sie sich kaum von den anderen Reden. Alkohol gab es keinen. Nach der Rückkehr ins Hotel suchte Frank die Bar auf. Zwei Whisky mit Zitrone stellten ihn wieder einigermaßen her. Er überlegte, ob er nach oben auf sein Zimmer gehen sollte. Am folgenden Morgen würde er nach New York zurückfliegen, für den Abend hatte er sich mit Mary verabredet. Von der Rezeption her hörte er eine Stimme mit englischem Akzent.

»Können Sie mir sagen, wo hier das Zentrum ist?«

»Nach was suchen Sie denn?«, fragte der Hotelangestellte.

»Nach irgendwas. Einem Lebenszeichen.«

Die Stimme war nicht laut, trotzdem erkannte Frank sie sofort. Sie gehörte Charlie van der Linden.

»Was soll das heißen, das gibt es hier nicht? Es muss doch ein Zentrum vorhanden sein.« Charlie schien eher belustigt als empört. Frank konnte sich ein Lächeln nicht verkneifen, aber er stand nicht auf.

Charlie musste auf der Suche nach Gesellschaft zwangsläufig in der Hotelbar landen, dachte Frank. Wenig später spürte er, dass unmittelbar hinter ihm jemand stand. Eine englische Stimme murmelte etwas.

Er drehte sich um. »Willkommen in Minneapolis, Charlie.«

Charlie starrte ihn aufmerksam an, zum Teil, weil es in der Bar so dunkel war, zum Teil, weil ihm anscheinend Franks Name nicht gleich einfiel. »Frank!«, rief er schließlich triumphierend. »Gott sei Dank, dass ich Sie hier treffe.«

Frank hatte noch nie vor einem Mann gestanden, mit dessen Frau er schlief. Aus Charlies Stimme sprach die Erleichterung des einsam Reisenden, dessen Probleme sich plötzlich im Nichts aufgelöst hatten.

»Trinken Sie was mit mir«, bat Charlie. »Mein Gott, was für ein Nest.«

Frank wollte nicht durch die Ablehnung Verdacht erregen, deshalb nahm er die Einladung an und machte sich auf einen langen Abend gefasst. Kennedys Rede in Minneapolis war die letzte Veranstaltung gewesen, die Charlie vor dem Parteitag der Demokraten hatte besuchen müssen, und er schien sichtlich froh darüber zu sein.

»Sie fliegen nach Washington zurück?«

»Auf jeden Fall. Sogar die langweilige Arbeit in der Botschaft ist mir noch lieber als … das.« Charlie machte eine Handbewegung, die Hotels, Reisen, Politik, alkoholfreie Mahlzeiten und ganz Minnesota umfasste.

Aber deine Frau wird nicht da sein, dachte Frank. Sie liegt nackt bei mir im Bett.

Charlie sah ihn lächelnd an. Frank erwiderte den Blick. Charlies attraktives Gesicht wirkte aufgeschwemmt. Die Wangen waren schlecht rasiert, am Kinn bildeten sich Hautsäcke und unter den Augen fleischige Wülste. Frank lächelte freundlich zurück. Er trank rasch, um seine Befangenheit loszuwerden und mit Charlie gleichzuziehen. Allmählich gewöhnte er sich an die für ihn ungewöhnliche Situation, und die Schuldgefühle ließen nach. Ihm fiel ein, was er zu Roxanne über das Töten eines Menschen gesagt hatte. Nach einer Weile empfinde man nichts Ungewöhnliches mehr oder eigentlich gar nichts.

Als der Barmann bekannt gab, die Bar werde gleich schließen, empfand Frank Charlie gegenüber nur noch eine sentimentale Herzlichkeit und das aufrichtige Bedürfnis, ihn zu umarmen.

Charlie sagte, er habe auf seinem Zimmer noch Scotch vorrätig, und Frank ging mit überschwänglicher Dankbarkeit auf sein Angebot ein. Um zwei Uhr morgens war er noch betrunkener als Charlie. Er saß auf der Bettkante und beschimpfte das FBI in einer flammenden Rede.

»Ein so schönes Land … alles könnte so schön sein, doch diese Hunde haben meinen besten Freund umgebracht … fast wäre auch meine Karriere beendet gewesen. Sie sind überall, wie ein unsichtbarer Nebel.«

»Ich weiß«, sagte Charlie, erstaunt über Franks leidenschaftlichen Ausbruch. »Ich habe in Vietnam einmal jemanden gekannt –«

»Richtig, was haben Sie denn in Vietnam gemacht? Ich wollte Sie schon vorher fragen.«

»Wir waren damals in Tokio. Der Botschafter stand wie üblich unter Druck des Außenministeriums, und Eden musste sich ständig Vorwürfe von Dulles anhören, weil Großbritannien sich nicht am Krieg beteiligte. Aber wir hatten uns ja gerade erst aus Malaya zurückgezogen und Indien aufgegeben und wollten nicht in eine Angelegenheit der Franzosen verwickelt werden, zumal die Franzosen im Zweiten Weltkrieg doch auch keine Hilfe für uns gewesen waren.«

»Vollkommen richtig. Aber wie sind Sie damals nach Dien Bien Phu gekommen?«

Charlie lehnte an einem Lagerhaus am Boulevard de la Somme. Vor ihm, auf dem Saigon River, wurden im Schein von Leuchtfeuern amerikanische Flugzeuge aus Transportschiffen ausgeladen.

Barrett und Walther hatten ihn zum Essen in einem Restaurant am Boulevard Charner eingeladen, und er hatte danach das Bedürfnis gehabt, noch eine Weile allein durch die Straßen zu schlendern, ohne dass die beiden Amerikaner alles, was er sah, aus der amerikanischen Perspektive kommentierten. Er hatte sie gefragt, ob sie einen Flug nach Dien Bien Phu für ihn organisieren könnten, wo die Franzosen sich auf eine große Offensive gegen die Vietminh vorbereiteten, doch schienen die Amerikaner dazu nicht bereit. Vielleicht, dachte Charlie, befürchteten sie, dass sich dort eine Katastrophe anbahnte. Zwar steigerte das seine Neugier noch, doch konnte er die Reise ohne die Hilfe einer dazu ermächtigten Behörde nicht unternehmen. Seine britischen Kollegen hatten sich korrekt, aber unkooperativ gezeigt.

Er selbst befand sich gerade in einem Stadium seines Lebens, in dem er leichtsinnig wurde. Angeheitert vom französischen Wein, hatte er sich auf einer umgedrehten Kiste vor einem Lagerhaus die Karten legen lassen. »Sie werden reich sein«, hatte der Wahrsager in seinem kaum verständlichen Französisch-Vietnamesisch gesagt. »Reich an Liebe. Sie werden nicht lange leben. Sie müssen viele Gefahren bestehen.« Selten war ein abgegriffener Kreuzbube so aufschlussreich gewesen, dachte Charlie. Er holte einige Münzen aus der Tasche und spazierte weiter.

Auf dem Boulevard de la Somme herrschte immer noch Leben. Friseure rasierten ihre Kunden unter den Bäumen im Licht von Fackeln, in Buden wurde Nudelsuppe mit Reis mit vergorener Fischsauce angeboten. Am Ufer blieb Charlie in einiger Entfernung von den Schiffen stehen, deren Entladung von bewaffneten Posten bewacht wurde. Er zündete sich eine Zigarette an und trat in den Schatten eines Tors. Gedanken an zu Hause drängten sich ihm auf, an Mary mit ihrer inneren Ruhe, die nichts so schnell erschüttern konnte. Er stellte sich vor, wie sie in diesem Augenblick allein in dem spartanischen Wohnzimmer ihrer Wohnung in Tokio saß und las und dabei auf die

Geräusche aus dem Kinderzimmer lauschte, in dem der zweijährige Richard schlief. Er dachte an die ruhige, zielstrebige Louisa, an seine eigene Begeisterungsfähigkeit und an Richards ungestüme, ansteckende Lebensfreude und entwaffnende Offenheit. Wenn Richard von seinem Spaziergang im Park zurückkehrte, zog er die Terrassentür auf, stellte sich auf die Schwelle, ließ die Hose fallen, holte seinen rosigen Pimmel heraus und urinierte laut plätschernd auf den Kies.

Beim Gedanken an seinen kleinen Sohn musste Charlie lächeln. Plötzlich hörte er im Dunkeln neben sich eine Stimme. Er fuhr zusammen. »Verzeihung, haben Sie Feuer?«

Im Schein der Streichholzflamme sah er einen jungen Mann mit dem unverkennbaren Bürstenschnitt eines Amerikaners. »Ich heiße Moone. Darf ich Sie zu einem Bier einladen?«

Charlie war instinktiv zurückgewichen, doch auf die Frage nickte er automatisch. In einem hell erleuchteten Café erzählte er Moone über Halblitergläsern billigen Biers, er sei Verkäufer für Elektrogeräte.

Moone nickte.

Sie sprachen vom Krieg. »Die Franzosen leisten da droben gute Arbeit«, bemerkte Moone.

»Soviel ich höre, sind sie eingeschlossen.«

»Wollen Sie sich selbst einen Eindruck verschaffen? Ich kann das für Sie arrangieren.«

»Warum sollte ich das wollen?«

Moone zuckte die Schultern. »Ich dachte nur, Sie seien vielleicht interessiert. In den letzten Wochen kamen scharenweise Besucher. Reporter fliegen die ganze Zeit hin. Ich kenne Leute, die so was arrangieren können. Bald fängt die Regenzeit an, und dann geht es nicht mehr. Wissen Sie, wie viel Regen dort in den nächsten drei Monaten fallen wird? Anderthalb Meter. Können Sie sich das vorstellen? Anderthalb Meter. Also wenn sie fahren wollen, dann jetzt. Aber wenn Sie natürlich kein Interesse haben …«

»Nein.«

Zwei Biere später machte Moone einen weiteren Vorschlag. »Haben Sie schon mal Opium geraucht?«

Charlie sah den jungen Mann mit seinem himmelblauen Leinenjackett und dem sauber rasierten, durch Pickel verunstalteten Gesicht an und lachte. »Das könnten Sie wahrscheinlich auch arrangieren.«

»Es ist ganz einfach«, sagte Moone. »In dieser Gegend bekommt man Opium fast überall. Ich weiß, wohin man sich wenden muss. Kennen Sie das Gefühl, wenn man vor dem Mittagessen einen großen trockenen Martini trinkt? Und sich dann wie ein König fühlt? Opium ist noch viel besser.«

Er führte Charlie in ein anderes Café, dann zwei Treppen hinauf. In einem dunklen Flur musste Charlie warten. Nach einer Weile kam eine junge Vietnamesin heraus und führte ihn in ein dämmriges Zimmer. Entlang der Wände standen niedrige Sofas. Auf einem saß Moone und grinste ihn aufmunternd an. Die Frau erhitzte über einer Flamme einen blubbernden Klumpen braunes Opium.

»Wenn sie Ihnen die Pfeife gibt, inhalieren Sie alles auf einmal«, erklärte Moone.

Die Frau wirkte gelangweilt, hatte aber geschickte Hände. Die schmucklose Pfeife bestand aus Bambus, in den ein Kopf geschnitzt war. Die Frau knetete die Masse auf eine Nadel, tauchte sie in den Pfeifenkopf und drehte die Pfeife über der Flamme um, damit sie gleichmäßig zog. Dann reichte sie die Pfeife Charlie. Sie half ihm sie zu halten, während er den Rauch einsog und in den Lungen hielt. Sobald er ausatmete und die Pfeife losließ, begann sie die Prozedur mit müden, routinierten Bewegungen aufs Neue. Sie erinnerte Charlie an den Wirt einer Dorfkneipe, der für seine Stammgäste Bier zapft.

Nach der dritten Pfeife empfand er zwar keine Veränderung an sich oder seinem Körper, aber dafür etwas, das er nur als gedankliche Veränderung der Schwerkraft beschreiben konnte.

Die Welt hatte gleichsam einen Mantel abgelegt und zeigte sich in ihrer wahren Pracht. Charlie erkannte, wie Unrecht er bisher gehabt hatte, angesichts der Kürze des Lebens in einer sinnentleerten Welt Bitterkeit und Verzweiflung zu empfinden.

Die Welt war keineswegs sinnlos, sondern vielmehr ein komplexes, aber zugleich vollkommen klares und verständliches Gebilde von unendlicher Schönheit. Angst, Zweifel und Tod existierten nicht. Er konnte sich vielleicht vorstellen, wie es war, unglücklich zu sein, doch nur abstrakt. Wirklich und ewig hingegen waren nur die Wonnen des Glücks.

Einige Stunden später fuhr Moone ihn ins Hotel Continental zurück und brachte ihn auf sein Zimmer. Als Charlie aufwachte, war es elf Uhr vormittags. Moone hatte auf einen Zettel mit seiner Telefonnummer geschrieben: »Rufen Sie mich an, wenn Sie doch noch nach Norden fliegen wollen.«

Der Gedanke an die mühelose Grenzüberschreitung vom Vorabend blieb Charlie nachdrücklich in Erinnerung. Es fiel ihm immer schwerer, auch nur für kurze Zeit Zufriedenheit zu empfinden. Von seinem Hotel aus informierte er Tokio telegrafisch über die Möglichkeit einer Reise nach Dien Bien Phu. Zwar schien es nicht ratsam zu fliegen, ohne zu wissen, wer ihm dies ermöglichte, doch war Charlie, getragen von den Nachwirkungen des Opiumrausches, felsenfest davon überzeugt, dass ihm nichts passieren konnte. Und interessant sein würde die Reise allemal. Der Leiter seiner Abteilung warnte in seiner telegrafischen Antwort zwar vor offenbar bevorstehenden größeren Kampfhandlungen, empfahl Charlie jedoch, sich mit Kollegen in Saigon zu beraten und dann seinem eigenen Urteil zu vertrauen.

Charlie folgte dem zweiten Teil des Rats, nicht jedoch dem ersten. Die Bedenken und Vorbehalte der Bürokraten wollte er gar nicht erst hören. Er rief Moone an und erhielt die Anweisung, sich innerhalb von achtundvierzig Stunden beim Luftwaffenstützpunkt zu melden. Moone gab an der Rezeption des

Continental eine Presseakkreditierung für ihn ab, die ihn als Mitarbeiter der BBC auswies. Charlie war über diesen kleinen Betrug zwar nicht glücklich, glaubte aber, keinen Rückzieher mehr machen zu können. Seine Mitreisenden waren überwiegend Journalisten, ein paar Mechaniker in Overalls und einige weitere Personen, für die Charlie sich nicht weiter interessierte. Sie flogen vier Stunden in einer amerikanischen Dakota nach Hanoi. Dort tankten sie auf und setzten dann die Reise nach Westen fort.

Beim Anflug auf Dien Bien Phu stellte Charlie fest, dass die französische Garnison in einem Tal lag, einer Art Sackgasse, deren einziger Ausgang die Rollbahn war. Die Garnison erinnerte an ein ausgedehntes prähistorisches Dorf, dessen Bewohner noch nicht wussten, wie man Häuser baute, und deshalb in Löchern im Boden hausten. Im dichten Urwald der umgebenden Berge blitzte in regelmäßigen Abständen das Mündungsfeuer der Artillerie der Vietminh auf, kurz darauf gefolgt vom Geschützdonner und von einer nach oben steigenden Rauchfahne. Dem Gegner die Bergflanken um ein Tal zu überlassen, aus dem es keinen sicheren Fluchtweg gab, erschien Charlie als, milde gesagt, unkonventionell.

Während des Landeanflugs stellte er fest, dass sie beschossen wurden, und als sie landeten, sah er, dass die provisorisch aus gelochten Stahlplatten bestehende Landebahn von Granattrichtern übersät war. Neben der Landebahn lagen die noch rauchenden Trümmer eines amerikanischen Transportflugzeugs und eines Aufklärers. Das Flugzeug rollte auf einen Bunker am Ende der Rollbahn zu. Die Propeller wirbelten roten Staub aus den Lochplatten auf. Die Passagiere stiegen aus und begaben sich in ein Depot, wo ein senegalesischer Unteroffizier sie mit Tee bewirtete. Charlie sagte so wenig wie möglich, aus Angst, die anderen könnten merken, dass er kein Journalist war. Schließlich trat ein französischer Major ein und stellte sich vor.

»Sie sind die letzte Gruppe von Journalisten, die wir hier empfangen. Sie können sich glücklich schätzen, meine Herren.« Er sprach Englisch mit leichtem franko-amerikanischen Akzent.

Der Major erklärte, dass französische Fallschirmjäger das Tal im vergangenen Herbst erobert hätten. Pioniere hatten die bereits bestehenden Häuser in Dien Bien Phu, das bis dahin eine Art Außenstelle der Verwaltung gewesen war, zerstört und ein System von Festungen errichtet, die das Zentrum schützten. Das Zentrum bestand aus dem Depot, in dem sie sich befanden, der Rollbahn, dem Krankenhaus und der Befehlszentrale des Lagerkommandanten Oberst de Castries. Die einzelnen Festungen waren nach Frauen benannt: Béatrice, Eliane, Gabrielle, Huguette und so weiter.

»Die Lage der Festungen wurde sorgfältig ausgewählt, jede Festung von Pionieren geplant und gesichert.« Der Major machte eine Pause und hüstelte. »Das Gerücht, sie seien nach den Geliebten von Oberst de Castries benannt, entbehrt jeder Grundlage.«

Einige amerikanische Journalisten lachten pflichtschuldig.

»Die Strategie von General Navarre ist unverändert: Die Vietminh soll aus dem Dschungel in offenes Gelände gelockt werden, wo sich die überlegene Ausrüstung und Ausbildung der französischen Soldaten entfalten kann. Dien Bien Phu ist für uns ein ideales Kampfgebiet, da der Gegner seine Artillerie auf der Rückseite der Berge aufstellen muss, wo unsere Flugzeuge sie zerstören können. Wir werden die Vietminh von hier angreifen und ihre Infanterie ins offene Gelände treiben.«

Ein amerikanischer Journalist, ein beleibter, grauhaariger Veteran mit Zigarre, hatte eine Frage. »Beim Anflug ist mir das Feuer an den Bergflanken aufgefallen. Offenbar hat die Vietminh auch auf den uns zugewandten Flanken Geschütze in Stellung gebracht.«

»Wir fliegen regelmäßige Luftangriffe«, erwiderte der Major. »Wenn Sie aus dem Fenster sehen, werden Sie feststellen, dass in diesem Augenblick wieder eine Maschine startet.«

»Gut, aber angenommen, die Vietminh zerstört die Landebahn. Wie kommen Sie dann raus?«

Der Major lächelte. »Das wird sie nicht, mein Freund.«

»Aber angenommen, sie tut es doch.« Der Reporter nahm die Zigarre aus dem Mund und untersuchte das durchweichte Ende.

»Wenn wir die Garnison verlassen, dann nur als Sieger. Jetzt werden wir Sie in kleine Gruppen aufteilen. Jede Gruppe wird eine Festung besichtigen und dort auch übernachten. Morgen bringt ein Flugzeug Sie nach Hanoi zurück. Ich wünsche Ihnen einen angenehmen Aufenthalt, meine Herren.«

Zusammen mit vier anderen Journalisten wurde Charlie in einem Jeep über eine provisorische Brücke über den schmalen Nam-Yum-Fluss gefahren. Erste Regenfälle hatten ihn bereits anschwellen lassen. Anschließend fuhren sie eine holprige Straße entlang, die zumindest bis zum Beginn der Regenzeit für robuste Militärfahrzeuge noch passierbar sein würde.

»C'est la Route Quarante-et-un. On va à Béatrice«, erklärte der algerische Unteroffizier, der sie fuhr. »La plus belle des maîtresses du colonel.« Er lachte, und ein Goldzahn blitzte auf.

Auch Charlie musste lachen, während sie über die Straße holperten, so absurd kam ihm diese Garnison mitten im Dschungel vor. In Saint-Cyr ausgebildete Eliteoffiziere schickten sich mit ihrer europäischen Kriegskunst an, in einer Kolonie, die sie nach der Schmach von Vichy nur deshalb zurückbekommen hatten, weil Amerikaner und Briten nichts damit anzufangen wussten, gegen ein Volk zu kämpfen, das sie kaum kannten. Ihre durch Arroganz, Habgier und verrückten Ehrgeiz verursachte Torheit stand, soweit Charlie es beurteilen konnte, kurz davor, schrecklich bestraft zu werden.

Béatrice lag auf einer Anhöhe, von der aus man die Route 41 einsehen konnte. Wenn die Vietminh auf den Bergen gegenüber Geschütze in Stellung brächte, erklärte der Unteroffizier, würden französische Jagdbomber und schwere Haubitzen sie sofort zerstören. Doch als die Journalisten aus dem Jeep ausgestiegen waren, stellte sich heraus, dass eine Festung auf einem Hügel weiter im Westen bereits von gegnerischer Artillerie beschossen wurde.

Der Fahrer lachte. »Ça, ce n'est rien. Ce n'est que Gabrielle qu'ils essaient de réveiller.« Wieder blitzte der Goldzahn. In einem provisorischen Gebäude im Hauptkomplex von Béatrice blieben sie eine halbe Stunde sich selbst überlassen, bis man einen Presseoffizier aufgetrieben hatte. Zwei weitere amerikanische Journalisten, die sich schon seit fast einer Woche in Dien Bien Phu aufhielten, schlossen sich ihnen an. Der eine, ein lauter, lebhafter Mann, beklagte sich über die Zensur der Militärs. Der andere war hager und in sich gekehrt. Ihr neuer Führer, Hauptmann Rigaud, wirkte sehr viel weniger optimistisch als der Major oder der Unteroffizier vor ihm. Er war blass, trug eine Brille und kam aus Paris. Er zeigte ihnen das System von Schützengräben, das seine Männer ausgehoben hatten, um Angriffe der gegnerischen Infanterie zurückzuschlagen. Verbindungsgräben führten zum rückwärtigen Bereich und zu verstärkten Unterständen, in denen Funk, erste Hilfe und einige der Offiziere untergebracht waren.

»Mein Gott«, sagte Charlie, an den Stilleren der beiden zu ihnen gestoßenen Journalisten gewandt. »Das ist ja wie Verdun.«

Der Mann lächelte schwach und sah auf das Presseschild, das Charlie um den Hals hing. Er streckte die Hand aus. »Frank Renzo«, stellte er sich vor.

»Charlie van der Linden.«

»Sind Sie Holländer?«

»Nein, Engländer. Mein Großvater war Holländer. Er ging geschäftlich nach London und heiratete eine Londonerin. Ansonsten bin ich ausschließlich Engländer. Sind Sie schon länger hier?«

»Ein paar Tage.«

»Waren Sie Soldat?«

»Ja.«

»Ich auch. Verstehe ich etwas nicht, oder wird den Franzosen hier in Kürze der Garaus gemacht?«

»Sehen Sie den Dschungel dort drüben? Seit fünf Monaten schaffen dort zehntausende von Männern und Frauen Nachschub heran – tausende von Tonnen über hunderte von Kilometern. Ihre Transportmittel sind Kulis, die mit Opium bezahlt werden, Lastwagen, Maultiere und verstärkte Fahrräder. Die Franzosen bemerken davon nichts. Sie haben einige Wege bombardiert, aber die meisten haben sie gar nicht gefunden. Die Vietminh bauen Tunnel, indem sie die Zweige der Bäume über ihren Köpfen zusammenbinden. Sie haben überall auf den Bergflanken Geschütze aufgestellt – auf den uns zugekehrten Flanken wohlgemerkt, nicht auf der anderen Seite, wo sie es nach europäischen Vorstellungen hätten tun müssen. Die Amerikaner haben versucht, die Stellungen mit Infrarotkameras aufzuspüren, aber die Filme waren leer.

Charlie sah Frank an und lächelte. »Interessiert Ihre Zeitung sich für so was?«

»Im Grunde nicht. Sie interessiert sich viel mehr für Senator McCarthy. Den kriege ich nicht von der Titelseite runter. Doch die *Washington Post* meint, wenn die Franzosen verlieren, wird es ihnen genauso ergehen wie den Briten, nachdem der britische General im amerikanischen Unabhängigkeitskrieg bei Yorktown kapitulierte.«

Hauptman Rigaud beantwortete die Fragen der Journalisten knapp und übellaunig, dann kehrte man zum Essen ins Hauptgebäude zurück. Während eine Ordonnanz weitere Flaschen Gevrey-Chambertin holte, um das Curryhühnchen hinunterzuspülen, nahmen Charlie und Frank Rigaud beiseite. Mit kummervoller Miene teilte er ihnen auf Englisch weitere vertrauliche Einzelheiten mit. Kaum ein Gebäude der Garnison könne einem Angriff standhalten. Es stünde kaum Bauholz zur Verfügung, und sobald Pioniere ausrückten, um Bäume zu fällen, würden sie von Partisanen der Vietminh angegriffen. Um an Baumaterial zu kommen, habe man die Hütten der Vorbewohner des Tals abgerissen, sie aber dadurch nur zu Kommunisten gemacht. Der Gegner sei ihnen fünffach überlegen, wusste Rigaud aus zuverlässiger Quelle. Rigauds Männer hatten verschiedentlich versucht, den Dschungel in der unmittelbaren Umgebung niederzubrennen, doch war ihnen mangels Zeit und Soldaten kein Erfolg beschieden gewesen. Der Gegner hatte vielmehr ein Grabensystem angelegt, das stellenweise bis auf fünfzig Meter an die französischen Linien heranreichte. Die Guerillas hatten Tunnel gegraben und mit Sprengstoff gefüllt und warteten nur noch auf den Befehl von General Giap, um ihn zu zünden.

Rigaud stützte seinen Gelehrtenkopf in die Hände. »Ich muss die ganze Zeit an Paris denken. Was für eine Schande! Die Rundfunkanstalten werden Trauermusik spielen, und an der Seine, auf der Rue de Rivoli und am Quai des Grands Augustins wird es zu Verkehrsstaus kommen.«

Die anderen Journalisten hatten im hinteren Teil der mit einem Blechdach versehenen Offiziersmesse angefangen, Karten zu spielen. Die Sturmlaternen beleuchteten den leeren Tisch. Frank schenkte Rigaud Wein nach.

»Sind Sie verheiratet?«, wollte Charlie wissen.

Rigaud nickte. »Seit zwei Jahren. Ich habe einen Sohn. Er und meine Frau leben in Paris. Meine Frau erwartet ein zweites Kind. Wenn sie ein Mädchen bekommt, wird es nicht Béatrice heißen.«

»Und was geschieht hier als Nächstes?«, fragte Frank.

Rigaud seufzte. »Es wird regnen. Innerhalb von drei Monaten werden anderthalb Meter fallen. Und wir werden kämpfen. Schließlich ist hier die Fremdenlegion stationiert. Die Algerier sind gut, wenn sie von guten Offizieren geführt werden. Wir haben auch einheimische Thai, aber die muss man zwischen Fallschirmjägern und Marokkanern aufstellen, sonst rennen sie weg.«

»Wie sind die Franzosen in diesem Tal gelandet?«, fragte Charlie.

»Komplettes Versagen des Geheimdienstes«, erwiderte Rigaud und zündete sich eine französische Zigarette an. »Sämtliche Informationen über Anzahl, Waffen und Nachschub unserer Gegner waren falsch. Außerdem haben die einen besseren General als wir.«

»Wohin werden wir morgen geschickt?«, fragte Frank.

»Nach Hanoi. Gehen Sie dort ins Hotel Métropole, und trinken Sie einen Pastis auf mich.«

Um Mitternacht wurden die Journalisten zum Depot in der Mitte der Garnison zurückgebracht, um am frühen Morgen von dort aus den Stützpunkt zu verlassen. Charlie blieb, um sich noch weiter umzusehen. Er wünschte Rigaud eine gute Nacht, der sich schwankend auf den Weg in sein Zimmer begab, in der Hand eine Kerze und einen Band mit den *Essais* von Montaigne. Frank war verschwunden.

Charlie schlief tief und fest auf einem Feldbett in einem Lagerraum. Das gelegentliche Heulen und Donnern der Granatwerfer und Geschütze störte ihn nicht. Er hatte selbst von 1942 bis 1944 bei der Infanterie gedient und vor seiner Versetzung zum Geheimdienst in Tunesien und Italien eine Kompanie befehligt. Die Situation in Dien Bien Phu war grotesk, aber interessant, und sie entsprach seinem Sinn für die Ironie der Geschichte. Seine Nerven waren zu dieser Zeit noch intakt.

Zum Frühstück gab es nichts, doch war Mörserfeuer zu hören, das der Route 41 galt. Béatrice war eingekreist. Um Trinkwasser vom Fluss zu holen, musste ein ganzes, von zwei Panzerverbänden begleitetes Bataillon ausrücken.

Charlie begegnete Rigaud auf einem Gang. Rigaud war in Eile.

»Wir fliegen Sie aus«, sagte er. Er sah bleich und verkatert aus. »Wir räumen jetzt die Straße, dann bringen wir Sie zum Flugplatz zurück.«

Charlie ging zum Rand der mit dickem Stacheldraht und Tretminen gesicherten Stellung. Er sah, wie sich im Tal unterhalb der Festung aus Südwesten französische Jagdbomber näherten. Sie überflogen die Festung Dominique, dann setzten sie die Straße, die Bäume daneben und alle gegnerischen Soldaten, die sich dort aufhielten, mit Napalmbomben in Brand. Gegen elf galt die Straße als so weit beruhigt, dass sie von Fahrzeugen benutzt werden konnte. Der Jeep kehrte zur Zentrale zurück. Neben der rußgeschwärzten Straße erstach ein Zug von Thais verbrannte, aber noch lebende Soldaten der Vietminh mit dem Bajonett. Zum ersten Mal sah Charlie die Folgen des Napalms und roch seinen Gestank. Auf dem Gelände des Hauptdepots begegnete er wieder dem weltmännischen Major vom Vortag, der mit dem Gang der Dinge sehr zufrieden schien und Charlies Wunsch, noch ein wenig länger zu bleiben, nur zu gern entsprach.

»Nation wird zu Nation sprechen«, sagte er.

»Wie bitte?«

»Ist das nicht das Motto der BBC, für die Sie arbeiten?«

»Ach so, natürlich.«

Am Nachmittag landeten zwei französische Reporter in einer Dakota, am Abend speiste Charlie mit ihnen und dem Major in der Offiziersmesse. Beim Käse hörten sie, wie vor dem Fenster auf dem Flugplatz Granaten detonierten. Die beiden Franzosen, die sich hier auszukennen schienen, eilten hinaus, um den Grund des unerwarteten gegnerischen Feuers zu ermitteln. Zwanzig Minuten später wurden sie in die Offiziersmesse zurückgetragen. Einer war tot, dem anderen fehlte der rechte Fuß. Charlie fragte den Major nach Frank, doch der war offenbar in Huguette mit einem algerischen Fahrer verschwunden, mit dem er sich angefreundet hatte.

Am folgenden Tag wurde Dien Bien Phu von allen Seiten angegriffen. Am Abend traf die Nachricht ein, Béatrice könne nicht mehr gehalten werden. Bunker, Schützengräben, Unterstände und die kleinen Gebäude mit den Blechdächern waren allesamt einem Bombardement zum Opfer gefallen, das die schlimmsten Befürchtungen des Geheimdienstes übertraf. Die Infanterie der Vietminh hatte die rudimentären Verteidigungsanlagen überrannt und den Hügel gestürmt. Der französische Kommandant und fast alle Offiziere waren tot. Die wenigen Überlebenden wurden Gerüchten zufolge von Unteroffizieren befehligt.

Charlies Bitte, eine weitere Festung besichtigen zu dürfen, wurde nicht stattgegeben. Der Major, dessen Optimismus spürbar gelitten hatte, befahl ihm, im Depot zu bleiben. Charlie war die ganze Nacht wach, dachte an Rigaud und versuchte sich vorzustellen, wie man seine junge Frau in Paris benachrichtigen würde. Er hatte dabei eine magere, ernste Frau mit dunklen und zu einem strengen Knoten zusammengefassten Haaren vor Augen, untergebracht in einer bescheidenen Wohnung in Neuilly, die bis auf ein paar bunte Spielsachen des zweijährigen Sohnes vollkommen leer war.

Charlie dachte daran, wie ungern er im Krieg Briefe an die Familien der Gefallenen geschrieben hatte. Man musste ohne Umschweife zur Sache kommen, in einfachen Worten von Vaterland und Pflichterfüllung sprechen und möglichst noch eine persönliche Erinnerung an den Toten anfügen. Noch mehr hatte er allerdings die Antworten gefürchtet. Unterschiedlich in Stil und Länge, zeigten sie fast alle dieselbe resignierte Ergebenheit in ein Schicksal, das der Familie den innig geliebten Angehörigen genommen hatte. »Wie gerne hätten wir ihn bei uns behalten«, hieß es etwa, »doch Gottes Wille ist unergründlich.«

Die Briefe hatten ihm Kraft gegeben. Auf dem Marsch durch Italien dachte er an die Adressen der Absender – an Häuser, kleine Sträßchen, Reihenhaussiedlungen. Er kämpfte sich durch das blutige Wasser des Rapido und weiter durch frühwinterliche Regenfälle in die Berge. Dort transportierten Maultiere Proviant und Ausrüstung. Vier Monate lang stand er im Granatfeuer. Einige Granaten schlugen fast lautlos neben ihm ein, andere weiter weg, aber so laut, dass er vor Angst einen Satz machte. Zuletzt hielt er sich für unverwundbar. Die Granate, die ihn traf, hörte er nicht, er spürte nur einige Zeit später, wie Hände ihm vorsichtig den Helm abnahmen. Als sein Kopf zum Vorschein kam, wurden erschrockene Stimmen laut.

Er wurde in einem Krankenhaus in Florenz versorgt. Der Granatsplitter hatte Helm und Schädelknochen durchschlagen, doch das Gehirn war dem Urteil der Ärzte nach nicht geschädigt worden. Dass Charlie, damals vierundzwanzig Jahre alt, überlebte, verdankte er seinem durchtrainierten, noch nicht von Fett und Alkohol geschädigten Körper. Als er wieder ansprechbar war, erfuhr er, dass seine Kompanie in schweren Gefechten abgeschnitten worden war. Einige seiner Männer waren gefallen, einige in Gefangenschaft geraten, die Übrigen anderen Einheiten zugeteilt worden. Seine Kompanie existierte nicht mehr.

Ganz allmählich kam er wieder zu Kräften und unternahm Spaziergänge durch Florenz. Er besuchte Kirchen und die Museen, die geöffnet hatten. Er litt an Kopfschmerzen und Gedächtnisverlust, doch was er nicht vergessen konnte, waren die Kondolenzbriefe, die er hätte schreiben sollen. Er hoffte, dass sein Stellvertreter das für ihn erledigt hatte, doch später erfuhr er, dass dieser gefallen war. Der Gedanke an den Kummer und die Verbitterung der vielen Eltern und Frauen, die Söhne und Männer verloren und nicht den ihnen zustehenden Trost erhalten hatten, war ihm unerträglich.

Das winterliche Florenz wirkte mittelalterlich kalt und dunkel. Charlie spürte, wie die Kälte von ihm Besitz ergriff, wenn er am Fluss entlangspazierte oder allein in einem nur von Kerzen erleuchteten Restaurant saß, in dem es kaum etwas zu essen gab.

Bisher, als Chef einer Kompanie, hatte er an etwas jenseits der fluchenden Männer glauben können, die ihm unterstellt waren. Er hatte die Gefühle der Angehörigen der Toten vielleicht nicht geteilt, aber sie hatten ihn doch zumindest berührt. Jetzt hingegen schien jedes Gefühl, jeder Gegenstand auf die bloße Tatsache seiner Existenz reduziert. Die Fresken und Statuen der Stadt, die einst eine universale Sprache gesprochen hatten, waren nur noch stumme Zeugen einer vergangenen, unwissenden Zeit.

Am Morgen des dritten Tages bekam Charlie den Befehl, Dien Bien Phu zu verlassen. In einem Presseflugzeug war ein Platz frei geworden. Dieser hatte einem amerikanischen Journalisten gehört, der vermisst wurde, und die Franzosen drängten darauf, alle Zivilisten zu evakuieren, »solange es noch möglich ist« – Worte, die der Major nicht sagte, aber ganz offensichtlich meinte.

Am Nachmittag belegte die französische Artillerie die Berge im Westen mit einem Sperrfeuer von bisher nicht da gewesener Heftigkeit, während die Flugzeuge, die hatten starten können, die Stellungen der Vietminh im Osten angriffen. Dadurch geschützt, rannten französische Pioniere und amerikanische Techniker zur Rollbahn, um die beschädigten Stahlplatten zu ersetzen und einen brauchbaren Belag herzustellen.

Charlie sah ihnen zusammen mit dem Major vom Depot aus zu. Der Major machte den Eindruck eines Mannes, den man auf schreckliche Weise hintergangen hat. Um ihn abzulenken, begann Charlie ein Gespräch über Frankreich, über Orte, die er besucht, und Schriftsteller, die er gelesen hatte.

»Rigaud ist tot«, sagte der Major. »Ich habe es soeben erfahren.«

Bei Einbruch der Dämmerung wurde Charlie angewiesen,

sich zum Bunker am Ende der Rollbahn zu begeben. Dort standen mit rotierenden Propellern zwei Dakotas voller Verwundeter. Im Dunkel der Rollbahn vor ihnen blitzten Taschenlampen auf und gaben Lichtzeichen. Das französische Sperrfeuer verstummte, und die Geschütze der Vietminh begannen sich wieder auf den Flugplatz einzuschießen.

Im Bunker brachte der Pilot von Charlies Maschine die Motoren auf Touren. Der Krach wurde so laut, als wollte er das Flugzeug zerreißen und den Bunker zum Einsturz bringen. Dann raste das Flugzeug heftig schwankend und dröhnend über die stählerne Rollbahn. Rechts und links erleuchteten Granatfeuer den Urwald. Die Nase hob ab. Charlie sah, wie der Pilot die Maschine mit zitternden Händen ruhig zu halten versuchte. Sie stiegen in steilem Winkel über die Festung auf. Orange glühende Leuchtspurgeschosse der in den Bäumen versteckten Flakartillerie flogen auf sie zu. Die Propeller fraßen sich weiter durch die schwüle Luft, und das Flugzeug stieg noch höher. Dann legte es sich in die Kurve und flog nach Osten, in Richtung Hanoi.

In seinem Hotelzimmer in Minneapolis ließ Charlie das leere Glas in der Hand kreisen, dann beugte er sich vor und griff an Frank vorbei nach der Flasche.

»Was haben Sie in Hanoi getan?«, fragte Frank.

»Ich trank einen Pastis im Métropole und flog dann nach Saigon zurück. Im Hotel wartete eine Nachricht dieses Moone auf mich. Ich sollte ihn anrufen, um ein Treffen zu vereinbaren, doch ich wollte nicht. Ich meldete mich bei der Botschaft in Tokio zurück, sagte aber nicht, dass ich im Norden gewesen war, sondern nur, dass wir uns aus diesem Krieg heraushalten sollten. Ich glaube, man war dort schon zum selben Ergebnis gelangt. Wann haben Sie die Garnison verlassen?«

»Ein paar Tage später, in einem Sanitätshubschrauber. Ich hatte den letzten Flug verpasst.«

»Vielleicht war das mein Platz. Vielleicht haben Sie mir das Leben gerettet.«

»Ich glaube nicht«, widersprach Frank schnell. Er wollte nicht, dass Dankbarkeit ihr Verhältnis komplizierte. »Nach der Kapitulation der Franzosen konnte ich endlich einen Artikel in die Zeitung bringen. Nicht auf die Titelseite allerdings, nur auf Seite drei. Die Titelseite gehörte immer noch McCarthy. Wir konnten die amerikanischen Leser nie für diese Gegend interessieren.«

»Wahrscheinlich liegt sie einfach zu weit weg.«

»Wahrscheinlich. Wohin gingen Sie anschließend?«

»Nach London. Nach einem Auslandsaufenthalt kehrt man gewöhnlich wieder für eine Zeit lang nach Hause zurück.« Charlie hatte Schwierigkeiten mit den Zischlauten. »Ich war in Moskau und Tokio gewesen, deshalb stand jetzt wieder Schreibtischarbeit an. Anschließend sollte ich nach Paris, doch dann wurde ich stattdessen hierher geschickt. Kurz nach unserer Ankunft in Washington rief mich jemand an, der mich sehen wollte. Er schien eine Menge über mich zu wissen. Ich traf mich mit ihm auf einen Drink in einem Hotel, und er begann, eine Menge Sachen aus meiner Vergangenheit auszugraben.«

»Als da wären?«

Charlie seufzte. »Na, zum Beispiel Moskau. In Moskau, meiner ersten Stelle, war ich die meiste Zeit allein, weil Mary sich in London um Louisa kümmern musste. Dieser Mann schien daran interessiert, wen ich dort gekannt hatte. Genauso wie in Tokio. In ... in Tokio hatte ich ein Mädchen kennen gelernt, Hiroko. Eine harmlose Sache, eher ein Flirt.«

»Wusste Mary davon?« Es fiel Frank schwer, Marys Namen auszusprechen.

»Um Gottes willen, nein. Wir waren noch nicht lange verheiratet und die Kinder erst so zwei und vier, etwa dieses Alter. Und Mary lief sowieso außer Konkurrenz. Sie war die Frau, mit der ich mein Leben verbringen wollte. Mary ist eine außergewöhnliche Frau.«

Charlie schwieg und sah Frank an, als sei jetzt wieder er an der Reihe, etwas zu sagen. Frank nickte höflich. »Auf jeden Fall.«

»Jedenfalls war da dieses Mädchen«, fuhr Charlie fort. »Hiroko. Das passierte Diplomaten ständig. Sie wurden mit Mädchen in eine Falle gelockt, auf frischer Tat ertappt und dann erpresst. Aber ich wurde nicht in eine Falle gelockt, es ging von mir aus. Und meist steckten die Russen dahinter, aber dieser unangenehme Typ in Washington war Amerikaner. Er brachte auch noch andere Sachen zur Sprache. Zum Beispiel Opium. Ich hatte den Eindruck, er wollte von mir das Geständnis, dass ich eine Art Dealer sei.«

»Wie haben Sie reagiert?«

»Ich sagte, er solle mich in Ruhe lassen, aber ich bekam immer wieder Anrufe. Die Anrufer schienen etwas zu suchen, das sie mir in die Schuhe schieben konnten.«

»Haben Sie Ihre Vorgesetzten verständigt?«

»Das konnte ich nicht. Ich hatte in Tokio durch Aktienspekulationen eine Menge Geld verloren und … meine Lage war schwierig, verfahren. Ich hatte mich finanziell einiger nicht ganz korrekter Methoden bedient, aber ich brauchte das Geld dringend.«

»Und diese Schwierigkeiten begannen in Saigon?«, fragte Frank.

»Meines Wissens, ja.«

»Das klingt, als hätte dieser Moone damit zu tun, nicht? Ich kann mich an ihn erinnern, an den kleinen Wichser. So eine Art Spitzel eines Spitzels. Kein richtiger Spion, sondern einer, der jedem hinten reinkriecht.«

»Das Seltsame war, dass ich gegen Kriegsende 1945 zum militärischen Nachrichtendienst in Berlin versetzt wurde«, sagte Charlie. »Die Arbeit war hochinteressant. Bei meiner Entlassung aus der Armee 1946 hatte ich ein Gespräch mit dem Vertreter einer anonymen Abteilung des Außenministeriums. Er sagte, man suche Männer wie mich … sprachbegabt, patriotisch, was auch immer. Ich sollte irgendwo in Portsmouth eine Ausbildung machen. Ich wusste, worauf er hinauswollte, aber ich war nicht interessiert. Ich sah unter den Schreibtisch und entdeckte, dass er Sandalen trug.«

»In London?«

»Ja.«

»Und deshalb haben Sie abgelehnt?«

»Mehr oder weniger. Dazu trug er braune Socken.« Charlie lächelte kurz. »Ich sah, in welche Richtung Europa sich entwickelte. Die Arbeit, die man mir angeboten hatte, war sehr zukunftsträchtig. Aber ich war Idealist. Ich glaubte, dass es sich gelohnt hatte, in diesem Krieg zu kämpfen, und wollte jetzt nicht Nazis anwerben, damit sie für uns gegen die Russen arbeiteten. Also bewarb ich mich beim diplomatischen Korps und legte die entsprechenden Prüfungen ab.«

»Ganz legal und offiziell.«

»Ja, und dabei blieb es auch. Nur dass ich mich alle sechs Wochen in einem Hotel in Arlington mit diesem Mann namens O'Brien treffen musste. Mit ihm und noch so einem schrägen Vogel in einem Regenmantel. Ich war schließlich so zermürbt, dass ich mich an Duncan Trench wandte. Trench arbeitet angeblich in der Kanzlei, aber was er wirklich macht, ist ein offenes Geheimnis.«

»Ich glaube, ich habe ihn auf Ihrer Party kennen gelernt«, sagte Frank. »Mit einem Gesicht wie ein Karpfen?«

»Genau der. Er sagt, er kann sie mir vom Leib halten. Im Gegenzug brauche ich nur mit ihm in ›Kontakt zu bleiben‹, wie er es ausdrückt.«

»Klingt nicht gut.«

»Das Problem ist nur, mir steht das Wasser bis zum Hals. Ich komme nicht einmal mehr in ein Flugzeug, ohne vorher eine

Wagenladung voller Beruhigungsmittel zu nehmen. Und ich mache eine Psychotherapie, und das haben sie auch ausgegraben, O'Brien und der andere Gorilla. Sie tun so, als hätten sie meine Akte gelesen und ein großes Geheimnis entdeckt, das ich dem Psychofritzen anvertraut habe. Wenn es doch nur so wäre. Wir tappen beide im Dunkeln.«

Frank zog die letzte Zigarette aus dem Päckchen auf dem Tisch. Er spürte bereits die ersten Vorboten eines Katers – die Leber, die durch Stiche auf sich aufmerksam machte, und das Gehirn, das gegen den Schädel drückte.

Charlie stand ganz langsam auf, ging zum Fenster und zog den Vorhang zurück. Er atmete tief ein, doch Frank hörte die Erregung, die ihm den Hals zuschnürte.

»Ist das nicht ein schöner Anblick?«, sagte Charlie.

»Sonnenaufgang über Minnesota.«

Er drehte sich um und blieb mit dem Rücken zum Fenster stehen. Hinter ihm drang grau der Morgen herein. »Ich sag Ihnen was: Wenn Mary nicht wäre, würde ich einfach Schluss machen. Ich habe mein Leben gehabt, und es war auch interessant, aber dann ist es mir abhanden gekommen. Ich weiß nicht einmal, wann und wo. Vielleicht in Florenz oder in Saigon. Irgendwo. Irgendwo ist es mir abhanden gekommen.«

Frank schwieg.

»Ich muss Mary helfen«, fuhr Charlie fort. »Ich glaube, sie ist wegen der Kinder in einer Krise. Frauen ihres Alters sind das oft, sagt mein Psychoanalytiker. Die Kinder sind aus dem Haus, und die Frauen wissen nicht mehr, was sie tun sollen. Ich würde die Kinder ja herholen, aber ich kann es mir nicht leisten. Mary hat sich jetzt vorgenommen, dass sie in New York ein Buch schreibt. Das soll sie von mir aus ruhig. Sie kommt auch wieder auf andere Gedanken. Aber wenn sie nicht wäre, dann ... würde ich einfach Schluss machen. Aufgeben.«

Frank sah zu Boden. »Und die Kinder? Sie sind doch sicher auch –«

»Nein«, sagte Charlie. »Nur Mary. Sie ist mein Kind. Wenn ich überhaupt noch etwas empfinde, dann nur durch sie.«

XII

Es war ein sonniger Julimorgen. Mary saß unter dem Basketballkorb im Garten der Nummer 1064 und las Zeitung. Auf dem Tisch vor ihr standen die Reste des Frühstücks. Die Titelgeschichte hatte eine einprägsame zweiteilige Schlagzeile: »Kennedy auf dem Weg nach Los Angeles – Sieg im ersten Wahlgang?«

»Der bevorstehende Parteitag der Demokraten sorgt selbst unter politisch nicht Interessierten für helle Aufregung«, schrieb der Verfasser der Titelkolumne, laut Frank ein schwerer Alkoholiker und notorischer Schürzenjäger. »In Wisconsin, wo John Kennedy Hubert Humphrey aus dem Rennen warf, konnte Kennedys Vater noch mit Geld dafür sorgen, dass jede Sheriffwahl zu seinen Gunsten ausging. Eine größere Leistung war es schon, die protestantischen Wähler West Virginias davon zu überzeugen, dass seine Konfession keine Rolle spielte. Doch in Los Angeles steht der sympathische junge Senator vor einer ganz anderen Herausforderung. Hier muss er ohne Papas Hilfe die Gewerkschaftsführer und Machthaber Chicagos und des Südens auf seine Seite bringen, und hier erst greifen seine eigentlichen Rivalen in das Rennen ein. Man kann ohne Übertreibung sagen, Amerika hält den Atem an und ist gespannt, ob der junge Mann sich durchsetzt.«

Mary legte die Zeitung neben die Kaffeemaschine. Auch in der Nummer 1064 waren alle einschließlich der politisch nicht Interessierten gespannt. Charlie hatte vorgeschlagen, Mary solle ihn zum Parteitag begleiten. Sie hatte zugestimmt, nach außen hin, um ihm Gesellschaft zu leisten und Patricia Rosewell zu besuchen, eine Freundin aus London, die vor fünf Jahren einen Rechtsanwalt aus Kalifornien geheiratet hatte, in einen abgelegenen Canyon gezogen war und die van der Lindens seitdem wiederholt erfolglos zu sich eingeladen hatte. Patricia hatte erfreut geklungen und wollte eine Party für die van der Lindens veranstalten. Ob es jemanden gebe, den sie ganz besonders einladen sollte?

Charlie fürchtete die Reise nach Los Angeles, wusste aber, dass er sie weder ablehnen noch verhindern konnte. Seine Vorgesetzten wussten nach wie vor nichts vom Ausmaß seiner privaten Probleme, und dass Kollegen wie Edward Renshaw treu zu ihm hielten und er zwei heikle Anfragen aus London geschickt hatte beantworten können, hatte eine kritische Überprüfung verhindert. Seine Nähe zu Kennedy und dessen Wahlkampf jedoch war in der Abteilung Tagesgespräch, und auf dem Parteitag musste er zeigen, was an der Geschichte dran war.

Er verschlief den größten Teil des Flugs. An Marys Arm verließ er unsicher schwankend das Flughafengebäude in Richtung Taxistand.

Eine kurvige, rasengesäumte Straße führte zu Patricias Haus. Rasensprenger drehten sich vor mexikanischen Lehmziegelfassaden, gotischen Türmchen und Fachwerkbungalows im Tudorstil, und die Sonne tauchte alles in einen milden Schein. Patricias Haus war im Stil einer Ranch erbaut, mit hölzerner Veranda und Blick bis hinunter zum Pazifik oder zumindest dem dichten Nebel, der über dem Wasser lag.

Patricia führte Mary und Charlie in den Garten hinter dem Haus, wo sie zwischen weißen Oleandern und leuchtend purpurroter Bougainvillea unter einem Orangenbaum Platz nahmen, während die Hausherrin Eistee holte.

Frank richtete sich unterdessen in einem nüchternen, mit Tischlampen aus hellem Holz und Formica-Möbeln ausgestatteten

Hotelzimmer in Santa Monica ein. Er holte die Reiseschreibmaschine heraus, legte Stifte und ein Notizbuch zurecht und orderte über den Zimmerservice Bier und Kartoffelchips. Dann machte er es sich auf dem Bett bequem, um zu telefonieren.

Er stellte immer wieder mit Erstaunen fest, dass Journalismus letzten Endes überall gleich funktionierte. Man brauchte dazu, ob das nun in Saigon, Washington, Dallas oder Seoul war, eine Liste mit Telefonnummern, die man von Freunden und Kollegen bekommen hatte, ein Notizbuch mit Spiralheftung, drei Kissen im Rücken und ein Telefon, dessen Hörer man sich zwischen Schulter und Ohr klemmte. Auf dem Wecker am Bett tickten derweil die Minuten bis Redaktionsschluss dahin. Manchmal blieb nicht einmal Zeit, aus dem Fenster zu sehen.

Besonders schwer fiel Frank der Beginn eines Gesprächs, wenn er sich vorstellen musste. Bei ein, zwei Kollegen aus der Redaktion, zum Beispiel bei Headley Adams mit seinen Harvard-Manieren, war ihm schon aufgefallen, wie schnell sie mit dem Angerufenen per Du zu sein schienen. Schon nach wenigen Minuten lachte Adams, die maßgefertigten Schuhe auf dem Tisch, und lud den Angerufenen zum Lunch in seinen Club ein. Billy Foy hatte behauptet, es liege an der Wahl bestimmter Worte, einer Art universal anerkannter Formeln. »Ich weiß nicht, was genau diese Typen sagen, aber es bedeutet so viel wie: ›Kann ich Ihnen jetzt zwanzig Minuten lang hinten reinkriechen? Ich verspreche auch, dass ich niemandem Ihren Namen verraten und Ihre Tochter nicht vögeln werde und, wenn Sie das wollen, die Republikaner wähle.‹ Sie bilden eine Art Bruderschaft, einen Bund der Erwählten.«

Frank arbeitete sich durch seine Telefonliste und hakte die Personen ab, die zurückrufen wollten oder ihm nicht helfen konnten. Er wollte wissen, wer im Fall von Kennedys Sieg als Vizepräsident kandidieren werde. Sein Problem war, dass Kennedys Pressesprecher ihn immer noch mit Misstrauen betrachteten, zumal er weniger bewundernd über ihren Kandidaten berichtete als sein Vorgänger. Außerdem war ihnen klar, dass er nach dem Parteitag zu Nixon überwechseln würde und es sich deshalb nicht lohnte, Zeit in ihn zu investieren.

Frank fuhr mit dem Taxi in die Stadt zum Pershing Square. Im Pressezimmer des Biltmore war ein Platz mit Telefon, Aschenbecher und einigen Papierbechern für ihn reserviert. Er füllte einen Becher am Trinkwasserspender. Noch einige andere Reporter saßen im Pressezimmer, lasen Zeitung oder ergingen sich in Spekulationen über den ersten Wahlgang.

»Stu Symington hat immer noch die besten Chancen«, sagte ein junger Mann mit einer blauen Fliege, den Frank nicht kannte. Die anderen musterten ihn skeptisch und zugleich ein wenig beunruhigt.

»Kennedy schafft es«, sagte ein älterer Mann. »Nicht mit überwältigender Mehrheit, aber er schafft es.«

»Wenn Illinois und Pennsylvania sich für ihn entscheiden«, fuhr der junge Mann mit der Fliege unbeirrt fort. »Aber dahinter steht ein großes Fragezeichen. Und dann hat auch Symington eine Chance oder Stevenson. Auch Adlai ist noch nicht aus dem Rennen.«

Die Männer gingen mit skeptischen Bemerkungen wieder an ihre Schreibmaschinen und Telefone, doch sichtlich beunruhigt durch die Überzeugung des jungen Mannes, der Ausgang der Kandidatenwahl sei noch nicht entschieden. Sie wollten keine Überraschung, sondern Recht behalten und alle über dasselbe berichten.

»Mr. Renzo?« Vor Frank stand eine junge Frau mit einem Kennedy-Anstecker am Revers.

»Ja.«

»Eine Nachricht für Sie.« Sie reichte ihm einen Zettel. Ein kleines, an ihrem Gürtel befestigtes Kästchen begann zu piepsen. Sie hakte es los und hob es an den Mund. »Geht in Ordnung. Ich komme.«

Frank betrachtete sie überrascht. Er erlebte zum ersten Mal, dass Menschen auf diese Weise kommunizierten. Auf Guadalcanal wäre das hilfreich gewesen, dachte er.

Die Nachricht kam von Mary und bestand aus einer Telefonnummer. Frank steckte den Zettel in die Tasche. Er wollte sich nicht durch den Gedanken an Mary ablenken lassen, sich nicht vorstellen, wie sie in ihrem Sommerkleid und mit untergeschlagenen Beinen im Canyon saß, ein Buch las und auf seinen Anruf wartete, die dunklen Haare hinter die Sonnenbrille zurückgeschoben und mit ihren vollen Lippen lächelnd, die auf ihn immer wirkten wie aus Ton modelliert.

Er rief trotzdem an und sprach mit Patricia Rosewell. Patricia holte Mary ans Telefon.

»Hallo, Frank. Wo bist du?«

Ihre Stimme klang nüchtern und zugleich verheißungsvoll. Ein Schauer überlief ihn.

»Ich bin im Biltmore. Kommst du in die Stadt?«

»Am Montag, zur Stimmenauszählung.«

Ihr Mut erstaunte Frank. Sicher hatte sie Charlie angelogen oder ihm zumindest die Wahrheit verschwiegen, trotzdem wirkte sie nicht angespannt oder ängstlich. Und wenn sie ihn in New York besuchen wollte, setzte sie sich einfach in den Zug.

»Ich werde während der Abstimmung durcharbeiten und dich deshalb nicht sehen können«, sagte er. »Aufgrund der Zeitverschiebung ist der Redaktionsschluss sehr früh. Wo hält sich Charlie auf?«

»Ich weiß nicht.« Eine Pause entstand, dann sagte Mary: »Warum kommst du nicht zum Essen zu uns? Patricia hat einige Leute eingeladen.«

Frank überlegte rasch, was noch alles zu tun war und ob er es bis zum Essen schaffen konnte.

Die Sonne ging bereits unter, als das Taxi den Sepulveda Boulevard zum Mulholland Drive hinauffuhr. Der Fahrer verlangsamte das Tempo, als sei er unsicher, ob er eine solche Hochstraße überhaupt benutzen dürfe. Außerdem schien er auf keinen Fall das überempfindliche Alarmsystem in einem der Anwohnerhäuser auslösen zu wollen. Rechts unter sich konnte Frank gerade noch die Hochhäuser des Zentrums erkennen, schattenhafte Giganten in einem dampfenden grauen Kessel.

Als sie ankamen, war es dunkel. Die Nacht war drückend und vom Lärm der Kolibris und Zikaden erfüllt. Frank hatte im Hotel geduscht, doch im Auto war es so heiß, dass ihm das saubere Hemd unter dem Jackett am Rücken klebte. Er stieg aus, fuhr mit dem Finger innen am Hemdkragen entlang, ging einen kurvigen Weg zwischen feuchten Rasenflächen auf das Haus zu und klingelte. Ein Dienstmädchen mit pinkfarbener Schürze und Rüschenhäubchen führte ihn in den Garten zu einem Tisch, auf dem eine Bar aufgebaut war. Ein spanisch aussehender Mann gab einige Eiswürfel in ein Glas, goss Bourbon darüber und schlug es in eine Papierserviette ein. Frank nahm den Drink und ging damit zur von Lampen erleuchteten Veranda. Die Männer trugen alle Anzüge, die Frauen Cocktailkleider. Mary kam durch ein Dutzend Gäste auf ihn zu und legte ganz leicht die Hand auf seinen Arm.

»Ich möchte dich Patricia vorstellen.«

Frank spürte, wie sehr Mary sich über seine Anwesenheit freute und wie sie es genoss, ihn ganz förmlich mit seiner Gastgeberin bekannt zu machen, einer hoch gewachsenen Frau mit einem Pferdegesicht und vorstehenden Zähnen.

Frank drehte sich ein wenig zur Seite. »Guten Abend, Charlie.«

»Hallo, Frank. Gefällt es Ihnen hier? Einen Drink haben Sie ja schon.« Charlie schien noch einigermaßen nüchtern.

»Kommen Sie.« Frank spürte Marys Hand auf seinem Ellbogen. »Ich möchte Sie einigen Gästen vorstellen.«

Sie ließen Charlie stehen. Mary ging mit Frank zu einer Gruppe von drei Frauen, die am Rand der Veranda standen.

Während die anderen Gäste sich über die Politik der Demokraten unterhielten, sprachen die Frauen über ihre Ferienpläne.

Frank zog eine Zigarette aus seinem Päckchen.

»Ist das eine Chesterfield?«, fragte eine der Frauen. »Darf ich?«

»Natürlich.«

Mary lehnte sich mit dem Rücken an das Holzgeländer. Ihre Haare leuchteten im Schein der hinter ihr im Rasen steckenden Fackeln. Frank fühlte sich an ihre erste Begegnung erinnert. Mary hatte vor der Tischlampe im Wohnzimmer der Nummer 1064 gestanden. Jetzt sah sie ihn mit einem kaum merklichen Lächeln an, wie in Erwartung einer amüsanten Bemerkung.

Die anderen Frauen bezogen ihn in ihre Unterhaltung über die Eignung von Maine, Mexiko oder auch Europa als Urlaubsland mit ein. Seine Meinung schien ihnen ganz besonders wichtig. Die ganze Zeit über spürte er die gefährliche Nähe von Marys verführerischem Körper. Mary trug ein Baumwollkleid mit einem knielangen Rock, bedruckt mit großen Rosen an langen grünen Stielen. Er sah die Wölbung der Schenkel unter dem Stoff. Mary hatte einen Schuh abgestreift und drehte ihn mit dem Zeh auf dem Absatz herum. Während die Unterhaltung so dahinplätscherte – Strand, Hotel, Wetter –, stellte er sich Mary unter ihrem Rock nackt vor, wie dieser langsam hinaufglitt und er seine Hände nach oben schob, bis sie ihre schwarzen Schamhaare berührten. Ihre Blicke begegneten sich, und er war überzeugt davon, dass Mary wusste, was er dachte, und seine Gedanken billigte.

Verlegen machte er einen Versuch, sich an dem Gespräch zu beteiligen. »Europa ist natürlich weit weg«, sagte er mit belegter Stimme.

»Sie waren schon dort?«, fragte eine der Frauen.

»Ja«, erwiderte er und versuchte sich zu konzentrieren. »Aber nur zum Töten.«

»Das Essen ist fertig!«, verkündete Patricia Rosewells Mann.

»Juan hat den Grill angeworfen. Es gibt Garnelen, Mais und Steaks mit seiner Spezial-Chilisauce.«

Die Gäste drängten von der Veranda in den Garten. Frank schob sich hinter Mary und strich mit dem Handrücken über ihr Kleid.

Er schlief schlecht in dieser Nacht. Das Rattern der Klimaanlage störte ihn nicht, es erinnerte ihn sogar an zu Hause, aber er musste ständig an Mary denken. Unmöglich, dass sie jene englische Unschuld verloren hatte, jenen mütterlichen Charme, der sie bei ihm in der Dusche »Some Enchanted Evening« hatte singen lassen. Doch auf der dämmrigen Veranda hatte sie auf ihn wie eine Naturgewalt gewirkt, die über ihn hereingebrochen war und seine Gier geweckt hatte. Er ging ins Bad, klatschte sich Wasser ins Gesicht und nahm ein Aspirin. Beim Aufwachen am folgenden Tag fühlte er sich müde und hatte rote Augen.

Er schaffte es gerade noch rechtzeitig zu einer außerplanmäßigen Pressekonferenz, auf der Lyndon B. Johnsons Berater John Connally sagte, Kennedy leide an der Addison-Krankheit, einer Erkrankung der Nebennierenrinde, die ohne regelmäßige Kortisonbehandlung tödlich verlaufe. Kennedys Pressesprecher, Pierre Salinger, wies dies als »infame« Lüge zurück. Johnson musste wirklich verzweifelt sein, wenn er sich solcher Mittel bediente, dachte Frank. Er beschloss herauszufinden, ob Stuart Symington, der andere angebliche Favorit der Nominierung, sich ebenfalls zu extremen Enthüllungen gedrängt sah. Ganz besonders interessierte Frank, ob Symington auch auf den Schürzenjäger zu sprechen kommen würde, als den Kennedy sich selbst darstellte. Herauszufinden, in welchem Hotel Symington sich einquartiert hatte, war nicht schwer. Langsam ging Frank den Flur entlang und sammelte seine Kräfte für das Gespräch. Zuerst musste er sich an Sicherheitsbeamten samt Tross vorbeischwindeln, aber er rechnete damit, dass Symington interviewt werden wollte.

Die Tür zu Symingtons Suite stand offen, die Zimmer dahinter waren leer. Frank sah Mimeografen, verschiedene mit zusätzlichen Telefonleitungen ausgerüstete Schreibtische, Schwarze Bretter und Tabellen der einzelnen Staaten und der Zahl ihrer Delegierten, außerdem Schreibmaschinen und Sodaautomaten, aber keine Menschen. Offenbar war Symingtons Team selbst zu dem Schluss gekommen, dass Kennedy bereits im ersten Wahlgang gewinnen würde. Frank konnte nur noch über die Abstimmung berichten.

Er verspätete sich etwas, und der Saal war bereits voll. Die Delegierten sahen mit ihren Transparenten, Luftballons und den gestreiften Hüten nicht aus, als hätten sie politisch etwas zu sagen, sie wirkten eher wie eine Varietétruppe oder Arbeiter einer Bonbonfabrik am Tag der offenen Tür für Kinder. Widerwillig nahm Frank auf der Pressetribüne Platz. Den resignierten Mienen der anderen Journalisten zufolge schien es denen ähnlich zu gehen. Nur der junge Mann mit der Fliege rechnete wohl noch mit einer Überraschung. Frank sah, wie er zur Galerie hinaufdeutete, auf der eine aufgeregt schnatternde Menschenmenge saß.

Doch alle Langeweile verflog, als Eugene McCarthy zu reden begann und Adlai Stevenson als Kandidaten vorschlug. Die Leidenschaft, in die er sich im Verlauf seiner Rede hineinsteigerte, fegte durch den Saal wie der Wind durch ein Kornfeld. Die Leute auf der Galerie reagierten mit erhobenen Armen und begeisterten Rufen. Frank musste kurz an McCarthys Namensvetter Joe McCarthy denken, der drei Jahre zuvor an Leberzirrhose gestorben war. Was hätte er nicht alles für ein solches rhetorisches Talent gegeben! Schreibmaschinen begannen zu klappern. Die Journalisten von der Ostküste machten sich an die Arbeit, angespornt von der Sorge, sie könnten auf Grund des frühen Redaktionsschlusses eine Sensation verpassen. Stevensons Anhänger brüllten seinen Namen und trampelten mit den Füßen, dass der Saal des Biltmore erzitterte.

Frank sah auf die Uhr. Niemand konnte wissen, ob die Begeisterung der Galerie die Wahl der Delegierten beeinflussen würde, aber wenn er wartete, bis alle abgestimmt hatten, war es für einen Bericht über Kennedys dramatische Niederlage zu spät. Er musste sich jetzt an die Arbeit machen und einfach davon ausgehen, dass Kennedy verlor. Wenn es anders kam, konnte er immer noch ein paar Wörter austauschen und einiges weglassen. Als vierundsechzig der einundachtzig Delegierten aus Philadelphia für Kennedy stimmten, schwächte er den Bericht über die große Sensation ab, aber erst am Ende der namentlichen Abstimmung, als Wyoming Kennedy endgültig die Mehrheit verschaffte, legte er seine Formulierungen definitiv fest. Er änderte »war nicht zu bremsen« in »bedrohte vorübergehend« und »große Überraschung« in »vorhersehbarer Ausgang«, schilderte kurz die schwunglose Rede, mit der Kennedy die Kandidatur annahm, und eilte mit seinem Text nach oben in den Presseraum.

Am nächsten Tag erfuhr er, dass Kennedy Symington gebeten hatte, als Vizepräsident zu kandidieren. Im Presseraum herrschte übereinstimmend die Meinung, dass Kennedy damit einen Fehler gemacht habe, dass Symington, wie einer der namhaften Kolumnisten sich ausdrückte, dafür eine Nummer zu klein sei und Kennedy ohne die Hilfe Johnsons beim Stimmenfang im Süden Nixon nicht schlagen könne. Frank berichtete auch darüber nach Hause, vergewisserte sich noch durch einen Anruf bei der Redaktion, dass es keine Rückfragen gab, und fuhr mit dem Taxi zu einem Restaurant am Santa-Monica-Pier, wo er sich mit Mary treffen wollte. Er bestellte einen trockenen Martini und sah auf das ruhige Meer hinaus, das im Licht der Sonne glitzerte. Langsam wich die Anspannung von ihm. Hagerstown in Maryland lag lange zurück und New Hampshire mit seinen vereisten überdachten Brücken, wo der Wahlkampf begonnen hatte, noch länger. Er sah zwei kleinen Latinos zu, die hinter einem Ball den Pier hinausrannten. Ein

Mädchen hüpfte mit einem rosafarbenen Hula-Hoop-Reifen über die hölzerne Strandpromenade. Ob Politik sie überhaupt interessierte? Die Abstimmung, deren Zeuge er geworden war, hatte ein erhebendes Gefühl in ihm hinterlassen, doch bezweifelte er, dass sie außer für die dicken Frauen mit Papierhüten im Saal und die bulligen Gangster von den Gewerkschaften sonst noch für jemanden etwas bedeutete. Kennedys Vater hatte gesagt, wenn sein Sohn in Los Angeles nicht nominiert würde, würde er selbst im November Nixon wählen. War er, Frank, indem er darüber berichtete, mehr als ein Handlanger dieser reichen Männer?

Ein Kellner beugte sich zu ihm: »Sir? Mrs. van der Linden lässt sich entschuldigen, sie kann nicht kommen. Sie wird Sie später anrufen.«

Mary hatte einen Anruf von Dolores in Washington erhalten. Ihr Vater habe versucht, sie telefonisch zu erreichen, was so ungewöhnlich war, dass Mary sofort das Schlimmste befürchtete. Eigentlich war es schon zu spät, um in London anzurufen, doch wenn ihr Vater etwas so Dringendes auf dem Herzen hatte, musste sie es riskieren, ihre Eltern zu wecken.

Ihre Mutter meldete sich. Mary stand an einem von Topfpalmen eingerahmten Panoramafenster mit Blick auf den Pazifik. Hoch am fast wolkenlosen Himmel sah sie den Kondensstreifen eines Flugzeugs. Der polierte Holzboden unter ihren Füßen reflektierte das milde Licht der kalifornischen Sonne. Aus dem Hörer drang wie aus einer anderen Welt Elizabeths Stimme, ein wenig müde vielleicht und manchmal hallend oder verzögert, aber doch im Wesentlichen ihre Stimme, vertraut aus so vielen Jahren geteilter Freude und geteilten Leids, eine Stimme, aus der Trost, Fürsorge und bedingungslose Liebe sprachen.

Danach redete Mary mit ihrem Vater. Dieser stellte verschiedene Fragen in Bezug auf die Kinder und berichtete einige unwichtige Neuigkeiten aus London. Erst dann kam er auf Elizabeth zu sprechen. Elizabeth sei wieder bei ihrem Spezialisten gewesen. Der Krebs habe sich ausgebreitet und sei nun inoperabel. Die Schmerzen seien einigermaßen unter Kontrolle, doch Elizabeth habe nur noch wenige Monate zu leben.

Mary legte auf und holte tief Luft. Sie hatte kein Bedürfnis zu weinen oder sich gegen das Schicksal aufzulehnen. Noch lebte ihre Mutter. Noch hatte sich nichts geändert.

Da Mary sich auch am folgenden Tag nicht meldete, rief Frank sie einen Tag später selbst an. Mary erklärte ihm, was geschehen war. Er versuchte, sie zu trösten – ein schwieriges Unterfangen, weil er Mary, wie er nun merkte, trotz seiner Gefühle für sie kaum kannte. Doch sie nahm seine teilnahmsvollen Worte dankbar an, als sei Frank ein alter Freund der Familie.

»Ach, übrigens«, sagte sie, »Charlie möchte dich sprechen.«

»Frank?« Charlie klang nüchtern. »Haben Sie von Johnson gehört? Offenbar hat Kennedy ihm die Vizepräsidentschaft angeboten.«

»Das hat er doch schon Symington.«

»Ich weiß. Vielleicht braucht er zwei Vizepräsidenten.«

»Das ist ja verrückt.«

»Jedenfalls noch nie da gewesen. Kennedys Bruder soll Johnson jetzt überreden, das Angebot abzulehnen.«

»Mein Gott«, entgegnete Frank, »da wäre ich gern dabei. Aber ich komme nicht an den Sicherheitsbeamten am Aufzug vorbei.«

»Er hat einen privaten Aufzug. Fragen Sie die blonde Frau am Empfang.«

»Was für eine Nummer hat seine Suite?«

»Augenblick, die ... 8315. Gehen Sie?«

»Versuchen kann ich es ja.«

Die Aufmerksamkeit der Sicherheitsbeamten hatte inmitten des allgemeinen Chaos nachgelassen. Frank gelangte ohne Schwierigkeiten ins Schlafzimmer der Nummer 8315, das Wartezimmer von Kennedys Büro, das im daran anschließenden Wohnzimmer untergebracht war. Eine als Mrs. Lincoln angesprochene Frau kam in regelmäßigen Abständen aus dem Büro und verschwand wieder darin. Durch die offene Tür sah Frank für kurze Momente die Brüder Kennedy, Sargent Shriver und John Connally. Sie unterhielten sich heftig gestikulierend, und jeweils einer von ihnen telefonierte.

Im Schlafzimmer warteten außer ihm noch sechs andere Männer, darunter ein schwitzender Herr mit einer Zigarre, der zu Mrs. Lincoln »meine liebe Evelyn« sagte, von dieser aber nur mit »Senator Bailey« angeredet wurde. Frank trug seine Bitte vor, mit dem Kandidaten sprechen zu dürfen. Er war sicher, dass sie abgelehnt würde, doch war es schon hilfreich, dem Geschehen so nah zu sein. Mrs. Lincoln sagte, er müsse sich gedulden, wenn er Durst habe, solle er sich ein Glas Wasser nehmen. Von draußen kam Pierre Salinger herein und verschwand ohne Anklopfen im Büro. Wenig später streckte er den Kopf durch die Tür.

»Bekanntgabe um vier drunten im großen Saal. Informieren Sie die Presse.«

Mrs. Lincoln griff nach dem Telefon.

»Bobby kann Lyndon nicht zum Verzicht bewegen«, sagte der Senator mit der Zigarre und grinste breit.

Frank mischte sich in der allgemeinen Hektik ungebeten in das Gespräch ein. »Und was sagen sie jetzt zu Symington?«

»Gar nichts«, antwortete ein dritter Mann, der lauschend an der Tür zum Büro stand. »Symington hat von Anfang an gewusst, dass Kennedy Johnson fragen muss. Das hat er mir selbst gesagt.« Noch eine Stunde lang herrschte reges Kommen und Gehen, und gelegentlich wurden Stimmen laut. Franks Empfinden nach hatte die Situation eine gewisse Komik. Für viele der hier versammelten Männer und Frauen war dies der stolzeste Moment ihres Lebens. Nie wieder würden sie sich so wichtig, so nützlich und aktiv vorkommen.

Um fünf Minuten vor vier erhob sich Mrs. Lincoln gewichtig, hustete und öffnete die Tür zum Büro. Für einen Moment kehrte Schweigen ein. Die im Büro versammelten Männer sahen nach draußen. Kennedy saß in Hemdsärmeln an einem Schreibtisch. Er hatte sich zurückgelehnt, die Hände hinter dem Kopf verschränkt, und lächelte. Angesichts seiner Jugend war die ganze Aufregung um die Person des möglichen späteren Vizepräsidenten makaber, dachte Frank.

Kurz darauf kam Kennedy aus dem Büro und ging über den gemusterten Teppich nach draußen. Die im Schlafzimmer Versammelten machten Platz. Kennedy lächelte ihnen im Vorbeigehen zu. Hinter ihm folgten sein Bruder, Shriver und Connally. Die Männer zogen Krawatten und Jacketts gerade und strafften sich.

»Wir gehen jetzt zur Pressekonferenz«, verkündete Salinger. »Johnson ist durch.«

Frank folgte den Männern zum Aufzug. Vor der Tür der Suite musste er einem Wagen des Zimmerservice ausweichen. Auf dem Wagen lag ein angebissener Hamburger, daneben stand ein unberührtes Glas Eiswasser, bedeckt mit der geriffelten Papierhaube des Biltmore.

XIII

Je weiter die van der Lindens mit ihrem Leihwagen, einem Citroën DS, in den Westen der Bretagne vordrangen, desto intensiver wurde der Duft nach Gänseleberpastete, Äpfeln und Baguette, der aus den weichen, tiefroten Polstern stieg. Immer wenn die hydraulische Federung eine Unebenheit der Straße ausglich, erinnerte eine neue Duftwolke an den Proviant, den sie in der Boucherie-Charcuterie eines Dorfes kurz vor Rennes gekauft hatten. Die griffige Bremse war nicht mit dem schwammigen Pedal des Kaiser Manhattan zu vergleichen, und Louisa und Richard beklagten sich, dass sie jedes Mal, wenn Charlie den empfindlichen Knopf mit dem Fuß berührte, gegen die Lehne der vorderen Sitzbank geschleudert würden. Mary zog in regelmäßigen Abständen den roten Michelinführer aus dem Handschuhfach und dirigierte Charlie durch die größeren Städte, in der Hoffnung, dass ein Schild mit TOUTES DIRECTIONS ihr zu Hilfe kommen würde. Geradeaus bedeutete für sie Norden, deshalb musste sie das dicke rote Buch immer so drehen, dass sie die Seite hinauffuhren – ein Manöver, das sie vor Charlies misstrauischen Blicken möglichst zu verbergen suchte.

Die Kinder waren im vergangenen halben Jahr gewachsen. Das Baumwollkleid reichte Louisa nur noch bis zur Mitte der Oberschenkel, Richard musste den Bund seiner Shorts offen lassen. Sie hatten neue Vorlieben entwickelt, die sie in einer neuen Sprache ausdrückten. Mary stellte fest, dass sie nicht mehr alles verstand, was sie sagten – Anspielungen auf Rituale der Schule, auf bestimmte Lehrer und auf unangenehme Erlebnisse. Die Kinder hatten sich ein wenig von ihr zurückgezogen und jene »Unabhängigkeit« erreicht, von der im Schulprospekt die Rede war, obwohl Mary die Bezeichnung Selbsterhaltungstrieb treffender gefunden hätte. Sie hatten sich beide an die fremde Umgebung angepasst und sprachen von der Schule mit der Ironie und Schicksalsergebenheit alter Knastbrüder.

Die Ferien hatten in angespannter Atmosphäre bei Marys Eltern am Regent's Park begonnen. Elizabeth hatte den Schein der Normalität nach Kräften zu wahren versucht, und die Kinder schienen nicht zu bemerken, dass sie den größten Teil des Tages im Bett verbrachte. Mary war stolz auf ihr Taktgefühl und kapitulierte zugleich vor ihrem jugendlichen Egoismus. Im Garten spielten sie die vertrauten Spiele, kletterten auf einen halb umgestürzten Holunderbaum, verkleideten sich mit den alten Gewändern der Großeltern vom Dachboden und ließen überall ihre Plastikspielsachen liegen, die unter den Füßen der Erwachsenen knirschten. Im Haus hatte Mary das Gefühl, als sei das Leben vorübergehend zum Stillstand gekommen. Doch es war in Wirklichkeit der Tod, der in Schach gehalten wurde. Als die Zeit des Abschieds kam, ließ Elizabeth durch nichts erkennen, dass sie ihre Enkel vielleicht zum letzten Mal sah. Mary überlegte, ob sie Richard und Louisa auf den Ernst der Lage hinweisen sollte oder ob die Kinder Bescheid wussten, aber nicht darüber sprechen wollten. Sie verabschiedeten sich also wie immer voneinander, und höchstens ein zusätzlicher Händedruck, eine etwas längere Umarmung und das Winken vom Rücksitz des Taxis, bis die Großeltern nicht mehr zu sehen waren, wiesen darauf hin, dass dies kein Abschied war wie sonst. Nur Menschen in ihrem Alter mussten der Wahrheit ins Gesicht sehen, dachte Mary. Auf ihnen lastete die ganze Verantwortung, die die Alten nicht mehr und die Jungen noch nicht tragen konnten.

Es dämmerte, als sie sich ihrem Ziel in Frankreich näherten, einem geräumigen, alten Bauernhaus an der Küste mit der Möglichkeit, Tennis zu spielen und zu fischen. Mary hatte die Annonce in der Londoner *Times* entdeckt. Bisher hatten sie immer in Hotels Ferien gemacht, doch Charlies Finanzen ließen das nicht mehr zu. Wäre es nach ihm gegangen, wären sie überhaupt nicht weggefahren, doch die Krankheit von Marys Mutter machte eine Reise nach Europa unaufschiebbar. Auch ein ganzes Haus, in dem sie sich selbst verpflegten, wäre zu teuer gewesen, doch Mary hatte die rettende Idee gehabt, es mit einer anderen Familie zu teilen. Die Renshaws fuhren schon nach Nantucket, und auch die einzigen Freunde in Europa, mit denen sie sich einen gemeinsamen Urlaub vorstellen konnten, hatten bereits andere Pläne, doch Lauren Williams war noch nie in Europa gewesen und sagte begeistert zu, selbst dann, als Mary darauf hinwies, dass die Unterkunft sehr einfach sein würde. Auch Laurens Mann war einverstanden – er hieß Vernon, erinnerte Mary Charlie –, und der Urlaub wurde gebucht. Über einen Mitarbeiter der französischen Botschaft engagierte Lauren noch ein junges Mädchen aus Vannes als Küchenhilfe. Der zum Haus gehörende große Garten gab Charlie das beruhigende Gefühl, dass er sich lediglich während der Mahlzeiten Laurens Erinnerungen an ihm unbekannte Menschen anzuhören brauchte.

Er war nach dem am Steuer verbrachten Tag müde und hatte Kopfschmerzen, und der zermürbende Zank der Kinder zehrte an seinen Nerven. Er hatte nur einmal um die Mittagszeit einen Schluck aus der Flasche genommen, um nicht einzuschlafen, und jetzt wollte er nur noch zwischen kühle Laken schlüpfen, neben sich einen Krug eisgekühlten Weins, und durch das Fenster in den Obstgarten hinaussehen. Die Namen der meisten Dörfer waren sich zum Verwechseln ähnlich, Saint-Brieuc oder Saint-Brion. Um nicht durcheinander zu kommen, sprachen er und Mary sie englisch aus. Früher, während ihrer Flitterwochen in Italien, hatten sie mit derart lustigen Spielchen ihre Vorfreude gesteigert. Jetzt waren sie für Charlie ein unverzichtbarer Zeitvertreib bis zur erlösenden Ankunft.

Wieder ließen sie ein felsiges Städtchen hinter sich. Charlie hoffte inständig, dass er zum letzten Mal die vor dem Rathaus schlaff am Mast hängende Trikolore im Außenspiegel kleiner werden sah. Zwei Kilometer weiter gelangten sie an eine Kreuzung ohne Wegweiser. Es war schon fast dunkel, und Mary musste die Beifahrertür öffnen, um die Karte lesen zu können.

»Ich weiß auch nicht, in welche Richtung wir fahren müssen«, sagte sie.

»Das hilft mir nichts«, entgegnete Charlie. »Du bist der Beifahrer. Du musst es wissen. Ich kann nicht beides tun.«

Mary warf ihm einen Blick zu. »Sei bitte nicht böse, Schatz. Ich weiß es einfach nicht. Wir hätten eine größere Karte mitnehmen sollen.«

Charlie holte tief Luft und versuchte zu lächeln. »Aufgrund meiner Erfahrungen bei der Infanterie, bei der ich leider zwei Jahre lang nicht wusste, wo ich war, würde ich sagen, wir müssen in diese Richtung.«

Er legte den ersten Gang ein und bog entschlossen nach rechts ab. Mary las die Wegbeschreibung des Vermieters vor. »Nach etwa einem Kilometer kommen Sie zu einem Bauernhof. An der Straße steht eine Kreuzigungsgruppe aus Stein.«

»›So bleibt man stehen, wo der zerbombte Weg sich teilt‹«, sagte Charlie.

»Was?«

»Wilfred Owen.«

»Folgen Sie dem Feldweg bis zu einem grasbewachsenen Dreieck.«

»›Auch er verlor in diesem Krieg ein Glied.‹«

»Wenn Sie die Boulangerie sehen, sind Sie zu weit gefahren.«

»Ich bleibe bei dem Dreieck stehen.«

»Papa! Da ist es.«

Charlie bremste und schaltete das Fernlicht ein. Zu den Besonderheiten des Wagens gehörten neben der hydraulischen Federung die schwenkbaren Scheinwerfer. Mit Hilfe des Lenkrads konnte Charlie die bretonische Landschaft vor ihnen in weitem Umkreis beleuchten. Unter einem Kastanienbaum sahen sie einen gekreuzigten Christus.

»Wunderbar. Weiter.«

»... auf den nächsten zweihundert Metern müssen Sie auf die kleinen Enten Acht geben, die ...«

»Zur Hölle mit den kleinen Enten.«

»... an den Torpfosten vorbei und dann die zweite Einfahrt hinein.«

Der große Citroën glitt mühelos über den groben Schotter eines Hofs. Charlie stellte den Motor ab, und der Wagen senkte sich zischend. Die Kinder kletterten heraus. Ihre schlechte Laune war verflogen. Auf der Suche nach dem Eingang rannten sie um das Haus. Der Schlüssel zur Tür fand sich schließlich unter einem Topf. Mary packte die Kleider der Kinder aus, während diese treppauf, treppab rannten. Charlie begab sich auf die Suche nach Alkohol.

Alt war das Haus in der Tat. Es stammte aus einer Zeit, als »Frankreich« den Bretonen noch als neumodische Erfindung galt, der keine Zukunft beschieden war. An dem Haus war seit vorrevolutionärer Zeit nichts renoviert worden, und es hatte auch allen Neuerungen der Republik erfolgreich widerstanden, insbesondere Putzmitteln. Die Betten waren zwar frisch bezogen und die Böden oberflächlich gefegt, doch in den Ecken hingen Spinnweben, und die Schlafzimmer rochen muffig und abgestanden. Es gab zwei Badezimmer, in denen gigantische gusseiserne Badewannen mit rostigen Wasserflecken standen, und die Sickergrube irgendwo draußen machte durch Verbindungsrohre auf unangenehme Weise auf sich aufmerksam. Mary hatte bei ihrer kurzen Inspektion eine Bauerstochter vor Augen, die fröstelnd und mit angezogenen Knien regungslos dasaß, während der Bote eine Nachricht aus Verdun brachte, jener Hölle, in der ihre Brüder und Liebhaber widerwillig kämpften. Mary stellte sich frühere Bewohnerinnen vor, Frauen wie Madame Bovary, die durch den Obstgarten wandelten und sich wünschten, der sie einengenden Provinz zu entrinnen, in der sogar Städtchen wie Quimper, Vannes und Concarneau unerreichbar fern schienen, getrieben von der Sehnsucht nach Liebe, ohne die sie nicht leben konnten ... Dumme Geschöpfe, dachte Mary und legte Louisas Kleider in die Schublade einer Kommode aus Walnussbaumholz.

Die Trennung von Frank machte sie unglücklich und wütend. Sie war ungeduldig mit den Kindern und konnte sich nicht mit dem schmutzigen Haus anfreunden – zumal es so unendlich weit von Amerika entfernt war. Wie gern wäre sie jetzt in den Vereinigten Staaten gewesen, hätte Cheeseburger gegessen, hergestellt aus dem zarten Fleisch getreidegefütterter Rinder, und einen kalten Martini mit einer Olive getrunken; wie gern hätte sie an ihrem Ecktisch bei Fiorello gesessen, zu Teddy Roosevelt auf seiner Insel hinausgeschaut, das Schokoladendessert genossen und einen großen Espresso getrunken, auf dem ein Kringel runzliger Zitronenschale schwamm.

Die Besitzer des Ferienhauses hatten versichert, Madame Bobotte, eine Nachbarin, werde am Nachmittag Milch, Brot und einige andere Grundnahrungsmittel bringen, damit sie etwas zu essen hätten, bis sie am nächsten Tag selbst einkaufen könnten. Eine gründliche Durchsuchung der Küche ergab allerdings, dass Madame Bobotte nicht gekommen war. Auch ihre Adresse oder Telefonnummer war nirgendwo zu finden, und die Geschäfte hatten inzwischen geschlossen. Mary durchstöberte verschiedene Schränke auf der Suche nach etwas Essbarem. Hinter einem geblümten Vorhang entdeckte sie einen Kühlschrank mit einem Hebelgriff wie an der Kühlraumtür eines Metzgers. Im Kühlschrank war es zwar bemerkenswert kalt, doch befand sich bis auf eine dick mit Eis beschichtete Eiswürfelschale nichts darin. Das Eis hätte dem Grab eines Mammuts Ehre gemacht. Im Geschirrschrank gab es jede Menge Suppenterrinen mit Deckeln und Stapel von Tellern jeder Größe, doch nichts zu essen. Ein Eckschrank aus Kiefer enthielt einige Päckchen Rattengift, Flaschen mit getrockneten Kräutern und einen aus Zweigen bestehenden Handbesen.

Charlie suchte im hinteren Fach seines Koffers nach seiner Notration Wild Turkey und verschwand ins Badezimmer. Trüb lief das Wasser in ein Zahnputzglas. Charlie reinigte und spülte das Glas mit einer geübten Bewegung des Zeigefingers. Whisky war das beste Desinfektionsmittel, das er kannte, deshalb hatte er auch keinerlei Bedenken, ein jeweils zur Hälfte mit Whisky und lauwarmem Wasser aus dem Hahn gefülltes Glas zu trinken, in dem er zuvor noch drei Tylenoltabletten aus seinem Necessaire aufgelöst hatte.

Er ging nach unten. Mary versuchte, den Gasherd in Gang zu bringen. Charlie fand den Gaszylinder auf dem Boden hinter einem weiteren geblümten Vorhang. Er drehte den Absperrhahn eine Zeit lang in verschiedene Richtungen, bis der Brenner schließlich mit einer lauten Explosion aufflammte. Mary stieß einen Schrei aus, und machte einen Satz nach hinten. Charlie ging wieder auf die Suche nach Alkohol. Mary nahm eine rußgeschwärzte Bratpfanne vom Haken.

Dann war endlich eine Art Abendessen fertig. Es bestand aus Walnüssen vom Vorjahr, zusammen mit in Nussöl gebratenen Sardellen und dazu einem in Scheiben geschnittenen, eine Woche alten und in Olivenöl und Pfeffer gebratenen Baguette. Im Auto hatte sich noch eine halbe Tafel Schokolade gefunden. Mary trank Wasser, die Kinder verdünnte Grenadine, beides gekühlt durch angetaute und abgewaschene Mammuteisstückchen. Charlie bediente sich aus einer Flasche mit einer sonderbar dicken Flüssigkeit, die er ganz unten in einem Schrank im Wohnzimmer gefunden hatte, etwas Hochprozentiges, in dem einige Kräuter oder andere Pflanzen schwammen.

»Schmeckt ganz vortrefflich«, sagte er. »Eine Art Schnaps aus Äpfeln oder Pflaumen. Willst du probieren?«

Mary schüttelte den Kopf. »Das Zeug sieht ekelhaft aus.«

Sie beobachtete die Kinder beim Essen. Die Mahlzeit reichte gerade und schmeckte einigermaßen. Zusammen mit dem Sirup und der Schokolade hielt sie die Kinder bei Laune.

Charlie zündete sich eine Zigarette an, kippte den Rest seines Getränks hinunter und lächelte. »Hat hervorragend geschmeckt«, sagte er. Mary stellte fest, dass er nichts gegessen hatte. Er aß in letzter Zeit fast nichts mehr.

Charlie begann Mutmaßungen über die früheren Bewohner des Hauses anzustellen. Wie sie die Feiertage obskurer Heiliger gefeiert, ihren zahlreichen Kindern fromme Namen gegeben, keinen Alkohol getrunken und überhaupt jegliche Nahrung verabscheut hätten.

»In Monaten, die Vokale enthalten, essen wir nichts. Das gilt natürlich ganz besonders für den *août*.«

Mary sah das Blitzen in seinen Augen, und Louisa lachte ihr gurgelndes Lachen, das sich anhörte wie in einem Rohr aufsteigendes Wasser. Es war fast wie in alten Tagen. Mary musste ihren Blick abwenden.

Ein herrlicher Morgen brach an, kühl und frisch, mit einer wunderbar reinen Luft und einem wolkenlosen Himmel. Charlie stand früh auf und fuhr nach Saint-Brioche, wie er das Städtchen inzwischen nannte, um Vorräte einzukaufen, wozu auch ein aufblasbares Plantschbecken und Wasserpistolen gehörten. Bei seiner Rückkehr stand Mary in ihrem weißen Nachthemd in der Küche und machte Wasser heiß. Sie bedeutete ihm mit einer stummen Geste, leise zu sein, weil die Kinder noch schliefen.

Kurz vor Mittag trafen die Williams mit ihren Zwillingen Douglas und Elliot und Marie-Laure, dem Mädchen aus Vannes, ein. Vernon Williams war ein schmächtiger, bebrillter Mann

Ende vierzig und Angestellter des State Department. Er stieg aus und begrüßte Charlie per Handschlag. Lauren hielt ihm die Wange hin. Charlie bemerkte, dass sie nach der anstrengenden Fahrt noch immer gut roch und frisch gepudert war.

Mary ging mit den Williams nach oben und führte sie in ihre Schlafzimmer. Die Kinder begrüßten einander in stummer Feindschaft und rannten dann wortlos in den Garten, in dem zwei gefährlich baufällige Scheunen standen. Charlie schlenderte mit einem Buch zu der Wiese mit den Obstbäumen hinaus und kehrte erst zurück, als er zum Mittagessen gerufen wurde. Mary und Lauren hatten den Tisch hinter dem Haus im Schatten einiger Birnbäume gedeckt.

Vernon Williams legte die Zeitung beiseite, in der er gelesen hatte, und nahm von dem kalten Huhn. »Kaum zu glauben, dass es hier keine Dusche gibt«, sagte er.

Seine Frau lachte. »Wir sind in Europa, Schatz. Hier ist alles ein wenig anders.«

Marie-Laure, die Haushaltshilfe, häufte sich Hähnchenschlegel, Gänseleberpastete und Salat auf den Teller und machte sich mit gesenktem Kopf und genüsslich schmatzend darüber her. Charlie schenkte Wein ein.

»Wir dachten, wir essen heute Abend hier«, sagte Mary. »Ich koche, und ihr ruht euch aus.« Charlie hatte sie das schon hundertmal sagen hören. Immer wollte sie es den anderen Recht machen, nie dachte sie an sich. Doch glaubte er diesmal einen ironischen, fast verzweifelten Unterton in ihrer Stimme herauszuhören, oder bildete er sich das nur ein?

Er betrachtete sie in ihrem blauen Baumwollhemd, den weißen Hosen und den Slippern. Sie wirkte ein wenig müde, dachte er, aber das Gute an Mary war, man brauchte sich um sie nie Sorgen zu machen.

Während des Mittagessens schaltete Charlie ab und ließ seinen Gedanken freien Lauf. Er wusste meist schon, was andere sagen wollten, wenn sie mit den ersten Worten begonnen hatten, und ab da musste man nur noch ein interessiertes Gesicht machen, während sie zu Ende sprachen oder, in Laurens Fall, bereits vor dem Ende auf einen anderen Gedanken kamen.

»Sie wirken so abwesend, Charlie«, musste er sich oft anhören, was auch stimmte. Allerdings reichte ihm ein Teil seiner Aufmerksamkeit, um einem Gespräch zu folgen. Mit dem Rest suchte er nach einem anderen Gegenstand, mit dem er sich beschäftigen konnte. Sein Psychoanalytiker in Bethesda hatte gemeint, genau darin bestehe sein Problem: dass er für seine Gedanken kein konstruktives oder kreatives Betätigungsfeld fand, weil er keine Talente besaß. Also trank er, um seine Gedanken zu betäuben. Er ertränkte sie regelrecht.

»Müsste ich nicht eigentlich ein verkappter Homosexueller sein?«, hatte Charlie gefragt. »Oder das Opfer einer Kindesmisshandlung, von der keiner mehr weiß?«

Der Psychoanalytiker blieb ernst. »Wären Sie das gerne?«

Charlie trank so viel Wein zum Mittagessen, dass er von drei bis fünf schlafen konnte, die Tageszeit, die er am wenigsten mochte. Am Nachmittag wurde es heiß. Mary schlüpfte in ihren Badeanzug, einen schwarzen Bikini, den ersten, den sie je besessen hatte. Als sie das Gas anzündete, um Teewasser aufzusetzen, spürte sie die Flamme warm an der nackten Haut ihres Bauchs. Der Tee hieß zwar Sir Winston Churchill Five O' Clock, war aber zu schwach, um Charlie den nötigen Schub für den Rest des Tages zu geben. Er blieb deshalb noch eine Stunde auf dem Bett liegen und löste das Kreuzworträtsel einer zwei Tage alten *Times*.

Das Abendessen bereitete Mary allein zu. Eigentlich kochte sie gern in den Ferien, wenn sie keine Gäste erwartete und das Essen nicht zu einer bestimmten Zeit fertig zu sein brauchte, doch diesmal ärgerte sie sich über den widerspenstigen Herd und die dummen Williams mit ihren blöden Kindern. Sie hätte nicht sagen können, warum, doch war ihre Wut auf einmal so stark, dass sie ein Ventil dafür finden musste. Sie seufzte tief und schimpfte auf die Kücheneinrichtung, auf die Bretagne, auf das Mädchen aus Vannes und auf ihre Mutter, weil sie im Sterben lag.

Um sieben rief sie Charlie in die Küche. Er sollte ihr helfen, den Ofen anzumachen. Zwanzig Streichhölzer später rief Charlie Vernon Williams zu Hilfe.

Vernon legte sich auf den rot gefliesten Küchenboden.

»Da hinten sehe ich ein kleines Loch.«

»Vielleicht solltest du das Teil da oben anzünden.«

»Oder ist das der Grill?«

»Ist das Gas auch ganz bestimmt an, Charlie?«

»Hast du noch ein Streichholz?«

»Ist das die Zündflamme? Die brennt jedenfalls.«

»Also ist das Gas zumindest angeschlossen.«

»Hast du in Harvard denn gar nichts gelernt?«

»Hast du das kleine Loch da oben versucht?«

»Das ist das letzte Streichholz.«

»Hast du dir wehgetan?«

»Nicht der Rede wert. Ich wollte dir nur nicht im Weg stehen und hab mir den Kopf an der Tür angeschlagen.«

»Das klang aber schmerzhaft.«

»Wenigstens ist der Ofen jetzt an.«

»Stimmt. Wie hast du das geschafft?«

»Keine Ahnung.«

Sonst fand Mary solche Gespräche amüsant, aber jetzt war ihr überhaupt nicht zum Lachen zu Mute. Sie knallte den gusseisernen Deckel auf die Kasserolle und schob sie in den altersschwachen Ofen. Lauren ging mit den Kindern zum Baden nach oben, Charlie schenkte im Wohnzimmer Drinks ein. Er brachte Mary ein Glas Whisky in die Küche – Lord McGregor Genuine Scottish aus der *épicerie* in Saint-Brioche – und umarmte sie zu ihrem Ärger von hinten, während sie an der Spüle stand. Sie drehte sich zu ihm um, lächelte gequält und schob eine dunkle Haarsträhne aus der Stirn. Charlie nahm sich eine ihrer Zigaretten, die am üblichen Platz neben dem Herd lagen.

»Seit wann rauchst du Chesterfields?«

»Ich ... ich weiß auch nicht. Sie hatten keine Winstons mehr. Übrigens gibt es hier auch keine Waschmaschine. Ich muss die alte Wäsche in eine Wäscherei bringen. Hast du heute Morgen vielleicht eine entdeckt?«

»Ich sehe mich morgen nach einer um.«

Als Ausgleich für die kärgliche Mahlzeit am Abend zuvor bereitete Mary ein mehrgängiges Menü zu: Eier mit selbst gemachter Mayonnaise und den restlichen Sardellen, Bœuf bourgignon mit Kartoffelbrei und zum Nachtisch Apfelkuchen aus der Bäckerei. Lauren erzählte eine lange Geschichte über Kelly Eberstadts ersten Mann.

»Was sagst du dazu, Mary?«, fragte Vernon Williams. »Du bist so still.«

»Was sage ich zu was?«

»Zu Kellys Mann und ihrer zweiten Ehe.«

»Gar nichts. Ich kenne weder ihren ersten noch ihren zweiten Mann. Außerdem ist es doch egal. Man heiratet, man stirbt.« Charlie sah sie an und entließ Richard und Louisa mit einem Kopfnicken. Mary schlug die nackten Beine unter und zündete sich eine Zigarette an.

»Aber Kelly ist es wahrscheinlich nicht egal«, beharrte Vernon Williams geduldig.

»Mein Gott«, sagte Lauren, »diese Fliegen sind ganz schön lästig.«

Am nächsten Tag begab Charlie sich nach der morgendlichen Fahrt nach Saint-Brioche mit einem Stapel Bücher zu einem Liegestuhl, den er in einem ruhigen Teil des Gartens unter einem Apfelbaum aufgestellt hatte. Daneben verlief eine niedrige Ziegelmauer, dahinter kam in einiger Entfernung das Meer. Er machte sich keine Sorgen um Mary. Lauren Williams hatte

Marys scharfe Antwort mehr als verdient. Insgeheim freute er sich sogar darüber und überlegte, ob er wohl eine ähnliche Bemerkung machen konnte, wenn Lauren beim nächsten Mal die Urlaubspläne der Familie ihres Kindermädchens erörterte. Gewiss, bisher war ein solches Verhalten ganz untypisch für Mary gewesen, aber der Grund lag auf der Hand: ihre Mutter. Das ging vorbei. Außerdem hatte Charlie es mit den Jahren völlig verlernt, sich Sorgen um Mary zu machen.

Er begann zu lesen. Seine Konzentration hatte in letzter Zeit nur noch selten für ein ganzes Buch ausgereicht, und er betrachtete es als gutes Zeichen, dass er am Tag zuvor hundert Seiten geschafft hatte. *Ars longa, vita brevis*, hatte sein Vater ihn immer gewarnt, doch Charlie hatte im Lauf der Jahre erkannt, dass die Kunst gar nicht so *longa* war wie allgemein angenommen. Vorausgesetzt, man hatte in der Jugend die Klassiker gelesen und sich einige Sommer lang Zeit für Tolstoi, Proust und ein paar langatmige Amerikaner genommen – dann hatte man das meiste geschafft. Den Rest konnte man in den folgenden zwanzig Jahren nachholen. Charlies Toleranzschwelle war allerdings mit den Jahren deutlich gesunken. Was er als Jugendlicher gelesen hatte – Thomas Hardy, D. H. Lawrence, Fielding, André Gide, Zola, Dostojewski und Dorothy L. Sayers – erfüllte ihn mit ungläubigem Staunen. Er verspürte nicht das geringste Verlangen, eins dieser Bücher noch einmal aufzuschlagen. Er hatte eine Abneigung gegen alle griechische Literatur, gegen Reiseberichte, die meisten Biografien, Versepen, Krimis, Jane Austen, Trollope, Browning, ja eigentlich gegen alle viktorianischen Schriftsteller mit Ausnahme von Dickens, außerdem gegen Shaw und alles, was nach dem Krieg in England geschrieben worden war. Die Liste der Bücher, die er noch mochte, war kurz und wurde immer kürzer. Zu ihr gehörten die meisten lateinischen Schriftsteller, Rilke, den er allerdings nur in Übersetzung gelesen hatte, einige Bücher von Dickens, Melville, Tolstoi (nicht die *Auferstehung*), Conan

Doyle, P. G. Wodehouse (aber nur *Jeeves rettet die Situation*), Montaigne, Emily Dickinson und die neueren amerikanischen Dichter, insbesondere Wallace Stevens und der viel versprechende Robert Lowell. Die Überzeugung, die wichtigsten Bücher der Weltliteratur gelesen zu haben, dämpfte Charlies Leselust. Im Moment beschäftigte er sich mit einer Melville-Biografie. Er machte sonst einen Bogen um Schriftstellerbiografien, doch Melville bewunderte er so sehr, dass er seine Skrupel überwunden hatte. Aus den Tagebüchern und Briefen von Schriftstellern wusste er, dass ihnen allen der Wunsch gemeinsam war, Themen und Ereignisse zu einem künstlerisch befriedigenden Ganzen zu ordnen, um dem Leben einen Zusammenhang, eine Vielfalt und einen Wert zu verleihen, den es in Wirklichkeit nicht besaß. Wenn man nach der Lektüre eines solchen Romans dann das Leben mit seinen Katastrophen, seinen Sprüngen und seinem jämmerlichen Mangel an Bedeutung im Licht der Literatur betrachtete, haftete ihm womöglich noch ein Rest des geliehenen Glanzes an, und man konnte glauben, es sei am Ende doch von einem höheren Sinn erfüllt.

Die armen Schriftsteller beschrieben sich oft selbst bei dieser anstrengenden Arbeit. Von Menschen, die sie kannten oder flüchtig kennen gelernt hatten, entliehen sie die Charakterzüge ihrer Protagonisten, aus Gesprächen wählten sie Gedanken aus, die sie zu Themen weiterentwickeln konnten. Häuser, in denen sie zu Gast gewesen waren, wurden an einen anderen Ort versetzt und neu möbliert. Andere Autoren wurden, ohne es zu wissen, absorbiert und assimiliert. Die Macht der Phantasie speiste sich aus einer unbekannten Quelle, und die künstlerische Intelligenz schuf aus all dem ein Ganzes, das auf seltsam erregende Weise mehr war als die Summe der noch so vielfältigen Teile.

Es war Schwerstarbeit, dachte Charlie. Doch dann zerlegte der Biograf des Schriftstellers alles wieder. Die so wunderbar vielschichtige Heldin sei letzten Endes zusammengesetzt aus der Tante und der Geliebten des Autors, die idyllische Jagdhütte war nur die aus der Lombardei nach Felixstowe versetzte Ferienwohnung, in der Tante und Geliebte immer die Ferien verbracht hatten. Die quälende Liebesaffäre war in Wirklichkeit nur die Sublimierung eines Interesses an heranwachsenden Jungen. Also gab es doch keinen höheren Sinn, keine komplexe Einheit. Alles war zusammengesetzt und konnte vom Biografen in lauter bedeutungslose Einzelteile zerlegt werden. Charlie fragte sich nur, was der Zweck einer solchen Biografie war. Glaubten die Biografen von Brückenbauern, man hätte den Fluss besser nicht mit einer Brücke überspannen sollen? Glaubte, wer über das Leben Newtons schrieb, man hätte den Himmel lieber nicht vermessen sollen?

Beim Mittagessen und einem Glas Wein erläuterte Charlie seine Theorie.

»Nach dem glorreichen Versuch, eine freischwebende Welt der Phantasie, der Kunst zu schaffen und die Nabelschnur zur Wirklichkeit zu durchtrennen, kommt also dieser Mensch, dieser Biograf daher und versucht in Sisyphusarbeit, alles wieder am Boden zu verankern.«

Vernon Williams vermerkte nur bescheiden, er habe großes Vergnügen an politischen Biografien, Marie-Laure hob einmal kurz den Kopf von ihrem mit Würstchen, Käse und den Bratkartoffeln vom Vorabend voll gehäuften Teller. Erschöpft von seinem literarischen Monolog, zog Charlie sich zum Mittagsschlaf zurück. Die anderen brachen zum Strand auf.

Als er aufwachte, war im Haus alles still. Der Wecker zeigte fünf Uhr an, eine gute Zeit, Duncan Trench in Washington anzurufen. Die vormittäglichen Besprechungen wären vorbei und Duncan würde am Schreibtisch sitzen. Auch das Café in Saint-Brioche mit dem Telefon neben dem WC hatte um diese Zeit geöffnet. Widerstrebend stand Charlie auf und machte sich eine Tasse Tee mit zwei Beuteln Winston Churchill und einem Schuss pasteurisierter Milch. Dann ging er zum Auto.

»*Répression de l'ivresse publique.*« In wie vielen zugigen französischen Cafés hatte er schon gestanden und dieses altertümliche Verbot öffentlicher Trunkenheit gelesen? Es dauerte eine Viertelstunde, bis er die Auslandsvermittlung erreichte. Wie konnte ein Land mit einem so primitiven Telefonsystem mit anderen Ländern konkurrieren?

Endlich hörte er Duncan Trenchs cholerische Stimme. »Was? Ja, richtig. Ich rufe Sie auf einer sicheren Leitung zurück. Was für eine Nummer haben Sie?«

»Keine Ahnung. Augenblick, ich frage.«

Die Frau hinter dem Tresen nannte misstrauisch die Nummer. Zwanzig Minuten und zwei Pastis später klingelte das Telefon in dem stinkenen Vorraum wieder.

»Also«, sagte Trench. »Was gibt's?«

»Ihr wöchentlicher Anruf, Trench. Ich ›halte Kontakt‹.«

»Hmm. Sie kommen nicht zufällig durch Paris?«

»Nein.«

»Vielleicht ein Abstecher?«

»Halten Sie sich an die Regeln.«

»Es würde Ihr Schaden nicht sein.«

Charlie sah auf seine Füße. Die geflochtenen Sohlen seiner Espadrilles begannen am Zeh auszufransen. »Wiederhören, Trench«, sagte er und legte auf.

Am Strand lehnte Mary sich mit dem Rücken an eine Steinmauer mit Blick aufs Meer, wo Lauren und Vernon Williams gerade für die Kinder ein Schlauchboot ins Wasser schoben. Mit dem Zeigefinger schrieb sie Franks Namen in den Sand und betrachtete ihn lange Zeit wie betäubt.

Ob sie in ihrem Unterbewusstsein wollte, dass man ihr auf die Schliche kam? Hatte sie Franks Zigaretten, die sie ganz unten in ihrer Handtasche gefunden hatte, absichtlich dort liegen lassen, wo Charlie sie sehen konnte? Seufzend stand sie auf. Mit der Ferse radierte sie gereizt die Buchstaben von Franks

Namen aus und wurde wütend, als sogar diese kleine Bewegung sie innerlich schmerzte.

Richard und Louisa rannten spritzend durch das seichte Wasser und warteten darauf, dass sie mit dem Boot an die Reihe kamen. Mary fühlte sich an die Ferien ihrer eigenen Kindheit am Strand von Norfolk erinnert. Sie war meist allein gewesen und hatte in ihrem juckenden Wollkleid zufrieden mit Eimer und Schaufel nach verschiedenfarbigen Muscheln gesucht.

Ich muss ein seltsames Kind gewesen sein, dachte sie und sah sich wieder über den Sand laufen in einer Welt, in der die Zeit stehen geblieben war. Ich habe alle Eindrücke und Empfindungen für endgültig gehalten und meine Eltern für so ewig wie die Kaimauer. Wenn ich jetzt meine Kinder sehe, weiß ich, dass sie nur Figuren in einem Schattenspiel sind, dass ihr Glaube an die Ewigkeit eine Illusion ist, weil sich die Zeit nicht anhalten lässt.

Louisa kam zitternd vor Kälte auf sie zugerannt. Mary wickelte sie so fest in ein Handtuch ein, dass sie die Arme nicht mehr bewegen konnte. Louisa hatte unter dem linken Ohr drei kleine, halbmondförmig angeordnete Muttermale, die Mary, während sie ihre Tochter hielt, eines nach dem anderen küsste.

XIV

In New York wurde Mary durch ein explosionsartiges Geräusch geweckt, als sei das Baugerüst eines Wolkenkratzers eingestürzt und alle Teile im selben Augenblick auf den Gehweg geknallt. Es hatte lange gedauert, bis ihr klar geworden war, dass sie einen Müllwagen hörte, der über ein Schlagloch fuhr, sodass sich der leere Container hob und dann wieder auf das stählerne Fahrgestell geschleudert wurde. Mary döste erneut ein, um einige Zeit später durch ein viel angenehmeres Geräusch geweckt zu werden: das Trommeln von Regen auf dem Kondensator der Klimaanlage vor dem Fenster. Sie sah vom Bett aus nach draußen. Im Windschatten des Ziegelschachts hockte vierzehn Stockwerke über dem Boden wie immer eine Taube, eine gescheckte Veteranin der Gosse.

Mary lächelte und streckte sich unter dem Laken, höchst zufrieden darüber, dass sie sich nicht in der Bretagne befand. Sie war am Vorabend aus Washington eingetroffen und ohne Abendessen zu Bett gegangen. Jetzt sehnte sie sich nach Nathans Bar und ihren freundlichen Kellnerinnen.

Als sie das Hotel verließ und sich auf den Weg zur Bar machte, hatte der Regen nachgelassen. Sie setzte sich auf ihren Lieblingsplatz, vom Rest des Raums durch eine Glasscheibe getrennt, und bestellte Kaffee, Orangensaft und das Spezialfrühstück Nummer drei. Während sie wartete, blätterte sie die Zeitung durch und suchte nach Franks Namen. Er berichtete jetzt über Nixons Wahlkampf. Sie hatte ihn kurz in einer Fernsehreportage über den Parteitag der Republikaner in Chicago gesehen. Nixon und seine Frau, »die ein ganzes Blumenbeet auf der Schulter hat«, waren von Gouverneur Rockefeller vorgestellt worden. Mary, noch voller Mitleid mit der verlegenen Pat Nixon, die tatsächlich aussah, als hätte man sie aus einer Blumenrabatte ausgegraben, entdeckte plötzlich, als die Kamera zur Seite schwenkte, inmitten einer Gruppe von Journalisten Frank. Sie empfand eine merkwürdige Dankbarkeit, gleichsam als sei dies der Beweis dafür, dass Frank sie nicht betrog. Frank sollte Nixon begleiten, während dieser sein ehrgeiziges Versprechen einlöste, alle Staaten der Union zu besuchen. In Greensboro in North Carolina hatte Nixon sich allerdings das Knie so schwer verletzt, dass er ins Krankenhaus musste. Nach einigen Tagen hatte Frank die Redaktion dazu überreden können, den örtlichen Korrespondenten über den ans Bett gefesselten Kandidaten berichten zu lassen, während er selbst nach New York zurückkehrte. Er wollte Mary anrufen, sobald er am Abend eintraf.

»Wie geht's ihm?«, fragte Sadie und schenkte Mary Kaffee ein.

»Wem?« Mary war so tief in Gedanken versunken, dass sie glaubte, sie hätte etwas überhört. »Nixon?«

»Nein.« Sadie lachte heiser. »Dem Mann, wegen dem Sie hier sind.«

Mary spürte, wie sie rot wurde. »O Gott, merkt man das so deutlich?«

»Ich bin im selben Alter wie Sie, ich kenne die Symptome. Nehmen Sie Ketchup?«

Wenigstens hatte Sadie ihr Verhalten nicht missbilligt, dachte Mary, als sie sich nach dem Frühstück auf den Weg machte. Sie musste einige Dinge besorgen. Auf der Fifth Avenue wandte sie sich in Richtung Uptown. Charlie schien nie zu bemerken, was sie trug, und auch bei Frank war sie sich nicht sicher. Die einzige Person, mit der sie über Kleidung sprechen konnte, war Katy Renshaw, von der sie verschiedene Modezeitschriften erhielt, wenn diese sie fertig gelesen hatte. Soweit Mary es beurteilen konnte, mochte Frank konventionelle Kleider, wenn auch nur des Vergnügens wegen, sie ihr ausziehen zu können. Er hatte sich nur einmal ausdrücklich zu einer Abneigung gegen Bermudashorts bekannt, vor allem in Kombination mit Shetlandpullovern. Erst vor kurzem hatte er an der Ecke Madison Avenue und 55th Street einen Bermudashop entdeckt, wo den knielangen Hosen gleich mehrere Etagen gewidmet waren.

»Mein Gott«, hatte er erklärt, »das erinnert mich an die braven jungen Dinger, die im Weißen Haus arbeiten und Pooky, Fiddle oder Squidge genannt werden. Die tragen solche Hosen. Attraktive Frauen, nur ...«

»Natürlich«, sagte Mary. »Aber du hast ihnen wahrscheinlich trotzdem den Hof gemacht.«

»Allen«, erwiderte er, »außer Fiddle. Ich glaube, mit Fiddle hat sich niemand getroffen.«

Erschwert wurde das Einkaufen in New York aus Marys Sicht durch die epidemische Verbreitung der Kunstfaser Dacron. In der Zeitschrift *Harper's Bazaar* hatte Mary eine »ärmellose Bluse aus Baumwolle mit Tulpenaufdruck mit einem durchgeknöpften Rock in Gendarmblau« von Abercrombie und Fitch gesehen, doch bei genauerem Hinsehen stellte sich heraus, dass die Kombination aus einem Gemisch von Baumwolle und Dacron bestand. Ein entzückendes Kleid bei Bonwit Teller hatte einen ähnlichen Makel.

Doch es bereitete Mary schon Vergnügen, in die Läden zu gehen und sich der Betreuung beflissener Verkäufer zu überlassen. Ein älterer Mann bei Bergdorf bemerkte, wie sie interessiert ein Waschbecken in einer Ecke des Verkaufsraums betrachtete.

»Damit führen wir unsere wasserdichten Stoffe vor. Darf ich Ihnen vielleicht unsere Regenmäntel zeigen?«

Die Verkäufer wirkten immer ernst und gesetzt, dachte Mary,

egal, wie bunt und auffallend das Warenangebot war. Sie sagten etwa: »Das ist ein sehr schöner Schuh« oder »Sie werden es nicht bereuen, das ist einer unserer schönsten Stoffe«. Mary stellte sich vor, wie die Verkäufer täglich von einer heruntergekommenen Wohnung in Queens oder Brooklyn zur Arbeit fuhren. Ob sie abends auf der Heimfahrt noch an die beleidigenden und kränkenden Bemerkungen der Kunden dachten und die bis zum Ruhestand noch verbleibenden Monate zählten?

Bei B. Altman nahm Mary auf einem Sofa Platz, bis ein Verkäufer frei wurde. Sie blätterte eine *Vogue* durch und überlegte, ob sie einen Gürtel von Sarong kaufen sollte oder Strümpfe von Dupont, denn »jede Mode braucht ihren eigenen Strumpf«.

»Womit kann ich Ihnen heute dienen?«

Die Verkäuferin, eine Frau ihres Alters, war makellos geschminkt und gekleidet.

»Ich brauche ein Kleid, das ich in einem Restaurant und in einem Jazzkeller tragen kann.«

»Am selben Abend?«

»Leider ja. Höchstwahrscheinlich.«

Eine Stunde später stand Mary mit zwei Paketen am Ausgang. Die Verkäuferin hatte gemeint, sie sei nicht groß genug für den ausladenden Unterrock des schwarzen Organdykleids, das sie im Auge gehabt hatte. Stattdessen hatte sie ein Futteralkleid aus gekämmter Baumwolle mit schwarzen Tupfen so groß wie Münzen auf beigem Untergrund und ein ärmelloses Seidenkleid in einer dunkel schillernden Farbe gewählt, die von der Verkäuferin völlig unzutreffend als »Pfefferminz« beschrieben wurde.

Sie trat auf die Straße hinaus. Die Wolken hatten sich verzogen, und die Sonne brannte auf die Fifth Avenue herab. Trotzdem lag in der Luft eine erste Ahnung herbstlicher Kühle, die Mary veranlasste, zu Fuß ins Hotel zurückzukehren. Beschwingt marschierte sie los, vorbei an den freundlichen Löwen der Public Library. Sie wollte die Fifth Avenue bis zu der Querstraße hinaufgehen, in der ihr Hotel lag, denn wer machte schon freiwillig einen Spaziergang auf der Sixth Avenue?

Mary lächelte still in sich hinein, wie ertappt bei dem Vergnügen, das die Stadt ihr bereitete. Die nordsüdlich verlaufenden Straßen in diesem Teil Manhattans von der Lexington bis zur Seventh Avenue erinnerten sie mit ihren Nummern an Läufer, die sich keuchend auf ihren Bahnen zur Ziellinie am südlichen Ende des Central Park hinaufarbeiteten – eine immer ein bisschen voraus, bis man durch eine Querstraße sah, dass eine andere Straße mit einer noch höheren Nummer in Führung gegangen war. Nur der Broadway schwang sich entgegen den Regeln lasziv von Bahn zu Bahn, bis er kurz vor dem Ziel zur Seite ausbrach und von der Amsterdam Avenue geschluckt wurde. Die Fifth Avenue verlief geradeaus weiter nach Norden bis zum Harlem River, die schreckliche Sixth Avenue dagegen, in der ständig Häuser abgerissen und wieder aufgebaut wurden, erfüllt vom Lärm der Presslufthämmer und -bohrer und immer noch wie geblendet von dem Licht, das nach Abbruch der Hochbahn auf sie niederströmte, die Straße der Radio City Music Hall und die Straße von Florsheim und Walgreen, verlor das Rennen, gab an der Ziellinie den Geist auf und verendete unbetrauert unter den Hufen der schnaubenden Droschkenpferde.

Im Hotel angelangt, durchquerte Mary langsam das Foyer, damit der Portier sie auch bemerkte; doch dieser nickte nur, als sie an ihm vorbei zum Aufzug ging. Droben hängte sie die neue Garderobe in den begehbaren Schrank und wünschte sich, sie hätte mehr Kleider, um den leeren Platz zu füllen. Das Hotel war ein umgebautes Wohnhaus, und in seinen so genannten Suiten – einfache Zimmer gab es nicht – hatten einst Paare, vielleicht sogar ganze Familien gewohnt. Die billigen geblümten Vorhänge am Fenster waren nur Dekoration und ließen sich nicht zuziehen. Nachts konnte man das Zimmer durch weiße Kunststoffrollos verdunkeln, tagsüber durch einen dünnen, schmutzig weißen Vorhang, den Mary allerdings gleich am ersten Tag auf einem Stuhl stehend zusammengerollt und zwischen Volant und Gardinenstange gesteckt hatte.

Das Telefon klingelte. Mary hechtete über das Bett und nahm den Hörer ab. Es war Frank. Er wollte sich mit ihr um halb sieben in der Bar im obersten Stockwerk des Rockefeller Center treffen.

»Schon wieder in einem Hochhaus?«, mäkelte Mary. »Können wir uns nicht irgendwo downtown treffen?«

»Ich mag Hochhäuser. Und ich habe um fünf einen Termin ganz in der Nähe. Sei pünktlich.«

Mary versuchte das Gespräch noch ein wenig in die Länge zu ziehen, doch Frank rief vom Flughafen aus an und hatte es eilig. Mary legte auf. Ihre Gesichtsmuskeln schmerzten, offenbar hatte sie wieder die ganze Zeit gelächelt.

Auf dem Herald Square blieb sie in der Sonne stehen und überlegte, in welche Richtung sie gehen sollte. Links, Richtung Downtown, sah sie in einiger Entfernung durch eine Straßenschlucht das Flatiron Building, weiter rechts die graubraunen Ziegelfassaden des Broadway. An den Häusern in ihrem Rücken erinnerten die langsam verblassenden Namenszüge von Textilunternehmen, an deren Stelle längst andere Geschäfte getreten waren, an eine vergangene Zeit des New Yorker Geschäftslebens, während gegenüber ein Gewinner im Kampf ums Überleben zu sehen war, das Kaufhaus R. H. MACY, dessen gewaltiges Gebäude mit seinem gusseisernen Rahmen den ganzen Häuserblock beherrschte. Mary hatte sich Macy immer als puritanischen Tuchhändler aus Kansas mit einer randlosen Brille à la Harry Truman vorgestellt, doch Frank hatte ihr zu ihrer Überraschung gesagt, Macy habe sein erstes Geschäft auf der Insel Nantucket eröffnet. Vielleicht hatte Captain Ahab Moby Dick in Ölzeug von Macy gejagt.

Mary ging einige Blocks in Richtung Uptown und bog nach

rechts in die 37th Street ein, eine Straße, die sie wegen des weiten Blicks quer über die Insel mochte. Wäre nicht die leichte Erhebung der Fifth Avenue gewesen, hätte man auf ihr von Küste zu Küste sehen können. Zum Mittagessen kehrte sie in einer einladend wirkenden Imbissstube ein – der genaue Unterschied zwischen Deli, Café und Speiselokal war ihr nie ganz klar. Sie setzte sich auf einen Hocker am Tresen. Es gab die üblichen belegten Sandwiches und als Spezialität Provolone oder gehackte Eier mit Sardellen. Mary bestellte Rostbraten mit Senf auf Vollkornbrot und ein Bier, das der Barmann sofort brachte.

Mary nahm einen Schluck und spürte, wie das eisgekühlte Getränk durch ihre Kehle rann.

»Er hat mich als Partner reingeholt«, sagte der Mann auf dem Hocker neben ihr zu seinem Nachbarn. »Er besaß ein Sportgeschäft und wollte expandieren. Das war meine Chance.« Der Mann kaute geräuschvoll auf seinem Corned-Beef-Sandwich.

»Kann ich noch eine Essiggurke bekommen?«

Mary hatte das Gefühl, dass die Stadt, in der das Leben hektisch auf die Mittagspause zusteuerte, sie nicht brauchte. Nur an wenigen Orten der Welt wäre ihr Fehlen so wenig aufgefallen wie hier, doch kümmerte sie das nicht im Geringsten. Die Intensität ihrer Emotionen machte sie empfänglicher für ihre Umgebung als sonst, gleichsam als suche sie für ihr inneres Glück eine äußere Entsprechung. Die Gleichgültigkeit der mit sich selbst beschäftigten Park Avenue konnte ihr nichts anhaben.

Sie wandte sich in Gedanken ihrer Mutter zu. Vor ihrer Abreise aus Washington hatte sie mit ihrem Vater telefoniert, und er hatte berichtet, Elizabeth werde zunehmend schwächer, sei aber guter Dinge. Noch gebe es keinen Grund für Mary, nach London zu kommen, was sich freilich schon bald ändern könnte. Mary hatte auf der Stelle fliegen wollen, doch ihr Vater lehnte das entschieden ab. Es würde für ihn alles nur schwerer machen, hatte er gesagt. Marys Anwesenheit würde die seltsam irreale Ungewissheit der Situation und sein Gefühl einer zum Stillstand gekommenen Zeit noch verstärken.

Marys Zeitgefühl hatte sich seit jenem Tag, an dem Frank von Oregon zurückgekehrt und sie leise mit dem Tee in sein Schlafzimmer getreten war, ähnlich verändert. Ob Tod, Liebe oder die Konfrontation mit einer Lüge oder falschen Entscheidung: Solange die Zeit nicht verstrich, änderte sich nichts, blieb alles möglich. Mary konnte gleich mehrere Leben führen. Sie konnte zur gleichen Zeit bei Charlie sein, bei ihren abwesenden Kindern, bei Frank und bei ihrer Mutter. Ob ihre Mutter nach ihrem Tod weiter weg war als ihre Kinder jetzt? Mary brauchte sich nicht für ein Leben zu entscheiden, jedenfalls nicht jetzt, vielleicht nie – brauchte sich dem Druck keiner Uhr zu beugen.

Sie stand auf, um zu gehen, und holte verstohlen das Foto von Richard und Louisa aus der Handtasche. Sie küsste die kleinen, so rührend hilflosen Gesichter. »Alles wird gut werden«, murmelte sie. »Das verspreche ich euch. Alles.«

Um halb fünf begann sie mit den Vorbereitungen für den Abend. Sie nahm ein einstündiges Bad. Aber sie war so aufgeregt über die Aussicht, Frank wiederzusehen, dass die Zeit nicht vergehen wollte. Nach einer Weile hatte sich ihr Repertoire an Melodien von Rodgers und Hammerstein erschöpft, und sie überlegte zwanzig Minuten lang, was sie anziehen sollte, doch war sie immer noch zu früh dran für die zehn Minuten Verspätung, die sie sich vorgenommen hatte. Sie entschied sich schließlich für das Futteralkleid aus Baumwolle mit den Tupfen. Zum zweiten Mal an diesem Tag stürzte sie sich in das Gewühl der Straßen.

Sie hatte noch einen Schaufensterbummel machen wollen, doch hatte sich der Himmel wieder bewölkt, und es begann zu regnen. Außer Atem und fünf Minuten zu früh traf sie am Rockefeller Center ein. Der Aufzug katapultierte sie nach oben. Sie betrat die Bar im fünfundsechzigsten Stock, holte tief Luft und versuchte darauf zu achten, dass sie nicht ständig lächelte.

Frank war noch nicht da. Ein Kellner führte sie zu einem Tisch am Fenster, wo sie auf ihn warten konnte. Manhattan lag grau im Nieselregen unter ihr. Mary konnte undeutlich die symmetrische, sich nach oben verjüngende Silhouette des Empire State Building erkennen, die goldenen Kühlerdeckel, die das Chrysler Building krönten, und das noch unvollendete Pan Am Building über den Bahnsteigen von Grand Central. Sie bestellte bei einem Kellner, der lautlos neben ihr aufgetaucht war, einen Gin Tonic. Sie dachte an Frank, wie er drunten die Straße entlanghastete, verloren im Labyrinth der Zahlen. Sie suchte den Horizont ab, als könnte sie ihn dort entdecken, eine winzig kleine Gestalt, von der ihr Schicksal abhing, ein Atom in einem Chaos von Atomen. Über dem East River sah sie verschwommen die gewaltige Silhouette der Manhattan Bridge, von jenseits des Hudson leuchteten die Lichter von Hoboken neblig gelb über das Wasser. Sie nahm einen Schluck. Mein Geliebter, dachte sie, komm schnell. Komm, bevor ich vor Sehnsucht sterbe.

Als er dann kam, fiel es ihr schwer zu sprechen. Sie stellte ihm Fragen, damit er redete. Was war an diesem Gesicht so erstaunlich, so wunderbar? Sobald sie wegsah, hatte sie es vergessen, konnte sich nicht mehr an einzelne Gesichtszüge erinnern. Sie konnte sie aufzählen: die blau-braunen Augen, die knochige Stirn mit der nur schwach erkennbaren Ader, die oben in den kurz geschnittenen, bereits grau melierten Haaren verschwand, die hageren, leicht gebräunten Wangen, die lange Nase mit dem schmalen Rücken und die Sommersprossen unter den Augen. Doch das fertige Bild, der Gesamteindruck wollte sich nicht einstellen. War diese Flüchtigkeit der Schlüssel zu Franks geheimnisvoller Macht über sie, oder galt umgekehrt, dass sie ihn, wenn sie ihn mit Blicken verschlang, nicht mehr scharf sehen konnte? Das Ergebnis war jedenfalls in beiden Fällen dasselbe: eine Sehnsucht nach seiner Gegenwart, den diese nicht stillen konnte.

Sie bestellten beide noch einen zweiten Drink, dann rief Frank den Kellner und beglich die schwindelerregend hohe Rechnung. Im Aufzug klammerte Mary sich an die Art-deco-Haltestange und schluckte krampfhaft, damit der Druck in ihren Ohren sich löste. Mit weichen Knien verließ sie den Aufzug und ging durch die Eingangshalle. Ein grausamer Ingenieur hatte dem Boden eine leichte und vollkommen überflüssige Neigung gegeben. Frank spannte seinen Regenschirm auf und legte Mary den Arm um die Schultern. Dann traten sie ins Freie. Mary drückte sich Schutz suchend an ihn.

»Ich habe in einem Restaurant in der Nähe einen Tisch bestellt«, erklärte Frank. »Wenn du willst, gehen wir zu Fuß.«

Das Restaurant bestand außen lediglich aus einer Haus- und einer Straßennummer, getrennt durch die Nummer einer Avenue, doch drinnen war es eine eigene Welt. Auf dem Weg durch einen dunklen, holzgetäfelten Gang kamen sie an einem großen Kühlraum mit einer Tür vorbei, die aussah wie die Tür des Kühlschranks in der Bretagne, nur größer. Durch ein Fenster sah man ausgeweidete Rinder. Der Speisesaal hatte eine niedrige Decke, von der an Haken eine Sammlung elegant geschwungener Pfeifen baumelte. An den Wänden hingen gerahmte Theaterplakate, und zahllose Kerzen verbreiteten ein dämmriges, orangefarbenes Licht.

Frank lächelte Mary zu, als sie sich auf einer Holzbank mit dem Rücken zur Wand niederließ, sodass sie den Raum überblicken konnte. Frank bot ihr eine Zigarette an, und ihr fiel ein, wie Charlie in Frankreich bemerkt hatte, dass sie nicht ihre gewohnte Marke rauchte. Das sagte sie Frank allerdings nicht, denn sie sprachen nicht über Charlie. Charlie gehörte zu einem anderen Leben, Marys anderem Leben, und es bestand keine Notwendigkeit, die Situation zu komplizieren. Frank bestellte ein halbes Dutzend Austern, und der Kellner brachte sieben, um zu beweisen, dass Amerikaner hier großzügig bedient wurden. Das Restaurant war eine für Frank typische Wahl, dachte Mary. Hier gab es alles, was er mochte, Schnapper, Kabeljau, Blaufisch, Schwarzfisch. Und natürlich Steaks mit eimerweise Rahmspinat und gebackenen Kartoffeln so groß wie Fußbälle. Eingeschüchtert durch den Anblick des vielen Fleisches im Kühlraum bestellte Mary Fisch.

Frank redete, und Mary hörte auch sich reden, obwohl sie am Ende des Abends nicht mehr wusste, worüber sie sich unterhalten hatten. Vielleicht hatte Frank ihr bei dieser Gelegenheit den Unterschied zwischen »cherrystone« und »little neck« erklärt, kleinen und größeren Venusmuscheln. Vielleicht hatte er auch über Nixon gesprochen, darüber, wie dieser als Kongressmitglied die McCarran Bill befürwortet hatte, nach der US-Bürger bei Verdacht auf subversive Umtriebe verhaftet und ohne Prozess in Internierungslager des FBI gesteckt werden konnten (manche sprachen sogar von »Konzentrationslagern«). Oder er hatte ihr von seiner Jugend in Chicago erzählt und davon, in welchen Berufen er vor dem Krieg tätig gewesen war: als Pförtner in einem Schlachthaus und dann, als er sich verbessern wollte, als Lagerarbeiter in einer Süßwarenfabrik für sechzig Cents die Stunde.

Vielleicht hatte er beim Erzählen gelächelt, denn die Erinnerung an die Vergangenheit, der er entronnen war, schien ihn weniger zu verbittern, als dankbar zu machen. Manchmal glaubte Mary regelrecht zu spüren, wie erleichtert er war, etwas geworden zu sein, in ein Steakhaus gehen, nach Belieben bestellen und dem Kellner ein ansehnliches Trinkgeld geben zu können. Dieses Bedürfnis, etwas zu gelten, überraschte sie immer wieder. Weil sie ihn so sehr liebte und bewunderte, erschien es ihr seltsam, dass es ihn so viel Anstrengung gekostet hatte zu werden, was er war. In ihren Augen besaß er einen natürlichen Charme.

Frank schlüpfte in seinen Mantel und trat mit Mary wieder

in den Regen hinaus. Auf der Straße rief er mit einem gellenden Pfiff ein Taxi herbei. Er nannte dem Fahrer eine Adresse downtown, dann schob er sich neben Mary auf den Rücksitz. Sie umarmten einander und hielten sich fest, bis das Taxi vor einer Treppe anhielt, die zu einem Keller hinunterführte. Über einer Tür brannte eine Glühbirne.

Drinnen schlängelten sie sich durch das Gedränge auf einen Tisch in der Ecke zu, wo eine hoch gewachsene Kellnerin Frank wie einen alten Bekannten begrüßte.

»Ich wollte dich eigentlich ins Five Spot mitnehmen«, sagte Frank an Marys Ohr. »Aber dort hat sich Ornette Coleman eingenistet. Ich glaube, die Leute hier gefallen dir besser.«

Unter der niedrigen Decke hing so viel Rauch, dass Mary zunächst Schwierigkeiten hatte, die nur wenige Meter von ihnen entfernte winzige Bühne zu erkennen. Der Boden war klebrig und mit Scherben übersät. Mary versuchte sich auf die Musik zu konzentrieren, auf einzelne Spieler. Der Saxofonist, ein stämmiger Mann mit einem flachen Filzhut, schloss bei seinem Solo verzückt die Augen. Nur gelegentlich öffneten sie sich einen Spalt, und dann sah man lediglich das Weiße darin. Der Pianist, ein Weißer mit einer Schuljungenbrille und einem gestreiften Blazer, schien sein Instrument kaum zu berühren. Flach und leicht ruhten seine langen Finger auf den Tasten, und sein rechtes Bein zuckte im Rhythmus der Musik auf und ab, ohne je dem Pedal nahe zu kommen. Die Bläser spielten in Mikrofone, doch war die Musik so leise, dass man an ruhigen Stellen die Gespräche der Anwesenden hörte. Die Fans direkt vor der Bühne warfen strafende Blicke nach hinten, wenn ein Geräusch sie in ihrer Konzentration störte.

»Ich höre gerade, dass Coltrane Miles Davis verlassen hat«, sagte Frank mit den Lippen an Marys Ohr.

»Ist das schlimm?«

»Allerdings. Sie hatten die beste Band, die es je gab. Gegenwärtig sind sie auf Tournee in England. Du bist also schuld.«

Ein Pfeife rauchender, bärtiger Mann trat vor ihren Tisch und verstellte Mary die Sicht. Sein Kopf nickte ununterbrochen auf und ab, und er lächelte selbstzufrieden. Mary betrachtete ihn und seine Freundin, eine junge Frau mit kurzen Haaren, schwarzem Rollkragenpullover, Hose und Pumps, bis Frank dem Mann etwas zuflüsterte und er beiseite trat.

Auf der Bühne spielte der Bassist, dessen Zeigefinger ganz platt vom Zupfen war, ein Solo, dann übernahm der Trompeter mit einigen verlorenen Tönen, die von irgendwoher aus dem Dunkel auf ihn zuzutreiben schienen. Er spießte jede Note auf wie eine Seifenblase, die er zum Platzen bringen wollte. Ein ungewöhnlicher Klang, dachte Mary, gefühlvoll und zugleich verzweifelt. Sie sah Frank an, dessen Gesicht zu einer verzückten Maske erstarrt war. Die Finger des Trompeters lagen flach auf den Klappen, drückten sie hinunter und ließen sie wieder los. Mary konnte den Luftwiderstand unter seiner Hand regelrecht spüren. Der Trompeter holte Luft, und dabei füllten sich nicht seine Backen, sondern seltsame Taschen unter den Ohren. Seine Augen blickten starr und traurig geradeaus. Einmal setzte er das Instrument ab und fuhr sich rasch mit seiner langen Zunge über die Lippen. Hinter ihm bearbeitete der Schlagzeuger sein Instrument kreisförmig mit Bürsten, den Kopf über das Instrument geneigt wie ein Arzt bei einer schwierigen Operation.

In seiner Wohnung spielte Frank Mary später »So what« und »Freddie Freeloader« von Miles Davis und John Coltrane vor. Dass die beiden trotz aller Drogen und Streitereien wenigstens einige Lieder zusammen aufgenommen hatten, schien ihn zu besänftigen. Mary und er lagen inzwischen im Bett. Mary streichelte zärtlich Franks Haare. Durch die offene Tür wehte der Klang der Trompete herein. Mary sah ins Wohnzimmer hinüber, in dem auf einem Tisch am Fenster der Drink stand, den Frank nicht geleert hatte. Daneben lag – wie alle Kleider früher oder später – das getupfte Futteralkleid auf dem Boden.

»Was machst du da mit deinen Fingern?«, fragte Frank.

»Ich schreibe meinen Namen auf deine Haut. So. Meinen vollen Namen.« Sie schrieb die Buchstaben auf seine Schultern. Mary Elizabeth Kirwan.

»Egoistin«, sagte Frank.

»Schreib auch was auf mich«, bat Mary.

Er rollte sie auf den Bauch und schrieb mit dem Finger etwas auf ihren Rücken.

»Was ist das?«

»Meine Nummer als Soldat. Glaube ich zumindest. Mein Gott, könnte tatsächlich sein, dass ich sie vergessen habe.«

»Gut.« Mary gab ihm einen Kuss.

Als sie miteinander geschlafen hatten, war Mary zuerst überrascht gewesen, dass eine Frau ihres Alters noch eine solche Leidenschaft und Aktivität entwickeln konnte – im Grunde sinnlos, denn schließlich traf sie alle erdenklichen Vorkehrungen, um eine Schwangerschaft zu verhindern. Sie hatte diesen Akt geistig eigentlich längst abgeschrieben.

Doch als Frank sie berührte, während die Musik leise weiterspielte, sah Mary einen Augenblick lang den Schlagzeuger vor sich, wie er sein Instrument liebkoste. Ihre Gedanken wurden immer zusammenhangloser, und sie schloss die Augen. Sie glaubte nicht, dass sie bei diesem Akt im landläufigen Sinn »gut« war. Was sie dabei empfand, hatte merkwürdigerweise ganz wenig mit dem zu tun, was sie für Liebe hielt – mit ihren Gefühlen für Charlie, ihre Mutter oder ihre Kinder. Je tiefer sie unter Franks Gewicht in dieses Gefühl eintauchte, desto mehr schien sie einen ihr aus der Zeit vor ihrer Geburt merkwürdig vertrauten Raum zu betreten, eine andere Welt, ein Jenseits. Es war wie eine Art Tod.

Als sie wieder in die Gegenwart zurückkehrte und feststellte, dass sie immer noch im Bett lag, Frank neben sich, bedurfte es für sie keiner Worte.

Am Morgen wachte sie vom metallischen Scheppern der Müllwagen auf, die den Abfall in der Grove Street einsammelten.

Frank war schon aufgestanden und kehrte mit Bageln, Muffins und verschiedenen Zeitungen zurück. Er legte alles auf dem Couchtisch ab und machte Frühstück. Mary ging ins Bad und wartete dann auf dem Sofa, die Zeitungen durchblätternd, darauf, dass der Kaffee fertig wurde.

»Entschuldige, dass ich so lange weg war«, hörte sie Frank aus der Küche sagen. »Ich habe mit dem Hausmeister geplaudert, mit Giovanni. Er will immer über di Maggio und Crosetti reden und über damals, 1941, als die Yankees Meister wurden. Möchtest du einen Bagel mit Sesam oder ohne alles? Giovanni hält mich für einen Italiener und glaubt mir nicht, dass ich kein Wort Italienisch spreche. Dann fing er von Rizzuto an, der Crosettis Nachfolger wurde, weil es doch Ehrensache war, dass ein Italiener Shortstop ist. Ich habe den Fehler gemacht, Cavarretta und Dallesandro zu erwähnen, die für die Cubs gespielt haben, aber Chicago zählt in Giovannis Augen nicht. Für ihn gibt es nur die Yankees.«

»Redest du von Football?«, fragte Mary. »Oder von Basketball?« Frank stellte ein Tablett auf den Couchtisch und setzte sich neben sie. »Frag lieber nicht«, antwortete er. »Was hast du heute vor?«

»Zuerst muss ich ins Hotel zurück und mich umziehen. Und dann weiß ich noch nicht. Ich könnte wieder hierher kommen, ein wenig durchs Village spazieren, zu Mittag essen.«

»Oder ich hol dich im Hotel ab. Wir könnten –«

»Aber ich bin gern hier, Frank.«

»Also gut, pass auf. Wenn dir das Village so gut gefällt, ich hab gestern im San Remo einen Typen kennen gelernt, der mich zu einer Party heute Abend eingeladen hat. Mit Gedichten, szenischen Darbietungen und so weiter.«

Mary sah, dass er eine Grimasse unterdrückte. »Und da willst du hin?«

Sie taten also, was Mary von Anfang an vorgehabt hatte. Sie bummelten von Laden zu Laden, von Pierre Deux' Antiquitäten am Abingdon Square über Li-Lac Candies zu Zitos Bäckerei und Chumleys ehemaliger Flüsterkneipe. Frank, zunächst noch etwas lustlos, erzählte, die Minetta Street sei über einem alten Forellenbach erbaut worden, der auf Kannada, einer indischen Sprache, *manetta*, »Teufelswasser« geheißen habe. Mary konnte nicht beurteilen, ob er es ernst meinte, sie hörte ihm aber gern zu. Die Gegend, durch die sie schlenderten, erinnerte sie an ein Künstlerviertel. Die Geschäfte hatten ihre Waren wie in Europa auf dem Gehweg aufgebaut. In der Nähe des Theaters in der Sullivan Street tranken sie Kaffee in einem Straßencafé. Der vormittägliche Spaziergang hatte Mary hungrig gemacht. Mit dem Löffel kratzte sie den restlichen braunen Zucker aus der Tasse.

»Und worauf hast du jetzt Lust?«, wollte sie wissen.

Frank sah auf die Uhr. »Bald ist Mittag. Ich hätte jetzt Lust auf einen trockenen Martini und ein Steak so groß wie eine Fleischerschürze. Dann könnten wir in die Wohnung zurückkehren und ...« Er spreizte die Finger.

»So groß wie eine Fleischerschürze«, wiederholte Mary. »Das kenne ich von irgendwoher.«

»Es ist auch bekannt. Es stammt aus einer Geschichte von Irwin Shaw, *The Girls in their Summer Dresses*.«

»Richtig.« Mary nickte. Sie hatte ein unbehagliches Gefühl.

»Du hast sie sicher gelesen.«

»Stimmt. Nicht so ganz der ungebildete Amerikaner, wie du vielleicht denkst.«

»Natürlich nicht.« Mary runzelte die Stirn, dann gab sie sich einen Ruck. »Also, ich habe auch Hunger. Gehen wir in diese Richtung?«

»Lieber nicht. Unterhalb der Houston Street gibt es eine Art Slum, die so genannten fünfzig Hektar Hölle. Dorthin begebe ich mich nur, wenn ich über einen Unfall in einer Fabrik berichten muss.«

»Ich war einmal dort, als du weg warst. In einer netten Bar.«

»Ein paar nette Lokale mag es ja geben. Vielleicht ziehen ja bald die Beatniks dahin. Wenn ein Viertel so tief gesunken ist, kann nur noch eins draus werden.«

»Etwas Besseres?«

»Nein, eine Künstlerkolonie.«

Mary hakte sich bei Frank unter, und gemeinsam überquerten sie im tosenden Verkehr die Houston Street. Nach einer Weile gelangten sie zu einem rußgeschwärzten Gebäude, das sich von den ebenfalls rußgeschwärzten Nachbargebäuden lediglich durch eine einfache Markise und eine Girlande mit weißen Glühbirnen unterschied. Sie gingen hinein. Kellner breiteten frische Tischtücher über geschrubbte Holztische, stellten Gläser darauf und lächelten ihnen einladend zu.

»Versuchen wir's?«, murmelte Frank.

Sie bekamen italienisches Essen vorgesetzt, das Mary viel besser fand als die üblichen *scaloppini* bei Monte oder den Kopfschmerzen verursachenden Chianti in Strohflaschen im Gran Ticino.

Während sie aßen, ließ ein Gedanke Mary keine Ruhe. »Hat dir diese Geschichte von Irwin Shaw eigentlich gefallen?«

»Ja. Sie hatte was.«

»So kann man es auch ausdrücken. Sie handelt davon, dass Männer unfähig sind, einer Frau treu zu sein, weil die Mädchen vom Broadway in ihren Sommerkleidern sie immer auf dumme Gedanken bringen.«

»Waren es nicht die Mädchen von der Fifth Avenue?«

»Das ist doch egal. Stimmt das denn? Sind alle Männer so?«

»›Was für ein nettes Mädchen‹«, zitierte Frank ... »›Was für schöne Beine.‹«

»Das reicht, Frank.«

Das Restaurant war nur spärlich besetzt. Mary konnte kaum glauben, dass in einem Raum, der letztlich nicht mehr war als das hintere Ende einer Garage, mit einer solchen Selbstverständlichkeit ein so wunderbarer Wein serviert wurde und

Essen von einer Qualität, wie sie es bisher nur einmal gekostet hatte, nämlich auf der Piazza Navona während ihrer Flitterwochen. In New York schien sich niemand über solche Widersprüche zu wundern.

Frank aß mit seiner üblichen Zielstrebigkeit. Messer und Gabel bewegten sich rasch in seinen Händen. Die linke Hand stach mit der Gabel zu und schob den Bissen in den Mund; dann folgte hastiges, aber geräuschloses Kauen.

»Du beobachtest mich?«

»Warum nimmst du eigentlich nicht zu? Und warum hast du immer Hunger?«

Frank nahm einen Schluck Wein und setzte das Glas ab. »Zu eins: Weiß ich nicht. Zu zwei: Wahrscheinlich will ich verlorene Zeit gutmachen. Wer je wirklich Hunger erlebt hat, verpasst keine Gelegenheit mehr, sich voll zu stopfen. Das ist wie ein Instinkt.«

»Warst du so arm?«

»Ja. Aber als Soldat war es am schlimmsten. Einmal haben wir einen Hund gegessen.«

»Auf den Philippinen?«

»Nein, in Deutschland, in der Nähe von Köln. Wir haben gelost, wer welchen Teil kriegt. Eine Deutsche Schäferhündin. Billy Foy bekam die Rippen, der Glückspilz. Ich bekam den Unterkiefer.«

»Und wie schmeckte der?«

»Gar nicht übel.« Frank schob seinen Teller zurück. »Leider waren die Zähne noch drin. Zigarette? Jetzt ist mir der Appetit vergangen.«

Am frühen Abend gingen sie zu der Adresse, die Frank von seiner Bekanntschaft im San Remo erhalten hatte. Die Wohnung lag in der Nähe des Cooper Square, unweit des Jazzclubs, im fünften Stock eines Klinkergebäudes. Hier gab es kein Warmwasser, und an den Toiletten auf den Treppenabsätzen hingen Vorhängeschlösser. Frank drückte die offene Tür zur

Wohnung auf. »Deine Welt, Schatz«, sagte er zu Mary. »Du hast es so gewollt.«

Marys erster, allerdings rasch korrigierter Eindruck war, dass sie Bauarbeiter bei einer Pause störten. Zwei Frauen in Overalls unterhielten sich mit einem Dutzend Männer in Bluejeans, Kolanis und Militärklamotten. Zur Vervollständigung des falschen Bildes fehlten nur noch die Henkelmänner in den farbverschmierten Fingern. Die »Arbeiter« warfen Frank und Mary einen kurzen Blick zu, doch nur einer oder zwei nickten grüßend. Frank mixte mit Hilfe der Flasche Dixie-Belle-Gin, die er unterwegs gekauft hatte, Drinks für sich und Mary.

»Mit der Welt der Diplomaten hat das nicht viel zu tun«, flüsterte Mary ihm ins Ohr.

Sie waren in eine Party geraten, die zugleich eine Performance sein sollte. Scheinbar war jeder willkommen, der dazu etwas beisteuerte. Einen Gastgeber schien es nicht zu geben. Die Barbekanntschaft, die Frank eingeladen hatte, war nirgends zu sehen.

Eine Weile später forderte ein Mann mit Kordjacke und dicker Brille die Anwesenden auf, Platz zu machen, da gleich eine Tanzvorführung beginnen würde. Ungefähr dreißig Gäste waren anwesend.

Eine in Baumwolltücher gehüllte Frau, eine Mischung aus Braut und Mumie, kam auf Zehenspitzen ins Zimmer getrippelt. Ihre Augenlider waren mit Kajal umrandet, die Haare straff aus dem glänzenden Gesicht gekämmt. In einer Ecke begann ein im Schneidersitz auf dem Boden sitzender bärtiger Mann, eine Tabla zu schlagen und Maracas zu schütteln. Die Tänzerin sah sich herausfordernd um. Ein männlicher Darsteller mit einem wilden Lockenschopf, bekleidet nur mit einem schmutzigen Tuch um die Hüften, folgte ihr in die Mitte des Zimmers und warf sich vor ihr auf den Boden, während sie begann, sich im Kreis zu drehen. Drei weitere Frauen kamen herein und vollführten Bewegungen, in denen der Mann gefangen schien. Mary musste immer wieder auf seine mageren Beine sehen. Sie waren dicht mit schwarzen Haaren bedeckt, durch die man jede einzelne Sehne sah.

Die erste Tänzerin entließ ihre Dienerinnen mit einer Handbewegung und schmiegte sich an unsichtbare Gegenstände, während der Mann unterwürfig vor ihr kauerte. Während die Tänzerin sich durch das Zimmer bewegte, schwangen ihre Brüste lose unter den Tüchern hin und her, und ihre nackten Füße schleiften über den Linoleumboden. Der Tanz war bei aller Laszivität und trotz der Neigung des Lendentuchs, immer wieder aufzuklaffen, nicht erotisch. Der starr herausfordernde Blick der Tänzerin verlieh ihm etwas Strenges, Herbes.

Die erste Darbietung endete mit einer Folge von Sprechchören unter Beteiligung aller fünf Darsteller. Die Tänzer gingen ohne zu lächeln hinaus, um eine zweite Nummer vorzubereiten.

»Eva ist ein Genie«, hörte Mary eine Frau im Overall neben ihr sagen.

»Klar ist sie das«, erwiderte ein massiger Mann auf Marys anderer Seite. »Und das zweite Tolle an ihr ist, dass sie keine Unterwäsche trägt. Emilio treibt das zum Wahnsinn. Er fürchtet, dass ein Windstoß sie eines Tages verrät.«

»Auch wenn sie tanzt –«

»Natürlich. Weißt du, was sie für diese Wohnung zahlen? Fünfundachtzig Dollar neunzig einschließlich Nebenkosten. Wie, glaubst du, schaffen die das? Joint gefällig?«

Er hielt der Frau eine überdimensionale, selbst gedrehte Zigarette hin. »Frisch von der Mieze im Vanguard.«

»Ich rauche kein Gras«, sagte die Frau im Overall. »Aber lass dich nicht stören.«

»Auf keinen Fall. Du vielleicht?« Er streckte das unförmige Ding Mary hin. Aromatisch duftender Rauch stieg ihr in die Nase. Mary hatte das Gefühl, eine Ablehnung könnte sie als Betrügerin entlarven, also nahm sie das Ding, steckte sich das feuchte Ende zwischen die Lippen und inhalierte vorsichtig. Sie nahm zwei Züge, dann gab sie die Zigarette dem Besitzer zurück, der darüber sehr erfreut schien. Ein Kreis hatte sich um sie gebildet, und Mary fand sich plötzlich in die Gespräche der anderen mit einbezogen.

»Kennen Sie Jane Freilicher?«, fragte der Mann, der die Tanzvorführung angekündigt hatte. Er wies auf eine elegante, auf europäische Art schöne junge Frau, die vier Männer um sich geschart hatte. »Jane ist ein Genie. Angeblich fehlt ihren Bildern die Leidenschaft, weil sie sich nicht für eine Sache entscheiden kann, aber ich glaube das nicht.«

»Noch ein Genie«, sagte Mary und sah sich nach Frank um. Er beugte sich gerade über den Plattenspieler in der Ecke des Zimmers, um eine Schallplatte aufzulegen. »Sind Sie auch Maler?«

»Nein, Kunsthändler. Das ist Little Helge. Kennen Sie sie? Nimmt Schauspielunterricht bei Stella Adler. Ein Riesentalent.« Little Helge zuckte die Schultern, widersprach aber nicht. »Und Sie?«, fragte sie Mary. Mary spürte den Blick, mit dem Little Helge ihre Kleider musterte.

»Ich ... ich bin nur mit Frank gekommen«, sagte sie mit einem Nicken in die Ecke des Zimmers.

»Klar«, stellte Little Helge fest. »Aber was machen Sie selbst in New York?«

Plötzlich schwiegen alle. Die Gespräche über Larry Rivers und den alten Barney Newman, Bill de Kooning und Frank O'Hara waren wie auf ein Zeichen verstummt. Alle schienen wissen zu wollen, was Mary machte.

»Ich ... schreibe ein Buch«, erwiderte sie.

»Donnerwetter«, meinte Eva, die erste Tänzerin, die wieder ins Zimmer zurückgekehrt war. »Wie heißt es denn?«

»Es heißt ...« Die Musik der Schallplatte, die Frank aufgelegt hatte, erfüllte den Raum. Mary sah sich in Panik nach ihm um. »Es heißt *On Green Dolphin Street.*«

Frank war wieder zu den anderen getreten. »Ich dachte, es hieße *Stella by Starlight*«, sagte er.

»Ich habe den Titel geändert. Außerdem bringe ich die beiden Stücke sowieso durcheinander.«

Der Mann mit der Marihuanazigarette lachte, Little Helge begann ein Gespräch mit jemand anders, und der Kreis um Mary löste sich auf.

Kurz vor zehn verließen sie die Party. Draußen war es dunkel. Sie gingen die Bowery entlang bis zur Einmündung der Bleecker Street. An einer Tür saß ein Stadtstreicher mit geflecktem Gesicht und trank aus einer braunen Papiertüte sein Abendessen. Er machte sich mit einigen jämmerlichen Lauten bemerkbar, und Frank blieb stehen und ließ einen Vierteldollar in eine gierig ausgestreckte, schmutzstarrende Hand fallen. Droben in der Wohnung legte Mary eine Platte auf und trat zum Sofa, auf dem sich Frank mit einer Zeitung niedergelassen hatte. Er hielt die Zeitung, wie immer nur zur Hälfte geöffnet, auf Armlänge von sich weg.

Die Angewohnheit war Mary bereits lieb und teuer, doch wie viele Zeitungen oder Bücher würde sie ihn noch so halten sehen? Früher hatte sie das Gefühl gehabt, alles, was ihr etwas bedeutete, würde für die Ewigkeit sein. Erst in den vergangenen Monaten hatte sie – vielleicht zu spät – erkannt, dass die Momente höchsten Glücks genauso erbarmungslos gezählt waren wie die Straßen von New York und dass die Küste der Insel, einst nur der Traum von Entdeckern, inzwischen deutlich zu sehen war.

Am Morgen blieb sie liegen und beobachtete Frank beim Anziehen. Er machte zuerst den Gürtel zu und stopfte dann das Hemd in die Hose, was Mary unlogisch vorkam. Charlie verteilte zuerst die Hemdzipfel möglichst glatt und schloss dann den Gürtel. Charlie wiederum klappte zum Umbinden der Krawatte den Hemdkragen hoch, und wenn er ihn wieder umschlug, zeichneten sich auf dem Kragen dort, wo er den frisch rasierten Unterkiefer berührt hatte, unweigerlich Blutflecken ab. Frank stellte den Kragen nie auf, sondern zog die Krawatte darunter hindurch.

Er bemerkte ihren Blick und lächelte. »Ich mache mich fürs Büro fein.« Er griff nach seinem Jackett. »Kannst du nicht bis morgen bleiben? Um sechs bin ich wieder hier.«

Mary schüttelte den Kopf. »Ich kann Charlie nicht allein lassen.«

Charlies Namen zu hören ernüchterte sie. Sie liebte ihn nicht weniger als sonst, ja vielleicht noch mehr, seit sie ihn betrog. Aber durch ihn erhob sich die Frage nach Zeit und Vergänglichkeit.

Franks Gesicht wirkte auf einmal müde, erschöpft von der Anstrengung eines ganzen Lebens. Er sah Mary an. »Was willst du von mir, Mary?«

Sie nahm die Frage wörtlich. »Den Beweis«, antwortete sie langsam, »dass die Zeit nicht zählt.«

»Was soll das heißen?«

»Wenn nur Dinge, die ewig sind, wichtig sind, dann ist nichts wichtig, weil alles vergeht. Aber vielleicht genügt es ja, dass es eine bestimmte Sache einmal gegeben hat, ein einziges Mal. Glaubst du nicht auch, dass sie in einer anderen Welt weiter existieren könnte, in der die Zeit keine Bedeutung hat?«

»Ich verstehe dich immer noch nicht.«

»Ich liebe dich so sehr, dass ich nicht glauben kann, dass unsere Liebe erst angefangen hat, als ich dich kennen lernte, und dass sie zu Ende ist, wenn wir uns nicht mehr treffen.«

Frank nickte. »Das verstehe ich.«

»Deshalb ist die Vorstellung eines Anfangs und eines Endes irgendwie falsch. Deshalb, deshalb ... gibt es eine Welt außerhalb der Zeit, die ...« Mary verstummte.

»In der wir zusammen sind und du dein anderes Leben trotzdem weiterführen kannst?«

»So ähnlich, aber nicht nur als bequeme Lösung meiner

Probleme. Diese Welt könnte bestimmte Erfahrungen verständlich machen und einordnen. Sie wäre ewig, aber nicht nur im Sinn von Zeit, die nicht zu Ende geht, sondern von Zeit, die anders vergeht.«

Mary konnte nicht erklären, was sie meinte. Ihre Gedanken wollten sich nicht in Worten ausdrücken lassen. Mary hatte das Gefühl, dass sie ihr Glück ihrer Sprachlosigkeit wegen nicht festhalten konnte, dass das, was sie so leidenschaftlich empfand, sich dagegen sträubte, in Worte gefasst zu werden. Traurigkeit überkam sie.

Frank küsste sie und gab ihr den Wohnungsschlüssel. Sie sollte ihn beim Hausmeister abgeben, wenn sie ging.

Sie sah ihm nach, wie er das Zimmer verließ, lauschte seinen Schritten draußen, dann, wie die Wohnungstür aufging und die Tür mit einem lauten Knall wieder ins Schloss fiel.

XV

Das Taxi fuhr langsam vom Londoner Flughafen stadteinwärts, vorbei an den rußgeschwärzten Häuserfassaden, nassen Schulsportplätzen und lang gestreckten, niederen Ladenzentren von Hounslow. Mary rieb die beschlagene Scheibe an einer Stelle mit der Hand trocken. Auf der anderen Seite der Bath Road stauten sich an der Ampel Last- und Lieferwagen, Rileys, Fords und Singers.

Der bevorstehende Tod ihrer Mutter ließ Mary alles wie zum ersten Mal sehen. Als das Taxi in die Straße ihrer Eltern einbog und Mary zum obersten Fenster des Hauses hinaufsah, fühlte sie wieder den Luftzug an den Knöcheln, den sie als Dreijährige gespürt hatte, als ihre Mutter sie an die Scheibe hielt und ihr ihren Lieblingsstern zeigte. Im Angesicht des Todes löste sich die Zeit auf. Die vergangenen Jahre kamen Mary auf einmal wie ein Trugbild vor, als hätte es sie gar nicht gegeben. Ihr Vater öffnete die Tür und umarmte sie. Einen Augenblick lang war alles gut. Auf den Eichenbrettern der Diele lag der alte abgewetzte Läufer, auf dem Walnussholzbüfett stapelten sich wie üblich die ungelesenen Zeitungen, verwaisten Schlüssel und ungeöffneten, weil uninteressanten oder unangenehmen Briefe. James Kirwan trug den Koffer seiner Tochter zum Fuß der Treppe und winkte Mary dann in die Küche. Dort brühte er eine Kanne Tee auf. Mary war wie benommen, vielleicht von der Reise, aber auch, wie ihr schien, vor Erleichterung. Endlich saß sie ihrem geliebten Vater gegenüber, spürte seine unerschütterliche Kraft und Zuneigung. Durch die Glastür der Küche sah sie das übliche Sortiment von Topf- und Kübelpflanzen auf der Terrasse und das Metallgestell mit abgestorbenen Weinranken und vertrocknetem Efeu, das sich an der ganzen Seite des Hauses entlangzog – der seit jeher erfolglose Versuch ihres Vaters, eine grüne Laube zu schaffen.

Mary nahm ihre Teetasse und lächelte. So groß war ihre Wiedersehensfreude, dass sie unwillkürlich den leicht aufsässigen Ton annahm, der ihr Verhältnis seit so vielen Jahren bestimmt hatte, ohne dass sie wussten, warum. Ihr Vater wirkte unverändert wie immer. Alles würde gut werden, dachte Mary. Was konnte denn schon passieren? Sie würden es überstehen. Der Tod … er bedeutete jedenfalls nicht das Ende der Welt. Mary schüttelte den Gedanken daran ab, tätschelte ihrem Vater die Hand und stand auf.

Der Moment war gekommen, in dem sie alles zurückgeben konnte, was ihre Eltern für sie getan hatten: vierzig Jahre der Fürsorge und bedingungslosen Liebe. Der Zeitpunkt schien gut gewählt. Sie war stark und voller Energie, gestählt durch die Anforderungen als Mutter und Ehefrau. Wenn die Liebe ihrer Eltern über den Selbstzweck hinaus noch einen Sinn gehabt haben sollte, dann doch wohl den, Mary zu einer ausgeglichenen Persönlichkeit zu erziehen, die natürlichen Ereignissen wie dem Tod gewachsen war. Durch ihre Anwesenheit und Tatkraft wollte sie ihrer Mutter die Sorge abnehmen, was nach ihrem Tod sein würde, und ihrem Vater in seinem Kummer beistehen.

Doch als sie die Treppe zum Elternschlafzimmer hinaufstieg, verflüchtigte sich ihre Kraft. Die Beine trugen sie kaum noch. Sie war nicht mehr ruhig und bereit, die Last zu schultern, sondern fühlte sich schwach und von widerstreitenden Gefühlen zerrissen. Sie dachte an Frank, Charlie, Richard und Louisa und war so überwältigt, dass sie kaum noch wusste, was sie tat.

Sie klopfte an die Tür. Ihre Mutter antwortete mit belegter Stimme, und Mary trat ein. Elizabeth hob die Hand, wie um sich für alle Unannehmlichkeiten zu entschuldigen, die ihr Zustand verursachen mochte. Mary beugte sich zu ihr und umarmte sie, dann setzte sie sich auf die Bettkante.

»Wie geht es dir?«

»Gut. Diese Medikamente bewirken wahre Wunder. Aber berichte mir von deinem Flug. Warst du pünktlich?«

Mary schilderte ihre Reise und betrachtete dabei ihre Mutter. Elizabeth war abgemagert, sah aber nicht ungewöhnlich blass aus. Ihre Haare waren frisch gewaschen, und sie wirkte nicht kränker als vor einigen Jahren, als sie sich eine Rippenfellentzündung zugezogen hatte.

Und doch schien sie bereits mit dem Leben abgeschlossen zu haben, stand bereits auf der anderen Seite. Während Mary sich mit ihr unterhielt, hatte sie die ganze Zeit das Gefühl, ihre Mutter habe sich aus allen irdischen Bindungen gelöst. So wie Menschen immer vorwärts drängen, weil dies die einzige Richtung ist, in die sie gehen können, hatte ihre Mutter sich mit einer Bereitwilligkeit, die Mary schockierte, mit ihrem Übergang in eine andere Welt abgefunden.

Vielleicht hatte die mit der Krankheit einhergehende Müdigkeit ihr diese Trennung in gewisser Weise erleichtert. Wenn man mit Grippe im Bett lag, dachte Mary, war einem auch egal, was im Rest des Hauses passierte, vorausgesetzt, man brauchte daran eine Zeit lang nicht teilzunehmen. Vielleicht erlebte ihre Mutter auf einer anderen Ebene etwas Ähnliches.

Bis zu ihrem Tod allerdings hatte die verbleibende Zeit ein ganz besonderes Gewicht, kam ihren Worten eine zusätzliche Bedeutung zu. Und solange sie lebte, war der Tod gebannt, egal, wie nahe er bevorstehen mochte. Sie war dieselbe Elizabeth wie seit zweiundsiebzig Jahren und ihr Platz in der Welt und in den Herzen ihrer Angehörigen unverändert.

Sie sprachen über Louisa und Richard, die Mary irgendwann wieder aus dem Internat nehmen wollte. Mary erzählte von ihrem Frankreichurlaub und schmückte ihren Bericht zur Freude ihrer Mutter mit Einzelheiten und kleinen Übertreibungen aus. Beim Sprechen spürte sie den liebevollen Blick ihrer Mutter auf sich. Dann war sie fertig, und Elizabeth drückte ihr die Hand und sagte: »Du Glückliche.«

Ein gelungener Anfang, dachte Mary. Alle spielten ihre gewohnten und ihnen zukommenden Rollen. Deshalb erschrak sie, als sie nach ein paar Tagen merkte, dass ihr Vater immer noch hoffte, ihre Mutter könnte wieder gesund werden. Er hatte die ärztliche Prognose entweder nicht verstanden oder nicht zur Kenntnis nehmen wollen. Sobald Mary diese aussichtslose Hoffnung in ihm bemerkte, glaubte sie, ihn so behutsam wie möglich über seinen Irrtum aufklären zu müssen.

In ihren transatlantischen Briefen und Anrufen hatten sie immer nur einen Schritt weiter gedacht, bis zur nächsten Untersuchung, zum nächsten Arztgespräch. Alles war offen und würde voraussichtlich gut enden. Vermutlich hatte James sich so sehr an dieses Muster gewöhnt, dass er nicht glauben konnte, dass sie jetzt am Ende angelangt waren. Mary fragte ihn einmal beim Abendessen nach seinen Plänen für die Zukunft und ob er allein in dem großen Haus bleiben wollte, und aus seinen Antworten war zu entnehmen, dass er immer nur von einer vorübergehenden Zeit sprach. Schließlich sah sie ein, dass er sich erst mit Elizabeths Tod abfinden würde, wenn er eingetreten war, und vielleicht nicht einmal dann.

Mary bemerkte auch, wie ihr Vater sofort auflebte, wenn Elizabeth auch nur einen halben Teller Suppe aß, so als sei dies der Beginn ihrer endgültigen Genesung. »Na also«, sagte er dann, wenn er mit dem Tablett herunterkam. »Wenn wir jetzt noch schaffen, dass sie etwas Toast isst und vielleicht heute Abend noch einen Bissen, dann sind wir auf dem richtigen Weg.« Seine Liebe war wie ein Instinkt, der sich nicht auf die Realität einstellen konnte. Sie setzte sich über die Tatsachen hinweg.

Das Essen wurde ein immer wichtigeres Thema. Der Erfolg eines Tages wurde an den wenigen Bissen gemessen, die Elizabeth zu sich nahm. Mary sah, was für ungeheuere Anstrengung es ihre Mutter kostete, die Krankenhauskost aus der farbigen Flasche hinunterzuzwingen, die kleinen Seezungenfilets, die mit größter Sorgfalt zubereitete klare Suppe oder die mit Zitrone beträufelten, geräucherten Lachsfilets, mit denen sie ihr Appetit zu machen versuchten. Elizabeth widerstrebte alles, und wenn sie überhaupt etwas aß, dann nur, um ihrer Familie einen Gefallen zu tun. Sie selbst wäre lieber gleich gestorben, als noch einmal den Mund öffnen zu müssen.

Mary ihrerseits entwickelte dafür einen Hunger, der sie geradezu beschämte. Sie kaufte Rinderbraten und Hähnchenschlegel, Schweinefleischpasteten, Rotkohl und gewaltige Stücke Apfelkuchen aus der Bäckerei an der Ecke. Am Esstisch saßen sie einander gegenüber, ihr Vater auf Marys angestammtem Platz, Mary dort, wo David Oliver bei seinem ersten Besuch gesessen hatte, und vertilgten schuldbewusst Garnelen mit selbst gemachter Mayonnaise, Schweinekotelett mit Kartoffelbrei, der vom Pfeffer schwarz gesprenkelt war, Rhabarber mit Schlagsahne und zum Schluss mit den letzten Schlucken Wein noch englischen Cheddarkäse und Baguette.

Abends zog Mary sich in ihr früheres Kinderzimmer unter dem Dach zurück. Aus dem Regal zog sie die Bücher, bei denen sie in schwierigen Zeiten immer Trost gesucht hatte. Sie weinte nicht. Sie hatte nicht geweint, seit ihr Leben eine so dramatische Wendung genommen hatte, und meinte abergläubisch, jetzt nicht klein beigeben zu dürfen.

Sie legte sich ins Bett und stellte sich Richard und Louisa in ihrem kalten Schlafsaal vor, in ihr Schicksal ergeben wie alle Kinder. Sie dachte an Frank, wie er müde dem Präsidentschaftskandidaten folgte, und an Charlie in der Nummer 1064, mit seinem Balanceakt, während drunten das Leben ihrer Mutter zu Ende ging und das Undenkbare näher rückte. Immer wieder von Panik ergriffen, starrte Mary an die dunkle Decke.

Wenn ihre Mutter starb, würde nicht nur alles anders, ihr Tod zog auch die Jahre davor in Zweifel. Der Gedanke, dass von Anfang an dieses sinnlose Ende auf Elizabeth gewartet hatte, schien das gemeinsam erlebte Glück zu mindern. Die Fotos in den Rahmen und Alben wirkten lächerlich. Das Bild ihrer Mutter im Elternschlafzimmer zeigte nicht mehr eine selbstbewusste junge Frau und Mutter in der Blüte ihrer Jahre, sondern ein Opfer, das nichts von der fast beiläufigen Auslöschung ahnte, die ihm bevorstand. Sie alle hatten geglaubt, die Alben mit den Bildern von Ferien und Festen, von Richards Taufe, von Elizabeths Fünfzigstem im Le Touquet, von der silbernen Hochzeit hätten Ewigkeitswert. Erst jetzt erkannte Mary, dass es sich um lauter Selbsttäuschungen handelte, denn der Tod war die allgegenwärtige, erst jetzt für sie sichtbare Gestalt, die von Anfang an als Vierter mit der Familie am Tisch gesessen hatte.

Am dritten Tag kam der Arzt, nicht der Hausarzt, Macdonald, der Urlaub hatte, sondern eine Vertretung namens Charvis, ein bleicher, korpulenter Mann mit feuchten Händen und ernster Miene.

Er blieb lange im Zimmer der Patientin, dann kam er ins Wohnzimmer herunter.

»Wie geht es ihr?«, wollten Mary und ihr Vater wissen.

»Gut, gut, es geht ihr gut.«

»Wie lange wird es noch dauern?«, fragte Mary. Es war eine brutale Frage, aber ihr Vater sollte die Antwort hören.

»Nun, sie wird schwächer«, erwiderte Charvis. »Mehr kann man im Moment nicht sagen.« Seine ernste, aber angenehme Stimme klang, als sei alles offen.

Sie sprachen über die verschiedenen Medikamente für Elizabeth und wie sie wirkten. Charvis schrieb ein Rezept für Morphium und gab es Mary.

»Lassen Sie sie ruhig ins Krankenhaus, wenn sie will, das ist keine Schande. Dort würde sie ein Sterbezimmer bekommen. Ihre einzige Sorge ist, dass sie Ihnen zur Last fallen könnte.«

In Mary krampfte sich alles zusammen, doch biss sie entschlossen die Zähne zusammen, um vor ihrem Vater keine Schwäche zu zeigen. Als sie später aus dem Haus ging, um das verschriebene Medikament zu holen, fühlte sie sich wie befreit und erleichtert, der drückenden Stimmung im Haus entkommen zu sein.

Elliots Apotheke und Drogerie war ein altmodisches Geschäft mit farbigen Glasbehältern im Schaufenster. Mary wusste noch, wie sie mit den Schuhen auf dem Boden gescharrt hatte, wenn sie als Kind mit ihrer Mutter dort gewesen war. Sie erinnerte sich auch an Einkäufe für ihren Vater, an Shampooflaschen und Rasierklingen und wie sie der gestrengen Apothekerin damals, als ihrer Mutter die Gebärmutter entfernt worden war, eine Liste mit Medikamenten und anderen Dingen gegeben und diese zwanzig Minuten gebraucht hatte, die Sachen aus verschiedenen Regalen zusammenzusuchen. Für Mary war seitdem jede Apotheke, egal, in welchem Land, untrennbar mit Elliots von den verschiedensten Gerüchen erfüllten Räumen verbunden.

Sie reichte dem Mann an der Verkaufstheke, den sie nicht kannte, das Morphiumrezept. Er las es und blickte sie über den Rand seiner Brille hinweg betroffen an. Mary spürte, wie auch die beiden anderen Kunden, die auf Medikamente warteten, aufmerksam wurden.

Die vielen hundert Besorgungen von Zahnpasta und Seife fielen letztlich nicht ins Gewicht, dieser alles entscheidende Besuch war dadurch nur hinausgeschoben worden. Mary konnte keinen wirklichen Unterschied zwischen sich als Kind damals und als Frau jetzt erkennen, was bedeutete, dass das Leben dazwischen nicht zählte. Der Tod hatte ihm seinen Sinn genommen.

Nachts schlief sie tief und traumlos. Am Morgen freute sie sich darüber, dass ihre Mutter noch lebte, zugleich verspürte sie Enttäuschung. Sie sehnte ein Ende für Elizabeths Martyrium und zugleich ihr eigenes herbei. Ihre Mutter litt Schmerzen. Charvis kam und gab ihr eine Spritze. Wieder empfahl er, sie in ein Krankenhaus zu bringen, doch die drei hatten sich darauf geeinigt, dass Elizabeth zu Hause sterben sollte. Mary nahm an, dass Charvis ihrem Vater und ihr unnötige Qualen ersparen wollte, doch konnten sie so den Wunsch der Mutter erfüllen.

Die Tage vergingen, und Mary hoffte, dass der nächste Tag das Ende, die Erlösung bringen würde. Doch ihre Mutter raffte sich immer wieder auf. Sie sprach davon, dass sie sterben, ihnen nicht mehr zur Last fallen wollte, aber ihr Körper schien sich machtvoll gegen den Tod zu stemmen.

Auch für Mary und ihren Vater ging das Leben weiter. Den größten Teil verbrachten sie damit, wie bisher einzukaufen, zu kochen oder Zeitung zu lesen. Abends lösten sie zusammen vor dem Kamin Kreuzworträtsel, und es vergingen Stunden, ohne dass sie über Krankheit oder Tod sprachen. Mary erzählte ihrem Vater von Washington, von ihrer Sorge um Charlie und seine Gesundheit sowie um die Kinder und deren Zukunft.

Eines Nachmittags leistete Mary Elizabeth wieder Gesellschaft. Es gab wenig zu sagen, und ihre Mutter war auch zu schwach, um viel zu sprechen, doch Mary hatte das Gefühl, dass sie sich über ihre Nähe freute. Sie zog die Schuhe aus und setzte sich auf das Bett neben sie, ein Kissen im Rücken. Sie wechselten ein paar Worte über die Zeitung und die Fortschritte eines gewissen Beeching, der im Auftrag der Regierung die Eisenbahn sanieren und zu einem profitablen Unternehmen machen sollte. Dann fiel Elizabeth in einen Schlaf, der trotz des Morphiums, das Mary ihr gegeben hatte, unruhig war.

Elizabeth war im Krieg Krankenschwester gewesen, 1915 in Frankreich, später dann in Serbien. Auf Grund ihrer dortigen

Erfahrungen hatte sie bei ihrer Rückkehr beschlossen, Ärztin zu werden. Der kleinen Mary hatte sie oft von den verwundeten Soldaten in den Lazaretten erzählt, von ihren Leiden und wie tief betroffen sie davon gewesen war. Mary fand den Gedanken unerträglich, dass Elizabeths ganze Erfahrung, dass die Freundschaften, die sie damals geschlossen und in den folgenden Jahren sorgsam gepflegt hatte, dass alles Wissen und alle Lebensklugheit, die ihre Mutter in so vielen Jahren erworben hatte, jetzt verloren sein sollte. Elizabeth wusste, was sich gehörte, wie man anderen Menschen begegnete, und um diesen Anstand, dieses Taktgefühl würde die Welt, wenn sie tot war, ärmer sein.

Neben ihrem Bett lagen drei Brillen, zwei in ihren Etuis, die dritte ordentlich zusammengelegt. Mary musste plötzlich denken, dass es womöglich das erste Mal war, dass sich sämtliche Brillen ihrer Mutter zur selben Zeit am richtigen Ort befanden. Angeborener Astigmatismus und in der Jugend festgestellte Kurzsichtigkeit waren in mittleren Jahren noch durch Altersweitsichtigkeit kompliziert worden. Elizabeth hatte mit ausgestreckten Armen lesen müssen, mit Hilfe von einfachen oder Bifokalbrillen; sie trug sie auf der Nase oder über die Stirn hochgeschoben, aber noch häufiger waren sie unauffindbar. Die Suche nach den Brillen der Mutter gehörte im Haus am Regent's Park zum täglichen Leben, und eine verlegte Brille hatte unweigerlich einen Zornesausbruch zur Folge.

Mary blickte sich noch einmal in dem Zimmer um. Neben verschiedenen Flaschen sah sie einen Rollstuhl und eine Waschkommode, beides vom örtlichen Krankenhaus zur Verfügung gestellt. Obwohl Elizabeth zu Hause sterben sollte, war die Atmosphäre der Klinik ins Haus gedrungen. Am Vormittag hatte Mary ihren Vater gedrängt, das Haus für ein paar Stunden zu verlassen, um wie sie an die frische Luft und vielleicht auf andere Gedanken zu kommen. Doch er hatte sich geweigert. Er wollte da sein, wenn es so weit war. Mary beugte sich über ihre

Mutter und lauschte auf ihren Atem. Sie wollte nicht allein bei ihr sein, wenn das Atmen aufhörte, sie hätte dann Schuldgefühle gehabt. Immer noch war für sie unvorstellbar, dass ihre Mutter sterben würde. Sterben taten andere. Mit einer so wunderbaren Frau musste Gott doch eine Ausnahme machen.

Mary riss sich mit Gewalt von ihren trüben Gedanken los und ging nach draußen, zum Rosengarten ihrer Mutter, einem halbkreisförmigen Beet, umgeben von einer verwitterten Ziegelmauer und einem Weg aus zerbrochenen Pflastersteinen, auf dem sie Fahrradfahren gelernt hatte. Sie hätte gern geweint, aber die Tränen wollten nicht kommen.

Später am selben Nachmittag mehrten sich die Zeichen, dass Elizabeth den Kampf gegen den Tod allmählich verlor. Aus ihrem Zimmer hörten sie leises Murmeln. James eilte sofort nach oben. Mary wartete im Wohnzimmer und sah durchs Fenster nach draußen. Sie hatte die neugierigen Blicke der Nachbarn gespürt, als sie mit dem Taxi vorgefahren war, und diese hatten auch mitbekommen, dass der dicke Arzt immer häufiger ins Haus kam. Mary sehnte sich in die Welt draußen zurück, ohne zu wissen, ob ihre Verbindung dazu je wieder dieselbe sein würde. Sie hörte ihren Vater rufen und rannte nach oben. Auf ihren fragenden Blick schüttelte er jedoch den Kopf. Sie setzte sich auf das Bett und betrachtete das Gesicht ihrer Mutter, das bis zum Äußersten angespannt war, gleichsam als zerre sie an unsichtbaren Fesseln, den Wurzeln, die sich an das Leben klammerten und nicht loslassen wollten. Elizabeth seufzte. Mary ging zum Regal, holte das Morphium und versuchte ihrer Mutter etwas davon einzuflößen. Die rosafarbene Flüssigkeit lief ihr über Kinn und Nachthemd.

James, nie ein besonders religiöser Mensch, kniete auf der einen Seite des Betts nieder und betete, Gott möge seine Frau zu sich nehmen. Mary tat das Gleiche auf der anderen. Sie wird mich nie mehr umarmen, dachte sie. Ich werde ihre Arme nie mehr spüren.

Draußen ging der Nachmittag in den Abend über, und es wurde dunkel. Mary sah ihren Vater an und empfand tiefes Mitgefühl. Sie bemerkte die seltsame Ruhe, die über ihn gekommen war, wusste aber, dass er noch immer hoffte. Sie taten beide so, als seien sie vollkommen gefasst und als könnte das, was da kam, sie nicht erschüttern. Die Stunden vergingen, und Mary fürchtete schon, sie müssten Elizabeth zuletzt doch noch ins Krankenhaus bringen. Doch immer wenn sie glaubte, am Ende ihrer Kraft angelangt zu sein, streckte ihr Vater die Hand nach ihr aus und drückte die ihre, und wenn er schwach wurde, ermutigte Mary ihn zum Ausharren.

Der Abend wurde zur Nacht. Mary sah durch das Fenster zu den fernen Lichtern von Primrose Hill hinaus. Was für Prüfungen warteten noch auf sie? Dann bemerkte sie, dass ihre Mutter sich nicht mehr bewegte.

Sie beugte sich über sie und hielt das Ohr an ihr Gesicht, doch sie hörte kein Atemgeräusch. Verunsichert fühlte sie den Puls zuerst an dem einen Handgelenk. Nichts. Sie versuchte es mit dem anderen, doch als sie den Arm losließ, sank er leblos auf das Bett. Sie hatte noch nie einen Toten gesehen. Der stumme Körper wirkte abwesend. Ihre Mutter lag da wie eine Königin, wie entrückt an einen fernen Ort tiefer Ruhe.

Entsetzt sah Mary ihren Vater an, dann stand sie auf und ging aus dem Zimmer. Sie stieg die Treppe hinunter, blieb allein im Flur stehen, trat durch die Glastür in den Garten und holte tief Luft. Dann ließ sie sich im Gras auf die Knie fallen und schaukelte mit hinter dem Kopf verschränkten Händen hin und her. Sie war auf einen letzten Schock gefasst gewesen, doch was sie nicht erwartet hatte, war die Erhabenheit dieses Endes.

Wie sie da im Dunkeln kniete, fühlte sie sich durch das, was sie erlebt hatte, geläutert. Sie musste daran denken, wie ergriffen und bewegt sie gewesen war, als die Hebamme ihr das kleine blutverschmierte Geschöpf, ihr erstes Kind, zeigte. Etwas Elementares hatte sich ereignet, an dem sie wesentlich beteiligt gewesen war. Der Augenblick der Geburt und des Todes waren einander sehr ähnlich. Das Ende ihrer Mutter miterlebt zu haben, erschien Mary jetzt weniger als eine Qual denn als ein großes Privileg. Sie neigte den Kopf zur Erde, riss kleine Grasbüschel aus und ließ sie sich auf den Nacken fallen.

Als sie das Gefühl hatte, ihren Vater lange genug allein gelassen zu haben, stand sie auf und kehrte ins Haus zurück. Er stand im Wohnzimmer und starrte aus dem Fenster, die Hände in den Hosentaschen vergraben. Mary stieg die Treppe hinauf und betrat das Zimmer, in dem ihre Mutter lag. Sie berührte mit dem Handrücken ihre Wange und küsste sie auf die Stirn. Die Haut fühlte sich nicht unangenehm an, wie sie befürchtet hatte. Mary legte den Kopf an die Brust der Mutter, hob ihren schlaffen Arm und legte ihn sich in einer letzten Umarmung um die Schultern.

Mary ging zu ihrem Vater ins Wohnzimmer hinunter. Er wirkte fassungslos, als sei etwas völlig Unvorhergesehenes passiert. Den Kopf an die Schulter der Tochter gelehnt, starrte er wie in Trance vor sich hin. Mary führte ihn zum Sofa, wo er sich setzte, dann ging sie hinaus, um Tee zu machen.

Als sie mit dem Tablett zurückkehrte, stand ihr Vater vor dem Kamin und stocherte in der Glut. Eine kleine Flamme züngelte auf, und er warf ein trockenes, rissiges Scheit darauf, das sofort zu brennen begann und das Zimmer mit einem süßen Duft erfüllte. Die Nacht war nicht kalt, aber das Feuer war lebendig und warm. Mary musste an einen Scheiterhaufen denken, an Dido und Iphigenie, an Rituale der Trauer und des Abschieds. Sie hatte das Gefühl, etwas Archaisches zu erleben, und empfand sogar einen gewissen Trost in der Vorstellung, dadurch mit Menschen einer fernen Zeit verbunden zu sein.

Auch an das Feuer im Ferienhaus der Renshaws dachte sie. Sie hatte es oben, vom Badezimmer aus gerochen, sich einem

Glücksgefühl hingegeben und verdrängt, was sich anbahnte. Sie zog die Vorhänge im Wohnzimmer zu und reichte ihrem Vater eine Tasse.

»Ich kann es einfach nicht glauben«, sagte er.

Mary biss sich auf die Lippen. Sie hielt es immer noch für ihre Pflicht zu schweigen.

Sie sprachen über Elizabeth und ihr gemeinsames Leben. James ging zum Regal und holte ein Fotoalbum heraus, mit dessen Hilfe sie Marys Kindheit und Jugend und die Ehe ihrer Eltern rekonstruierten, wie um sich zu vergewissern, dass beides wirklich stattgefunden hatte.

Solange sie den Bestattungsunternehmer noch nicht angerufen und die Beerdigungsmaschinerie mit ihren Ritualen und Formularen bis hin zu Grabstein und Gottesdienst nicht in Gang gesetzt hatten, gehörte Elizabeth ihnen. Im Haus herrschte Stille. Es war Mitternacht, der Verkehrslärm draußen war verstummt, nur im Kamin, in dem jetzt eine loderndes Feuer brannte, knackte gelegentlich ein Scheit. Mary fühlte sich erleichtert, nicht mehr so tun zu müssen, als werde alles wieder so sein wie früher. Jetzt konnten sie voreinander wenigstens zugeben, dass alles anders war.

Sie unterhielten sich mit einer Offenheit, die auf dem Wissen beruhte, dass es nichts mehr zu verbergen gab. Sie riefen sich ins Gedächtnis, wie Elizabeth gewesen war, was sie an ihr geliebt und was sie nicht verstanden hatten, verborgene Triebfedern ihres Handelns und eigensinnige Charakterzüge. Lange Zeit schwiegen sie auch erschöpft, doch in der Gewissheit, dass etwas geschehen war, das hatte geschehen müssen. Ergriffenheit ließ sie verstummen.

Draußen dämmerte es. James ging zum Tisch in der Ecke des Zimmers und schenkte zwei Gläser Whisky ein, mit denen sie auf Elizabeth anstießen. Dann ging er wieder nach oben und setzte sich ans Bett. Um neun kam er herunter und bat Mary, den Bestattungsunternehmer zu informieren. Als die Männer eintrafen, zog er sich in den Garten zurück. Wegen des Zeitunterschieds konnte Mary Charlie erst am Nachmittag in Washington anrufen. Er saß in seinem Büro und ließ sich von Edward Renshaw berichten, was er bei der Vormittagsbesprechung verpasst hatte.

Mary versuchte die Ereignisse der vergangenen vierundzwanzig Stunden in Worte zu fassen, dabei drängte sich ihr plötzlich das Bild der kleinen Louisa auf, wie sie durch den Garten ihrer Eltern gelaufen war. Entzückt hatte Elizabeth beobachtet, wie das Kind mit den leuchtend blauen Augen und dichten Wimpern voller Ernst seine Umgebung erkundet hatte. Dieses Bild hinderte Mary daran weiterzusprechen. Charlie merkte, wie sie sich wortlos abmühte, die erdrückende Last abzuwerfen, die sich mit dem Verlust der Mutter auf sie gelegt hatte.

XVI

Im Fernsehstudio bauten Handwerker lautstark hämmernd Gerüste auf, und ein Aufnahmeleiter schleppte nach den Anweisungen eines Mannes mit Bürstenschnitt zwei Stehpulte auf eine Bühne. Ein Staubsauger begann zu brummen, verschiedene in Anzüge gekleidete Männer aus Nixons Entourage inspizierten mit gewichtiger Miene den Set und verlangten zwei kleine auf die Augen ihres Kandidaten gerichtete Spotlights, um die dunklen, von der Anstrengung des Wahlkampfs herrührenden Schatten auf seinem Gesicht aufzuhellen. Auch Kennedys Berater warfen einen Blick auf den Set, fanden aber nichts zu beanstanden.

Frank sah auf die Uhr. Die Fernsehdebatte sollte um halb neun Chicagoer Zeit beginnen, mit anderen Worten, die Zeitungen der Ostküste würden die Titelseite freihalten, und er musste seinen Bericht parallel zum Verlauf der Veranstaltung Absatz für Absatz durchgeben. Die Journalisten, die Fragen stellen wollten, sollten in Studio B bleiben, der Großteil der Presseleute würde die Debatte in kleineren Räumen des Gebäudes von Channel 2 über Monitor und Lautsprecher verfolgen.

Don Hewitt, der Mann mit dem Bürstenschnitt, der Regie führte, pfiff laut, um einen der Arbeiter auf sich aufmerksam zu machen. Seine Krawatte hing schief, und seine Nervosität war ihm deutlich anzusehen. Wenn schon er so litt, dachte Frank, wie musste dann erst den Kandidaten zu Mute sein? Er hatte Nixon am Nachmittag im Sendegebäude eintreffen sehen. Beim Aussteigen aus dem Auto hatte Nixon sich das verletzte Knie an der Türkante angeschlagen. Er war kreidebleich geworden und hatte das Gesicht verzogen, seine Schmerzen jedoch unterdrückt. Dann war er in das Gebäude gehinkt. Drinnen gab er sich demonstrativ leutselig mit CBS-Mitarbeitern, klopfte einem von ihnen auf den Rücken und scherzte sogar mit einem Pressefotografen. Der neuesten Meinungsumfrage zufolge führte er mit einem Prozentpunkt vor Kennedy.

Am Abend zuvor hatte Nixon in fünf verschiedenen Wahlbezirken von Chicago gesprochen. Frank hatte seinen Tross begleitet, weil er dabei Teile seiner Heimatstadt wiedersah. Die Straßennamen Dearborn, Wabash und La Salle waren ihm seit jeher vertraut. Einige kalifornische Berater Nixons wussten nichts mit den langen Durchgangsstraßen anzufangen und konnten den Straßennummern nicht entnehmen, ob sie auf eine belebte Kreuzung im Loop zusteuerten, auf eine ruhige Anliegerstraße im Norden oder auf ein Viertel mit Sozialwohnungen in der South Side. Am späten Abend hatte sich ein Wagen mit Mitarbeitern verfahren. Die Insassen waren den Hinweisen Einheimischer zur Go-Eathy Street gefolgt, ohne zu wissen, dass mit Go-Eath »Goethe« gemeint war. Am Vormittag hatte Nixon dann zur Gewerkschaft der Zimmerleute gesprochen. Auf die Fage von Journalisten, ob er sich nicht auf die Debatte am Abend vorbereiten wollte, hatte sein Wahlkampfmanager erwidert, der Vizepräsident habe bereits Alger Hiss an die Wand gespielt und Mr. Chruschtschow nach Punkten geschlagen. Solche Debatten seien seine Spezialität.

Frank nahm im Studio Platz. Die nervöse Anspannung hatte sich auf ihn übertragen. Er musste fortwährend daran denken, dass er hier zu Hause war, dass ihn eine Viertelstunde mit dem Auto auf der Michigan Avenue dorthin zurückbrachte, von wo er herkam und wo er unter keinen Umständen mehr hin wollte. Ein Mitarbeiter Nixons beugte sich über ihn. »Frank, Sie sind doch von hier. Gibt es in der Nähe eine Drogerie? Wir brauchen Lazy-Shave-Gesichtspuder.«

»Warum rasiert der Mann sich nicht richtig?«

»Seine Haut ist so dünn, dass sein Gesicht im Scheinwerferlicht dunkel wirkt, auch wenn er sich eben erst rasiert hat. Da müssen wir was drübertun.«

»Zwei Blocks die Michigan Avenue runter kommt eine Drogerie.«

Nixon stand auf der Bühne und sprach mit Don Hewitt. Er trug einen hellen Anzug und Krawatte. Sein Hemdkragen war ihm mindestens eine Nummer zu groß, da er im Krankenhaus Gewicht verloren hatte. Er besaß etwas Linkisches, das Frank irgendwie vertraut vorkam, doch erst in diesem Augenblick fiel ihm ein, an wen es ihn erinnerte. An Godley, Aaron Godley, den Mann aus seinem Zug, der nicht zu den anderen gepasst, der sich so sehr nach Anerkennung gesehnt hatte, aber so wenig authentisch gewesen war, so unsicher, dass er nicht einmal beim Marschieren die Arme im Takt mit dem richtigen Bein schwang. In diesem Augenblick erschien Kennedy in dunklem Anzug und Krawatte auf der Bühne. Die Fotografen ließen Nixon links liegen und stürzten sich auf Kennedy. Erst nach einer Weile konnte Hewitt die Kandidaten einander förmlich vorstellen.

»Wie geht es Ihnen?«, fragte Kennedy.

»Sie hatten in Cleveland großen Zulauf«, erwiderte Nixon schmeichlerisch.

Hewitt wollte von den Kandidaten wissen, ob sie in die Maske wollten. Kennedy lehnte ab, Nixon bejahte mürrisch, als sei ihm im Grunde nichts daran gelegen. Frank hätte gern gewusst, ob seine Mitarbeiter den Gesichtspuder wohl schon aufgetrieben hatten. Die Kandidaten stellten sich an die Pulte. Riesige Fernsehkameras rollten auf sie zu und auf Befehl von der Galerie wieder von ihnen weg.

»Können Sie mich hören?«, fragte Kennedy. »Ist meine Stimme so laut genug?«

Dann war die technische Probe vorbei, und die Kandidaten

zogen sich in ihre Räume zurück. Frank und andere Journalisten bekamen von Channel-2-Mitarbeitern ihre Plätze zugewiesen. Das kleine geladene Publikum ließ sich im Studio nieder. Frank hatte eine Kabine mit Fernsehschirm, Telefon und seiner Schreibmaschine für sich. Er rief seine Redaktion in New York an und vergewisserte sich, dass dort alles bereit war. Dann wartete er. Ein Lautsprecher in der Ecke des Raums übertrug das Gespräch zwischen Aufnahmeleiter und Regisseur.

»Noch zehn Minuten bis Sendebeginn.«

Auf seinem Monitor sah Frank, wie Nixon auf die Bühne zurückkehrte und sich mit einem Taschentuch den Schweiß von der Stirn wischte. Don Hewitt, inzwischen in Jackett und mit ordentlich gebundener Krawatte, trat zu ihm, allem Anschein nach mehr aus Mitgefühl denn aus Notwendigkeit.

Hewitt ging noch einmal den geplanten Ablauf durch. Nixon nickte und gestikulierte abwechselnd gönnerhaft und anerkennend, wie um zu zeigen, dass er als Vizepräsident weit über Sendungen wie diesen stehe, während er zugleich heftig um die Gunst der Fernsehleute buhlte.

»›Schnitt‹ heißt also, die Redezeit ist um?«, sagte er.

»Sie können in aller Ruhe zu Ende sprechen«, erwiderte Hewitt.

»Fünf Sekunden.«

»Ja …«

»Es soll doch wohl zügig gehen. Wie schnell genau?«

»Hm«, überlegte Hewitt ruhig, »wenn Sie sehen, dass Sie noch dreißig Sekunden haben …«

Nixon klopfte ihm auf die Schulter, als wisse er das alles im Grunde längst. Hewitt ging, Nixon blieb allein zurück. Bewegungslos starrte er auf die Studiotür, durch die Kennedy kommen musste.

»Noch fünf Minuten bis Sendebeginn.«

Frank überprüfte noch einmal das Farbband in seiner Schreibmaschine und fuhr sich mit der Zunge über die Lippen.

Er spürte ein Ziehen im Magen, wie er es seit damals, als sein Zug den Befehl zum Angriff erhalten hatte, nicht mehr gespürt hatte.

»Noch drei Minuten.«

Nixon starrte wie hypnotisiert auf die geschlossene Tür.

»Noch zwei Minuten. Kamera ab, Ton ab.«

Die Tür schwang auf, und Kennedy schritt über die Bühne zu seinem Platz. Im Vorbeigehen streifte sein Blick Nixon flüchtig.

Mary sah zu dem Fernseher an der Wand der New Yorker Bar hinauf, in der sie sich mit Frank an jenem Vormittag nach ihrer ersten gemeinsamen Nacht verabredet hatten. Auch die anderen ausschließlich männlichen Gäste des überfüllten Lokals hatten die Blicke auf den flimmernden Bildschirm gerichtet, auf dem soeben die Reklame für eine Wimperntusche zu Ende ging.

Stimmengewirr und Gelächter erfüllten den Raum. Der Barmann, den Frank mit Ray angeredet hatte, wie Mary sich erinnerte, riss ununterbrochen Witze, die allerdings keine Vorliebe für einen der Kandidaten erkennen ließen. Mary lächelte ihn unsicher an, als er ihr den bestellten Drink servierte. Wie gern hätte sie mit ihm ein Gespräch über Baseball angefangen oder was immer es für ein Thema war, über das Frank und er gesprochen hatten.

Sie schaute wieder auf den Bildschirm und stellte sich vor, wie sich jetzt in ganz Amerika Familien vor dem Fernseher versammelten, das Abendessen auf den Knien. Was für ein ungewöhnliches Land, dachte sie, ausgestattet mit der Fähigkeit, sich selbst zu erfinden und den Rest der Welt dann von der Notwendigkeit dieser Erfindungen zu überzeugen. Die Werbepause endete, und eine sonore männliche Stimme gab bekannt, dass die sonst um diese Zeit zu sehende *Andy Griffith Show* leider ausfallen müsse.

In der Bar wurde es schlagartig still. Auf dem Bildschirm waren zwei Männer zu sehen, die angespannt an ihren Pulten standen, zwischen sich an einem Tisch den »Moderator« Howard Smith.

»Stell lauter, Ray!«

»Schalt um! Wir verpassen das Spiel.«

Durch das Flimmern der Scheibe sah Mary ein monoton graues Studio. Nixon in seinem hellen Anzug hob sich kaum vom Hintergrund ab. Als er vorgestellt wurde, zuckte er zusammen und machte eine ironisch wirkende kleine Verbeugung. Kennedy in seinem dunklen Anzug nickte kaum merklich mit dem Kopf und starrte an der Kamera vorbei wie ein Bergsteiger, dessen Blick auf einen fernen Gipfel gerichtet ist.

Für Mary, voll von Gedanken an den Tod, war das Bemerkenswerteste an den beiden Männern, dass sie lebten. Eifersucht überkam sie, als sei sie selbst tot oder als atmeten die Männer auf Kosten ihrer Mutter. Wie konnten sie es wagen, so zu tun, als sei nichts passiert, als habe die Innenpolitik, das Thema der ersten Diskussionsrunde, über den Tag hinaus irgendeine Bedeutung? Am liebsten hätte sie den beiden in ihrem fernen Studio zugerufen, dass ihr Gefühl, im Zentrum eines Geschehens von historischer Tragweite zu stehen, trog, dass sie trotz der vielen auf sie gerichteten Augen so vergänglich waren wie Schatten.

»Mr. Smith, Mr. Nixon«, begann Kennedy, »Abraham Lincoln meinte anlässlich der Wahl 1860, die entscheidende Frage sei, ob dieses Land zur Hälfte in Sklaverei und zur Hälfte in Freiheit existieren könne. Bei der Wahl 1960 geht es um die Frage, ob die *Welt* zur Hälfte in Sklaverei und zur Hälfte in Freiheit leben kann ...«

Er lispelte ein wenig, wie Mary feststellte, und sprach mit einem, wie sie vermutete, Bostoner Akzent. Doch sie konnte sich nicht auf das konzentrieren, was Kennedy sagte. Erst vor zwei Tagen war sie aus London zurückgekehrt, um zusammen mit

Charlie an der Eröffnung des neuen Botschaftsgebäudes teilzunehmen. Sie fühlte sich müde von der Zeitumstellung und den Gesprächen, die sie auf der sich an das Begräbnis anschließenden Feier hatte führen müssen, vor allem aber von der tiefen Niedergeschlagenheit, die ihre Art zu trauern war.

Sie konnte noch immer nicht um ihre Mutter weinen. Nachdem man den Leichnam abgeholt hatte, war sie noch tagelang Arm in Arm mit ihrem Vater durch das Haus gewandert. James ging vom Wohnzimmer in die Küche, blieb dort stehen, sah in den Garten hinaus, ging weiter durch den Flur ins Esszimmer und starrte auf die Straße, auf der Menschen ihren Geschäften nachgingen, als sei nichts passiert.

Der Geruch nach Möbelpolitur und Schnittblumen blieb. Die Küchentür schnappte mit dem gleichen Geräusch zu wie immer, die Scheiben des Flurfensters im ersten Stock, an denen immer noch Reste des Klebestreifens von damals hingen, vibrierten lose in ihren Rahmen, wenn der Herbstwind blies, und der Spülkasten in der Toilette klapperte, wie er es schon seit Marys Geburt tat. Alles war wie früher, und nichts war wie früher. James wusste, dass er eine schwere Zeit vor sich hatte, doch nicht die Zukunft machte ihm zu schaffen, sondern die Vergangenheit. Von ihr fühlte er sich, ähnlich wie Mary, betrogen. James hatte mit Zufriedenheit auf sie zurückgeblickt, hatte sich in ihr geborgen gefühlt, nur um jetzt zu erkennen, was sie von Anfang an gewesen war: eine lächelnde Maske, hinter der sich der Tod verbarg.

Mary empfand Abneigung gegen die Menschen, die zum Begräbnis kamen, gegen die alten Kollegen und Freunde mit ihren gut gemeinten Wünschen und liebevollen Erinnerungen.

Außerdem hatte Mary immer geglaubt, beim Tod eines Menschen werde sein wahrer Wert, die Summe seines Lebens gewürdigt und dem Verstorbenen der ihm gebührende Platz in der Geschichte zugewiesen. Doch in der Kirche am Primrose Hill geschah nichts dergleichen. Draußen regnete es, die Besucher schüttelten ihre Regenschirme über den Fliesen aus und begrüßten einander, als sei nichts passiert. Elizabeths Bruder wirkte müde, ihre älteste Freundin war verhindert. Die Rede auf Elizabeth, gehalten von der Mitinhaberin ihrer Praxis, war schlecht vorbereitet und langweilig. Dann erhoben sich die Trauergäste wieder und gingen. Viele lehnten die Einladung zum Mittagessen ab, weil sie einen Zug erreichen, einen Hund versorgen oder etwas anderes tun mussten. Dann spielte sie im Haus ihres Vaters die Gastgeberin, verteilte Essen und Wein und nahm lächelnd Worte des Beileids entgegen. Zugleich war sie peinlich berührt von der Schicksalsergebenheit der alten Menschen, die schon bald das gleiche Los treffen würde wie ihre Mutter.

Frank verfolgte die Debatte mit gesenktem Kopf, zu beschäftigt damit, sich Notizen zu machen und auf seine Schreibmaschine einzuhämmern. Die Einleitung wollte er sich für den Fall eines unerwarteten dramatischen Ereignisses bis zuletzt aufsparen. Eine Rohfassung hatte er schon: »Die erste Fernsehdebatte der Präsidentschaftskandidaten gestern Abend um 8.30 Uhr Ortszeit in Chicago verlief moderat und ohne klaren Sieger. Vizepräsident Nixon konnte mit politischer Sachkenntnis punkten, doch Senator Kennedy war durchaus in der Lage mitzuhalten und erwies sich als dem erfahrenen Politiker ebenbürtig. Zweifel an seiner Eignung auf Grund mangelnder Erfahrung sind damit vom Tisch.«

Als Frank den Kopf kurz hob, um einen Blick auf den Monitor zu werfen, sprach Nixon gerade über das Weiße Haus. Nixon ließ durchblicken, dass er als Vizepräsident bereits viel Zeit dort verbracht habe. Kennedy sah ihn mit schräg gelegtem Kopf und der Andeutung eines Lächelns an, erstaunt über seinen Gegner, aber zugleich voller Nachsicht.

Frank telefonierte mit einem Mitarbeiter der Redaktion in New York, der sich dem Stil des Hauses entsprechend mürrisch und desinteressiert zeigte und bei jedem Namen fragte, wie man ihn schreibe, bis Frank ihn schroff daran erinnerte, dass bald Redaktionsschluss sei.

Frank machte sich wieder Notizen, diesmal über Landwirtschaft und Steuern. Auf dem Monitor in seiner Kabine wischte sich Nixon ungesehen den Schweiß vom Kinn. Die Fernsehreporter stellten ihre Fragen. Kennedy wandte sich mit großen Worten an die vor dem Fernseher versammelte Nation, und Nixon redete auf seinen Rivalen ein und sammelte Punkte auf dessen Kosten. Mit staatsmännischer Attitüde starrte Kennedy vom Monitor in Franks Kabine, und über Nixons eingefallene, mit Gesichtspuder bedeckte Wangen rann der Schweiß. Doch Frank sah nur seine auf die Tasten der Smith-Corona einhämmernden Finger.

»Einen Drink?«, fragte Ray. »Auf Kosten des Hauses.«

»Danke«, erwiderte Mary. Ray nahm ihr Glas mit und brachte ein neues.

Mary starrte wieder auf den Bildschirm, wo die Debatte sich dem Ende näherte. Für sein Alter und seine Rolle als Herausforderer wirkte Kennedy bemerkenswert ruhig, dachte Mary. Sie verstand zwar nicht, was an seinem breiten Gesicht mit den schweren Lidern so attraktiv sein sollte, doch souverän wirkte er auf jeden Fall. Der arme Nixon sah dagegen aus wie ein kleiner Angestellter, den die Polizei spätabends aus seinem Büro geholt hatte, weil sie ihn für eine Gegenüberstellung brauchte.

Die Sendung ging zu Ende, ohne dass sie Frank gesehen hatte, der gleich am folgenden Tag nach New York zurückkehren wollte. Sie war also nur eine Nacht allein.

Ins Hotel zurückgekehrt, rief sie zu Hause an.

»Wann kommen Sie zurück, Mrs. van der Linden?«, fragte Dolores sie. »Ich weiß nicht, wo Mr. van der Linden ist, aber er sieht schlecht aus. Er sagt, ich soll mir keine Sorgen machen, aber ich sehe, dass seine Hände zittern, wenn er morgens zur Arbeit fährt.«

Mary zupfte an einem losen Faden der Bettdecke. »Ich komme am Mittwoch mit dem Nachmittagszug. Sagen Sie Charlie, ich hätte in dem Restaurant in der Nähe des Dupont Circle, das er so mag, Plätze zum Abendessen reserviert. Ich zahle und –«

»Noch etwas. Eine Frau aus England hat angerufen, von der Schule der Kinder. Sie sollen sie bitte zurückrufen, wenn Sie Zeit haben. Sie sagt, es eilt nicht, aber sie klang –«

»Gut. Ich rufe sie morgen an, wenn –«

»Und Ihr Vater hat angerufen. Ich soll Sie grüßen.«

»Danke, Dolores.«

Mary legte den Hörer auf.

Ein Kampf um meine Seele ist entbrannt, dachte sie, und ich kann sie nicht einfach dem Meistbietenden geben. Ich biete selbst mit und bin zugleich derjenige, der den Zuschlag erteilt. In meiner Liebe zu Frank habe ich etwas gefunden, das über mich und mein Begreifen hinausgeht. Diese Liebe ist mein eigentliches Schicksal, auch wenn sie sich nicht in diesem Leben erfüllt. Sie zog das Heft heraus, in dem sie mit ihrer Autobiografie oder ihrem Roman angefangen hatte. Auf rund dreißig Seiten waren Gedanken und Ereignisse festgehalten, außerdem Beschreibungen von Orten, an denen sie gewesen war, und leicht verworrene Schilderungen ihres geistigen Zustands.

Auch Träume standen darin vermerkt, obwohl sie jede Nacht dasselbe träumte: dass sie ihre Mutter in den Armen trug und sie vorsichtig auf ein Bett, in ein Auto oder in ein Grab legte. Ihre Mutter lebte, aber Marys Freude darüber war von kurzer Dauer, da sich herausstellte, dass Elizabeth im Sterben lag, dass sie immer im Sterben lag und nie wieder gesund werden würde.

»Ich habe Pflichten vielen Menschen gegenüber«, notierte sie in ihr Heft, »und ich will diesen Pflichten auch irgendwie gerecht werden. Ich habe auch eine Pflicht gegenüber mir selbst, gegenüber dem Wesen meines Ichs, das ich erst durch meine Gefühle für Frank kennen gelernt habe, da erst diese Gefühle Schichten, mit denen ich mich selbst schützen wollte, entfernt haben. Ich weiß jetzt, wer ich bin. Es geht dabei nicht um ›Glück‹. Mein eigenes Glück bedeutet mir nicht mehr als das von anderen. Es geht um etwas viel Elementareres und Beständigeres, nämlich um die Treue zu einem Wesenskern.«

Mary strich einige Wörter durch, die ihr falsch erschienen. Sie wollte nicht nur über den banalen Unterschied zwischen Egoismus und Altruismus schreiben, aber es war schwer, Worte zu finden, die das Problem auf eine andere Ebene hoben.

Sie versuchte es noch einmal. »Ich habe Menschen von der Qual moralischer Entscheidungen sprechen hören«, begann sie, »von Entscheidungen, die sie innerlich zerreißen und die ihr ganzes Leben beeinflussen. Auch ich leide Qualen (auch wenn ich nicht weine), aber ich hatte nie das Gefühl, eine Wahl zu haben. Bei Frank zu sein, ihn zu sehen, Teil von ihm zu sein ist etwas ganz Natürliches, eine Notwendigkeit, weil er irgendwie ich ist, mein eigenes Selbst. Es ist nicht nur die Sehnsucht nach ihm, nach meinem früheren Leben und nach meinem nächsten Leben. Ich habe also gewissermaßen keine Wahl. Die Möglichkeit, ihn nicht anzurufen, besteht nicht.«

Frank schrieb seinen Artikel zu Ende und telefonierte wegen etwaiger Rückfragen mit der Redaktion in New York. Als er von dort grünes Licht bekam, kehrte er ins Studio zurück. Auf der Bühne drängte sich eine Menge aufgeregter Menschen, die er vorher nicht bemerkt hatte. Die Journalisten, die der Debatte draußen gefolgt waren, verglichen ihre Notizen, und auch die meisten Mitarbeiter des Fernsehsenders hatten sich offenbar unter die Menge gemischt.

Pierre Salinger, Kennedys bulliger Pressesprecher, war mit

euphorischem Lächeln zu Don Hewitt auf der anderen Seite des Studios unterwegs.

»Das war ein Triumph«, sagte er zu jedem, der es hören wollte.

»An einen solchen Erfolg hätten wir nicht im Traum gedacht. Laut Meinungsumfrage haben wir zwei zu eins gesiegt.«

»Aber Pierre, zum Thema Steuern –«

»Was heißt hier Steuern? Jack kam als der Schwächere her und geht als Sieger aus dem Rennen hervor. Jetzt steht Nixon mit dem Rücken zur Wand.«

»Aber fanden Sie nicht, dass Nixon später Punkte machen konnte, als –«

»Haben Sie gesehen, wie er schwitzte? Haben Sie das?«

»Nein, ich konnte nur über Lautsprecher mithören.«

»Panisch wirkte er, wie ein Kaninchen im Scheinwerferlicht. Jack sah aus wie der Vizepräsident, Nixon wie jemand, der gerade verhört wird. Und als dieser Journalist Vanocur ihn dann noch mit dieser Frage drankriegte, Sie wissen schon, man hatte Eisenhower gefragt, ob Nixon in den acht Jahren als Vizepräsident eine originelle Idee gehabt hätte, und Eisenhower hatte geantwortet: ›Geben Sie mir noch ein Jahr, dann fällt mir vielleicht eine ein.‹ Damit hat Vanacur ihn endgültig fertig gemacht.«

Frank hielt sich in Salingers Nähe. Das meiste von dem, was Salinger sagte, erschien ihm als Wunschdenken. Aus seiner Sicht hatte Kennedy keinen eindeutigen Sieg davongetragen. Zugleich hatte er ein ungutes Gefühl.

Auf der anderen Seite des Raums gab Nixons Wahlkampfmanager Bob Finch ein Interview, in dem er ebenfalls den Sieg für seinen Kandidaten reklamierte. Der Vizepräsident habe das Thema Landwirtschaft für sich entschieden – Kennedy habe außer zu Wahlkampfzwecken in Minnesota offenbar noch nie einen Bauernhof besucht –, ferner die Themen Schule, subversive Umtriebe und Alter des Kandidaten.

Alles richtig, dachte Frank, nur auf Finchs Gesicht war kein Lächeln zu sehen.

Frank kehrte zur Seite der Demokraten zurück. Salinger war immer noch in Fahrt und schimpfte gerade halb im Spaß einen skeptischen Journalisten aus. »Glauben Sie, den Zuschauer, der die Debatte in einer Bar in Madison in Wisconsin am Fernseher verfolgt hat, interessieren Detailfragen des Haushalts? Er will einen Präsidenten sehen, einen selbstbewussten Menschen und Helden, nicht einen Wicht, der die ganze Zeit furchtbar schwitzt und es jedem recht machen will. Ich sage Ihnen eins: Durch diese Tür haben Sie soeben den nächsten Präsidenten der Vereinigten Staaten hinausgehen sehen – und er heißt John Fitzgerald Kennedy.«

Frank gesellte sich zu einer Gruppe von Journalisten, die alle seine Ansicht teilten. Anderer Meinung waren nur die, die die Debatte am Bildschirm verfolgt hatten. Für sie hatte Kennedy den bei weitem besseren Eindruck gemacht.

Frank beschloss, in seine Kabine zurückzukehren. Er wollte noch einmal durchlesen, was er geschrieben hatte und überlegen, ob er noch einen Absatz hinzufügen oder streichen sollte. Pierre Salinger kam ihm entgegen.

»Ich grüße Sie Frank. Wie geht's? Hat's Ihnen Spaß gemacht?«

»Klar.«

»Und was glauben Sie? Zeigen Sie mir, was Sie geschrieben haben?«

»Wie bitte?«

»Ihre Meinung interessiert mich. Zeigen Sie mir, was Sie geschrieben haben. Die anderen haben es auch getan.« Er griff nach den Durchschlägen, die aus Franks Jackentasche lugten.

Frank sah ihn unverwandt an. »Finger weg«, sagte er, »aber schnell!«

Am Abend darauf kochte Mary in Franks Wohnung. Es gab Scaloppine mit Nudeln, ein Gericht, das Frank, wie sie wusste, im Gran Ticino gern gegessen hatte. Zum Nachtisch machte sie Zabaglione, allerdings unter Protest, denn ohne eine Kupferpfanne, sagte sie, würde es nicht richtig schmecken. Frank trank während der Essensvorbereitungen unablässig Bourbon und war, als das Gericht auf den Tisch kam, bester Laune.

»Ich hatte schon Angst, ich hätte Mist gebaut«, sagte er. »Dann las ich die anderen. Russ Barker in der *Times* und sogar Joe Alsop in der *Post*, der sich für etwas ganz Besonderes hält, sprachen beide von einem Unentschieden. Dass Nixon so schlecht abschnitt, bekam nur mit, wer die Debatte im Fernsehen verfolgte.«

Mary trug das Essen auf und lächelte. Frank war in Fahrt. »Ist dir eigentlich schon mal aufgefallen, dass man einen Schwätzer immer daran erkennt, wie er seinen eigenen Namen in den Berichten einfließen lässt? Wie zum Beispiel Alsop, der schreibt: Der Präsident rief mich also zu Hause an. ›Joe‹, sagte er, ›tut mir Leid, Sie zu Hause zu stören, Joe, aber Sie sind der Einzige, der mir helfen kann.‹«

Sie aßen. Frank leerte den Rest einer in einen Strohkorb gebetteten Chiantiflasche in die Gläser und öffnete eine neue Flasche. »Komm und setz dich neben mich«, bat er, als er mit dem Essen fertig war. Mary nahm auf seinen Knien Platz. Frank legte einen Arm um sie und fuhr mit der Hand des anderen an ihrem Bein entlang.

»Zabaglione«, bemerkte sie, stand auf und strich ihr Kleid glatt.

Frank lachte. »Ich liebe diese Bewegung.«

»Was für eine Bewegung?«

»Wie du einen Rock so sittsam glatt streichst.«

Vor allem morgens beim Anziehen sah er ihr gern zu. Selbst wenn sie vollständig bekleidet und dabei war, die Wohnung zu verlassen, hob sie plötzlich noch einmal den Rock, um einen Strumpf zu befestigen oder den Saum des Unterrocks gerade zu ziehen. Dann ließ sie den Rock mit einer vorwurfsvollen Bewegung wieder fallen. Sie konnte nie genug gerüstet sein für alle Eventualitäten des Tages, dachte er. Mary, Mary! Was erwartete sie eigentlich, wenn sie in die Welt hinausging?

Sie kam mit dem Dessert zum Tisch und schwenkte die Pfanne über einer Kerze.

»Nur damit du dir so vorkommst wie in einem dieser schicken Lokale im Village, die du so verabscheust«, sagte sie.

Frank streckte die Beine aus und beobachtete sie. Es grenzte an ein Wunder, dass diese Frau aus dem antiquierten England mit seiner Königin und seinem Nebel aufgetaucht war und sie einander gefunden hatten.

Er nahm beide Weingläser mit ins Schlafzimmer, in das der Heizkessel im Keller tief unter ihnen warme Luft pumpte. Es war so warm, dass er Mary ausziehen konnte, ohne dass sie gleich fror und eine Decke benötigte. Mary überließ sich seinen Händen. Frank schwebte an diesem Abend auf einer Woge des Hochgefühls, das kein Schatten trübte, kein Gedanke daran, dass dieses Glück jemals enden könnte. Er hörte sie stöhnen und seinen Namen rufen. Vielleicht, dachte er, war er endlich zu ihrem Kern vorgedrungen.

Er umfasste ihr Gesicht mit seinen großen Händen, den Händen, mit denen er sich hochgearbeitet und sein Leben aufgebaut hatte. Und während er in ihr war, fühlte er, überwältigt von Sehnsucht und Liebe, Mitleid mir ihrer Seele und dachte: Ich gehe bis ans Ende, bis ich sie finde.

XVII

In der Redaktion bekam Frank einigen Spott wegen seines ausgewogenen Berichts über die Fernsehdebatte zu hören. »Eh, Frank, Cordell wurde gefeuert, weil er Kennedy in den Hintern gekrochen ist, vielleicht müssen sie dich aus demselben Grund von Nixon abziehen.« »Anruf für dich, Frank. Nixons Frau. Kannst du Freitagabend zum Essen kommen?«

Frank ließ sich keine Angst einjagen. Er verteidigte sich auch nicht, wie die anderen Journalisten, die das gleiche geschrieben hatten wie er. Wenn er zum selben Urteil wie Joe Alsop gekommen war, wie konnte er dann Unrecht haben? Der Chefredakteur bat ihn, für eine der hinteren Seiten einen Bericht über die Arbeitsweise der Presse und den künftigen Einfluss des neuen Mediums Fernsehen zu schreiben. Frank drohte seinen Spöttern mit scherzhaft erhobenem Zeigefinger oder lachte nur. Er brauchte nicht eigens darauf hinzuweisen, dass er fast arbeitslos geworden wäre und sechs Jahre im journalistischen Exil verbringen musste, weil er Artikel geschrieben hatte, die alles ablehnten, was der jüngere Nixon als Kongressabgeordneter, Anwalt und Berater verschiedener Ausschüsse, vertrat. Alle in der Redaktion wussten es.

Als er seine Arbeit als Berichterstatter für den Wahlkampf Nixons wieder aufnahm, bekümmerte ihn nur, dass er New York verlassen musste. Er wollte nicht von Mary getrennt sein, doch hielt die Hochstimmung, die ihre Gesellschaft in ihm hervorrief, noch eine Weile. Er hatte in den rund vierzig Jahren seines Lebens nie nach Glück gestrebt, sondern es meist als Nebenprodukt einer Beschäftigung erfahren. Was er empfand, seit er Mary kannte, ließ ihn die Zukunft in einem ganz neuen Licht sehen. Bisher hatte er es nicht für lohnenswert erachtet, sich an etwas so Abstraktes und Flüchtiges wie ein Gefühl einzulassen.

Alles war anders geworden, musste er sich eingestehen, als er an einem späten Oktobernachmittag im Flugzeug saß, unter sich die braun gefleckte Prärie des Mittleren Westens und in der Reihe hinter sich die plaudernden Journalisten. Sollte Mary sterben oder ihn verlassen oder aus weniger dramatischen Gründen aus seinem Leben verschwinden, würde er sich von diesem Verlust nicht erholen. Die Fähigkeit zu lieben, die sie in ihm geweckt hatte, wäre sinnlos geworden. Er dachte an jenen Vormittag in der spanischen Botschaft in Washington zurück, an dem er Charlie begegnet war. Er erinnerte sich von Dien Bien Phu her gut an ihn und wusste noch, wie Charlies Kaltschnäuzigkeit gegenüber der in der selbst gegrabenen Elefantenfalle sitzenden französischen Armee ihm imponiert hatte. Vielleicht war Charlies soldatischer Zynismus übertrieben gewesen, doch hatte er damit Frank beeindruckt, der im Pazifik eine Gelassenheit vortäuschen musste, die er nicht besaß. Egal, unter welchen Umständen man groß geworden war, nichts in Chicago bereitete einen auf Guadalcanal vor, wo jeder, vom Veteranen bis zum einfachen Soldaten, ständig zu improvisieren gezwungen war.

Frank hatte Charlies Einladung in die Nummer 1064 an jenem Abend gern angenommen, obwohl er vermutete, dass Charlie gar nicht mehr wusste, wer er war. Dann hatte er Mary vor dem Tisch im Wohnzimmer stehen sehen, und ihm war, als kenne er sie schon immer. Dass er sich dann noch einmal Zutritt zu ihrem Haus verschafft hatte, war unerhört, doch unvermeidlich, denn Mary hatte in ihm eine bis dahin unbekannte Sehnsucht geweckt.

Wochen vergingen, ohne dass Frank seine Gefühle allzu genau analysiert hätte; er schämte sich sogar ein wenig für sie. Sie schienen nur zu beweisen, wie unbedarft, wenngleich seiner Überzeugung nach nicht leichtfertig, er Roxanne geheiratet hatte. Sein ganzes bisheriges Leben erschien ihm auf einmal beschränkt und inhaltslos. Wünsche, die ihn bisher angetrieben hatten – die Flucht vor der Armut, das Verlangen nach Geld, Ansehen, Bildung –, kamen ihm im Rückblick primitiv und anspruchslos vor und nicht besser als die aller anderen Menschen mit ihren zum Verwechseln ähnlichen Häusern und der Sehnsucht nach einem Auto mit noch größeren Heckflossen.

Frank befürchtete auch, seine Gefühle für Mary seien irgendwie dekadent, unmännlich, obwohl er sich andererseits entschlossen zu ihnen bekannte. Seine Leidenschaft ließ ihn alles intensiver erleben, gleichzeitig empfand er sie auf unerklärliche Weise auch als Gefahr, als liege jenseits davon, wenn er gewissermaßen mit der Hand durch sie hindurchgriff oder sie auf ihren natürlichen Höhepunkt zulaufen ließ, die völlige Auslöschung.

Die Stewardess brachte ihm ein Glas Orangensaft. Er stürzte es hinunter, während sein Blick auf ein Meer zerzauster Wolken fiel. Was Charlie ihm ihn Minneapolis erzählt hatte, beunruhigte ihn. Das FBI war zwar nicht mehr so einflussreich und mächtig wie früher, als unbestätigte Verdächtigungen, die ehrgeizigen Mitgliedern von Senatsausschüssen zugespielt und von ihnen öffentlich gemacht wurden, die verdächtigte Person die Stelle, den Pass, Freunde, das Vermögen oder, in Billy Foys Fall, das Leben kosten konnten. Doch Frank wusste, mit welcher Hartnäckigkeit die Behörde immer noch Leute verfolgte und wie groß ihr Einfluss war. Die Zeit, in der Charlie ein solches Verhör hätte durchstehen können, war ganz offensichtlich vorbei. Frank sorgte sich um Charlies geistigen Zustand, aber noch viel mehr darum, das FBI könnte Mary erpressen und sie zur Rettung ihres Mannes zwingen, eine Art Spitzel zu werden. Könnte er sie dann noch lieben? Und was wäre schlimmer: sie zu verlieren oder sie – ungeachtet der Folgen für seine Integrität – zu behalten? Genauso ratlos machte ihn, was Charlie ihm im Morgengrauen anvertraut hatte: wie sehr er von seiner Frau abhing. Natürlich liebte Charlie Mary, und natürlich war sie sein Leben, sein Kind, was auch immer – man konnte nicht mit Mary verheiratet sein und etwas anderes empfinden. Dass Mary Charlie so viel bedeutete, machte ihn Frank sympathisch, doch trug das nicht zu einer Lösung bei. Frank saß in derselben Falle wie Mary und Charlie. Die banalen Fragen, die sich im Zusammenhang mit einem Ehebruch stellten – Geständnis oder nicht, wer weiß was –, interessierten ihn nicht. Möglicherweise hatte Charlie ihn ja an jenem Abend, als er von seinen Gefühlen für Mary sprach, zu verstehen geben wollen, dass er bereits einen Verdacht hegte. Vielleicht hatte er an Franks Anstand appelliert. Frank schluckte und studierte das rissige Leder des leeren Platzes neben ihm. Er hielt sich durchaus für einen »anständigen« Menschen mit »Ehrgefühl« und einem Bewusstsein für Fairness, doch seine Leidenschaft für Mary hatte diese Gefühle in unerreichbare Ferne gerückt.

Charlie überflog die Zeitungen und wollte gerade zur Arbeit aufbrechen, als es an der Haustür klingelte. Ein großer, mit einem Regenmantel bekleideter Mann lehnte am Türrahmen. Er hatte ein dümmliches Gesicht, und an seinem Kinn klebte auf einem vom Rasieren herrührenden Schnitt ein Stück Watte. Der Mann öffnete seine Brieftasche und zeigte einen FBI-Ausweis.

»Sind Sie Mr. van der Linden? Wir möchten mit Ihnen reden.« Er wies mit dem Kopf auf einen zweiten, kleineren Mann mit einem Filzhut.

Charlie seufzte. »Sind Sie sicher, dass dies die richtige Adresse ist? Vielleicht handelt es sich ja um ein Missverständnis? Ich treffe mich nicht mehr mit O'Brien. Das ist aus und vorbei.«

»Ich kenne keinen O'Brien. Hier lang?«

Charlie trat zur Seite und folgte den beiden ins Wohnzimmer. Seine Kaffeetasse stand noch auf dem Tisch. Charlie trank den letzten Schluck.

»Ist Ihre Frau auch da?« Der größere der beiden hatte rötliche Haare; womöglich irischen Ursprungs, dachte Charlie, inzwischen aber vollkommen amerikanisiert.

»Nein«, erwiderte er.

Die beiden Agenten blieben stehen. Der Kleinere nahm den Hut ab, sah sich im Zimmer um und griff sich Fotos und Zeitungen. Der andere mit dem Schnitt am Kinn lehnte sich an einen Heizkörper.

»Wo ist sie denn?«

»In New York.«

»Was macht sie dort?«

»Sie schreibt ein Buch.«

»Über was?«

»Weiß ich nicht. Sie hat es mir nicht gesagt.«

»Sollte sie nicht hier bei Ihnen sein?«

»Ist sie doch. Sie fährt immer nur für ein paar Tage.«

Der Agent nahm eine Zeitung vom Tisch. »Ist Ihnen ein gewisser Frank Renzo bekannt? Ein Journalist?«

»Ja.«

»Kennen Sie ihn gut?«

»Nein.«

»Wo haben Sie ihn kennen gelernt?«

»In ... ich hab es vergessen. Wahrscheinlich auf einem Empfang, einem Empfang der Botschaft, so was in der Art.«

»Sind Sie sicher? Er arbeitet nicht hier, sondern in New York.«

»Gut möglich. Ich komme in meinem Beruf mit vielen Menschen zusammen.

»Vielleicht haben Sie ihn ja woanders getroffen. Vielleicht in Vietnam.«

»Ich kann mich nicht erinnern.«

»Warum sind Sie so nervös? Wollen Sie einen Drink?«

Charlie schüttelte den Kopf.

»Bestimmt nicht? Ich hab draußen im Kofferraum eine Flasche Wild Turkey, wenn keiner mehr im Haus ist.«

»Nein, danke.«

»Was haben Sie in Vietnam gemacht?«

»Meine Arbeit.«

»Und Renzo?«

»Keine Ahnung. Ich erinnere mich nicht, ihm dort begegnet zu sein.«

Der kleinere Mann zog ein Buch aus dem Regal. »*The Man with the Golden Arm*«, las er vor. »Mögen Sie den Autor? Nelson Algren?«

»Nicht besonders.«

»Er ist Kommunist.«

»Wusste ich nicht.«

»Noch mal dieser Renzo«, sagte der Mann mit der Schnittwunde.

»Kennt Ihre Frau ihn?«

»Sie hat ihn drei- oder viermal getroffen.«

Eine Pause entstand. Die beiden Agenten gingen durchs Zimmer. An der Tür kreuzten sich ihre Wege. Dem Fenster blieben sie fern. Schließlich sagte der größere: »Trifft sie sich in New York mit ihm?«

»Möglich wäre es, ich bezweifle es aber. Sie arbeitet. Sie schreibt ein Buch.«

»Und dass Ihre Frau allein in New York ist, macht Ihnen überhaupt nichts aus? Sie ist ziemlich attraktiv.«

»Ein wenig Sorgen mache ich mir schon.« Charlie erwiderte den ausdruckslosen Blick des Mannes und versuchte, seine Gedanken zu ordnen und eine passende Antwort zu finden. »Sie macht eine schwierige Zeit durch«, sagte er schließlich. »Mit der Familie.«

»Ob Ihre Frau uns wohl mehr über diesen Renzo erzählen könnte?«

»Das bezweifle ich. Warum interessieren Sie sich für ihn?«

»Er wird nach der Wahl nach Washington versetzt.«

»Überprüfen Sie alle Journalisten, die hierher kommen?«

»Er ist kein unbeschriebenes Blatt.«

»Inwiefern?«

Der Agent schüttelte den Kopf.

»Wahrscheinlich ist er auch ein ›Kommunist‹, was?«, sagte Charlie. »Ich dachte, diese Spielchen hätten wir hinter uns.«

Die Agenten schwiegen. Charlie beobachtete, wie der größere Mann den Wattebausch vorsichtig von der Wunde zupfte, es sich dann aber anders überlegte und ihn wieder andrückte. Er sah aus wie ein Dorftrottel, dachte Charlie, eine Witzfigur im Grunde, wäre von seinem massigen Körper nicht zugleich etwas Bedrohliches ausgegangen. Beunruhigend war auch, dass keiner der beiden sich mit Namen vorgestellt hatte, beide aber den Eindruck erweckten, als wüssten sie mehr über Frank als er selbst.

»Weiß Frank, dass er nach Washington kommt?«, fragte Charlie.

Der größere Mann zuckte die Schultern. »Ist doch eine Art Beförderung. Näher am Zentrum des Geschehens. Hat er Ihnen gegenüber je erwähnt, dass gegen ihn ermittelt wurde?«

»Nein.«

»Hat er je von Emmett Till gesprochen, dem Negerjungen, der –«

»Ich erinnere mich an den Fall, habe aber mit Frank nicht darüber gesprochen. Wie gesagt, ich kenne ihn kaum.«

Der kleinere Mann vor dem Bücherregal drehte sich um. »Wann haben Sie ihn zum letzten Mal gesehen?«

»Vor ein paar Wochen. In Minneapolis.«

»Worüber haben Sie gesprochen?«

»Kann ich mich nicht erinnern.«

»Ihr Gedächtnis ist nicht besonders gut. Liegt das am Alkohol, oder wollen Sie sich nicht erinnern?«

Charlie schwieg. Er spürte, wie Schweißperlen auf seine Lippe traten. Er hätte gern etwas getrunken, und dass die beiden ständig vom Trinken sprachen, steigerte sein Verlangen noch. Vor Jahren hatte er furchtlos eine ganze Kompanie durch heftiges Maschinengewehrfeuer geführt, doch diese unberechenbaren Männer erfüllten ihn mit übermächtiger Angst.

»Hören Sie«, sagte der Kleinere der beiden. »Wir wollen Ihnen keine Angst machen. Wir fragen nur, ob Sie bereit wären, uns zu helfen. Das sind Sie doch bestimmt.«

»Hat Renzo von seiner Frau gesprochen?«, setzte sein Kollege das Verhör fort.

»Ich wusste gar nicht, dass er verheiratet ist.«

»Geschieden. Sie hat ein Geschäft mit Büchern und Zeitschriften in Ann Arbor. Kennen Sie die Stadt? So eine Art Intellektuellentreff.«

»Es gibt dort eine Universität, wenn Sie das meinen.«

»Ist dieser Renzo ein Intellektueller?«

»Nein, eigentlich nicht. Durchaus clever, aber das ist etwas anderes. Er ist Journalist.«

»Aber er ging doch aufs College?«

»Fragen Sie mich was Leichteres.«

»Und Sie, Mr. van der Linden?«, fragte der Kleinere. Er hatte die Inspektion des Bücherregals offenbar beendet und zündete sich eine Zigarette an. »Haben Sie ein College besucht?«

»Ja. Das ist im diplomatischen Dienst so üblich.«

»Wann war das?«

»Vor dem Krieg.«

»Kennen Sie die Engländer, die sich dann in die Sowjetunion abgesetzt haben?«

»Nein. Das war vor meiner Zeit.«

»Aber diese Leute wurden doch auch hierher versetzt, waren doch auch Diplomaten in Washington?«

»Meines Wissens ja.«

»Sind sie ins selbe College gegangen?«

»Dieselbe Universität.«

»Und zu Ihrer Zeit gab es immer noch viele Kommunisten?«

»Wahrscheinlich gab es ein paar, aber nur Studenten, Kinder im Grunde.«

Der Kleinere der beiden ließ seine Zigarette auf das Ahornparkett fallen, trat sie mit dem Schuh aus und ging zur Tür.

»Wenn Ihre Frau Ihnen von diesem Frank erzählt, lassen Sie es uns wissen. Es ist Ihnen ja bekannt, wie Sie uns erreichen.«

Charlie nickte.

Der größere Mann drehte sich an der Tür noch einmal um. »Sollen wir Sie in Ihr Büro mitnehmen?«

»Mitnehmen? Mein Gott, sind Sie wahnsinnig?«

Charlie sah den beiden nach. Sie kehrten jetzt zu ihrem Auto zurück, das sie irgendwo in sicherer Entfernung geparkt hatten, und suchten dann wahrscheinlich ein neues Opfer auf. Er hörte, wie ihre Schritte sich auf dem Gehweg entfernten, denselben Gehweg, den Frank damals, eine Blutspur hinterlassend, in umgekehrter Richtung zum Haus der van der Lindens gegangen war.

Mary traf am Spätnachmittag in der Nummer 1064 ein. Von Dolores erfuhr sie, wer alles angerufen hatte: Kelly Eberstadt, der Zahnarzt, Katy Renshaw mit einer Einladung zum Abendessen, ihr Vater und noch einmal Kelly Eberstadt.

»Haben Sie Mr. van der Linden angerufen?«, fragte Dolores vorwurfsvoll.

»Ja, aber ich rufe ihn gleich noch mal an. Ich gehe nach oben.«

Mary trug ihren Koffer ins Schlafzimmer, hängte die Kleider in den Schrank und warf die Schmutzwäsche in den Korb im Bad. Dann streifte sie mit einem Schlenkerer die Schuhe von den Füßen, setzte sich mit untergeschlagenen Beinen aufs Bett, nahm ein Bild der Kinder vom Nachttisch und betrachtete es. Das letzte Mal hatte sie die Kinder am Tag nach der Beerdigung ihrer Mutter gesehen. Sie hatte sie von der Schule abgeholt und mit ihnen zu Mittag gegessen.

Für die Fahrt von London hatte sie den Rover ihres Vaters geliehen, einen schwarzen Wagen mit glänzenden Ledersitzen und einem Chromring innerhalb des Steuerrads, mit dem man die Hupe betätigte. Der Wagen war so schwer, dass Mary, wenn sie um eine Kurve bog, ihre Armmuskeln spürte.

St. Anthony lag am Ende einer langen, von Fichten gesäumten Auffahrt. Die Besitzer herrschaftlicher Anwesen pflanzten vor ihren Häusern zuweilen Linden- oder Eichenalleen, der ehemalige Besitzer dieses frühviktorianischen Herrenhauses dagegen hatte offenbar eine Schwäche für Nadelbäume gehabt.

Mary parkte auf dem kiesbedeckten Bereich vor dem Eingang und eilte unter ihrem Schirm die Treppe zu der eichenen Eingangstür hinauf. Sie klingelte und wartete kurz, dann hörte sie die Schlüssel der Schulsekretärin klappern, die diese aus unerfindlichen Gründen an einer Kette um den Hals trug. Drinnen empfing Mary der Geruch von Bohnerwachs, verwelkten Chrysanthemen und Bratensauce. Die Sekretärin führte sie eine breite Holztreppe nach oben ins Zimmer des Direktors und bat sie, Platz zu nehmen und zu warten. Mary betrachtete die Fotografien an den Wänden. Eine Footballmannschaft blickte ihr entgegen. Elf Jungen in Shorts hatten auf der Eingangstreppe Aufstellung genommen. Die Kinder sahen nicht wie eine richtige Mannschaft aus, dachte Mary. Einige wirkten ausgesprochen unsportlich und verängstigt. St. Anthony war eines der seltenen gemischten Internate und wurde von auswärtigen Eltern bevorzugt, die wie Mary Schuldgefühle hatten, weil sie ihre Kinder weggaben, sich aber damit trösteten, dass wenigstens Brüder und Schwestern zusammen sein und aufeinander aufpassen konnten.

Vom Tod ihrer Mutter immer noch wie benommen, empfand Mary trotzdem das dringende Bedürfnis, die Kinder zu sehen. Sie konnte vor Ungeduld nicht ruhig sitzen und spürte, wie ihre Lippen sich immer wieder zu einem liebevollen Lächeln verzogen. Von drunten hörte sie eine Klingel. Einen Moment lang herrschte Stille, dann folgte ein lärmendes Durcheinander von Stimmen und trampelnden Füßen. Mary lauschte aufmerksam auf näher kommende Schritte, die Schritte ihrer Kinder. Endlich klopfte es. Mary riss sich zusammen. Vielleicht erschienen sie in Begleitung der Sekretärin oder des Direktors, und sie wollte sie nicht in Verlegenheit bringen. Vor der Tür stand Richard, allein, in seinem grauen Schulpullover mit V-Ausschnitt und den kurzen Haaren. Er warf sich Mary in die Arme. Sie schluckte, beugte sich mit dem Gesicht über ihn und atmete tief den Duft seiner Haare und seines Nackens ein, jenen Geruch, der sie, wenn sie ihn in die Wiege gelegt hatte, immer trunken vor Liebe machte. Diesmal vermischte er sich mit dem Geruch von Footballstiefeln und Buntstiften. Sie lachte vor Freude, ihn zu sehen. Er hingegen wirkte schüchtern und unsicher, ob er ihr im Zimmer des Direktors einen Kuss geben konnte. Doch er lächelte und hielt ihren Arm fest umklammert.

Dann spähte Louisa vorsichtig in den Raum, und Mary wäre fast in Tränen ausgebrochen. Sie kniete sich auf den Teppich, um Louisa besser umarmen zu können – ihre schöne, stille Tochter mit den großen, staunenden Augen und den vorsichtigen, misstrauischen Bewegungen. Mary küsste sie auf Augenlider, Haare und Unterarme, die nackt aus dem kurzärmligen Hemd und dem grauen Trägerkleid ragten. Sie umarmte sie und legte den Kopf an Louisas Brust, dann bezog sie auch Richard in ihre Umarmung mit ein. Sie konnte gar nicht genug davon kriegen, ihre Kinder zu spüren.

»Jetzt aber Schluss mit diesem Unsinn«, sagte sie endlich und stand auf. »Ich nehme euch zum Mittagessen mit. Der Direktor sagt, wir brauchen erst um halb drei wieder hier zu sein. Das heißt, dass ihr Latein versäumt. Wenn ich euch also lieber früher zurückbringen soll, dann –«

»Geht schon in Ordnung«, sagte Richard.

Sie fuhren in das nahe Städtchen. Im Hotel Swan am Marktplatz hatte Mary in dem nach hinten gelegenen Speisesaal einen Tisch reserviert, doch war nur ein halbes Dutzend anderer Gäste anwesend. Mary bestellte Coca-Cola für die Kinder und einen trockenen Martini für sich.

»Jetzt will ich aber hören, wie es euch in der Schule geht«, sagte sie.

Mary hatte ganz vergessen, wie schweigsam Kinder manchmal waren. Sie konnten nicht sagen, wie es ihnen ging, was für Fortschritte sie in bestimmten Fächern oder überhaupt gemacht hatten. Stattdessen wollten sie unbedingt die Cocktailkirsche von Marys Drink und gaben so lange keine Ruhe, bis sie beim Kellner zwei zusätzliche Kirschen bestellt hatte.

»Wie war die Beerdigung von Oma?«, fragte Louisa.

»Und warum durften wir nicht dabei sein?«, jammerte Richard.

»Das ist ungerecht.«

»Beerdigungen sind nichts für Kinder. Es waren auch keine anderen Kinder da. Und ich fand sie traurig, sehr traurig.« Mehr war im Grunde nicht zu sagen, doch hatte Mary das Gefühl, die Beerdigung noch etwas ausschmücken zu müssen. »Wir haben Lieder gesungen, und dann hörten wir eine sehr schöne Rede, in der gesagt wurde, was für ein großartiger Mensch Oma war. Ich glaube, sie wäre sehr stolz und glücklich gewesen.«

»Hast du geweint, Mama?«, fragte Richard.

»Sei nicht blöd«, sagte Louisa. »Erwachsene weinen doch nicht.«

»Manchmal schon, Schatz, aber du hast Recht, ich habe nicht geweint. Ich musste mich doch um Opa kümmern. Und dann gingen wir heim und aßen schön zu Mittag, und alle waren sehr nett zu uns. Es ist zwar sehr traurig, dass Oma jetzt tot ist, aber so ist das eben im Leben. Oma war ja auch schon sehr alt. Wir konnten uns in Ruhe von ihr verabschieden, und eines Tages sehen wir uns wieder.«

»Ich konnte mich nicht von ihr verabschieden«, sagte Louisa. »Dabei hätte ich das so gern getan.«

»Aber dafür hat Oma sich von dir verabschiedet. Sie hat mir ganz besonders ans Herz gelegt, dir viele liebe Grüße auszurichten.«

»Ich hätte so gern den Sarg gesehen«, meinte Richard.

Der Kellner brachte die Vorspeisen, Eiermayonnaise, Grapefruit-Cocktails und Gänseleberpastete mit einer dünnen Scheibe Toast. Mary hatte wie immer verschiedene Sachen bestellt. Die Kinder aßen, was ihnen schmeckte, und sie nahm den Rest. Sie bat den Kellner, das Essen in die Mitte des Tisches zu stellen. Dieser, ein etwa achtzehnjähriger junger Mann mit schwarzer Fliege und weißem, bügelfreiem Hemd, sah sie erstaunt an, gehorchte aber.

»Es gibt hier auch leckere Nachspeisen«, sagte Mary.

»Meringen, Kuchen und Obstsalat.«

Sie aß von der Gänseleberpastete, die die Kinder verschmäht hatten. »Washington sieht jetzt wirklich sehr schön aus«, erklärte sie. »Die vielen Bäume an der Connecticut Avenue und der Mall, die auf das Kapitol zuführt. Es ist eine schöne Jahreszeit. Bald ist Weihnachten, und wir sind alle wieder zusammen.«

»Bis Weihnachten dauert es noch ewig«, sagte Louisa. »Und wann sehen wir Papa?«

»Ganz bestimmt an Weihnachten. Vielleicht kommt er dienstlich auch schon früher. Möglich ist es.«

»Richard hat gestern in der Garderobe geweint.«

»Kann ich noch eine Cola haben?«

»Wie heißt das Zauberwort?«

»Kriege ich auch noch eine?«

»Kann ich was?«

»Bitte.«

Der Kellner fragte, ob er die Teller abräumen könne. Mary nickte. »Warum hast du geweint, Schatz?«

»Hab ich gar nicht.«

»Hast du doch. Lügner.«

»Pst! Warum warst du traurig?«

Richard seufzte und schob die Unterlippe vor. »Nichts, nur ... Payne und Radford.«

»Wer sind Payne und Radford?«

»Jungs aus der Klasse.«

»Halt die Klappe, Louisa, du weißt doch gar nichts.«

»Pst«, mahnte Mary. »Haben sie dir wehgetan?«

Richard murmelte etwas und senkte den Blick. Mary spürte einen Stich. Zu denken, dass ausgerechnet er von allen Kindern mit seinem überschäumenden Temperament von anderen Jungen, die stärker waren als er, schikaniert worden war ...

Der Kellner brachte ein Grillhähnchen mit magerem Fleisch und goldener Kruste, einer teuren neuen Delikatesse, die die Kinder noch nicht kannten. Vorsorglich hatte Mary noch Steak und eine mit Gulasch gefüllte Pastete bestellt, was in diesem Fall allerdings unnötig war.

»Und du, Louisa? Gefällt es dir hier?«

»Nein. Ich vermisse meine Freundinnen in Washington. Die Mädchen hier behaupten, ich hätte einen amerikanischen Akzent.«

»Ach was«, sagte Mary. »Ich finde, du hast ihn wieder abgelegt.«

»Jetzt schon, absichtlich.«

»Und seht ihr euch oft?«

»Eigentlich nicht«, antwortete Louisa. »Wir sind in verschiedenen Klassen und wohnen auch nicht zusammen.«

»Aber beim Spielen?«

Die beiden sahen einander mit einem Gesichtsausdruck an, der Mary schon in der Bretagne aufgefallen war: einer Art Gleichgültigkeit. Beide schienen so damit beschäftigt, sich zu behaupten, dass sie darüber vollkommen vergessen hatten, dass es den anderen noch gab.

Mary sah schnell weg. Am schlimmsten war für sie, wenn ein Kind erkrankte oder die Kinder unfreundlich oder gleichgültig zueinander waren. Krank waren Louisa und Richard Gott sei Dank nicht. Sie verspeisten mit Appetit die Desserts, die der Kellner ihnen servierte. Doch Mary bemerkte, dass die Kinder sich von ihr entfernt hatten. Sie war zu weit weg, um sie zu behüten und aufzufangen, wenn die Anforderungen des Lebens für sie zu groß wurden.

Sie rauchte zum dünnen Kaffee des Hotels eine Zigarette, während die Kinder draußen im Garten spielten. Über Louisas sanftem Wesen lag eine vage feindselige Reserviertheit, und Mary sah sie plötzlich vor sich, wie sie vielleicht als Erwachsene sein würde – nicht mehr das bezaubernde Kind von einst, sondern eine verhärmte, argwöhnische Frau.

Sie kehrten zur Schule zurück, und Mary gab den Kindern die Geschenke, die sie aus Amerika mitgebracht hatte: Louisa einen View-Master mit dreidimensionalen Fotos und ein Buch mit dem Titel *Eloise* über ein Mädchen, das im Hotel Plaza in New York lebte, Richard eine Davy-Crockett-Mütze aus Waschbärfell und eine Modelleisenbahn. Neben dem Auto stehend, umarmte Mary die beiden Kinder noch einmal fest. Sie musste die Tränen zurückhalten, als Richard und Louisa sich umdrehten und mit den Spielsachen still die Treppe hinaufstiegen. Wenn sie sich wenigstens an der Hand gehalten hätten wie nach jenem ersten Schultag in Washington, als sie aufgeregt schwatzend nach Hause gekommen waren.

Nach ihrer Rückkehr zu ihrem Vater würde sie überlegen müssen, was sie für ihn tun konnte. Ihre Gesellschaft allein schien ihn wenig zu trösten, doch sie wusste, dass es für ihn allein noch schlimmer war. Sie drückte den Starterknopf auf dem aus Walnussholz gefertigten Armaturenbrett des Rovers. Und vor dem Schlafengehen musste sie noch Charlie anrufen, um zu hören, ob er gut nach Hause gekommen war, und ihm das Versprechen abnehmen, dass er nicht im Bett rauchte. Sie holte tief Luft. Durch das Wagenfenster sah sie, wie die Kinder sich noch einmal umdrehten und kurz winkten. Dann verschwanden sie im dunklen Eingang.

XVIII

Charlie sagte Mary nichts von dem Besuch, den er bekommen hatte, doch musste er ständig daran denken. Ihn beschäftigte weniger, was die beiden Männer direkt gesagt hatten, als die versteckten Andeutungen hinter dem erklärten Zweck ihres Besuchs. Dass ausgerechnet die Agenten eines staatlichen Geheimdienstes einen so ausschließlich privaten Verdacht erwecken wollten, verunsicherte ihn, wirkte aber zugleich seltsam angemessen.

Er arbeitete bis spätabends in seinem Eckbüro im neuen Botschaftsgebäude mit Blick auf die Massachusetts Avenue. Mary sah ihn eine Woche lang kaum. Von Frank, der Nixon auf der letzten hektischen Etappe des Wahlkampfs begleitete, hörte sie nichts. Der Wahltag rückte näher, und zusammen mit Dolores begann sie eine Wahlparty vorzubereiten. Der Fensehmechaniker kam, um den flimmernden Fernseher zu reparieren. Kisten mit Gin, Bourbon und Scotch wurden von der Verpflegungsstelle der Botschaft geliefert, gefolgt von kalifornischem Wein, Bier und Tüten mit Kartoffelchips aus dem von Spaniern geführten Lebensmittelgeschäft in der Woodley Road. Dolores war eine leidenschaftliche Anhängerin der Republikaner, seit ihre Familie unter Eisenhower eingebürgert worden war, doch sie schmückte das Wohnzimmer dennoch überparteilich. Über dem Kamin befestigte sie Fotos beider Kandidaten – einen sorgfältig retuschierten Kennedy mit schweren Lidern und einen offenen und zielstrebig dreinblickenden Nixon –, den Kaminsims selbst dekorierte sie mit an einer Schnur aufgereihten Papierfähnchen. Aus Charlies kleinem Arbeitszimmer im rückwärtigen Teil des Hauses holte sie eine Karte der Vereinigten Staaten und hängte sie statt des Landschaftsbildes an die Wand zwischen den Fenstern. Darunter legte sie zwei Schachteln mit verschiedenfarbigen Reißzwecken. Da sie wusste, dass die Party bis in den frühen Morgen dauern würde, erbot sie sich, einen Topf puertoricanisches Chili zu kochen. Für alle, deren Konstitution dem scharfen Fleisch-Bohnen-Eintopf zusätzlich zur Aufregung der Wahlnacht nicht gewachsen war, bereitete Mary außerdem nach einem alten Rezept ihrer Mutter Hühnerfrikassee zu.

Während Mary in der Küche das Gemüse für den Kohlsalat zerkleinerte, hörte sie im Radio »Mack the Knife« von Bobby Darin, dasselbe Stück wie elf Monate zuvor bei den Vorbereitungen zur Feier ihres Hochzeitstags. Damals war ihr die Arbeit leicht und selbstverständlich von der Hand gegangen. Obwohl manchmal vielleicht von ihrem Mann enttäuscht oder um seine Gesundheit besorgt, hatte sie doch ihre Zweifel verdrängen können. Sie schöpfte aus einem Topf Mayonnaise über die Kohl- und Möhrenstreifen in der großen Schüssel. Jetzt hingegen stürmten so viele Sorgen und Zweifel auf sie ein, dass sie es gar nicht mehr wagte, über ihre Gefühle nachzudenken. Mechanisch verrichtete sie die Hausarbeit, überlegte, ob sie Zwiebeln zum Kohlsalat geben sollte, ob ihre rosa Strickjacke zu der blauen Hose passte, die sie trug, und ob sie noch Zeit hatte, schnell Marken für die Briefe an Richard und Louisa zu besorgen.

Katy Renshaw hatte das Frühjahrswochenende an der Chesapeake Bay wiederholen wollen, aber weder Edward noch Charlie, noch sonst jemand in Washington konnten die Stadt in der Wahlzeit verlassen, und so hatte Katy zögernd zugestimmt, stattdessen auf die Party der van der Lindens zu gehen. Ihre Schwester Sal kam ebenfalls, in der Hoffnung, Frank, für den sie eine Schwäche entwickelt hatte, würde ebenfalls unter den Gästen sein.

Frank hatte den Chef vom Dienst davon überzeugen können, dass er zur Bekanntgabe des Wahlergebnisses nicht bei Nixon in Los Angeles zu sein brauchte. Allerdings war noch nicht entschieden, ob er in New York bleiben oder angesichts seiner bevorstehenden Versetzung nach Washington besser dorthin fahren sollte. Er versprach Mary anzurufen, sobald er Näheres wusste, doch die Ungewissheit steigerte Marys Verunsicherung noch.

Am Wahltag herrschte laut Wetterbericht an der Pazifik- und Atlantikküste sowie im Süden schönes Wetter, während es im Mittleren Westen regnete und am Fuß der Rocky Mountains sogar etwas schneite. Das schlechte Wetter in Detroit und Chicago könnte, so spekulierten einige, manche Wähler davon abhalten, an die Urnen zu gehen. Doch dass an einem Novembertag überall im Land die Sonne schien, war sowieso nicht zu erwarten, weshalb beide Parteien weiter auf möglichst viele Wähler für ihren Kandidaten hofften.

Mary hatte die Vorbereitungen abgeschlossen und wusch sich im Bad die Haare. Charlie kam von der Arbeit und küsste sie auf das nasse Gesicht, dann legte er ihre Kleider auf den Heizkörper und setzte sich auf den frei gewordenen Stuhl.

»Wie geht es dir?«, fragte Mary.

»Was? Ach so, gut. Benton hat sich krankgemeldet, und ich hatte viel zu tun. Außerdem soll ich, wenn Kennedy gewinnt, nach Moskau fliegen.«

»Nach Moskau? Warum?« Mary war entsetzt.

»Unsere Leute dort wollen sich über den neuen Präsidenten informieren, und sie glauben, dass ich alles über ihn weiß. Sie können sich dann den Russen gegenüber entsprechend verhalten. Außerdem wäre es ein Erfolg für die Botschaft hier. Den Amerikanern wird gefallen, wie schnell wir sind, und sie werden wissen wollen, wie die Russen reagiert haben.« Charlie zuckte die Schultern. »Vielleicht ist es ja so.«

»Wie lange wirst du wegbleiben?«

»Nur für etwa eine Woche. Zuerst müsste ich nach London.«

Mary überlegte, ob Frank sofort nach der Wahl in Washington zu arbeiten anfing und wie oft in der Woche sie sich sehen konnten.

»Würdest du mich nach London begleiten?«, sagte Charlie plötzlich. »Ich frage nicht gern, aber du weißt, wie das mit dem Fliegen bei mir ist und ... Du weißt ja.«

Mary spritzte sich Wasser ins Gesicht, um ihre Enttäuschung zu verbergen. »Sagst du mir auch alles?«, fragte sie. »Du machst das nicht Duncan Trench zuliebe? Es ist alles offiziell und korrekt?«

»Natürlich. Ich darf für Trenchs Leute gar nichts tun, das ist eine unverrückbare Regel. Manchmal gibt man die eine oder andere Information weiter, und ich sehe nicht, was daran anstößig sein sollte, wir stehen schließlich auf derselben Seite. Aber nein, das hier ist eine höchst offizielle Reise und auch ihr einziger Zweck, ganz offen guten Willen zu bekunden.«

»Aber nur, wenn Kennedy gewinnt?«

»Nur dann. Wenn Nixon das Rennen macht, geht David Chepstow.«

»Kannst du mir bitte das Handtuch geben?« Mary stieg aus der Badewanne. »Mir ist plötzlich ganz republikanisch zu Mute. Nixon ist doch eigentlich gar nicht so übel, oder?«

»Es ist nie zu spät.«

Sie gingen ins Schlafzimmer.

»Ich habe übrigens Trench eingeladen«, sagte Charlie. »Er wird etwas später kommen.«

»Mir wäre lieber gewesen, du hättest es nicht getan. Ich mag ihn nicht.«

»Er hat mir geholfen«, entgegnete Charlie.

»Geholfen? Inwiefern?«

Charlie zündete sich eine Zigarette an und setzte sich auf das Bett. Mary begann sich anzuziehen. »Es gibt Dinge, die ich dir nie gesagt habe. Dinge, die mit meiner Arbeit zusammenhängen.«

Mary schlüpfte in einen Unterrock aus Seide und sah Charlie abwartend an.

»Ich war in einer schwierigen Situation, man hat mich mehr oder weniger erpresst, auch wenn es nie offen ausgesprochen wurde. Ich habe damals in Japan Fehler gemacht, und verschiedene Leute versuchten, davon zu profitieren.«

»Wer?«

»Letztlich das FBI. Es ließ sich nicht mehr abschütteln, und deshalb suchte ich eines Tages Trench auf, weil seine Leute Kontakt mit ihm haben.«

»Aber was wollte das FBI denn von dir?«

»Informationen, immer Informationen. Gewöhnlich über Leute, die ich in Moskau getroffen hatte und die zu Besuch hier waren. Russen. Ob sie es ehrlich meinten oder nicht. Auch über Amerikaner, die ich kennen gelernt hatte, über ihre eigenen Leute. Sie fragten nach ihren Schwächen, ob sie leicht manipulierbar seien und so weiter. Dumm war ich, ich konnte mich nie an Namen erinnern. Im Grunde nützte ich ihnen gar nicht, aber sie haben mich trotzdem nicht in Ruhe gelassen.«

»Und was hat Trench getan?«

»Ich glaube, er hat sie gewarnt und ihnen gesagt, sie sollen mich in Ruhe lassen.«

»Und das hat gewirkt?«

»Ja. Ich musste mich immer mit einem gewissen O'Brien treffen.«

»Und jetzt nicht mehr?«

»Nein.«

»Und was wollte Trench für seine Hilfe?«

Charlie seufzte. »Sich ab und zu mit mir unterhalten. ›Kontakt halten‹, wie er es nennt. Es ist alles so blödsinnig und banal. Ich muss ihn ständig anrufen.«

Mary wollte eigentlich gar nichts mehr von Charlies Problemen hören, weil derartige Enthüllungen sie im Moment ihrer eigenen Lage wegen äußerst verunsicherten, doch um keinen Verdacht zu erregen, fragte sie weiter nach. Außerdem war sie neugierig.

»Was wussten diese Leute denn von dir? Ging es um Frauen? Geld?«

Charlie seufzte. »So in etwa. Es ging um Dinge, die ... ich will damit sagen, dass es mir inzwischen egal ist, ob sie herauskommen. Das ist mir alles nicht mehr so wichtig. Sie haben mich nicht länger in der Gewalt. Wenn ich meine Stelle wegen einer finanziellen Unregelmäßigkeit verliere, die ich mir habe zu Schulden kommen lassen, wäre es mir auch egal. Und die andere Sache ... ich weiß es nicht.«

»Was für eine andere Sache?«

Mary hatte sich fertig angezogen. Sie stand in der Mitte des Raums und betrachtete Charlie auf dem Bett. Wie oft hatte sie ihn so daliegen sehen. Etwas war diesmal allerdings anders.

Der Charlie, der vor ihr lag, war nicht das angetrunkene Häufchen Elend und auch nicht der liebenswürdige Mensch, dessen Humor und Selbstironie sie so schätzte, sondern ein Mann, der nichts mehr zu verlieren hatte.

»Etwas«, seufzte er, »das wahrscheinlich nicht nur ich mir habe zu Schulden kommen lassen.«

Bevor Mary über seine Worte nachdenken konnte, stand er auf. »Wie wär's mit einen Drink, bevor die Langweiler kommen?«

Zwei Stunden später leuchtete das Haus Nummer 1064 von außen wie ein Kreuzfahrtschiff auf dem ruhigen Gewässer des Potomac.

Gelegentlich drang Applaus, Gelächter oder Tanzmusik durch die geschlossenen Fenster zu Frank, der lauschend unter der Laterne auf der anderen Straßenseite stand.

Er hatte angerufen und mitgeteilt, er werde mit dem ersten

Flugzeug kommen, das er in New York erreichen könne. Vom Flughafen hatte er ein Taxi genommen, war jedoch hundert Meter vor dem Haus ausgestiegen, um die restliche Strecke zu laufen. Warum, wusste er selbst nicht.

Hinter den Fenstern, deren Vorhänge nicht zugezogen waren, bewegten sich Gestalten, führten Hände Gläser und Zigaretten zum Mund und wurden Köpfe in den Nacken geworfen. Frank dachte an die Gäste der van der Lindens, die Leute von der Botschaft und die Journalisten, für die solche Partys mit ihrem Klatsch über Beförderungen, Ernennungen und Scheidungen eine Fortsetzung ihrer Arbeit bedeuteten. An diesem Abend hatten sie wenigstens ein wirklich spannendes Thema für ihre Sensationsgier, etwas, an dem sich ihre Gemüter erhitzen konnten.

Und unter den Gästen befand sich die Frau, der er in diesem Haus zum ersten Mal begegnet war. Er hatte damals sofort gewusst, dass sein ganzes Leben mit all den Umwegen im Pazifik und in Indochina auf diesen einen Moment zugesteuert war. Angestrengt spähte er hinein. Dort drinnen war sie, in unmittelbarer Nähe. Dann wurde ihm, noch immer unter der Laterne stehend, plötzlich klar, warum er den Rest des Weges hatte zu Fuß gehen wollen. Mary hatte auf seine Frage, was sie von ihm wolle, geantwortet, er müsse ihr beweisen, dass es eine Welt außerhalb der Zeit gebe. Als Wind aufkam, schlug Frank fröstelnd den Mantelkragen hoch. Er konnte es nicht beweisen. Mary war dort drin, in ihrem gläsernen Käfig gefangen wie ein Vogel. Weil Frank wusste, dass sein Leben davon abhing, hatte er sich in seiner Leidenschaft für Mary um Aufrichtigkeit bemüht und versucht, alles richtig zu machen; es gab nichts, so schien es ihm im Nachhinein, was er hätte anders oder besser machen können. Er wusste, dass Mary, wenn er mit ihr geschlafen hatte, gelegentlich dieselbe Zeitlosigkeit empfand wie er und sich wie er immer daran erinnern würde, und das hatte auch ihre Einstellung zum Tod verändert.

Trotzdem würde alles ein Ende haben. Nicht dass er das wollte; er hätte ohne zu zögern sein Leben dafür gegeben zu bewahren, was er in Mary gefunden hatte. Doch wenn er jetzt die Straße überquerte, würde er erneut den zerstörerischen Fluss der Zeit auslösen, ohne dass er etwas dagegen tun konnte.

Mary hatte, ungewöhnlich für sie, zu viel getrunken. Charlie hatte ihr und sich zwei große Scotch eingeschenkt, und sie hatte den ihren hinuntergestürzt, um ihr Unbehagen über seine Worte zu ertränken. »Etwas, das nicht nur ich mir habe zu Schulden kommen lassen«, hatte er gesagt, eine vage, aber beunruhigende Andeutung. Aus Freude über Franks Anruf von La Guardia aus hatte Mary dann noch ein Glas Wein getrunken und später, als die Gäste eintrafen und die ersten Wahlprognosen Erstaunen auslösten, aus Gedankenlosigkeit noch zwei oder drei weitere Gläser.

CBS hatte sich der Hilfe eines IBM-Computers versichert und eine Auswahl erster Ergebnisse eingegeben, die allen möglichen Bevölkerungsgruppen, mathematischen Irrtümern und politischen Fakten Rechnung tragen sollten. Der Computer prophezeite daraufhin einen überwältigenden Sieg Nixons über Kennedy mit 459 zu 78 Wahlmännern.

Die Gäste waren in ihren Vorlieben gespalten. Viele Diplomaten und Journalisten behaupteten, unparteiisch zu sein, doch selbst Republikaner mussten zugeben, dass Kennedy zumindest ein interessanter Präsident wäre. Dass das Ergebnis offenbar so eindeutig ausfallen würde, sorgte für Enttäuschung unter den Gästen. Sie hatten das Gefühl, um eine die ganze Nacht andauernde Wahlparty betrogen worden zu sein, und dies trieb die noch unentschiedenen Gäste auf die Seite Kennedys. Sie applaudierten, als erste Ergebnisse aus Connecticut gemeldet wurden, die zeigten, dass die Wahlmaschine der Demokraten im Osten des Landes intakt war. Senator Bailey hatte die nötigen Stimmen mobilisiert. Innerhalb einer Stunde zwangen die Zahlen aus den Industriestädten den Computer, seine Prognose zu ändern: Er prophezeite jetzt, dass sich einundfünfzig Prozent der Wähler für Kennedy entscheiden würden. Mitleidiges Gelächter wurde laut.

Auch Mary lachte, ohne zu wissen, warum. Wenn Kennedy gewann, musste sie nach London; machte Nixon das Rennen, konnte sie vielleicht unter einem Vorwand nach New York zurückkehren. Sie spürte, wie ihre politischen Sympathien sich den Republikanern zuneigten. Aufmerksam starrte sie auf den Bildschirm, auf dem soeben Eisenhower seine Leute anfeuerte, bis zur letzten Minute zu kämpfen.

Der Schein der Tischlampe hinter Mary spielte in ihren dunklen Haaren. Sie hörte die Klingel nicht und bemerkte auch nicht, dass Frank in der Tür stand und sie ansah. Er lächelte, rieb sich gedankenverloren das Kinn und schob sich mit dem Drink, den Dolores ihm bei der Ankunft in die Hand gedrückt hatte, durch das Gedränge der Gäste, um die Dame des Hauses zu begrüßen. Unter Wahrung jener Selbstbeherrschung, die Frank anfangs so entmutigt hatte, drehte Mary sich um und drückte ihm, ohne rot zu werden oder das kleinste Anzeichen von Überraschung zu zeigen, einen Kuss auf die Wange.

»Frank«, sagte sie, »erinnern Sie sich an Lauren Williams und ihren Mann Vernon? Ich glaube, Sie haben die beiden kennen gelernt, als Sie das letzte Mal hier waren. Wir haben inzwischen zusammen in Frankreich Urlaub gemacht.«

»Du meine Güte«, rief Lauren, »war das ein Abenteuer! Dieses Haus, das wir gemietet hatten! Wir waren die ersten Bewohner seit der Revolution.«

Frank lächelte höflich. »Was gibt es Neues von der Wahl?«

»Es wird knapp werden«, sagte Vernon Williams ernst.

»Vielleicht hat Kennedy sein Pulver schon verschossen. Der Mittlere Westen stimmt mit überwältigender Mehrheit für Nixon. Schwer vorzustellen, woher Kennedy zusätzliche Wählerstimmen bekommen soll.«

Dolores nahm Mary zur Seite und fragte, wann sie das Chili con carne hereinbringen sollte, und Mary beobachtete, wie Kathys Schwester Sal sich an Frank heranpirschte. Sie war gespannt, ob er sich an Sal erinnerte, und Frank schien zu ihrem Ärger sogar höchst erfreut über das Wiedersehen.

Charlie stand auf seinem Posten hinter dem Getränketisch und näherte sich jenem inneren chemischen Gleichgewicht, das ihn immer noch mit der Welt versöhnte. Neben ihm standen Katy Renshaw, die es zuließ, dass er ihr den Arm um die Taille legte und sie an sich drückte, Kelly Eberstadt, eine magere, intelligent aussehende Frau in einem schwarzen Kleid und mit einer orangefarbenen Perlenkette, und Duncan Trench, der eine Zigarre rauchte und jedem, der es hören wollte, versicherte, ihm seien beide Kandidaten gleich recht.

Frank verließ das Wohnzimmer und ging in den Flur, um zu telefonieren. Im selben Augenblick traten Mary und Dolores mit vollen Tabletts aus der Küche. Das Gedränge in dem engen Flur war so groß, dass die beiden Frauen stehen bleiben mussten. Mary trat sogar einen Schritt zurück, bis sie fast auf Franks Fuß stand.

»Wie lautet die Schlagzeile für die zweite Ausgabe?«, fragte er gerade.

Er hielt das Telefon in der linken Hand, mit der rechten streichelte er heimlich die Rückseite von Marys Oberschenkel und dann ihre Hüfte.

»›Eindrucksvoller Vorsprung für Kennedy‹ klingt nicht übel. In einer halben Stunde bin ich in der Redaktion. Ich rufe jetzt gleich ein Taxi.«

Das Gedränge im Flur ließ nach, und Frank legte den Hörer auf. Im Wohnzimmer hatten ein irischer Diplomat und Duncan Trench angefangen zu streiten. Der Diplomat meinte, Nixon solle seine Niederlage eingestehen, Duncan Trench hielt dagegen, Kennedy habe keine Reserven mehr und die notwendige Anzahl von Wahlmännern noch nicht erreicht.

»Dass Kennedy im industriellen Nordosten und im alten Süden gewinnen würde, wussten wir. Aber wo sonst noch?«

»In Kalifornien, mein Gott. Haben Sie mir nicht zugehört?«

»Jedenfalls kann man jetzt noch nichts sagen«, erwiderte Trench verärgert.

»Möchten Sie von dem Chili, Duncan?«, fragte Mary. »Oder lieber vom Hühnerfrikassee?«

»Wie? Nein, danke.«

»Wenn Sie doch noch etwas wollen, das Essen steht auf dem Tisch.« Mary ging weiter.

»Mary.« Frank fasste sie sanft an der Hand. »Ich muss in die Redaktion, damit bei der letzten Ausgabe, die um drei rausgeht, nichts schief geht. Ich komme wieder, wenn die Party dann noch nicht zu Ende ist.«

»Das glaube ich kaum«, entgegnete Mary munter. »Es sieht so aus, als würde sie die ganze Nacht dauern. Im Fernsehen heißt es gerade, das Blatt wende sich wieder zu Gunsten von Nixon.«

»Hoffentlich nicht«, meinte Frank.

»Warum nicht? Willst du, dass Kennedy gewinnt?«

»Ich will keine falsche Schlagzeile. Es wäre nicht das erste Mal.«

»Wen hast du denn gewählt?«

Er stand dicht neben ihr und starrte sie an. Sie spürte seinen schwach nach Zahnpasta und Bourbon riechenden Atem. »Das ist mein Geheimnis. Bis später.«

Draußen wartete das Taxi. Eine Viertelstunde später fuhr Frank mit dem Aufzug zur Redaktion seiner Zeitung in der L Street nahe der Kreuzung 21st Street hinauf. Ein Dutzend Mitarbeiter saß vor einem Fernseher, auf Schreibmaschinen und Schreibtischen standen Kaffeetassen, einige Flaschen Michelob und Tüten mit Kartoffelchips.

Frank hatte für die Ausgabe des folgenden Tages bereits acht Artikel verfasst, von denen allerdings fünf biografisches Material enthielten – eine insgesamt zehnseitige Darstellung des Siegers mit allem, was er seit seiner Kindheit gesagt und getan hatte außer seinen Liebesaffären, über die die Zeitung sich ausschwieg. Außerdem hatte Frank zu einem Leitartikel beigesteuert, der Nixon (oder Kennedy) beglückwünschte und zum Ausdruck brachte, dass der Sieg Kennedys (Nixons) zwar knapp gewesen sei, die Zeitung aber nie daran gezweifelt habe. Frank holte sich ein Bier aus dem Kühlschrank und gesellte sich zu der Gruppe vor dem Fernseher. Er erfuhr, Kennedy sei nur noch zwei Wahlmänner vom Sieg entfernt.

»Wo ist Cordell?«, erkundigte er sich.

»Bei Joe Alsop«, erwiderte Maria, die Sekretärin. »Er hat seinen Artikel abgeliefert und ist wieder gegangen. Der Kollege aus Illinois hat angerufen und meint, Kennedy habe so gut wie gewonnen.«

»Hm«, machte Frank. »Das hängt noch davon ab, wie viele Stimmen Daley in Chicago für Kennedy mobilisieren kann. Wie steht's in Kalifornien? Hat Scott sich aus San Francisco gemeldet?«

»Hat er. Er sagt, es sehe nach einem Sieg für Kennedy aus.«

»Dann ist also alles gelaufen?«

»Im Grunde ja, vorausgesetzt, Scott behält Recht. Die Auszählung der Stimmen ist aber noch lange nicht abgeschlossen. Ach ja, Frank, du sollst Bill Stevens in New York anrufen.«

Frank wählte die Nummer. »Abend, Bill. Wie ist die Lage?«

»Alles im Griff. Im Augenblick muss ich Bob Levine zurückhalten, der als Schlagzeile unbedingt ›Sieg für Kennedy‹ will.«

»Wie lang können Sie noch warten?«

»Dreiviertelstunde. Und bei euch?«

»Wir sitzen alle vor dem Fernseher. Was Neues von Eisenhower?«

»Nein. Red ist immer noch dort. Er sagt, Eisenhower sei wütend, weil Nixon alles versaut habe. Kennedy wirft er vor, Stimmen gekauft zu haben.«

»Na prächtig. Brauchen Sie noch was von mir?«

»Um Himmels willen, Frank, Sie müssen nicht die ganze Zeitung allein schreiben. Nur Scott sollte sich jetzt noch melden.«

»Warum ist er nicht in Los Angeles?«

»Weil er ein Idiot ist. Er glaubt, dass er in San Francisco schneller an die Ergebnisse kommt. Er kennt da jemanden. Außerdem ist er stocksauer, weil jetzt Julie Pereira über Nixon berichtet, nachdem Sie ausgestiegen sind, und –«

»Ich bin nicht ausgestiegen, ich –«

»Schon gut, Frank, ich muss Schluss machen. Rufen Sie in einer Stunde noch mal an.«

Lächelnd legte Frank auf. Er hatte Bill Steven noch nie so gut gelaunt erlebt. Er holte sich noch ein Bier aus dem Kühlschrank und half dann den anderen, Anrufe zu beantworten. Die allgemeine Aufregung steckte allmählich auch ihn an. Die Vorstellung, dass die einzelnen Bundesstaaten endlich einmal eine Nation bildeten, dass der junge Mann in San Diego den gleichen Stimmzettel lochte wie die alte Frau in Sioux Falls in South Dakota, erfüllte ihn mit patriotischem Stolz. Genauso war es ihm ergangen, als er zu seiner militärischen Ausbildung nach Fort Benning in Georgia gekommen war und zum ersten Mal in seinem Leben einen neuenglischen Akzent gehört hatte. Auch damals im Dschungel hatte er dasselbe Zugehörigkeitsgefühl empfunden. Dort hing sein Leben davon ab, wie schnell Männer aus Detroit, Maine oder Alabama reagierten, Städten, an die er in Friedenszeiten nie gedacht hatte. Frank hatte zuletzt doch für Kennedy gestimmt, obwohl er ihm nicht traute. Es hieß zwar, Kennedy habe weniger demokratisches Charisma als Adlai Stevenson, er sei zu kalt, zu reich und zu nüchtern. Auch Frank empfand das so, doch bemerkte er an ihm zugleich etwas von der Leidenschaft eines Glücksspielers – und das gefiel ihm. Er glaubte zu spüren, dass Kennedy durch seine Kriegserfahrungen und seine chronischen Leiden mit Extremen vertraut war und alles riskieren würde, um in den bevorstehenden Auseinandersetzungen mit den Russen bestehen zu können. An Nixon bewunderte Frank zwar dessen Sachkenntnis, aber er bemitleidete ihn seiner mangelnden Weltläufigkeit wegen und hielt ihn für einen Feigling. Jetzt, da Kennedys Sieg zum Greifen nahe war, stellte Frank fest, dass seine jounalistische Unparteilichkeit allmählich der Begeisterung wich.

Eine Stunde später rief er wieder Bill Stevens an. Der sagte, man habe sich für die Schlagzeile »Sieg für Kennedy« entschieden.

Maria öffnete eine Flasche Four Roses, und die in der Redaktion versammelten Mitarbeiter stießen, ungeachtet dessen, was sie gewählt hatten, mit den Papierbechern des Trinkwasserspenders auf den neuen jungen Präsidenten an. Das Telefon klingelte wieder.

Es war der Mitarbeiter aus Illinois, der mitteilte, dass es dort knapp werden würde.

Frank legte auf. »Illinois«, sagte er. »Hatte Kennedy dort nicht schon so gut wie gewonnen? Und jetzt ratet mal, was. Er hat noch nicht gewonnen.«

»Soll ich New York Bescheid geben?«, fragte Maria.

»Zu spät«, erwiderte Frank. Es klingelte wieder.

Ein junger Redakteur hob ab. Er lauschte und nickte schweigend. Schließlich bedeckte er den Hörer mit der Hand und sagte ins Zimmer: »Das ist Scott aus San Francisco. In Kalifornien gibt es ein Kopf-an-Kopf-Rennen.«

»Ich gehe«, erklärte Frank. Er kritzelte die Telefonnummer der van der Lindens auf einen Zettel und gab ihn Maria. »Wenn mich jemand braucht, ich bin dort zu erreichen.«

Vor dem Gebäude warteten drei Taxis. Frank kehrte in einem davon zur Party der van der Lindens zurück. Diese war in seiner Abwesenheit ausgeartet. Trotz der späten Stunde schienen mehr Leute anwesend zu sein als vorher. Charlie war auf einem Sofa zusammengesackt und gab ein konfuses Geschrei von sich, das gegen den Fernseher gerichtet schien. Die Frau mit der orangefarbenen Perlenkette, deren Namen Frank nicht verstanden hatte, stand unter der Treppe und küsste leidenschaftlich einen Mann, der mit ziemlicher Sicherheit nicht der ihre war. Duncan Trench und der irische Diplomat standen noch genauso da wie zuvor, doch wirkten beide zerzaust und wirr, als versuchten sie sich zu erinnern, warum der eine, Trench, immer noch den Zeigefinger in die Brust des anderen bohrte. Überall im Wohnzimmer standen halb volle Teller und überquellende Aschenbecher herum, und hinter Charlies improvisierter Bar schenkte Dolores Alkohol in Gläser, in die sie zuvor aus einem Kunststoffeimer unter dem Tisch Eis geschaufelt hatte.

Frank ließ sich ein Glas Bourbon geben und stellte fest, dass auch er betrunken war. Er wurde deshalb freilich nicht aggressiv wie Trench und versank auch nicht in Verzweiflung wie Charlie, sondern überlegte, wo Mary sein mochte. Er begab sich in die Küche. Dort türmte sich der Abfall, zu sehen war jedoch niemand. Gerade wollte er den Raum verlassen, als die Tür zum Garten aufging und Mary hereinkam.

»Ich musste frische Luft schnappen«, sagte sie.

»Alles in Ordnung? Du bist etwas …« Er hob die Augenbrauen. Sie lächelte. »Mhm. Ich weiß nicht, wie es passiert ist.«

»Vermutlich durch Alkohol.«

»Und du?«

»Mir geht's genauso wie dir. Die Nacht war lang. Und wir haben immer noch keinen Präsidenten. Ich gehe auch ein bisschen Luft schnappen.«

Mary trat zur Seite, um ihn vorbeizulassen.

»Komm mit«, sagte er und fasste sie am Ellbogen. »Ausnüchtern kann man nie genug.«

Sie gingen bis zum Ende des Rasens. Vor ihnen hing im Dunkeln die verrostete Kinderschaukel. Mary spürte, wie sie mit den Absätzen in den Rasen einsank. Ihr Schritt war etwas unsicher. Sie drehten sich um und sahen zum Haus zurück. Aus dem beschlagenen Küchenfenster drang ein gelber Schein. Frank seufzte. »Eine große Nacht für Amerika.«

»Ja.« Mary blickte über Zaun und Bäume hinweg auf die nächtliche Hauptstadt. »Bist du aufgeregt?«

»Ja.«

»Mir kommt es vor, als stehe die Welt still.«

Frank umfasste zärtlich ihren Kopf. »Du hast so schöne Haare«, sagte er. Er berührte mit der Zungenspitze ihre vollen Lippen.

»Wann werden wir's denn wissen?«, fragte Mary.

»Irgendwann morgen, das heißt heute.«

Aneinander geschmiegt verharrten sie eine Weile. Mary schloss die Augen, doch sofort begann sich alles zu drehen, sodass sie sie rasch wieder öffnete.

»Ich liebe dich«, flüsterte er.

»Zu sehr.«

Mary lehnte am Rahmen der Schaukel und spürte wie einige Stunden zuvor im Gedränge des Flurs seine Hände auf den Hüften. Langsam glitten sie ihre Schenkel hinauf und hoben mit geübten Bewegungen den Rock. Mary stöhnte, ließ aber die Augen geöffnet aus Angst, der Boden könnte sich wieder drehen. Es gefiel ihr, Frank dabei zuzusehen, wie er nur mühsam seine Gier zügelte, denn es bewies ihre Macht über ihn. Während er ihr die Hand zwischen die Beine schob, küsste er sie. Lustvoll stöhnend wand sie sich unter seinen Berührungen.

»Nicht hier«, sagte sie schließlich und drehte den Kopf zur Seite.

»Zu spät.«

Frank setzte sich auf die Schaukel und legte ihre Hand auf seinen Unterleib. Dann nahm er wieder ihr Gesicht zwischen die Hände und strich ihre Haare zurück. »Mach weiter«, flüsterte er ihr ins Ohr. »Die Welt steht still. Mach weiter.«

Dolores nahm Charlie die brennende Zigarette aus der Hand, schob seinen Arm von ihrer Schulter und ließ ihn auf sein Bett sinken. Dann zog sie ihm die Schuhe aus und rollte ihn auf die Seite. Er schien schon zu schlafen. Sie trat ans Fenster, um den Vorhang zuzuziehen, verharrte dort einen Moment und sah in den Garten hinaus. Am Ende des Rasens, neben der Schaukel, sah sie zwei Gestalten in inniger Umarmung, doch konnte man der Dunkelheit wegen nicht erkennen, um wen es sich handelte. Dolores zog den Vorhang zu.

Mary kehrte zur Party zurück, Frank blieb auf der Schaukel sitzen und rauchte eine Zigarette. Die Schaukel schwang vor und zurück. Die Befriedigung, die er verspürt hatte, hielt nicht lange. Schon als Mary ihr Kleid glatt strich und auf das Haus zuging, überkam ihn erneut das Verlangen. Er wollte für immer in ihrem Körper gefangen sein. Nicht mehr und nicht weniger.

Er überprüfte sorgfältig Gürtel, Hosenschlitz und Hemd, fuhr sich mit der Hand über die Haare und zog die Krawatte gerade. Dann kehrte er ins Haus zurück, suchte das Badezimmer der Kinder im ersten Stock auf und forschte im hellen Licht der am Spiegel angebrachten Lampe sorgfältig in seinem Gesicht nach Spuren des Ehebruchs. Anschließend ging er nach unten, bestellte erneut ein Taxi und half, während er wartete, mit, das Chaos im Wohnzimmer zu beseitigen. Dort saß noch ein halbes Dutzend Nachtschwärmer. Sie hörten Frank Sinatra und tranken Kaffee oder Bier. An der Haustür klingelte es. »Taxi für Renzo.«

Zum Abschied küsste er seine Gastgeberin höflich auf die Wange und gab Edward Renshaw, der ebenfalls dabei war aufzubrechen, die Hand.

»Schöne Party«, sagte Frank.

»Absolut.« Edward nickte. »Schade, dass noch kein Ergebnis vorliegt. ›Und jeder drückt die Liebste fest / Das Land, es schläft und kann nicht atmen / Sein schwaches Herz versagt des Nachts.‹«

»Klar«, sagte Frank und ging den beleuchteten Weg zur Straße vor. »Aber jetzt haben wir ja bald wieder einen Präsidenten.«

Auf halbem Weg zum Hotel ließ er das Taxi anhalten.

»Fahren Sie mich bitte zum Weißen Haus.«

Frank bezahlte den Fahrer und sah zu den erleuchteten Fenstern hinüber. Er stellte sich vor, wie dahinter Mitarbeiter aufgeregt durch Korridore eilten, während für Eisenhower die letzte Nacht seiner Amtszeit zu Ende ging. Für jenen Mann, der Franks Oberbefehlshaber gewesen war und dann die Uniform mit dem Anzug vertauscht hatte und ins Weiße Haus eingezogen war. Der Anzug hatte ihm nicht so gut gestanden ... Merkwürdig, dachte Frank, dass ausgerechnet dieser Soldat zu höchsten Ehren gelangt ist und nicht einer seiner intelligenten, ehrgeizigen Mitarbeiter, einer der Wissenschaftler, Genies und Spezialisten in seinem Gefolge. Wahrscheinlich war ihm ganz egal, wer sein Nachfolger wurde. Er selbst hatte insgeheim vielleicht aus bloßem Ärger auf seinen blassen Vizepräsidenten, den er acht Jahre lang herumkommandiert hatte, für Kennedy gestimmt.

Frank warf einen letzten Blick auf die beleuchtete Kuppel, dann machte er sich auf den Weg durch die kalten, leeren Straßen der Hauptstadt. Verzweiflung überkam ihn. Er war unter Eisenhower groß geworden, doch in den letzten Monaten von dessen Präsidentschaft hatte sich der Horizont seines Lebens dramatisch erweitert. Mit dem alten Präsidenten verschwanden die bescheidenen Träume von einst. Frank ging auf der Pennsylvania Avenue langsam nach Westen, zum Fluss. Auf der Brücke blieb er stehen und starrte lange in das Wasser.

Er dachte an Roxanne und an Tilly, seine vietnamesische Freundin. Ob sie ihn hassten oder, schlimmer noch, die Erinnerung an ihn nur ein Schulterzucken auslöste? Er fühlte sich einsam.

Gelegentlich fuhren Lastwagen oder Taxis an ihm vorbei,

aber er nahm sie nicht wahr. Er konnte Mary nicht an sich fesseln, mit nichts eine Verbindung erzwingen. Worte konnten den zentrifugalen Kräften der Liebe nicht Einhalt gebieten – bevor sie sich in immer kleinere Teile auflöste und wieder im Dunkel verschwand. Er spürte eine Hand auf der Schulter und hob den Kopf. Vor ihm stand ein Stadtstreicher mit grauem Gesicht, ein müder Veteran der Straße, und wollte Geld. Frank riss sich von seinen Gedanken los und suchte in der Hosentasche nach einem Schein.

»Weißt du, wer die Wahl gewonnen hat, Kollege?«, fragte er.

Der Mann starrte ihn verständnislos an und wich ängstlich murmelnd zurück.

»Macht nichts«, sagte Frank.

Er gab ihm einen Dollar und setzte seinen Weg nach Georgetown fort. Hinter ihm ging die Sonne auf und tauchte die schlafenden Gebäude in kaltes Licht.

Nach der Rückkehr ins Hotel schlief er zwei Stunden, dann stellte er den Fernseher an. Nixon hatte seine Niederlage inzwischen eingestanden. Frank schlief wieder ein, wachte auf, duschte, rasierte sich und zog frische Kleidung an. Um zehn trat er auf die M Street hinaus, um irgendwo zu frühstücken. An dem Verkaufsautomaten an der Ecke erstand er ein Exemplar seiner eigenen Zeitung. Es handelte sich um eine späte Sonderausgabe, die Franks Schätzung nach gegen sechs in Druck gegangen sein musste. Die Schlagzeile auf der Titelseite lautete: »Kennedy siegt, verliert aber in zwei Schlüsselstaaten.« Frank stieß die Tür zu einem Lokal auf und sog tief den Geruch nach warmem Speck, amerikanischem Kaffee und frischem Zigarettenrauch ein.

XIX

Mary umarmte ihren Vater an der Eingangstür ihres Elternhauses. Ihr Vater sah zum Glück so aus wie immer, die Trauer hatte ihn nicht körperlich geschwächt. Er drückte Mary fest an sich und begrüßte dann den hinter ihr stehenden Charlie.

Mary und Charlie richteten sich in Marys altem Zimmer unter dem Dach ein, dann ging Mary hinunter, um nach dem Rechten zu sehen. Im Haus ging nicht alles drunter und drüber, wie sie befürchtet hatte. Sobald der Kaffee fertig war und die Männer mit einer Tasse versorgt vor dem Kamin im Wohnzimmer saßen, brach sie auf, um an Vorräten einzukaufen, was sie und ihr Vater in der Woche brauchen würden, in der Charlie in Moskau weilte.

Sie war erleichtert, das Haus zu verlassen. Vor allem den vertrauten Geruch nach alter Möbelpolitur, Schnittblumen und Kaminrauch konnte sie nicht ertragen, und den Geruch des Hauses selbst, den Geruch ihrer Kindheit, der für sie vierzig Jahre lang Liebe und Beständigkeit bedeutet hatte. Sie wusste nicht, wie ihr Vater damit leben konnte, damit und mit den immer gleichen Geräuschen, den knarrenden Dielen, denen es gleichgültig war, wer auf sie trat oder dass es eine bestimmte Person nicht mehr gab.

Mit einem halben Dutzend Einkaufstüten beladen, kehrte sie zurück. Aus dem Wohnzimmer hörte sie Lachen; sie war froh, dass Charlie sich mit ihrem Vater so gut verstand und er mit der »Art« ihres Vaters, wie er sagte, so gut zurechtkam und zuweilen im Scherz sogar für ihn und gegen Mary Partei ergriff. Sie setzte sich vor dem Essen noch zu den Männern, zog ihren Sessel ans Feuer, kämpfte gegen die Müdigkeit und unterdrückte ein Gähnen.

»Wir halten dich vom Schlafen ab«, sagte James, wie immer, wenn sie gähnte.

»Nein«, erwiderte Mary in Fortsetzung des Rituals, »ihr haltet mich wach.«

»Charlie hat mir von seiner bevorstehenden Reise nach Moskau erzählt. Er scheint sich mit seiner Kenntnis beider Seiten ja wirklich nützlich zu machen.«

»So ist es«, sagte Mary.

»Und du willst ihn nicht begleiten? Alte Freundinnen besuchen und so?«

Mary lachte. »Ich war damals doch nur ganz kurz dort, Papa. Die meiste Zeit verbrachte ich hier, weißt du nicht mehr? Louisa war krank. Außerdem kann man nicht so einfach nach Moskau fliegen.«

»Es ist jedenfalls extrem heikel«, erklärte Charlie. »Auch ich darf nicht allein reisen. Deshalb muss ich ja bis Freitag warten. Am Freitag fliegt eine Gruppe von Vertretern der Bauaufsichtsbehörde. Die Lage ist seit der U2-Affäre und dem geplatzten Pariser Gipfel äußerst gespannt.«

James nickte. »Ich kann mir vorstellen, dass man vorsichtig sein muss. Was genau macht deinen Kollegen solche Sorgen?«

Charlie seufzte. »Dass man mich irgendwie kompromittieren könnte. Die locken dich mit einer Frau in eine Falle oder schütten dir was ins Getränk, damit du nicht mehr weißt, was um dich herum geschieht. Dann machen sie Fotos. Sie folgen dir auf Schritt und Tritt und zeichnen alles auf, was du sagst. Du darfst außerhalb der Stadt nicht allein reisen, sondern nur in Begleitung, und am liebsten würden sie dir auch in Moskau einen ständigen Begleiter verpassen. Ich werde bei einem alten Bekannten einquartiert, der seinerzeit auch an der Botschaft in Tokio war.«

»Aber man könnte dich nicht einfach … verschwinden lassen, oder? Schließlich bist du doch Diplomat und genießt Immunität und so weiter.«

»Natürlich. Obwohl es bei den Sowjets so viele Vorschriften gibt, die man verletzen kann, dass sie, wenn sie es darauf anlegen würden, jeden Ausländer verhaften könnten. Man muss vorsichtig sein.«

Und wahrscheinlich auch nüchtern, dachte Mary besorgt.

»Das Schlimmste ist, dass nichts schriftlich dokumentiert ist«, fuhr Charlie fort. »Es gibt in Moskau keine Telefonbücher. Wenn jemand verschwindet, könnten die Behörden bestreiten, dass es ihn je gegeben hat. Wenn er im Telefonbuch eingetragen wäre, könnten die Angehörigen das als Beweis für seine Existenz anführen. Und sie haben keine Stadtpläne.«

»Wie findet man sich dann zurecht?«

»Man lernt die Straßen mit der Zeit kennen. Die CIA hat außerdem einen Stadtplan erstellt, und soviel ich weiß, haben wir den inzwischen auch. Den Einzigen, den es gibt.«

Beim Abendessen wirkte Charlie nachdenklich. Er beteiligte sich weniger am Gespräch als sonst und trank nur ein, zwei Gläser Wein. Mary wusste allerdings, dass er schon vor dem Essen droben eine Menge Whisky in sich hineingeschüttet hatte. Im Grunde war das ganz normal, versuchte sie sich einzureden. Sie waren beide müde, und Charlie machte der Gedanke an den Flug nach Moskau und seine Mission dort zu schaffen.

In der Nacht vor seiner Abreise erwachte Charlie aus einem dumpfen Schlaf mit dem Gefühl, ersticken zu müssen. Um Atem ringend, sprang er aus dem Bett und ging zum Fenster. Mit beiden Händen hielt er sich am Sims fest und sah durch den Spalt im Vorhang zur Straßenbeleuchtung hinunter. Es dauerte einen Augenblick, bis ihm einfiel, wo er sich befand. In Marys Elternhaus in London. Aber warum? Und war er wirklich in London oder, wenn er richtig aufwachte, am Ende schon in Moskau? Die Wirkung des Schlafmittels drohte ihn wieder zu überwältigen, aber er wehrte sich verzweifelt dagegen, aus Angst vor dem, was ihn dann erwartete: Ungewissheit, Träume und Städte, voneinander getrennte Wirklichkeiten, in denen er gleichermaßen orientierungslos war.

Charlie spürte, wie allmählich Angst die beruhigende Wirkung des Schlafmittels überlagerte. Er wusste nicht, ob er wach war oder tot, doch schien er immer noch mehr aufzuwachen und durch verschiedene Ebenen des Bewusstseins aufzusteigen, verglichen mit denen das normale Wachsein ihm wie Schlaf vorkam.

Er sah seine Hände auf dem Fenstersims, doch erkannte er sie nicht. Die Finger waren nicht die seinen. Das Fleisch schien durchsichtig, durch die Haut schimmerte das darunter liegende Nerven- und Aderngeflecht.

Charlie atmete tief ein, drehte sich um und kehrte ins Zimmer zurück. Die Holzdielen unter seinen Füßen beruhigten ihn einen Moment. Sie waren kalt und vertraut und drückten, wie es sich gehörte, hart gegen seine Sohlen, Holz gegen Fleisch, hart gegen weich.

Er setzte sich auf die Bettkante und stützte das Gesicht in die Hände. Auch das fühlte sich einen Augenblick lang gut an, der Knochen des Unterkiefers auf dem Handteller. Doch dann fiel ihm ein, dass diese beiden verschiedenen Dinge Teile ein und desselben Körpers waren, und er wurde ganz unglücklich. Verschieden und doch zusammenhängend, eins und doch zwei. Auch sein Bewusstsein war nicht eins, sondern viele. Er war nicht nur ein Mensch, ein kontinuierliches Bewusstsein, das die Welt wahrnahm, sondern eine weite Ebene oder Straße, offen für jede Wirklichkeit, die ihn für sich reklamierte.

Er glitt auf den Boden und hielt sich am Bettpfosten fest. Mit den Händen umklammerte er das Holz. Am liebsten hätte er Mary gerufen, aber er fürchtete sich zu sehr vor dem Laut, der aus seinem Mund kommen würde. Vielleicht war es gar nicht seine Stimme, sondern die eines Fremden. Er hatte Angst, Mary könnte seine Stimme zwar hören, aber nicht erkennen, aufwachen, aus dem Zimmer rennen und Hilfe holen, um den Eindringling zu vertreiben.

Etwas in ihm sagte ihm, dass er den Pfosten loslassen, die von Weissman verschriebenen neuen Tabletten suchen und zwei davon nehmen müsse, vorzugsweise mit Whisky.

Charlie betrachtete die Leuchtziffern des Reiseweckers, ohne zu begreifen, was sie anzeigten. Er kroch über den Boden zu seinem offenen Koffer und fand die Tabletten. Aus der gefältelten Tasche der Kofferrückseite zog er eine Flasche Wild Turkey und schraubte den Deckel auf. Der hochprozentige Inhalt verschaffte ihm sofortige Erleichterung und ermöglichte es ihm, wenigstens zum Bett zurückzukriechen.

Unendlich vorsichtig stieg er hinein, in panischer Angst davor, seine schlafende Frau könnte aufwachen und ihn nicht erkennen.

Am Morgen fuhr James sie in seinem Rover zum Flughafen. Mary war auf Charlies Drängen vorne neben ihrem Vater eingestiegen. Charlie saß vollkommen bewegungslos hinten und starrte auf die Londoner Straßen hinaus, die vorbeizogen wie bunte Kulissen. Von seinem nächtlichen Erlebnis hatte er Mary nichts erzählt.

Sie war so gewohnt daran, ihn widerwillig zu Flügen aufbrechen zu sehen, dass sie an seinem Verhalten nichts Ungewöhnliches fand. Ihr Vater schien die gedrückte Stimmung zu spüren und schaltete das Autoradio ein, in dem ein Wunschkonzert gesendet wurde. Dann plauderten er und Mary über Belanglosigkeiten, ohne auf die Musik zu hören.

»Kann ich nächste Woche das Auto haben, um nach Norfolk zu fahren?«, fragte Mary. »Die Schule ist aus, und ich könnte die Kinder überraschen, indem ich sie selbst abhole.«

Sie fuhren durch die Vorstädte im Westen, und Charlies Kopf sank immer tiefer auf seine Brust. Die Bath Road, die zum Flughafen führte, war fast leer. Alles klappte reibungslos. Sie parkten den Wagen, luden das Gepäck aus und begaben sich in die Abflughalle, wo Charlie einchecken sollte.

»Mr. van der Linden? Ich bin Sheila Millward.« Eine junge Frau in einem dunklen Kostüm gab Charlie die Hand. »Ich komme vom Außenministerium und soll Sie Ihren Mitreisenden vorstellen, einem Vertreter der Bauaufsicht und drei Bauunternehmern.«

»Danke«, sagte Charlie einsilbig. Sie führte ihn zu einer Gruppe von vier Männern mit Aktentaschen und schweren Wintermänteln über den Armen.

Mary blieb bei ihrem Vater stehen und sah zu, wie Miss Millward Charlie beim Einchecken half. Sie waren, wie angewiesen, zwei Stunden vor dem Abflug gekommen. Weitere Passagiere für den Flug nach Moskau waren nicht zu sehen. Der Koffer verschwand polternd auf dem Förderband. Charlie drehte sich mit hängendem Kopf zu ihnen um.

Mary schluckte und zwang sich zu einem Lächeln. Miss Milward trat taktvoll zurück, damit Charlie sich verabschieden konnte. Er gab James die Hand, dann sah er Mary an. Sie umarmte ihn fest.

»Ich liebe dich«, murmelte Charlie, oder etwas Ähnliches, dachte Mary, die ihn nicht genau verstanden hatte. Charlie ging mit seinen Mitreisenden zum Ausgang. Ohne sich noch einmal umzudrehen, verschwand er aus ihrem Blick.

In das Haus am Regent's Park zurückgekehrt, widmete Mary sich ihrem Vater. Mehr als alles andere brauchte er jemanden, der ihm zuhörte. Gelegentlich zwang sie ihn auch, über Elizabeth zu sprechen, doch erkannte sie bald, dass es für irgendeine Art von Verarbeitung noch zu früh war. Ihr Vater schien immer noch zu hoffen, dass sich Elizabeths Tod als makabrer

Irrtum herausstellen und ihre Mutter durch die Haustür kommen und alles erklären könnte. Er sprach über Verrichtungen des täglichen Lebens, die ihm zuweilen Schwierigkeiten bereiteten – wohl weil Elizabeth sich bisher darum gekümmert hatte.

Nachts empfand Mary es als tröstlich, in ihrem ehemaligen Kinderzimmer zu schlafen, weil ihr das ein Gefühl der Kontinuität gab, während alles andere in ihrem Leben auseinander zu brechen drohte. Frank in New York, Charlie in Moskau, Richard und Louisa in der Schule und ihre Mutter ... Alle hatten sie verlassen. Sie kuschelte sich in das Federbett und zwang sich, an bessere Zeiten zu denken, wie sie auf dem See gesegelt waren, im Ferienhaus der Renshaws mit vom Wein geröteten Wangen getanzt hatten, mit Freunden geplaudert und ...

Im Flur unten schrillte das Telefon. Mary schreckte mit klopfendem Herzen aus ihren Gedanken auf. Nächtliche Anrufe versetzten sie in Panik.

Im Nachthemd lief sie die kalte Treppe hinunter. Ihr Vater im Morgenmantel nahm den Hörer ab. Er nickte einige Male. Mary versuchte, in seinem ernsten Gesicht zu lesen. Richard war aus dem Fenster gestürzt, Louisa hatte sich ...

»Für dich«, sagte James. »Jemand aus dem Außenministerium.«

»Ja, bitte?«

»Mrs. van der Linden? Tut mir Leid, Sie so spät noch zu stören. Ich bin Anthony Malbrook. Wir haben leider ein Problem in Moskau. Ihr Mann hatte eine Art Zusammenbruch, und wir möchten Sie bitten, ihn nach Hause zu holen. Die ganze Angelegenheit ist von höchster Dringlichkeit.«

»Einen Zusammenbruch? Was für einen denn? Wie geht es ihm?«

»Medizinisch gesehen besteht meines Wissens keine Gefahr, auch wenn er sich in fachärztliche Behandlung begeben muss. Doch könnte seine Anwesenheit in Moskau zu peinlichen Verwicklungen führen. Unsere Leute drängen deshalb darauf, dass er so schnell wie möglich das Land verlässt.«

»Mein Gott, der arme Charlie. Sind Sie sicher, dass es nichts Schlimmes ist?«

»Morgen gibt es keinen Flug, aber am Mittwoch. Wir müssen Ihnen noch ein Visum besorgen.«

»Versprechen Sie mir, dass es nichts Schlimmes ist?«

»Ich kann Ihnen nur das sagen, was ich von unseren Leuten in Moskau weiß, Mrs. van der Linden, nämlich dass medizinisch gesehen keine unmittelbare Gefahr besteht, aus diplomatischen Gründen seine Rückkehr jedoch dringend erforderlich ist. Ich rufe Sie an, sobald ich mehr weiß, und gebe Ihnen dann auch genauere Informationen über Ihren Flug.«

Malbrook legte auf. Mary fielen noch mehr Fragen ein, die sie ihm gern gestellt hätte, aber er hatte keine Nummer hinterlassen. James legte ihr die Hand auf die Schulter.

»Charlie geht es nicht gut«, sagte sie.

»Er sah blass aus.«

»Nein, es ist ... Es geht ihm sehr schlecht, schon seit längerem. Ich soll ihn aus Moskau abholen.«

»Das ist gut. Du bringst ihn nach London, und wir sorgen dafür, dass er richtig betreut wird. Ihr könnt beide hier wohnen, bis es ihm besser geht.«

»Ja ... ja, das wäre ihm sicher recht.«

Am nächsten Tag rief Mary um acht Uhr New Yorker Zeit Frank in seiner Wohnung an und teilte ihm mit, was passiert war. Er gab ihr Telefonnummer und Adresse des Moskauer Korrespondenten seiner Zeitung, Deke Sheppard.

»Ein guter Mann. Wenn du Hilfe brauchst oder nur mit jemandem reden willst, ruf ihn an.«

»Das wird sicher nicht nötig sein. Wir fliegen schon Freitagabend wieder zurück. Ich bin nicht einmal zwei Tage dort.«

»Pass auf dich auf, Mary.«

»Natürlich. Was machst du gerade?«

»Ich esse einen Bagel und lese die Zeitung.«

»Und sonst ist alles in Ordnung?«

»Absolut. Es ist alles wie immer.«

»Du siehst das Ufer von New Jersey? Und Little Italy?«

»Moment, ich geh schnell zum Fenster. Ja, New Jersey ist noch da. Auf der einen Seite die Bronx, auf der anderen Battery Park. Pass gut auf dich auf, Mary.«

Am Mittwoch holte Anthony Malbrook, ein hoch gewachsener Mann mit dichtem, grau meliertem Haar, Mary persönlich in einem schwarzen Riley im Haus am Regent's Park ab. Auf der Fahrt durch Hammersmith und Hounslow instruierte er sie.

»Ein Mitarbeiter der Botschaft wird in Moskau am Flughafen sein, ein Erster Sekretär namens Michael Winterburn. Er hat ein Foto von Ihnen, weiß also, wie Sie aussehen. Sie dürfen unter keinen Umständen mit jemandem anders sprechen, haben Sie verstanden? Mit niemandem. Wenn Winterburn aus irgendeinem Grund nicht auftaucht, warten Sie eine Stunde, dann rufen Sie diese Nummer an.« Malbrook gab ihr eine Karte und etwas Geld. »Hier sind einige Dollars.«

»Ich tu mich mit öffentlichen Telefonen schwer. Wo man verschiedene Tasten drücken muss und so.«

»Winterburn erwartet Sie bestimmt.«

»Und wie geht es meinem Mann? Haben Sie noch etwas aus Moskau gehört?«

»Nicht seit gestern Nacht. Es hat eine Panne mit der Unterbringung gegeben. Ihr Mann sollte eigentlich bei den Andersons wohnen, die Sie meines Wissens aus Tokio kennen. Doch die Andersons mussten ihr Haus am Montagabend überstürzt verlassen, weil es angeblich verwanzt war. Außerdem sind wegen der Weihnachtsferien deren Kinder zu Hause, und für Ihren Mann war deshalb kein Bett mehr frei. Man musste ihn im Hotel Ukraina unterbringen. Kennen Sie das?«

»Vom Sehen. Aber was genau ist eigentlich mit ihm passiert?«

»Meines Wissens hatte er bei einer Besprechung in der Botschaft einen Zusammenbruch. Die Ärzte dort behandelten ihn, doch er machte Schwierigkeiten. Es kam zu einer Szene im Foyer, und dann weigerte er sich, aus seinem Hotelzimmer auszuziehen. Über Einzelheiten weiß ich leider nicht Bescheid, aber die erfahren Sie sicher von unseren Leuten in Moskau.«

Mary nickte benommen.

»Sie haben doch Verständnis für unsere Lage«, fuhr Malbrook fort. »Es gefällt uns nicht, dass Sie allein fliegen, aber wir haben keine Wahl. Nehmen Sie in Moskau bitte kein Taxi, und lassen Sie sich auch nicht von jemandem mitnehmen. Warten Sie auf Winterburn.«

Mary nickte. »Ach du meine Güte!«, sagte sie dann. »Gerade fällt mir etwas ein.«

Der Wagen hielt vor der Abflughalle.

»Ich wollte heute eigentlich nach Norfolk fahren, um meine Kinder abzuholen. Würden Sie bitte meinen Vater anrufen und ihm sagen, dass er in der Schule Bescheid gibt? Er soll erklären, was passiert ist. Dann müssen die Kinder eben den Zug nehmen.«

»Rufen Sie ihn doch vom Flughafen aus selbst an.«

»Ich werde es versuchen. Aber könnten Sie es zur Sicherheit auch tun?«

»Wie Sie wünschen.«

Malbrook wartete, während Mary ihren Koffer aufgab, und begleitete sie dann zu dem für Passagiere reservierten Ausgang. Mary zeigte ihre Bordkarte, ging ein paar Schritte und sah noch einmal zurück.

Malbrook hatte sich eine Zigarette angezündet und sog, sichtlich erleichtert, gierig daran. Er hob die Hand zum Abschied. Mary drehte sich wieder um und ging in Richtung Flugsteig.

Die Maschine war nur halb voll, und Mary konnte am Fenster sitzen. Es war ein trüber Dezembertag. Tief und schwer hingen die Wolken über London. Mary sah die Positionslichter an den Tragflächenenden blinken, bevor das Flugzeug auf der Startbahn losraste und in den düsteren Himmel aufstieg. Am Fenster wirbelten Wolkenfetzen vorbei. Als die Comet ihre Flughöhe erreicht hatte und ruhig über einem Meer grauer Kumuluswolken schwebte, beugte sich die Stewardess mit einem Getränketablett zu Mary herunter.

Vor lauter Aufregung hatte Mary ganz vergessen, ein Buch mitzunehmen, und die Zeitung hatte sie schon vor dem Abflug gelesen. So blieb ihr nur noch der Pass, mit dem sie sich beschäftigen konnte. Das ist also alles, was ich bin, dachte sie, ein Schwarzweißfoto und einige Daten. Ihre Lage war verworren, wie sie meinte, und konnte jederzeit fatale Folgen haben, doch die Zeile »Besondere Kennzeichen«, *signes particuliers*: KEINE« lieferte nicht den geringsten Hinweis auf irgendwelche Komplikationen.

Mary schloss die Augen und versuchte zu schlafen, doch wurde sie das Bild Charlies nicht los, wie er bewusstlos auf der großen Holztreppe der Botschaft lag oder sich im Speisesaal im ersten Stock übergab, unter dem Porträt Georgs V., das viele Russen zur Belustigung des Botschafters für ein Gemälde des letzten Zaren hielten.

Zwei Stewards kamen mit einem Essenswagen den Gang entlang. Auf den Warmhalteplatten standen Tabletts mit Leber und Speck sowie Kabeljau in Petersiliensauce und eine große Schüssel mit Erbsen und Karotten, aus der einer der Männer einen kleinen Berg auf Marys Teller häufte.

»Möchten Sie Kaffee?«

Mary musste an Charlie denken und lächelte. Leber mit Milchkaffee, ach du meine Güte.

»Nein, danke, nur ein Glas Wasser.«

Nach dem Essen zog sie die Füße hoch und versuchte es sich

auf zwei Sitzen bequem zu machen, über die sie ihren Mantel gebreitet hatte. Draußen dämmerte es bereits, denn das Flugzeug flog ostwärts.

Mary hing ihren Gedanken nach, musste an die westlichen Produkte denken, die sie trug: die Unterwäsche von Macy, die Strümpfe, die sie für neunundneunzig Cents aus einem Automaten auf dem New Yorker Flughafen Idlewild gezogen hatte, zwei Pullover von Lord and Taylor und den Mantel, ihren wärmsten, vom letzten Winterschlussverkauf bei B. Altman. Würde sie damit in Moskau missbilligende Blicke ernten? Würde man sie verhaften, weil sie unter ärmlich gekleideten Menschen mit westlicher Kleidung protzte?

Was sie von ihren kurzen Aufenthalten in Moskau damals, als Charlie dort Dienst tat, noch wusste, war wenig genug. Sie hatte die diplomatische Enklave bei ihren Besuchen kaum verlassen. Über der Freude des Wiedersehens mit ihrem Mann und der Sehnsucht nach der in London unter der medizinischen Aufsicht ihrer Mutter zurückgelassenen kranken Tochter hatte sie vom Alltag der sowjetischen Hauptstadt nur wenig mitbekommen. Ein Dienstmädchen hatte in der Zweizimmerwohnung in der Sadowaja Samotjotschnaja für sie gekocht. Essen und Alkohol hatte Charlie von der Verpflegungsstelle der Botschaft mitgebracht, die beides von Stockmann in Helsinki geliefert bekam. Mary hatte sich nicht mit Einkaufen abplagen müssen.

Trotzdem war ihr, als das Flugzeug zu seinem langen Sinkflug ansetzte, als fliege sie geradewegs in das Zentrum dunkler, feindseliger Mächte. Gegen dieses Land kämpften die großen und wachsamen Vereinigten Staaten sowohl offen politisch als auch in geheimen Operationen. Alle Menschen, die Mary in Washington kannte, setzten sich mit ihrem Verstand und ihrer Energie sowie Milliarden von Dollars enthusiastisch dafür ein, die Welt vor der Beherrschung durch skrupellose, der Vernunft nicht zugängliche Männer zu bewahren, deren einziges Ziel es war, ihr brutales System noch mehr Ländern in Ost und West aufzuzwingen. Diese Männer besaßen stärkere Raketen und mehr Waffen als der Westen, und ihre Satelliten waren bereits um die Erde gekreist, als es die Amerikaner noch nicht einmal geschafft hatten, die ihren ins All zu schießen.

Der Kapitän bedankte sich bei den Fluggästen. Mary stand auf und schüttelte ihren Mantel aus. Dann zog sie Socken an, die Charlie in London gelassen hatte, und schlüpfte in die mit Wolle gefütterten alten Stiefel ihrer Mutter. Sie waren ein bisschen zu groß, aber mit den zusätzlichen Strümpfen wenigstens einigermaßen warm.

Mary stieg die wacklige Treppe hinunter, die man an den Rumpf des Flugzeugs gerollt hatte. Auf der letzten Stufe holte sie noch einmal tief Luft, dann betrat sie russischen Boden. Zusammen mit den anderen Passagieren wurde sie zum Empfangsgebäude gebracht, wo sie einen grauen Korridor betraten, der von schwachen Glühbirnen nur ungenügend beleuchtet war.

Marys Koffer befand sich bei der ersten Fuhre, die vom Flugzeug gebracht wurde. In ihre Erleichterung mischte sich allerdings Besorgnis. Der Flug war abgeschlossen, und sie konnte sich nicht länger in der verordneten Freundlichkeit des Flugpersonals geborgen fühlen. Sobald sie durch die nächste Tür ging, war sie auf sich allein gestellt.

Der Beamte in der gläsernen Kabine studierte eingehend ihren Pass und ließ die Seiten beim Umblättern zwischen seinen dicken, an den Kuppen orange verfärbten Fingern schnalzen. Er sah immer wieder zwischen Marys Gesicht und dem Pass hin und her, betrachtete die Stempel der amerikanischen Einwanderungsbehörde und das amerikanische Visum mit dem großzügigen »unbegrenzt« unter dem in den Lüften schwebenden Adler. Schließlich knallte er seinen sowjetischen Stempel auf eine leere Seite und schob den Pass zurück. Mary steckte ihn in ihre Handtasche und trat durch die Sperre.

Die wenigen Menschen in der schlecht beleuchteten Flughafenhalle in ihren billigen Kleidern und mit blassen Gesichtern und gesenkten Blicken mussten Russen sein. Mary blieb stehen und stellte ihren Koffer ab. Die Leere und Stille verlieh der Halle etwas Funktionales. Nichts erweckte den Eindruck, die Menschen könnten etwas anderes sein als zu beförderndes Frachtgut. Mary sah auf die Uhr. Das Flugzeug hatte nur wenige Minuten Verspätung gehabt, und auch nach der Landung war alles glatt verlaufen.

Sie begann in ihren Taschen nach der Karte zu suchen, die Malbrook ihr gegeben hatte. Hoffentlich konnte sie das Telefon richtig bedienen. Dann spürte sie eine Hand am Arm. Sie drehte sich um. Vor ihr stand ein Mann in einem gestreiften Hemd mit gemusterter Krawatte und darüber einem warmen Mantel. Er stellte sich als Michael Winterburn vor, und Mary erkannte an der Art, wie er sprach, den britischen Diplomaten: gebildet, gelassen und etwas ironisch – ein kleiner Lichtblick in einer verrückten, fremden Welt.

Winterburn nahm ihren Koffer und führte sie durch den Ausgang zum Parkplatz. Dort öffnete er die Tür einer Wolgalimousine. Marys Gepäck verstaute er im Kofferraum.

»Steigen Sie ein«, forderte er sie auf. »Prima, dass Sie so schnell kommen konnten.«

»Wie geht es meinem Mann?«

»Recht gut, soviel ich weiß. Der Arzt war heute Morgen bei ihm, und er freut sich auf Sie. Tut mir Leid, dass es hier drinnen so kalt ist. Die blöde Heizung funktioniert nicht richtig.«

Mary rieb sich die Hände, um sie zu wärmen. Sie hatte vergessen, Handschuhe mitzunehmen. Zu ihrer Überraschung waren, wie sonst üblich, keine britischen Frauen zur Begrüßung mitgekommen. Das beunruhigte Mary. Offenbar hatte Charlie sich mit seinem Verhalten außerhalb der für das diplomatische Leben so wichtigen Umgangsformen und Anstandsregeln gestellt.

Sie verließen das Flughafengelände und fuhren bei leichtem Schneetreiben in Richtung Stadt. Nur wenige Autos waren unterwegs, und in der dunklen Landschaft, durch die sie fuhren, schien nur gelegentlich ein Licht auf.

Winterburn schwieg eine Weile, dann sagte er: »Wir fahren jetzt in die Stadt, und ich melde Sie im Ukraina an. Dann überlasse ich Sie sich selbst. Wie Sie wissen, fliegen Sie übermorgen zurück. Passen Sie gut auf Ihren Mann auf. Der Botschafter bittet Sie, mich morgen anzurufen, damit ich weiß, dass alles nach Plan verläuft, und noch einmal am Freitag vor der Abreise. Ich hole Sie dann am Nachmittag ab.«

»Verstehe«, erwiderte Mary. »Ich bleibe also einfach im Hotelzimmer.«

»Ja ... Es ist natürlich bedauerlich, dass Ihr Mann überhaupt im Hotel untergebracht werden musste. Wie Sie wissen, konnte er nicht wie vorgesehen bei den Andersons wohnen, weil deren Kinder Schulferien haben und deshalb dort kein Platz mehr frei war. Zum Glück kamen mit Ihrem Mann die Bauleute, und wir konnten ihn im selben Hotel wie sie unterbringen. Außerdem haben wir einen Mitarbeiter der Botschaft in einem Zimmer auf demselben Flur einquartiert. Er hält die Augen offen, es kann also gar nichts passieren.«

»Was genau ist eigentlich geschehen?«, fragte Mary. »Warum konnte mein Mann nicht allein zurückfliegen?«

»Er weigerte sich, auch nur einen Schritt zu tun. Er war in einem ziemlich besorgniserregenden Zustand. Ich fürchte, er hatte eine Art Zusammenbruch. Sie sind die Einzige, die ihn von hier wegholen kann. Und wir wollen wirklich nicht, dass die Presse davon Wind bekommt. Unsere Beziehungen zur Presse sind auch so schon schwierig genug. Ihr Mann stellt für uns ein großes Sicherheitsrisiko dar; er ist ein Pulverfass. Dass Überläufer wie Burgess hier sind, ist schlimm genug.«

»Armer Charlie.«

»Das Ukraina ist leider eine ziemliche Bruchbude, so ein Koloss aus der Stalinzeit ohne jeden Komfort. Aber in den Wohnblocks gegenüber sind viele Diplomaten untergebracht. Haben Sie damals auch dort gelebt?«

»Nein, wir wohnten in der Sadowaja Samotjotschnaja.«

»Ach so. Dann kennen Sie sich ja aus.«

»Ich erinnere mich nur noch an Weniges, da ich mit Unterbrechungen nur ein paar Wochen hier war.«

Sie hatten den Stadtrand erreicht. Winterburn wurde langsamer und blieb an einer Kreuzung stehen. »Sie wissen sicher, dass Ihnen jemand folgen wird, wenn Sie das Hotel verlassen?«

»Ja, ich denke aber nicht, dass ich oft ausgehen werde.«

»Nein. Aber wenn Sie es müssen, erschrecken Sie nicht. Die Russen haben Ihr amerikanisches Visum gesehen und wollen jetzt natürlich herausfinden, warum Sie hier sind. Seien Sie einfach vorsichtig. Und ich brauche Ihnen ja wohl nicht zu sagen, dass das Hotelzimmer abgehört wird. Also. Diskretion.«

Sie fuhren weiter.

»Konnte mein Mann ... Ihnen überhaupt behilflich sein? Bevor er krank wurde?«

»O ja. Der Botschafter war über seinen Besuch höchst erfreut. Wir bekommen hier seit Wochen nur alte Ausgaben der *Times* und wissen kaum, was in der Welt draußen vor sich geht. Es war für uns hochinteressant, von den Wahlen und von Kennedy zu hören. Anscheinend hat Ihr Mann in London ja auch mit dem Unterstaatssekretär gesprochen. Es hat sich also wirklich gelohnt. *Vaut le voyage*, könnte man sagen.«

»Er hat sich also beruflich nicht geschadet?«

»Nein, das heißt ...« Winterburn schien sich nicht sicher zu sein. »Sie wissen ja genauso gut wie ich, dass der diplomatische Dienst privaten Problemen gegenüber sehr tolerant ist. Der Beruf bringt mancherlei Belastungen mit sich. In diesem Fall war die Sicherheit das Problem, deshalb die ganze Aufregung.«

»Aber glauben Sie, dass er längerfristig –«

»Das kann ich wirklich nicht sagen, Mrs. van der Linden. Ich halte jetzt hier an. Monströser Kasten, was?«

Sie stiegen die Treppe zum Eingang des Ukraina hinauf, eines pompösen Gebäudes, bei dessen Bau Proportion oder Ästhetik himmelstürmender Größe geopfert wurden. Deutsche Kriegsgefangene hatten das Hotel in Sklavenarbeit errichtet, als eines von sieben stalinistischen Denkmälern zum Ruhme der Sowjetunion, die sich düster über die Stadt erhoben. Mary packte den hölzernen Türgriff, auf dem ein kleiner, aus Messing getriebener Pinienzapfen angebracht war, und zog. Durch weitere Türen gelangten sie in eine riesige düstere Halle, die an einen verlassenen Ballsaal bei Stromausfall erinnerte. Unter den starren Blicken zweier Männer in unförmigen, schlecht sitzenden Lederjacken überquerten sie den bräunlich gesprenkelten Marmorboden. Sie kamen an einem Friseur vorbei, der bereits geschlossen hatte, und einem ebenfalls geschlossenen Zeitungskiosk. Nirgends ein Zeichen von Leben. Sie hätten sich genauso gut in einem riesigen Krankenhaus, einer Kaserne oder einer Fabrik befinden können. Schließlich entdeckte Winterburn eine Rezeption, an der sie sich anmelden konnten. Er unterhielt sich auf Russisch mit einer großen Frau in einer Uniformjacke, unter der, wie Mary feststellte, ihre gewaltigen Brüste ohne Stütze nach unten hingen. Die Frau holte einen Schlüssel und reichte ihn wortlos Winterburn. Dieser dankte ihr mit einem verbindlichen Lächeln.

»*Otchen spasibo.*« Und an Mary gewandt: »Ich bringe Sie noch zum Aufzug, dann lasse ich Sie allein. Hier sind einige Rubel, die Sie aber wahrscheinlich nicht brauchen werden. Es gibt nichts zu kaufen. Die Nummer steht auf dem Schlüssel, das Zimmer liegt im sechsten Stock. Rufen Sie mich bitte an, wenn Sie etwas brauchen.«

Winterburn entfernte sich durch das düstere Foyer, und Mary drückte den Knopf des Aufzugs. Den Blick zu Boden gesenkt, wartete sie. Neben ihrem Fuß lag ein Kakerlak auf dem

Rücken und versuchte mit zappelnden Beinen vergeblich, sich wieder aufzurichten. In New York war ständig von Kakerlaken die Rede, Mary selbst hatte noch nie einen gesehen. Sie drückte noch einmal auf den Knopf, dann half sie dem zappelnden Insekt mit der Stiefelspitze, sich umzudrehen. Schon jetzt sehnte sie das Ende ihres Besuchs in Moskau herbei. Und sie wollte endlich Charlie in die Arme schließen.

Nach zehn Minuten war der Lift noch immer nicht da. Mary spürte die Blicke der beiden Männer auf der anderen Seite des Foyers, die unverwandt zu ihr herüberstarrten. Einige Schritte neben ihr wartete eine andere Frau. Mary warf ihr einen Blick zu und hob fragend die Schultern. Die Frau hob ebenfalls die Schultern, schien über das Warten aber nicht überrascht.

Nach einer Viertelstunde öffneten sich endlich klappernd die Türen. Zwei Männer eilten an Mary vorbei, dann war der Aufzug leer. Mary trat hinein und drückt auf die Sieben, die andere Frau wollte in den achten Stock. In der Kabine roch es nach Sauerkraut, Schweiß und Urin, eine für Moskau spezielle Mischung, an die Mary sich noch erinnerte. Im siebten Stock stieg Mary erleichtert aus. Sie befand sich auf einem dämmrigen Treppenabsatz, von dem in beiden Richtungen Gänge abzweigten. An einem Tisch saß eine alte Frau mit einem schwarzen Schultertuch. Mary zeigte ihr die Nummer auf dem Schlüssel, worauf die Alte einen Finger hob und auf einen der schwach beleuchteten Gänge wies. Anschließend steckte sie den Finger in die Wählscheibe eines altertümlichen Telefons auf ihrem Tisch.

Unsicher ging Mary den Gang entlang und las die Zimmernummern an den Türen. Endlich stand sie vor der richtigen Nummer: 698. Sie hob die Hand, um zu klopfen, und verharrte in ihrer Bewegung. Sie kannte keine Benimmregel, die für diese Situation gegolten hätte. Leise klopfte sie mit den Knöcheln an die Tür. Drinnen blieb alles still. Sie versuchte, den Schlüssel ins Schloss zu stecken, doch ihre Finger zitterten zu sehr, und der Schlüssel fiel zu Boden. Als sie sich bückte, um ihn aufzuheben, sah sie, dass die Alte aufgestanden war und den langen Gang in ihre Richtung starrte.

Der Schlüssel fuhr kratzend über die gezackte Öffnung des Schlosses. Erst als Mary ihn mit beiden Händen fasste, gelang es ihr, ihn in das Schloss zu stecken und zu drehen. Sie drückte die Tür auf und zerrte den Koffer hinter sich ins Zimmer. In dem Raum war alles dunkel. Sie schloss die Tür und tastete an der Wand nach einem Lichtschalter. Im Dämmerlicht trat sie aus einem engen Vorflur in das eigentliche Zimmer. Vor sich sah sie einen runden Tisch, auf der anderen Seite des Tisches glaubte sie eine Gestalt zu erkennen. Mit der linken Hand berührte sie einen Schalter, der sich seitwärts verschieben ließ. Eine Deckenlampe mit einem Schirm ging an. In ihrem Schein sah Mary Charlie mit dem Rücken zum Fenster zusammengesunken am Tisch sitzen. Er schien bewusstlos. »Schatz?«, sagte sie, eilte um den Tisch und berührte mit der Hand seine Schulter. Sie legte die Arme um ihn und schüttelte ihn vorsichtig, dann versuchte sie ihn hochzuheben. Charlie stöhnte leise und öffnete die Augen. Sie waren, wie Mary sogar im Dämmerlicht erkennen konnte, blutunterlaufen und blickten stumpf und abwesend. Charlie hatte sich seit Tagen nicht mehr rasiert. Sein Kinn kratzte Mary, als sie sein Gesicht hochhob und ihn küsste.

Sie kniete sich neben seinen Stuhl und nahm ihn fest in die Arme. Nach und nach kam er zu sich. Er öffnete die Augen etwas weiter und schien lächeln zu wollen. Offenbar erkannte er sie.

»Mein armer Schatz«, sagte sie. Als Antwort spürte sie, wie der Druck seiner Arme sich verstärkte. Charlie wollte etwas sagen, konnte aber nicht. Er erhob sich schwerfällig, schwankte und fiel nach vorn in ihre Arme. So hielt Mary ihn lange, murmelte tröstende Worte und streichelte ihn.

»Ich bin ja da, jetzt ist alles gut, Schatz, jetzt ist alles gut.«

Nach einer Weile setzte sie ihn wieder auf den Stuhl und schaltete zwei Tischlampen ein, die mit ihrem schwachen Licht den Raum notdürftig erleuchteten.

Auf dem Tisch lag eine flauschige, dunkelrote Tischdecke, deren Troddeln über den Rand der Platte hingen. Darauf standen zwei leere Wodkaflaschen und drei als Aschenbecher zweckentfremdete Teller, daneben eine zum Teil aufgegessene Konserve, in der noch eine Gabel steckte. Mary studierte das Etikett. Da sie kein Russisch sprach, konnte sie es nicht lesen. Der Inhalt der Konserve roch allerdings wie etwas, das man im Westen an eine Katze verfüttert hätte.

Ihr fiel ein, wie sie Charlie kennen gelernt hatte. Das Bild war ganz plötzlich da, wie das Blitzlicht einer Kamera: der neunundzwanzigjährige Charlie, schlank und mit leuchtenden Augen, auf einer Party in London im Gespräch mit einer Gruppe von Leuten, sprühend vor Witz und zugleich wütend darüber, dass er nicht schnell genug reden konnte, um mit seiner Phantasie Schritt zu halten. Eine junge Frau hatte sich bei ihm untergehakt. Hinter ihm stand eine Palme oder ein Baum in einem Kübel, und gelegentlich stützte er sich mit der Hand an einem Pfeiler ab. Als Mary auf ihn zuging, um sich vorstellen zu lassen, hörte er auf zu reden. Höflich machte er sie, die Fremde, mit den anderen bekannt. Sie hatte ihn fast vom ersten Augenblick an geliebt.

Sie machte sich rasch und zielstrebig an die Arbeit. Zuerst ging sie ins Schlafzimmer und knipste dort das Licht an. Das Bett war zerwühlt, und Charlies Garderobe lag überall im Zimmer verstreut. Der offene Koffer enthielt noch einige saubere Kleider. Durch eine weitere Tür gelangte man ins Bad. Mary drehte den Warmwasserhahn der Badewanne auf und hielt die Hand darunter. Die Temperatur war einigermaßen annehmbar. Sie suchte nach dem Stöpsel. Sie würde Charlie baden, ihn rasieren und ihm frische Kleidung anziehen. Sie wollte den langen Rückweg sofort antreten. Nach fünfminütiger Suche fiel ihr wieder ein, dass auch das zum zermürbenden Moskauer Alltag gehörte: keine Badewannenstöpsel.

Sie bugsierte Charlie ins Bad und zog ihn aus. Er wehrte sich nicht. Zuerst wusch sie ihn im Stehen, dann rasierte sie ihn. Sie schnitt ihn zweimal mit der Klinge – er selbst hätte sich allerdings genauso oft verletzt. Dann zog sie ihm den Schlafanzug an und half ihm, sich ins Bett zu legen.

»Hast du heute Besuch gehabt?«, fragte sie.

»Diese blöden Botschaftsfrauen. Ich sagte ihnen, sie sollten sich verpissen.«

»Aha. Dann räume ich jetzt noch etwas auf.«

Im Wohnzimmer stand ein voluminöses Plüschsofa. An der Wand darüber hingen zwei primitive Gemälde, die zerzauste Bäume zeigten, vermutlich sowjetische Imitationen russischer Landschaftsbilder aus dem neunzehnten Jahrhundert. Neben dem Eingang befand sich ein Schränkchen mit einer Glastür, gefüllt mit Tellern, Besteck und Wodkagläsern, und das, obwohl es keinen Zimmerservice gab und man in den Läden nichts zu essen kaufen konnte.

Mary blickte zu dem aus Stuck gefertigten Deckensims hinauf, doch konnte sie keine versteckten Mikrofone entdecken. Auch an den Lampen hatte niemand herumgeschraubt, und die hölzerne Blende vor dem Heizkörper stand zwar lose ab, doch waren dahinter keine Drähte zu sehen. Das Parkett sah so klebrig aus wie ein Fliegenfänger, sodass Mary fast überrascht war, nicht mit den Gummisohlen ihrer Stiefel daran hängen zu bleiben.

Sie leerte die Aschenbecher ins Klo und spülte die Gläser im Spülbecken. Die Leitungen im Bad waren offen verlegt. Dicke Abflussrohre verliefen über den Fliesenboden, und an ihnen hingen wie Spaghetti die Leitungen für Warm- und Kaltwasser. Der Klopapierhalter war an der dem Klosett gegenüberliegenden Wand angebracht, eine kurze, aber unangenehme Strecke entfernt. Im Schlafzimmer fehlte es an Haken für die Kleider. Mary verstaute die Kleider deshalb ordentlich zusammengelegt in den Koffern. Charlie auf dem Bett hatte die Augen geschlossen. Im Wohnzimmer entdeckte sie den Schalter für eine dritte Tischlampe, in deren Licht sie etwas sah, das sie bisher nicht bemerkt hatte: einen großen, an sie adressierten Umschlag. Drinnen befand sich ein weiterer, zugeklebter Umschlag, adressiert an den »Arzt, der Mr. van der Linden in London behandelt«, und eine Nachricht für sie selbst vom Arzt der Botschaft, einem Dixon Keslake, wenn sie seine krakelige Schrift richtig entzifferte. Keslake schrieb, er habe auf dem Badezimmerschrank ein Fläschchen mit blauen Tabletten hinterlassen. Mary solle dafür sorgen, dass Charlie davon täglich drei nahm, nicht mehr und nicht weniger und auch keine anderen Tabletten. Das Fläschchen sollte sie an sich nehmen. Keslake wollte am folgenden Tag noch einmal vorbeikommen und nach Charlie sehen. Inzwischen sollte Mary ihm möglichst keinen Alkohol zu trinken geben und ihn stattdessen überreden, etwas zu essen. Der Arzt schloss mit einigen beruhigenden Worten, die allerdings angesichts der vielen Unterstreichungen und Formulierungen wie »unter keinen Umständen« nur wenig überzeugend klangen.

Mary kehrte ins Schlafzimmer zurück, setzte sich auf das Bett und nahm Charlies Hand. Sie dachte daran, wie sie in jener ersten Nacht bei Frank in New York, nachdem sie miteinander geschlafen hatten, wach gelegen hatte. Die konkreten Umstände ihrer Situation und die Wörter dafür – wie »Affäre« oder »Untreue« – waren ihr banal und unangemessen vorgekommen. Sie hatte das Abenteuer der Ehe immer für ungleich interessanter gehalten als das schale Vergnügen eines Seitensprungs. Sie trat ans Fenster, zog den Vorhang zur Seite und sah zur Moskwa jenseits der großen Bronzestatue des ukrainischen Dichters Schewtschenko hinunter. Die Statue erschien ihr wie ein Bollwerk gegen die Dunkelheit darunter. Charlie bewegte sich, und Mary kehrte zu ihm zurück. Bald würde sie wissen, wie tief ihre Überzeugung ging.

Charlie stand auf und ging auf der Suche nach Zigaretten und einem Drink ins Wohnzimmer. Sie setzten sich einander gegenüber an den Tisch. Mary holte ein Päckchen Winston aus der Handtasche und schob es ihm hin.

»Erzähl mir, was passiert ist, Schatz«, sagte sie. »Erzähl mir alles.«

Charlie zündete sich unter Schwierigkeiten eine Zigarette an. Seine Stimme klang dünn und tonlos. »Ich will nicht mehr leben. Für dich oder die Kinder würde ich es tun. Ich würde es tun, aber ich will, dass du mich freigibst.«

Mary starrte ihn wie vom Donner gerührt an. »Aber wir brauchen dich doch«, stammelte sie. »Es gibt für dich noch so viel zu tun.« Aus Angst, das könnte zu wenig aufmunternd klingen, fügte sie hinzu: »Du hast noch so viel Schönes vor dir, so viel Freude.«

Charlie vergrub den Kopf in den Armen. »Ich erwarte nichts mehr«, murmelte er. »Ich habe zu viel erlebt.« Er hob sein Gesicht. Es war tränennass. »Und jetzt spielt auch noch mein Gehirn verrückt. In der Nacht vor meiner Abreise wachte ich auf und hatte Halluzinationen. Ich war in einer unwirklichen Welt ... einer Welt voller Angst und Panik, und jetzt kann ich nicht mehr zurück. Ich finde nicht mehr in deine Welt zurück.«

Mary fiel nichts ein, was sie gegen die Verzweiflung, die aus seinen Worten sprach, hätte vorbringen können.

»Du vergisst, was ich alles erlebt habe«, fuhr Charlie fort. »Die Männer im Fluss in Italien ... die vielen Leichen ... immer das gleiche Ende ... egal, ob jetzt oder später, wie bei deiner Mutter ... es ist alles so furchtbar sinnlos ... man muss eine Phantasiewelt dagegen errichten, sich selbst betrügen, aber dazu habe ich keine Kraft mehr. Anders als du.« Er stand auf, wie gestärkt. »Du hast die Kraft, du kannst daran glauben, dass du etwas Dauerhaftes schaffen kannst, etwas Lebendiges, etwas, das die Mühe lohnt. Du kannst es. Ich habe es versucht.

Glaub mir, Mary, ich habe es versucht.« Er sackte wieder auf seinem Stuhl zusammen.

Mary holte tief Luft. Eine plötzliche Befangenheit überkam sie. Das ist dein Leben, schien das Gefühl sagen zu wollen, und das der Mann, mit dem du es verbringen wolltest, inmitten einer, wie er vielleicht richtig meint, Phantasiewelt und mit dem bequemen Vorwand, dass es Werte geben könnte, die nicht ewig sind. Aber Charlie ist mein Leben, dachte Mary, und ich habe kein anderes. Ich muss ihn retten, und sei es nur, um mich selbst zu retten.

Sie ging zu ihm, kniete sich neben ihn und suchte in ihrem Gedächtnis nach den wichtigsten und eindringlichsten Erlebnissen ihres gemeinsamen Lebens. Sie erinnerte Charlie an seine Freude bei Louisas Geburt; wie er davongeeilt war, um seinen Vater anzurufen. Sie beschrieb ihm, wie Richard in Tokio durch die Wohnung gehüpft war, weil bloßes Gehen seinen Lebenshunger nicht stillen konnte. Sie begann die lustigsten Wörter und Redewendungen der Kinder zu wiederholen, Versprecher, die Charlie damals so gerührt hatten.

Sie packte ihn am Handgelenk und beschwor eine Flut von Bildern in willkürlicher Reihenfolge. Vielleicht waren darunter einige von solcher Kraft, dass sie Charlie aufmuntern konnten.

Charlie wollte etwas sagen, doch Mary hielt ihm mit der Hand den Mund zu, aus Angst, das entscheidende Bild könnte ihr noch nicht eingefallen sein, könnte ihr im nächsten Moment in den Sinn kommen. Sie redete von Wohnungen und Häusern, Villen am Ende ungeteerter Feldwege, gemieteten Bauernhäusern und endlosen Gesprächen mit gemeinsamen Freunden. Sie erinnerte Charlie an Louisas zusammengekniffenes Gesicht, wenn sie nach dem Schwimmen aus dem Wasser aufgetaucht war, an Louisas gurgelndes Lachen und an jenen denkwürdigen Tag, an dem sie zusammen einer Preisverleihung in der Schule beigewohnt hatten. Charlie hätte damals sämtliche Ehrungen und Beförderungen seines Lebens dafür gegeben, wenn sein Sohn im Rechtschreibewettbewerb der Unterklassen einen Preis gewonnen hätte. Als dies dann tatsächlich eintraf, hatte die Rührung Charlie überwältigt. Mit einer verstohlenen Handbewegung hatte er sich eine Träne aus dem Augenwinkel gewischt.

»Und in Afrika und Italien warst du für deine Männer da und hast die Familien der Gefallenen getröstet«, fuhr Mary fort. »Mit all diesen Tragödien seid ihr fertig geworden, Schatz, du und tausende andere Männer. Das haben wir an euch doch so bewundert, an dieser erstaunlichen Generation von Männern, dass ihr so stark wart und euch nicht habt unterkriegen lassen. Dass ihr so viel erlebt und durchgemacht habt, den Tod von Freunden, von Menschen, die euch, nein, die uns allen so viel bedeutet haben, und trotzdem unerschütterlich daran geglaubt habt, dass die Guten siegen würden. Männer, die nicht mit ihren Heldentaten prahlten, sondern nach dem Krieg stillschweigend wieder an ihre Arbeit gingen. Du hast gegen die Verzweiflung gekämpft, die euch drohte, und du hast diesen Kampf gewonnen, ein für alle Mal. Jetzt darfst du diesen Sieg nicht einfach wegwerfen.«

Mary redete, bis ihr Hals zu brennen anfing. Dann hob sie den Kopf und schwieg. Ihr Blick fiel auf den Stuck der Lampenaufhängung an der Decke über ihr. Sie dachte an das irgendwo versteckte Mikrofon und seine Verbindung zu der großen, sich langsam drehenden Spule des sowjetischen Geheimdienstes, die alles, was Mary gesagt hatte – ihre Gründe, warum es sich lohnte zu leben und warum sie wollte, dass ihr Mann lebte –, aufgenommen hatte und für eine spätere Auswertung konservierte.

Nachts im Bett hielt sie Charlie fest in den Armen. Die blauen Tabletten entfalteten allmählich ihre Wirkung, und Mary spürte, wie Charlies Widerstand gegen das Leben schwächer wurde. Am Morgen ließ sie ihn schlafen und ging auf der Suche nach etwas Ess- und Trinkbarem nach unten. Als sie aus dem Zimmer trat, öffnetet sich gegenüber die Tür, und ein blonder junger Mann in einem westlichen Anzug, ganz offenbar der Aufpasser der Botschaft, begrüßte sie mit einem munteren »guten Morgen«. Am Aufzug musste sie wieder eine Viertelstunde warten. Bei ihrer Rückkehr ins Zimmer war der Kaffee kalt, und auf Brot und Marmelade hatte Charlie sowieso keinen Appetit.

Er blieb im Bett liegen und starrte stumm vor sich hin. Mary redete mit ihm, während sie im Zimmer aufräumte, in einem unbeschwerteren Tonfall als am Abend zuvor, aber immer von der Zukunft und den Plänen für sie beide und die Kinder. Von ihrer Mutter hatte sie eine kleinere Summe geerbt. Sie sagte nicht, dass sie einen geringen Teil davon schon für die Hotelrechnung in New York verbraucht hatte. Sie tat, als handle es sich um einen größeren Betrag, der wesentlich dazu beitragen könnte, ihre finanziellen Schwierigkeiten zu lösen.

Später am Vormittag stattete ihnen ein Zimmermädchen mit einem blechernen Eimer und einem Mob einen kurzen Besuch ab. Sie sah fast unablässig zu dem ausgestreckt auf dem Bett liegenden Charlie hinüber. Um die Mittagszeit besorgte Mary wieder etwas zu essen, doch Charlie hatte auch diesmal keinen Hunger. Mary blickte aus dem Fenster auf die Stadt unter dem bleiernen Himmel und wünschte, der Tag möge schneller vergehen. Sie konnte nichts tun, als stumm neben Charlie sitzen. Die hilfsbereiten Frauen, die ihr hätten Gesellschaft leisten können, waren ganz offensichtlich durch Charlies Benehmen abgeschreckt worden. Sie wäre auch gern nach draußen gegangen, doch wollte sie Charlie nicht allein lassen. Am frühen Nachmittag klopfte es wieder an der Tür, diesmal war es Dixon Keslake, der Botschaftsarzt, ein asketisch aussehender Mann mit Hornbrille und englischem Nadelstreifenanzug.

Er setzte sich auf die Bettkante, um Charlies Blutdruck zu messen. Während er die Manschette aufblies, fragte er: »Wie hat er denn geschlafen?«

»Ich glaube, ganz gut«, antwortete Mary. Charlie nickte stumm.

»Lassen Sie uns doch bitte einen Augenblick allein, Mrs. van der Linden. Wenn Sie vielleicht im anderen Zimmer warten.«

Mary sah wieder aus dem Fenster. Draußen schien der Tag zu Ende zu gehen, noch bevor es richtig hell geworden war. Kurz darauf öffnete sich die Schlafzimmertür, und der Arzt kam heraus.

»So weit ist alles in Ordnung«, erklärte er. »Ihr Mann ist von den Tabletten ziemlich schläfrig, aber das war zu erwarten.«

»Was genau fehlt ihm eigentlich? Gestern Abend dachte er ja schon fast an ... Selbstmord.«

Keslake hüstelte und steckte das Stethoskop in die Tasche.

»Eine schwierige Frage. Ihr Mann hatte oder hat eine Art Zusammenbruch. Die Ursache einiger Symptome dürfte Alkohol sein. Eine Art Delirium. Sicher kann ich das allerdings nicht sagen. Auch die ungesunde Atmosphäre hier in Moskau hat meiner Meinung nach dazu beigetragen. Er fühlt sich verfolgt, in Gefahr, aber das wird sich meiner Meinung nach ändern, wenn Sie ihn nach Hause bringen. Ungewöhnlich ist das nicht, nicht einmal unter gesunden Menschen. Das Moskau-Syndrom.«

»Wann wird er denn wieder gesund sein?«

»Ich weiß nicht, ob er überhaupt jemals wieder derselbe sein wird. Zunächst mal braucht er psychiatrische Behandlung, möglicherweise stationär. Dann muss er eine Entziehungskur machen. Vielleicht ist seine Leber bereits geschädigt. Um es ganz offen zu sagen, Mrs. van der Linden, ich glaube nicht, dass er je wieder so leben können wird wie in Washington. Aber ist das ein Verlust? Gut getan hat es ihm nicht, im Gegenteil, es hat zu seinem jetzigen ... Zustand geführt.«

Mary biss sich auf die Lippen. »Und was kann ich für ihn tun?«

»Setzen Sie alles daran, dass er etwas isst. Zumindest Suppe.

Wenn er das Essen im Hotel nicht mag, was ich ihm nicht verdenken kann, besorgen Sie ihm draußen etwas. Gehen Sie in ein Geschäft, in dem Sie mit Devisen bezahlen können, und besorgen Sie ihm etwas, das er wirklich mag. Machen Sie ihm Appetit.«

»Ich weiß nicht mehr, wo es ein solches Geschäft gibt.«

Keslake führte sie zum Fenster und wies mit der Hand in eine bestimmte Richtung. »Gehen Sie am Fluss entlang und dann über die Borodinskij-Brücke. Sehen Sie dort, Sie können die Brücke gerade noch erkennen. Sie führt zur Arbat-Straße, an dem großen Kasten vorbei, der aussieht wie das Hotel, dem Außenministerium.« Da es keine Stadtpläne gab, beschrieb er ihr den Weg genau. »Einige Dollars haben Sie, nicht wahr?«

Mary nickte. »Ja. Aber kann ich meinen Mann beruhigt hier lassen?«

»Ich habe ihm eine Spritze gegeben, sodass er jetzt mindestens zwei Stunden schläft. Die blauen Tabletten nehmen Sie bitte mit. Die anderen habe ich alle beschlagnahmt.«

»Und die ... Sie wissen schon, die Russen?«

Keslake lächelte. »Ich glaube nicht, dass Ihr Mann Besuch erhält, außerdem haben wir ja noch unseren Mann im Zimmer gegenüber. Kompromittiert hat Ihr armer Mann sich selbst schon, Mrs. van der Linden, da könnte ein anderer nichts mehr verschlimmern. Vordringlich ist jetzt, dass die Herren von der Presse nichts erfahren. Unsere Beziehungen sind im Moment etwas gespannt. Und denken Sie bitte an die Mikrofone. Mr. Winterburn hat Sie sicher darauf aufmerksam gemacht.«

Mary nickte, und Keslake reichte ihr die Hand. »Ich komme morgen Mittag noch einmal vorbei und überzeuge mich, dass Sie reisen können. Von der Verpflegungsstelle bringe ich etwas Gutes zu essen mit. Machen Sie sich bitte keine zu großen Sorgen. Der Zustand Ihres Mannes ist sehr ernst, und er wird viel Pflege und Geduld brauchen, aber es ist noch nicht zu spät.«

Mary vergewisserte sich, dass Charlie friedlich schlief, hinterließ eine Notiz, dass sie bald wieder zurück sein würde, nahm Mantel und Schal und ging den Flur entlang zum Aufzug. Schon fünf Minuten später stand sie im dämmrigen Foyer des Ukraina und trat in die Kälte hinaus.

Es schneite leicht, schien zunächst aber nicht viel kälter als an einem strengen Wintertag in England zu sein. Mary stieg zum Flussufer hinunter. Sobald sie aus dem Schutz des gewaltigen Gebäudes getreten war, spürte sie den beißenden Wind, wickelte sich den Schal um den Kopf und steckte die kalten Finger schnell in die Manteltaschen.

Sie dachte nur an die unmittelbare Gegenwart: wie lange Charlie schlafen würde, was sie für ihn zum Essen besorgen sollte, wie sie zu dem Laden gelangte, den Keslake ihr genannt hatte. Doch als sie sich der Borodinskij-Brücke näherte, durchlief sie ein Schauer, der nicht nur vom Wind herrührte. Jemand folgte ihr.

Sie hörte keine Schritte und sah auch niemanden. Allerdings wagte sie den Kopf auch nicht zu wenden. Trotzdem spürte sie, dass Blicke auf sie gerichtet waren!

Auf der Brücke blieb sie stehen und schaute lange Zeit in das Wasser hinunter.

Mit angehaltenem Atem lauschte sie auf Schritte oder Atemzüge. Man hatte sie gewarnt. Sie sah zum Hotel zurück, dem Koloss, dessen obere, sich verjüngende Geschosse in einen Turm mündeten, und versuchte zu erraten, welches Charlies Zimmer war, hinter welchem erleuchteten Fenster sich ihr Leben vielleicht für immer änderte.

Sie schritt zügig aus, rannte fast, um sich warm zu halten. Rechts von ihr lag das Außenministerium. Sie wagte nur einen flüchtigen Blick auf die hunderte identischer Fenster, hinter denen die kommunistische Staatsmaschinerie Pläne für Rumänien und Ungarn, für Polen und die Tschechoslowakei schmiedete. Dann hatte sie den Gebäudekomplex hinter sich gelassen und eilte die elegante Arbat-Straße entlang. Sie betrachtete die

Schaufenster der Läden. Vielleicht konnte sie ja mit den Rubeln, die Winterburn ihr gegeben hatte, hier etwas kaufen und sich den längeren Weg sparen. Es war schwierig zu sagen, was die Läden jeweils anboten, weil keine Reklamen oder Markennamen zu sehen waren, sondern nur die allgemeine Bezeichnung des Geschäfts, die Mary nicht lesen konnte. Ein Laden war besonders hell erleuchtet, und Mary sah darin eine Frau mit einer weißen Schürze, die sie an Nahrungsmittel denken ließ. Sie ging hinein und sah sich um. Die Frau starrte sie von hinter der Ladentheke mürrisch an und folgte Marys Blick über die langen, vom Boden bis zur Decke reichenden Holzregale an den Wänden, die freilich leer waren. Neben der Kasse stand ein einzelnes Glas Essiggurken. Verlegen lächelnd ging Mary wieder zur Tür und hinaus auf die Straße.

Draußen war es fast dunkel. Das Tageslicht war gleichsam in den Gehwegplatten unter ihren Stiefeln versickert. Erneut hatte Mary das Gefühl, verfolgt zu werden, und wieder einmal sah sie sich wie von außen. Sie musste daran denken, wie sie an jenem ereignisreichen Nachmittag, bevor sie mit der Subway zu Franks Wohnung gefahren war, im Bad ihres New Yorker Hotelzimmers gestanden und Wimperntusche aufgetragen hatte. Sie hatte sich im Spiegel betrachtet und sich gefragt, was sie da tat, und ihre braunen Augen hatten unbewegt zurückgestarrt.

Jetzt, unter dem Blick ihres unbekannten Verfolgers und mit gegen die Kälte angespannten Muskeln, wurde ihr wieder bewusst, wer sie war: Mutter, Tochter und Frau, untrennbar mit dem Leben ihrer Angehörigen verbunden. Sie dachte an ihre Stärken und Schwächen und an die Kraft ihrer Liebe, mit der sie Kinder mit all ihren Hoffnungen und Nöten in die Welt gesetzt hatte.

Sie stand gleichsam außerhalb von sich selbst, ging neben ihrem eifrigen KGB-Schatten her und betrachtete zusammen mit ihm die Person, die sie war: eine Frau mittleren Alters aus dem

Westen, nicht besonders groß, amerikanisch gekleidet, allein, ohne Handschuhe und frierend, eine Mutter und Ehefrau, die sich große Sorgen machte. Plötzlich war ihr ganz leicht zumute. Sie fühlte sich getragen von einer Woge reinen Selbstmitleids. Sich selbst einen Augenblick lang mit demselben neutralen Blick sehen zu können, mit dem man einen Fremden betrachtete, erschien ihr wie eine Befreiung aus dem Gefängnis ihrer Gefühle. Eine Weile ging sie, ohne den Boden unter den Füßen zu spüren.

Mary gelangte zum Ende der Arbat-Straße und zum Hotel Praga. Dort hatte sie einst mit Charlie und einigen Freunden zu Abend gegessen. Stör hatte es gegeben, geschmackloses Fleisch mit spitzen Gräten, der Fisch zu einem Kreis geformt und die spitze Schnauze durch den Schwanz gezwängt. Mary befand sich jetzt, wie sie sich erinnerte, auf der inneren der beiden Ringstraßen um die Stadt. Zugleich schien sie in Richtung Kreml unterwegs zu sein, was, wie sie wusste, falsch war. Nur, in welche Richtung musste sie gehen?

Sie blieb erneut stehen, und die Leichtigkeit, die sie verspürt hatte, schlug in Furcht um. Ihr war klar geworden, was sie tun musste, dass sie sich in Zukunft wieder ganz der Sorge für ihren Mann und ihre Kinder widmen würde. Doch machte ihr diese Zukunft auch Angst, denn sie bedeutete das Ende ihres Lebens in Amerika. Sie würde fortan ohne das einzige Gefühl leben müssen, das es ihr ermöglicht hatte, die Grenzen ihrer Existenz zu überschreiten. Gedankenverloren war sie weitergegangen, ohne zu bemerken, wohin. Ihre Hände waren inzwischen so kalt, dass sie Erfrierungen befürchtete. Sie musste sich unbedingt Handschuhe besorgen, dachte sie, und da sie nicht mehr wusste, wo das Geschäft lag, in dem man mit Devisen zahlen konnte, blieb ihr nur noch das GUM, das große bekannte Kaufhaus am Roten Platz. Sie würde zwar anstehen müssen, und die Handschuhe würden von schlechter Qualität sein, aber wenigstens bestand die Möglichkeit, dass es dort welche gab.

Sie orientierte sich an der Kremlmauer und gelangte hinter dem Roten Platz in eine enge, von der Nikolskaja-Straße abzweigende Passage. Es war schwer, den Weg zu finden, wenn man die Straßenschilder nicht lesen konnte. Das wenige Griechisch, das Mary mit zwölf von ihrem Vater gelernt hatte, half zwar bei den kyrillischen Buchstaben, doch sie wurde allmählich müde, und der hartnäckige Verfolger machte ihr nach wie vor Angst. Wenn er sie nun überfiel und in ein Auto zerrte?

Auf der Straße war es fast dunkel. Nur mit Mühe konnte Mary noch das Ocker, Graublau und Pistaziengrün der Häuser aus dem neunzehnten Jahrhundert unterscheiden. Enge Gassen führten zu versteckten Innenhöfen. An den Regenrinnen hingen übergroße blecherne Fallrohre für den Schnee von den Dächern. Aus den weiten Öffnungen der Rohre ragten Eiszapfen. Die Souterrainfenster waren mit einem Belag aus Dreck und Ruß überzogen. Marys Wangen brannten, ihre Augen tränten vom Wind. Endlich sah sie vor sich das so sehnlich gesuchte, einen ganzen Häuserblock einnehmende GUM.

Drinnen war es warm, die Luft verbraucht und stickig vom Gewühl der Menschen. Da Mary nicht nach Handschuhen fragen konnte, begab sie sich einfach auf die Suche nach ihnen. So schnell und willkürlich wechselte sie die Richtung, dass sie dadurch vielleicht sogar ihren Schatten abschütteln konnte. Handschuhe gab es allerdings nirgends, nicht für Rubel, nicht für Dollars und auch nicht für stundenlanges Anstehen.

»*Njet*«, sagte die Frau hinter der Ladentheke, als Mary endlich zu ihr vorgedrungen war und auf die Handschuhe des nächsten Kunden deutete. »*Njet*«, das verstand sogar Mary. In der Lebensmittelabteilung fand sie nichts, womit sie Charlies Appetit hätte anregen können. Sauerkraut und Roggenbrot schmeckten ihm nicht. Sie überlegte, ob sie im Hotel Praga nach Reis mit Hühnchen zum Mitnehmen fragen sollte, aber auf dem Rückweg zum Ukraina würde das Essen kalt werden. Sie zögerte, das von zahlreichen aromatischen Gerüchen erfüllte Kaufhaus zu verlassen. Wenigstens spürte sie in der Wärme ihre Finger wieder. Doch sie durfte Charlie nicht zu lang allein lassen.

Auf der Straße hörte sie wieder Schritte hinter sich. Pass auf dich auf, Mary … pass um Himmels willen auf dich auf. Franks Worte fielen ihr ein und brachten sie auf einen Gedanken. Sie konnte seinen Kollegen in der Sadowaja Samotjotschnaja besuchen. Vielleicht war es ihm möglich, ihr mit Essen und Handschuhen auszuhelfen. Sie erinnerte sich, dass die Straße leicht zu finden war. Sie bildete einen Abschnitt des äußeren Rings. Man brauchte nur die Petrowka-Straße entlangzugehen, auf der linken Seite vorbei am Bolschoi-Theater und dann noch etwa zehn Minuten geradeaus, und man war am Ziel. Leichter wäre es noch gewesen, die britische Botschaft auf der anderen Seite der Moskwa aufzusuchen, aber diesen Gedanken verwarf Mary. Sie wollte nicht noch ein Pulverfass sein oder als was man Charlie dort auch bezeichnet hatte. Was wussten die denn von seinen inneren Qualitäten, von der Leidenschaft, mit der er das Leben herausgefordert hatte.

»Und dann steht plötzlich sein Frauchen vor der Tür und hat nicht mal Handschuhe dabei. Könnt ihr euch das vorstellen?«, hörte sie die ironische Stimme von Michael Winterburn sagen. Außerdem wollte sie jemanden sprechen, der Frank kannte, einen Amerikaner, von dem sie vielleicht einen Drink bekommen würde und in dessen Gegenwart sie unter dem Vorwand höflicher Unterhaltung über einen gemeinsamen Bekannten Franks Namen so oft aussprechen konnte, wie sie wollte.

Das Hotel Metropol mit seiner Jugendstilfassade und den KGB-Prostituierten im Foyer war leicht zu finden. Gleich dahinter begann die Petrowka-Straße. Mary empfand dies als Bestätigung, als Beweis dafür, dass ihr Plan vernünftig war. Doch sie fror, und während langsam die mächtigen Häuserblocks der

Petrowka-Straße an ihr vorbeizogen, bildete sie sich ein, dass die Schritte hinter ihr näher kamen.

Sie konnte nicht mehr an Frank oder Charlie denken, ihre Kraft reichte nur noch fürs eigene Überleben. In regelmäßigen Abständen zog sie die Hände aus den Manteltaschen und versuchte sie mit ihrem Atem zu wärmen, doch konnte dies gegen die Kälte nichts ausrichten. Zur Sadowaja Samotjotschnaja waren es mehr als zehn Minuten, sogar viel mehr, gestand sie sich ein, als sie endlich an eine Kreuzung kam und feststellte, dass sie erst an der inneren und noch nicht an der äußeren Ringstraße angelangt war.

Ihr Mut sank. Taxis waren nicht zu sehen, und sie wäre aus lauter Angst auch gar nicht erst eingestiegen. Die Kälte lähmte sogar ihre Gedanken. Sie brauchte ihre ganze Kraft jetzt dazu, sich warm zu halten. Blindlings stolperte sie weiter, jeden Moment angstvoll gewärtig, dass jemand ihr auf die Schulter klopfen und ein starker Arm sie packen könnte, während neben ihr inmitten einer Wolke von Auspuffgasen ein schwarzer Wolga hielt, dessen Türen aufgehalten wurden.

An der Kreuzung des äußeren Rings blieb sie stehen. Links oder rechts? Sie konnte sich keinen Fehler erlauben. Einmal musste sie sich noch anstrengen, und sie betete um die dazu nötige Kraft. Plötzlich entdeckte sie rechts von sich auf der anderen Straßenseite das vertraute triste Bild, das sie immer aus dem vorderen Fenster ihrer Wohnung gesehen hatte. Zitternd vor Erleichterung bog sie in die Ringstraße ein. Bei dem uniformierten Posten vor dem Gebäude blieb sie stehen. Sie nannte ihm den Namen der Zeitung und des Korrespondenten. Der Polizist machte zwei Telefonanrufe und winkte sie dann durch. Mit müdem Blick sah er ihr nach und griff wieder nach dem Hörer.

Mary drückte die Tür an der Ecke des Häuserblocks auf. Sie gelangte in einen kleinen, hölzernen Vorflur und von dort durch eine weitere Tür in ein schmuddliges, mit Steinplatten gefliestes Foyer mit einem vergitterten Aufzug. Eine Frau in Marys Alter kam die Treppe herunter. Sie war, wie sich herausstellte, Engländerin und dirigierte Mary auf ihre Frage hin in den vierten Stock.

Mary wusste inzwischen, dass sie nicht auf den Aufzug zu warten brauchte, und eilte die Treppe hinauf. Außer Atem und ziemlich mit den Nerven am Ende, erreichte sie das vierte Stockwerk. Ein untersetzter Amerikaner mit Brille, einer Zigarette zwischen den Fingern und einem Stift zwischen den Zähnen öffnete ihr.

»Mr. Sheppard?«

»Jawohl.«

»Ich bin Mary van der Linden. Ich kenne einen Kollegen von Ihnen, Frank Renzo.« Mary machte eine Pause. »Es ist eine längere Geschichte.«

»Kommen Sie rein«, sagte Deke Sheppard. »Ziehen Sie die Stiefel aus, ich habe Pantoffeln für Sie.«

Er ließ sie in einem kleinen, unaufgeräumten Wohnzimmer allein, auf dessen Boden sich Bücher und Zeitungen stapelten. Mary entdeckte einen Heizkörper und hielt ihre steif gefrorenen Hände zwischen die Rippen.

Sheppard kehrte ins Zimmer zurück. »Das wäre erledigt«, sagte er. »Ich habe meine Sekretärin angewiesen, dass sie keine Anrufe durchstellen soll – im Moskauer Telefonnetz kommt man sowieso selten durch. Es ist schön, Besuch zu haben. Sie kommen aus London?«

Mary erklärte ihre Situation, und Sheppard nickte mitfühlend. Sie ging nicht näher auf Charlies Krankheit ein, sagte aber, dass er unbedingt essen müsse. Ob er vielleicht etwas für sie zum Kaufen hätte?

Sheppard lachte. »Behalten Sie Ihre Dollars mal schön. Sie kennen Frank, das reicht mir. Kommen Sie in die Küche, und sehen Sie selbst, ob Sie etwas brauchen können.«

Sie traten in eine primitiv eingerichtete Küche, und Sheppard öffnete verschiedene Schränke. »Ich krieg das alles von der Botschaft, esse aber meist auswärts. Erzählen Sie mir von Renzo. Was treibt er? Wie ich höre, wird er nach Washington versetzt.« Sheppard hatte ein lautes, wieherndes Lachen.

Mary musste daran denken, dass Frank zur selben Zeit nach Washington zog, wenn sie die Stadt verließ. Die Erinnerung daran traf sie unvorbereitet, und fast hätte sie zwischen den Bohnendosen und anderen Konserven die Fassung verloren.

»Es geht ihm gut. Also, ich glaube, Suppe wäre das Beste, die Schwierigkeit ist nur, dass sie kalt ist, bis ich im Hotel bin.«

»Jetzt hören Sie mir mal zu, meine Liebe. Wir leben im zwanzigsten Jahrhundert, sogar hier in Moskau. Schon mal was von einer Thermoskanne gehört? Was mag Ihr Mann denn? Hühnercremesuppe?«

»Sie haben Hühnercremesuppe?«

»Klar. Wo ist denn der Dosenöffner?«

Sie plauderten über Frank, während Sheppard ein Carepaket zusammenstellte, wie er es nannte: eine Thermosflasche heiße Hühnercremesuppe, einige Sesambagel mit Erdnussbutter, eine kleine Schachtel Schokoladenkekse, zwei Dosen in Öl eingelegten Tunfisch mit einem Ersatzdosenöffner, ein wenig in Papier eingeschlagene Butter, einen halben Laib Vollkornbrot, eine Konserve mit aus Amerika importiertem Kohlsalat, Wodka der Marke Stolitschnaja, eine Packung Maischips, russische Kirschmarmelade, ein halbes Dutzend Mandarinen und ein großes Glas Beluga-Kaviar.

»Hat mir so ein Typ geschenkt. Ich bekomme von denen immer Kaviar, wahrscheinlich in der Hoffnung, dass ich dann etwas Nettes über sie schreibe. Dabei mag ich das Zeug nicht. Kriege Nesselsucht davon. Aber wenn Sie mir eine ganz andere Bemerkung gestatten, Sie brauchen Handschuhe. Ich habe ein Paar Damenhandschuhe in Reserve.«

Mary schätzte, dass sie bereits über zwei Stunden weg war

und unbedingt ins Hotel zurück musste. Während Sheppard in der Schublade einer Kommode in dem kleinen Eingangsflur nach den Handschuhen suchte, sprach sie von ihren Bedenken hinsichtlich eines Taxis. Sie versuchte, möglichst vernünftig zu klingen.

»Keine Sorge, ich verstehe Sie vollkommen. Kann einem ja auch Angst machen, ständig einen von diesen Schlägertypen auf den Fersen zu haben. Ich bringe Sie zurück. Es sind nur zehn Minuten auf der Ringstraße, und ich brauche sowieso frische Luft.«

Er ignorierte Marys Protest und stülpte sich eine große Kaninchenfellmütze über die schütteren Haare. »Das ist meine Mütze für minus zehn. Ich habe auch noch eine für minus zwanzig. Die Ohrenklappen schlagen wir Moskauer erst bei minus fünfzehn herunter.« Er lächelte breit. »Die Klappen sehen ›unvorteilhaft‹ aus, wie man bei Ihnen in Großbritannien sagen würde.«

Sie gingen in den Hof hinaus, und Sheppard schloss die Türen eines verdreckten blauen Wolga auf. Sie umfuhren die Innenstadt im Norden mit einer Geschwindigkeit, die Mary nach ihrem anstrengenden Fußmarsch wie ein Wunder vorkam, und passierten den Zoo und die amerikanische Botschaft. Schließlich überquerten sie die Moskwa auf der Borodinskij-Brücke.

Mary dankte ihrem Retter mit herzlichen Worten, doch ihr Mut sank wieder, als sie die breite Treppe zum Hotel hinaufstieg. Die Tasche mit den Lebensmitteln an sich gedrückt, drehte sie sich an der schweren Eingangstür noch einmal um. Deke Sheppard war wieder in den Wolga gestiegen und winkte ihr zum Abschied zu.

Sie trat ein, durchquerte das düstere Foyer und wartete schicksalsergeben vor dem Aufzug, diesmal allerdings nur zehn Minuten. Mit lautem Klacken fuhr sie nach oben, stieg aus und ging unter dem mürrischen Blick der in das Schultertuch eingehüllten Etagenfrau den Flur entlang.

Mary schien, als hätte sie den kurzen Weg schon unendlich viele Male zurückgelegt. Vielleicht sah die Hölle so aus, grau, von Mief erfüllt und mit Fluchtlinien, die einem fernen, nie erreichten Punkt zustrebten.

Mary steckte den Schlüssel ins Schloss und öffnete die Tür. Wieder bangte ihr vor dem, was sie drinnen erwartete. Alles war dunkel. Sie tastete nach dem Schalter, knipste das Licht an, stellte die Tasche mit dem Essen auf den Tisch und ging ins Schlafzimmer. Charlie lag zusammengerollt unter der Bettdecke, doch Mary spürte, dass er nicht schlief. Sie berührte ihn an der Schulter, und er stützte sich schwerfällig auf den Ellbogen.

Er lächelte. Es war das erste Mal seit ihrer Ankunft in Moskau, dass sie ihn lächeln sah. Sie gab ihm einen Kuss und erklärte, sie hätte etwas zu essen mitgebracht. Das Lächeln erlosch, doch Mary sagte, nach der Strapaze, die die Beschaffung des Essens sie gekostet habe, erwarte sie, dass er es wenigstens probiere. Sie ging wieder ins Wohnzimmer. Charlie zog sich an, während sie Teller und Besteck aus dem verglasten Küchenschrank holte und den Tisch mit dem sonderbaren Fransentuch deckte.

Charlie kam herein und wollte nach der Wodkaflasche greifen. Mary legte ihm die Hand auf den Arm. »Zuerst isst du etwas, danach kannst du meinetwegen einen Schluck trinken.«

Gehorsam hob er einen Löffel Suppe zum Mund und schluckte ihn mit verzogenem Gesicht hinunter. Der Geschmack schien ihm nicht zuzusagen. Auch Mary begann zu essen. Sie hatte seit ihrer Ankunft vierundzwanzig Stunden zuvor nichts gegessen und fiel mit Heißhunger über Deke Sheppards üppiges Mahl her.

Sie beobachtete Charlie dabei, wie er unsicher etwas Kaviar auf eine Scheibe Brot häufte.

Was heißt es, jemanden zu lieben?, dachte sie. Bedeutet es,

dass man seine Schwächen, seine zitternden Hände und seine Fehler hinnimmt und ihm hilft und ihn stärkt, wo man kann? Dann muss man irgendwann die Vorstellung von Selbstverwirklichung aufgeben. Vor die Wahl zwischen seinem und dem eigenen Leben gestellt, wählt man sein eigenes. Und man muss dies ohne Reue tun, denn der andere ist untrennbar mit einem selbst verbunden. Was man für ihn tut, tut man für sich selbst und für etwas, das größer ist als die Summe zweier Einzelpersonen. Denn das Unternehmen gemeinsames Leben ist abenteuerlicher, fesselnder und aufregender als alles andere.

Sie konnte Charlie genauso wenig verlassen, wie sie sich von ihren Kindern abwenden konnte, wenn sie weinten. »Ich liebe dich«, sagte sie.

Charlie hielt mit Kauen inne, und seine Augen füllten sich mit Tränen. Er schluckte und hustete. »Ich habe dich nicht verdient«, erwiderte er.

»Ich verstehe nicht, was der Arzt meint. ›Zusammenbruch‹, was heißt das denn? Aber du wirst wieder gesund werden, dafür sorge ich.«

»Bleibst du bei mir?«

»Jetzt?«

»Nein, für immer.«

Mary ließ den Blick durch das Zimmer wandern, über den abgenutzten Boden, das Sammelsurium von Möbeln und die kitschigen Bilder. Sie sah die halb von der Wand weggebrochene hölzerne Heizkörperblende und dachte an die Drähte, die im Putz des monströsen Gebäudes verschwanden und zu einem Abhörraum irgendwo jenseits des zwanzigsten Stocks führten, in dem zwei gelangweilte Männer mit nikotingelben Fingern und grobporigen Gesichtern vor dem sich langsam drehenden Band saßen und wie Engel, die die guten und bösen Taten der Menschen aufzeichneten, auf die Antwort warteten, die Mary jetzt geben musste.

»Ja«, sagte sie sehr leise, »natürlich.«

Charlie senkte den Kopf und begann heftig zu weinen. Krämpfe schüttelten ihn.

»Natürlich bleibe ich bei dir«, erklärte Mary. »Und du versprichst mir dafür, dass du weiterleben wirst. Ich habe damals im Krieg meinen Verlobten verloren und nie zurückgeblickt und euch nie miteinander verglichen. Ich habe dich so geliebt, wie du bist, denn mit deinem Lachen und deinen Geschichten hast du das Leben schöner gemacht. Du hast es geradezu erschaffen, Schatz – oder wenigstens eine Möglichkeit zu leben.«

Mitgerissen vom Pathos ihrer eigenen Worte stand sie auf. »Ich werde nicht zulassen, dass du dein Leben wegwirfst. Das schuldest du meinem Verlobten und mir und den tausenden anderen jungen Männern.«

Charlie hörte für einen Moment auf zu schluchzen. »Ich weiß.« Mary ging um den Tisch und kniete sich neben ihn. Sie legte den Kopf an seine Schulter, wie sie es früher so oft getan hatte, und Charlie strich ihr wie früher mit zitternden Händen die dichten, fast schwarzen Haare aus der Stirn.

XX

Am folgenden Tag erschien wieder Keslake und erklärte Charlie für reisefähig.

»Danke«, sagte Mary. »Wahrscheinlich muss ich noch den Botschafter …«

»Überlassen Sie das ruhig mir«, meinte Keslake.

Nach dem Mittagessen mit den Resten des von Deke Sheppard so großzügig spendierten Essens packte Mary die Koffer. Um zwei kam Michael Winterburn, um sie zum Flughafen zu bringen. Mary sah ein letztes Mal an dem gewaltigen Gebäude des Ukraina hinauf, von Zwangsarbeitern eines totalitären Regimes erbaut für ein anderes totalitäres Regime. Die Turmspitze verlor sich im grauen Schneetreiben. Mary schloss die Augen. Dann stiegen sie in den Wagen und fuhren in Richtung Westen.

Auf der Fahrt zum Flughafen plauderte Winterburn mit kaum verhohlener Erleichterung über Dinge, die ihn an der Botschaft beschäftigten, und sprach die scheinheilige Hoffnung auf eine baldige Rückkehr der van der Lindens aus. Charlie sah Mary vom Rücksitz aus an und zog eine Grimasse. Mary unterdrückte ein Lachen. Es war das erste Mal seit ihrer Ankunft in Moskau, dass sie beide fröhlich waren, ein gutes Omen für die Zukunft, fand Mary.

Auf dem Flughafen half Winterburn ihnen mit den Koffern und verfolgte durch eine Glasscheibe, wie sie in der Schlange an der Passkontrolle vorrückten. Er schien zu befürchten, Charlie könnte durch irgendeine Komplikation in letzter Minute wie eine explodierende Bombe nach Moskau zurückkatapultiert werden. Auf dem Weg zum Flugzeug drehte Mary sich noch einmal um. Sie glaubte Winterburns besorgtes Gesicht hinter der Scheibe zu erkennen. Winterburn würde erst beruhigt sein, wenn ihr Flugzeug in der Luft wäre, dachte sie. Und erst wenn er sie hundert Kilometer westlich von Berlin wähnte, würde er die Korken knallen lassen.

Auf dem Rückflug lief die Zeit zu ihren Gunsten rückwärts. Sie trafen im Haus am Regent's Park ein, noch bevor Richard und Louisa schliefen. Im Wohnzimmer schloss Mary ihre Kinder in die Arme. Sie zweifelte keinen Moment daran, dass sie in jenem fernen Hotelzimmer die richtige Entscheidung getroffen hatte. Dies war ihr Leben, diese Körper, die sie jetzt an sich drückte, diese rosigen Wangen, Richards duftender Nacken und Louisas frisch gewaschene Haare.

Am nächsten Tag begleitete sie Charlie zu einem früheren Kollegen ihrer Mutter. Dieser las den Brief Keslakes und wies Charlie in ein Krankenhaus in Edgware ein, das er empfahl, weil man solche Fälle dort sehr diskret behandelte. Charlie durfte zuvor noch einmal nach Hause und seine Sachen packen.

Nach einer Woche wurde er unter der Bedingung entlassen, dass er als ambulanter Patient dreimal die Woche einen halben Tag zurückkehrte. Man verordnete ihm Beruhigungsmittel und eine Psychotherapie; die Leberwerte standen noch aus. In Gesprächen mit den zuständigen Leuten der Personalabteilung in Whitehall wurde ihm geraten, so lange Urlaub zu nehmen, wie er zu seiner Genesung brauche. Sein früher erworbener guter Ruf hatte immer noch einiges Gewicht. Man würde warten, bis Klarheit über seinen gesundheitlichen Zustand herrschte und gegebenenfalls nicht auf seiner Rückkehr nach Washington bestehen. Die Versetzung dorthin wäre dann beendet, und er würde, sobald sein Zustand dies erlaubte, wieder einige Jahre im Inland arbeiten können.

Mary sah sich mit Louisa und Richard eine Schule in Primrose Hill an, und es wurde vereinbart, dass die beiden im Januar dort beginnen sollten. Richards überschäumendes Temperament kehrte, seit er wieder bei seinen Eltern lebte und die Schule in Norfolk verlassen hatte, nach und nach zurück. Louisas Blick blieb wachsam, aber ihre Mundwinkel waren nicht mehr so misstrauisch nach unten gezogen. Mary registrierte jede kleinste Veränderung ihrer Kinder, und was sie sah, machte ihr Freude. Louisa zog in Marys altes Zimmer unter dem Dach, Richard in den Raum daneben, das für ein nie geborenes Brüderchen oder Schwesterchen Marys gedacht gewesen war. Mary und Charlie nahmen das Gästezimmer im Stockwerk darunter. Der Lärm spielender und streitender Kinder erfüllte das Haus, ein Lärm, den es hier in der behüteten Kindheit Marys nie gegeben hatte.

Eines Tages, als alle außer Haus waren, rief Mary Frank in seinem Büro in New York an. Er war nicht da, deshalb bat sie die Sekretärin, ihm auszurichten, sie und Charlie seien wohlbehalten aus Moskau zurückgekehrt. Die Sekretärin sagte, Frank pendle oft zwischen New York und Washington hin und her, und sie könne nicht sagen, wann er das nächste Mal in der New Yorker Redaktion sein würde. Er mache sich in Vorbereitung auf die Amtseinführung Senator Kennedys mit dem Weißen Haus vertraut. Mary überlegte, ob sich das auch auf die jungen Frauen in Bermudas und Shetlandpullovern erstreckte, Mädchen, die Fiddle, Faddle oder Squidge hießen.

Sicher erreichen konnte sie ihn nur per Post. Als sie sich wieder einmal allein im Haus aufhielt, schrieb sie ihm aus dem selbst gewählten Gefängnis ihrer guten Absichten einen Brief, aus dem tiefste Verzweiflung sprach.

Louisa übte auf dem Klavier »Stille Nacht«, Richard lernte ein Weihnachtsgedicht auswendig. Charlie besuchte pflichtbewusst das Krankenhaus in Edgware und stellte fest, dass ihm schon von dem wenigen Alkohol, den er abends trank, übel wurde; vielleicht war das ja der Zweck der Tabletten. Tagsüber fühlte er sich von den vielen Medikamenten benommen, nachts hatte er Albträume. Einmal war er in Dien Bien Phu auf der Straße unterwegs, über der die Jagdbomber ihre Napalmbomben abwarfen; ein andermal befand er sich in Gesellschaft von Stammesleuten der Thai, die verbrannte, noch lebende Partisanen der Vietminh mit ihren Bajonetten durchbohrten. Dann wieder schlenderte er im Traum neben dem wissbegierigen Hauptmann Rigaud den Boulevard Saint-Germain entlang. Der Hauptmann hatte immer noch die *Essais* von Montaigne unter den Arm geklemmt. An der Kreuzung mit dem Boulevard Raspail verbreiterte sich die Straße plötzlich und stieg zu den Wolken auf, und Rigaud fuhr gen Himmel.

Am meisten träumte Charlie von dem kalten, nur von Kerzen erleuchteten Restaurant in Florenz, wo er im nasskalten Herbst 1943 Spaghetti mit Parmesan und gelegentlich Pilze vom Schwarzmarkt gegessen hatte. In der Maserung des Holztisches sah er die englischen Straßen mit den Häusern trauernder Eltern, die keine Kondolenzbriefe von ihm erhalten hatten. Eines Nachts träumte er, seine geliebte Kompanie sei wieder vereint, die Toten lebten, die Gefangenen seien zurückgekehrt und die Verwundeten genesen. Als der Befehl kam, an die Front vorzurücken, verweigerte er den Gehorsam. Stattdessen begab er sich vor den Augen des tobenden Bataillonskommandeurs mit seinen Männern zum Strand von Anzio, bestieg mit ihnen verschiedene Vergnügungsboote und kurvte damit in der Bucht umher.

Am Weihnachtsmorgen kamen die Kinder mit ihren Strümpfen ins Zimmer der Eltern und öffneten sie auf deren Bett. Später am Vormittag besuchte die ganze Familie die Kirche in Primrose Hill. Sie waren das letzte Mal zum Begräbnis ihrer Mutter dort gewesen. Der Pfarrer begrüßte sie mit einem Lächeln, das sie darin bestärken sollte, alles so hinzunehmen, wie Gott es in seinem Plan vorgesehen hatte, und sich demütig dem großen Mysterium des Lebens unterzuordnen.

Ihr Vater entkorkte eine Weinflasche, die er für den Truthahn beiseite gelegt hatte. Charlie schenkte trockene Martinis ein, nahm selbst aber keinen. Mary kam mit dem Backofen ihrer Mutter nicht zurecht, aber immerhin war der Truthahn, nach einer Garzeit von mehreren Stunden, so weit durch, dass man ihn essen konnte. Am späten Nachmittag begaben sie sich ins Wohnzimmer, um Scharaden zu spielen, Portwein zu trinken und Mandarinen zu essen, weihnachtliche Rituale, die Normalität vermitteln sollten.

James' Blick ruhte dankbar auf seiner Tochter, die sich so aufopferungsvoll um ihn gekümmert hatte. Charlie starrte Mary ungläubig an. Er konnte selbst in seinen wildesten Träumen nicht nachvollziehen, was im Zimmer im Hotel Ukraina zwischen ihnen passiert war. Louisa und Richard beharrten auf dem Versprechen, nie wieder fortgeschickt zu werden. Richard kletterte auf die Knie seiner Mutter und legte wie ein Baby den Kopf an ihre Brust.

Mary wagte es nicht, durch ein bestimmtes Fenster im Wohnzimmer, durch das man den Flugverkehr des Londoner Airports verfolgen konnte, nach draußen zu schauen. Nur einmal, während sie Richard über die Haare strich, riskierte sie einen Blick auf die Lichter an den Tragflächen eines startenden Flugzeugs. Es flog nach Westen. Es blinkte wie ein einsamer Stern am weihnachtlichen Himmel.

Nach den Ferien zündeten die Franzosen in der Sahara einen atomaren Sprengsatz. Am Tag darauf bekam Charlie Post von seinen Vorgesetzten. Sie teilten ihm mit, dass er nicht nach Washington zurückzukehren brauche, da es laut Aussage der Ärzte noch bis zu einem Vierteljahr dauern könne, bis er wieder arbeitsfähig sei. Da man jedoch wieder über die Nummer 1064 und Charlies Büro im neuen Botschaftsgebäude verfügen wollte, schlug man vor, seine Frau solle nach Washington fliegen und den Haushalt auflösen.

»Wenn du das nicht willst, können wir uns auch einfach alles schicken lassen«, schlug Charlie vor.

Mary nickte. »Umständlich ist es schon. Aber die ganzen Kindersachen sind dort, und natürlich würde ich mich auch gern von unseren Bekannten in Washington verabschieden.«

»Wie lange wirst du brauchen?«

»Keine Ahnung. Vielleicht eine Woche.«

»Dann bleib doch einfach so lange, wie du willst. Du hast dir eine Pause verdient.«

Mary warf ihm einen raschen Blick zu. Schwang in seinen Worten noch etwas anderes mit? Doch seine Miene zeigte lediglich teilnahmsvolle Sorge.

Sie kaufte Schuluniformen für die Kinder und bereitete das Haus am Regent's Park auf die Zeit ihrer Abwesenheit vor. Sie sorgte dafür, dass genügend Lebensmittel im Haus waren, und erklärte ihrem Vater, wie der Backofen funktionierte. Außerdem musste sie Richard und Louisa versprechen, dass sie beim Packen in Amerika nichts zurücklassen würde. Auf keinen Fall dürfe sie, wie schon so oft, ihre geheiligten Spielsachen für einen wohltätigen Zweck weggeben, weil sie glaubte, die Kinder seien dafür zu groß.

Am Morgen ihrer Abreise verabschiedete sich zuerst ihr Vater von ihr, bevor er mit den Kindern einen Ausflug ins West End machte. Marys Koffer standen gepackt an der Haustür, sie selbst wartete mit Charlie im Wohnzimmer auf das bestellte Taxi.

»Richte den Renshaws Grüße von mir aus«, bat Charlie. »Sag Eddie, ich hätte die weiteren Strophen des Gedichts von Emily Dickinson gefunden, an die wir uns damals nicht erinnern konnten. Warte, ich schreib sie dir auf.« Er nahm vom Schreibtisch Stift und Papier und las beim Schreiben vor: »›Wenn alles möglich ist für ihn / wie er selbst sagt / wird er zurück uns geben / Die Götter, die man uns genommen hat –‹.« Mary steckte den Zettel ein.

»Hast du deinen Pass? Verabschiede dich von Dolores. Gib ihr noch etwas Geld. Und bestell auch Benton Grüße von mir.« Charlie lächelte. »Ich hoffe, sie dreht nicht durch, wenn sie hört, dass ich nicht zurückkomme.«

Der Taxifahrer klingelte, und Charlie bat ihn, noch einen Augenblick zu warten. Der Fahrer nickte und kehrte zu seinem Wagen zurück.

Auf der Schwelle gab Charlie Mary einen Kuss auf die Wange. Er sah blass aus.

»Und du?«, fragte er.

Mary lächelte. »Was ist mit mir?«

»Kommst du zurück?«

Zehntausend Meter über dem Atlantik in die Toilette des Flugzeugs gezwängt, schüttelte Mary die nassen Hände über dem Waschbecken aus und suchte nach einem Papierhandtuch. Das Flugzeug wurde von Turbulenzen durchgerüttelt, flog aber unbeirrt weiter hinter der Zeit her nach Westen. Für den Moment konnte Mary nichts tun. Über dem Waschbecken hing ein von flackernden Neonröhren umrahmter Spiegel. Mary betrachtete ihr Gesicht. Ihre am Boden gefassten Vorsätze hatten im Niemandsland über dem Meer kein Gewicht mehr. »Ich komme deinetwegen, Geliebter«, sagte sie leise. »Keine Sorge, ich komme.« Aus ihren Augen sprach Sehnsucht.

Im Haus Nummer 1064 erwartete Dolores sie. »Es gibt eine Menge Nachrichten für Sie, Mrs. van der Linden.«

Mary ging nach droben, legte sich aufs Bett und begann zu wählen. Zuerst rief sie in New York an. Die anderen Anrufe konnten warten. Sie hörte Franks Stimme und im Hintergrund das Klappern von Schreibmaschinen und das Läuten von Telefonen.

»Mittwoch und Freitag könnte ich mir freinehmen«, sagte er. »Schaffst du das?«

Mary überlegte rasch. Das bedeutete, dass sie alle Termine

in Washington auf einen Tag legen musste. Aber vielleicht konnte sie ja danach noch einmal zurückkommen.

»Hier geht zurzeit alles drunter und drüber«, erklärte Frank. »Vielleicht muss ich auch noch nach Washington.«

»Ich will nicht in New York sein, wenn du hierher kommst.«

»Ich weiß.« Frank klang nervös. »Wir müssen einfach noch einmal telefonieren. Ich tu, was ich kann.«

»Ich hab den langen Flug nur gemacht, um dich zu sehen.« Zum Flirten war jetzt nicht die richtige Zeit, dachte Mary.

»Ich weiß.«

»Ich muss dich sehen, Frank.«

»Mary, um Himmels willen, das weiß ich doch. Komm einfach her und dann ... pass auf, ich ruf dich morgen um zehn noch einmal an. Sei da.«

»Natürlich.« Mary schwieg, dann musste es doch heraus. »Ich liebe dich«, sagte sie.

Sie schlief schlecht und wachte auf, als es in London Morgen war. Als Frank anrief, war sie wieder eingeschlafen.

»Wir treffen uns Mittwoch um eins in der Bar von O'Reilly«, sagte er.

»Und wenn bei dir etwas dazwischenkommt? Dann musst du mir eine Nachricht hinterlassen. Ich nehme ein Zimmer in meinem alten Hotel, dann weißt du wenigstens, wo ich bin.«

»Okay. Ich muss weg.«

Sobald sie sich verabschiedet hatten, ließ Marys Anspannung ein wenig nach. Sie machte sich in der Küche Kaffee und nahm ihn mit ins Schlafzimmer hinauf. Dann begann sie die Liste der Anrufer, die Dolores ihr hingelegt hatte, durchzuarbeiten. Katy Renshaw wollte am nächsten Tag, einem Dienstag, ein Mittagessen organisieren und dazu möglichst viele der alten Freundinnen einladen. Als Nächstes rief Mary einen jungen Mann von der Botschaft an, der Interesse an dem Kaiser Manhattan bekundet hatte. Er wollte sich den Wagen am

Abend ansehen. Benton sagte, Mary könne jederzeit im Büro vorbeikommen und Charlies Sachen abholen.

Mary trat auf die Straße. Es war kalt, und der Wetterbericht verhieß nichts Gutes. Besorgungen mit dem Auto musste sie schnell erledigen, bevor die Straßen eisig und damit unpassierbar wurden. Der Kaiser Manhattan sprang nach einigem Zögern an. Mary schaltete in den ersten Gang und fuhr vorsichtig los. Das chinesische Paar von gegenüber würde froh sein, dass die lauten Partys vorbei waren, dachte sie. Die Nummer 1082 stand leer. Der französische Journalist, der dort gewohnt hatte, war laut Dolores ausgewiesen worden. Die Zeitschrift, für die er angeblich arbeitete, kannte nur deshalb niemand, weil sie als Tarnung für dunkle Geschäfte diente.

Das neue Botschaftsgebäude war inzwischen ganz bezogen. Auf Grund der neuen Sicherheitsvorkehrungen musste Mary zehn Minuten in der verglasten Eingangshalle warten, bis Benton sie abholte und hinauf begleitete. In Charlies Büro sichteten die beiden Frauen seine Papiere und sonstige Habe und entschieden, was weggeworfen werden konnte und was nach London geschickt werden musste.

»Mr. Renshaw hat die meisten Akten bereits durchgesehen«, sagte Benton. »Einige hat er mitgenommen und die hier beiseite gelegt, damit Sie einen Blick darauf werfen.«

»Ja, gut ...« Mary konnte sich nicht konzentrieren. Sie spürte Missbilligung in Bentons Blick.

»Wie geht es Mr. van der Linden?«

»Schon viel besser, danke. Er war ... überarbeitet. Die ganze Aufregung.«

»Natürlich.« Benton zog eine leere Wodkaflasche aus der Schreibtischschublade und ließ sie in den Mülleimer fallen. »Mr. Renshaw sagte, Sie sollten ihm Bescheid geben, wenn Sie hier sind.«

»Gern.«

Wenig später trat Edward Renshaw ins Zimmer und schloss

Mary in die Arme. »Mary, es tut mir so Leid für euch. Können wir dir irgendwie helfen? Du bist morgen mit Katy verabredet? Was kann ich machen?«

Seine Hilfsbereitschaft rührte Mary. »Ich weiß nicht, Eddie. Am besten die Uhr zurückstellen. Dann treffen wir uns wieder in eurem Ferienhaus im Wald. Damals waren wir glücklich.«

Edward lachte. »Wie geht es dem armen Teufel denn? Ganz am Boden zerstört?«

»Nein, so schlimm ist es nicht. Ich soll dir das geben. Aus einem Gedicht.«

Edward überflog die Zeilen. »Richtig, ich erinnere mich. Lasst was von euch hören, Mary. Wir kehren wahrscheinlich nächstes Jahr nach London zurück.«

Edward ging, und die beiden Frauen beendeten ihre Arbeit. Zum Schluss holte Mary ein Päckchen aus ihrer Tasche und reichte es Benton.

»Das soll ich Ihnen von Charlie geben, als kleines Zeichen der Dankbarkeit. Er hatte leider keine Zeit, dazu noch ...« Sie verstummte unter Bentons gestrengem Blick. Es war, als wisse diese, dass Charlie mit dem Seidenschal, den sie jetzt auspackte, nichts zu tun hatte, sondern dass Mary ihn in letzter Minute auf dem Flughafen besorgt hatte.

»Danke, Mrs. van der Linden. Bestellen Sie Ihrem Mann bitte meine besten Wünsche für eine schnelle Genesung. Ich hatte immer Hochachtung vor ihm.«

»Danke, ich –«

»Das gilt auch für die anderen.«

»Er hat ja auch immer –«

»Wir hatten größte Achtung vor ihm als Mensch.«

»Danke.« Mary sah zu Boden.

»Vielleicht interessiert es Ihren Mann, dass ich im Herbst heiraten werde.«

Draußen auf der Massachusetts Avenue fühlte Mary sich in ihr altes Leben zurückversetzt. Alles war so einfach gewesen.

Morgen wäre sie, wenn nicht alles schief gegangen wäre, zu einem von Kelly Eberstadts Vormittagen für die Frauen der asiatischen Botschaften gegangen oder zu Katy Renshaws Basar für die Kirche oder Laurens Lektürezirkel, der nur ein Vorwand für ein viergängiges Menü mit kalifornischem »Champagner« war. Tags darauf hätte sie das Kino in der Connecticut Avenue besucht, in das sie manchmal heimlich am Nachmittag ging, um einen dieser französischen Filme zu sehen, nach denen sie das Leben besonders schön fand.

Sie bog nach links ab und fuhr in Richtung Georgetown. Wenig später parkte sie in der Dumbarton Street und ging zu Fuß weiter. Durch die Fenster der gepflegten Häuser sah sie Bücherregale, in denen sie Werke über den Aufstieg Napoleons und den Fall Hitlers, Kongressakten und autobiografische Schriften vermutete. Daneben aber auch Bücher von Mark Twain, Harry S. Truman, Edmund Wilson und Woodrow Wilson. Es war nur eine Frage der Zeit, dachte Mary, bis die Erinnerungen von Pressesprecher Pierre Salinger neben den dünnen Bändchen von J. D. Salinger stehen würden.

Bei Fiorello erinnerte sie sich wieder an ihre Ankunft in Washington und mit welcher Begeisterung sie ihr neues Zuhause eingerichtet hatte. Glückliches Mädchen, wird ihre Mutter sicher gesagt haben.

Am Abend verkaufte sie den Kaiser Manhattan einem ledigen Spezialisten für Fragen der Verteidigung, dem das schwerfällige, etwas dubiose Aussehen des Wagens gefiel und der weder die Beule im Kotflügel noch den hohen Kilometerstand zu bemerken schien.

»Der Wagen gefällt meiner Freundin bestimmt«, meinte er, worauf Mary sich plötzlich uralt vorkam. Dolores hatte auf einen Zettel geschrieben, Frank habe angerufen, doch als Mary versuchte, ihn in seiner Wohnung zu erreichen, war niemand da. Am Dienstagmorgen sortierte sie mit Dolores' Hilfe aus, was nach England geschickt, was an karitative Einrichtungen gegeben und was weggeworfen werden sollte. Zu Katy in Chevy Chase musste sie ein Taxi nehmen. Sie bat den Fahrer, um drei Uhr wiederzukommen und sie zum Bahnhof zu bringen.

»Was macht das Buch, Mary?«, fragte Lauren.

»Ach das ... ich hatte wirklich nicht viel Zeit dafür.«

Zum Abschied umarmten sie einander herzlich, doch Mary spürte das Befremden in den Blicken der anderen, als der Taxifahrer ihren Koffer im Wagen verstaute und sie auf dem Rücksitz Platz nahm. Aufmerksam verfolgten Katy, Lauren und Kelly das Anfahren des Taxis.

Der Zug näherte sich New York, und Mary holte tief Luft, eine unwillkürliche Reaktion auf die ins Blickfeld rückende Stadt, eine Skyline, die zuweilen wie verkohlt wirkte, voller Narben und glühend wie durchgebrannte Radioröhren oder die wabenartigen Glühfäden eines kaputten Heizlüfters. Egal, aus welcher Richtung man kam, ob von den großen Flughäfen über die Queensboro Bridge, aus dem großen Tunnel Midtown in der 41st Street oder, unter dem Styx hindurch, von der Penn Station, man musste sich wappnen, durfte sich einer solchen Stadt gegenüber keine Blöße geben.

Die Straße von Marys Hotel war eng, von hohen Häusern gesäumt und von einem trüben Licht erfüllt. Sie lag zwischen Broadway und Seventh Avenue. Die Fahrzeuge der Zulieferer auf beiden Seiten brachten den Verkehr immer wieder zum Erliegen, und ohne zumindest einmal zu hupen, gab es kein Durchkommen. An einer Baustelle wurden Stahlträger nach oben gezogen und von Akrobaten mit Helmen und ledernen Taschen, an denen Schraubenschlüssel baumelten, an Ort und Stelle verschraubt. Mary, die von der Penn Station kam, musste Bauarbeitern ausweichen, die stählerne Trossen mit einem halben Schlag um lange, wie Gleisschwellen aussehende Balken legten und diesen anschließend mit Hämmern festschlugen. Ein Stück weiter blockierte ein hölzerner Bauzaun um einen unablässig arbeitenden Kran den Gehweg.

Kein angenehmer Weg, dachte Mary, eigentlich mehr eine kaum passierbare Durchgangsstraße. Das Hotel selbst lag zwischen einer chinesischen Wäscherei und einem Schlosser. Gegenüber befanden sich einige heruntergekommene Kleidergeschäfte und eine kleine Imbissstube, die bleiche Brötchen und rosafarbene Limonaden verkaufte. Trotzdem fühlte sich Mary, sobald sie sich angemeldet und das Zimmer mit den hellen Holzmöbeln und dem karmesinroten, wie frisch shampoonierten Teppich betreten hatte, wie zu Hause.

Sie hängte ihre Kleider in den Schrank, vergewisserte sich, dass keine Nachrichten für sie vorlagen, und rief dann zu Hause in London an. Sie sprach mir ihrem Vater, der berichtete, dass Charlie jeden Moment aus der Klinik zurück wäre. Mary bat ihn, Grüße an alle auszurichten. Danach überlegte sie, wie viele Stunden es noch dauern würde, bis sie sich am nächsten Tag mit Frank traf. Beim Ausräumen des Badezimmerschränkchens in der Nummer 1064 hatte sie drei von Charlies Schlaftabletten zusammen mit den Donald-Duck-Zahnbürsten der Kinder in ihren Waschbeutel gepackt. Die Zeit verging am schnellsten, wenn sie schlief. Sie nahm eine Tablette, spülte sie aber im Unterschied zu Charlie nicht mit Whisky, sondern einem Glas Wasser aus dem Hahn hinunter. Für den Fall, dass sie auf Grund der Zeitverschiebung verschlief, stellte sie den Wecker. Dann legte sie sich ins Bett. Es war erst neun Uhr.

Am Morgen wartete sie im Hotel. Sie wagte es nicht, das Zimmer zu verlassen, schließlich hätte Frank wegen einer Terminverschiebung anrufen können. Erst um halb eins machte sie sich auf den Weg. Sie traf fünf Minuten zu früh bei O'Reilly ein, einer Bar in der 15th Street in der Nähe der Third Avenue, unweit von Franks Büro, aber nicht so nah, dass sie vielen seiner Kollegen über den Weg laufen würden. Um sich die Zeit zu vertreiben, spazierte sie einmal um den Union Square. Plötzlich bekam sie Angst, Frank könnte nicht erscheinen oder sich in den Wochen, seit sie sich das letzte Mal gesehen hatten, verändert haben. Um Viertel nach eins drückte sie die Tür zu dem Lokal auf.

Frank saß an der Bar und hielt eine Zeitung auf Armeslänge von sich weg. Er hob den Kopf, als Mary den Raum betrat, und rutschte von seinem Hocker herunter. Mary ging auf ihn zu, umarmte und küsste ihn kurz und setzte sich dann auf den Hocker neben ihm.

Nichts hatte sich geändert. Sie betrachtete sein Gesicht, die Augen mit den haselnussbraunen Flecken, das warme Lächeln. Ihre Angst verschwand. Sie brauchte nicht zu fragen, was er dachte oder fühlte, denn sie konnte an seinem Gesicht, an jeder seiner Bewegungen ablesen, dass alles so war wie immer, dass für ihn seit jener Wahlnacht, in der sie sich zum letzten Mal gesehen hatten, keine wirkliche Zeit vergangen war.

Sie nahm seine Hand und sah ihn unverwandt an. Worte waren überflüssig. Er erwiderte ihren Blick, und Mary spürte, dass auch er erleichtert war. So schwiegen sie eine Weile. Dann sagte Frank: »Ich weiß nicht, wo anfangen.«

»Du könntest mir mal einen Drink bestellen.«

»Gut. Und jetzt erzähl mir von Moskau.«

»Es hat mir überhaupt nicht gefallen.«

Er lächelte. »Ich habe auch nichts Gutes über die Stadt gehört.«

»So erfolgreich ist der Kommunismus nicht, im Gegenteil. Vielleicht gewinnt der Westen den Kalten Krieg doch noch.«

»Im Moment sieht es so aus, als wollte er ihn unbedingt verlieren. Und Charlie?«

»Charlie ... wird sich wieder erholen.«

»Kommt er nach Amerika zurück?«

»Nein.«

Frank sah auf den Tresen.

»Wir brauchen jetzt nicht darüber zu sprechen«, sagte Mary.

»Nein. Du bist wieder in deinem alten Hotel?«

»Ja. Es ist wie zu Hause.«

»Möchtest du etwas essen?«

»Eigentlich nicht.« Sie seufzte. »Ich will dich nur ansehen.«

»Klar. Darf ich dich auch ansehen?«

»Ja.«

Mary hörte, wie das Rührstäbchen in einem kleinen Trommelwirbel gegen das Glas schlug, doch Franks Blick ließ sie keinen Moment los.

»Du wirst also in London wohnen?«

»Sieht so aus.« Mary konnte immer noch lächeln. »Vielleicht aber auch nicht.« Nicht sie hatte das gesagt, sondern jemand anders, wie immer, wenn sie mit Frank zusammen war.

»Und wo bleibe ich?«

»Vermutlich in Washington, Frank.«

»Wann fliegst du zurück?«

»Samstagabend. Von Washington aus.«

»Lässt sich das ändern?«

»Wie meinst du das?«

»Kannst du der Fluggesellschaft sagen, dass du von New York aus fliegen willst? Ich hätte den Samstag frei.«

»Ach so, ich dachte, du hättest gemeint ...«

»Was?«

»Du hättest gemeint ... stornieren.«

»Das willst du?«

Mary wandte den Blick ab. Sie biss sich auf die Lippe. »Ja«, sagte sie, »das will ich.«

»Aber du kannst nicht, oder?«

»Ich ... ich weiß nicht.«

»Es geht um die Moral, stimmt's? Letztlich geht es um die Frage von richtig und falsch.«

»Können wir nicht über etwas anderes reden? Was machen wir am Samstag?«

»Ich habe immer gehofft, wir könnten besser damit umgehen. Mit unseren Gefühlen. Wir könnten eine höhere Ebene finden oder wie immer du es nennen willst.«

»Ich konnte nicht ausdrücken, was ich meinte.«

»Ich kann es auch nicht. Ich finde nur, die Moral ...« Frank hob die Arme. »Einfach von richtig oder falsch zu sprechen, erscheint mir ... ich weiß nicht.«

»Zu vage.«

»Ja.« Er holte tief Luft. »Obwohl das Gute an der Moral wahrscheinlich ist, dass jeder sie verstehen kann, sogar ein Kind. Es klingt alles so logisch.«

»Ich kann dieses Gespräch jetzt nicht führen, Frank. Wenn wir nicht damit aufhören, mache ich mich noch lächerlich und fange an zu heulen. Einige Gäste sehen schon zu uns herüber. Können wir uns bitte über etwas anderes unterhalten?«

Mary hatte sich in der ersten Wiedersehensfreude eingeredet, die nächsten Tage würden eine Zeit ungetrübter Freude sein. Jetzt musste sie feststellen, dass dem nicht so war. Die Tatsache, dass sich an dem, was ihr am wichtigsten im Leben war, nichts geändert hatte, löste nicht automatisch alle anderen Probleme, im Gegenteil.

In diesem Augenblick begann sie zu ahnen, was ihr wirklich bevorstand.

»Ich glaube, ich halte das nicht aus«, sagte sie.

»Hör zu«, entgegnete Frank. »Ich habe morgen und übermorgen eine Menge zu tun, aber dann kann ich mir freinehmen. Was hältst du davon, wenn wir uns Freitag zum Mittagessen treffen? Ich fliege morgen nach Minneapolis, müsste aber Freitagvormittag wieder zurück sein. Dein Flugzeug geht doch erst Samstagabend, richtig? Wir haben noch jede Menge Zeit.«

»Musst du nicht wieder in die Redaktion?«

»Jetzt schon, aber ich rufe dich später an.«

»Und heute Abend?«

»Habe ich zu tun. Ich kann nicht absagen.«

»Wann bist du fertig?«

»Spät.«

»Das ist mir egal. Ruf mich an, komm ins Hotel. Oder ruf gar nicht an, komm einfach.«

Am Abend saß sie in ihrem Hotelzimmer und kämpfte gegen den Schlaf. Sie hatte Angst, den Anruf von der Rezeption zu überhören. Mit starrem Blick fixierte sie den stummen Apparat, während ihr immer wieder die Augen zufielen. An der Wand gegenüber stand ihr offener Koffer. Sein Inhalt kam ihr so erbärmlich vor: die sorgfältig ausgewählten Kleider, die neuen Schuhe, die Frank gefallen sollten. Welche Selbsttäuschung! In London schliefen ihre geliebten Kinder, während sie hier heulte wie eine rollige Katze in der Nacht.

Gott, vergib mir, dachte sie, hilf mir. Ich wollte diese schreckliche Leidenschaft nicht kennen lernen.

Als das Telefon endlich schrillte, zögerte sie abzunehmen. Es war Frank. Er kam herauf und schlief mit ihr. Sie drängte sich ihm in verzweifelter Gier entgegen und hasste sich zugleich dafür, weil es bestätigte, dass sie verloren war.

Frank brach um sechs Uhr morgens auf, um das Flugzeug nach Minneapolis zu erreichen. Die Nacht mit Mary hatte ihn zutiefst erschüttert. Er hatte immer gedacht, dass ihn so schnell nichts umwerfen könnte, aber was er jetzt erlebte, machte ihn ratlos. Er war ohne jede Orientierung, wie damals auf Guadalcanal.

Fast wider Willen musste er über den Vergleich lächeln. Die Stewardess, die sich mit einem Frühstückstablett zu ihm beugte, erwiderte sein Lächeln pflichtschuldig, in der Annahme, er wolle wie alle anderen frühmorgendlichen Geschäftsreisenden mit ihr flirten.

So schmerzlich die Trennung von Mary auch war, er fühlte

sich diesmal fast erleichtert darüber, flüchten zu können. Flucht, dachte er, wer aus einer Stadt kommt, denkt immer auch daran. Damals, zur Zeit der großen Wirtschaftskrise, war er zum ersten Mal geflohen. Wie so viele Gleichaltrige hatte er sich zusammen mit seinem Bruder Louis auf dem Rangierbahnhof im Süden Chicagos in einen Güterzug geschmuggelt. Sie waren nach Osten gefahren, vorbei an der Fabrik von Studebaker in South Bend, deren Belegschaft streikte, und unter blauem Himmel weiter bis nach Cleveland. Das Elend und der Gestank der anderen in den Waggons hatten sie nicht beeindruckt. Louis war arbeitslos, Frank hatte kurz zuvor noch im Büro einer Versicherung in der La Salle Street gearbeitet, einer grauen Straßenschlucht, in die nur selten die Strahlen der Sonne fielen. Sie wollten Buffalo erreichen, dann über die Grenze nach Kanada und in Toronto neu anfangen. Diese Stadt mit ihrem fast italienisch klingenden Namen hatte es ihnen angetan. Dass schottische Puritaner die Stadt gegründet hatten, erschien ihnen unglaubwürdig.

An der Grenze wurden sie zurückgewiesen. Sie verbrachten einen Monat in Detroit und kehrten dann stillschweigend wieder nach Chicago zurück, wo sie sich erneut auf die aussichtslose Suche nach Arbeit machten.

Franks nächste Flucht war Frankreich gewesen. Dorthin war seine Einheit 1945 verlegt worden. Die nicht vom Krieg verwüsteten Gegenden dieses Landes erschienen ihm schöner als jede Landschaft, die er bis dahin außerhalb des Kunstmuseums an der Michigan Avenue gesehen hatte. Im Triumph waren sie durch die belgischen Kleinstädte gefahren und hatten den entlang der Gleise wartenden Kindern vom Dach der Waggons Bonbons zugeworfen. In Aachen sahen sie die Verwüstungen des Krieges, und ihre Begeisterung erlosch. Sie lösten eine andere Einheit ab und gingen am Rhein in Stellung. Von seinem Schützenloch aus sah Frank die Zwillingstürme des Kölner Doms. Staunend hatten er und Billy Foy einander am Arm gefasst. Zwei Tage später zogen sie ab und überquerten den Fluss. Sie marschierten durch eine Gegend, in der die Artillerie alles dem Erdboden gleichgemacht hatte, doch selbst zwischen den Ruinen gab es noch Gärten mit blühenden Obstbäumen, und die jungen Männer hatten, während sie an Leichenbergen deutscher Soldaten vorbeizogen, das Gefühl, dass nichts sie aufhalten konnte. Sie begegneten feindlichen Patrouillen und am Ufer eines Flusses einer Kompanie deutscher Infanteristen. Noch während sie die Deutschen einkreisten und abschnitten, registrierte Frank die Schönheit der Wiesen. Schießend rannten sie durch eine Herde weidender Schafe.

Sie orientierten sich an vom Mond beschienenen Kirchtürmen. Eines Abends waren sie dem Nachschub so weit vorausgeeilt, dass ihnen die Munition ausging. Sie lagen auf einer Anhöhe im Feuer der deutschen Artillerie. Wexler und Douglas hatten einen Mörser aufgebaut, doch da sie nichts zum Schießen besaßen, zerlegten sie ihn wieder, stellten die Schutzplatte auf und gingen dahinter in Deckung. Am Morgen kam der Nachschub, und sie zogen auf gepflasterten Straßen und vorbei an blühenden Obstgärten weiter durch die deutschen Dörfer.

Wenn sie nur unterwegs nicht so viele Menschen töten müssten, hatte Billy gesagt.

Frank sah aus dem Fenster. Das Flugzeug hatte zum Landeanflug auf Minneapolis angesetzt. Mary war seine verheißungsvollste Flucht. Durch sie hatte er erfahren, wie er über sich selbst hinauswachsen und die Wunden vergessen konnte, die die Vergangenheit ihm geschlagen hatte. Ob es ihr genauso erging? In Minneapolis wohnte er in dem Hotel, in dem er Charlie begegnet war. Er rief Mary in New York an. Ihre Stimme klang fast mädchenhaft und zugleich sehr beherrscht, wie immer am Telefon.

Nachts lag Frank wach auf dem Bett und starrte zur Decke. Mary muss die Entscheidung treffen, dachte er. Er war nicht dazu in der Lage. Sie musste über ihre Zukunft entscheiden und damit über seine.

Als Mary am späten Donnerstagvormittag aufwachte, war Frank schon gegangen. Sie sah sich in dem unaufgeräumten Hotelzimmer um, betrachtete die auf dem Boden liegenden Kleider und verspürte auf einmal den dringenden Wunsch nach Ehrbarkeit. Gegen eins machte sie sich ohne bestimmtes Ziel auf den Weg in die Stadt. In den engen Straßen musste sie aufpassen, wo sie hintrat. Lieferanten schoben Handkarren, an deren Metallstangen Kleider, Sakkos, Röcke und Blusen hin und her baumelten, zu mit laufendem Motor am Randstein wartenden Lieferwagen. Stoffballen wurden ausgeladen und gegen fertige Kleidungsstücke ausgetauscht. Die Arbeiter der Fabriken strömten zu ihrer Mittagspause in Bars und Imbissstuben oder versammelten sich um die Straßenverkäufer an der Kreuzung am Broadway. Sehnsüchtig hoben sie den Blick zur Wintersonne, die man zwischen den Wolkenkratzern erahnen konnte. Dann sahen sie auf ihre Armbanduhren, warfen widerwillig die Kippen ihrer Zigaretten weg und kehrten an ihre Arbeitsplätze zurück.

Auf der Seventh Avenue nahm Mary aus Gewohnheit ein Taxi zum Village. Dort spazierte sie um den Washington Square. Die Temperatur lag knapp über dem Gefrierpunkt. Mary vergrub die Hände in den Manteltaschen und stieß dabei auf die Handschuhe, die Deke Sheppard ihr gegeben hatte. Von Süden konnte sie zwischen den winterlich kahlen Bäumen und durch den Triumphbogen hindurch die Fifth Avenue erkennen und in etwa zwei Kilometer Entfernung das Empire State Building.

Sie wollte hier bleiben und diese Stadt zu ihrem Zuhause machen. Ihren Entschluss würde sie Frank bei seiner Rückkehr mitteilen. Mit den Kindern und Charlie würde sie sich arrangieren und ihr Leben zwischen den zwei Ländern aufteilen.

Wenn die Kinder wie vorgesehen weiter im Haus ihrer Eltern wohnten, erfuhren sie dieselbe Geborgenheit, die einst ihr zuteil geworden war.

Die Entscheidung war gefallen. Mary brachte den Tag irgendwie herum, aß ein Sandwich, machte einen langen Mittagsschlaf im Hotel, sah einen Film in dem kleinen Kino neben dem Plaza, gönnte sich einen Cocktail im Warwick in der Sixth Avenue und kehrte früh ins Hotel zurück. Sie buchte ihren Flug um, sodass sie statt von Washington von New York abflog. Sie wollte das Schicksal nicht herausfordern und ihn gleich ganz stornieren. Dann rief sie Dolores an, um zu erfahren, ob Möbel und Gepäck abgeholt worden waren, brachte es aber nicht übers Herz, sich auch in London zu melden.

Als sie am nächsten Morgen aufwachte, war alles ruhig. Kein lärmendes Müllauto, kein prasselnder Regen auf dem Kondensator der Klimaanlage, nur eine weiche, schwebende Stille. Mary ließ das weiße Rollo hochschnappen. In dem Gebäudeschacht draußen wirbelten weiße Schneeflocken. Sie tanzten eine Weile oben, sanken dann hinunter und hüpften auf dem warmen Luftstrom der Lüftungsschächte wie Popcorn wieder hinauf. Frank rief an und bat sie, um eins in die Bar eines Hotels namens Ambassador in der East 68th Street in der Nähe der Madison Avenue zu kommen.

Mary versuchte ein Buch zu lesen, dann eine Zeitung, aber sie konnte sich nicht konzentrieren. Sie nahm ein langes Bad und zog anschließend einen blauen Rock und einen beigen Kaschmirpullover an. Es waren dieselben Kleider, die sie bei der ersten Verabredung zum Mittagessen mit Frank getragen hatte. Dann legte sie sorgfältig Make-up auf. Für schlechtes Wetter hatte sie die alten, pelzgefütterten Stiefel ihrer Mutter dabei. Sie passten zwar nicht zum legeren Chic ihrer Kleidung, aber die verschneiten Straßen ließen ihr keine andere Wahl.

Pünktlich um eins betrat sie das Ambassador. Das Foyer war

eine kleine Stadt für sich. Auf der einen Seite befand sich ein Friseur, durch dessen Fenster Mary eine ältere Frau mit orangefarbenen Haaren sah, die in einer Zeitschrift blätterte. Unmittelbar vor ihr gab es einen Zeitungskiosk; auf dem Boden daneben lagen, von Bleigewichten beschwert, Stapel der *Times* und des *Wall Street Journal*. Es war heiß und stickig. Aus den Augenwinkeln bemerkte Mary ein weißes Flattern, einen Brief, der durch den verglasten Postschacht neben dem Aufzug fiel. Sie zögerte einen Moment. Dann betrat sie die holzgetäfelte und mit Ledersesseln ausgestattete Bar. Frank war noch nicht da. Sie nahm an einem freien Tisch Platz. Ein weiß befrackter Kellner mit einem leeren Tablett beugte sich zu ihr.

»Ich nehme ... einen Tomatensaft, bitte.«

Fragen bedrängten sie. Wenn Frank nun auf ihre Eröffnung hin, sie werde ihre Familie verlassen und mit ihm leben, nein sagte? Machte es ihr etwas aus, dass sie zuerst in Washington leben würden und später vielleicht woanders? War ihr vor allem New York wichtig? Lag ihrer Entscheidung ein unredliches Motiv zugrunde? Wenigstens diese Frage konnte sie beantworten: Ihr Motiv war die Liebe, daran bestand kein Zweifel, eine Kraft, gegen die sie machtlos war, eine auf ihre Weise moralische Kraft.

Was hätte ihre Mutter zu dieser schrecklichen Entscheidung gesagt?

Das geliebte Gesicht der Mutter stand ihr auf einmal klar vor Augen. Elizabeth wäre entsetzt gewesen. Wirklich? Oder hatten nicht die Toten am ehesten Verständnis? Sie würden wie der hoch über den Ruinen Trojas schwebende Troilos in unheimliches Lachen ausbrechen. *Tout comprendre, c'est tout pardonner*, und mehr noch: Alles zu verstehen hieß, über alles lachen zu können. Jedenfalls hatte ihre Mutter ihr einst erzählt, die Titanen seien so eifersüchtig auf die Vollkommenheit der Menschen gewesen, dass sie die menschliche Seele in zwei

Hälften gespalten hätten, die sich seither vergeblich suchten. Mit dieser Geschichte, so ihre Mutter, hätten die Griechen die Liebe und ihre furchtbare Macht erklärt.

Mary nippte an ihrem Drink, ohne die Glastür zum Foyer aus den Augen zu lassen. Immer wenn ein Schatten darüber fiel, zuckte sie zusammen. Die Zeit verging.

Vielleicht hatte sie ihre Entscheidung nur deshalb getroffen, weil sie den Schmerz einer Trennung von Frank nicht ertragen konnte. Dann war es nur aus Feigheit geschehen. Mary wusste es nicht. Auf lange Sicht war die Trennung von ihrer Familie womöglich schlimmer. Sie konnte ihre Entscheidung nicht mit rationalen Argumenten begründen und hatte sie deshalb instinktiv getroffen.

»Noch einen Drink?«

Es war fast halb zwei.

»Nein … oder doch, bitte.«

Sicher war Frank aufgehalten worden. Aber warum hatte er sie nicht benachrichtigt? Er hätte doch im Ambassador anrufen und der Dame ohne Begleitung in der Bar etwas ausrichten lassen können. Sie verspürte auf einmal eine Abneigung gegen alle Männer, die die Bar betraten, den Schnee von den Schultern klopften und von den Schuhen abtraten, sich dann an der Bar an Riesensandwiches und Hamburgern gütlich taten. Sie hasste diese Männer dafür, dass sie nicht Frank waren.

Um zehn vor zwei verließ sie die Bar, in den Augen Tränen der Enttäuschung. Sie hatte die Ruhe bewahrt, dachte sie, hatte in den vergangenen Monaten so manches ertragen, ohne die Fassung zu verlieren, doch dass Frank jetzt nicht kam, hatte etwas unentschuldbar Grausames. Niedergeschlagen kehrte sie in ihr Hotel zurück, um auf einen Anruf zu warten.

Es klingelte um sechs Uhr abends. Frank befand sich in La Guardia. Der Flughafen von Minneapolis war auf Grund des Schnees geschlossen worden. Frank hatte einen Wagen gemietet, war quer durch Wisconsin nach Green Bay gefahren und hatte mit viel Überredungskunst einen Platz in einer kleinen Propellermaschine nach Chicago ergattert, wo die Rollbahnen frei waren.

»Ich habe mir schon solche Sorgen gemacht«, sagte Mary. »Dabei wäre es gar nicht nötig gewesen, oder?«

»Kommst du zu mir?«

»Ja. Ruf mich an, wenn du da bist. Ich will nicht wieder zu schnell für dich sein ...«

Ein letztes Mal legte sie die Hand auf den verchromten Türgriff eines gelben Taxis in der Seventh Avenue und fuhr nach Süden.

Ein Gedanke beherrschte sie, während draußen die Straßenlaternen vorbeizogen und in ihrem Schein Schneeflocken durch die Luft wirbelten: Charlie. Alles, was sie in Moskau zu ihm gesagt hatte, galt noch, jedes Wort. Doch sie befand sich hier in einer anderen Welt, lebte unter einem anderen Himmel, war einer anderen Schwerkraft und anderen magnetischen Kräften ausgesetzt.

Charlie war trotz seines verwirrten Zustands sehr diskret gewesen. Mary erinnerte sich an die Worte, mit denen er zum ersten Mal zu erkennen gegeben hatte, dass er etwas ahnte.

»Etwas, das wahrscheinlich nicht nur ich mir habe zuschulden kommen lassen.« Wie taktvoll er sich ausgedrückt hatte: Mary konnte sich angesprochen fühlen oder auch nicht. Als sie vor einigen Tagen nach Amerika aufgebrochen war, hatte Charlie wieder jede direkte Aussage vermieden und nur gefragt: »Kommst du zurück?«

Nach dem Abendessen kehrten sie in Franks Wohnung zurück. Mary hatte noch nichts von dem Entschluss gesagt, zu dem sie gekommen war. Sie brachte es nicht übers Herz, die wunderbare Stimmung des Abends zu zerstören. Frank legte eine Platte auf und reichte ihr einen Drink. Draußen am Fenster wirbelte der Schnee vorbei. Mary rückte auf dem Sofa näher zu Frank, der den Arm um sie legte. Später, als sie sich im Bett aneinander kuschelten, war von der Stadt nichts zu hören, nicht das Brausen des Verkehrs in der Ferne und auch nicht das Rauschen der durch den Matsch pflügenden Autoreifen.

Frank lag auf dem Rücken und weinte lautlos. Mary sollte es nicht merken. Wenn man auf dem Rücken liegend weint, läuft einem das Wasser in die Ohren, dachte er – er hatte es ganz vergessen seit damals, als er im Ausbildungslager der Armee vom Tod seines Vaters erfuhr.

Er erinnerte sich noch an den Ausbilder, der immer den armen Godley angeschrien hatte und einmal auch ihn, als sie nach einem eintägigen Geländemarsch mit schwerem Gepäck aus unerfindlichem Grund noch den Boden der Kaserne schrubben mussten. »Sei ein Mann, Renzo«, hatte der Sergeant gebrüllt und ihm eine Scheuerbürste unter die Nase gehalten. »Sei kein Waschlappen, sondern ein Mann.«

Am Morgen tat Frank, was er so viele Male getan hatte: Er ging zum Bäcker und besorgte Bagels zum Frühstück und danach eine Zeitung. Von wegen viele Male, dachte er. Wie oft war er in Wirklichkeit gegangen? Zwölf-, dreizehn-, höchstens achtzehnmal.

Mary wollte die Wohnung nicht verlassen. Als Frank vorschlug, einen Spaziergang zu machen, sagte sie, es sei zu kalt.

»Wann geht dein Flug?«, fragte er.

»Um sieben. Ich muss also wohl so gegen fünf da sein.«

»Natürlich.«

»Aber, Frank ...«

»Ja?«

»Wenn du willst, bleibe ich.«

Frank holte Luft. »Das ist eine Entscheidung, die ich dir nicht abnehmen kann, Mary. Ich stehe hinter deiner Entscheidung, aber treffen musst du sie.«

»Ich weiß«, sagte Mary ruhig. »Ich wollte nur wissen, ob ... ob es dir recht wäre.«

Frank spürte, wie ihm wieder die Tränen kamen. Er sog die Luft zwischen den Zähnen ein. Sei ein Mann, Renzo, hörte er die Stimme des Sergeants sagen.

»Frank, ich habe mich entschieden zu bleiben. Ich habe die Entscheidung getroffen, als du weg warst, und ich werde dir nicht sagen, wie schwer sie mir gefallen ist. Ich handle im Einklang mit etwas, das stärker ist als ich. Ich besitze nur dieses eine Leben und glaube, dass es die richtige Entscheidung ist und wir glücklich sein werden.«

»Du bist eine außergewöhnliche Frau, Mary. Du überraschst mich immer wieder.«

Mary bewegte sich nicht, um ihn nicht beim Nachdenken zu stören.

»Wenn du gehst, wird etwas in mir tot sein«, sagte Frank. »Eine Hoffnung oder Sehnsucht, mehr sein zu können, als ich bin. Aber ... ich hätte nicht alles verloren. Mir wäre immerhin einmal in meinem Leben etwas Großartiges widerfahren.«

»Mein Gott, Frank«, sagte Mary leise und erschrocken. »Das klingt ja, als ...« Sie verstummte.

Er sah sie an. »Mary, ich glaube, du solltest nach Hause zurückkehren.«

Mary stöhnte laut auf und warf sich in seine Arme. Er blickte auf sie hinab wie ein unbeteiligter Beobachter. Er vermied es, in ihr Gesicht zu sehen, sonst würde er schwach werden und seine Meinung ändern. Mary verharrte bewegungslos in seiner Umarmung. Sie weinte nicht.

Frank wusste nicht, wie er sie hätte trösten können, seine Gedanken waren zu schrecklich, um sie auszusprechen. Der Tod hätte sie erlösen können, hätte auch ihn von seiner Seelenqual befreit, aber das konnte er ihr nicht sagen.

Endlich brachte er einige Worte heraus, die allerdings nicht das ausdrückten, was er meinte. »Dass du andere dazu bringst, dich zu lieben, dass ich dich liebe ... ist wahrscheinlich ein Erbe deiner Mutter. Du machst andere glücklich, wie deine Mutter dich glücklich gemacht hat. Du hast mir eine Ahnung davon gegeben, was das Leben sein kann, und das ist keine geringe Gabe. Niemand anders, niemand unter all meinen Freunden und Bekannten war dazu je im Stande.«

Mary hob den Kopf. »Ein schönes Erbe! Die Gabe, andere unglücklich zu machen.«

Frank wusste keine Antwort.

»Ich werde dich nicht bitten, Frank, dazu bin ich zu alt, zu stolz. Und zu unglücklich. Aber ich schwöre dir, ich habe lange nachgedacht und weiß tief im Inneren, dass meine Entscheidung richtig ist. Und ich weiß noch eins: dass wir glücklich sein würden. Es ist doch wirklich ein Wunder, Frank, dass wir aus so verschiedenen Welten kommen, getrennt durch einen Ozean, und du nur durch mich glücklich werden, nur durch mich zu deinem eigentlichen Leben finden kannst.«

Frank ging in die Küche, schenkte sich Kaffee ein, den er nicht trinken wollte, tat, als wasche er einige Tassen ab und beschäftigte sich mit verschiedenen anderen Dingen. Dann nahm er in sicherer Entfernung von Mary auf dem Hocker Platz, auf dem er bei ihrem ersten Besuch gesessen hatte.

»Ich kann nicht«, sagte er.

»Weil du dich nicht traust, Frank? Deswegen?«

»Vielleicht. Glaub es, wenn es dir hilft. Jetzt will ich raus. Ich halte es in dieser Wohnung nicht mehr aus.«

»Darf ich mitkommen?«

»Natürlich. Mir bleiben nur noch wenige Stunden mit dir. Von jetzt an lasse ich dich nicht mehr aus den Augen.«

Sie waren zu früh zum Mittagessen in dem Restaurant um die Ecke. Die junge Kellnerin war noch damit beschäftigt, Salz und Pfeffer auf die Tische zu stellen.

»Natürlich können Sie sich setzen«, sagte sie. »Was darf ich Ihnen bringen?«

Das Restaurant begann sich zu füllen, und irgendwie schafften sie es zu essen, als seien sie ganz normale Menschen.

Eine nervöse Unruhe bemächtigte sich ihrer, denn sie wussten, dass nur noch wenig Zeit blieb. Am Nachbartisch saß ein Mittdreißiger mit einem etwa achtjährigen Jungen. Er versuchte ihn aufzuheitern, sprach von dem Baseballspiel, das sie sich später ansehen wollten, und dem leckeren Dessert, das er ihm bestellen würde. Der Junge blieb jedoch wortkarg, und der Mann sah immer wieder verstohlen auf die Zeitung auf seinem Schoß. Für Frank und Mary gab es keinen Grund zur Zurückhaltung mehr. Sie waren vorbehaltlos ehrlich zueinander, Mary erzählte die Geschichte von den Titanen. »Du bist die andere Hälfte meiner Seele«, schloss sie. »Die vielen verschwendeten Jahre, bevor ich dich kennen lernte, sind für mich ein unerträglicher Gedanke.«

»Ich war noch nicht für dich bereit. Wir hätten einander keinen Tag früher begegnen dürfen. Mein ganzes Leben führte auf diesen Punkt zu.«

Die Kellnerin kam. »Ist der Caesar-Salat für Sie, Sir?«

»Mein Leben ist vorbei«, sagte er. »Es ist zu Ende, wenn du in das Flugzeug steigst.«

»Du musst mir alles sagen, weil ich nie mehr Gelegenheit haben werde, mit dir zu sprechen.«

»In einer halben Stunde?«

»Sieh nicht auf die Uhr, bitte.«

»Nichts in meinem Leben war wichtig, bevor ich dich kennen lernte.«

»Wollen Sie einen Nachtisch bestellen?«

»Über eins müssen wir uns einig sein, und ich muss es wissen, Mary, sonst werde ich verrückt. Wenn du gehst, dann endgültig, ohne Wiederkehr. Steig in ein Taxi – und alles ist vorbei. Mehr kann ich nicht ertragen. Abgemacht?«

»Abgemacht. Und danach keine Briefe, keine Telefonanrufe, nichts.«

»Schwöre es, bei Gott, schwöre es.«

»Ich gebe dir mein Wort.«

»Also gut. Und jetzt sag mir alles, was du mir sagen musst.«

Für einen Augenblick drohte Mary die Fassung zu verlieren. »Mir fällt nur ein, dass ich dich liebe.« Sie unterdrückte ein Schluchzen.

»Gut, gut«, erwiderte er in dem hektischen Bemühen, die Situation im Griff zu behalten. »Und ich sage dir … ich sage dir …«

»Sag mir nur, wie sehr du mich liebst.«

»Ich liebe dich mit der ganzen Kraft meines Herzens … ich liebe dich so sehr, dass mein Leben ohne dich wertlos ist, dass –«

»Dann lass mich bleiben, Frank, lass mich bleiben.«

»Darf ich Ihnen die Rechnung bringen?«

Mary sah zum ersten Mal vom Tisch auf und stellte fest, dass das Restaurant fast leer und es draußen dunkel war. Es hatte aufgehört zu schneien. Sie kehrten ein letztes Mal zu dem Haus zurück, in dem Frank wohnte. Droben in der Wohnung bestellte Frank ein Taxi, das Mary zum Flughafen bringen sollte.

Jetzt, so kurz vor dem Abschied, wollte er alles möglichst schnell hinter sich bringen. Trotzdem konnte er den Blick nicht von Marys Gesicht abwenden. Wenn er es nur lange genug ansah, dachte er, konnte es sich vielleicht für immer in seine Netzhaut einbrennen, und dann war sie nicht wirklich weg, sondern als Schleier gegenwärtig, durch den er den Rest seines Lebens sehen würde.

Es gelang ihnen, ruhig zu bleiben, während die Minuten verstrichen. Sie scherzten sogar miteinander. Dann schwiegen sie.

»Ich werde jeden Tag an dich denken«, sagte Frank, »die ganze Zeit. Wenn du je an mich denkst und dich fragst, was ich tue: Ich denke an dich. Nur das und nichts anderes.«

Mary lachte. »Ich glaube dir.«

»Wie kannst du jetzt lachen?«

»Das ist mein sonniges Gemüt, Frank, dafür bin ich bekannt.«

Es klingelte. Es war das Taxi.

»Ich komme mit nach unten und trage deinen Koffer. Hast du den Flugschein? Den Pass?«

Vor der Wohnungstür blieb Mary stehen. »Denk an unsere Abmachung! Das ist deine letzte Chance. Wenn ich weg bin …«

Er konnte nicht sprechen, bückte sich nur, nahm den Koffer und ging den Flur entlang zum Aufzug. Mary sah ihn mit einem traurigen Lächeln an, während sie warteten.

Sie durchquerten die mit Marmor geflieste Eingangshalle.

»Wie geht's, Frank?«, fragte Giovanni, der Hausmeister, und kam aus seinem Büro.

Das Taxi wartete am Bordstein. Der Fahrer verstaute Marys Gepäck im Kofferraum.

»Idlewild Airport«, sagte Frank. »Hast du genügend Geld?«

Mary nickte. Sie sah ihn an, als wollte sie ihn mit ihrem Blick verschlingen. »Leb wohl, Frank.«

Er drückte sie stumm an sich und ließ sie dann los. Sie stieg ein. Das Taxi fuhr an und reihte sich blinkend in den Verkehr auf der Christopher Street ein. Frank sah dem Wagen nach, wie er im Schneematsch langsam nach rechts in den Waverley Place einbog und dann verschwand. Er fröstelte.

Einigermaßen ruhig kehrte Frank in seine Wohnung zurück. Er war überzeugt, dass er die richtige Entscheidung getroffen hatte. Auch Mary würde das nach und nach einsehen. Er wünschte sich, er hätte ein Foto von ihr gehabt. Vielleicht konnte er ihre Abmachung ein einziges Mal brechen, ihr schreiben und sie um eines bitten. Er wünschte, er hätte mehr Zeit gehabt. Er zündete sich eine Zigarette an und wanderte durch das Zimmer, dachte, dass das, was sie zusammen erlebt hatten, doch für ein ganzes Leben reichte.

Das Problem war nur, wie er die Zukunft bewältigen sollte. Ohne Mary, mit anderen Menschen, anderen Dingen.

Frank nahm die Zeitung und begann sie durchzublättern, immer zwei Seiten auf einmal. Er schaltete den Fernseher ein und zwang sich, ein altes, aber spannendes Baseballspiel anzusehen. Vielleicht rief er später noch Bob Levine an oder schaute im Five Spot vorbei.

Zwanzig Minuten lang verfolgte er das Spiel, so hatte er schon fast eine Stunde seines Lebens herumgebracht.

Er ging in die Küche, schenkte sich einen Bourbon ein, gab Eis dazu, nahm einen großen Schluck und schenkte wieder nach. Er wusste nicht, was genau er fühlte.

Das Spiel ging weiter. Er sah immer wieder verstohlen auf die Uhr. Viertel nach sechs. Mary hatte eingecheckt, das Gepäck abgegeben. Sie war so gut wie weg.

Er ging ins Bad und wusch sich die von der Druckerschwärze der Zeitung schmutzigen Hände. Mit feuchten Fingern fuhr er sich durch die Haare, dann blickte er in den Spiegel über dem Waschbecken. Sein Gesicht hatte ihn schon von schlimmeren Orten angesehen: von einer an einem Baum im Dschungel aufgehängten Spiegelscherbe, von Gemeinschaftstoiletten in eiskalten Wohnungen. Er lächelte gequält. Ihm fehlte nichts.

Auf der Suche nach einem Handtuch ging er ins Schlafzimmer. Unter dem Durcheinander des ungemachten Bettes fand er eins. Daneben, eingewickelt in die zerknüllten Laken, spürte er etwas Weiches. Er zog es heraus. Es war einer von Marys Pullovern.

Er hielt ihn hoch, dann schmiegte er seine Wange daran. Seine Hände zitterten heftig. Was bin ich für ein Mensch?, dachte er. Ich hatte die Möglichkeit, der Beschränktheit meines Lebens zu entkommen. Sie stand auf meiner Schwelle, gab mir eine letzte Chance. Mein Gott!

Ach Mary! Er sah auf die Uhr. Es war zwanzig nach sechs. Ihm blieben noch vierzig Minuten. Er eilte zur Wohnungstür, riss im Vorbeigehen seinen Mantel vom Haken, rannte den Gang zum Lift entlang und drückte wie verrückt gleich mehrere Male auf den Knopf des Aufzugs.

Drunten auf der Christopher Street sah er sich hektisch nach einem Taxi um. Dann rannte er zur Sixth Avenue. Ein gelbes Licht näherte sich. Er winkte. Der Taxifahrer hielt schlitternd am Rand. »Idlewild. Hier sind zwanzig Dollar. Sie kriegen noch mal zwanzig, wenn Sie es in einer halben Stunde schaffen. Los!«

»Schon gut«, sagte der Fahrer, ein älterer Mann in einem karierten Sakko mit schmutzigem Kragen. »Immer mit der Ruhe.« Er wendete das Taxi in einem weiten Bogen nach rechts und fuhr die West Ninth Street hinauf.

»Welche Strecke wollen Sie fahren?«

»Keine Ahnung. Das müssen Sie doch wissen. Den schnellsten Weg.«

»Sie wollen Ihr Flugzeug auf keinen Fall verpassen, was?«

Langsam kroch das Taxi durch die Stadt, an jeder Kreuzung von einer roten Ampel aufgehalten. Unter dem East River staute sich der Verkehr. An einem Samstagabend fuhren viele von Queens nach Manhattan, aber warum waren so viele nach Queens unterwegs? An der Mautstation stellten sie sich an der langsamsten Schlange an. Am Schalter saß ein Jugendlicher, der offenbar zum ersten Mal diesen Job machte. Geduldig suchten die Fahrer in Taschen, auf Rücksitzen, in Kofferräumen und in Anhängern nach den passenden Münzen.

Frank beherrschte sich nur mühsam.

»Ich muss dieses Flugzeug unbedingt erreichen«, erklärte er. »Unbedingt.«

»Das haben Sie bereits gesagt, und ich tu mein Bestes. Ich habe die vielen Autos nicht herbestellt.«

Endlich erreichten sie den Van Wyck Expressway, die Schneise, die man durch Queens geschlagen hatte, um den Verkehr zu den wartenden Flugzeugen zu beschleunigen.

»Was ist denn heute los?«, fragte Frank.

»Keine Ahnung. Vielleicht Baseball.«

»Wechseln Sie auf die linke Spur. Drängeln Sie sich durch. Gibt es hier keine Abkürzungen?«

»Nicht so hektisch.«

»Wo kommen Sie denn her? Nicht aus Queens?«

»Nein, aus der Bronx.«

»Aber Sie müssen sich als Taxifahrer doch auskennen.«

»Jetzt hören Sie mir mal zu, Mister. Wenn Sie mich weiter so anschreien, steigen Sie aus. Ihre zwanzig Dollar sind mir ganz egal.«

»Vierzig. Fahren Sie, los!«

Auf Schildern über ihnen waren Weiß auf Grün die Fahrtziele angeschrieben, Vorstädte, im Schatten der Einflugschneise, die niemand besuchen wollte.

»So was habe ich noch nie erlebt«, sagte der Fahrer. »Freitagabend, ja, der Freitag ist schlimm. Da fährt alles nach Long Island. Aber Samstag! Kapiere ich nicht. Zehn vor sieben. Das schaffen wir nicht. Ich sag's Ihnen lieber gleich, Mister, wir schaffen es nicht.«

Frank sah auf die Uhr. Der Minutenzeiger näherte sich der Senkrechten. Das Taxi fuhr im Schritttempo, blieb stehen, fuhr ein paar Meter und hielt erneut an. Idlewild war noch nicht einmal ausgeschildert, auf den Wegweisern stand nur La Guardia.

Frank sah nicht mehr aus dem Fenster, sondern nur noch auf das Zifferblatt seiner Uhr. Als der Minutenzeiger auf der Zwölf stand, legte er den Kopf in die Hände und verharrte stumm in dieser Haltung.

Eine Viertelstunde verging, dann fragte er: »Wie lange noch?«

»Bei dieser Geschwindigkeit meiner Schätzung nach zwanzig Minuten.«

»Gut, fahren Sie raus. Nehmen Sie die nächste Ausfahrt, und halten Sie an, sobald Sie können.«

Der Fahrer verließ die linke Spur, auf der er stecken geblieben war, drängelte über zwei Spuren hupender Autofahrer nach rechts, verließ die Schnellstraße und fuhr eine Straße entlang, die über eine Brücke zur Gegenfahrbahn der Schnellstraße führte.

»Weiter«, sagte Frank. »An der kleinen Abzweigung rechts.«

Sie gelangten auf eine schmale Straße, die auf eine Gruppe von Holzhäusern zuführte.

»Halten Sie an.«

Das Taxi blieb stehen, und Frank stieg aus. Er richtete sich auf und sah zu der hell erleuchteten Schnellstraße unter ihnen hinunter. Dann machte er ein paar Schritte auf die Häuser zu. Er zitterte vor Kälte, doch achtete er nicht darauf.

Neben der Straße war ein Graben. Frank kniete nieder, hob eine Hand voll feuchter Blätter auf, ließ sie wieder fallen, hob neue auf und rieb sich damit den Nacken. Er blickte zum wolkenverhangenen Himmel auf, dann kehrte er unsicheren Schritts zum Taxi zurück.

Daneben blieb er stehen. Ein Schrei entrang sich seiner Kehle und wurde zu einem erstickten Geheul. Er brüllte und schluchzte und versuchte sich von dem unendlichen Kummer zu befreien, der in ihm war. Mit den Fäusten begann er auf das Wagendach einzuhämmern.

Der Fahrer stieg hastig aus. »Was tun Sie da? Sind Sie verrückt?« Er stieß Frank unsanft in die Brust. »Verschwinden Sie, los.«

Er stieg wieder ein, wendete und fuhr zur Schnellstraße zurück. Frank spürte, wie seine Knie unter ihm nachgaben. Er vergrub das Gesicht in dem nassen Laub, um seine Schreie zu ersticken.

XXI

Alles war so schnell gegangen, dass Mary wie gelähmt war, als das Taxi durch die Straßen des East Village fuhr. Sämtliche Ampeln schalteten, sobald sie sich ihnen näherten, auf Grün, und erst kurz vor dem East River musste der Taxifahrer aus dem höchsten Gang herunterschalten. Mary warf einen letzten Blick auf die monströse Skyline Manhattans, die sie immer an Dresden erinnerte, jene Stadt, in der im Krieg nur wenige Gebäude stehen geblieben waren. Rasch fuhren sie auf den Tunnel zu, an der Stelle, wo First Avenue und 41st Street zusammentrafen ... Endlich hatte auch Mary ihre Primzahl gefunden, mit der sie dem rechtwinkligen Straßennetz entkommen konnte.

Auf der Straße nach Idlewild war kaum Verkehr.

»Warum ist es hier so leer?«, fragte Mary. Sie hoffte auf einen Unfall, eine Massenkarambolage, auf Lastwagen mit Anhängern, die sich gedreht und quer gestellt hatten und die Weiterfahrt unmöglich machten.

»Wahrscheinlich wegen des Spiels«, erwiderte der Fahrer, ein junger Mann in einer Lederjacke. »Sitzen Sie bequem? Das Taxi ist ganz neu, ich habe es erst seit drei Wochen. Wohin fliegen Sie?«

»Nach London. In England.«

»Welche Fluggesellschaft?«

»BOAC.«

»Gut, dann sind Sie am Haupteingang des Empfangsgebäudes richtig.«

Mary sah zu den schlichten Holzhäusern oberhalb der Schnellstraße hinauf. Sie beneidete die Menschen, die dort wohnten, um ihr ruhiges Leben. Sie überlegte, wie lange sie brauchen würde, um mit dem fertig zu werden, was ihr in diesem Augenblick widerfuhr, und bekam Angst.

Auf den grün-weißen Schildern über der Straße tauchten die nächsten Ziele auf: La Guardia und dann der internationale Flughafen. Marys Kehle war trocken. Sie konnte nicht fassen, mit welcher Geschwindigkeit sie sich ihrem Ziel näherten. Der Fahrer war begeistert, als im Licht seiner Scheinwerfer das neue Flughafengebäude auftauchte. Überall auf dem Gelände wurde gebaut, vor allem am TWA-Terminal, einer weißen, an einen Vogel erinnernden Konstruktion, durch deren skelettartige Flügel gewaltige Stahlträger in die Nacht ragten. Autos waren auf den glatten Straßen und vor dem Empfangsgebäude kaum zu sehen. Der ganze Flughafen wirkte um diese Zeit eher provinziell.

Mary stieg aus, der Fahrer holte ihr Gepäck aus dem Kofferraum. Sie suchte in ihrer Geldbörse nach passenden Scheinen und hoffte, der Fahrer würde sie unterbrechen und sagen: »Ist schon gut. Das Ganze war ein Scherz, und jetzt bring ich Sie zurück.« Stattdessen bedankte er sich nur, stieg wortlos in sein gelbes Taxi und schaltete das Licht ein. Mary ging durch die Tür aus Spiegelglas zum Abfertigungsschalter. Als sie den Koffer auf die Waage stellte, zitterte ihre Hand ein wenig. Die Frau am Schalter überprüfte ihren Flugschein. Wieder hoffte Mary, die Frau würde sagen, dies sei der falsche Tag oder der falsche Flughafen, doch die Frau lächelte nur, gab ihr den Pass zurück und wünschte ihr einen angenehmen Flug.

Mary ging zum Aufzug am Ende der Halle und fuhr in den ersten Stock hinauf. Dort empfing sie eine Atmosphäre der Ruhe und Gediegenheit. Die Frauen trugen Hüte, die Männer Anzüge und Krawatten. Der glänzende Fußboden sah kaum benutzt aus, die Aschenbecher auf den umgedrehten Kegeln waren leer. Die Uhr zeigte sechs, ihr Flug ging erst in einer Stunde. Da sie nicht wusste, wie sie sich die Zeit bis dahin vertreiben sollte, begab sie sich zum Wartesaal der BOAC. Dort herrschte gepflegter Luxus, als wolle man vergessen machen, dass man hier nur auf Flüge wartete. Die Sitze rochen nach Leder, die Holzarbeiten waren in Teak ausgeführt, die gegenüberliegende Wand war mit Vierecken aus blauem und magentarotem Leder verkleidet. Mary setzte sich an einen leeren Tisch und bestellte, was sie sonst nie tat, einen Wodka Tonic.

Sie versuchte an Louisa und Richard zu denken, konnte sich aber nicht konzentrieren. Die Kinder waren noch klein, und ihre Gefühle berührten Mary in diesem Augenblick nicht. Es musste eine Krankheit ihres Alters sein, dass sie bei allen, die sie am innigsten liebte – ihre Mutter, Frank, die Kinder und Charlie –, zugleich Todesahnungen hatte. Sie kapitulierte gleichsam vor der Heftigkeit ihrer Leidenschaft. Lieber wäre ihr gewesen, alle wären tot, dann hätte sie nicht mehr zu leiden brauchen. Sie wusste, wie irrational solche Gedanken waren. Louisa und Richard dachten nie an den Tod, und sogar Elizabeth hatte solchen Gedanken gegen Ende ihres Lebens merkwürdig gleichgültig gegenübergestanden.

Sie rauchte eine Zigarette und bestellte noch einen Drink. Dann betrachtete sie wieder den Wartesaal. Sie hatte genügend Zeit, jedes Detail in sich aufzunehmen.

Sie konnte immer noch nicht klar einordnen, was im vergangenen Jahr alles passiert war. Die verschiedensten Erinnerungen stürzten auf sie ein, ohne dass sie sie hätte festhalten können. Eines kristallisierte sich jedoch inmitten des Chaos heraus. Ihre Entscheidung, sich in New York ein Zimmer zu nehmen, war durch den Wunsch beeinflusst worden, den Zudringlichkeiten Duncan Trenchs zu entkommen. Charlies Verdacht ihr gegenüber war durch FBI-Agenten geweckt worden. Diese hatte sie durch die albtraumhafte Gegenwart der unsichtbaren staatlichen Aufpasser in Moskau erkannt. Was für eine seltsame Zeit, dachte Mary. Der arme Billy Foy fiel ihr ein, verbraucht und weggeworfen ...

Sie leerte ihren Drink. Der Alkohol ließ sie an ihrem Entschluss zweifeln, und sie fand es plötzlich entsetzlich schwer, in dieser steifen Umgebung Fassung zu bewahren.

In ihr wuchs die Überzeugung, einen Fehler begangen zu haben. Sie hätte bei Frank bleiben sollen. Die Möglichkeit hätte es gegeben, aber aus der Verwirrung der Gefühle, aus Stolz und Angst, hatte sie sie nicht genutzt. Um halb sieben kam eine Durchsage aus dem Lautsprecher.

Ihr Abflug verzögerte sich um eine Stunde.

Diese Nachricht raubte ihr den letzten Nerv. Sie wusste, so lange konnte sie nicht warten. Also stand sie auf, trat auf den Gang hinaus und sah sich nach einem Telefon um. Irgendwie musste es diesmal klappen, musste sie mit dem Kleingeld, den Ein-, Fünf- und Zehncentmünzen zurechtkommen.

Sie wusste Franks Nummer auswendig, holte aber trotzdem das Streichholzheftchen heraus, auf das er sie damals geschrieben hatte. Sie wollte jetzt keinen Fehler machen.

Ihre Hände zitterten so heftig, dass sie die Münze nicht in den Schlitz bekam. Sie klemmte den Hörer zwischen Schulter und Ohr, drückte die Münze mit beiden Händen hinein und wählte dann. Sie hörte, wie die Verbindung hergestellt wurde. Hinter ihr warteten zwei oder drei Leute.

Soweit sie sich entsinnen konnte, hatte sie seit Beginn dieser schrecklichen Geschichte kein einziges Mal geweint. Jetzt spürte sie, wie in ihr etwas überzufließen, wie ein Damm zu brechen drohte.

Niemand nahm ab. Mary hörte das ungeduldige Murmeln der Wartenden. Sie drückte auf die Gabel, um noch einmal zu wählen. Die Münzen prasselten auf den blank gewienerten Boden. Ein Mann mit einem Filzhut hob sie auf und reichte sie Mary mit einem liebenswürdigen Lächeln. Seine Freundlichkeit ließ sie fast in Tränen ausbrechen.

Diesmal hatte sie bestimmt richtig gewählt, doch niemand nahm ab. Sie wagte es nicht aufzuhängen. Vielleicht rannte Frank in diesem Augenblick den Gang vom Aufzug entlang, stürzte ins Zimmer, griff nach dem Telefon und hob in genau dem Moment ab, in dem das Klingeln aufhörte.

Um die Wartenden hinter sich irrezuführen, begann Mary zu sprechen, als hätte Frank abgenommen.

»Guten Tag, Frank«, sagte sie. »Wie geht's dir? Oh, mir geht es gut, doch ...«

Und jetzt endlich schossen ihr Tränen in die Augen und rannen die Wangen hinunter. Ihre Stimme versagte. Nun hatte sie ein anderes Problem: Sie konnte sich nicht umdrehen und den Menschen ihr verheultes Gesicht zeigen. Sie musste noch einen Anruf vortäuschen. Mit tränenblinden Augen tat sie so, als lese sie eine weitere Nummer von dem Streichholzheftchen ab, und wählte. In gespielter Ungeduld stampfte sie mit dem Fuß auf, schüttelte den Kopf und wählte noch einmal.

Schließlich hatte sie sich wieder so weit unter Kontrolle, dass sie sich rasch umdrehen und weggehen konnte. Da sie nichts sah, legte sie nicht auf, sondern ließ den Hörer einfach an dem Kabel baumeln. Sie eilte in einen Kiosk und vertiefte sich in die auf langen Regalen ausgestellten Zeitschriften. Eine Viertelstunde verharrte sie davor, Tränen der Verzweiflung in den Augen. Sie hatte kein Taschentuch, um sie abzutrocknen, deshalb drehte sie sich immer wieder in eine andere Richtung, um fragenden Blicken auszuweichen. Um die Zeit totzuschlagen, beschloss sie, Mitbringsel für Richard und Louisa zu besorgen. Sie griff sich eine Puppe und eine Nachbildung des Empire State Building aus Blech und marschierte damit zur Kasse. Sie reichte einen Zehndollarschein über die Theke, ließ mit einer großzügigen Handbewegung das Wechselgeld liegen und eilte unter dem Protest der Kassiererin hinaus. Sie suchte die Damentoilette auf, schloss sich in einer Kabine ein und sank zitternd auf den Sitz. Ihr Oberkörper hob und senkte sich.

Sie hörte, wie ihr Flug aufgerufen wurde, und begab sich unsicheren Schrittes zum Flugsteig.

Im Flugzeug saß sie neben einem jungen Mann am Fenster. Sie wandte das Gesicht ab und starrte zu dem Gepäckwagen hinaus, der sich gerade entfernte. Die Plexiglasscheibe drückte kalt gegen ihre Stirn.

Das Flugzeug rollte zur Startbahn. Mary spürte, wie es seine Kraft sammelte und dann in die Nacht raste. Sie hatte nicht gewusst, wie viele Tränen in ihr waren. Damals, als ihre Mutter starb, konnte sie nicht weinen, doch hatte die Tränenflut jetzt wohl auch noch mit jenem Tag zu tun. Ihre Lider brannten wie Feuer.

Der junge Mann bot ihr verlegen ein Taschentuch an. Sie nahm es wortlos. Das Flugzeug hatte abgehoben, flog in Richtung Europa, und sie konnte nicht aufhören zu weinen.

Sie dachte an Frank, stellte sich vor, was er in diesem Augenblick tat. Er war sicher in seine Wohnung zurückgekehrt und hatte eine seiner Lieblingsplatten aufgelegt. Leise spielte die Musik. Bass und Schlagzeug, das Klavier mit rhythmischen Akkorden und über allem der klagende Ton der Trompete.

Frank schenkte sich einen Drink ein und trat mit dem Glas in der Hand an das große Fenster, von dem man das Ufer von Jersey City überblickte. Er starrte unverwandt in die Nacht, und da droben sah er die blinkenden Positionslichter ihres Flugzeugs, das jetzt nach Osten strebte. Er hob das Glas und prostete ihm mit einer Geste der Liebe und Verzeihung zu, bis es von der Nacht verschluckt wurden.